中国社会科学院　学者文选

贾 芝 集

中国社会科学院科研局组织编选

中国社会科学出版社

图书在版编目（CIP）数据

贾芝集／中国社会科学院科研局组织编选. —北京：中国社会科学
出版社，2009.3（2018.8 重印）
（中国社会科学院学者文选）
ISBN 978 - 7 - 5004 - 7577 - 4

Ⅰ.①贾…　Ⅱ.①中…　Ⅲ.①民间文学－文学研究－中国－文集
Ⅳ.①I207.7 - 53

中国版本图书馆 CIP 数据核字（2009）第 016757 号

出　版　人　赵剑英
责任编辑　周兴泉
责任校对　曲　宁
责任印制　王　超

出　　　版　中国社会科学出版社
社　　　址　北京鼓楼西大街甲 158 号
邮　　　编　100720
网　　　址　http：//www.csspw.cn
发 行 部　010 - 84083685
门 市 部　010 - 84029450
经　　　销　新华书店及其他书店

印刷装订　北京市十月印刷有限公司
版　　　次　2009 年 3 月第 1 版
印　　　次　2018 年 8 月第 2 次印刷

开　　　本　880×1230　1/32
印　　　张　15.75
字　　　数　378 千字
定　　　价　89.00 元

出 版 说 明

一、《中国社会科学院学者文选》是根据李铁映院长的倡议和院务会议的决定，由科研局组织编选的大型学术性丛书。它的出版，旨在积累本院学者的重要学术成果，展示他们具有代表性的学术成就。

二、《文选》的作者都是中国社会科学院具有正高级专业技术职称的资深专家、学者。他们在长期的学术生涯中，对于人文社会科学的发展做出了贡献。

三、《文选》中所收学术论文，以作者在社科院工作期间的作品为主，同时也兼顾了作者在院外工作期间的代表作；对少数在建国前成名的学者，文章选收的时间范围更宽。

中国社会科学院

科研局

1999 年 11 月 14 日

目　　录

我是草根学者

（代序）

民间文学是草根文学，研究民间文学的自然就是草根学者了。何况我从小生长在农村，印象最深的是在父亲劳作的麦地里捉蝴蝶。长大后，在伯父的资助下，我到北平中法大学读书，最崇拜法国象征派诗人，和同学结成诗社，写的诗大多是校园中的苦闷、哀怨和朦胧的爱情。1936 年，我在戴望舒先生主编的《新诗》上发表了《播谷鸟》，找到了呕心沥血、飞鸣不已的神圣职责。那时，我已经加入了中华民族解放先锋队，自己的命运与国家、民族的存亡紧紧联系在一起了。

我真正关注和热爱民间文学是从延安开始的。1938 年，我放弃了留学法国的机会，毅然奔赴革命圣地延安。1942 年，毛主席《在延安文艺座谈会上的讲话》发表，一场轰轰烈烈的向民间文艺学习的热潮兴起于抗日战争最严峻、最艰苦的陕北高原的山山峁峁。我搜集了民歌、民间故事，还创作发表了数十首写战士、写农民、写工人的新诗，如：《牺牲》、《抗日骑兵队》、《织羊毛毯的小零工》、《春天来到陕甘宁边区的土地》等等。从创作到生活，我彻底摒弃了在北平时的浪漫情怀与"绅士"风度，完完全全成为一介草民，灰布棉袄外面系一根草绳，跌断腿的眼镜用线线套在耳朵上。唯一留下的一点痕迹，大概只有那窑洞墙上挂的意大利小提琴了。

几十年依然故我。20世纪80年代，我身穿破旧的中山装，斜挎着背包，像赶场一样奔忙于中国社会科学院和中国文学艺术界联合会两个单位的学术或党组会议上。同事们看到我匆忙狼狈又不修边幅的样子，不禁调侃："远看像个逃荒的，近看像个要饭的，仔细一看是中国社会科学院的。"我倒不介意，还挺开心，丝毫没有一些人说到这句话时那种埋怨待遇低、不受重用的酸溜溜的感觉。

最近，因入选《中国社会科学院学者文选》，我翻看几十年写的文章，与诸位学者大家相比，可谓寥寥，结集成书的就更少了，只有三本不同时期的论文集分别于1963年、1981年、1994年出版。反省自己，与其说我是一名学者，不如说我是一个民间文学工作者——毛主席革命文艺路线的执行、实践者。我一生致力于三个对接：学者与民众的对接，书斋与田野的对接，民族与世界的对接。

一　以行为完成了学者与民众的对接

1949年5月，我随柯仲平同志率领的西北代表团回到阔别12年的北平；7月参加第一届全国文学艺术工作者代表大会，会后确定我在未来中央政府文化部工作；10月我被分配到文化部编审处，处长是"左联"时期作家蒋天佐。我负责通俗文艺组，还参加老舍先生和赵树理同志创办的《说说唱唱》刊物工作，12月14日，我向赵树理同志汇报通俗文艺工作计划。他指着通俗文艺组的名单动情地说："这是我们自己这么说哩，如果说还用文坛两个字的话，将来的文坛在这里！"12月22日，我们向文化部副部长周扬同志请示，工作方向大体明确了，任务是编审全国说唱演义一类的模范性的文艺作品，以及各种形式的民间文艺，同时拟专设一民间文艺研究会专事后者的搜集整理；此外，还要组织一部分人创作示范性的作品。

不久，吕骥同志也找到周扬同志，要求成立中国民间音乐研究会。周说："那就把其他都包括进来，成立一个民间文艺研究会。"吕说："那将来就没有音乐了！"周说："不会的，你还是在里头嘛！"吕说："我在里面也不能起什么作用。"

1950年初，我们正紧锣密鼓地筹备中国民间文艺研究会（中国民间文艺家协会前身）成立大会，周扬同志突然来到编审处。当时，蒋天佐和我都在。他随便一歪身坐在我们的办公桌上，跷着腿闲谈起来。他要我到未来的民研会工作，要我向《良友》的赵家璧学习，说："赵家璧只有一个皮包就编出一套丛书，只组稿就可以了。"中国民间文艺研究会于3月29日召开成立大会，周扬同志主持，郭沫若、茅盾、老舍、郑振铎都相继讲话。郭沫若同志讲话的题目是：《我们研究民间文学的目的》。大会通过了《中国民间文艺研究会章程》和《征集民间文艺资料办法》两个文件。会议以自由提名方式推选理事47名。郭沫若被选为理事长，周扬、老舍、钟敬文为副理事长。几天之后召开第一次理事会，选出常务理事并暂定各组负责人。我任秘书组组长。会上还决定出版一套中国民间文艺丛书，定了一些选题。按周扬同志意见，我包揽了协会几乎全部大小事情，刻图章、接待来访、回信、买房作会址、买文具、当会计，一小笔经费就放在我口袋里，口袋便成了民研会的钱柜。我还买了一张玉版宣纸请郭沫若先生题写"中国民间文艺研究会"，并做了一块牌子挂出去。当然，我最主要的工作还是约请专家、艺术家写稿，编辑民间文艺丛书。

从此，民间文学作为劳动大众的文学，随着人民当家作主，一扫长期受歧视的地位跃入艺术殿堂。发掘民族文艺遗产被列入建设社会主义第一个五年计划。然而，旧的观念影响还时隐时现，民研会潜伏着被扼杀的危机。民研会成立不久，我参加了筹建人民文学出版社的工作，任支部书记兼古典文学、民间文学组组长，民研会也随我到了出版社。1951年12月，我随阳翰笙同志到广西土改。这时，民间文艺丛书已编辑出版了何其芳、公木的《陕北民歌选》、安波的《东蒙民歌选》、严辰的《信天游选》等十几种。我还请古元同志为丛书设计了取材于印花布的封面。同时，我还编辑出版《民间文艺集刊》三集，采录和资料征集工作也成绩显著。1952年6月，我从广西回京，民研会工作已停滞很久了，已编好的光未然的《阿西人的歌》也放了一年多了。我又与他商量修改出版之事。人民文学出版社社长冯雪峰同志一直等我回来做支书工作。等我忙完了三个月的整党，他却仍执意要取消民研会。1953年2月22日，北京大学文学研究所成立，周扬同志决定民研会归文学研究所领导，经费由文化部补贴，让我找赵沨同志谈定会址和经费。冯雪峰同志挽留我和孙剑冰，但不留民研会，我们难以考虑。3月12日，我和剑冰雇三轮车搬到城外文学研究所驻地中关园七楼。民研会随之到了文学研究所。

1954年，经过我多方上书抗争，得到胡乔木、阳翰笙同志的帮助，民研会作为团体会员加入中国文学艺术界联合会，结束了四处飘零的命运。从此，我本人也一方面在文学研究所做研究员，一方面担任民研会党支部的领导工作，双重职务和身份伴随我直到离休。劳累和辛苦不言而喻，却给工作带来极大的方便，学术研究与全国民间文学普查、群众民俗活动在这里得到对接。

　　作为新中国第一代民间文学工作者，将56个民族沉睡了几千年的无比丰富的民间文学宝藏发掘整理出来使它重放异彩，是我们不可推卸的责任。我放弃了写诗，全身心地投入到民族民间文化遗产的发掘保护中去。对于这一点，艾青同志始终有点不能理解。他是我延安时期的朋友，他早在大后方编诗集时就选了我的《播谷鸟》，他打趣地叫我"播谷鸟诗人"。1988年第四次作家协会代表大会上，他还耿耿于怀地对我说："好好的诗不写，搞什么民间文学？"尽管他也曾十分尊崇民间文艺，还亲自采访过关中著名歌手汪庭有写下《汪庭有和他的歌》、还搜集出版过民间剪纸，但他依然不能完全理解我。我也不想争辩什么，反正我这一生是注定要和草根文学打交道了。

　　民间文学是民众的文学，我们从事民间文学研究的人就必须做到与民众的对接，与他们"同吃、同住、同劳动"，自觉改造世界观，成为他们中的一员。我们不是仅仅把他们作为研究对象，而是要与之融为一体，完成心与心的交流。只有这样，我们采录的作品才能保持真实的原生态；只有这样升华出的理论才能指导实践而更具价值。几十年的学术生涯，我结交了许许多多的朋友，其中有农民、牧民、干部、工人，也有歌手、故事家、民间艺人。可以说，全国包括台湾在内的31个省、市、自治区都有我的朋友或同行，他们或来访、或写信、或通电话，时时没有忘记我。每逢春节，问候像雪片一样纷至沓来，其乐融融。我在收获事业的同时，也收获了一份份浓浓的亲情和友情。这是孤独寂寞的书斋学者所感受不到的快乐和幸福。

　　姜秀珍是安徽民间歌手。第三次文学艺术工作者代表大会上，她向周恩来总理敬酒，总理鼓励她"为人民多编多唱"。周扬同志也称她为"新的刘三姐"。这些在"文化大革命"中竟成为弥天大罪，她被打成"黑线人物"。1979年，我们召开

"少数民族民间歌手诗人座谈会"，她也来了。见到周扬和我，她珠泪滚滚，只唱两句就唱不下去了，热泪代替了歌声。姜秀珍是一个从来不脱离劳动的歌手，她的灵感源于劳动与生活。她说，离开人民，就像禾苗栽到石板上没有生命力。我们作为学者也好，文艺工作者也好，离开人民也只能是石板上枯萎的禾苗了。

1978 年，柯尔克孜族民间歌手居素甫·玛玛依到北京录制他演唱的长篇英雄史诗《玛纳斯》。他同时带来柯族乡亲要求恢复柯文的意见书，让我转给华国锋主席。他说，柯文取消了，《玛纳斯》译成维文出版就没有诗味了。他还说，新疆取消柯文柯语以后，位于中苏边境的阿合奇县许多人到山坡上去听苏联那边的柯语广播《玛纳斯》。按他的请求，我很快将材料递交中央。不久，问题解决了，柯族人民像过节一样高兴。以后，无论在北京，还是在新疆，居素甫·玛玛依见到我就拥抱，颤抖的胡须紧贴在我的脸上。通过他，我与柯族人民的心相通了。

工作之初，周扬同志为我立下规矩：每信必回。几十年如一日，无论对基层文化工作者、农民故事家，还是尚未出道的文学青年我是有信必回，有求必应。至今，我还保存着几千封信。这也仅是"文化大革命"浩劫的遗存，却是一笔宝贵的财富。它记载着友情，更记载着事业与历史的进程。我正着手整理归档，把它保留下去。

几十年的民间文学工作捶打、锻炼和造就了我们这一代新中国的知识分子，升华了我们的境界。说高尚，我们抛开了一切功名利禄；说平凡，我们又普通得像逃荒要饭的。我们用自己的行为完成了学者与民众的对接。

二　在研究方法上奉行书斋与田野的对接

建国伊始，民间文学作为一门新兴学科，专业学者少，理论欠缺，特别是书面材料都没有发掘整理出来。面对这种基本不具备研究条件的困难局面，我们既没有盲目套用西方民俗学的研究模式，也没有照搬苏联的经验，而是采取实事求是的态度逐个解决具体问题。首先，我们秉承毛泽东《在延安文艺座谈会上的讲话》精神，为人民服务，为社会主义服务，以"取之于民、还之于民"的方式搜集并推广民间文学优秀作品。这不同于某些国家以学术研究为主要目的，我们是以广大群众的需求为目的。做法上也不仅限于少数专家学者，而是集结了成千上万的浩荡队伍，有专家、作家、艺术家；有语言工作者、民族工作者、基层文化干部，还有一大批工农群众中的搜集家、传承者和热心人。1984年，我们编辑的《中国民间故事集成》、《中国歌谣集成》、《中国谚语集成》就是一个突出的例子。它发动了全国几十万人进行地毯式的普查，搜集资料逾40亿字。我们的工作永远以调查采录为第一位，它既是为研究作准备，又是研究的一部分，是研究的过程。我们深入民间，抛开静坐书斋的研究，实现了书斋与田野的对接。

我的研究论文大多是解决实践中遇到的问题。《采风掘宝，繁荣社会主义民族新文化》是我1958年在中国民间文学工作者代表大会上的报告，适时提出了"全面搜集、重点整理、大力推广、加强研究"的十六字方针和"忠实记录、慎重整理"的工作原则，被中宣部批转全国执行。再如：《谈各民族民间文学的搜集整理问题》、《论采风》等都是就具体问题而论。《〈美丽的仰阿莎〉不是毒草》既是对具体作品的分析，也是为了纠正社会上一些不够客观的批评，揭示了不能无端将丑化太阳与攻击毛主席联系起来，不能将今天的观点强加于古人，不可把艺术幻想与现实混淆起来的简单道理。

1982年，我离休了，摆脱了行政工作的困扰，可以专心写作了。最初的十年撰写论文80余万字，主编丛书十余种800余万字。宏观研究还在继续，《我们在开拓中前进》在全面介绍建国17年我们发掘抢救的56个民族的不同形式的民间文学作品的同时，分四个时期展现中国民间文学学科从创立到发展的过程。《中国歌谣的一座丰碑》对歌谣的产生、历史源流，民歌将诗、歌、舞融为一体的形式以及相关民俗事象进行了深入研究；对各民族各地区民歌、民谣的形式、内容、分类以及流布传承作了展示；对于始于西周时代的民歌采集研究的历史，尤其是建国40年对民间文学的抢救普查与研究进行了总结和梳理。我在深入调查研究的基础上写成了一些专题论文：《故事讲述在中国的地位和演变》、《"江格尔奇"与史诗〈江格尔〉》、《马克思主义的基本原理与神话学》，等等。写得最多的还是序文，十年间为各地同志写了四五十篇，暂且叫它"小品论文"吧！文虽短小却不敢丝毫懈怠，篇篇凝聚着研究思考或者调查考证的心血。我说这是些"命题作文"。我不得不一次次地依据作者的课题，跟随他们的脚步涉足新的领域，与他们款款对话。这种学术的对接与互动促我学习帮我进步，同时也年轻了我的心，一股股来自田野的风吹绿了我的生命之树。这正是我长寿的秘诀。

民间文学是草根文学，是鲜活的文学，研究活的文学就不能离开它生长的土地和环境。一位来自基层的学者曾对我说："你们是把我们那里游在水里活泼泼的鱼拿来晒成鱼干再研究。"这太生动了，批评得入木三分。我震撼了，时时以此提醒自己，到田野中去，不仅仅是考察与作业，更是一种对接，是双向的渗透与交融。

1980 年，在 50 天的时间里，我走了 15 个县、市。每到一处就做一次讲座，讲民间文学的宝贵和搜集整理的方法，但每处又不尽相同，每处都为我补充了新的内容。他们的实践丰富着我。在广西金秀大瑶山的原始森林中，我们从滚木下山的滑坡上山，到山上又没了路。向导用板斧砍出一条小径，我们沿崖畔踩着厚厚的枯叶小心前行，去寻觅雪鸟的踪迹和它的故事，做了一次生态保护和人文保护的对接。在三江林溪乡侗族老歌手吴居敬家中，十几户村民手提竹篮送来饭菜。席间，一曲琵琶歌《哭总理》，唱得满座欷歔。我当即赋诗"哀凄弦绝哭总理，歌不断头泪不干。听到悲歌我落泪，夜静潺潺会流泉。"在云南中缅边界傣族的竹楼上，我们又听到罕木信的歌："远方的客人，您慢慢地嚼，慢慢地咽，我做的饭菜不香不甜，唱一支歌来补救。远方的客人，您来到瑞丽江畔；我的歌声不好听，让它留在饭桌上。"我第一次在竹楼上过夜，听歌手们对歌，彻夜无眠。

我每年都出行，大多去边关小镇、偏僻山寨，中朝边界、中苏边界、中缅边界、中蒙边界都留下我的足迹。直到我 90 岁时的 2002 年，1 月到广西宜州考察刘三姐故乡，3 月到上海参加学术会议，9 月到江苏常熟白茆乡考察白茆山歌、到苏州吴县考察民间工艺，11 月到湖北宜都青林寺考察谜语村；2004 年 3 月又去河北赵县考察"二月二"民俗节日。这几年，我不大出远门了，但家中客人不断，他们带来各地的信息，我们聊天讨论问题，书斋和田野的对话还在继续着。

三　宣传中国实现了民族与世界的对接

长期的闭关锁国、旧时代对民间文学的鄙视以及民族众多造成的语言隔阂，使中国民间文学、尤其是少数民族文学在许多地方仍然鲜为人知，甚至还有"中国无史诗"、"中国无神话"等无稽之谈。

进入80年代，我越来越感到中国民间文学应该走向世界。向世界展现中国民间文学的异彩，让它跻身于世界文化之林，同样是我们义不容辞的责任。1979年，经组织批准，我加入国际民间叙事研究会（ISFNR）；1995年我被该组织推选为资深荣誉委员；1983年我考察芬兰、冰岛民俗博物馆。离休之后，我先后到过芬兰、冰岛、挪威、瑞典、丹麦、英国、俄罗斯、加拿大、美国、匈牙利、奥地利、印度、德国、法国等十几个国家，致力于民族与世界的对接。

1985年2月，我到芬兰参加史诗《卡勒瓦拉》出版150周年纪念活动。在研讨会上，我以《史诗在中国》为题，介绍了中国30多个民族的创世纪史诗和英雄史诗，以众多鲜活的作品实例有力地推翻了"中国无史诗"论。创世纪史诗从汉族的盘古尸体化生谈到布依、拉祜、彝、瑶、哈尼、布朗、普米等民族的尸体化生说，再联系到北欧史诗中冰巨人伊密尔的尸体造天地。原始初民对天地万物的形成有着不约而同的幻想和解释。这种人与自然融为一体、夸大人的力量的作品具有永恒的美学价值。中国的英雄史诗则以北方的勇敢剽悍、粗犷豪迈和南方的低迴婉转、刀光剑影形成鲜明对照的性格美。史诗在这些民族中被奉为"族谱"、"根谱"，是他们的"百科全书"。我还重点介绍了三大史诗《格萨尔王传》（藏族、蒙古族）、《玛纳斯》（柯尔克孜族)、《江格尔》(蒙古族) 在多年调查采录的基础上已陆续出版汉文版、英文版、日文版；同时民间艺人在民间还演唱这些史诗的情况。

"中国是一个史诗的宝库!""史诗在中国还活着!"令人振奋的消息在各国代表中传递着。我很快成为人们和媒体关注的焦点。会后,芬兰总统毛诺·科伊维斯托还接见了我。我荣获了《卡勒瓦拉》银质奖。第二天,《赫尔辛基报》用半版的篇幅报道中国史诗的情况,还刊登我的大幅头像。芬兰学者向我跷起大拇指说:"您是第一个见报的!"德国学者海希西是我的老朋友,他说:"我亲眼见过解放前的中国,中国变化太大了!中国民间文学工作有了很大发展,成绩很大,你的发言就是证据。你只讲了 20 分钟,应当让你讲两个小时才对!"各国代表一致赞扬中国实施抢救的重要。学术上的交流与沟通,像一股热流穿过不同国籍学者的心,实现了民族与世界的对接。

1996 年 4 月,经过两三年的艰苦筹备,实现了我 1992 年在奥地利国际叙事研究会第十次代表大会上提出并达成的"在中国开一次北京学术研讨会"的决议。那次会议同时决策:"今后不再以欧洲为中心,要向发展中国家转移。"北京学术研讨会有来自五大洲的 24 个国家和中国包括台湾在内的 15 个省、市、自治区的代表。通过 35 场大小研讨会,大家突破了语言的障碍进行了有益的交流与切磋。会后,民间花会的考察更令中外学者耳目一新。国际民间叙事研究会主席、挪威雷蒙德教授说:"会议能在东方、在世界人口最多的中国举行,对各国学者了解中国有很大帮助。"他又说:"这是国际民间叙事研究会开得最好的一次会议!"国际民间叙事研究会副主席、印度汉都教授说:"这是一次成功的会、圆满的会、伟大的会,我们在中国的每一天、每一分、每一秒都过得非常愉快,非常感谢中国,感谢大家!"这次会议是国际民俗学者的一次盛会，是世界民俗学研究整合发展的一个里程碑。

这些年，有人在公众场合或文章中称我为"泰斗"、"大师"什么的。泰者，泰山也；斗者，九斗也。泰山北斗我不敢当。我以为学术领域本没有顶极，我更不是权威。我只是在不断探索、不断学习，甚至在不断修正自己中成长起来。我离不开民间文学和人民的滋养。我说我是草根学者，就是时时提醒自己不要忘本，要做平民百姓的学者。

贾　芝

《歌谣》周刊与五四新文化运动

光照史册的五四运动，距今已整整70年了。在纪念这一光辉节日的时刻，民间文学工作者不能不倍感振奋，然而也有值得我们深思的问题。

反帝反封建的群众爱国运动，是在新文化运动的孕育中爆发的，它唤醒了中国人民的自我解放精神，新文化运动的旗帜是反对封建主义，提倡民主与科学，新文化的第一块阵地就是从文学改革开始的文学革命，主张白话文学或称国语文学，反对贵族文学，提倡平民文学。

北京大学从民国七年（1918）起征集歌谣，就使搜集歌谣成为新文化运动的重要的一部分，目的是使新文艺与人民结缘，从民族文化传统中寻根，从而使它插翅而飞。《歌谣》周刊的出版，是新文化运动的产物，也是新文化运动的一个有机的组成部分，也可说它是这场运动的一个缩影，我们从中可以窥见它的进程，进行新的探索和研究。

一

北京大学是五四运动的策源地，是新、旧思潮激烈冲突的场所。在发起征集歌谣以至《歌谣》周刊的出版中，以《新青年》为代表的革命派和进步作家几乎都参与了。首先是诗人刘半农，在《北大日刊》上先后发表所征集的歌谣共148首；传播马克思主义的先驱李大钊，搜集了他家乡的歌谣在《日刊》上发表并作了注释；《歌谣》周刊在1922年北大25周年纪念时出版第一期，由沈兼士、周作人主持；鲁迅先生为25周年纪念专刊设计了一个散布着星星与月亮的蔚蓝色天空的封面。《歌谣》创刊两年半后停刊，十年之后，1936年复刊，是由胡适主持的。胡适被陈独秀誉为首举文学革命义旗的急先锋，陈独秀本人则自称高扬"文学革命军"的大旗以为声援，旗上大书革命军的三大主义曰：推倒雕琢的阿谀的贵族文学，建设平易的抒情的国民文学；推倒陈腐的铺张的古典文学，建设新鲜的立诚的写实文学；推倒迂腐的艰涩的山林文学，建设明了通俗的社会文学。他还说："今欲革新政治，势不得不革新盘踞于运用此政治者精神之文学。"① 总之，反对为封建统治效劳的贵族文学，提倡通俗易懂的平民文学。

白话文学运动，从文学改革，到要求写出"最有文学价值的作品"，确是一场反对封建主义、提倡政治民主在意识形态领域的大革命。这场革命是在新、旧思潮即革新派与保守派之间的激烈斗争中进行的，其激烈的程度，正如刘半农在编辑《初期白话诗稿》时所说："民国六年时，提倡白话文已是非圣无德，

---

① 《文学革命论》，载《新青年》2卷6号。

罪大恶极，何况提倡白话诗?! 所以适之提倡白话诗：诗中有
'两个黄蝴蝶'一句就惹恼了一位黄侃先生，从此呼适之为黄蝴
蝶而不名，还大骂白话诗文为驴鸣狗吠。更有甚者，卫道的林纾
先生却要于作文之外借助实力——就是他的'荆生将军'而我
们称之为小徐的徐树铮。这样，文字之狱的黑影就渐渐地向我们
头上压迫而来，我们无时无日不在栗栗危难中过活……"①

　　《歌谣》周刊弘扬的是大众化的白话诗，是"真诗"，它本
身就是提倡"民主"的产物，是卫道士们眼中的一根刺。它的
浓重的色彩之一是重视民众的艺术，强调雅与俗的区别与分歧。
《歌谣》的第一任编辑常惠先生在谈到中国文学的发展趋势时
说："现在的文学趋势民间化了，要注意的全是俗不可耐的事情
和一切平凡的人生问题，没有工夫去写英雄的逸事，佳人的艳史
了。歌谣是民俗学中的主要分子，就是平民文学的极好材料。我
们现在要研究它和提倡它，可是我们一定也知道那些贵族的文学
从此不攻而破。"他还列举了谣谚"男要俏，一身皂。女要俏，
一身孝"；还有什么"清水脸"、"小寡妇"等，说这些都是轻描
淡写的"写实主义"，但是，这些材料若不到歌谣里边去找，哪
里还能找到真正的民众艺术呢？

　　胡适还写了一篇《北京的平民文学》，讲的是周作人、常惠
一再提到的意大利卫大尔（Baron Guido Vitale）② 搜集的一部歌
谣，共 170 首，题名《北京歌谣》（Peking Rhgmas）。他说，早
在 30 年前卫大尔就认为这些歌谣中有"真诗"，认为现在做白
话诗的人还不晓得俗歌里有许多可供我们取得的风格与方法。他
还从卫大尔的书里选出 16 首有文学趣味的俗歌，介绍给爱"真

---

①　刘半农编：《初期白话诗稿》序言。
②　1896 年意大利驻中国使馆华文参赞。

诗"的人们。

平民文学、俗文学完全超越了古文学，超越了典雅的、雕琢的、阿谀的、铺张的、空泛的贵族文学。陈独秀曾把它们比作"不过如涂脂抹粉的泥塑美人"①。

新文化运动中提出平民文学的口号，什么是平民文学呢？第一就是歌谣，"大众的诗"；其次是文人的通俗作品，如《七侠五义》、《儿女英雄传》、《老残游记》、《官场现形记》、《二十年目睹之怪现象》② 等等。胡适认为"这些侠义小说、白话小说乃是那五十年中国文学的最高的作品，最有文学价值的作品"。郑振铎先生写了著名的《中国俗文学史》，也就是包括民间口头文学和文人的通俗作品直至明清的著名小说，观点与此是一致的。而歌谣的发现与推崇首当其冲，也是最能代表民众的艺术的作品。

二

五四新文化运动的突出的标志是提倡民主与科学，当时称其为德先生（Democracy）和赛先生（Science），认为只有这两位"先生"能够救中国。五四群众爱国运动反对巴黎和会，抵制日货，反映了中国人民高涨的民主精神。新文化运动中的文学革命，反对贵族文学、提倡平民文学，提倡民众的艺术，大众化的诗，也反映了民主的要求。《歌谣》周刊，不仅在文艺的语言、形式、风格上展示了民众艺术的优越性，而且还充分反映了编者的民主思想要求。比如，《歌谣》周刊所征集发表的作品，从儿

---

① 《文学革命论》系陈独秀 1917 年 2 月 1 日作，原载《新青年》2 卷 6 号。
② 胡适所列举的通俗文学作品，见《五十年之中国文学》（《胡适文存》）。

歌到大量的情歌，以及反映妇女受压迫的各种歌谣，都突出反映了妇女问题，反映了中国妇女在封建礼教压迫下地位的低下、生活的悲惨和求解放的强烈愿望。

至于科学，五四时期的新思潮首先是西方各种学术流派的涌入和引进，包括近代西方的民俗学、人类学、语言学，还有成为新思潮主流的马克思主义学说乃至无政府主义等等。由于十月革命胜利的震动，马克思主义学说为中国射来一线黎明的曙光，开始为先进的知识分子所接受。人们意识到只有科学才能救中国。歌谣的征集、研究和出版，自始至终十分突出地强调了提倡科学的思想和科学的工作方法。《歌谣》周刊在搜集歌谣上始终坚持了科学的工作态度，要求做到忠实记录，不容许随意修改。当时对歌谣也讲整理，但其所说的整理有严格的特定要求，要求客观地整理材料，包括词句的校订，方言、习俗的注释，作品的分类等等。决无随意修改作品之意。《歌谣》周刊同时很重视民俗学的科学研究。

今天，我们已经在建设五四时代先进知识分子作为理想而追求和奋斗的社会主义，并且在引进当代世界最先进的科学技术进行现代化建设。然而，当年倡导的民主与科学，至今还没有完全达到，封建主义的流毒和愚昧还在阻碍着我们前进的脚步。今天，我们仍然要高举民主与科学的旗帜，这是至关重要的。

三

五四新文化运动引进了西方的学说、西方的文学，产生了新文艺，例如：自由诗、话剧、现代小说等等；与此同时，寻到了歌谣这个人民大众的口头文学——民族文化传统的"根"，把它同提倡新诗联系起来，这是非常高明的。新诗在新文学的提倡中起了带头和先锋的作用。

《歌谣》发刊词中明确地指出：搜集歌谣的目的有二：一是学术的，一是文艺的。编者宣布："歌谣是民俗学上的一种重要的资料，我们把它辑录起来，以备专门的研究。"关于文艺的目的，编者说要"从这学术的资料之中，再由文艺批评的眼光加以选择，编成一部国民心声选集"。并且引用了意大利卫大尔在《北京歌谣》序中的预言："根据在这些歌谣之上，根据在人民的真情感之上，一种新的民族的诗，也许能产生出来。所以这种工作不仅是表彰现在隐藏着的光辉，还在引起将来的民族的诗的发展。"这仅仅是一种预言，一种期望，但实在是一种很高明的见解。周作人乃是第一个提出者。《北京歌谣》序先由常惠先生译出发表于《歌谣》第18期，后来编者又得到周作人先生代为精密修改的译文，重新在第20期上发表。经过周作人修改的这篇序中对于新的民族的诗的预言成为人们一再引用的一个新观点。

胡适在"复刊词"中说："我以为歌谣的收集与保存，最大的目的是要替中国文学扩大范围，增添范本。我当然不看轻民俗学和方言研究上的重要，但我总觉得这个文学的用途是最大的、最根本的。诗三百篇的结果，最伟大最永久的影响当然是它们在中国文学上的影响，虽然我们至今还可以用它们作古代社会史料。"我认为，文艺的目的与民俗学的目的，可以作为关系密切的两个学科并行不悖。收集和研究民俗材料，对于了解歌谣及其他民间文学作品也是极为必要的。然而从文学的发展历史看，胡适的看法则更准确一些，文艺的目的是最重要、最根本的。

应该指出，从胡适开始的提倡白话文学，新诗是打头阵的。胡适以及当时所有的文学革命的闯将们都做了白话诗。刘半农保存和编印的《初期白话诗稿》，可以看到一部分新诗最初的阵容，其中有：李大钊、沈尹默、沈兼士、周作人、胡适、陈衡哲、陈独秀、鲁迅等人的诗共26首。刘半农没有收入他自己的诗，而他也是最注意学歌谣体的新诗人之一。1920年胡适出版了他的《尝试集》，那是他委托鲁迅、周作人、俞平伯、叔永、莎菲等人一再帮他"删诗"而后才出版的。稍后出版新诗集的有：康白情、俞平伯、汪静之等人。胡适写过一些书评，检阅了新诗最初走过的路子。他说："我们初做新诗的时候，我们对社会只要求一个自由尝试的权利。"可见诗坛上的革新也并不很容易。今天，我们的新诗所达到的成就已远非当年新文坛的开创者所能相比，然而我们不应当小视他们的创新精神和遗作。

尤其值得我们大书特书的是，这些新诗人，居然把平民百姓的歌谣扩充为文学的范本，并明确指出新诗应当向歌谣学习。胡适在"复刊词"中说："中国新诗的范本有两个来源：一个是外国的文学，一个就是我们自己的民间歌唱。二十年来的新诗运动，似乎太偏重了前者而太忽略了后者。"他还指出："现在高喊'大众语'的新诗人若想做出这样有力的革命歌①，必须投在民众歌谣的学堂里，细心静气地研究民歌作者怎样用漂亮朴素的语言来发表他们的革命情绪吧！"这段话包含着对于高喊"大众语"，主张"普罗文学"而缺少感人作品的革命作家的讥讽，然而不能不承认这种批评和忠告是完全正确的。

毛泽东同志也特别指出过，新诗应当在民歌和古典诗的基础上发展。由于他的号召，1958年在全国范围内掀起了大规模的新的采风运动。反观今日诗坛，却还有大骂民歌的，不能不说是

---

① 指清初小说《豆棚闲话》中一首明末革命歌谣《老天爷》：老天爷，你年纪大，耳又聋来眼又花！你看不见人，听不见话！杀人放火的享着荣华，吃素看经的活活饿杀！老天爷，你不会做天，你塌了吧！你不会做天，你塌了吧！

咄咄怪事。今天我们在搜集、出版和研究歌谣方面取得的成就是巨大的，远非当年《歌谣》周刊主持人所能想象，然而新诗要以歌谣为范本，要走民族的、大众化的道路，似乎至今还是一个很有争议的大问题。

《歌谣》周刊前后实际也不过只有不到四年的历史，其中的遭遇和变化也不少，然而它对提倡搜集歌谣起到了开拓者的作用，在编辑的目的、范围和工作方法上，都有它的系统性和范例的作用。虽然规模不大，人手不多，但学术水平是很高的，许多做法值得我们今天师法。比如当时兴起采用比较研究法，讨论了歌谣的分类问题，歌谣与新诗的关系问题，方言、方音问题，民歌的“声韵”问题等等。刊名《歌谣》，而工作范围却在发展着，后来扩大到民间故事、传说、谜语及民俗调查，实际上向整个民间文学领域扩展，同时还突出了语言与民俗的研究。这些都贯穿着科学的工作态度和工作方法。

《歌谣》在新文化运动的历史背景下作为文学革命的一个组成部分，特别是围绕着新诗的发展和民俗研究等问题而展开工作，它本身就是革命行为，它充分地配合和反映了新文化运动的进展和要求。

让我们温故而知新吧！我们尤其需要学习五四时代进步的知识界那种勇于革新、勇于开拓和提倡自由讨论问题的精神。

1989 年 3 月 13 日

（原载《民间文学》1989 年第 4 期）

延安时期的民间艺术之花[*]

延安时期的革命文艺，也像人们所歌唱的延安古城和它的宝塔山那样，它是照耀中国新文艺运动的一座金光闪闪的宝塔。

如果要回忆历史上的这段日子，那么当时的革命文艺运动给人们留下的值得留恋和向往的记忆，是永久难忘的。在这些难以忘却的记忆中，谁也不能摆脱或无视民间文艺的强大魅力。无论是文艺评论家还是文学史家，都不应该忽视这段历史，也不能离开民间文艺而谈革命文艺的发展和产生。

陕北老百姓的口头创作以及各种形式的民间文艺，多少年来默默无闻地发展着、流传着。它像山中的小溪悄悄地流淌。来自祖国各地的那么多的作家、艺术家，忽然以惊异的眼光发现了这条清澈的小溪，看到这条具有旺盛生命力的艺术的源流。作家、艺术家们受到的震动和冲击是巨大的，乃至形成了一个经久不能平静的兴奋波，给每一个亲身经历过这段历史的人，留下了亲切和美好的回忆。谁能忘记那些令人热血沸腾的年代呢？

这场文艺运动是以《在延安文艺座谈会上的讲话》为起点。

＊ 原系《延安文艺丛书·民间文艺卷》前言，湖南文艺出版社 1988 年 3 月版。

谈到这里，我们不能不深深地怀念毛泽东同志，是他总结了新文艺运动的历史经验，提出了文艺为什么人服务和如何服务的根本问题，从而正本清源地解决了文艺方面存在的一系列问题。他首先就开宗明义地告诫从上海亭子间或大后方来的作家、艺术家们说，你们不要轻视工农兵群众的文艺创作，不要看不起那个"豆芽菜"。在毛泽东同志的文艺思想指导下，延安以及各解放区相继兴起了一场轰轰烈烈的革命文艺运动。作家、艺术家改变了他们往往轻视工农群众的错误观点，纷纷到工农兵群众中去，参加群众的文艺活动，向老百姓学习，创作新形式的文艺作品。这场作家、艺术家与工农群众相结合的运动，成为新文艺运动中的一个重大转折。各种民间形式的文艺作品，民歌、快板、说书、新秧歌、民间小戏、民间剪纸、年画如雨后春笋。这场运动的一个突出的特点，就是深入群众调查学习，使作家、艺术家们的创作硕果累累，在文学艺术史上揭开了新的篇章。

五四运动首先树起了新文学运动的旗帜，向西方学习，创作新诗、话剧、小说，在当时的文艺界，在整个反帝反封建的民主革命运动中起到了先锋作用。这种"拿来主义"十分必要，然而，它却有一个致命的弱点，就是没有足够地重视继承我国各民族的传统文化，尤其是没有深入群众，向人民大众学习，从民间文艺中吸取养料。文艺如果离开人民、离开了它赖以生存的土壤，就会成为作者孤芳自赏的苍白花朵。只有从民众中来的具有民族特色的作品才能长久存在，才能以它特有的成就屹立于世界文艺之林。从这一点来说，向民间文艺学习的目的不仅仅在于文艺的普及，实际上也是为了在普及基础上的提高。

在抗日战争最艰苦、最残酷的年代，在陕北黄土高原的山山峁峁，涌出了这样一股革命文艺的滚滚热潮，是难能可贵的。它的历史的、现实的、政治的和艺术的意义是异乎寻常的。它是一次壮举，它将永远铭刻在人们的记忆中。

当时，盛极一时的是新秧歌运动，还有用民间曲调填入新词的革命民歌，在改造说书中产生的新书，美术家们创作的新剪纸，以至舞台上演出的新歌剧《白毛女》。

延安许多文艺机关、团体，在党中央的号召和部署下纷纷下乡。给我印象最深的是 1943 年冬天，张庚、田方、华君武同志率领鲁艺文工团到绥德、米脂、子洲一带的巡回演出。他们沿途边调查采录，边创作演出，向群众学习，为群众服务。他们在这次巡回演出中搜集的民间歌曲、剧本就有 400 个，还搜集了剪纸。1944 年 4 月他们回到延安后，汇报演出了新创作的歌剧《周子山》、《减租减息》和一些新歌曲。《减租减息》中的著名唱段《翻身道情》曾作为独唱节目，由歌唱家唐荣枚同志在"七大"会议上演唱，受到欢迎。张庚同志介绍说，他们发现陕北土地革命时期的民歌中，群众的语言非常朴实、生动。例如"手提盒子枪，身背五洋钢；五洋钢子弹推上膛，打得他无处藏。"（延长：《男女武装起》）马健翎同志用眉户调创作的《十二把镰刀》，以群众喜闻乐见的形式反映了边区群众的抗日生产热情，演出时使人们感到新鲜活泼，耳目一新。由贺敬之、丁毅同志执笔集体创作的新歌剧《白毛女》也是在民间文艺的基础上诞生的。它的故事取材于邵子南同志从晋察冀搜集的一个抗战时期的民间传说。《白毛女》的主题歌《北风吹》及其他插曲，也是马可、张鲁等同志根据河北民歌的基调创作而成的。这个大型歌剧，从题材、内容到曲调都采用了群众熟悉、喜闻乐见的形式；而在戏剧结构和表演上又吸取、借鉴了现代话剧的技巧，因而，它完全是具有中国气派的新歌剧。这就是它之所以能够经久不衰的根本原因。

　　在延安的许多作家、艺术家和年轻的文艺工作者，都参加了当时的群众文艺活动。诗人艾青深入群众，向工农学习，向劳动模范学习，不仅创作了描写劳动模范的新诗篇，还在1943年的陕甘宁边区劳模大会上访问民间歌手，写了《汪庭有和他的歌》，评介汪庭有这位关中社火中的著名歌手。他还参加了新秧歌的创作、评论和演出活动，亲自带队到各地演出。我还看到他率领中央党校的秧歌队到桥儿沟的鲁艺操场上演出《一朵红花》等节目。艾青同志在宣传党的文艺方针上努力不懈，做出了显著成绩，他被评为劳动模范。诗人萧三和安波也参加了劳模大会，并写了《练子嘴英雄拓老汉》，丁玲同志写了《民间艺人李卜》，周立波同志发表了《秧歌的艺术性》。

　　在这一热潮中，令人难忘的还有民间诗人、歌手、盲艺人闯入文坛。不识字的诗人孙万福是陇东曲子县的劳动英雄，一个贫农出身的乡干部。他为人热情，出口成章，富有诗人气质。他的诗最能反映一个翻身农民的欢乐和对党、对新社会的一片深情。《高楼万丈平地起》是他的名篇之一。他在桥儿沟东山坡上向鲁艺师生讲话时那瘦高的个儿与热情洋溢的神态，至今好像还在我的眼前。他双手挥舞，即兴高声朗诵："比如东海上来一盆花，照到咱们边区人民是一家；比如空中过来一块金，边区人民瞅到一条心。"一气呵成，顺口成诗，他还朗诵了几首歌颂边区生产建设的诗歌。不幸的是，他下乡检查工作过河时被暴涨的河水淹死了。在改造说书中，盲艺人韩起祥说新书的艺术成就使他成为解放区民间说唱艺人的一面旗帜，他带头说新书，得到了西北文联主席柯仲平同志的支持，由文联在延安办起了有九个盲艺人参加的训练班，同时成立了"陕北说书改进会"。随后，他们又在米脂、绥德、清涧、延长、延川、子长等地举办了说新书的训练班。当时，全陕北有盲艺人483人，参加训练班改为说新书的有273人①。绥德有个盲艺人石维钧，当时也很活跃，曾改编了柯蓝同志的《乌鸦告状》，演唱很受欢迎。

韩起祥的说书轰动一时。毛主席、朱总司令都先后请他去说书。他当时演唱的有《时事传》和《张玉兰参加选举会》。毛主席听他演唱《张玉兰参加选举会》，当他说到："原来我把你当个朽木墩墩，谁知道你还是个金钟钟，让土把你埋了。现在我把你这个金钟钟，吊在空中，让它发光、发亮又有响声。"毛主席捧腹大笑。毛主席说，韩起祥很会用群众语言，是长期生活在农村的结果。

韩起祥是在党的文艺方针指引下并经派人具体帮助才走上文坛的。先后被派的王宗元、柯蓝、林山、陈明、王琳、程世荣、高敏夫等同志，教他学政治，学文化，陪他下乡一起深入生活，帮他记录、整理书稿，同时在生活上也给予他很多照顾。在他们的积极帮助下，韩起祥创作和演唱了新书《反巫神》、《二流子转变》、《张玉兰参加选举会》、《刘巧团圆》、《王丕勤走南路》等新书。韩起祥手弹三弦，脚踏甩板和小镲，以一副精力充沛的神态演唱起来，好像他胸口燃着一团火，激情奋发不已地歌唱革命，歌唱人民的翻身解放。作为盲艺人，他究竟是怎样了解生活，怎样进行创作实践的呢？1984年，我到延安时走访了他，他以《刘巧团圆》为例作了回答。为了创作这部书，他曾到刘巧的生活原型冯放的家里住了10天，在赵柱儿和赵老汉家住了一个礼拜。编成新书后，他又下乡征求意见，前后共修改过14次。他深有体会地说："要创作就离不开生活，离不开调查研究。"他又说到他要写《翻身记》第二部的计划。他二次回到横

---

① 据韩起祥提供的资料。

山时，听说家乡变化很大，他就亲自到修了42层梯田的一座山上去作调查。他从山脚下一层一层摸着走上去，每到一块田，他就用步子量量大小，他上上下下足足绕了三圈。这时，诗句勃然而出：

> 层层梯田像白云，
>
> 麦田长得绿油油；
>
> 站在高山往下看，
>
> 真是社会主义的聚宝盆。

"缘事而发"是作者所深知的道理。他凭借自己很微弱的一点视力，拿着棍子探路，用听觉和感觉沟通了他与外界的联系，行进在他的不平常的艰难的创作道路上。

文学是语言艺术创作。民间文学是一个民族的来自人民的第一手创作，它往往又是本民族的各种文学艺术的创作素材。民间文学在一个民族的生活中也常是和民间音乐、舞蹈结合在一起，或熔铸于民间美术、民间工艺的创作中。民间戏剧则更是综合性的民间表演艺术。各种表演艺术在群众中流行最广、最快，影响也最大。在战争年代的革命文艺活动中最活跃和引人注目的也是表演艺术。相对而言，民间故事、传说则比较沉默，以它特有的流传方式在乡亲邻里之间默默传播着，不易引起足够的重视。第一本延安时期出版的民间文艺方面的书，是何其芳、张松如同志编选的《陕北民歌选》。诗人李季在三边搜集了陕北的信天游3000首，并在民间传说的基础上创作了他的著名的叙事长诗《王贵与李香香》。诗人严辰在新中国成立初期也出版了他当年在陕北、晋西北、内蒙古等地搜集的信天游千余首。据张松如同志回忆说，1944年至1945年，在日本投降的前夕，鲁艺文学系的最后一个班级，曾经开设了民间文学课。所有这些活动，对于延安时期的革命文艺的创作和演出，对于我国民间文艺的搜集和研究工作，都起到了开拓性的作用。

民歌属于乐歌，是群众抒情言志的一种手段，流传甚广。音乐工作者的采风，走在这次文艺运动的前面。早在1938年，他们就成立了中国民歌研究会。戏剧工作者的光荣职责是演出受群众欢迎的节目，为使他们演出的节目能受到群众欢迎，他们曾与音乐工作者共同下乡采风，进行创作和演出。随后跟上来的是文学工作者，他们也参加了采风，从文学角度编选民歌，以至进行民间文学的教学活动。这种工作发展的顺序，透露了当时人们对民间文学的认识和民间文艺发掘工作的实际进程。文学工作者和音乐工作者一起采风，这也有点开创性，属于文艺工作的优良传统，今天也仍然值得民间文学工作者和音乐工作者所重视和继承。

音乐家吕骥同志始终是搜集民歌的热心提倡者。抗战爆发不久，他就带着他从绥远搜集的一部分绥远、内蒙古地区的民歌到了延安。他又先后在延安和晋察冀边区发起搜集民歌。1938年夏天，在他的主持下，延安成立了民歌研究会，他动员鲁艺音乐系的同学参加搜集民歌。第二年出发到前线，他又在晋察冀边区成立了民歌研究会，搜集河北民歌。1940年，他由前方回到延安后，这时他们研究民间音乐，不仅搜集民歌，还搜集了眉户、秦腔、道情、说书等方面的乐曲。1941年，经过中国民歌研究会会员大会讨论，将其会名改为中国民间音乐研究会。从实际工作看，采风仍然是居于首位。

鲁艺戏剧系为了宣传抗日，下乡演出话剧，发现话剧不合群众口味，于是创作、演出小调剧：戏剧的内容、小调的形式，由戏剧系与音乐系合作演出。1939年，两个系联合组成了三个队分头到阎甸子、二十里铺等地演出小调剧，同时也搜集民歌。组织这次下乡的是教务科长胡苏同志，他是一个分队长。

　　1941年，音乐系又派遣了河防慰问团（包括音乐系、文学系、美术系的成员），到绥德359旅司令部，然后沿黄河两岸去米脂、清涧等地慰问部队，同时进行采风。参加的人有安波、马达、关鹤童、庄言、刘炽、张鲁、焦心河、张潮、邢立斌等。这次又搜集了大量民歌。著名的《移民歌》、《黄河九十九道弯》就是当时在葭县、吴堡搜集的。参加民歌研究会采风工作的还有殷铁民、李凌、徐天放等同志。

　　1942年5月召开的延安文艺座谈会和会后的整风运动把作家、艺术家应该到群众中去为人民服务，提到了自觉地进行思想改造的高度，同时出现了上面所说的下乡热潮。这时，采风的目的更加明确了。这里应当补述，1943年底，在张庚等同志率领有鲁艺戏、音、美、文各系参加的鲁艺文工团下乡之后，戏剧音乐部①在1944年春节又组织了两个分遣队下乡搜集民歌。一个分遣队去陇东庆阳，由袁文殊率领，参加的人有李焕之、李刚、徐徐、刘恒之、雷汀；另一个分遣队由孟波带领，沿着张庚率领的大队人马走过的路，一边帮助当地群众编、演新秧歌，一边采风。同去的有唐荣枚、于蓝、刘炽，还有公木。戏音部组队时，要文学系去一个人，公木主动报名参加，他的任务是记录歌词。他们到绥德后又兵分两路：公木、刘炽到子洲县，孟波、于蓝、唐荣枚到葭县。这一次到陇东、绥德、米脂、子洲一带，又搜集了大量民歌。

　　1942年文艺整风在鲁艺曾发生过激烈的论辩，批评了"关门提高"，而强调要到实际中去，到群众中去。请看黄钢同志报道音乐工作者的激烈辩论的一段特写：

---

　　①　戏剧音乐部：在整风运动中，鲁艺的戏剧、音乐系合并为戏剧音乐部，部下面仍分两个系。

"我们对不起广大的老百姓……"

这里，音乐部的院落里，夜终于来了，很静，很静——结束会议的主席团递条子给学习分会的负责发言人吕骥同志，爱护地关照说——"你可以小声一些，免坏嗓子。"吕骥看了一下这条子，把它压在美国表下面①继续讲下去：

"我们哪还能够想象，哪一天回到大都市里，把礼服穿得很好，将工农兵伙伴关在音乐厅外面，而以小部分士绅小姐们为对象么？我们能够永久地投合小资产阶级的狭窄趣味和感情么？这完全是幻想。我们的音乐将永远是像延安这样的老干部，永远是以工农士兵大众为主。"②

当年的那种革命激情，观点、立场的大转变，那种自我批评精神，至今令人折服。我们早已回到大都市里来了；现实总是发展与变化交织在一起，实践始终应该是检验真理的唯一标准。我并不打算在这里谈今天发生的问题，我只是向今天的读者介绍历史。

那时，人们所想的、所追求的是如何使我们的文艺为人民服务，服从革命斗争的需要，如何让它受群众欢迎。比如新秧歌剧就是这样产生的。上面说到下乡演小调剧，因为配有音乐，比话剧效果就好了一些，但仍不受欢迎，于是他们才想到那就搞秧歌吧！1942 年 12 月，为庆祝废除不平等条约，刘炽、王大化第一次演出了新秧歌。刘炽打头，头包白手巾，手持镰刀，脸上涂了白鼻子，近似化妆表演。到 1943 年春节，经集体讨论由安波执笔创作，演出了轰动文坛的《兄妹开荒》，这就是新秧歌剧的正

---

① 据吕骥同志讲，他那时并没有美国表，这里有一个小小的误会。

② 黄钢：《平静早已过去了》——鲁艺辩论特写，中华民国三十一年八月四日《解放日报》第二版。

式诞生，词和曲都是安波同志创作的，跟着又有音乐家马可创作的《夫妻识字》的演出。因此，新秧歌的产生经过了这样一个过程：话剧——小调剧——秧歌剧。1945 年日本投降，中国民间音乐研究会和鲁艺音乐系的同志们在离开延安前往东北的前夕，他们把几年来搜集的材料，一一清理、核实、分类、编辑成十几本民间歌曲，以油印形式出版，计有：陕北民歌、戏曲两本，河北民歌一本，山西民歌一本，眉户一本，道情一本，韵锣鼓一本，审录一本，器乐曲一本等。这次参加整理的人有李元庄、杜矢甲、李焕之、马可、张鲁、力群等等，最后由孟波同志集中分册。当时音乐工作者都参加了中国民间音乐研究会的采风活动，而坚持时间最久的五员大将是：安波、马可、关鹤童、刘炽、张鲁。在当时的困难条件下，做到油印出版也是很不容易的。他们向边区文协求援，罗烽同志慷慨应允，才解决了买纸和蜡纸的经费。马可、李焕之等几个同志则自己动手，分工刻写蜡纸，以最简易的方式第一次出版了他们所搜集的民间音乐。我在这里粗略地叙述了中国民间音乐研究会当年的搜集工作，一是赞美他们起到先锋作用，对民间文艺的搜集、研究和推动革命文艺创作功勋卓著；二是在当时的艰苦条件下，他们的工作精神和方法，也是今天仍然值得我们称道和学习的。

《陕北民歌选》就是在中国民间音乐研究会采风的基础上编选的。周扬同志看了那些油印的资料之后说，也可以出文学本。于是请何其芳同志负责编选工作。参加初选的有张松如、葛洛、厂民、鲁黎、天蓝、舒群，参加注释等工作的有程钧昌、毛星、雷河、韩书田等同志，附录的曲调是由戏音系的李焕之、张鲁、马可、刘炽等同志选抄的。这本作为文艺性读物的民歌选集，是文学工作者与音乐工作者继续合作的结果。

音乐家安波同志曾被誉为"民歌大王"，他是秧歌剧的创始

人之一。他用《打黄羊调》创作的《拥军花鼓》，曾经是 1943
年春节拥军优抗中优秀的节目之一。这首歌广为流传，富有很强
的魅力，这是因为它表达了老百姓对人民军队的无限尊敬和军民
的鱼水之情，我很喜欢他的这首歌：

> 正月里来是新春，
>
> 赶着猪羊出了门，
>
> 猪呀、羊呀送到哪里去？
>
> 送给那英勇的八路军……

多么热烈！多么美！我还记得那一天，我到教务处安波同志
的办公室，他兴致勃勃地拿出他刚刚完成的这首歌的草稿唱给我
听，我随拍合歌。

毛主席一向重视搜集民歌。陕北公学一周年校庆时，延安街
头诗著名作者、第一个无产阶级诗人柯仲平同志到会，在学生中
记录民歌，正巧遇到毛主席。毛主席对他说，陕公全国各地的学
生都有，你请成仿吾校长给同学们每人发几张纸，就可以搜集到
很多民歌。前几年，我见到成仿吾同志时他还谈到这件事。

现在，我们要把话题转向美术方面。美术家搜集陕北农村妇
女的窗花剪纸，创作反映边区人民生活和斗争的新窗花剪纸，是
延安时期文艺工作者的又一引人注目的成就。而这使我们首先想
到的是：古元、江丰、力群、王曼硕、沃渣、刘岘、夏风、彦
涵、张望等同志。他们都参加了民间剪纸的搜集工作，也都各有
取材于民间的别具一格的新创作。当时，年轻的木刻家古元的木
刻粗犷质朴，反映了边区农村生活的各个方面，他的作品有
《民兵》、《拦羊》、《播种》、《送饭》、《学文化》等等。他借鉴
和发展了民间的剪纸艺术，保持了其原有的粗犷、质朴的农民风
格，为美术创作开辟了另一个广阔的新天地。夏风的《秧歌》、
《运盐》，力群、牛桂英合作的《八路军骑马》、《织布》也都各

有创新。据力群同志介绍，这两幅剪纸是他打的稿子，只画了一个轮廓，然后由晋西北一个农家姑娘牛桂英细致刻画而成。这种专家与农村剪纸能手合作在艺术上取得的独特成绩，也很值得注意。陕北民间剪纸，一般说来，构图单纯，线条粗犷，清晰有力，具有健康、朴素的美。它是现实主义的作品，而又往往富于浪漫主义色彩。艺术家们当时的作品，似有将木刻与民间剪纸熔为一炉的尝试。民间剪纸虽然粗些，造型构图却单纯、明快，有民间装饰画、图案的风味。

诗人艾青也是一个民间剪纸的爱好者。1943年，在他参加陕甘宁边区劳模大会前，曾与古元、刘建章随运盐队出发去三边作调查，往返途中，他同古元一起搜集了一些窗花剪纸。他在三边还遇到了一位小学教员在搜集民歌，这位小学教员就是李季。他当时曾鼓励李季同志搜集民歌。1946年，艾青和江丰根据延安鲁迅艺术学院艺术系搜集的资料，在张家口编辑出版了一本《民间剪纸》，作为赠品，不曾发售。1949年，他们又根据那本《民间剪纸》重加编选，补入一部分新窗花，改名《西北剪纸选》，由上海晨光出版公司出版，只印了三千本。在陕北搜集窗花剪纸以及工艺美术品的还有陈叔亮、张仃、米谷、罗工柳等同志。陈叔亮同志于1947年也曾在上海印了一本《窗花》。

美术方面，新年画在创作上也曾有新的突破，并引起讨论。王朝闻根据年画在群众中的流传和反映写了《年画的内容与形式》。

以上这些记叙，粗略地回忆了延安时期作家、艺术家和年轻的文艺工作者在党的文艺方针的指引下，下乡与工农群众相结合，搜集民间文艺，从事革命文艺创作和演出的情况，勾画了活跃在延安及陕北的那些著名的作家、艺术家的群像，大致叙述了那个时期民间文艺在整个文艺运动中的地位和作用，同时又记下了革命文艺工作者们那种一心为人民服务的生气蓬勃的革命精神和他们所取得的斐然成绩。当然，我这里的记叙是很不完全的，仅仅反映了几个侧面而已。从民间文艺的发掘和继承发扬文化遗产来说，当年在革命文艺运动中最受注意的首先是民歌；二是新秧歌的产生和演出；三是改造说书；四是陕北农村剪纸的搜集和新创作。此外，报刊上还注意发表各种形式的民间创作，如民间故事传说、笑话、谜语、民谣、谚语，战士或农民为反映现实斗争随时新编的快板等等，对配合生产建设和革命斗争起到了很好的宣传教育作用。董均伦搜集的《刘志丹的故事》则是搜集革命故事的一个很好的开端。

还应当提到民间文艺理论战线也非常活跃。其特长是：一、讨论了文艺的民族形式与大众化问题，继承民族文化传统问题这样一些根本性的问题；二、随着革命文艺创作实践遇到的种种问题与创新的要求，文学、音乐、美术、戏剧等方面都在进行有关的理论和技术的探讨，以至专题研究，其中也都涉及各种形式的民间文学、民间音乐、民间美术、民间戏剧；三、作家、艺术家们深入群众，参加群众文艺活动，同时也都成为民间文艺的评论家。民间文学的记录、写定和广泛搜集问题，也受到极大关注，它正标志着搜集工作的新的起步。

这个选集注意到与《文艺理论卷》的交叉问题，比较集中地收入有关民间文艺的论述，包括民间文学、民间故事的记录、搜集，民歌的曲与词的研究，秧歌剧的创作及其艺术的评价与分析，谜语、年画、花鼓、影子戏等等。虽然这一卷中有作品又有理论，有文学作品，又有曲谱、剪纸，似乎杂了一些，然而却可以看到与革命文艺运动息息相关的民间文艺的整体，有了这些理论文章，读者就可以更加了解延安文艺创作活动的兴起、进程和出现的种种新问题及民间文艺在其中的地位和它的搜集与研究状况。这一卷从作品与理论看，我认为不仅生动地反映了延安时期体现毛泽东文艺思想的革命文艺运动的一个大致轮廓，关于记录民间口头文艺的科学性，关于新文化继承民族传统的问题，关于社会调查和创作，都有很值得今后汲取的珍贵的实践经验，具有很高的理论价值。

由于战争环境和当时条件的限制，民间文艺虽然受到极大重视，都远未能达到全面搜集，例如，在陕北，几乎一山一水都有故事传说，米脂有李自成的传说，黄陵县有黄帝传说，这些在当时很少搜集。大量的传统说书，也没有记录，那时只强调说新书。民间工艺美术就更没有多少条件搜集了。北边的榆林，南边的洛川，都是民间文艺品种多、特点显著的地方。洛川有皮影戏、面花、炕头石雕、布玩具等等。那时，洛川、榆林还都属于敌占区，根本不能去搜集。近几年，我们欣喜地看到，陕北民间文艺的搜集和研究有了很大的发展，安塞剪纸、洛川皮影到西欧展出和表演很受欢迎。洛川农民画打入国际市场，很快就销售一空。

1985 年于北京

延安诗歌运动面面观

——序《延安诗人》

我们踏上革命道路的那个时代，是全国人民奋起抵抗日本帝国主义侵略，挽救民族危亡的烽火蔓延的年代，是新中国处于黎明前的黑暗时期，也是诗人们以一颗赤子之心投身疆场，高昂歌唱的伟大时代。

延安，革命的灯塔，它照耀在世界的东方，也照耀着人类理想的未来。

今天回顾和浏览当年解放区和大后方的诗人们奉献给祖国的诗歌，可谓热血沸腾，光彩焕发，不乏令人惊心动魄的心灵之歌。许多诗人、作家、艺术家，络绎不绝，云集延安，也有经延安到前方去的。

五四新文化运动中，新诗是作为新文学运动的一支生力军首先登上文坛的。诗人刘半农搜集编印的《初期白话诗稿》，包括了鲁迅、李大钊、周作人、沈尹默、钱玄同等人的作品，就是一个力证，至今已70余年了。大半个世纪以来，众多的诗人，流派不同，作过各种尝试，使新诗创作有很大发展，成就卓著，名篇不少。而在延安时期，有一个重大的变化，就是作家、艺术家们在新时代的文艺经典《在延安文艺座谈会上的讲话》发表之后，一致认识到文艺要为人民服务，为革命和建设的宏伟事业服务；文艺工作者要与工农兵相结合，深入生活，首先向劳动人民学习。在党的文艺方针指引下，他们下乡、下厂、下部队，盛极一时。诗人、作家们都经历了血与火，劳动生产和战争的严峻考验和锻炼，他们这时还惊异地发现了民歌的激人肺腑，绚丽多彩。

　　五四时代借鉴西方，才产生了新文学。当时进步的作家、学者在北京大学提倡搜集歌谣，就提出了新诗的民族化问题。伟大的革命家李大钊是新诗的提倡者，他也搜集了歌谣。第一个编辑北大《歌谣》周刊的诗人刘半农也写了歌谣体的新诗。胡适在1936年《歌谣》周刊复刊词中甚至说新诗应以歌谣为范本。然而新诗的民族化、大众化，并不是很简单的。30年代左翼作家提倡大众文学，也仍然未能在实践上解决"大众化"的问题。原因就在于作家、艺术家们没有深入到人民群众中去，也没有认识到向劳动人民学习的重要性，不能正确解决文艺的普及与提高，即"下里巴人"与"阳春白雪"的关系问题。正如毛泽东同志所指出的，生活是创作的唯一源泉。不要看不起群众的文艺创作。"没有豆芽菜，就没有毛尔盖。"文艺作为时代的镜子，也必须是为人民服务。新诗的民族化、大众化至今还是一个引人注意的课题。

　　新诗从它诞生起就以自由体的形式出现，这无疑是一种解放。此后，在诗人们长期的创作实践和各种尝试中，在向西方诗歌不同流派的学习和向中国各民族的诗歌的学习中，长期存在着各种形式的自由体诗和不定型的格律诗两种基本的格式。30年代有新月派和现代派，都是以创办刊物为阵地而得名的。还有受法国世纪末诗歌影响的象征派，马雅可夫斯基的梯形诗等等，也同时留下闻一多、徐志摩、戴望舒、卞之琳等名家的代表作。1928 年创造社提倡革命文艺，曾发表"诗的宣言"的郭沫若，也留有他的名篇。我们也看到，不少的作家、诗人同时或者到后来也都以旧体诗抒怀，如鲁迅、周作人，郁达夫等等。旧体诗词并未因自由体新诗的出现而销声匿迹；相反，它一直成为文人雅士或革命战士抒怀的偷闲之作，在海内外华人中亦有广泛的社会基础。而且，老一辈的无产阶级革命家如毛泽东、朱德、周恩来、林伯渠、董必武、徐特立、吴玉章、谢觉哉、叶剑英、陈毅、续范亭等等，几乎无不作旧体诗词。他们在革命斗争的叱咤风云中言志抒怀，使旧体诗词闪烁出新的光辉。毛泽东同志的诗词脍炙人口，是诗坛上的杰出篇章。当然，对于广大诗人和青年读者来说，自由体或格律体的新诗仍然是今天诗歌创作的主流。

延安诗人们的诗歌创作活动，使新诗的民族化、大众化出现了新的浪潮。

其一是诗歌朗诵。以热情奔放的狂飙诗人柯仲平为代表。柯仲平早就醉心于大众化的诗歌创作。他不仅为革命而高歌，还亲自到群众中去朗诵。他重视搜集民歌，向民歌学习，还发表了《论中国民歌》。他率领民众剧团走遍了陕甘宁边区的农村和山山峁峁。他率先成立了延安第一个诗歌组织"战歌社"并提倡诗朗诵。他登台朗诵他的长诗《边区自卫军》、《铁道游击队》，还受到了毛主席的赞赏。被誉为国际诗人的萧三，也始终是诗歌大众化的提倡者。他主编了《大众文学》和油印的《新诗歌》，团结了一些年轻的诗作者。他在文化俱乐部主持诗歌朗诵会，我也曾去聆听过。在他所主编的《新诗歌》出刊时，他曾说："延安的诗歌运动——街头诗运动、诗歌朗诵运动——开全国之风。但是，只开风气，不为师。"他提倡"以诗歌作子弹和刺刀，为抵抗日本帝国主义侵略服务"（《出版〈新诗歌〉的几句话》）。

其二是街头诗运动。这自然使我们想起著名的"擂鼓诗人"田间。他是街头诗运动的提倡者。他从写马雅可夫斯基式的阶梯式诗发展到走上街头，张贴短诗，直接面向群众，为鼓舞对敌斗争服务。《给战斗者》组诗是他的代表作。柯仲平和他的"战歌社"诗友们，也是街头诗运动最活跃的前哨战士。他的《边区自卫军》不仅口头朗诵，也被抄贴在延安城的墙壁上。

其三，李季的信天游式的长篇叙事诗《王贵与李香香》是新诗向民歌学习的一块新的里程碑。陆定一同志曾在《解放日报》上发表了一篇短论，给予很高的评价。记得大意是说：大后方有马凡陀的山歌，我们也有了一个李季。他们都是以向民歌学习，使诗歌大众化为革命斗争服务，赢得了读者的赞赏。同一时期，在晋东南太行山区的阮章竞发表了民歌体的长诗《漳河水》，也是解放区诗歌的代表作之一。

许多著名诗人都从大后方奔向延安；延安的诗人也在大后方的刊物上发表他们的诗作。他们都在革命的洗礼中带着自己的创作走上新的驿程。

早在茅盾主编的《文艺阵地》上出名的诗人严辰（厂民），到延安后又创作了写一个穷苦农民的儿子走上革命大道的《路》以及《故事》等出色之作。他也是民歌搜集者，新中国成立初期中国民间文艺研究会将他在陕北和晋西北搜集的民歌《信天游选》列入《中国民间文学丛书》出版。

以《大堰河》、《向太阳》著名的艾青，是1941年才到延安的。而他的到来，不仅继续创作了抒写我们时代画卷的新作，还在延安文艺抗敌协会创办了《新诗》刊物。他的一些诗论，立论也是很高的。他说：

"最高的理论和宣言，常常是诗篇。"①

他也参加了新秧歌运动，率队演出《一朵红花》等新秧歌剧。

以《十年诗草》、《雕虫纪历》名世，风格奇特的诗人卞之琳，曾经过延安去前方，后又回到延安。他到过晋东南，写过《第七七二团在太行山一带》，他的新诗作品写了革命领袖、工人和青年，他还曾在鲁艺文学系教写作。

何其芳在延安则是一个以满腔热情与革命拥抱的诗人，他新写了《夜歌》与《白天的歌》，心花怒放地为革命而歌唱。他宣称：《生活是多么广阔》、《我为少男少女们歌唱》。他高呼：《革命，向世界进军！》

公木、天蓝、鲁黎都各有出色的作品而闻名，也都有自己的风格。他们都是我所崇敬的战友。公木在部队是一个诗歌团体的主角，后来他也到了鲁艺。他与何其芳编选的《陕北民歌选》，是有开创性意义的，为新诗继承和发扬民间诗歌的传统开路。

诗人与音乐戏剧工作者合作是延安诗歌运动的又一特点，它使诗歌插上歌曲的翅膀或与舞台表演相结合。一些诗人除了自己写诗，同时创作歌词。公木与郑律成合作，写了鼓舞人民和战士进军的《中国人民解放军进行曲》。以《队长骑马去了》、《我，延安市桥儿沟的公民》为代表作的天蓝，创作了歌词《开荒调》，由吕骥同志配曲，在延安大生产运动中广泛流传。光未然、塞克是冼星海的名曲《黄河大合唱》、《生产大合唱》的词作者。冼星海在八路军大礼堂指挥演出《黄河大合唱》时，我还是一个小提琴伴奏者。光未然同志初到延安时，我也听过他登台朗诵诗；他披着一件黑色披风，挥臂朗诵，给我留下深刻的印

---

① 朱子奇、张沛编：《延安晨歌》，陕西人民出版社。

象。我第一次看到郑律成同志是 1938 年在抗大的一个晚会上，他穿着一件缴获日本人的黄呢子大衣放声高歌他的新作《延安颂》。后来我们在鲁艺熟识了，他看到我在《文艺战线》上发表的自由体诗《蒙古骑兵队》和《小播谷》，他为我这两首诗配了曲。自由体诗配曲，这在他或在我都是一个新的发现，也是他的一个新的尝试。

延安采风，是从吕骥同志领导的延安民歌研究会和鲁艺音乐系开始的，他们下乡到黄河沿岸的农村搜集民歌，随后文学系也有公木、严辰、贺敬之等与他们一起参加了采风。

以王大化和李波的《兄妹开荒》为开端的新秧歌剧运动，是延安革命文艺基于群众文艺发展的新的突破，形成群众性的自编自演的文化娱乐活动，产生了《赵富贵自新》、《牛永贵负伤》等许多作品。1944 年，张庚、田方、华君武率领鲁艺文工团到绥德、米脂、子洲一带巡回演出，沿途边调查研究，边创作演出，采风所到之处，对陕北民歌有很多新发现。从新秧歌运动发展到新歌剧《白毛女》的集体创作这一反映农民翻身的大型歌剧，也是在采风和民间传说的基础上创作的。诗人邵子南从前方带回来白毛女的新传说。马可、张鲁创作了著名的《白毛女》歌曲。词作者是贺敬之、丁毅。贺敬之在采风和创作秧歌剧与《白毛女》中显露了才华，他的诗也是富有陕北风味的。

延安时期的新文艺运动，不仅使诗人们的创作产生了重大的变化，产生了各方面的代表作，在革命乳汁的抚育下也出现了一大批新的诗人，例如李季、贺敬之、郭小川、朱子奇、白原、闻捷、胡征、侯唯动、戈壁舟、孙剑冰、李冰、李方立等等。

在延安诗歌运动和文艺活动中，还有特别值得一提的是不识字的诗人孙万福和以韩起祥为代表的民间艺人的说新书。孙万福是出口成章的民间诗人，创作了《万丈高楼平地起》等名篇。我也看到过他朗诵自己的作品。民间说唱艺人则是荷马式的行吟诗人，以弹唱、说书卖艺为生，他们说唱的作品多为民间叙事诗。他们都是民间诗歌的传承者和创作者。他们也是新诗人们应当学习的重要对象。韩起祥也是在诗人高敏夫、林山、通俗文学作者柯兰等的帮助下走上说唱新书的道路的。韩起祥连续创作了《张玉兰参加选举会》、《刘巧团圆》、《翻身记》、《宜川大胜利》等作品。1944 年，诗人、作家参加陕甘宁边区文教大会，他们访问到会的劳动模范，艾青写了《汪庭有和他的歌》，萧三、安波写了《练子嘴英雄拓老汉》，丁玲写了《民间艺人李卜》。重视向民间艺人学习，也兴起了一股热潮。

诗人们各有自己的形式和风格。重视向人民学习，努力使诗歌创作民族化、大众化，至今仍然是引人注意和追求的方向。毛主席为发展新诗提倡搜集民歌，是十分正确的，是符合诗歌发展的历史和规律的。歌谣从来都是作为社会生活的构成部分而存在和发挥作用。人民的诗歌，口耳相传，形成民间诗学。古今中外，它都是诗歌发展的源和流。就各民族的诗歌而论，形式是多种多样的。有严格的格律，但又都相当的自由。新诗在继承和发展人类的诗歌传统中，要重视民族传统，又应借鉴外国诗歌，提倡借鉴和吸取各种形式，为我所用，有所创新。对诗的形式而言，应提倡百花齐放。每一个作者的作品，自然也应当是有个性的。

回顾历史，我们看到新诗的大众化、民族化在延安、在解放区有很大的创新，使新诗的发展迈出巨人的步伐。但它不只是在大众化的诗歌形式上、表达方式上有所创新；不只使诗歌与人民的关系密切起来，起到宣传鼓动和鼓舞斗志的作用；不只是包括旧诗词的古老形式在内的各种形式都可以有新的成就、新的贡献；最重要的是应看到它们在生活中开花结果，在于诗作者所表达的思想境界与感情的飞腾，动人心弦。内心的美与诗的形式的单纯的美的统一。这该是我们鉴赏和衡量诗的高下的准绳。

1992 年 3 月 20 日夜

（原载《延安诗人》，陕西人民教育出版社 1992 年版）

论延安时期文艺运动的五个特征

延安时期解放区出现的文艺运动高潮，是带着前所未有的雄姿展开的。它是中国文艺发展中的一个奇突的高峰和新的转折。

新文化运动从五四至今60年的历史告诉我们，新文艺运动高潮是人民革命高潮的反映，也是斗争的前哨阵地。山雨欲来风满楼，也像俗话所说，"风是雨的头"。而革命文艺就是这种人民革命的风声。它不仅反映了革命斗争的暴风雨，宣传了革命，促进了人们的觉醒，并留下历史的足迹，也使新文艺在风雨呼啸与烽火点燃中不断绽出艳丽袭人的艺术之花。回顾五四以来新诗、话剧、小说的发展和成就，足以证明这一点。那么，延安时期文艺运动又是带着什么新的特征和色彩而出现的呢？它是怎样达到了高潮，有那样一种繁荣蓬勃的局面的呢？有这样五个特征：

一、以马克思主义、毛泽东思想为指导，树立了文艺为人民服务（首先是为工农兵服务），为革命斗争服务的鲜明旗帜。当时，抵抗日本帝国主义法西斯侵略，为民族解放而奋斗，是高于一切的战斗任务。毛泽东同志《在延安文艺座谈会上的讲话》

（以下简称《讲话》）从理论、思想、方针政策上明确了发展革命文艺要解决的一系列根本性的问题。《讲话》动员了广大文艺工作者、作家、艺术家，统一思想，团结起来，用文艺作枪炮，参加抗日斗争。这个时期的新文艺作品，淋漓尽致地反映了人民抗日革命斗争和边区的生产建设。文艺的作用和社会效益，就如毛主席所说，是"团结人民，教育人民，打击敌人，消灭敌人"。文艺是被当作武器使用的，而为了达到为政治斗争服务的崇高目的，也非常重视创造新的艺术形式和新的表现方法。

如果没有这种一致的奋斗目标，如果不是以毛泽东文艺思想把自己武装起来，就像战士上前线一样，文艺作家也走上用诗歌文学为民族解放斗争服务的火线，就不可能出现那样的一种历史意义深远的、朝气蓬勃的革命文艺高潮。这就产生了两个结果：一个是作家、艺术家的世界观和文艺观的改造；一个是发展了文艺本身，广泛而深刻地总结了文艺大众化的历史经验，使文艺作品更能为群众喜闻乐见。

二、作家、艺术家与广大工农兵群众相结合，向工农群众学习，向民间流传的口头文艺学习。一方面开展了普及的群众文艺运动，同时产生在普及的基础上提高的高水平的文艺作品。正是在这种普及第一和普及与提高相结合的方针下，作家、艺术家纷纷下乡、下厂、下部队。在文艺创作上产生了新型的普及和提高两方面的作品。前者以新秧歌为代表，后者以歌剧《白毛女》为代表。

如果说五四新文学运动中提倡平民文学、白话文学，在新思潮的影响下，文艺创作注重向西方学习。那么延安时期则是吸取历史经验，矫正了前人的偏向，把眼光转向人民大众，向民族传统学习，特别是深入到民间直接向人民群众学习，这是一个极大的转折。这种变化是以马克思主义的世界观和文艺观指导文艺创作活动的结果，是完全符合文艺发展的历史规律的。

新文艺曾长期不能为群众所接受，不是很值得深思的一个问题吗？向西方学习无疑是重要的，引起了新思潮，成果是可观的。否则，就没有今天的新诗和话剧之类，也不会有马克思主义，而只能有孔老夫子。然而，民族的传统文化，民间源源不绝、流传发展不息的人民群众自己的口头文学，这才是本民族的文艺的源泉，这才是应寻的"根"。这个根，被延安时代的作家、艺术家寻到了，用以武装了自己，于是产生了与人民共趣味、同欣赏的大众化的新文艺。作家、艺术家的群众化，从而产生了文艺创作的群众化、民族化。作家与工农兵相结合，开创了创作能为群众喜闻乐见的富有民族风格的新文艺的广阔途径。

三、从思想改造到艺术的改造。思想改造是一个至关重要的问题。没有思想改造、世界观的改造，不端正立场、观点和方法，就无从产生无产阶级的革命文艺。试想满脑子资产阶级的思想、感情和趣味，思想情趣与人民不一致，怎能产生人民的艺术？

今天研究家们强调文艺创作为主体性。当然，人是决定的因素。文如其人，有怎样的人，才能产生怎样的文学作品和艺术。因此，对作家、艺术家说来，要创作为群众喜闻乐见的作品，就要解决脱离人民的问题。这样，作者的主体性才能与客观的效果相一致。

五四以来的新文艺一直存在着继续解决创作的革命化、民族化、群众化问题，而延安时期的文艺运动的重要特点之一，就是强调批判地继承民族传统和外来形式的民族化，改造旧艺术，创作新文艺的方针。例如改造所谓"骚情秧歌"的旧秧歌，从而产生了新秧歌和新秧歌剧；例如改造民间艺人、提倡说新书，从而产生了新的说唱文学。那时，为了达到如何能为群众所接受，做了种种试验。实践证明，有唱、有音乐伴奏比话剧更能受到群众欢迎。新歌剧《白毛女》也融入了话剧的成分。

四、党的领导作用和群众性的艺术创作演出运动。延安时期的文艺运动完全是在党的领导下发展起来的。首先是毛泽东同志对文艺思想、理论、方针和政策的指导。毛泽东文艺思想是马克思主义文艺观的一个组成部分和新发展，具有划时代的意义。它作为党对文艺的指导思想，从延安发出，所有解放区都掀起了群众文艺运动，在不同地区产生了各有特色的新成就。

《讲话》发表不久，跟着进行文艺整风，反对主观主义，批判脱离实际、脱离人民的"关门提高"的错误。在中央的号召和组织下，作家、艺术家没有不下乡的，也都纷纷参加群众艺术创作和演出活动，特别是新秧歌运动盛极一时。音乐方面发起陕北采风。美术方面的新剪纸、新年画，接踵而出。戏剧有多种表现，是异常活跃，成就很大的。应该指出，中央的号召和组织推进了群众性的文艺运动，同时在创作和演出活动上统一了指导思想和要求之后，确也发挥了专家、艺术家和群众多方面的主动性和积极性。例如新秧歌运动中，很多机关、团体、农村自己创作，自己演出。可见群众一经发动起来，会发挥很大的创造性。

五、民间文艺第一次登上大雅之堂，占领了众目睽睽的宝座地位。民间文学艺术成为文艺创作的源流，这是谁也不能否定的历史事实。群众文艺运动的大发展、大普及导因于此。《白毛女》式的歌剧，眉户剧《十二把镰刀》，长诗《王贵与李香香》，都是从这里起步的。毛泽东同志批评了作家、艺术家看不起群众创作的错误观点。作家、艺术家们对这一批评是心悦诚服的，甚至在新中国成立初期郭沫若同志在文艺界成立中国民间文艺研究会的大会上的讲话中还自我批评说，他过去是轻视民间文艺的，是读了毛主席的《讲话》以后才使他对民间文艺宝贵起来。

五四时代也是进步作家为发展新文学，为新诗的民族化而提倡搜集歌谣的，然而这时与五四时代有所不同的是，作家、艺术家们深入到群众中去了，收获也大不相同。只有作家、艺术家在思想上、革命实践上与群众相结合，并且有了为人民服务的积极目的，为此而进行创作，才能产生如此众多的为群众喜闻乐见的作品。

新时代的采风是从延安时期发展起来的。它引起了音乐、戏剧、文学、美术一系列文艺创作的变化。今天看来，可以反过来说，如果没有重视提倡民间文艺，作家、艺术家失去了对群众文艺的采录和学习的机会，甚至对它毫无认识，就不会有新音乐、新秧歌、新剪纸、新说书，也不会有秧歌剧和新歌剧的诞生。

延安时期的新文艺运动也不能避免它的局限性。当时解放区处于日寇侵略和反动派的封锁包围中，一切为了反抗侵略的民族解放战争的胜利，强调文艺为政治斗争服务，因而强调创作、演出反映斗争的新作品，强调改造艺人、改造说书，使文艺成为宣传教育和战斗的武器，这是容易理解的。当时很少注意搜集传统作品，战争环境下也根本没有对民间文艺进行全面发掘，开展科学研究的条件，那时各种民间文艺的采录、搜集也只开了一个头。像民间艺人的说书，虽然他们在农村还演唱传统作品，却因为提倡说新书，对传统作品一篇也没有搜集，也不曾提倡搜集。简单化、片面化的缺点是存在的，然而瑕不掩瑜。新中国成立后，在人民解放翻身之后，我们才在和平建设中进一步遵循《讲话》的教导，全面地、科学地发掘，推广和研究各族人民的民间文艺，创建民间文艺学这一新的学科。

但是对延安时期提倡重视民间文艺的意义和成就仍然是不可低估的。

《讲话》仍然像一盏明灯，照亮了我们前进的道路，或说是一条尚未走完的道路。

1987 年 4 月末

1993 年 4 月 28 日抄改

采风掘宝，繁荣社会主义民族新文化[*]

一　新形势、新局面和当前的问题

现在世界的形势是：东风压倒了西风，苏联有三个卫星上了天；在国内，工业和农业并举，在鼓足干劲、力争上游、多快好省地建设社会主义的总路线的指引下，全民欢腾跃进。这种跃进的盛况，首先辉煌灿烂地反映在群众自己创作的新民歌里面。

> 千条龙，万条龙，
>
> 首尾衔接上高峰，
>
> 张口喷出江海水，
>
> 满山遍野响淙淙，
>
> 天干也要吃饱饭，
>
> 乾坤掌在人手中。
>
> ——四川

这就是中国人民以集体的威力移山倒海，大建设、大跃进的一幅壮丽图景。

---

* 本文系作者 1958 年 7 月 9 日在全国民间文学工作者大会上的报告。

亮不过星星蓝不过天，

香不过园里的牡丹，

伟大不过的是人民，

把河水引上了荒山。

——甘肃

这是人民对自己的力量所唱的衷心的赞歌。

铁镢头，二斤半，

一下挖到水晶殿。

龙王见了就打颤，

就作揖，就许愿，

缴水缴水我照办。

——陕西

连神仙也得折服，只好认输缴水。

劈开悬崖凿开川，

东西山上架飞泉，

流水哗哗空中走，

好似仙女弹丝弦。

——湖北安陆

这是多么优美动听的歌，正如仙女在弹丝弦一样。

古人说：诗言志。过去，劳动人民在旧民歌里多半是申述痛苦，表示反抗；现在他们是歌唱新生活，"言"建设社会主义的"大志"；革命的浪漫主义气概与革命的现实生活相结合，产生了脍炙人口的诗歌。这样的诗歌在全国各地方、各民族大量产生。它们是我们时代的社会主义的新国风。

由于毛主席的倡议，搜集民歌的运动，目前已经在许多地区轰轰烈烈地展开了，它成了全党全民的事情。这也是一件破天荒的大事。4月14日《人民日报》发表了社论。郭沫若理事长最近也发表了《答民间文学编辑部问》的谈话。在党的八大第二次会议上,周扬同志作了《全党动手,搜集民歌》的发言,毛主席又再次提到全面搜集民歌的问题。从4月初起,各省、市、自治区党委,相继发出了搜集民歌的紧急通知。截至到现在为止,在短短的几个月内很多省、市、自治区都已经出版了不计其数的民歌选集、资料、歌谣刊物和小册子。有的农业合作社、工厂也都出版了自己的跃进诗歌。采诗本来是中国古有的宝贵传统,但这一次声势的浩大,规模的广阔,目的和从前的不同,远非古代的"采诗之官"所能够想象。一向受鄙视的民间文学,今天正大步地迈进文学艺术的"大雅之堂"。全党全民采风的创举,在很短时间内已经做出了令人振奋的成果。

在这种新的形势下,民间文学工作怎样跟上去呢?

我们的大会是一个跃进会,也是一个促进会。这次开会的目的,就是要在新的形势面前明确我们的民间文学工作的道路和方针、任务,从全民采风到全面发掘中国各民族的民间文学宝藏,要制订一个全面规划,也要讨论一些方法和措施的问题。而要做到这些,我们首先必须对于民间文学的价值、作用、范围,对中国民间文学蕴藏的丰富性,有足够的认识和估计。

民间文学是劳动人民的文艺创作。中国是一个统一的多民族的国家,地广人众,历史悠久,各民族的民间文学也如我国的天然物产一般,蕴藏无限丰富。中国人民有着光荣的革命传统和灿烂的文化传统。从古至今,劳动人民的生活、斗争和理想,痛苦和欢乐,生动如画地反映在群众自己的创作里面;民间文学保存了一部分我国民族文化传统的精华。民间文学一向都和阶级斗争、生产斗争密切结合着,它最直接地表现了劳动人民的思想情感,乃是人民的"心声"。民间文学包含着劳动人民长时期反抗阶级压迫和跟自然作斗争的丰富经验,是人民群众的集体智慧和艺术幻想的结晶。民间文学在阶级社会中尽管也接受了剥削阶级的影响或者为反动统治者窜改利用，但它基本上是劳动者的文学，是被压迫者的文学。正如劳动人民所生产的物质财富养活了所有的人一样，不识字的诗人和小说家的作品哺育了历代杰出的诗人和作家，同时它又是人民群众自我教育的武器和用以娱乐解闷的美妙的艺术。

目前群众文艺创作的繁荣，是我国社会经济基础改变以后上层建筑发生的一个显著变化。社会主义革命胜利的结果，文学艺术创作已经不是少数人的事情，而开始成为千百万劳动人民自己的事情。体力劳动与智力劳动开始取得结合。新民歌的涌现，是大跃进中最吸引人、最鼓舞人的现象之一。哪里有劳动，哪里有斗争，哪里就有诗歌；越是革命干劲冲天、群众文化工作活跃的地方，民歌快板也就产生的越多。新民歌不同于旧民歌的最突出的地方，就是它与劳动生产、与政治斗争在新的思想基础上更加紧密地结合在一起。它产生于火热的斗争中，而反过来又成为鼓舞革命干劲、动员生产热情的有力的宣传武器；它旗帜鲜明地表扬先进、批评落后；它是行动口号，是决心书，是刺枪，而同时又是激动人心、鼓舞斗志的美丽的诗篇。

新民歌的飞跃发展，又是群众文化革命的标志之一，它对文化革命也有促进的作用。过去劳动人民受教育的权利被剥夺了，用文字写作的权利被剥夺了，文化掌握在少数人的手里；劳动人民的文学只能是口头创作，口头流传，他们所创作的东西虽然有很多出色的作品，虽然也孕育了诗歌文学的发展和繁荣，却又偏偏要受到反动统治阶级的鄙视，不能登什么"大雅之堂"。现在，群众一面学习文化，学习科学技术，同时在生产大跃进中进行新民歌创作，这种诗歌创作对鼓励文化学习也很有好处。他们将要在不太长的时间内成为科学技术的主人和文学艺术的主人。

群众在掌握了文化以后，就会用文艺写作来表现自己，无须像过去一样单靠同情他们的作家来表现他们了；而大跃进诗歌的出现，正是劳动人民自我表现、自我歌唱、成群结队地走进文学艺术领域的开始。

新民歌起着开一代诗风的作用；不仅如此，而且它对各种文艺创作（如音乐、戏剧、美术、舞蹈……）的发展都将发生很大的影响。它将成为带动新文艺进一步群众化、民族化的火车头。

我们的任务就是：发掘民间文学的珍宝，配合文化革命，大力促进群众文艺创作的发展，促使新文艺进一步成为富于民族风格的劳动人民自己的文艺。

过去我国各个革命时期的革命民歌，对鼓舞、发动群众进行革命斗争，参加生产建设，都起了积极的作用，但今天群众创作的新民歌，对建设社会主义社会所起的推动作用，比以前要大得多，也广泛得多；说它是向共产主义进军的号角，最为恰当。

民间文学是劳动人民生活历史的生动记录，长久为人民群众应用和喜爱，除了许多作品都具有极高的文学价值而外，它还具有多方面的学术价值。它是研究历史学、民族学、民俗学以至农业、工艺等科学的珍贵资料。

内容丰富多彩、形式千变万化的中国民间文学，大致包括群众口头创作、民间曲艺和民间戏曲三大类。而群众口头创作里又有民歌、民谣、快板、史诗、长篇叙事诗、民间故事、传说、神话、童话、寓言、笑话、谚语、俗语等；在民间曲艺和民间戏曲方面，曲种、剧种名目繁多，不下数百种。这三类民间创作，在新时代已经从各方面发生了显著变化，在广阔的天地中有了新的发展。

中国各民族的民间文学宝藏是这样的丰富，而我们的工作整个说来还处在拓荒的阶段，这就使我们必须大步前进，才能满足社会主义文化建设的需要。我们的工作肯定非走群众路线不可。在工作的进程上，首先要注意开展普遍地调查采录工作；而且整理翻译作品和研究工作要能够及时跟上去，以便使我国各民族的民间文学都得到科学整理、广泛传布和正确的评价。

目前民间文学工作所处的形势的特点是：一、生产大跃进；二、文化大跃进；三、有党的重视。党的重视是使民间文学迅速发展，成为全党全民的事情的关键。这次大会上我们大家要讨论的，就是如何贯彻总路线、多快好省地开展民间文学工作，如何组织全国研究、编选和翻译的力量。为了适应新形势，促进社会主义新文化的繁荣，加速我国社会主义建设，我们要做促进派。

二 反对资产阶级的道路，坚持社会主义的道路

中华人民共和国成立以来，在党和政府的正确的文化政策和民族政策的指导下，全国各地的民间文学工作，像其他任何工作一样，取得了巨大的成绩。

民间文学工作在五四新文化革命中就受到了注意，特别到了1942 年《在延安文艺座谈会上的讲话》发表以后，在文艺为工农兵服务的方针的指导下，民间文学的搜集整理和研究工作，才有了正确的方向和新的发展。在五四新文化运动中，北京大学首倡搜集歌谣，是当时反对封建文化、提倡民主和科学在文学方面的重要表现之一。在《北京大学日刊》上发表的第一批歌谣中，有李大钊搜集的几首歌谣和注释，曾经鲜明地表现了马克思主义的阶级观点。但是在五四新潮流中提倡搜集歌谣的人也有介绍西欧的资产阶级民俗学，而热心提倡歌谣和民俗研究的人，其大都是胡适一派。

　　无产阶级思想和资产阶级思想,在民间文学工作上一开始就已经可以看出它们的对立。鲁迅、瞿秋白在保卫新兴的无产阶级文学事业、反击资产阶级的进攻中捍卫了民间文学。鲁迅反对了梁实秋、第三种人的"艺术至上"和鄙视民间文学的反动观点,说"从唱本说书里可以产生托尔斯泰、弗罗培尔"。鲁迅不但在自己的著作里广泛地论述和应用民间的文学艺术,而且曾经对民间文学的许多方面(从搜集整理工作到民间文学的产生、估价,民间文学与作家创作的关系,民族形式的革新,等等)作了马克思主义的解释①,奠定了中国民间文学的马克思主义理论的初步基础。

　　但是,过去在长期的反动统治下,民间文学的搜集整理和研究工作受到了极大的限制。革命文艺工作者在白色恐怖下多半从事革命斗争,而且五四新文化运动中介绍外国的东西多,向传统文化学习不足,作家们的小资产阶级的立场没有得到改造,一般人对民间文学采取了轻视的态度。在老革命根据地,情况完全不同。1929 年,毛主席在古田会议的决议中非常强调搜集革命歌谣,把革命歌谣看作群众宣传鼓动工作的重要武器。劳动人民的创作在当时受到了极大的重视,革命民歌成为发动群众、鼓舞革命战争的最好的文艺形式之一。它可以说是工农兵新文艺的幼芽。在毛主席延安文艺座谈会讲话以后,在解放区,民间文学的搜集整理和研究工作,完全是以马克思主义的立场观点进行的,而且曾经进行了有组织的下乡搜集。新的人民文艺创作,如《白毛女》、《王贵与李香香》、《兄妹开荒》等作品,都汲取了民间文学的丰富营养。

---

　　① 参看《鲁迅与民间文艺》(邱朝曙、陈毓熊编辑),见 1951 年出版的《民间文艺集刊》第 2、3 册。

全国革命胜利以后，在文艺为工农兵服务的方向下，民间文学受到了普遍的重视。民间文学，特别是新民歌，在全国各地、各民族有了新的发展和繁荣。在第一个五年经济建设计划里，文学艺术工作方面规定了"百花齐放、推陈出新"的方针；对各地方、各民族的民间文艺的发掘和研究，也有明文规定。八年来，民间文学艺术的搜集整理和研究，首先是搜集整理工作，有着蓬蓬勃勃的发展。

在广泛的搜集整理工作中，我们首先看到了我国各地方、各民族的民间文学的丰富多彩。民间文学成了一个日益旺盛的百花齐放的花园。像内蒙古地区汉族的爬山歌，蒙古族的各种民歌、好力宝和英雄叙事诗，山西的"席片子"、"开花"，河南、山东的"唱曲"，南方各省的四句头山歌、湖北的五句歌，甘肃、青海一带的"花儿"，北方的秧歌，藏族的"拉夜"，壮族的"欢"，两广的"客家山歌"，纳西族的"骨器"、"喂猛达"，白族的"打歌"、"大本曲"、"西山调"，侗族的"大歌"、"小歌"，等等。这些形式不同、风格迥异的民间歌谣，八年来在历次运动中又都产生了大量的新作品，开放出新的花朵。各民族的史诗、叙事诗和长篇故事也发掘了不止一二部，像彝族的《阿诗玛》和另一部长诗《逃往甜蜜的地方》，彝族的《梅葛》，傣族的《娥并与桑洛》、《召树屯》、《兰嘎西贺》，苗族的《苗王张老岩》、《张秀眉》，傈僳族的《逃婚调》，蒙古族的《江葛尔》、《格斯尔的故事》，最近几个地方都发现了长短不同的藏族的《格萨尔》，等等。这些传统作品都是异常珍贵的，有的已经列入了世界文库。民间故事传说的搜集，也是近年来民间文学工作中的显著成果之一。革命的民间故事，像关于毛主席的传说，关于朱总司令、贺龙及其他革命领袖的传说，红军的传说，义和团的故事等，都显示了中国人民的力量，其中新的民间传说还显示了人民群众对中国共产党的热爱。各民族传统的故事、童话、寓言、地方传说，许多都非常优美，并且很有教育意义，它们总是歌颂英雄，反对横暴，幻想幸福，寓有教训，等等。据不完全统计，截至目前，全国50多个民族，已经有40个民族用汉文发表了他们的长诗短歌、民间故事以及其他形式的民间创作。

民间曲艺和民间戏曲发掘出来的作品也丰富得很。而且地方戏已经作了普查。全国各地多次的音乐、舞蹈、曲艺和地方戏剧的会演，对于发掘民间文学传统作品和发展新创作，都起了有力的推动作用。民间戏剧，像二人台《走西口》，花鼓戏《打鸟》，花灯戏《十大姐》，黄梅戏《借罗衫》等作品，民间曲艺像山东快书《武松传》，扬州评书巨著《水浒传》（王少堂）等，都是民间文学的出色作品。

还应该特别提到记录民间艺人、歌手的作品的问题。很多传统作品是保留在民间艺人、歌手的脑子里；在少数民族，如傣族的"赞哈"、纳西族的"东巴"、彝族的"贝玛"一类歌手，他们实际上就是民族文化的保存者。而且，民间艺人、歌手，在党的团结和教育的政策下，许多人八年来都创作了很好的新作品，对群众宣传教育工作起了很大的作用。像蒙古族歌手色拉西用马头琴弹唱歌颂毛主席，快板诗人王老九歌唱翻身幸福，是出现得比较早的。韩起祥最近又创作了一部《翻身记》。在座的傣族赞哈康朗甩，用自己熟悉的民族形式歌唱了社会主义，出版有《从森林眺望北京》，他还与其他赞哈们到水库工地上参加劳动和演唱，深受群众欢迎。在座的还有蒙古族艺人琶杰和毛依罕。琶杰的艺术语言的丰富是惊人的，他在农业合作化运动中创作了富于童话色彩的《两只羊羔》。毛依罕的好力宝《铁牤牛》已译为汉文，大家都已很熟悉。他们都以自己熟悉的民族形式歌唱了社会主义。新疆维吾尔自治区哈萨克的老歌手司马古勒的艺术才能也是惊人的。1952年，在阿尔泰人民政府争取谢尔得曼归顺政府举行谈判的时候，他拿上他的"冬不拉"到山里用他的歌声帮助政府代表团说服了谢尔得曼和他的代表们。在他的动人的歌里让人信服地说明了真理。这样一些例子各地都还有很多，不一一列举。

八年来，工农兵的新的口头创作及其他民间文学，在反映解放以后人民的生活、斗争上，在艺术形式上，都有了新的发展，例如战士的枪杆诗是一个显著例子。最近工人、农民和士兵的民歌快板，不但在生活内容上同旧时代的歌谣有显著的不同，而且也已经不全是口头创作，开始用书面创作了。无论是过去的枪杆诗或今天的大跃进歌谣，都没有拘泥于旧形式，但它们都具有民间歌谣的格调。

民间文学的搜集整理和研究工作也在蓬蓬勃勃地发展，而且近两三年来，逐渐由个人、个别部门的零星搜集进入一个地区的有计划地、有组织地搜集。例如云南是比较突出的例子。云南曾经组织了6个调查组到6个不同的民族地区进行搜集工作，并且召开了全省民间文学工作会议。各自治州、市、县也都很重视这个工作，曲靖地委也曾经组织过20多人在当地调查，搜集了彝族的史诗、民歌和很多传说。云南省的民间文学工作所以开展得比较好，最主要的原因是解放以后省委就很注意这个工作，对思想问题和方法问题随时都有指示。《阿诗玛》的被发掘就是一个例子。贵州军区早在1951年就发动过全军记录民歌的活动。中共贵定县委也曾经为军区政治部宣传部号召征集万首民歌，给全县土改工作干部发出过通知，结果搜集了很多土改民歌。这也是一个很突出的例子。此外，像内蒙古、延边等地，都进行了有组织的搜集、整理、翻译和研究工作。

八年来全国各地的民间文学工作成绩是巨大的，发展也很快。但是道路是不平坦的,并不是一帆风顺。

从五四以后,无产阶级的新文艺就是在不断同资产阶级思想作斗争中成长和壮大起来的。除了李大钊、鲁迅、瞿秋白,特别是毛主席从在老苏区提倡革命歌谣到在延安文艺座谈会上的讲话奠定工农兵的文艺方向,以至新中国成立以后全国民间文学工作的广泛开展这一条无产阶级的道路而外,还有一条资产阶级的道路。

鲁迅是新文化运动的旗手,无产阶级文艺事业的保姆,他既反对过遗老遗少的国粹主义,也反对了第一个攻击无产阶级文学运动的梁实秋。梁实秋公开蔑视民间文学,认为文学应当是表现"人性"的,永远是只有少数人才有福气享受的"专利品",而民间文学是"另外一种""低级的"东西,因为"劳工劳农也需要少量的艺术娱乐"。反对工农兵文艺方向的民族虚无主义者也说:"民间文艺是封建文艺";有的则说民间文艺里面"只有极少的要素才能和民众在生活上的进步要求联接着"。这些谬论,大家现在是很容易看穿的。资产阶级民俗学源于资本主义国家为了巩固对本国人民的反动统治和发展殖民主义的要求。资产阶级民俗学者对劳动人民的创作并没有真正尊重。中国资产阶级民俗学者就是把民间文学看成是古代的"文化的残留物"。热衷一时的是"外来说"或"因袭论",说世界上有那么一批抽象的故事情节,在国与国之间传来传去,与任何时代和民族都没有什么关系;而其发展变化,也是古老的形式的简单重复和改头换面,没有什么新的发展。因袭论者反对民间文学的民族特点、甚至说什么民族的"表面特征"会妨碍人们深刻地理解构成民间创作的基础的"人类共同特征"。这明显地表现了资产阶级唯心主义的观点。他们反对"从民间来到民间去",把整理传播民间文学、直接为群众服务的方针,讥讽为"狭隘的功利主义"。

民间文学工作的两条道路：一种是从无产阶级的世界观和为人民服务的立场出发，尊重劳动人民的创作，发展民间文学艺术，使群众创作与作家的创作衔接起来，而且为繁荣社会主义的文化科学研究工作提供珍贵资料；另一种是从资产阶级的世界观和资产阶级个人主义出发，鄙视民间文学，或者把民间文学当作古董和花瓶，猎奇、垄断、低级趣味，并不懂民间文学中所反映的劳动人民的思想情感；以资产阶级的思想情感，是不能理解劳动人民的创作的；他们这些人都瞧不起劳动人民，当然也就会轻视民间文学或者以贵族老爷的态度鉴赏民间文学；他们甚至以贵族老爷的态度擅自要取消中国民间文艺研究会，使这个会有近三年之久为了存在而挣扎。

两条道路的斗争，还表现在对待少数民族的民间文学工作方面，这就是大汉族主义和地方民族主义。以大汉族主义的态度对待少数民族的作品，是十分错误的。有人轻率地改纳西族人民的东西，把纳西族的《猎歌》里的恋爱方式改为拥抱、接吻，引起纳西族的强烈反感，尤其恶劣的是伪造了《古老的傣族歌》。以这种轻视或任意窜改伪造少数民族作品的态度去记录整理，很难把兄弟民族的优秀作品准确地介绍给读者，更谈不到帮助兄弟民族发展他们的社会主义新文艺。新疆维吾尔自治区的地方民族主义分子死抱着所谓"民族文化"不放松，反对党和政府的"推陈出新"的文艺政策，而同时他们所谓"民族文化"却不包括民间文学。在这些地方民族主义分子的把持下，新疆各民族的丰富的民间文学的搜集和研究工作长期未被重视，受到了很大的损害。最近在新疆的地方民族主义也已受到了应有的批判。各民族地区的社会主义的文学艺术事业就迅速地繁荣起来。

但是，两条道路的斗争并没有完结，轻视民间文学的现象还相当普遍。凡是深受资产阶级文艺思想的影响的人都瞧不起民间文学。今天在文艺界和知识青年里面还有不少人是这样。有些人脑子里装满了托尔斯泰、巴尔扎克，却没有中国老百姓的文艺创作，看不清社会主义文学艺术的发展方向。资产阶级学术思想在反右斗争中已有初步揭露，但还没有受到彻底地批判。有一些人把民间文学当作个人猎取名利的工具，例如什么盗宝、独霸、窃取别人劳动的果实，不与别人合作等怪现象。系统地彻底地批判资产阶级唯心主义的观点及资产阶级的思想作风，是十分必要的。我们应当是一边浇花，一边还要锄草。

道路不同，方法也就不同。我们的方法，在对民间文学的分析研究上，是历史唯物主义，是辩证法，是阶级分析的方法；而资产阶级的方法，是唯心主义，是形而上学，是形式主义和繁琐的考证。我们强调深入群众，从群众的实际生活了解活生生的民间文学，同时也由古而今，全面研究；资产阶级专家则坐在书斋里，脱离实际，以搬弄古书吓唬人。在推动民间文学工作上，我们主张走群众路线，发挥社会力量和集体协作的精神，资产阶级却只管个人，不要群众，等等。当然，方法问题并不全与道路有关。在民间文学工作上，我们必须反对右倾保守思想，采取跃进的方法。最主要的就是认真地贯彻群众路线。群众路线的工作方法是党的基本的工作方法，在民间文学工作方面也不可例外。

三　我们今后的任务

我们今后的任务就是：

（一）全面搜集，重点整理

新民歌当然是应当首先注意搜集的，现在各地都已经这样做了；问题是还要强调全面搜集。不但要全面搜集民歌，而且应当根据各地方、各民族的不同情况，有计划地发掘全部民间文学宝藏。全国各地方、各民族都有新时代和旧时代的各种各样的民间文学作品，应当广泛地进行搜集。搜集民歌时要争取音乐工作者的合作，记下曲谱，让词曲一块保存流传。此外，很多地方几乎一山一水，一草一木都有着美丽的故事传说，反映了民族的心理、风俗，反映了劳动人民向往美好生活的斗争和愿望。要把从古至今所有优美的民间故事传说都记录下来。少数民族的作品必须很好地搜集和翻译。我国各少数民族大都能歌善舞，他们的口头文学非常丰富和优美，而且至今流传着一些很有价值的史诗、长篇叙事诗。有文字的民族，他们的经典里有很大一部分是古代记录的民间文学。这些都是国家的重要的文化财富。深刻地反映了劳动人民的生活经验的谚语及其他形式的民间创作，应当有计划地逐步搜集和选编。我国民间曲艺和民间戏曲特别丰富而有特色，也应当尽快地搜集出版。

搜集要全面，又要有计划、有步骤。首先搜集近百年、特别是近40年来的革命作品和各民族的重要的传统作品。在全面搜集的基础上，有重点地进行整理编选。先整理对建设社会主义帮助大的、富有教育意义的作品，例如目前的新民歌、优美的民间故事、在群众中流传最广的歌颂英雄人物的民间说唱以及优秀的长篇叙事诗，等等。

在民间文学工作中过去也有厚古薄今的倾向，就是看不起新时代的群众文艺创作，尤其恶劣的是搬弄古书来吓唬人，或者是把人民群众过去的作品当古董玩弄。应当反对这种错误的观点。但是，这不等于说可以容许轻视至今仍然活在群众口头上的传统作品。以马克思主义的观点搜集、整理和研究我国各民族的丰富的传统作品，这个工作今天不是已经做得太多了，而是刚刚开始，还需要大力来做。传统作品，特别是各地方、各民族的著名史诗、传说,可以是长期研究的对象,但必须尽快地记录下来。因为这些作品多半保留在老年人的记忆里,若不赶快搜集,就会有失传的危险。旧时代民间文学既然是被压迫人民自己的口头文学,过去又长期处于受鄙视的、自生自灭的地位,在旧时代失传的不知有多少,我们不能让它再失传了。记录这些作品是我们时代的光荣职责。传统的文学艺术是发展社会主义新文化的深厚基础。韩起祥、琶杰、康朗甩、毛依罕等人的作品所以动人,富有民族传统艺术的特色是一个很重要的原因。今天群众的歌手,快板诗人,也大多是熟悉本地民间歌谣传统的人。我国少数民族地区现在正由经济落后的社会飞跃到社会主义社会,从各民族自己固有的文学艺术推陈出新,发展社会主义内容、民族形式的新文艺,对于推进民族地区的社会主义建设具有重大的作用。而且,长期活在群众口头上的作品,深受群众欢迎,很多都是最能代表民族风格的珍品。必须很好地记录保存,加以推广流传。有人以为反对厚古薄今就是只要搜集和研究新歌谣,认为注意搜集传统作品就是厚古薄今,这是对民间文学工作的任务的片面了解,也是对厚今薄古的原意的误解。

旧时代的作品有旧时代的局限性,不能要求古代人按照现代人的观点和口味来创作。所以搜集旧时代的民间文学必须采取历史唯物主义的观点;要看到劳动人民的创作基本上是健康的,同时它也有受时代限制的一面。以是否合乎现代的观点为标准来衡量旧时代的作品,或者企图把旧时代的作品改成现代作品的样子,是违反历史的一种粗暴行为。但是,旧时代的民间文学里也确实有一些宣传封建迷信、色情或低级趣味的东西,其中有的是由于劳动人民受了反动统治阶级的思想的影响,或者由于从前社会经济和生活条件的落后,有的根本就不是劳动人民的创作。因此,搜集者还要有阶级分析的观点,要有马克思主义的历史主的观点，不能把旧时代的作品一概看成合理的存在。要全面搜集，但也要有所选择。内容反动、落后而有研究价值的作品，我们也要搜集，可以把它们作为科学研究资料，另行整理编印。

在记录、整理作品的方法上，我们提倡忠实记录，适当加工。

首先强调忠实记录。民间文学工作需要树立科学态度、科学方法。因为把群众的作品忠实地记录下来，是一切工作的基础。作为科学研究资料，如果真伪莫辨，是无法判断问题的；作为文学作品，群众也喜欢看到真正的民间创作，而不要看涂抹得似是而非的东西；整理加工也首先需要有忠实的记录作底本。群众的作品，往往不免有粗糙的地方；旧时代的作品，更不免含有封建性的糟粕。作为文学读物在群众中推广流传，为了使作品在艺术上、思想上更加完美，流传得久远，可以容许整理加工，但这种整理加工应当是以慎重负责的态度适当地进行，必须反对乱改。随便记录一个作品的轮廓，任意增补，是完全错误的。乱改也是错误的。没有群众的思想感情的人，不了解群众的生活、风俗，或者不能掌握群众的语言和民间创作的风格的人，很容易把群众的东西改坏。这是特别值得我们注意的。

但是，我们也反对对待民间文学的国粹主义态度。就是不分情况地反对任何改动，把落后的东西也一概看成是合理的。所谓"一字不动论"，还不仅表现了迂腐的学院派的保守观点，而且实际上阻碍着把优秀的民族文化遗产加以整理和传播，阻碍着民间文学工作为社会主义服务。

我们提倡出两种版本：作为科学研究资料出版，如实记录，不动内容，语言忠实。作为文学读物，要求有科学地整理和选编工作。在挑选和写定作品的时候，要审慎地分清精华与糟粕。有必要加以改动或由几种异文整理成一个较完整的作品时，修改整理后应署名负责,并说明原文保存在什么地方,以便日后研究。以民间创作为基础加以改编,或者采用民间的题材写成新作品,这些工作是很有意义的,可以产生很好的作品,我们欢迎诗人、作家们从事这种工作;但应当说明,这是属于创作的范围,不能把它与整理工作混同起来。

记录和整理任何作品,都要特别注意保留生动的民间语言。语言没有光彩,就会使作品失去光彩。因为文学本来是语言艺术。有人把四川话"又歪又恶"改作"厉害得很",显然是乏味了。民歌中的方言,尤其不可改动,一般人不易了解的地方,应详加注释。

当然,整理加工到适当的程度,并不容易,我们需要不断总结经验,进行研究。

(二) 大力推广,加强研究

民间文学工作应当从两方面为群众服务,为社会主义建设服务:一方面采取各种方式开展推广工作,使优秀的民间文学作品在群众中广为流传,使作家、科学家在参加社会主义和共产主义建设中从民间文学中汲取营养,获得珍贵材料;另一方面,加强研究工作,用马克思主义的观点来研究我国民间文学,以便丰富文艺理论,促进我国社会主义的文学艺术的发展。

研究工作首先是面向群众,普及第一。要经常到群众中去,不能关门研究。例如首先需要评论群众的新民歌,研究民间文学在新时代的发展变化,回答群众(例如少先队辅导员)所提出的关于民间文学的问题等。研究作家向民间文学学习的问题,也很迫切。另外还要迅速组织人力,建立和加强民间文学的系统的科学研究工作,特别是要有计划地从事马克思主义的中国民间文学理论建设和研究各民族的重要的传统名著。在研究工作中必须贯彻"百花齐放、百家争鸣"的方针，探讨真理。为了建立研究工作，还要及时建立资料档案工作、出版科学本，并且汇编资料。要尽快解决少数民族的作品的翻译问题。应当学习苏联及其他国家的民间文学研究工作方面的经验。因此，也很需要在一定的时间内，译出苏联及其他各国关于民间文学的重要理论名著和著名作品。

建设研究工作中的一个最大的问题是队伍问题。现在全民采风，有党的领导，群众动手，人力是雄厚的。但是还必须有一些专业人员作为基本队伍。队伍问题如不能得到妥善解决，各方面都会仍然跟不上去。这个队伍里，包括搜集整理、编辑、翻译和研究等各方面的人员；特别是研究和翻译人员，需要有计划地加以培养。

队伍的首要来源是在各地从事搜集整理工作的人。要在普遍开展搜集整理工作的基础上，培养一支又红又专的民间文学工作队伍。事实证明，能够深切理解中国民间文学的是深入群众的实际工作者，并不是只坐在书斋里啃书本的人。任何人不到群众里去，不了解群众的生活、风俗和语言，就很难了解劳动人民的作品。把群众的文学作品神秘化起来，最没有道理。凡是在党的领导下，能够认真学习毛主席的著作，虚心向群众学习，具有科学的态度，努力钻研的人，都可以成为专家。

现在有很多地方都建立了关于搜集大跃进歌谣的临时机构，而且各部门都参加了采风运动，今后需要考虑：一、由临时机构改变为经常性的机构。二、不只是搜集编选大跃进的歌谣，还必须筹划组织民间文学的研究机构，进行全面搜集和研究。三、各省、市、自治区，要有一个统一的领导机构，或由一个部门总管其事。

民间文学方面的科学研究部门、学校和政府部门（群众艺术馆、文化馆等)、群众团体几方面如何协作分工,需要很好地研究解决。

我国各民族的民间文学是这样的丰富,在大跃进的形势下到处是诗,到处是歌;我们不但要采当前的社会主义新国风,要发掘全部民族文化遗产,而且最好从此建立采风制度,一直采录下去,有风就采,好歌必录。我们可以预想到,在不长的时间以后,单是各地、各民族的各式各样的长诗短歌,就可能编选出好多部,加上民间故事、传说及其他各种形式的民间文学,会构成一个内容丰富、色彩缤纷的中国民间文学大宝库。

现在还刚在发动全民采风,在社会主义的民间文学工作道路上我们才仅仅迈了一步,我们所担负的任务是艰巨的、光荣的。前程远大得很。为了在总路线的光辉照耀下多快好省地大力开展民间文学工作,我们要努力做到:一、必须是政治挂帅,走群众路线。只有走群众路线,众人动手,遍地开花,我们也才能飞跃前进;二、要努力浇花锄草,兴无灭资,以配合文化革命,促进群众创作与作家创作的新发展,促进社会主义的民族新文化的繁荣;三、我们要提倡敢想、敢说、敢做和实事求是相结合的思想作风。要努力培养工人阶级的专家,把民间文学工作队伍建立起来。

我们要鼓足干劲,力争上游,迎接文化革命的高潮。只要我们坚持社会主义的道路,努力学习马克思列宁主义和毛泽东思想,走群众路线,发扬共产主义的协作精神,我们就会使民间文学工作对祖国的伟大的社会主义和共产主义建设事业作出出色的贡献。

让我们高举着毛泽东的红旗前进!

1958 年 7 月 27 日

民间文学十年的新发展

　　只要留神观察一下我国各族人民的文艺创作，我们就会惊异地发现，它们竟是如此的丰富和色彩斑斓，就好像走进了一个神话的诗的世界。劳动人民在旧时代极端恶劣的生活处境下，也仍然创作了那样多那样优美的文学作品，但是他们的这些天才和智慧的结晶，过去却长期地湮没无闻，而且受到歧视和禁止。中国人民在中国共产党和伟大领袖毛主席的领导下，摧毁了几千年来剥削阶级的反动统治，赶走了帝国主义侵略者，又以跃进的速度建设社会主义，并准备将来向共产主义过渡，于是劳动人民的自由创作迅速地发展起来；他们过去在不同社会制度下创作的各种文学艺术，也拨云雾而见青天。这一切正如农民诗人王老九所描写的那样："一声炸雷天地动，挤出土来把花开。"

　　新中国成立十年来，民间文学不论在发掘和研究遗产方面，还是在群众创作开展方面，都获得了巨大成就和新的进展。这是劳动人民翻了身的一个显著的标志。

一

十年来，新民歌一直是反映新社会发展的一面镜子，也是劳动人民用以进行革命斗争和自我教育的良好工具。农村的土地改革和工厂的民主改革是如此。抗美援朝是如此。三反五反、增产节约、农业合作化、整风反右，也都是如此。到了1958年，社会主义革命在政治战线上和思想战线上继续取得了伟大的胜利，全党全民在党的鼓足干劲、力争上游、多快好省地建设社会主义的总路线的光辉照耀下，以大跃进的速度来建设社会主义，新民歌便不仅使一个新时代的开端留下了光辉灿烂的记录，而且是把人们引向共产主义的热情嘹亮的号角了。

在生产大跃进和人民公社化运动中，劳动人民由于生产力和思想同时获得了彻底的解放，斗志昂扬，意气风发；他们要求迅速摆脱落后状态，他们胸中燃起了熊熊的革命火焰。他们掀起了向大自然开战的劳动斗争，以集体主义的团结精神进行着各种大规模的建设工程。他们昼夜苦战，大闹技术革命，热烈地学习文化，学习哲学和科学。他们要用自己的双手建成新世界的冲天的革命干劲；他们的敢想敢说敢干和实事求是精神相结合的共产主义风格，他们的最新最美的思想情感，还有那些劳动建设中的种种宏伟壮丽的动人场面，都需要找到一种最恰当的艺术形式把它们表现出来，而最好的形式之一，就是诗歌。他们大胆地、熟练地、也情不自禁地运用了民歌这种最富于鼓舞性的群众化的艺术形式。于是新民歌像决了口的江河，忽然汹涌澎湃，以排山倒海之势，使新中国充满了"欢乐之歌"、"勇敢之歌"。

大跃进民歌是人民群众的共产主义精神旺盛起来的生动反映，也是中国人民以巨人的风姿阔步前进的豪迈的歌唱；同时，群众自己创作的这些作品，对社会主义和共产主义建设事业，又起了巨大的鼓舞作用。这些新民歌表明：中国人民在自己的土地上高高地举起了毛泽东的旗帜，已经开始树立着新思想、新风尚、新道德和人与人之间的新型关系。

我们的时代是一个飞跃前进的大时代，是无产阶级和全体劳动人民建设新世界的时代。我们的时代精神，充满了革命的理想主义，充满了无产阶级的战无不胜、攻无不克和勇于自我牺牲的革命英雄主义和革命乐观主义的精神。这种时代精神，第一次这样大量地、普遍地在劳动人民的新民歌里获得了非常深刻、丰富、鲜明的表现。正是因为这样，所以新民歌非常富有革命的浪漫主义色彩。许许多多的优秀之作，体现了毛主席所提倡的革命的现实主义与革命的浪漫主义相结合的艺术方法。大跃进民歌，虽然也有的完美，有的比较粗糙，但它们大都丰富地体现了人民群众建设社会主义的革命气概。不论在思想情感上或民族风格上，诗人们都感到需要向新民歌学习。我认为，也正是在这个双重的意义上，新民歌开辟了诗歌的新道路。

新民歌创作运动与劳动生产和革命斗争密切联系着，成为推进革命的动力之一，这是它之所以能够普遍迅速发展起来的一个最重要的原因。在毛主席提倡利用革命民歌教育群众的思想指导下，各地党委在生产大跃进中及时地抓住了新民歌这件武器，把群众的创作热情推向新的高潮，使新民歌发挥了它在生产建设中的鼓舞教育作用，也引导群众破除迷信，敢于走进文坛。新民歌创作运动，由于和生产运动结合在一起，又和群众的扫盲运动、学习写作结合在一起，蓬蓬勃勃，生产、文化双跃进，因而具有最广泛的群众性。许多地区本来都有本地的、民族的诗歌传统，甚至盛行即兴歌唱的风俗；但也有许多地方，过去会唱民歌编快板的毕竟是少数人，在大跃进的高潮下，赛诗比歌，从来没有做过诗的人也都做起诗来了，他们以吐露胸怀为快，创作了动人的诗篇。有些地区，在炼钢炉边，在修水库的工地上，在治山、挖塘、积肥或其他劳动生产的现场举行了赛诗会。这种情况在历史上是从来不会有过的。新民歌究竟产生了多少，谁也说不清楚。它既反映了新时代的生产建设，新型人民的英雄面貌，也表现了群众的文化革命。新民歌可说是共产主义文艺的萌芽。它还标志着过去长期分离的体力劳动与脑力劳动开始相结合。诗歌文学从此将成为广大劳动人民自我表现的一种手段，它将不再只是为少数人所掌握和欣赏的东西，而是广大人民的自由创作了。新民歌创作运动是列宁所预言的真正"自由的文学"——共产主义文艺正在开始诞生的一个庄严的吉兆。在反映新时代劳动人民的精神世界，富于革命的浪漫主义风格和民族特点上，新民歌不但强烈地影响了新诗，开一代诗风，而且影响了我们时代的各种文艺创作。

新时代的各种群众创作，无论新民歌、新曲艺、群众戏剧、群众绘画、群众歌舞，或者工厂史、公社史、革命回忆录，都有革命的知识分子作者和基层干部参加创作，和工农群众一起活动，这是群众创作又一方面的新发展。而这就使新时代的群众创作情况更加复杂起来，以至产生了什么是民歌，什么是民间文学这样一些新问题。这里姑且不谈这些理论问题应当怎样来阐释，我们首先欢迎群众创作的这种新发展新变化。这正是我们时代文艺活动的重要特点之一。

我们还应当举起双手欢迎的是：许多优秀的民间诗人、歌手、工农作家，已经从群众中涌现出来了。这些从劳动人民中成长的诗人、作家，大体上有两类人：第一类是从土改翻身到大跃进中从群众中直接涌现出来的，他们能够成为诗人、作家，和解放翻身是密切联系着的，没有民主革命和社会主义革命的胜利，他们就不可能成为诗人、作家。第二类是各民族的民间艺人、民间歌手。他们在党的培养教育下具有了无产阶级的世界观，由旧艺人以至宗教职业者变成了社会主义、共产主义的红色歌手和诗人。这两类民间诗人、歌手和工农作家，都是群众创作中的活跃分子，也都是工人阶级作家中的新生力量。

民间诗人、歌手和工农作家们的共同特点是：他们都是贫苦的劳动人民出身，政治热情极高，具有强烈的翻身感和主人翁感；他们熟悉旧社会劳动人民自己的悲惨境遇，对于新社会和新人新事感觉非常敏锐。他们每人自己本身就有"唱不完的歌，说不尽的话"。他们在党的教育下不断以先进思想武装着自己，对周围世界的新变化观察得最清楚。从艺术修养上说，他们大都从小就喜爱民间文艺，熟悉本地区或本民族的民间文艺传统；有的人已经熟练地掌握了民间创作的技巧，有了丰富的创作经验。由于他们在主观上具有这样一些优越条件，在党的正确领导和培养下，他们都进步很快，创作力旺盛，他们在各种运动中写出了很多的新作品。我们不能忘记陕甘宁边区有过一个非常热情的不识字的诗人孙万福，他曾经创作了一些衷心歌颂党、歌颂毛主席、歌颂党中央所在地陕甘宁边区的诗歌，同时他又是富有农业生产经验的劳动英雄。解放以后，我们又有了民间诗人王老九，他完全是孙万福式的人物；而且像他这样的工农诗人不在少数，他们都从内心歌唱新世界。在劳动和工作中，他们总是走在前面，积极地起带头作用。他们的作品，既具有饱满的政治热情，又富有生活气息。这一切都因为他们明白：新世界是属于他们自己的，他们是我们时代的主人。王老九的作品是这样，大跃进中出现的装卸工诗人黄声孝的作品也是这样，所不同的是：王老九在自己的歌唱里表现了农民翻身的无比喜悦，表现了农民在党的总路线的灯塔下解除了小生产者的思想意识的束缚，走向集体主义；黄声孝的作品（如《我是一个装卸工》），则表现了工人阶级依靠双手建设人间乐园的顽强斗志和豪迈气概。王老九不仅在创作上有他自己的独特风格，而且他积累了创作经验，形成了自己对于诗歌创作的一些精辟的见解。

　　民间著名艺人和民间歌手，如韩起祥、琶杰、毛依罕、司马古勒、康朗甩、康朗英等，他们也大都出身穷苦，过去多半是以卖唱为生。他们也都深深地体会到被解放的喜悦，看见社会生活的巨大变化而感到惊异；他们也同样热情澎湃地对党和毛主席作了衷心的歌颂。现在，他们的眼界比从前宽广了，他们的创作欲大大旺盛起来。党给了他们生活和创作的正确方向。他们的创作获得了健康的发展。他们各人的情况是不相同的：有的是乡间的盲艺人（如韩起祥），有的是江布尔式的"阿肯"（民间歌手），有的人曾当过喇嘛而现在是人民歌手了（如琶杰），有的人现在还是"赞哈"（如康朗甩）。傣族的"赞哈"、哈尼族的"贝玛"、纳西族的"东巴"等，都是受过宗教熏陶或兼宗教职业者的歌手。但这些民间歌手有宗教徒的一面，同时他们又都是民族文化保存者和诗人。党对他们的帮助、团结和教育，社会主义建设的生动现实，使他们自觉地接受了社会主义思想，摆脱着曾经束缚了他们创作力的一些落后思想。这是他们的创作能够走上广阔的发展前途的根本条件。他们的另一个情况是：他们本来都和劳动人民有密切的联系，是为群众歌唱的人，而有的人又具有即兴歌唱的本领，在大跃进中，他们不但和群众一起劳动，而且在工地上为群众演唱。这样，他们的创作和生产建设就更加取得了密切的结合。韩起祥在陕西一个人民公社里种了一块试验田，他正在那里了解公社群众的生活变化，准备进行创作。琶杰、毛依罕都热情奔放地歌唱了内蒙古草原上的社会主义建设和大跃进。康朗甩最近又创作了长诗《傣家人之歌》。老歌手康朗英不仅在工地上到处歌唱，鼓舞群众的干劲，他还在流沙河边一段一段地写出《流沙河之歌》，让他的女儿替他演唱。这些例子都说明：民间艺人、歌手的改造和他们的创作的新发展，是社会主义新文艺的一个重大胜利。

二

从新中国成立到大跃进以来，民间文学的搜集整理和研究工作，也有了巨大的进展。

如果说新中国成立以后，民间文学工作在全国范围内发扬了1942 年以后在工农兵的文艺方向下，为革命和新社会建设的利益服务的优良传统，而抛弃了五四以后资产阶级民俗学者的道路；那么从大跃进起，它便在新的基础上，在党的总路线的光辉照耀下飞跃前进。

解放以后，全国各地许多民间文学爱好者，作家、诗人、艺术家，都遵循党的文艺方针和毛主席的教导，深入工农群众，以马克思主义的立场、观点和方法进行民间文学的采录调查。采集作品的地区，也由解放以前部分汉族地区和少数民族地区逐渐扩展到全国各地区和各个民族。所搜集的作品，内容和形式也越来越多样化了。特别值得大书一笔的是，新中国成立以后，党和政府把发掘和研究各民族的民间文艺纳入国家的社会主义建设计划，这在过去任何时代都是不可能有的。十年来，中央和地方多次举办的民间音乐、舞蹈、戏曲、曲艺等各方面的会演，对于发掘民间文学宝藏的工作也起了很大的推动作用。解放以后进行采录调查民间文学的，不只文艺工作者和爱好者，还有从事语言、民族、历史等科学研究工作的人。在少数民族地区的社会调查和语言调查中，记录了大量的各民族人民的口头创作。民间文学的历史价值和艺术价值，它的多方面的功能，正被全面地认识着。

1958 年，民间文学工作，也像群众创作一样，进入了一个振奋人心飞跃前进的新时期。毛主席提倡搜集民歌，接着掀起了一个全党全民的采风运动。采风运动进一步推动了新民歌创作运动，同时也把民间文学工作推上了有领导、有组织、有计划地全面普查的新阶段。1958 年 7 月召开了第一届民间文学工作者大会，会议根据党的指示确定了"全面搜集、重点整理、加强研究、大力推广"的工作方针。大会以后，不到两年时间，民间文学工作在各地进一步普遍地开展起来了。作为文化高潮的重要表现之一，近两年来全国民间文学工作的进展，远远超过了过去的七八年。民间文学工作者的队伍在各地都形成和壮大起来了。各省、市、自治区都制定了民间文学工作规划，并建立了不同形式的民间文学研究机构。各省、市、自治区在党委的直接领导下都组织了民歌、民间文学的调查采录工作和编选整理工作。云南、贵州、广西、四川、青海、吉林、江苏、河北、上海……都进行了有计划、有组织的各民族的民间文学重点调查。许多地方，工厂、农村，都以各种方式举行了赛诗会、民歌演唱会、展览会、说故事大会或其他各种民间艺术的会演。这些展览和会演，有的是为了推动群众创作和鼓舞群众的生产热潮，但同时这种场合也就是采录作品的机会。从新民歌创作和采风形成热潮以来，全国各地，甚至一个县、一个工厂、一个公社，也出版了民歌专刊、小册子。正是在这个广泛开展群众诗歌创作和采风的基础上，各省、市、自治区在庆祝新中国成立 10 周年都出版了本省的民歌选集。各省的民间故事、民族的史诗和长篇叙事诗，也陆续在出版。在各种民歌选集中最引人注意的，是我们时代的新三百篇《红旗歌谣》（郭沫若、周扬合编）的出版。随着民间文学工作的迅速开展，各地关于新民歌及其他民间文学问题的讨论也大大活跃起来了。大学师生成为各地进行民间文学调查研究的主要力量，他们又以集体力量在党的领导下编写了民间文学概论、民间文学史一类的著作，并且参加了少数民族文学史的编写工作。所有这些情况，都说明在党的总路线和毛泽东文艺思想的指引下，民间文学工作正沿着一条新的道路蓬蓬勃勃地发展着。

在汉族作品的采录方面，解放初期我们首先看到的，是新社会的颂歌和过去的与阶级斗争、生产斗争有密切联系的作品，例如红色民歌、长工歌、劳动歌、反映旧时代婚姻不自由的歌、长工与地主的故事，等等。我们采录新作品和发掘劳动人民的文艺遗产的工作，是服从于革命斗争的需要的，是为了使人们从这些作品里认识新、旧社会的巨大变化，为了鼓舞人们的革命斗志和培养新的一代。这从过去所采录的作品的阶级性，从作品的题材的广泛性都可以看得出来。在旧时代只能由穷苦人民私下传唱或闲唠，甚至遭到禁止的那些深刻揭露阶级矛盾的作品，那些反抗性的诗歌，优美的讽刺故事和劳动者的幻想故事，今天才得到公开出版的机会，并获得了很高的评价。红色民歌就是一个突出的例子。红色民歌非常生动地记录了井冈山时代无产阶级领导的革命战争的风暴，是珍贵的革命文献，里面有很多动人心弦的作品，但是，过去在白色恐怖下，唱这样的山歌就要杀头，红军走后，群众只能到山上去唱。他们像保存一张红军的布告一样，秘密地保存了"歌本"。这些作品解放初期就被注意搜集，过去的革命根据地都发掘了不少。每一个地区的民歌，都生动深刻地反映了当地社会生活的历史变化。比方出版较早的三集《爬山歌选》（韩燕如编）鲜明如画地反映了内蒙古自治区从旧社会到新社会的剧烈变化。像《陕北民歌选》则反映了陕北革命的惊天动地的变化。它们提供了广大人民欢迎革命的最生动的资料。同样地，在甘肃、宁夏、青海的民歌"花儿"选集里，我们也鲜明如画地看见了解放以前直到社会主义建设大跃进时期的甘肃、宁夏和青海。

有人曾经断言，汉族的民间故事是比较简单的。这种论调很快就被证明同事实是不相符合的。汉族的像长工与地主、七兄弟一类故事短小明快，却别有风趣，轻视它们，认为它们简单，是不对的；而且事实也已经证明，汉族不只有大量比较短小明快的生活故事和幻想故事，也有很多内容曲折离奇的幻想性的制作。汉族的神话，古代已有过许多片断记载，现在要在民间找出像兄弟民族中流传的那样一些接近人类童年的作品，确实是不大容易了，但是各种民间故事传说，像从来不曾被开采过的矿山一样，是异常丰富的。有哪一个省、哪一个地区民间故事特别少？没有这样的地方。像龙三公主、狼外婆、巧媳妇、百鸟衣那样一些民间故事，汉族和各少数民族中都有，只是它们的地方色彩、民族色彩各有不同，作品的情节和风格也各不相同罢了，这也是到了全国解放以后我们才能够看到的。现在各地区都开始注意记录本地区所特有的民间故事传说，例如：山东沂蒙山区的狐鬼故事"聊斋汉子"，吉林省的人参的故事，山西大同的矿工的传说，天津杨柳青版画的故事，湖南的湘绣的故事，江苏省的施耐庵的传说，等等。汉族的"牛郎织女的故事"、"孟姜女哭长城"等著名传说，解放以后也都由劳动人民的口头上重新做了记录。新记录的与过去书里记载的相比较，显然别具风格，生动得多了。特别值得注意的是：劳动人民不仅世世代代都习惯于把自己的善良愿望、美好品德和丰富的斗争经验编织在许多幻想故事、生活故事里面，近代中国人民经历过的多次反帝反封建的斗争，也同样鲜明强烈地被他们描绘在自己的故事传说里。关于毛主席和其他革命领袖的传说，是很富有教育意义和受群众欢迎的。另外像红军的传说，长白山抗日联军的传说，反映农民起义的如安徽省的捻军的故事、江苏省的太平天国的故事、河北省的义和团的故事等，这一类的革命传说现在各地都在注意采录。义和团的故事是博得了广泛好评的作品，它们强烈地反映了中国人民反对帝国主义强盗的自发斗争和刚毅不屈的英勇精神。而这样的革命故事，无论南方北方都有很多，只是过去不会有人搜集罢了。

汉族民间文学宝藏的发掘整理工作，解放后还开辟了两个新的领域，这就是民间戏曲和民间曲艺。民间戏曲、民间曲艺特别丰富，是我国民间文学的一个显著特点。解放初期，首先是在戏曲和曲艺（也称说唱文学）方面卓有成效地执行了毛主席的"百花齐放，推陈出新"的正确方针。各地的民间戏曲和民间曲艺，十年来都产生了许多新作品，它们在各种运动中也都起了重要的宣传教育作用，受到城市和乡村广大群众的欢迎，而同时它们也都各有极其丰富的遗产，等待发掘。据统计全国已经发现了近400个剧种，其中大部分是民间小戏。曲种也有200余个。在民间戏曲、民间曲艺的会演和各地文艺期刊中，我们看到了许多精彩的新作品和经过整理的传统节目。戏曲方面的新作品如大跃进中创作的陕西弦板腔《借驴》、四川高腔剧《惊天动地》；传统作品如楚剧《葛麻》、桂林调子《王三打鸟》，这样的优秀作品可以举出不少。新曲艺也产生了不少优秀创作，如《蓄洪区说话》（单弦）、《迷路记》（湖北渔鼓）、《考神婆》（鼓词）、《一车高粱米》（山东快书），等等。特别引人注意的是长篇说唱。长篇说唱中的韵文作品，有很多实际上就是汉族的民间叙事诗。民间叙事诗大都是能唱的，而且一般也常常是由民间艺人来弹唱，因而能够长期流传，不致佚失，这在我国各民族都有类似情况，汉族也不会例外。听过韩起祥弹唱的人都会承认，他的创作和他所演唱的传统作品，没有一篇不是动人的诗歌。他弹唱起来，有时像大江滔滔，有时如空谷鸟音，他以自己对生活的深切体会和革命的真理激动着听众。这证明他是一位民间艺术大师，是一个杰出的诗人。曲艺工作者从老艺人中记录整理的《武松传》、《杨家将》等鸿篇巨制，都是十年来民间文学发掘工作中的重要成果。

十年来，最引人注目的现象之一，是少数民族的民间文学的发掘和研究工作。我国50多个少数民族，十年来几乎都发表了自己的文学作品。这当然是一件破天荒的大事。我国各民族，除了汉族以外，像蒙古族、藏族、维吾尔族、回族、白族、纳西族、傣族等，都有悠久的文化历史。谈到口头创作，不论是没有文字的民族也好，有文字的民族也好，简直每一个民族都是一座宝库。许多民族都有各种各样的民歌，有从来没有记录过的大量的史诗、长篇叙事诗，也有极其丰富优美的神话传说和民间故事以及别种形式的作品，这些作品反映了各民族从古代到今天的不同的社会生活和风土习俗，反映了他们世世代代为争取美好生活而进行的各种斗争。但是，只有到了今天，人们才能看到他们所创作的这样多这样好的作品。过去在反动统治下的黑暗年代，所有少数民族的劳动人民都处在被压迫被歧视的地位。他们的文艺作品湮没无闻，人们没有机会来欣赏。全国革命胜利以后，在我们党的民族政策下，"人间的太阳"照亮了所有各民族居住的地方。各族人民像汉族广大劳动人民一样，从此永远地翻了身。他们都从各种不同的社会制度，甚至从原始公社制和奴隶社会，一跃而进入社会主义社会。没有文字的民族，党和政府也在帮助它们设计新文字。各民族的民间文学的珠宝，也就在这个时候才五光十色地呈现在人们的面前。各民族不但在历次革命运动中都创作了热情洋溢的新民歌、新戏剧及其他作品，也带来了大量的异常珍贵的古老作品。

除了民歌和故事，各民族的史诗、长篇叙事诗特别引起了人们的注意和赞赏。新中国成立后不久就出版了蒙古族的《嘎达梅林》、彝族的《阿细人的歌》、苗族的《苗王张老岩》、回族的《马五哥与尕豆妹》等作品；彝族的《阿诗玛》的发表，更加引起人们对于发掘民族长诗的重视；随后又记录出版了维吾尔族的史诗《十二木卡姆》、傈僳族的《逃婚调》、彝族的《逃往甜蜜的地方》、傣族的《召树屯》，等等；到大跃进以后这一年多来，各地记录整理的长篇巨著，就不是三部五部，而是可以数出几十部了。发掘工作做得最多的是云南省。云南省在大跃进以来就记录了几十部史诗、叙事诗。其中在新中国成立十周年整理出版的，有傣族的《娥并与桑洛》、彝族的《梅葛》、纳西族的《创世纪》及其他作品。史诗《格萨尔王传》和《格斯尔的故事》的发现，特别值得注意。青海省文联民间文学组至目前已经搜集到藏族史诗《格萨尔》全诗 36 卷的手抄本、刻本及十余种异文。口头记录工作尚待开始。这部以说唱为主的史诗广泛地流传于青海、西藏、甘肃、四川甘孜一带地区，还有专门以弹唱《格萨尔》为职业的艺人，民间的传说、绘画、雕塑、音乐、舞蹈中也到处都有与格萨尔有关的作品，所以今后还会收集到有关格萨尔的庞大资料。发现得更早的蒙古族的《格斯尔的故事》，是散文故事，从前只能看到 1716 年北京首次出版的上七章及其他两三种蒙文本，新中国成立后才在北京发现了下六章的手抄本，1955 年内蒙古自治区出版了 13 章蒙文完整本，随后又出版了汉文译本。除了这部史诗以外，内蒙古还以蒙语出版了另一部史诗《江葛尔》。此外，如贵州省记录了反映苗族古代文化和历史变迁的《古歌》、英雄史诗《张秀眉》和传称最美丽的歌《仰阿莎》；新疆维吾尔自治区记录了叙事诗《萨里哈—萨曼》、《阿尔卡勒克英雄》；四川省凉山彝族自治州记录了叙事诗《勒乌特依》、《妈妈的女儿》；广西壮族自治区记录了史诗《卜伯》；等等。这样一些作品是举不胜举的。各民族的这些民族史诗和长篇叙事诗，无疑是属于我们国家的最珍贵的文化财富。

各地不仅有计划，有步骤地进行了少数民族民间文学的采录整理工作，而且开始建立了各民族的文学研究工作。过去从来没有一部中国文学史写到少数民族的文学，这是一个极大的缺陷。1958年，中国科学院文学研究所依靠各地的力量着手编写各民族的文学史或文学概况，并且将进一步写《中国文学史》的少数民族文学部分。仅仅只有一年余的时间，已经有十几部文学史和文学概述的初稿写出来了，包括：白族、纳西族、蒙古族、藏族、壮族、彝族、苗族、傣族、哈尼族、布依族、土族、土家族、赫哲族，等等。编写文学史的结果，还不只是完成文学史本身，同时还带动了各少数民族文学的普查、整理工作，并由此建立了长期的研究工作。预计今后几年内，调查采录和文学史的编写工作，将由重点地区、重点民族扩展到各地所有的民族。这种发动调查研究，把少数民族的文学写入文学史的事情，只能发生在20世纪60年代，也只有发生在我们社会主义国家。一部包括中国各民族文学在内的文学史，将是何等地丰富多彩呵！

三

十年来特别是近两年来，民间文学方面的成就和巨大的进展，是党的文艺方针和毛泽东文艺思想的胜利。同时事实表明：我们的胜利是在同资产阶级思想不断斗争中获得的。没有同修正主义及其他资产阶级思想的斗争，民间文学工作就不可能很好地为社会主义和共产主义建设服务。

新中国成立以后，民间文学在文艺为工农兵服务的方向下，受到了普遍的重视。民间文学工作在各地逐渐开展起来。这是民间文学工作的基本情况。但事实也并不是全国一解放，劳动人民的创作就立刻受到所有人的承认和尊重。比方有人就不肯承认它，甚至胡说它是"封建文学"；有人与文艺为工农兵服务的方向背道而驰，公开反对"从民间来到民间去"这个民间文学工作的根本性的方针。他们都不同程度地阻碍了民间文学工作。

民间文学方面的资产阶级思想，主要来自两个方面：一种是对于民族文化抱着虚无主义的态度，扼杀无产阶级的文学，尤其看不起劳动人民的东西；另一种是以资产阶级民俗学以及胡适的观点来看待我国各族人民的民间文学，让它走进资产阶级的"象牙之塔"。

资产阶级思想突出地、集中地表现在轻视劳动人民文艺创作的观点上，例如说什么"莎士比亚的东西才是艺术，新民歌简单粗糙，是枣核拉板儿——没有几锯（句）"，例如说什么"民歌非常枯燥，政治口号，缺乏情感，没有人情味"，"群众创作政治性可以，艺术性很差"，诸如此类。鲁迅说"唱本说书里可以产生托尔斯泰、弗罗培尔"，这是无产阶级的信条。新民歌里已经出现了很多将会流传不朽的作品，这是谁也否认不了的事实。有人以鄙视的态度对待新民歌，说什么"宁吃鲜桃一口，不吃烂杏一筐"。以"一筐子烂杏"来形容新民歌，这绝不是新民歌创作的现状，而恰恰是看不起群众创作的人的歪曲。他们的美学标准与劳动人民的意愿和趣味大相悬殊。群众的好作品是从大量创作实践中产生的；他们在高速度建设社会主义的战斗中为了鼓舞自己、教育别人创作了自己的诗篇。虽然有的作品是不成熟的，然而在冲天干劲和革命斗争中产生着大量的永不凋谢的诗的花朵。闭门造车式地考究他们所谓的艺术规律，不过是把文学创作艺术神秘化，这完全是一种脱离人民的艺术观点。

四

那么，我们的民间文学工作的无产阶级路线是怎样一条路线呢？让我们根据毛泽东思想和党的文艺方针，试把这条路线勾画出一个轮廓来。

第一，与资产阶级或者抹杀民间文学、或者把民间文学工作当作个人事业、脱离政治脱离实际地为学术而学术相反，无产阶级的民间文学工作，应当是党的事业的一部分，它必须是为劳动人民的革命事业服务，为社会主义服务，必须服从于党和群众的利益。按照毛主席的文艺观，劳动人民的文艺创作首先应当看作是群众宣传教育工作的有力武器，同时它对于发展为工农兵服务的文学艺术又有着特殊的重要性。民间文学由于密切地伴随着历史的发展，它除了有艺术价值，还有各种科学价值，然而一般说来，它的产生和流传，毕竟首先是作为劳动人民的文艺而存在的。毛主席的"从群众中来，到群众中去"的著名原则在民间文学工作方面有了具体运用。我们知道，在第二次国内革命战争的烈火中，民间文学工作就已经和革命斗争密切地联系起来。毛主席曾经把搜集和传播革命歌谣规定为政治宣传部门的工作任务之一。新中国成立十年来的群众创作经验，对高速度建设社会主义起了巨大的鼓舞和教育的作用，新民歌的战斗性尤其获得了充分的发挥。毛主席把群众的文艺创作当作革命的武器和教育群众的工具，借以引导群众走向革命，改造世界也改造自己，这就把群众文艺创作的优良传统提高到一个新的阶段了。

搜集整理和研究民间文学的另一个重要目的，就是为了继承民间文学艺术的优良传统，发展富有民族特性的社会主义、共产主义新文艺。诗人作家们要使自己的作品富有民族特色，为群众喜闻乐见，为工农兵的需要服务，就不能不首先遵循毛主席的指示，向工农兵学习，学习各族劳动人民的文艺作品的思想艺术的优良传统，学习他们长期积累起来的丰富的创作经验和艺术技巧。"百花齐放，推陈出新"不只适用于戏曲改革，实际上已成为促进一切文学艺术的变革和发展的唯一正确的方针。从1942年到大跃进以来，许多具有鲜明的民族风格的优秀作品，都足以证明这一点，证明了在毛主席的文艺方向下迅速成长的社会主义新文艺与民间文学工作是分不开的。民间文学工作者担负了促进无产阶级文学艺术（包括作家创作与群众创作）健康发展的光荣职责。

我们的第一个职责就是：把劳动群众的作品采录收集起来，加以选编整理，再送到广大群众中去推广流传，并且帮助群众正确地理解和接受这些作品。我们的另一个同样重要的职责，就是把作品和资料送给诗人作家们，就是研究群众文艺创作传统以及它和作家创作的关系，从而克服过去长期存在的两种文学的分离状态，使新文艺与民间文学的优秀传统衔接起来，并且使两种文学最后在共产主义时代合流。当然，我们还应当把民间文学作为珍贵资料送给各种科学家们。如果忽视民间文学的科学价值，甚至由于处理不当而使它丧失科学价值，那是极端错误的。

第二，无产阶级民间文学工作者必须改造自己。学习毛泽东思想，深入劳动群众劳动锻炼，参加群众斗争，借以改造非无产阶级的世界观为无产阶级的世界观，掌握马克思列宁主义的立场、观点和方法。在深入群众时，力求忠实地记录群众的口头创作，同时也应当了解地方的、民族的风土习俗、山川草木和社会生活的新变化。

没有无产阶级世界观的人，与劳动人民格格不入的资产阶级学者，他们是不可能理解劳动人民和劳动人民的作品的。就是革命的同路人，也很难深切地理解表现共产主义精神的新民歌。这是因为他们都和劳动人民没有或很少有共同的语言。毛主席号召文艺工作者长期地深入工农群众，参加群众的火热斗争；到群众中的时候要以劳动者的姿态出现，要与群众在思想情感上打成一片。这些指示对于民间文学工作者也都是十分重要的。没有无产阶级的立场、观点和方法，当然也就不可能真正识别民间文学的精华和糟粕。

只有直接从工农群众的口头上忠实地记录民间流传的口头创作，或者由工农群众自己把它们记录出来，慎重地加以整理，才能使群众的作品更富有劳动人民的风格和他们的语言艺术的光彩。也只有在搜集作品的同时了解一个地区、一个民族的生活习俗，了解社会变革状况，了解当地的山川名胜，才能很好地了解劳动人民的创作是怎样一种文学。资产阶级民俗学者或者并不深入群众去调查，而以搬弄古书来唬人；或者他们虽然也到群众中去，但也仍然不能完全了解劳动人民和他们的作品。因为他们是以资产阶级的世界观和美学观看待一切，不可能找到打开劳动人民的心灵秘密的钥匙。他们到群众中去并没有为群众服务的目的，也不过只是为了找材料，为了猎奇，甚至为了欣赏群众中的落后的东西。无产阶级民间文学工作者遵循党的文艺方针和毛主席的指示，抱着向劳动人民学习和改造自己的思想的态度，抱着先当学生后当先生的态度，深入群众，努力以马克思主义的观点来考察劳动人民的文艺创作。

第三，依靠党的领导，走群众路线，并且按照两条腿走路的方针来工作。全党全民采风，是由于毛主席的号召和各级党委的直接领导，才轰轰烈烈开展起来的。新民歌创作运动的开展、各少数民族文学史的编写和民间文学的调查采录，也都是由于各省、市、自治区党委直接指示部署，调动力量，很快就拿出了大量的工作成果。这些例子都说明，依靠党的领导是使民间文学工作能够正确和迅速地开展的首要条件。这些例子同样也说明，走群众路线，是开展民间文学工作的最重要的方法。这样才能在这样辽阔的土地上、这样短促的时间内，同时到处开展重点的普查工作，很快就拿出几十部民歌，几十部史诗、叙事诗，十几部少数民族文学史，几百万字的资料。而且，还必须用两条腿走路的方法来工作。既要大力搜集新民歌，也不能忽视搜集旧民歌，更不能不赶快记录各民族的史诗、叙事诗；既要看重民间文学的艺术价值，充分地发挥它的教育作用，也要珍视它的科学价值，不能让它的科学性轻易受到损伤；既要求忠实地记录，又允许慎重适当地整理加工，同时分别出版记录稿与整理稿；在分析民间传统作品上，要采取历史主义的方法，不能把阶级观点与历史观点分割开来；研究工作应注意专家群众相结合，不能只靠专家而不组织群众力量，也不能总是临阵擦枪组织人马，而不要专家或不注意固定专人建立长期的系统的研究工作，等等。关键问题在于要使互相矛盾的两个方面很好地区别而又结合起来，我们只有根据这个方针来工作而不是片面行事，才能使民间文学工作很好地为无产阶级的革命事业服务。党的领导、群众路线和两条腿走路，是贯彻党的总路线做好一切工作的三个法宝，也是十年来民间文学工作中所深深体验到的最突出的宝贵经验。

第四，贯彻"百花齐放、百家争鸣"的方针。党对发展文化科学所规定的"百花齐放、百家争鸣"的政策，对民间文学的发掘和研究工作是十分重要而合乎时宜的。民间戏曲的百花齐放，民间说唱文学的百花齐放，全国各民族群众的各种口头创作、书面创作的百花齐放，构成了丰富无比、灿烂无比的一个民间文学大花园。我国民间文学从来都是如此丰富，可是过去从来也不曾有过像今天这样"百花齐放"的生动局面，这就说明了

"百花齐放"的方针的正确性。我们的多民族的民间文学内容异常丰富，各式各样，不止百种千种，而且目前又处于才开始发掘的阶段，我们要让各种花都开放，而现在也还不是所有民间文学的花种都已经开了花，因此必须继续大力贯彻这个方针。同样地，"百家争鸣"，也是民间文学研究工作所迫切需要的。近年来逐渐开展的关于民间文学的一些热烈讨论，说明采用"百家争鸣"的方针，才能明辨是非。

第五，批判地继承民间文学遗产。为了创造我们时代的社会主义文化，发展最新最美的文学艺术，必须批判地接受前人的一切优秀的文学艺术遗产。劳动人民的文艺创作，应当特别受到重视。过去劳动人民的创作一贯是受到轻视的，一贯是被抛弃和自生自灭的；只有到了今天它们才万紫千红地呈现在人们面前。不能把劳动人民自己的东西与封建阶级、资产阶级的东西等量齐观。但是，对于旧时代的民间文学遗产，我们当然也应当采取批判地接受的原则。毛主席关于清理古代文化遗产的学说，对于民间文学无疑也是适用的。旧时代的民间文学并不都是好的，而是有好有坏，又真伪混杂。首先，它们并不都是劳动人民的作品，也有剥削阶级和无聊文人的伪作，也有小市民的庸俗作品，区分民间文学与非民间文学，区分出真正劳动人民的作品，是我们的首要职责。其次，劳动人民的作品，尽管它们基本上是革命的、健康的，但由于历代剥削阶级的影响和过去的时代的局限性，它们也必然带有一些封建糟粕，一些落后的或者对今天说来是过了时的观念，这也是不能不注意的。例如依靠宝物获得幸福，固然是穷苦的被压迫者的一点好愿望，是他们企图战胜压迫者的信心的反映，但同时也表现了小生产者的不劳而获的梦想。我们对于民间文学中的伪作和糟粕，应当认真地鉴别，适当地剔除；对于古代人民的内容基本上健康而含有落后的思想意识的作品则应当解释清楚。只有批判地继承前人的作品，才能在我们的时代发扬劳动人民的思想艺术的优良传统。

十年来，民间文学工作方面的许多收获之中最大的收获，就是我们的工作有了一条比较明确的无产阶级的路线。上面所说的不过是这条路线的几个重要标志。这条路线是从 1942 年毛主席发表《在延安文艺座谈会上的讲话》至今的 18 年，特别是经过社会主义革命和高速度建设社会主义的斗争才逐渐形成和明确起来的。党的文艺方针和毛泽东文艺思想规定了民间文学工作的方向和路线；毛主席使马克思主义的普遍真理与中国革命的具体实践相结合，就是以无产阶级的世界观正确地看待民间文学，把民间文学看成是在劳动人民中活着的和不断发展着的文学，而不是把它看作一成不变的死材料；要求不断地发挥劳动人民自己的文艺创作在无产阶级革命和建设事业中的战斗作用；要求我们对促进群众创作的新发展和作家创作的群众化、民族化作出贡献，从而创造出形式多样、最新也最美的社会主义、共产主义的文学艺术。

我们的工作目前仍然处在全面普查的拓荒阶段。在中国民间文学这样一片无限辽阔丰富的原野上，我们高举毛泽东的旗帜前进，我们的采录工作一定还会获得特大丰收；我们的民间文学研究工作虽然还是一门比较年轻的学科，但是它在发掘各民族民间文学宝藏和开展群众文艺创作的雄厚基础上，正迅速地建立起来。

1960 年 3 月 7 日稿
4 月 4 日改

社会主义建设时期民间文学的
范围界限和工作任务问题[*]

一 社会主义建设时期民间文学的新问题

我们的国家，目前正处在一个伟大的社会主义建设时期。技术革命、文化革命和教育革命紧密地交织在一起，生产飞跃发展，新人新事大量涌现，各个方面都在推陈出新。

我国的文学艺术，在全民大跃进和文化革命的高潮的推动下，呈现出繁荣、革新和普及的新局面。以新民歌为中心的群众文艺创作运动，特别引起了人们的惊异和赞扬。

在劳动群众的文艺创作方面，表现了这样一些突出的现象：新民歌创作继续大量产生；各种文艺形式被群众运用起来，劳动人民已经不再只是靠口头创作，而且提笔写作了；他们已不只是编歌谣，听说书，讲故事，而且开始写起小说、话剧、自由体诗、散文特写、评论以至电影剧本来了；他们还史

---

[*] 本文系 1960 年 8 月 4 日在第三届全国文代会期间召开的中国民间文艺研究会扩大理事会上的发言。

无前例地广泛发动了写工厂史、公社史、部队史和革命回忆录。在上海，群众不仅赛诗赛歌，而且赛故事，赛论文。工农群众中涌现出许多的很有特色的优秀的民间诗人和工农作者。与此同时，知识分子干部下乡上山，和群众一起劳动，一起创作，参与了新民歌创作热潮，新民歌从乡村到城市，变成了广大人民用以表达跃进热情和推动工作的有力工具，工厂、部队、机关、学校，有更多的人在创作新民歌、新曲艺及其他民间形式的作品了。革命知识分子与劳动人民、民间艺人合作编写的活动也取得了很好的成绩。所有这些蓬蓬勃勃的群众性的文艺创作活动，显示出我国社会主义革命和社会主义建设的飞跃发展，文艺的武器已经为千百万群众所逐步掌握。情况正如陆定一同志在这次文代会上代表党中央和国务院所致的祝词里所指出的：

> 我国的文学艺术，已经成为劳动人民的群众性的事业，千百万工农群众运用文学艺术的武器，进行斗争，推动生产，改造社会。

在群众文艺创作的新发展、新创造面前，一切革命者和同情革命的人，都会从心坎里发出欢呼和赞美，对群众文艺创作运动给予很高的评价并且寄以无限的希望。因为这是我国文化革命的最辉煌、最生动的一种表现。尽管有一些与劳动人民的思想趣味不相投的人，对群众的新民歌创作运动发出种种诽谤和谬论，群众的歌声并未因此而停止，他们仍旧在革命和建设的热情下创作着自己的新作品。

但是，新的形势向我们提出了这样的问题：现在，什么是民间文学呢？民间文学的范围界限在哪里？要不要给民间文学划一个范围呢？面对着群众创作运动出现的新形势，民间文学工作的对象和任务又应当是什么呢？

对于这些问题，可能有两种看法：一种是墨守成规，用旧定义衡量新事物，看不见世界的新变化；另一种是漫无标准，混淆概念，看不见事物的差别性，因而也同样不能认识新事物。目前突出的，是有些人以后一种看法回答上述问题，以至民间文学工作究竟应当干什么都成了问题。本文只就这一类的看法谈谈我个人的看法，不妥当的地方，请大家指正。

有人认为，今天的群众创作就是民间文学。也有人认为今天知识分子作家和劳动人民的文学创作已经"合流"了，知识分子写的民间形式的作品，也应当都是民间文学。持有这些看法的人，在对待民间文学工作的看法上，也不尽一致：例如有的同志认为民间文学工作的对象应当包括目前群众文艺创作和民间文学遗产两个部分，把组织群众创作看作是社会主义时代民间文学工作的特点，主张民间文学工作者投身群众创作运动，积极地去发动和组织群众创作；有的同志则强调群众的新创作，指责重视传统作品就是"厚古薄今"的表现，认为组织群众创作应当是民间文学工作者的第一位的工作，而把采录研究民间文学的工作推到次要的地位。

今天我们首先应当热烈欢迎文艺创作百花齐放的新局面，但这不是说民间文学的范围可以因而无限度地扩大，没有一个范围界限。今天民间文学与群众创作之间能否划一个等号呢？知识分子作家的文艺创作和劳动群众的文艺创作是否已经完全合流了，因而也就不需要加以区别了呢？联系到实际工作，我们不能不考虑：民间文学工作者应当怎样关心和促进群众创作的发展，怎样为社会主义文艺建设服务？民间文学工作者在社会主义和共产主义伟大事业中究竟负有什么责任呢？

二　民间文学的根本特点和它的特征的新变化

社会主义建设时期的民间文学的范围界限在哪里呢？要回答这个问题，我们就不能不追溯得更远一些，谈到民间文学的根本特点，以及民间文学的特征在社会主义时期产生的一些新变化。

民间文学的一个最根本的特点，就是：它主要是劳动人民的文学创作。民间文学是广大劳动人民的现实生活的一种反映，最直接地反映了劳动人民的阶级斗争和同自然作斗争的利益。在民间文学里，充满了劳动人民的斗争和生活的画面，记载着不同地域和不同民族的风土人情，使劳动人民创造世界的光荣历史留下了一份最生动的记录。民间文学是劳动人民的社会生活的一个组成部分，它具有自己的思想和艺术的特点，"独特地伴随着历史"。

民间文学具有鲜明的阶级性。

在人类分裂为对立的阶级社会以前，口头创作是最早的文学。进入阶级社会，有文字的民族，在很长的时期内，文字工具被剥削阶级掌握了，只有少数人才能进行写作。在这个漫长的岁月，广大人民的口头创作是被压迫被剥削者的文学，也就是民间文学。有的民族没有文字，只有口头文学，但是这些民族自从进入阶级社会以后（例如，解放以前我国的彝族是奴隶社会，苗族、壮族是封建社会），它们的口头文学里也同样反映了劳动人民反抗阶级压迫、反对民族压迫、与自然作斗争中的被剥削被压迫的强烈的阶级意识。

然而阶级社会的民间文学，情况还是比较复杂的：统治阶级为了达到愚民惑众，维持其反动统治的罪恶目的，往往窜改和利用民间文学。文人学士、宗教信徒常常参与民间文学创作，他们虽然也写了一些叛离反动统治和剥削阶级的趣味的作品，但他们的作品中有更多的是为统治阶级说教的，是为酒醉饭饱的剥削者寻开心的，或者作者舞文弄墨一番，模拟民间形式来描写自己的"闲情逸致"或什么"郎情女意"，这些模拟之作虽然是民间形式的作品，却是剥削阶级的思想和趣味的反映，而绝不是民间文学。劳动人民的创作在反动统治思想的支配熏陶下，也难免不接受统治阶级的思想影响。而且乡村的地主富农，流氓无赖，也有唱民歌讲故事的。所以无论是民歌、故事、谚语，其中都有反映剥削阶级的观点的作品。在剥削阶级影响和时代的限制下，民间文学中的糟粕也并不少。城市中的说唱文学中，混杂的糟粕还要多些。因此，不应当把凡是民间形式的作品都一律看作是民间文学或认为民间文学都是好的。只有用阶级分析的方法，才能认识民间文学的真面目，才能区别哪些是民间文学，哪些不是民间文学，哪些是民间文学的优良传统哪些是民间文学的糟粕。鲁迅曾经说，皇后娘娘叫太监拿一个柿饼来的笑话，不过是高等华人讽刺乡下女人[①]。又说过，"各人自扫门前雪，莫管他人瓦上霜"，"这乃是被压迫者们的格言，教人要奉公，纳税，输捐，安分，不可怠慢，不可不平，尤其是不要管闲事；而压迫者是不算在内的。"[②] 鲁迅的那些分析是很精辟的。资产阶级民俗学者的所谓"俗文学"，却把文人、妓女、市侩甚至封建帝王用民间形式写的或用白话写的作品也都一律看作民间文学；并且奉为至宝，鼓吹那些消极落后的东西。我们反对这种形式主义的观点。尽管民间文学中有不同阶级的思想混杂交错，但必须肯定，民间文学是

---

① 鲁迅：《人话》，见《鲁迅全集》第 5 卷《伪自由书》，第 60 页。原笑话："是大热天的正午，一个农妇做事做得正苦，忽而叹道：'皇后娘娘真不知多么快活。这时还不是在床上睡午觉，醒过来的时候，就叫道：太监，拿个柿饼来！'"

② 鲁迅：《谚语》，见《鲁迅全集》第 4 卷《南腔北调集》，第 414 页。

占全民人口百分之九十以上的被压迫人民的文学，主要是鲁迅所说的"生产者"的文学。这样看才符合阶级社会民间文学的基本情况。

民间文学是这样密切地和劳动人民的生活结合在一起，这就使得它很自然地在反映社会变革，反映群众政治斗争和劳动生产上比较地直接、敏锐，所反映的生活面也很宽广。民间文学反映了不同社会制度下劳动人民的世界观，是了解人民的意见和情绪的寒暑表；因此，它是观察一个国家、一个民族的生活和心理的重要资料。我国古代借采风"观风俗，知厚薄"，是把采集民间谣谚作为了解民情的方法；近代西欧资产阶级反动统治者，也注意从民间文学、民间风习了解弱小民族和本国人民的心理，以便推行罪恶的殖民主义政策，巩固对本国人民的统治，这绝不是偶然的。过去史书里缺乏关于劳动人民的生活状况和斗争历史的正确记载，民间文学便成为记录劳动人民历史的最珍贵的文献之一；对于根本没有文字的民族说来，尤其如此。就是在今天，劳动人民自己创作的新民歌及其他民间创作也仍然是我国劳动人民解放翻身和建设新生活的最好的见证之一，不是其他历史记载和文献所能代替得了的。高尔基说"不懂得民间文学就不懂得劳动人民的历史"，原因就在这里。民间文学不只具有很高的艺术价值，也具有很高的科学价值。

民间文学在艺术上的特点，是口头性。

文学起源于口头创作。民间文学一直保留了口头创作和劳动、斗争相结合的优良传统。正由于民间文学是劳动人民的生活的一部分，它是活的艺术，是靠在群众中说唱表演来起作用，而且劳动人民长期依靠口头创作，口头流传，经过世世代代的积累，它已经在创作上形成了自己的一套有独特风格的民间艺术传统。民间文学的艺术形式，没有不适合于说唱的，它们常常又与民间表演艺术结合在一起。这不仅因为劳动人民过去只能依靠口头创作、口头演唱，而且还因为人们的生活和斗争中本来就需要说说唱唱，需要有表演艺术。民间艺术传统决不是一成不变的，它在每一个时代都有新的发展变化，然而它伴随着劳动人民的生活，始终是一种富于口头性的艺术。

民间文学有一个历史范畴。它有自己的产生、发展和最后消亡的过程。它保留了阶级社会出现以前的口头文学的传统，经过漫长的阶级社会，进入社会主义和共产主义时代，它又将在共产主义的崭新的思想基础上与专业作家的创作逐步合流，重新形成一种全民的文学。在我们的国家，在党的文艺为工农兵、为社会主义建设服务的方针的指导下，经过毛主席的文艺道路，知识分子作家和劳动人民相结合，书面文学和民间文学相结合，这种合流正在形成。

解放以后，我国劳动人民的地位发生了根本变化。由被剥削被压迫阶级变成了国家的主人。知识分子在改造思想、参加劳动、树立革命的人生观的努力下，在文艺为工农兵服务的方向下，他们的思想情感、艺术创作都继续发生着极大的变化。在我们的国家，过去与统治阶级在思想上处于对立地位的民间文学，今天已经成为国家的主人的文学，它们和革命知识分子的关系也和过去与文人学士的关系完全不同了。知识分子作家的创作和劳动群众的创作有了共同的思想基础——共产主义的世界观；在艺术风格、形式上，它们也在互相影响，互相接近，它们构成了社会主义新文艺的两个组成部分。因此，社会主义建设时期的民间文学，从思想内容上看，它已经不再是表现被剥削被压迫者的呼声的文学，而是反映人民群众在作了自己的命运的主人以后高歌猛进、建设新世界的文学。这是一个巨大的变化。

旧时代民间文学的根本特点是被剥削被压迫的劳动人民的文

学，民间文学的其他一系列的特点都是由此而来的；例如它是一个地区、一个民族的群众的集体创作，它是靠口头进行创作和传播的，它的变异性很大，它一般都是无名氏的作品，等等。到了社会主义建设时期，随着劳动人民的政治地位的根本改变，劳动人民的文艺创作已经突破了民间文学形式的范围，而开始采取新文艺的形式。许多民间形式继续被劳动人民使用着，产生了不计其数的光彩焕发的新作品。劳动群众的创作与知识分子作家的创作是在彼此融合着，但在共产主义世界观的指导下它们在思想内容上的差别消失得会比较快，而形式、风格却有一定的稳定性，变化较慢，民间形式和新文艺形式今后也还可能各自保留着，谁都可以采用。因此，社会主义建设时期的民间文学，单讲它是劳动人民的创作已经不够了，还必须看它采取的是什么艺术形式。

社会主义时期的民间文学，它的表现形式，应当是为广大群众所掌握又便于推广流传的、与民间传统有联系的形式。不言而喻，这样的形式一般地说比较简便，广大群众在业余创作活动中容易掌握；它们也一定大都是为群众所熟悉和喜闻乐见的民间形式，或者是民间传统发展的新形式，或者是群众新创作的什么形式。比如民歌、民间故事，民间小戏、某些曲艺形式，就比长篇小说之类要简便，特别是容易为熟悉本地艺术传统的群众所掌握；就是新创造的形式，也应当是容易为群众掌握而且能够推广流传的，它才能成为广大群众在劳动和斗争中随时可以运用的艺术形式。如果劳动人民中有的人写出了长篇小说、话剧、或电影剧本一类比较需要更多的专门技巧、花精力较多的作品，那么他就是工农作家了。应当承认，有些文学形式并不是那么简便易行的。民间艺人实际上是群众中的专业作家，他们受过专业方面的训练，掌握了比较复杂的艺术技巧。他们在新社会里翻了身，可以进作家、艺术家的协会了，但他们是民间文艺的保存者，他们掌握了民间艺术传统，而且他们作为民间诗人、歌手在群众中进行演唱活动，所以他们的作品仍然可以被列入民间文学。

不难预料，到了共产主义时代，各民族的一些民间文学形式，那时候将会成为活在人们的口头上的文学形式，——那就是作为阶级社会的产物的民间文学寿终正寝的时候。从旧时代到社会主义和共产主义新时代，民间文学从内容和形式上与知识分子专业作家的文艺创作显然不同，演变到主要是艺术形式上的区别（在社会主义建设时期，当然还要同时从内容和形式两方面看），这是民间文学从产生到消亡的过程中的一个发展阶段的轮廓。

过去所谓民间文学的一些特征对于社会主义时期的民间文学是否还适用呢？

过去民间文学研究者，为了识别民间文学，曾经从它的艺术特点和创作、流传的方式上给它规定了一些特征，即所谓外部特征，包括集体性、口头性、变异性、匿名性、传统性等，一共究竟有几"性"，主次如何，其说不一。很显然，就是对于旧时代的民间文学，单有这些外部特征而不从上述民间文学的根本特点即它的思想、艺术的阶级内容来看，也是不能说明什么是民间文学的。资产阶级学者隐瞒或抹杀民间文学的阶级性，就是再加上几十个繁琐的外部特征，也不能说明什么是民间文学；对于社会主义建设时期的民间文学，这些外部特征就更加不完全适用了。但是，任何事物都有其特殊标志，既然我们谈论的是民间文学，就需要从构成民间文学的内容上的特征和它的外部特征两方面来看，才能完全认识民间文学，这些外部特征究竟不失为鉴别民间文学的一些标志，不过新时代的民间文学外部特征也已经带有一些新的特点了。

我以为，对于社会主义建设时期的民间文学说来，集体性和口头性依然应当是民间文学的基本特征，此外，传统性和流传性，今天也有必要强调一下。如果从上面所说的民间文学的根本特点即它的阶级内容和它同生活的关系来看，民间文学的这些特征是并不难理解的。民间文学所以是集体创作，意思不外是：一、它们是集体智慧的产物，是人民群众在劳动斗争中集体创作的，或最初是一个人创作而后来在流传中经过众人的修改，达到了完美的程度，或同一母题各有说法、唱法；二、虽然是个人的作品，并不一定经过别人的修改（这种情况就是旧时代也是会有的，不过没有留下作者的姓名），但由于它们反映了劳动人民的集体的意志、观点和美学趣味，能够普遍引起人们的共鸣，获得流传，被群众看成了民间集体的而不再是个人的东西了。流传，这就意味着群众的承认和喜爱。在社会主义时代，劳动人民的个性有了充分的全面发展的可能，劳动人民又逐渐掌握了文字工具，个人创作是越来越多了，但是这些个人创作中被称为民间文学的作品，它们依然是有集体性的。今天劳动人民开始提笔写作了，民间文学的创作和流传，已不是只有口头方式，而是口头方式与书面方式并行了。群众进行文学创作，而且从无权使用文字到掌握文字工具乃是一个革命，这就使劳动人民迅速提高文化和迅速发展无产阶级新文化有了可能。然而这并不意味着口头创作会立即衰退；相反的，今天群众的口头创作与书面创作同时繁荣起来，我国许多盛行即兴歌唱的地区和民族，歌声比过去任何时代都更加嘹亮。那些发表在墙报、大字报上的传统形式的作品，有的是创作出来以后既在口头上传唱，又登在墙报、大字报上，有的就是先登在墙报、大字报上，只要群众喜爱，也会流传开的。而作品能够在口头上流传，也就不免会受到人们的某些修改的。流传，是民间文学的集体性的一个表现，也与它是否能为群众喜闻乐见有关，因此，流传性是群众创作能否成为公认的民间文学的一个关键。今天有些被选进书刊的作品虽然还不曾在群众中广泛流传，但不难判断它们是否有流传的可能；现代化的印刷工具是具有帮助它们推广流传的效力的，它们能否真正在群众中口头流传，变成群众自己的东西，当然还有待于时间的考验。

至于传统性，在今天它正是从艺术风格上区别民间文学与群众创作的一个极其重要标志，我在后面还要谈到。

"民间文学"在今天不过是一个袭用的名词，指的是劳动人民继承民间传统的新创作；就像我们今天仍然把民间形式的新舞蹈称作民间舞蹈，把解放以后的新剪纸称作民间剪纸，甚至把那些独轮车、牛车、骆驼称作民间交通工具一样。社会主义建设时期的民间文学，从艺术特点上说，它仍然是劳动人民的富于口头性的创作。

三　群众创作并不全是民间文学

今天在民间文学与群众创作之间，是不能画一个等号的。不能说，不管长篇小说、短篇小说、自由体诗、话剧、散文特写、文艺评论、工厂史、公社史、革命回忆录，以至电影剧本，只要是劳动人民写的，就是民间文学。群众创作包括民间文学，却不全是民间文学，这正是今天劳动人民的文艺创作的一个可喜的新变化。

几千年来，各族劳动人民在创作实践中积累了极其丰富的艺术经验。这个民族和那个民族，这个地区和那个地区，民间创作的形式、风格，不会是一样的，每一个民族的劳动群众都有与他们自己的不同的生活经历相结合的独特的艺术创造。任何一个民族的民间文学，都有它自己的独特的内容，独特的形式和风格。这种民间的文艺传统当然是不断在发展变化着的，是不断会有新的创造的。但是，民间文学的形式和风格在新时代无论怎样发展变化，它总是沿着各民族的民间传统的轨道向前发展的，总是具有民间风格、民间味道。就目前来说，从民间传统发展的新创作，与更多地接受了外国影响的新文艺，在形式风格上，在美学趣味上，到底有些不相同。一般地说，民歌总应当是能唱的，民谣快板式的作品，总是能够朗朗上口的，适于朗诵，有着自己的节奏和风格的；民间故事，即使写在书面上，也保留着适于口讲的叙述方式和语言，具有民间故事的味道，与小说很不相同。这就是民间文学在艺术上的传统性。如果把工人、农民、战士写的自由体诗叫作民歌，把凡是具有故事性的散文作品都称为民间故事，这就把不同的艺术形式、艺术品种混淆起来，不能帮助人们区别不同的文学形式，不同的艺术特点。劳动人民既然同时采用民间文艺形式和新文艺形式，这正是群众文化革命的一个重要表现，那么，不同的体裁，不同的艺术品种，就让它们在劳动人民的手里百花齐放吧！

一种体裁的兴废、发展与消亡，是与社会生活条件密切联系着的。马克思说神话只能产生于人类的童年，这是一个严格的唯物主义的论断。在我们的时代里，新民歌特别发达。工厂史、公社史、革命回忆录，也是只有在我们的时代，才成为群众性的写作运动。它们都是社会主义新文艺中的崭新的灿烂的花朵。而像哭嫁歌，随着旧时代不合理的买卖婚姻制度的消灭，在我们国家是永远也不会产生新作品了。有没有必要把工厂史、公社史、革命回忆录，归入民间故事呢，我觉得这是不必要的，还是让它们独立存在的好。

这里，我想对什么是民间故事的问题说一点很不成熟的意见，因为这是目前提出来的一个迫切需要讨论的问题。

故事是一个包罗很广的概念，民间故事是故事，但并不是所有具有故事性的作品都是民间故事。

民间故事，每一个时代都在产生，新的民间故事传说是不断会有的，因为劳动人民总是要说故事，并且不仅说从祖母那里听来的故事，还要编编新故事。民间故事是活在群众口头上的一种文学创作。比方，关于毛主席的传说，在江西就有很多，同一个故事，有各种说法，这就是新的民间故事传说。关于红军的传说，像《红军的布告》那样一类作品的确是相当动人的。又如关于东北抗日联军也有很多的传说。

但是，我们需要把民间故事传说与历史区别开来，而不可加以混淆。历史事实可以演变为民间传说，也可以写成极其生动的革命回忆录，但它和民间故事却是两样的。民间故事是一种文学创作，即使有的不是纯粹的虚构，而有某些历史事实作根据，是以真人真事作基础的，但这样的作品还是文学创作，而不应把它当作历史见闻。革命回忆录是真人真事，是革命斗争的历史，与不受历史事实限制的民间故事传说大不相同。革命回忆录，最感人之处就在于它们真实地记述了过去的可歌可泣的斗争，而民间革命传说之所以动人，则在于人们用自己的创作描述了值得学习的英雄人物；它们也生动地反映了历史，却与证据确凿的历史记载、历史回忆有所不同，它们是活在口头上的民间集体创作，是作为"传说"而存在着。革命斗争的故事在民间流传的结果，就会形成革命的民间故事传说，它们之间并没有隔着一道不可逾越的鸿沟，而是可以相通的；虽说如此，革命的民间故事传说与革命回忆录，到底还是两回事。《吉林民间故事选》的编者认为，抗日联军的故事中有些零星片断的优秀动人的传说是"革命传说的萌芽"，这样的说法较为恰当。如果民间革命传说与史实不分，就使人在这些文学作品中分不清真实历史与艺术创作的区别，甚至真假难辨。《三国志》与《三国演义》不同，民间流传的义和团传说和参加过义和团运动的当事人的亲身回忆也有所不同，这是很显然的。尽管革命家和一般群众所亲自回忆的那些斗争事迹是极其动人的，却不能说它们都是民间故事传说；如果它们还没有进入传说的范围，那么还是让它们作为真实的动人的斗争回忆存在，不要与民间传说混淆起来更好。当然，民间故事，作为民间文学创作之一，它在艺术上有自己一定的风格，与回忆往事也是不相同的。

民间故事，一般地说，是在群众中流传，经过集体的加工完成的，带有更大的集体性。这一点，似乎与民歌有些不同。民歌创作虽然也有集体性，但它比较简短，个人作品可能更多些。只有特别善于编故事，可以称为故事家的人，他们才能够较快地编出新故事来。一个民间故事创作出来总是会流传的，一般地说，流传的过程也就是加工的过程，是不断发展变化和产生不同说法的过程。因为人们在讲说民间故事的时候，是不免要按照自己的观点、经验和智慧加以修改的。这些看法是否符合民间故事的产生和发展的实际情况，搜集故事的同志们实际经验更多，是会比我谈得更清楚、更恰当的。

我们不把群众写的新文艺形式的作品以及工厂史、公社史、革命回忆录归入民间文学的范围，绝没有要排斥它们的意思；相反的，我们把它们看作值得热烈欢迎的新事物，只不过是说它们是一些新的品种，没有必要把它们勉强拉入民间文学罢了。

四　并不是凡具有民间形式的创作就都是民间文学

认为今天知识分子作家的创作与劳动人民的创作已经"合流"了，认为革命知识分子用民间形式写的作品也都是民间文学，不应该再区划它们之间的界限了，这种看法显然也是错误的。

随着工农群众知识化，知识分子劳动化，知识分子的文艺创作和劳动群众的文艺创作，现在已经出现了一些明显的合流的迹象，其中之一，就是知识分子不仅在向民间文学学习，也参与了群众创作运动，而劳动人民也采取了新文艺的形式写作。那么，能不能说他们在文艺创作上已经合流了，因而没有区别知识分子的创作和劳动群众的创作的必要了呢？

我认为不能这样说。

要知道，今天它们有着明显的统一的一面，也仍然有着差别的一面，这种差别也还是很明显的。因为情况正如党中央在给全国文教群英大会的祝词中所提出的那样：我国文化革命，还仅仅是开始。

在大跃进中，反映了我国人民的共产主义精神高涨的专业文艺创作与群众文艺创作交相辉映。在文学史上，从来也没有像今天这样，各民族的民间文学广泛地被普遍发掘，作家艺术家不管在主观上或客观上，都有了充分地、自由地汲取民间文学的营养的良好条件。革命文艺创作，包括专业创作和群众创作，在我国各民族文艺传统的肥沃土壤中生根开花，欣欣向荣；特别是文化革命的高潮，工农群众知识化，知识分子劳动化，有力地把我国文学艺术的发展推向一个新的阶段。作家以及一般知识分子与工农群众的彻底结合，劳动化，是我国文学艺术出现繁荣状况的一个根本原因，这也就是为什么基层干部、小学教员、下放干部能够写出一些与劳动人民的作品不易区别的新民歌的真正原因。但正如工农群众知识化与知识分子劳动化还刚刚开始一样，反映在文学创作上，知识分子和工农群众的文学创作的合流，毕竟也还只是开始。

一般地说，今天的专业作家以及一般青年知识分子，仍然比较熟悉五四以来形成的新文艺的传统和形式，而工农群众仍然比较熟悉民间文艺传统，爱用民间的形式，甚至就在工农群众作者中，他们当中的多数是熟悉本地区本民族的文艺形式的。有些城市工人，有更多的机会接触新文艺，特别是有很多的新工人、新农民，他们本来是受过中小学教育的，在学校学习了新文艺，他们对于民间的传统文艺并不一定怎么熟悉，他们采取自由体诗一类的形式写作是很自然的。而且有这样突出的例子：一个工农作者同时写民歌，又写自由体诗，以至写小说、写话剧。这显然说明工农群众也在同时接受和继承着两个艺术传统。今天劳动群众的文艺创作在接受着书面文学的影响，知识分子作家以及一般青年知识分子也在向民间文学学习，然而这一切毕竟还只是一个新的开始。

不能说凡是具有民间形式的作品，就都是民间文学。是否是民间文学，正如上面所说过的，首先还要看是谁写的，要看作品所反映的是什么思想感情，其次还要看用的是什么艺术形式和语言。在体力劳动与脑力劳动的差别消失以前，在文学艺术创作还有专业创作与业余创作的分工的时候（这种分工大概还会长期存在的），作家的创作，虽然思想感情和语言形式都很群众化，也不应列入民间文学。至于一般知识分子，特别是参加基层工作的干部，在劳动化的过程中，他们和工农群众一起创作的民间形式的作品，能够为群众喜爱的，已经在群众中流传开的，是可以算是民间文学的，例如新民歌中就有这样的作品。事实上老革命根据地的革命歌谣有一些是基层干部作的，早已被认为民间文学了。当然，知识分子劳动化不是一下子就可以完成的。知识分子由于长期脱离物质生产劳动，生活方式不同，接受资产阶级影响的机会较多，接受新文艺的机会也较多，他们的思想感情、风格和语言，他们的文风、诗风到底与工人农民的不同。改造世界观和思想感情，向民间的文艺传统学习，都不是一个早晨的事情，必须经过长期的努力。那种只具民歌的外形，矫揉造作，华而不实的知识分子的作品，是并不少的，当然不能说它们都是民歌。

从作品的风格形式上说，在民间文学与非民间文学合流的过程中，会出现两种情况：一种情况是，作家文学与民间文学两方面在风格形式上互相接近，互相影响，都在推陈出新，从而产生了富有民族风格的新作品。这种合流，大跃进以来取得了显著成绩和经验，但新文学创作充分继承我国民间文学和古典文学的优良传统，进一步民族化、群众化，仍然是一个需要继续努力解决的问题。另一种情况是，各种民间文学形式，虽然不断在发展变化着，但它们各有自己的面貌和风格。今天它们大都还没有因为民间文学与非民间文学的合流而消失，将来到了全民文学出现的时候，大概有的可能消失，有的可能发展为别的更高的艺术形式，而有许多形式仍然会被人们长久采用的。比如新时代会唱新的民歌，不能设想到了共产主义时代群众创作一律都是书面创作，只需要用眼睛，一点口头说唱也没有了。在没有阶级的社会中，口头创作我想还是会伴随着人们的生活而存在的，不过那时候民间文学这个名字大概会被废除；民间文学将会作为一种文学遗产而被研究了。将来各种民歌的形式还会继续被使用，继续发展变化，正如古典诗词的形式继续存在，而且今天仍然可以用它们写出最新的作品一样。古典诗词的形式要求比较严格，今天尚可产生像毛主席创作的那样最杰出的新作品；民歌形式比较自由活泼，当然会继续被人们采用的。可以设想，到了共产主义时代，人们还会创作新的"花儿"，新的"爬山歌"，新的四句头山歌的；那时，新的"花儿"仍然归入"花儿"一类，新的四句头山歌仍然归入四句头山歌一类，正如今天有许多无产阶级革命家用古典诗词写得很好的新作品，分类时仍然归入诗词一类一样。它们都是最新的诗歌，只是形式、体裁不同而已。

　　这就是说，今天在文化革命刚刚大力推进的时候，在工农群众知识化，知识分子劳动化还没有完全获得解决的时候，知识分子与工农群众，他们的创作从内容到形式、风格，也仍然各有自己的特点，事实上它们还存在着差别，不看到这种差别，认为它们已经合流了，不应当加以区别了，这是不符合事实的，也是有害的。认为凡是具有民间形式的作品，不管作者是谁，不管作品的思想情感和语言如何，一律看作民间文学，这仍然是一种形式主义的观点。

　　有人认为：现在是社会主义过渡到共产主义的时期，阶级基本消灭了，民间文学与作家文学的界限也消灭了，民间文学应当改称工农兵创作。这种论调的"精义"是：从阶级熄灭论得出民间文学熄灭论。如上所述，认为民间文学与作家的创作已经合流了，已经不存在什么界限了，这显然是对民间文学现状的一种歪曲描画。事实上今天民间文学与非民间文学创作的界限并没有消灭，社会主义建设时期的民间文学也不能以群众创作或"工农兵创作"来代替。因为民间文学还存在。它不但存在，而且还正在繁荣发展，大跃进民歌还开辟了民歌的新纪元呢。弹奏这种阶级熄灭论的调子的人，把事情描写得如此美满惬意，好像论者已经是立足于共产主义时代似的，其结果只能以"左"得令人炫目的词句模糊人们的认识。今天在我国社会主义革命还在继续着。无产阶级和资产阶级之间的阶级斗争的状况，正如毛泽东同志在《关于正确处理人民内部矛盾的问题》中所指出的：

　　在我国，虽然社会主义改造，在所有制方面说来，已经基本完成，革命时期的大规模的急风暴雨式的阶级斗争已经基本结束，但是，**被推翻的地主买办阶级的残余还是存在，资产阶级还是存在，小资产阶级刚刚在改造。阶级斗争并没有结束**。无产阶级和资产阶级之间的阶级斗争，各派政治力量之间的阶级斗争，无产阶级和资产阶级之间在意识形态方面的阶级斗争，还是长期的、曲折的，有时甚至是很激烈的。无产阶级要按照自己的世界观改造世界，资产阶级也要按照自己的世界观改造世界。在这一方面，社会主义和资本主义之间谁胜谁负的问题还没有真正解决。无论在全人口中间，或者在知识分子中间，马克思主义者仍然是少数。因此，马克思主义仍然必须在斗争中发展。[①]

至于民间文学与非民间文学的合流的过程，首先取次于改造非无产阶级的美学观和发展各民族劳动人民的优良文艺传统的过程，这里同样深刻地反映了在意识形态方面阶级斗争的变化。如果强调阶级已经消灭了，作家文学和民间文学也已经"合流"了，这首先与事实不符，而且，果真如此，那么强调作家的思想改造，强调继承民族民间文学的优良传统，还有什么意义呢？可见鼓吹阶级熄灭论，鼓吹民间文学熄灭论，对于社会主义民间文学工作是有害的，客观上无非是使民间文学工作者在无产阶级文化战线上放弃自己的应有职责。

即使将来阶级不存在了，文学成为一种全民的文学，现有各种民间文学将来作为一类文学形式，还自有其特点。而今天的民间文学，还不只是形式问题，在内容与形式两方面都还有着自己独特的东西。认为阶级一消灭，作为"阶级社会的产物"的民间文学也就立即突然消灭了，把文学与政治的关系描画得如此简单，这难道不也是一种奇谈吗？

论者是从阶级熄灭论走到民间文学熄灭论，出发点就根本错了。这种看法和主张只能把人领入迷途。

也有些人认为，人民的概念既然是随着历史的变化而变化

---

① 毛泽东：《关于正确处理人民内部矛盾的问题》，人民出版社1957年版，第26页。

的，今天无所谓民间与非民间了，那么也就无所谓民间文学了，应当只有专业创作与业余创作的区别。这种看法是有一部分道理的，但也忽视了在社会主义革命和社会主义建设时期文学艺术发展的一些复杂因素，也容易导致民间文学消亡论。不错，民间文学的发展在一定的历史范畴与人民的概念的变化是有联系的，而且民间与非民间这个政治界限也是鉴别民间文学与非民间文学的一个根本性的标准；然而构成民间文学的因素不只于此，而还有它本身的艺术特点、艺术传统；单从政治概念的变化去推论，而不同时考察民间文学它本身的艺术特点，艺术传统，就会忽视劳动人民的这种独具风格的文学创作。

民间文学今天是繁荣了呢？还是已经消灭了呢？

不管持有哪一种民间文学消亡论的人，都需要在事实面前检查自己的论据。

五　为什么不能不划范围界限？民间文学工作的任务到底是什么？

讨论社会主义时期民间文学的范围问题我们感到很有必要，特别因为这不只是一个学术性的问题，而且涉及民间文学工作的方针任务问题，涉及民间文学工作者的对象究竟应当是什么的问题。

大家知道，摆在我们面前的迫切工作，是继续 1958 年开始的全民采风运动，开展全国民间文学的普查工作，把我国各民族从古至今世代产生和流传的各种口头创作、民间戏曲、说唱文学全部搜集起来；我们应当向群众推荐优秀的民间创作，使民间文学积极为提高人民群众的社会主义觉悟和丰富人民群众的文化生活服务。发掘和研究民间文学，对于发展社会主义民族新文艺以及许多科学文化事业，都具有重要的意义。

大家都知道，自从《在延安文艺座谈会上的讲话》发表以来，革命作家、艺术家们向民间文学学习业已取得了重大成绩。毛主席曾经一再号召诗人、作家和艺术家们向劳动人民及其创作学习，提倡重视民族遗产，推陈出新；就在大跃进中，他还提出应当在民歌和古典诗歌的基础上发展新诗，并且倡议搜集民歌。新民歌起着开一代诗风的作用。各民族的民间文艺创作，越来越对我国文学艺术的发展产生着深刻的普遍的影响。民间文学工作者对于解决新文艺继承民间优良传统的问题显然负有特殊的责任，我们的任务就是当一名发掘民间宝藏的矿工。我们所以要认识劳动人民的文艺创作，给民间文学划出一个大致范围，就是为了让人们清楚地看到什么是民间文学，看到民间艺术传统在新的时代是怎样发展着。作家艺术家们需要向一切优秀的民间创作学习，但无疑首先应当向劳动人民从民间传统发展来的新创作学习。

那么，正是在工农群众的文艺创作采用了各种形式，继承了各民族的文艺传统，创作出各式各样的新作品的时刻，正是我们一方面需要采集社会主义的新国风和各种新的民间创作，一方面又要一一打开各民族民间文艺宝库的时刻——要知道，新民歌犹如诗山歌海，采录不尽，民间文学科目繁多，新旧并茂，地区遍及全国，时间上下几千年，民族有几十个，人口六亿多，我们要在较短的时间内把民间文学的科学研究工作建立起来，使民间文学从各方面发挥战斗作用，就需要广泛发动群众，在搜集整理上付出辛勤的劳动；正是在这样的时刻，难道我们可以无限地扩大民间文学的内容，模糊它的范围界限，不分青红皂白，而且忽然改变民间文学工作的对象和任务吗？

迫切、艰巨的工作任务摆在面前，怎么可以忽然转移工作目标呢？

但是，按照群众创作或工农兵创作就是民间文学的说法，按照专业作家创作与民间文学已经"合流"了的说法，恰恰混淆了民间文学的范围界限；实际上根本取消了民间文学，从而也就会取消或削弱民间文学工作。认为凡是劳动人民的创作，不管什么形式，都是民间文学，这是一种唯成分论；相反的，认为只要是民间形式的作品，不管是谁作的，也都是民间文学，这是一种唯形式论。这两种观点都是无限地扩大民间文学的范围，使人漂在劳动群众和知识分子的文艺创作的海洋里，抓不住民间文学工作的真正对象。

当然，这不是说，民间文学工作者应当对群众的其他形式的创作漠不关心；相反的，我认为研究的范围应当广泛一些。赵树理的作品里如何接受了民间文学的影响，李季、田间的诗向民歌学习了什么，都应当研究，当然更应该研究劳动群众和民间诗人、工农作家的各种文艺创作，以便促进它们的发展，但这种研究是从民间文学对新文艺发展的影响去考虑问题的，同把所有群众创作以及知识分子的民间形式的创作都当作民间文学而搜集、整理、研究不是一回事。

社会主义的民间文学工作是否像有些同志所主张的，应当以直接发动和组织群众创作为特点来区别于旧时代的民间文学工作呢？是否如果不这样，如果只有搜集、整理、推广和研究工作，我们的工作就与旧时代的民间文学工作没有区别了呢？

我想事实也不是这样。

今天在我国大力发掘和研究民间文学，还是一个拓荒的工作，旧时代的少数民间文学工作者，他们留给我们的东西，他们所能做到的，实在太少了。资产阶级学者根本不可能去进行各民族民间文学普查工作，在从前他们也不会有为劳动人民服务的观点。在劳动人民翻身以后，我们以马克思主义的立场、观点重新彻底地、全面地进行民间文学普查，建立马克思主义的民间文学科学研究工作，这正是无产阶级革命胜利时代的文化建设中的一项重要任务。怎么能够说只有这些工作项目就与旧时代的民间文学工作没有什么区别了呢？

社会主义的民间文学工作与旧时代的民间文学工作的根本区别在于：我们有了马克思列宁主义的立场、观点和方法，有了毛主席的文艺思想，有了政治挂帅，群众路线，两条腿走路，百花齐放、百家争鸣等一系列的正确的指导原则，而不在于今天我们应当改变具体的工作对象和任务。而且就从具体任务来说，1958年全国民间文学工作者大会上所确定的"全面搜集、重点整理、加强研究、大力推广"那十六个字的方针，过去也是从来没有过的。如果把组织群众的各种文艺创作列入民间文学的第一位的工作，却把民间文学工作者的正当职责反而推到次要地位，那么，这是加强了民间文学工作呢，还是削弱了民间文学工作呢？

组织群众创作，研究群众的各种新创作，这是今天许多文艺工作部门的共同任务。民间文学工作部门只应当负担属于自己的一部分工作。因为不同的文化工作部门，在党和政府的领导下需要有分工。民间文学研究工作部门没有力量也不应当代替党和政府以至其他文艺团体，把群众文艺创作活动全部包揽起来。例如地方文化局、群众艺术馆，当然可以根据实际需要既组织群众创作，也担负采风和搜集各种民间文艺的任务。但是民间文学的科学研究机关和团体我以为却不一定这样。这不是说，民间文学工作者对于组织和促进群众创作没有责任，可以置身于群众创作运动之外冷眼旁观，相反地，我们要热情积极地推动创作，但我们的方法是：经过采录研究工作，编选、整理好作品，推广和评论这些作品，这样，一面为群众的共产主义教育服务，一面也会对群众创作的发展起重要的组织和促进的作用。而且，我们不只应当促进群众创作，像上面说过的，我们要为发展整个社会主义民族新文艺以及各种有关的科学文化工作服务。

关于民间文学工作中的今、古关系问题，我们也应当有这样一个一致的了解：今古并重。

今天有没有人只强调传统作品，甚至走资产阶级学者的老路，把民间文学当作古董来欣赏而不研究新的民间创作，我还不知道，如果还有这样的人，那是太荒谬了。

近两年来，倒是有过一种奇妙的论调值得注意，就是说什么传统作品"有点土气，又有点霉气、锈气、铜绿气"，认为重视传统作品就是"厚古薄今"。

请看这种论断与周扬同志在中国文学艺术工作者第三次代表大会上的报告里所阐述的党和政府十年来重视各民族民间文艺传统作品的精神有着多么遥远的距离，周扬同志说：

> 我们为着继承和发展本国文学艺术遗产，进行了大量的、卓有成效的工作。我们使解放前濒于绝境，或早绝迹舞台的几百个地方剧种恢复了青春；数以万计的戏曲剧本和民间说唱文学重见天日；浩如烟海的各民族的民歌、民间叙事诗和民间故事得到记录、整理和出版；丰富多彩的民间音乐、舞蹈和民间美术得到普遍的扶植和发展。我们打开了一座又一座长期被埋没的民族、民间艺术的宝库，拭去了淤积于它们身上的尘土，在马克思主义的思想照耀下，去芜存菁，使它们焕然一新，发出夺目的光彩。

难道被轻视、被遗弃、被埋没了几千年的劳动人民的文艺作品还应当以什么"土气"、"霉气"、"锈气"、"铜绿气"来"薄"吗？重视劳动人民的"古"怎么见得就是"薄今"呢？而且，民间文学传统作品有的即使产生很早，但它们还活在今天，还成为人们的生活的一部分，在流传中还被群众不断给它们添上新的时代色彩，以今天的思想观点来讲述过去的故事。它们具有强烈的生命力，与书本上如《诗经》、《乐府》中的一部分民间创作有所不同。它们绝大部分还没有搜集起来，还没有定本，今天把它们挖掘出来，拭去上面的灰尘，使它们焕然一新，发出夺目的光彩，这些作品是社会主义新文化的一部分。怎么能够以什么"土气""霉气"之类的罪名把他们否定了呢？把劳动人民的新创作与民间传统割裂开来，要新的不要旧的，这不仅仍然暴露了一种轻视劳动人民文学创作的观点；抱着这种割断历史的观点，事实上也是不可能真正了解新的民间创作的。

当然，我们还应当重复地说，新民歌及其他各种群众创作，是社会主义新文艺的辉煌的一翼，它们是无产阶级文化革命的珍贵成果，又是群众用以推进革命和建设的有力武器，是发展无产阶级文学艺术的广阔基础，我们必须加倍爱护，而不容许对它们有任何的轻视；我们所以重视传统作品，目的也是古为今用，为了使历代劳动人民的作品在我国社会主义革命事业中都能发出光和热，充分发挥它们的艺术价值和科学价值；因此，我们主张全面搜集，新作品与传统作品并重，新、旧不可偏废。

由于对民间文学的范围界限有一种错误的看法，进而改变民间文学工作的对象，改变民间文学工作者的职责，这是很自然的逻辑。但是必须说，这是一种取消或削弱民间文学工作的观点，是放弃职守的观点。

毛主席的不断革命论与革命发展阶段论相结合的原则，是指导我们目前一切工作的根本原则。我们分析社会主义建设时期的民间文学的特征和范围的变化，也必须把这个原则作为我们的指导思想，对各种新现象、新变化进行具体分析，才能得出较为确切的结论。新时代的民间文学的范围界限，不应当划得太死，因为它是在发展变化着，然而毕竟要有一个界限，有一个范围。我们需要识别目前社会主义建设时期的民间文学，探讨它与整个文学艺术发展的关系，明确民间文学工作的任务，这不是因为别的，而是因为我们有必要明确奋斗目标，以便在总路线的灯塔照耀下，沿着毛主席的文艺道路，多快好省地前进。

1960 年 10 月 11 日

论民间文学的社会地位和作用 [*]

　　毛泽东同志《在延安文艺座谈会上的讲话》明确地规定了我们的革命文艺的发展方向，从而开辟了文学艺术的新道路。参加文艺工作的每一个部门的人，都从这部经典文献里领会到自己的正确方向，民间文学工作者也一样。今天我们的民间文学工作也是革命机器的一部分，它必须为人民群众、为无产阶级的革命事业服务；民间文学工作者记录、整理和研究的是劳动人民的作品，更加有必要与工农兵群众相结合，建立无产阶级的世界观；毛泽东同志还特别阐明了群众自己的文艺创作在文学艺术发展中的重要地位，向民间文学学习，对为工农兵服务的新文艺显然具有特别重要的意义；毛泽东同志这部文献中阐述的：文艺的基本原理和党的政策，把民间文学工作引上了无产阶级的轨道。从五四文化革命开始的现代我国民间文学工作，自此走上了一条无产阶级的广阔的道路。

　　20年来，我国民间文学工作有很大发展。它带着自己的特点，随着革命的胜利前进。1942年《讲话》发表以后，解放区

---

[*] 为纪念《在延安文艺座谈会上的讲话》发表二十周年。

的文艺工作者在与工农兵群众相结合的伟大号召下，纷纷到农村、工厂和部队中去向工农兵学习，去向民间艺术学习，他们在参加群众的生活和斗争中改造思想，从事新的创作。民间文学，最初是在戏剧、音乐工作者发掘和创作、演出的活动中受到注意的，文学工作者拿出民间的东西，稍微晚一些。我们看到的较早的民间文学的发掘成果，是秧歌、民歌、号子、练子嘴、说书、道情以及民间故事。民间说唱艺人、不识字的诗人，以极高的热情创作了新作品。第一个民间文学集子是《陕北民歌选》，它是文艺工作者经过整风以后，能够比较直接地理解劳动人民的思想情感和他们的文艺创作的新收获。中华人民共和国成立后，在工农兵的文艺方向的指导下，民间文艺的发掘整理工作在全国广大地区和各民族中逐步开展。少数民族的民间文学特别引人注目。各民族的民间艺人、歌手，在党的关怀和培养下，都以自己的新作品歌颂祖国社会主义革命事业。全国的和各省、市、自治区的民间戏剧、民间音乐舞蹈、民间曲艺的会演、民族语言调查、民族社会历史调查，对民间文学的发掘大有帮助。发掘民间文学宝藏，从此成为文艺工作者和科学工作者的共同事业；参加民间文学工作的有诗人、作家、音乐家，有广大民间文学爱好者和民间文学专家，有语言学工作者、民族社会历史研究工作者，也有民间诗人和歌手。1958 年，随着工农业生产大跃进，在全国出现了新民歌创作的高潮。在毛泽东同志的倡导下，全国各地展开了采风运动。民间文学工作，在各地党委的领导和关怀下，从此进入了有计划、有组织的大规模的发掘时期。继采风之后，有 16 个省、自治区为编写各少数民族的文学史和文学概况而开始进行民间文学的全面普查。此外，文艺创作活动（如广西壮族自治区发起全区创作《刘三姐》运动），也有力地推动了民间文学的发掘工作。民间文学，就是这样从采风运动，编写文学史、文学概况，文艺创作活动和科学研究工作等各方面开展起来。各省、市、自治区都开始建立民间文学的专业机构。目前，民间文学的科学研究工作，正向深和广两方面发展。

这就是近20年来我国民间文学工作发展的简单轮廓。

我国民间文学工作，虽然时间还很短，但成绩是巨大的。由于工农兵的文艺方向和党的正确的繁荣文化艺术的政策，民间文学在我国已经取得了新的社会地位。它在我国人民革命斗争和社会主义建设中多方面地发挥着作用，并有了新的发展。那么我们的民间文学工作的新面貌、新成果表现在哪里呢？我想有这几点：

一、我们是把民间文学作为文学艺术的一个重要部分，为了无产阶级革命事业的明确目的，从注意改造民间文学工作者的思想情感开始而进行工作的；

二、我们现在才看到了很多真正工农大众的文学作品；我国各民族的长久被埋没的劳动人民口头创作的宝库被打开了；

三、发掘民间文学遗产被列入了国家的社会主义建设计划，在党的领导下，文艺工作者和科学工作者都采录民间文学；民间文学在我国革命斗争和社会主义建设中充分地、全面地发挥着它的作用；

四、我们开始用马克思主义的观点来研究民间文学。

根据毛泽东同志的文艺思想，运用民间文学为革命斗争和社会主义建设事业服务，我们已经取得了一些宝贵经验。现在我想从自己对毛泽东同志的文艺思想的体会，探索一下民间文学的地位和作用的问题。

一　把民间文学摆在被尊重的、适当的地位

民间文学是劳动人民的社会意识的反映，它是上层建筑之一，

在文学艺术中应当占重要的地位。但历史事实却告诉我们：它过去是被轻视和排斥的。劳动人民的文艺创作从一向被鄙视、被埋没的地位一变而为被尊重的地位，这是同封建势力和资产阶极思想的一场严重的斗争的结果。重视或轻视劳动人民的文艺创作，在对待民间文学上面是无产阶级思想和资产阶级思想的一个分水岭。

尼采在 19 世纪说过这样鄙视劳动人民的话："今天，人们把天才的花冠放在群众的秃头上，这对于丑陋的不懂哲学的群众来说，真是从来没有过的阿谀。"无产阶级伟大文学家高尔基却说过与此截然相反的名言："人民，不但是创造一切物质财富的力量，同时也是创造精神财富的唯一无穷的泉源，他在时间、美和天才上都是第一流的哲学家和诗人。这样的诗人写出了人间的一切伟大的诗篇和悲剧，也写出了其中最伟大的一篇——世界文化史。"这里是两种世界观，两种天才论，一种是不承认人民有天才，以极端鄙视的态度和恶言恶语辱骂人民；一种是最懂得劳动人民在历史中的主人翁的地位，用"第一流的哲学家和诗人"对人民的天才作了最高的评价。当然，高尔基的论断是符合历史的实际情况的。因为写出了"世界文化史"而且正在创造人类的新的辉煌历史的，不是尼采那样的哲学家和诗人或者是他所宣扬的什么"超人"，而正是人民。大家都熟悉毛泽东同志对人民的评价，他说："人民，只有人民，才是创造世界历史的动力。"① 他又说："中国历来只是地主有文化，农民没有文化。可是地主的文化是由农民造成的，因为造成地主文化的东西，不是别的，正是从农民身上掠取的血汗。"② 旧时代的劳苦人民得不

---

① 《论联合政府》，见《毛泽东选集》，第 1053 页。
② 《湖南农民运动考察报告》中的第十二件：文化运动，见《毛泽东选集》，第 43 页。

到发展自己的艺术天才的机会，只能以"血汗"供养剥削阶级。即使在这种情况下，他们仍然用手和脑创造了各种民间的造型、绘画艺术，创造了所谓"草野文学"。尽管民间文学为我国文学提供过第一流的作品；在没有文字的少数民族，口头创作便是他们的思想艺术的唯一宝库；然而在旧时代，它的绝大部分是被排斥在文学史以外的，甚至采录收集的也很少很少。它至今还在受着被资产阶级文艺思想侵蚀了的人的轻视。历史就曾经是这样的不公正。

五四新文化运动中，北京大学发起搜集近世歌谣，它是反对封建思想的伟大爱国运动中的一粒火星，一个表现。打开五四过后创办的民间文学的第一个刊物《歌谣》来看，就可以看到，这个刊物提倡民主与科学的色彩是很明显的。虽然当时一些提倡民间文学的人还并不能更多地探知劳苦大众的内心世界，他们热心搜集歌谣及民间故事，并认定搜集这些作品会对新文艺和民俗学研究发生有益的影响，这个信念是很好的。在最高学府里提倡搜集所谓"离经叛道"的东西①，公开与封建势力相抗衡，这正表现了五四革命精神。大革命失败以后，在南方创办《民俗》的热心家，以广州中山大学为中心，兴起了一个波及数省的民俗学研究运动②，它是歌谣运动在民俗学研究方面的继续和发展。

---

① 当时社会上一般人对提倡歌谣持有不同的态度，势力最大的一派，据有人记载是"笑骂派"。最突出的一个例子是：保定府有一位进士，听说成立了歌谣研究会，冷笑说：可惜蔡子民也是翰林院出身，如今领导一般青年人胡闹起来了！放着先王的大经大法不讲，竟把那些孩子们喷出来的什么"风来啦，雨来啦，王八背着鼓来啦！"一类的东西在国立大学中专门讲究起来了！说罢又哈哈冷笑一阵。此事见《歌谣》增刊，卫景周：《歌谣在诗中的地位》。

② 当时设立民俗学会及其他名称的组织，并出有民俗周刊的，除广州而外，还有福建的福州、厦门、漳州，浙江的鄞县、杭州、绍兴，广东的揭阳、汕头，四川的重庆等。

《民俗》的发刊词中，揭露经史百家中尽是圣贤们的故事和礼
法，而没有广大人民的地位，还表现了五四民主革命的精神。民
俗学研究运动的发展，在对民间文学的提倡上，在搜集民间文学
的资料上，都使民间文学科学研究工作前进了一步。但是，从
《歌谣》到《民俗》，进步的资产阶级知识分子，虽然有很多的
人以"平民"自居，他们也企图在歌谣故事里找"真正民众的
艺术"，他们对民间文学这个真正的民众艺术却并不能完全认
识。他们一般只注意歌谣的语言、音韵、形式，而很少注意它的
社会内容。他们以自己的美学观来选择、鉴赏民间的东西。他们
看不到民间文学的阶级实质，也看不到它的全部面貌。因此，他
们虽然热心于提倡搜集民间文学，他们却无法把它摆在真正受尊
重的地位。西欧的资产阶级民俗学、人类学，曾被许多人当作当
代最进步的人文科学介绍到了中国，这种介绍适应资产阶级民主
性的革命要求，有一定的启蒙作用，但资产阶级民俗学的学术思
想和观点、方法，却把热爱民间文学工作的人引入了资产阶级的
科学迷宫。歌谣热心家们还不能完全地、彻底地认识民间文学。
《歌谣》中途停刊以后，在南方的民俗学运动中，有些民俗学家
醉心于西欧资产阶级民俗学，进行"纯学术"研究，也有一些
为国民党"党国"效劳的分子积极主张从了解民俗入手，"改良
农村"；① 在北方，定县平民教育运动中，民间文学的搜集工作

---

① 例如有一位陈元柱，在其《台山歌谣集自序》（《民谣》49—50合刊）中，
就主张搜集歌谣应为国民党的所谓"党国"服务。陈自称："我本负着党国研究改良
农村生活之计划的使命而征集歌谣，还负着扩充北大主张平民文学运动的责任而征
集歌谣。"陈认为，要有一个尽善尽美的改良农村的计划，由歌谣了解农民是不可少
的。他说："现在党国对于农村生活，主张切实地改良了；欲有尽善尽美的改良计
划，必先了解农民的痛苦和其思想，欲知农民的痛苦和思想，一定要征集歌谣，因
为歌谣多半是农民所吐出的东西，就是农民思想的表现。"所谓"党国"要切实地改
良农村的生活，还要了解什么农民的痛苦，这当然是一篇谎言。

也被当作民间风俗的一部分，在农村娱乐活动的项目下受到了注意。① 民间文学从此不仅是资产阶级学术研究的对象，而且有些人把它当作"改良农村"、巩固反动统治的手段，受到了国民党反动政府的支持。而"民俗"也越来越加重了西欧资产阶级民俗学的色彩，五四革命精神很快就烟消云散了。

资产阶级反动派显然一方面对进步学者在反帝反封建的旗帜下提倡人民的东西是不欢迎的，是摧残迫害的，另一方面又在利用民俗的调查研究，利用民间文艺形式进行宣传，来巩固他们的反动统治。他们当然更不可能真正了解劳动人民的文学，并把它摆在被尊重的地位。在抗日战争时期，逃跑的国民党政府企图"改良农村"、"开发边疆"，进行反共、反人民的卑鄙勾当，派遣人员到西北、西南少数民族地区进行调查和活动，也搜集"民众的"东西，作为了解人民的心理、风习的手段。在抗日战争爆发的前夕，国民党反动派为了欺骗民众，投降帝国主义，还曾经利用唱本小调一类的形式借抗日之名宣传蒋介石的"不抵抗主义"，要群众相信什么"经济绝交"、"交国际联盟处理"一类的鬼话。从民俗调查来了解人民心理，以达到

---

① 李景汉、张世文合编的《定县秧歌选》（1931年调查，1933年出版）序文中对中华平民教育促进会定县实验区的平民教育运动的宗旨和工作机构有如下记载：

中华平民教育促进会定县实验区以"除文盲作新民为宗旨，对于中国的愚贫弱私四大病源，实施文艺、生计、卫生、公民四大教育，以培养知识力，增进生产力，发育强健力，训练团结力。工作步骤包括调查、研究、实验、推广等项。按现在之需要设立社会调查部，平民文学部、艺术教育部、农业教育部、卫生教育部、公民教育部、学校式教育部、社会式教育部、家庭式教育部及各种学术委员会"。

他们调查秧歌的目的是：

1. 社会调查之一个项目（农村娱乐）；2. 作为实施平民教育的手段。"我们写在定县这个地方实施移风易俗的计划，最好是凭借这种已有的娱乐为入手的初步。"平民教育运动的改良主义色彩是很明显的，因而它只能是一场空谈，但《定县秧歌选》却是这个运动中的一个很好的收获。

巩固反动统治的方法，镇压人民革命，本来是中外反动派的一贯故技。在兴起民俗学研究的英国，有一位 E. S. 班恩女士就明白地说过："民俗学对人类知识的总量恐怕不能希望过分地贡献，但有一个非常实用的效果会从这种研究中产生出来，就是统治国（即殖民主义国家——引者注）对隶属民族可由此得到较好的统治方法。"① 英国和其他西方殖民主义国家的传教士、学者、文化特务，同商船和军舰一块到东方的殖民地来的很多，其中也包括我们的旧中国这个"冒险家的乐园"。这些人中间有些进步作家、公正的学者、教授，他们见由于接触到中国的灿烂的古代文化，看到了中国民间的一些出色的文艺创作，由此产生了对中国的良好感情。但也有很多人本来抱着不正当的目的而来的，他们始终是一副趾高气扬的侵略者的神气，他们当然不可能理解我们的人民和我们的民间创作。他们有不少人虽然深入到我国民间，甚至作了长期的调查和搜集工作，但他们既然抱着推行殖民主义的罪恶目的，进行间谍活动或在资产阶级的学术思想的支配下搜集一点研究民族风习、神学之类的材料，他们的立场、观点显然使得他们不可能理解反映我国劳动人民的感情和愿望的文学创作。中外反动派都企图利用人民的东西为了一个罪恶的目的服务，他们当然也都不可能把民间文学摆在被尊重的地位。

革命文艺工作者对劳动人民是很尊重的，但直到《讲话》以前，在革命文艺工作者中间也曾经有很多人表现了对民间文学的不了解，甚至轻视民间文学的倾向。

左翼作家联盟成立以后，非常重视文艺的大众化，为使文艺

① 见 E. S. 班恩女士（E. S. Burne）1914 年所作《民俗学概论》（The Handbook of Folk-lor），引自《民俗》创刊号，何思敬《民俗学问题》。

成为向群众宣传革命的有力武器，在文艺大众化的讨论中，鲁迅曾经发表了对民间文学的许多马克思主义的精辟见解，但当时在一些革命文艺工作者中，很多人还表现了对民间文学的不了解，表现了对发掘民间文学同文艺大众化的关系的不了解。有些作者以为有了"无产阶级意识"就可以创作革命文学；在文艺创作的形式、风格上，欧化倾向也严重存在着。那时一般人以为文艺"大众化"只是作品的语言文字的通俗化问题，①而还不懂得如毛泽东同志所指出的，是思想感情上与群众打成一片的问题，又是作品要具有民族形式的问题。革命文艺工作者是五四革命传统的优秀的继承者和发扬者。在当时，"无产阶级的革命的文艺运动，其实就是唯一的文艺运动"②在创作上对文艺如何大众化，除鲁迅而外，也有一些同志发表了很好的见解，瞿秋白同志就是主张向民间口头文学学习的。③而有些人虽也赞成利用旧形式，却以为这是一时的权宜之计，是为了迁就群众，而降格以求。在文艺大众化问题的讨论中，也有人提到应该搜集过去的歌谣和故事传说；可是有的过去热心提倡过民间文学的人，却反而在盛赞大众文学的同时，对大众的文艺作品又得出了非常悲观的结论，

---

① 见周扬《马克思主义与文艺》。

② 鲁迅：《黑暗中国的文艺界现状》，见《鲁迅全集》第4卷《二心集》，第223页。

③ 例如瞿秋白在《论大众文艺》中提出，普洛大众文艺所要写的东西，应当是旧式体裁的故事小说、歌曲小调、歌剧和对话剧等，应当竭力使一切作品能够成为口头朗诵、宣唱、讲演的底稿，他说："我们要写的是体裁朴素的东西——和口头文学离得很近的作品。"但他也反对盲目地模仿旧式体裁，认为"我们应当做到两点：第一，是依照着旧式体裁而加以改革；第二，运用旧式体裁的各种成分，而创造出新的形式"（《瞿秋白文集》，第863页）。他又指出：革命的大众文艺必须利用旧形式的优点，逐渐加入新的成分，养成群众的新的习惯，因为"旧式的大众文艺，在形式上有两个优点：一是它和口头文学的联系，二是它是用浅近的叙述方法"（同文，第890页）。

认为"大众文艺久已被封锁在古旧的封建堡垒里","要不得的占大多数",认为如果不把它们当作研究资料，而要鼓吹流传，便要"谬种流传，贻害无穷"。① 为什么革命作家、进步学者多看到民间文学的封建性的一面而少看到它的人民性的一面呢？最根本的原因还在于：他们没有同工农大众结合，同时，他们当时所能看到的民间文学，又大都是在城市中流传的唱本、时调一类带有封建毒素的东西。面对着反对封建势力和帝国主义的紧张斗争，面对着新文化与旧文化争夺阵地的斗争，他们对于这些东西怎么能够不起反感呢？因为他们确实很少有机会看到真正代表工农大众的革命传统和艺术成就的口头创作。他们既然在主观上和客观上都没有条件认识人民群众的作品，他们就会要么轻视民间文学，要么主观上想重视而实际上也没有把它摆在被尊重的地位。

在以井冈山为中心的老革命根据地，情况就很不相同了。在那里，劳动人民的文艺创作才真正受到了尊重。工农群众的新创作在革命战争的炮火中大量产生。在人民取得了政权的地方，革命歌谣可以自由地搜集编印，利用民间形式创作革命内容的作品，因为群众宣传鼓动工作需要这样做，更是一件似乎无须讨论的平常的事情。江西中央革命根据地在 1934 年初出版《革命歌谣选》，编者在《编完以后》中曾经批评一些保持着文学上的贵族主义的偏见的同志"迷恋着玫瑰色的美丽诗词"，而轻视大众爱唱的歌谣，并且庄严地指出："我们需要□（运）用一切旧的技巧，那些为大众通晓的一切技巧，作我们阶级斗争的武器。它的形式就是旧的，它的内容都是革命的，这并不妨碍它成为伟大

---

① 郑振铎：《大众文学与为大众的文学》，见《中国文学研究》，第 1042 页。

的艺术……"① 这也正如鲁迅一年以前②在《论第三种人》中所说的一句名言："从唱本说书里，是可以产生托尔斯泰、弗罗培尔的。"白区的革命文艺运动，"和当时的革命战争，在总的方向上是一致的"③；在评价民间文学上，在对待文艺发展的问题上，老革命根据地和白区革命文艺运动中都提出了鲜明的马克思主义的论断。在革命根据地，看来虽然也有人同样存在轻视民间文学的贵族主义的偏见，然而实际上，劳动人民的创作在那里已经牢固地取得了被尊重的地位。

毛泽东同志在延安文艺座谈会上的讲话，彻底地批判了革命文艺工作者中轻视劳动人民的文艺的错误思想。毛泽东同志批评有些同志对劳动人民有时候不爱，有些地方不爱，所不爱的是："不爱他们的感情，不爱他们的姿态，不爱他们的萌芽状态的文艺（墙报、壁画、民歌、民间故事等）。"又说："他们有时也爱这些东西，那是为着猎奇，为着装饰自己的作品，甚至是为着追求其中的落后的东西而爱的，有时就公开地鄙弃它们，而偏爱小资产阶级知识分子的乃至资产阶级的东西。"的确，这是对有些革命文艺工作者过去对待劳动人民的文艺的态度的一幅逼真的写照。毛泽东同志指出这种轻视群众的文艺创作的态度是一种资产阶级文艺思想的表现，是看不起劳动人民的问题，是立场的问题。他深刻地揭露说："这些同志的立足点还是在小资产阶级知识分子方面，或者换句文雅的话说，他们的灵魂深处还是一个小资产阶级知识分子的王国。"毛泽东同志喝醒我们：一定要把立足点移过来，"移到工农兵这方面来，移到无产阶级这方面来"；

---

① 《〈革命歌谣选〉编完以后》，见《民间文学》1959年3月号。

② 江西中央革命根据地出版的《革命歌谣选》的《编完以后》是在1934年1月6日写的；鲁迅的《论第三种人》则是1932年10月10日写的，事隔一年两个月。

③ 见《在延安文艺座谈会上的讲话》。

因为"只有这样，我们才能有真正为工农兵的文艺，真正无产阶级的文艺"。① 毛泽东同志非常重视群众自己的文艺创作。不要轻视群众的萌芽状态的文艺！这就是毛泽东同志对人们的谆谆告诫。

毛泽东同志非常重视民间文学和其他群众文艺创作，同时他又把劳动人民的文艺创作摆在它的应有的、适当的地位。

我们批判各种轻视和排斥民间文学的资产阶级观点是完全必要的，为劳动人民的文艺创作争取在文学史中的地位，也是很需要的，早在五四时代，进步的作家、学者也已在为人民的口头创作争取地位；但是，近几年来在一些批判文章和讨论中又出现了另外一种倾向，就是夸大民间文学，认为只有劳动人民创作的民间文学，才是文学的"正统"或"主流"，而粗暴地贬低了、否定了历史上的许多有成就的重要作家，甚至李白、杜甫也被贬低了。今天的诗人、作家或说"知识分子作家"，也逊色一等了。在新诗歌发展问题的讨论中，认为新民歌才是诗歌发展的主流、在诗体上民歌体是主流的论调，也反映了这样的观点。为了强调新民歌的成就而否定我们的优秀的古今诗人、作家，不论动机如何，这种片面的观点都是非常错误的。

民间文学"正统论"或"主流论"的错误，就是把民间文学同作家文学对立起来，夸大前者而贬低后者。马克思主义认为，劳动人民是历史的创造者，这个命题的含义是异常丰富的；作为上层建筑之一的文学艺术，它的产生和发展，它同社会经济基础以及其他上层建筑如政治、宗教、道德等之间的关系，也是曲折复杂的；劳动人民对文化艺术的贡献，绝不可以被简单化为他们的精神生产——文艺创作也高过了历代作家的成就。不能因

---

① 以上所引，均见《在延安文艺座谈会上的讲话》。

为民间文学中有杰出的作品，也不能因为过去的诗人作家大都出身于剥削阶级，因而便夸大民间文学，贬低了作家文学。我们知道，毛泽东同志是既重视民间文学，也重视作家文学的。他很重视民歌，也亲自搜集过民歌，而且在他的诗词里运用了民歌；他又善于发现文学史上的一些有突出成就的优秀作家，例如诗人李贺、李商隐的作品，他是喜欢的。这些对我们都有很大启发。如果我们很好地体会毛泽东同志是怎样严格而又细致地用马克思主义的历史主义的观点和阶级观点来分析复杂的社会现象和文学现象，我们就会不同意任何贬低历史上的优秀作家这样一种幼稚见解。今天我们的专业作者的创作和工农群众的业余创作都是社会主义的文学艺术，它们之间的关系也仍然还是毛泽东同志在20年前指出的文艺的普及与提高的关系；作家们除了应当首先向群众学习而外，他们还有指导和帮助群众提高创作水平的责任。他们也应当在群众文艺创作的基础上进行加工提高。在艺术上，我们坚持党的百花齐放的方针，发扬民主，是非常必要的。诗人们向民歌学习也是十分必要的，但民歌体是诗体的一种，它是一朵花，不同形式的民歌也可说是若干朵花；如果以为只有民歌体才是新诗可以采取的唯一形式，只许一花独放，那便是让诗人们只走一条胡同了。

有些持"正统论"或"主流论"的同志事实上还陷入了这样自相矛盾的境地：为了赞扬民间文学而扩大民间文学的范围，用很高的赞语评价粗劣的作品。这不仅不能帮助人们很好地认识和继承我国古典文学和民间文学的丰富遗产和它们的优良传统，反而否定了历史，也否定了社会分工的必要。因此，持有"正统论"或"主流论"的同志，虽然主观上十分重视民间文学，他们却也没有把民间文学摆在适当的、被尊重的地位。

在全面地阐明文学艺术的基本原理和它的发展过程中，给了民间文学以真正被尊重的、也是最适当的科学的地位的，不是别人，正是毛泽东同志。

二　在社会主义建设中,民间文学的作用是多方面的

优秀的民间文学，是经过了群众的选择、加工和保存的。它们长久流传，具有无限的生命力。毛泽东同志在《讲话》及其他论著中多次强调继承民族文化遗产对无产阶级革命事业的重要性。他也特别珍视民间文学。随着我国各民族的民间文学的广泛发掘，民间文学目前在我们的社会主义建设伟大事业中正多方面地发挥它的作用。

民间文学不仅有文艺方面的作用，还有科学方面的作用。具体说来，不外乎：一、战斗的、教育的、欣赏的作用；二、社会认识的作用；三、文艺的借鉴作用。毛泽东同志也像以往的革命导师们一样，非常重视民间文学的文艺价值和科学价值，而且在具体发挥民间文学的作用上，有他独到的地方。

毛泽东同志指出工农大众的文艺创作应当是被尊重的，而且特别强调把民间文学当作进行革命的斗争武器和群众自我教育的工具。

毛泽东同志不仅早在古田会议中就责成各政治部征集反映群众革命情绪的革命歌谣，把革命歌谣看作是进行群众宣传教育的有力武器，而且他在抗日战争最紧张的年代，号召作家、艺术家向工农兵群众的文艺创作学习，参加和帮助群众的文艺创作活动，写"雪里送炭"的普及作品。人民大众在革命斗争中需要用文艺来提高自己的斗争热情和胜利信心，用文艺来加强自己的团结，和敌人作斗争，而他们所急需的，又只能是他们所便于接受的东西。因此，为了教育群众和满足群众需要，既要有文艺工

作者的创作，又要有群众自己的文艺创作。毛泽东同志看到了民间创作的战斗力、教育的、欣赏的作用。他在我国实际革命斗争中明确地指出利用民间文学和发展群众文艺创作为革命斗争服务，这种马克思主义思想是中国革命在战争环境和农村条件下的产物。利用群众自己的文艺创作动员人民参加革命，参加社会主义建设，并不断提高自己的觉悟，事实证明是群众宣传教育的有效的方法之一。

毛泽东同志在他的《讲话》中强调重视群众自己的文艺创作，不仅由于他深刻地了解文学艺术的发展规律，而且也有过去革命斗争经验作为根据。远在初期的工人运动中，利用民间文艺形式在工人群众中进行宣传鼓动工作，就受到了重视。[①] 到了毛泽东同志创立了第一个革命根据地的时候，在反对敌人军事"围剿"和建立人民政权的年代，群众用山歌动员子弟参加红军；在火线上，文工团员和慰劳部队的群众与红军战士对答山歌。那时，在毛泽东同志提倡搜集革命民歌的号召下，军队和地方党组织都编印了革命民歌和采用民间小调的宣传品，现在有些地方的革命文物展览馆中还收藏了那些革命文献的珍品。在抗日战争、解放战争时期也有同样的情况，我曾经听一位抗日英雄谈，他们的部队每打一次仗下来，战士和老乡们就编唱许多抗日小调，他还给我唱了一个他所记得的歌子，那是一首填了抗日的新内容的河北小调，听来非常新鲜。毛泽东同志在《讲话》中号召作家、艺术家注意帮助群众文艺创作以后，各个解放区人民政府和部队在普及第一的方针下，都作出了开展群众文艺活动的

①　据长辛店"二七"大罢工时代的老工人的回忆，当时在工人中就流传过一些新民歌，例如：如今世界不太平，重重压迫我劳工，一生一世做牛马，思想起来好苦情。又如：北风吹来了十月的风，惊醒了我们苦弟兄，无产阶级快起来，拿起铁锤快进攻。这两首歌见《民间文学》1959 年 4 月号。

决议。一个轰轰烈烈的、大规模的群众文艺创作和演出活动在后方和前线出现了。这个运动对鼓舞解放区人民和战士的抗战和生产的热情，对教育群众，起到了重要的作用。解放以后，各民族的新民歌，各种民间戏剧、新的说唱文学，也大有发展；它们对抗美援朝、土地改革、民主改革、爱国丰产运动、农业合作化，都起到了有力的配合作用。

20年来，我国民间文学艺术有了崭新的发展。从解放区开端的群众文艺运动，实际上就是改造和发展农村文艺。部队的文艺工作也是特别活跃的。在革命战争中，战士与农民一直在工人阶级的领导下携手前进，这是我国人民革命的一个特点，但军队中盛行的枪杆诗，虽然接受新文艺的影响比较多，它们的文艺传统也仍然大半是农村的文艺传统。从新秧歌的出现起，民间文学艺术如快板、秧歌、号子、快书等，装了新的政治内容，反映新人新事，艺术形式上也加进了新艺术的因素。新民歌也显然吸收了新诗的表现手法。群众对这样的新作品是很欢迎的。因为新作品反映的是当前他们最关心的事情，回答的是他们需要回答的问题；群众对待传统的东西，仅仅是不欢迎那些封建迷信的东西，至于世代相传的优秀作品，他们还是爱听、爱看的。在战争、土改那样紧张的斗争环境下，革命宣传和群众的要求都更需要战斗的艺术，但在紧张的劳动和斗争之余，人们也特别需要轻松愉快的东西。在这样的时候，单是"斗争秧歌"的作品便不能满足人们的需要了。可见今的、古的、战斗的、抒情的，都能够为革命服务，都会产生良好的政治效果。只是如何才能够发挥它们的作用，那就不能不看时间、地点和对象了。

民间文学富有战斗的、教育的作用，是它作为被压迫者或劳动者的艺术的一个显著特色，这方面过去我们谈得比较多；至于民间文学的美的欣赏作用，娱乐的作用，虽然也是它的一个显著的特色，我们过去往往却是忽视的。民间文学中有很多奇妙的、抒情的、使人感到艺术的愉悦的作品。我们平时听中国的和外国的情歌演唱，常常为它的美好情感和幽默风趣所激动。幻想神奇的传说，讽刺的故事和寓言，机智的笑话，都会引人入胜，使人感到莫大愉快。它们也都富有明显的教育意义，然而绝不是干枯的教条。它们当中有很多是被人们长久磨炼而成的艺术。"永久的魅力"，不只是希腊神话才有的，很多的民间创作中都有。劳动人民创作和流传他们的这些作品，为了娱乐，为了减少疲劳，是一个重要目的。因此，在给人以美的欣赏、给人以休息娱乐上，民间创作能够提供很好的作品。

民间文学的社会认识作用，有文艺的和科学的两个方面。人们听了义和团的故事，会了解到中国人民过去曾经怎样英勇地抵抗过帝国主义欺压中国的暴行；听了彝族、藏族人民沉痛的民歌，就更深切地知道奴隶制度、农奴制度的残酷性，这是一般的文艺的社会认识作用。过去在劳动人民的历史缺乏文字记载的条件下，要了解劳动人民曾经是怎样生活的，他们的心理如何，自然看民间文学是比较容易了解的，也是非看它不可的。但民间文学与一般文艺作品还有一个很大的不同处，就是它不只在文艺的认识作用上有它的优越的地方，它还有很高的科学价值。劳动人民自己的这些口头文艺创作不仅生动地反映了每一个社会历史阶段的人民的生活状况，是人民的悲欢离合的记录，而且在古代，许多民族的口头创作中都有文、史不分的现象，有的创世纪的史诗，就是一个民族的历史、生产、社会制度、风俗的综合文献，像苗族的《古歌》就是这样的作品。尽管这些作品包含着古代人的幼稚幻想和美丽的想象，并不都是如实的记录，我们读这样的作品，也仿佛读历史文献一样，很能了解古代社会。有的作品本来是劳动人民为了传授自己的经验而创作的，例如谚语就是这样。劳动人民用口头文学保留了他们世代积累的生活的、斗争的经验，记录了人民的心理、语言和风习，它们的科学价值是很高的。哲学和社会科学的各部门可以广泛地利用民间文学资料，研究历史学、民族学、语言学、民俗学，也可以借民间文学——前人的生活经验来阐明很多问题；后者是借民间文学中反映的人民的经验来说明世界，前者则是直接把民间文学当作历史的珍贵记录、史料来引证。民间文学有一部分对于自然科学研究也是重要资料，像农谚就是这样的作品。这就不只是社会认识作用，而是自然现象的认识作用了。

革命导师们都是非常重视民间文学的科学价值的。恩格斯在《家庭、私有制和国家的起源》一书中把民间文学当作重要引证，引证最多的是荷马的史诗，他从《伊利亚特》、《奥德赛》中的社会描写来分析希腊进入文明前氏族社会的状况。[①] 列宁赞叹根据俄国的勇士歌、人民歌曲和童话故事可以写很好的关于人民的憧憬和希望的论文。[②] 这都是看重民间文学社会认识作用，把它作为科学研究资料的典范。毛泽东同志经常引用民间文学，是大家知道的。他在有名的哲学著作《矛盾论》中，分析神话的产生，以此说明现实矛盾的科学的反映与不科学的、幼稚的、主观的想象的反映之间的区别。[③] 借用民间传说、笑话、寓言、谚语，非常有风趣而又通俗地、透彻地阐明事物的真相，更是毛

---

① 例如恩格斯从荷马的诗篇中引证希腊的部落的生活状况，生产的发展，贵族分子的崛起，部落和部族的管理组织有议事会、人民大会等；在《伊利亚特》和《奥德赛》中，都反映了希腊人的军事民主制。见《马克思恩格斯文选》，第257—260页。又如恩格斯从这两部史诗中引证了妇女的地位因男性的支配和奴婢的竞争而大为降低的情况，见同书第220页。

② 参考邦奇布鲁耶维奇著，刘辽逸、程代熙译：《列宁论民间口头文学》，载《苏联民间文学论文集》。

③ 《毛泽东选集》，第797页。

泽东同志的论著和谈话中的一个特色。例如他用"叶公好龙"来讽喻蒋介石之流天天喊"唤醒民众"，而民众起来时又害怕民众，害怕革命，怕得要命；他又借愚公移山的古代传说来说明中国人民非搬掉帝国主义和封建主义两座大山不可的革命精神和顽强意志。① 解放后，民间文学在许多方面都显出它的文献的作用，社会认识的作用。各民族的社会历史研究、语言调查研究，都把民间口头文学作为重要材料。在这些各民族的社会调查的新材料中，口头文学无疑是一个重要的部分。我们只要看看一些民族的史诗、古老的传说，听听不久前才被解放的奴隶和农奴的歌声，就可以明白了。近年来发掘的关于太平天国、捻军、义和团、鸦片战争等近代中国人民反帝反封建的革命斗争的传说、歌谣，为近代史研究增加了活生生的史料。又如我国谚语是非常丰富的，它是储存了我国人民自古以来不计其数的生活经验和智慧的宝库，其中的农谚，是研究我国农业生产经验和农业气象的最有价值的材料。民间文学既然具有广泛的社会认识的作用，我国各民族的这样丰富的不同社会历史阶段、不同地域的民间文学，对于科学研究乃是一个巨大的资料宝库，而不仅仅是一个文艺宝库而已。

最后，我们要多谈谈民间文学在文艺创作上的借鉴作用，或者更确切地说，是它对新文艺的哺育作用。

我们的文艺要到工农大众中去，要创造出社会主义的内容、民族形式的最新也最美的作品，必须借鉴民间文学，必须从民间文学吸取丰富营养。

毛泽东同志在文艺如何到群众中去这个最重要的问题上，提

---

① "叶公好龙"的例子见《湖南农民运动考察报告》，《毛泽东选集》，第47页；"愚公移山"的例子见《愚公移山》，《毛泽东选集》，第1126页。

出了普及与提高的正确方针。而无论文艺的普及或文艺的提高，他都强调先要"学习工农兵"。"学习工农兵"这句话的内容是很丰富的，包括学习工农兵群众的思想情感，改造自己的思想情感，了解群众的生活和斗争，学习群众的语言，也包括学习工农兵群众自己的文艺创作。

革命文艺既然是推动人民革命的重要工具，是要使群众喜闻乐见，愿意接受，并且必须带有民族的特性，是社会主义的民族的新文艺，难道可以不"学习工农兵"，不借鉴劳动人民自己的文艺创作——民间文学，而只是搬外国的东西吗？20年以前，有过一个时期，我们的文艺界的确有过这样一种现象。欧化倾向严重地妨害着革命文艺同工农群众的接近，它使革命文艺停留在城市知识分子的圈子里面。文艺的"大众化"，当然最重要的问题还不是形式问题、文风问题，然而形式问题、文风问题，的确也关系重大。

反对洋教条、洋八股，提倡民族形式，是毛泽东同志对马克思主义的运用和发展的最伟大的贡献之一。毛泽东同志在党的六届六中全会上，针对洋八股、教条主义的危害，提倡"新鲜活泼的、为中国老百姓所喜闻乐见的中国作风和中国气派"，为革命文艺工作者树立了一个努力的目标。以后，他还一再指出过民族形式问题、文风问题的重要性。① 民族形式对文艺创作之所以非常重要，最根本之点还在于：如果不克服欧化倾向，不反对洋八股，如果没有中国老百姓喜闻乐见的中国作风、中国气派，我

---

① 参看《新民主主义论》中的《民族的科学的大众的文化》、《反对党八股》、《对晋绥日报编辑人员的谈话》和《中国农村的社会主义高潮》中关于《书记动手、全党办社》、《一个整社的好经验》、《合作社的政治工作》三篇文章的按语。《对晋绥日报编辑人员的谈话》见《毛泽东选集》，第1317页。此外其他各篇，均见《毛泽东论文学和艺术》；三篇文章的按语，在该书中编在一起，题为《关于文风问题》。

们的文艺就不能很好地表现中国人民大众的生活和斗争的生动活泼的、前进的、革命的内容。

文艺的形式、风格问题，与内容是紧密地联系在一起的。只有生动地表现出劳动人民的精神世界，声音笑貌，作品才会具有"中国作风、中国气派"，但用油画虽然也能逼真地画出中国的老百姓，它与国画、杨柳青的年画的风格，却显然不同；用外国的十四行体写的新诗，也未尝不可以表现诗人的情感，但它与新民歌的气派、韵味，也完全两样。可见谈作品的艺术性，研究自己民族的东西与恰当地学习外国经验是大有讲究的。我们提倡民族形式，绝没有否定借鉴外国先进经验的意思，问题是要使我们的文艺带有中国的民族特性，必须发展我国各民族的丰富多彩的文学艺术的优良传统。解放革命文艺的民族形式问题，也必须继承我国全部丰富的文学艺术遗产和优良的文学艺术传统，然而我们的文艺过去在继承和发展民间文学——劳动人民的文艺的优良传统上，特别显得不足。毛泽东同志关于我们的文艺的提高指出："只能是从工农兵的基础上去提高。"他又说："也不是把工农兵提到封建阶级、资产阶级、小资产阶级知识分子的'高度'去，而是沿着工农兵自己前进的方向去提高，沿着无产阶级前进的方向去提高。"这样，他就在规定无产阶级文艺的前进道路中，把向民间文学学习的迫切性提到所有革命文艺工作者的面前。

文艺的民族形式，含有两个要素，一个是它的第一个标志——语言，一个是构成作品的民族特色的艺术传统，在这两方面，民间文学都是必要的、最好的借鉴。人民群众的语言是最生动活泼的，毛泽东同志在《反对党八股》和《讲话》中都强调学习群众的语言，而民间文学的语言，是工农大众自己为了表情达意而经过选择、提炼的文学的语言。向民歌、民间故事、**谚语**

学习，吸取群众的生动语言，不仅学得驾驭语言表现的能力，实际上也接受了人民的智慧成果。《王贵与李香香》的成就之一，就是它不仅运用了陕北信天游的形式、体裁，还大量地吸取了信天游的语言。我们的新秧歌剧的作者在第一次下乡中学习群众的语言，所发现的群众的最生动的语言，就是民歌。所以高尔基劝作家从民谣中学习语言，是有真知灼见的。民间文学是劳动人民的文艺宝库。劳动人民文学创作中的优良艺术传统，全部保存在这里。我们在艺术上向民间文学借鉴，要继承工农大众自己的文艺传统，无疑应当打开这个宝库，向民间文学学习。

民间文学的艺术传统，包括劳动人民的审美观、表现技巧、体裁、文学风格等。劳动人民是有一套表现自己的思想感情的技巧和方式的。无论哪个民族，一般都有自己的民间的文学形式，他们的民间文学也各有独特风格。内蒙古地区的爬山歌与陕北的信天游都是两句一首，云南大理一带流传的邓川调，江苏的吴歌，也都有这种两句体。爬山歌与信天游风格很相似，内蒙古的爬山歌与云南的邓川调风格便截然不同。爬山歌如"大青山来乌拉山，海海漫漫土默川"，两句歌便画出了大青山一带的全部自然景象。终日行走在大青山、乌拉山中的脚户、拉骆驼的人，他们的诗歌雄浑粗犷，与生活在一年四季如春的滇西的水光山色中的人民的那些风格明丽的情歌，很不相同。藏族和傣族的民歌都很华丽，但喜马拉雅山下的清新优美的歌声富丽深沉，西双版纳的森林中的歌唱，却柔媚婉转。生活在海上的惊涛险浪中的渔民，他们的歌唱是豪迈的，他们也会设想海娘娘对他们的庇护，会描绘龙宫仙境。西北的牧民，他们的民歌在草原上高亢悠扬，他们也会让他们的神马出现在许多故事传说里。这使我们了解到，不同民族、不同职业、旧时代又生活在不同的社会制度下的劳动人民，他们各有自己独特的生活天地，所接触的自然环境也不相同。他们的创作各自有不同的生活内容。他们各自在自己所生活的世界里，他们的生活和职业，他们的心理状态，他们的习俗、历史，各自形成了他们的审美观，形成了他们的艺术传统。因此，在创作上继承劳动人民的艺术传统，我想首先应当学习劳动人民的审美观，学习他们的劳动者的文学风格，学习他们表现思想情感的方法和技巧，其次才是吸收他们的文学形式。只学皮毛的形式，是不能取得劳动人民的风格的。所以我们要真正继承劳动人民的艺术传统，发扬这种传统，最好从了解劳动人民的生活、习俗、心理状态、思想情感开始。

生活在我国广大土地上的工农大众，他们的丰富多彩的文学艺术遗产和优良独特的文学艺术传统，对于作家、艺术家们是美不胜收的。我们创造社会主义内容的民族化、群众化的新文艺，决不能不打开民间文学的宝库，继承劳动人民的一套艺术传统。当然，我们还应当向古典文学的传统和现代文艺的传统学习，要以新的观点、方法，整理和研究民间文学，发扬劳动人民的艺术传统，这里，我想不会被误解为民间文学是"正统"。从前在关于民族形式问题的讨论中，有过一种"中心源泉论"①，过分强调民间文学，而否定五四新文艺，那是错误的。毛泽东同志指出："诗当然应以新诗为主体"，同时他又指出："新诗应当在民歌和古典诗词的基础上发展"。诗歌是这样，其他文学体裁也一样。学习劳动人民的优秀的文艺创作，继承它，发展它，这就是"沿着工农兵自己前进的方向提高"。

事实是最雄辩的。20 年来，我国文学艺术所取得的崭新的、重大的成就，已经证明了毛泽东同志开辟的文艺道路的正确性。

---

① 向林冰：《论"民族形式"的中心源泉》，见《中国现代文学论文选集》，第 444 页。

新作品的产生和它们的民族化、群众化的特色，都同民间文学有血缘的关系。我们回顾标志着工农兵文艺道路的最初一批作品，它们仍然好像第一次出现在我们面前那样地吸引着我们、打动着我们，它们的充沛的革命精神和优美的群众化的艺术风格永远激动着读者和观众的心。《兄妹开荒》和《白毛女》，它们一个是群众文艺运动中的普及的第一个新秧歌剧，一个是提高的第一个新歌剧，它们在同一个时期树立了为工农兵的文艺的普及和提高的两个范例。它们并不是高不可攀的范例，但它们反映了一个革命时期，一种新的文风，一条新的艺术道路。在解放区的另一个地方，小说《李有才板话》，显示出作者很熟悉民间文学和旧小说，他创造了他的独特的民族化的新风格。稍后，就是从信天游的基础上产生了的新诗《王贵与李香香》。这些作品都是学习工农兵的结果，它们没有一个不是在民间文学的基础上吸取了新因素的产物，没有一个不是"沿着工农兵自己前进的方向去提高，沿着无产阶级前进的方向去提高"的新收获。20年来，各民族的民间文艺的大发掘也进一步推动了文艺的民族化、群众化。然而回顾当年的第一批开辟道路的作品，它们仍然照耀着这条新道路，也有着不可企及的地方。

考察一下工农兵大众的新创作是怎样提高的，也会使我们得到很多启发。大跃进民歌和民间诗人、民间艺人的新创作，是最好的例子。新民歌起了开一代诗风的作用，诗人们要继承劳动人民的诗歌传统，就不能不向新民歌学习，从新民歌研究劳动人民的艺术传统和它的发展。民间诗人、艺人们最熟悉本地、本民族的民间文学遗产，他们的身上保存了民间文学的优良传统；他们掌握了劳动人民的创作经验和技巧。他们的社会主义内容的新创作，正是从各民族的民间文学的深厚基础上开花结果的。王老九的诗是在快板的基础上发展的，但它提高了，它变革了快板的原样，而形成了一种节奏简短响亮的朗诵诗。群众是欢迎王老九的新诗的。盲诗人韩起祥的说唱诗也是这样。他的新作和他的美妙的音乐，运用了陕北的说书的艺术，也吸取了陕北的优美的民歌。刚刚不幸逝世的蒙古族琶杰，他的歌颂党的即兴歌唱和低沉悠扬的四弦琴的声音还留在我们的耳边。毛依罕的《铁牤牛》，用蒙古族的好力宝的形式自由歌唱了草原上的新建设和现代化的机器，把在草原上奔驰的火车描绘得那么色彩丰富，动人心灵，现代化的内容与民族的诗歌形式在这篇新作里取得了完美的统一，傣族三个歌手波玉温、康朗英、康朗甩的歌唱北京的短诗，也使我们读到了内容清新，而又各具独特风格的非常精致的作品。他们也都创作了反映社会主义建设的出色的长篇叙事诗，这些情况使我们得到了一种启示：在民族传统文艺的深厚土壤上，才能产生出最新最美的诗歌。

民间文学对社会主义新文艺不只有借鉴的作用，上面已经谈到它对文学艺术的产生和发展的广泛影响；它所保存的劳动人民的优良传统，也不只是艺术传统，还有他们的历史传统。诗人、作家们向民间文学学习，从中接受劳动人民的全部优良传统，从中了解劳动人民，学习劳动人民的思想艺术，从中吸收素材、观摩范例，可学可取的东西是异常丰富的，我只讲到艺术问题、民族形式问题，是因为今天我们需要进一步探讨文学创作的艺术性问题，是因为我们向民间文学借鉴今天还是一个迫切的问题。

1962 年 5 月 9 日

歌手们，为"四化"放声歌唱吧！^①

　　首先，请允许我向长途跋涉、来自祖国边疆的各个民族的民间歌手、民间诗人的代表同志们，表示最热烈的欢迎和亲切的问候！

　　在全国人民为实现社会主义四个现代化而奋斗的大好形势下，在全国各族人民欢欣鼓舞地迎接中华人民共和国建国 30 周年的大喜日子里，来自祖国四面八方的 45 个民族 123 位民间歌手、民间诗人云集首都北京，举行这样的盛会，从开国以来这还是第一次。特别是经过林彪、"四人帮"毁灭民族文化的一场灾难，大家能够欢聚一堂，共议为"四化"而歌唱的大事，真是备觉亲切，万分高兴。许多民间歌手、民间诗人听到召开这次"歌手大会"的消息，激动得流下热泪，有一位老歌手说："没想到，在我有生之年，还能唱一唱我心爱的歌；更没想到，唱歌也不犯罪了。"

　　代表同志们！我们今天能够欢聚一堂，举行这样的盛会，首

---

① 1979 年 9 月 25 日在"全国少数民族民间歌手、民间诗人座谈会"上的讲话。

先要感谢我们党中央。胡耀邦同志在我们为召开这次"全国少数民族民间歌手民间诗人座谈会"写的报告上批示："这是件好事，我赞成。"这个批示下达后，各地反映都很强烈，从上到下，大家一致认为这的确是一件大好的事情，开这个会是很有必要的。

同志们！党的十一大和五届人大，明确规定把全党和全国工作的着重点转移到社会主义现代化建设上来。当前，我们伟大祖国实现新时期总任务的时代列车已经开动了，举世瞩目的新长征已经开始了。实现四个现代化，是关系到党和国家命运的头等大事。摆在我们民间歌手、民间诗人们面前的一个刻不容缓的光荣任务，就是要：紧急动员起来，大胆创作，演唱人民所喜爱的作品，为四个现代化放声歌唱，为新时期的总任务贡献力量。

今天，我的讲话题目是："歌手们，为'四化'放声歌唱吧！"我想讲三个问题，讲得不对的地方，请大家批评指正。

一 关于民间歌手、民间诗人的社会地位和作用问题

我国少数民族的民间歌手、民间诗人，在人民的生活中占有相当重要的社会地位。他们生活在劳动人民中，一向为人民歌唱，联系着千百万群众。在历史上，民间歌手、民间诗人在同自然界作斗争，在同阶级敌人作斗争中，都曾发挥过重大作用。新中国成立 30 年来，在社会主义革命和社会主义建设中，他们为革命而歌唱，又发挥了更大的战斗的、教育的和娱乐的作用。在座的民间歌手、民间诗人的代表们为人民歌唱，都是有过功劳的。

在旧社会，民间歌手、民间诗人处于被剥削、被压迫、被奴

役的地位，他们的才能受到歧视，他们的作品被认为是不登"大雅之堂"的"野曲"。有一首云南彝族民歌真切地反映了旧社会劳动人民的悲惨命运。这首歌说："遍山羊群是奴隶主的，软软牧鞭是奴隶主的，牧羊姑娘是奴隶主的，牧场响起悲歌，唯有歌声才是自己的。"尽管劳动人民过着牛马不如的生活，他们的歌唱才能不断遭到打击、扼杀和摧残，有的"只是为唱一支怨歌，脖颈上就套上了枷锁"（藏族民歌）。许多歌手因唱山歌，被迫离开家乡，甚至有的悲愤死去。但是，统治阶级绞尽脑汁也无法禁绝劳动人民的歌声。正像刘三姐所唱的"只要嘴巴抢不去，留着还要唱山歌"。人民历来把诗歌当作武器，当作号角，进行着不屈不挠的斗争。"饥者歌其食，劳者歌其事"，"心中不平要唱歌"，"一人唱歌万人和"，民歌伴随着历史，从来没有间断过。建国后，在党的领导下，人民当家作主，推翻了那些最野蛮最黑暗的各种剥削制度，使处于不同社会发展阶段的少数民族，跨过了一个或几个社会发展阶段，一跃而进入社会主义社会，使少数民族地区的面貌发生了翻天覆地的变化，他们梦寐以求的自由与幸福的生活得以实现，他们怎能不欢欣鼓舞，纵情歌唱啊！许多优秀的民间歌手、民间诗人从群众中涌现出来，成为我们文艺大军中人数最多、影响极大的重要力量，其中有不少人在全国享有盛名。30年来，少数民族民间歌手、民间诗人，配合党的政治任务，即兴创作，与广大群众一块创作了浩如烟海的新民歌；尤为可喜的是：有些著名歌手、民间诗人还创作出了不少优秀的长篇抒情诗和长篇叙事诗。例如蒙古族毛依罕的《铁牤牛》、芭杰的《两只羊羔》；傣族康朗甩的《傣家人之歌》、康朗英的《流沙河之歌》、波玉温的《彩虹》；满族霍满生的《铁牛传》等。这些诗篇，震动了当代诗坛，为广大人民群众所传颂。民间歌手、民间诗人们在繁荣富有民族特点的社会主义新文艺创作中是站在前列的，他们以饱满的政治热情、熟练的本民族的诗歌艺术技巧，创作了许多优美的新诗篇。他们当中有的是专门演唱本民族的英雄史诗、民间长篇叙事诗的歌手。由于他们扎根于人民之中，为人民歌唱，为社会主义革命歌唱，因而在宣传群众、教育群众和活跃农村、牧区的群众文化生活方面，在巩固边疆国防，增进民族团结方面，在发展各民族的社会主义新文艺方面，都立下了不可磨灭的功绩。

　　人们可能都还记得这样的事情：50 年代初，哈萨克族歌手司马古勒深入山区，帮助工作组说服谢尔得朋归顺人民政府的事情。他用他的歌喉和冬不拉的琴声，唤起了士兵们怀念家乡、厌恶内战的感情而放下武器，一致赞成归顺人民政府。在座的壮族歌手陈国贤同志解放初期在清匪反霸中，也用他的歌声瓦解过地主反动武装。在清匪反霸中，有一股土匪几天也解决不了，喊话也听不懂，后来请陈国贤同志出来，用当地的民歌调子，揭露土匪暴动的阴谋，号召受蒙蔽的人起来，结果土匪内部瓦解了，受蒙蔽的士兵（老百姓）干掉了土匪头子，清匪取得了胜利。大家也不会忘记，1958 年傣族歌手康朗甩以及其他许多歌手深入工地劳动和演唱，受到群众的热烈欢迎。当林彪、"四人帮"破坏民族政策，有的边民被迫外逃时，也是我们的歌手用嘹亮的歌声把他们劝说回来的。所有这些动人情景，不能不让人惊服歌手们的作用和民歌的力量。许多少数民族都有在田间边劳动边唱歌的习惯。唱歌，不仅不妨碍生产，反而可以鼓舞群众的劳动热情和干劲。例如在座的壮族歌手、生产模范李少庆同志，他那个地方土地不好，他用山歌发动群众，讲本地区的有利条件，鼓舞群众干劲。今年他们生产队收了 36 万斤粮食，比去年增产 15 万斤，除了还清一年的欠债，还有结余。每个工分值由四角增到七角，上级给他们生产队奖了一台手扶拖拉机，李少庆同志曾经六次被评为先进生产者。可见唱歌是能够鼓舞生产的。有一句民间谚语说："一人唱歌，抵百人干活。"我看这样说并不算夸张。

我国有许多少数民族都是能歌善舞的。诗歌在他们的精神生活中占有极为重要的位置，人们在日常生活中把它当作是抒情言志的不可缺少的一种手段。劳动时要唱歌，恋爱时要唱歌，悲欢离合要唱歌，婚丧嫁娶也要唱歌，不仅平时有爱唱歌的习惯，还有专门唱歌的节日。在广阔的少数民族地区，到处是诗歌的海洋。白族人民骄傲地说："我们这儿一草一木都是歌。"哈萨克族人民自豪地说："我们的民族是诗歌的民族"，"当你出生时，歌声迎你来人间；当你逝世时，歌声送你进天堂"，"歌声是我们精神的食粮，歌声能打开心灵的门窗。"

人们是这样地酷爱歌唱，因而尊敬歌手就是很自然的了。傣族人民说：我们"没有赞哈，就像吃饭没有盐巴一样。"可见诗歌与人民的生活有着多么密切的关系。为什么民间歌手、民间诗人这样受到群众的欢迎和尊敬呢？为什么他们在本地区、本民族享有崇高的威信呢？依我看，有下列几方面的原因：

民间歌手、民间诗人既是歌唱艺术家，又是普通劳动者，这一点是很可贵的。他们始终是劳动群众中的一员。他们大都出身贫苦，政治热情很高，具有强烈的翻身感和主人翁感，几乎每个人都有两本账：一本苦情账，一本幸福账。每个人都有"唱不完的歌、说不完的话"。他们和群众一起生活，一起劳动，一起战斗，因而也最懂得人民群众的心理和愿望。他们一方面在党的培养下受了教育、锻炼，同时又掌握了本民族的诗歌传统和艺术技巧，所以能够才气横溢，见景生情，出口成章。他们在田间或在工地，随时都可以即兴歌唱，休息时、农闲时可以带头对歌赛诗，也可以弹唱群众爱听爱唱的传统作品。他们在群众中所发挥的宣传鼓动作用,我看是所有现代化的宣传工具(如电影、戏剧、报纸、广播等)都代替不了的。例如在座的维吾尔族歌手夏买满提同志,今年 66 岁了,在旧社会卖唱,当过乞丐。他在工地劳动,非常受群众欢迎。他一出工,出工的人就特别多。群众要给他 20 个人的工分。他不但能即兴歌唱,鼓舞群众劳动情绪;他还能唱群众喜闻乐见的六部长篇叙事诗。群众之所以尊敬他们,首先是因为他们有本领用独具风格的诗歌形式,用他们演唱的作品,及时地活跃和丰富群众的文艺生活。

民间歌手、民间诗人是党的最好的宣传助手。他们能够配合党的各项任务,用歌声进行宣传,既及时,群众又爱听,往往比报告收效还好。白族的歌手张明德就是一个很好的范例,他作调查研究,针对群众的思想编歌宣传,他的诗歌是动人的,有说服力的。我也有过亲身体会:解放初期,我在广西搞土改,客家话我不懂,壮族话我更不懂,我讲话还需要翻译,但是会前会后,群众用歌声宣传党的政策,用歌声诉苦,用歌声揭露地主阶级的罪行,比我的报告生动多了。这不是说报告不重要,歌声不能代替报告,但是报告也代替不了歌手和群众的歌唱。民间歌手、民间诗人一不为名,二不为利,一心为革命而创作、为人民而歌唱。他们歌颂社会主义时代的英雄人物,表扬好人好事,打击阶级敌人。他们不但在社会主义革命和社会主义建设中起到了很好的宣传鼓动作用,而且他们在劳动中也常常是带头人,很多是群众中的积极分子和模范人物。上面举的李少庆同志就是一个例子。他们在群众中是最欢迎和尊敬的宣传家、艺术家。

民间歌手、民间诗人既是群众文化活动中的佼佼者,又是人民的代言人。他们的诗歌,充分表达了人民的思想感情,喜人民所喜，忧人民所忧。人民群众的意志往往就是通过他们的歌唱来表达的，从来杰出的诗人都是为人民说话的。群众尊敬歌手，有种种原因，而最重要的是他们能够用诗歌表达人民的意见，能说群众心里话，能为群众伸张正义。他们的新作品受到广大群众的欢迎，他们还能演唱深受群众喜爱的本民族的许多世代相传的优秀作品。他们是本民族文化的保存者和传播者。像傣族歌手康朗甩，能背诵几十部本民族的长篇诗歌。在座的著名歌手居素甫·玛玛依不仅能唱《玛纳斯》的全文，还能唱柯族的 16 部长篇叙事诗，他还会讲民间故事。各族人民都爱听口传的本民族历史和保卫人民利益的英雄人物的不朽功绩，而歌手们正是各民族历史的歌唱者，传播者，在这一点上也堪称人民的代言人。

二　关于民间歌手、民间诗人与民间文学的关系问题

中华人民共和国的光辉灿烂的文化，是各民族人民共同创造的。我国 50 多个民族，都有自己丰富多彩的民间文学。人民是创造历史的动力，世界上一切民族的文学都是从口头文学开始的。鲁迅把最早的口头诗歌作者，称为"不识字的作家"，是"杭唷杭唷派"。高尔基也这样称赞民间歌手，他说："在时间、美和天才上都是第一流的哲学家和诗人。这样的诗人写出了人间的一切伟大的诗篇和悲剧，也写出了其中最伟大的一篇——世界文化史。"由于许多少数民族没有文字，有文字的也很少被广大劳动人民所掌握，所以在以往长期的劳动和斗争中所创造的民间口头文学，大多没有文字记录，一直通过口头说唱的形式，世世代代流传下来。这些口头传授的、经过集体不断加工的民间文学作品，不仅具有高度的文学价值，而且是民族学、语言学、历史

学等社会科学乃至自然科学方面的极其宝贵的第一手资料。它对
于从原始社会、奴隶社会、封建社会直到半封建半殖民地社会等
各个历史发展阶段的历史事件、英雄人物、民族生活、风俗习
惯、道德观念，都有所反映。因此可以说，民间文学，不仅是文
艺作品，而且是各族人民生活的百科全书，是珍贵的历史文献。
这些宝贵的民间文学遗产，只有极少数是有文字记载的。手抄本
本来就不多，经过林彪、"四人帮"的浩劫，大部分化为灰烬。
要问少数民间丰富的口头文学遗产在哪里？要问民间文学传统在
哪里？我看可以明确地回答：就在广大人民群众中，首先在民间
歌手、民间诗人的脑海里。民间歌手、民间诗人中虽然有人不识
字，有的民族还没有文字，但他们是诗人。自古以来，人民总要
听自己民族的历史，总要歌颂自己的民族英雄，总想记取同自然
斗争，同敌人斗争的经验，总想回味反侵略的胜利，借以鼓舞自
己勇往直前，创造更为美好的理想社会。适应人民的这种需要，
每个时代，每个民族，每个地区，都有一些聪明颖慧的人物，从
前辈学到一些史诗、歌谣和故事，讲给群众听，就这样口耳相
传，保存了下来。他们把民族文学遗产保存下来是有功劳的。30
年来，我们发掘的许多史诗、长篇叙事诗，不少是由他们口授，
记录整理出来的，如《阿诗玛》、《梅葛》、《格萨尔》、《玛纳
斯》等。他们新创作的许多感人肺腑的诗歌，都是从民族民间
文学的丰厚的土壤里孕育出来的，所以它能给人以质朴清新之
感。这些情况使我们得到一个启示：在民族传统文艺的土壤上，
才能开出最新最美的诗歌的花朵。由于在"四人帮"横行的十
多年里不让唱歌，20 世纪60 年代出世的孩子根本就不知道本民
族有自己珍贵的民间文学作品。最近民族学院有同志下去调查采
录，找到老歌手唱歌，孩子们大吃一惊："啊，原来我们民族也
有这么好听的民歌呵！"真是"老人不讲古，后人失了谱"。

　　林彪、"四人帮"的流毒绝不可低估。1978年，打倒"四人帮"两年了，在莲花山还发生了组织民兵强行禁止"花儿会"的事件；在柳州鱼峰山，在传说当年刘三姐赛歌的地方，有人又重新挂上"禁唱风流歌"的牌子。现在这两个地方已经改变了这种情况。今年6月，莲花山的"花儿会"就开得非常好。但是过去的这两件事情说明，在我们一些干部中还是心有余悸的。或者分不清什么是社会主义方向，什么是资本主义复辟。可见肃清流毒并不是那么容易的。

　　民歌是人民的声音，人民的声音是谁也压不住、禁不了的。历代反动统治阶级都没能把山歌禁得了。听听这首歌："天上大星管小星，柳州提督管千总；皇帝管得大官动，谁个管得唱歌人！"老百姓最讨厌禁歌，连皇帝老子都不在话下。我们高兴地看到，我们这支民间歌手、民间诗人的队伍，并没有被林彪、"四人帮"打垮，而是经住了严峻的考验，现在精神又振奋起来，要为社会主义歌唱了。

　　民间歌手、民间诗人与民间文学的关系极为密切。我们民间文学工作者，要开展民间文学的调查、采录，促进各民族的社会主义新文艺的繁荣，发展马克思主义的民间文艺学，工作对象首先就是在座的和没有出席的民间歌手、民间诗人们。过去调查采录找你们，今天抢救那些快要失传的民族文学遗产，也要靠你们。例如在座的新疆女歌手尼莎汗，她今年已74岁了，新疆库车是维族民歌丰富的一个地区，库车的民歌她都会唱。她从7岁起就学歌，唱了60多年了。如果没有她，库车的民歌就不能全部搜集到了。再如柯尔克孜族的英雄史诗《玛纳斯》，就要靠在座的居素甫·玛玛依同志以及那些专唱这部史诗的许多"玛纳斯奇"了。居素甫·玛玛依不仅由他唱，我们记，他自己也亲自用柯文记录。抢救遗产要找歌手，今后要采录为"四化"服务的新民歌、新长诗，也要找歌手。有的歌手例如青海的朱仲录同志就亲自搜集和编选过几千首花儿。因此我们民间文学工作者，今后一定要加强与民间歌手、民间诗人们的密切联系，共同做好社会主义时代的民间文学工作。

三 关于落实政策与为"四化"歌唱的问题

我想就落实党的政策，继续肃清３林彪、"四人帮"流毒的必要性，谈一些意见。如果不坚决地、彻底地落实政策，要讲为"四化"歌唱，要讲开展民间文学工作，通通是一句空话。今天，我们开这个"歌手大会"的很重要的目的之一，就是要促进落实政策，给民间歌手、民间诗人为"四化"歌唱创造条件。属于落实政策的有三个方面：一是给民间歌手、民间诗人落实政策；二是给他们创作和演唱的作品落实政策；三是给民族歌唱节日落实政策。

林彪、"四人帮"为了阴谋篡党夺权，不仅疯狂地毁灭民族文化，而且残酷地迫害民间歌手和民间诗人。

林彪、"四人帮"横行期间是我国文艺界最黑暗的年份。封建法西斯文化专制主义代替了人民民主，禁锢政策代替了"双百方针"，棍子到处打，帽子满天飞。民间文学是一个重灾区，各族民间歌手、民间诗人在这场浩劫中几乎无一幸免。著名歌手都被戴上"牛鬼蛇神"、"黑线爪牙"、"民族分裂主义分子"、"叛国文学炮制者"等的帽子，加上种种莫须有的罪名。有的被挂牌游斗，有的被关进牛棚，有的被长期管制劳动，精神和肉体遭到严重的折磨和摧残，家属子女也受到株连。说唱著名史诗《格萨尔》的藏族民间艺人，通通被当作"牛鬼蛇神"，有的还被勒令跪在石子上，头顶《格萨尔》抄本，喊着"请罪！请罪!"有的受尽污辱，含愤死去。在座的演唱著名史诗《玛纳斯》的柯尔克孜族歌手居素甫·玛玛依，多次遭到批斗毒打，至今身上还留下残疾。傣族歌手康朗甩也多次被批斗，他们的"赞哈协会"也被污蔑为"黑会"，强令解散了！林彪、"四人帮"迫害歌手的法西斯暴行，名目之繁多，手段之毒辣，令人发指，罄竹难书。

　　林彪、"四人帮"以"扫四旧"为名，毁灭民族文化，各地多年来从歌手口中记录下来的民间文学资料，几乎全部化为灰烬和纸浆。有的人亡歌息，再也找不到搜集对象了。林彪、"四人帮"疯狂地破坏少数民族的风俗习惯，不准少数民族穿戴自己喜爱的服饰，如不准穿筒裙、打包头等。历来，各少数民族都有过自己传统的歌唱节日，如壮族的"歌墟"，苗族的"游方"，蒙古族的"敖包会"，回族、土族、撒拉族的"花儿会"，傣族的"泼水节"，白族的"绕山林"、"三月街"，瑶族的"耍歌堂"，仫佬族的"走坡"，畲族的"分龙"，布依族的"赶表"，西南各族的"火把节"等，每当会期，四面八方的青年就聚在一块，高唱低吟，对歌盘歌，歌唱历史，表达爱情，向往幸福生活。林彪、"四人帮"诬蔑少数民族的歌唱活动是"伤风败俗"、"异国情调"，强令禁止，甚至动用民兵镇压群众，罚款、罚劳动、扣工分，捆绑吊打，有的地方还发生了打死人的事件。有的地方规定，凡是参加这些活动的青年不能入团，团员不能当干部。有的地方动员大批人力把所有能跳舞的场所挖成坑，让你跳不成，唱不成。民间乐器如芦笙、象脚鼓、唢呐、马头琴、牛角琴、冬不拉等，多被焚烧。人民群众的诗、歌、舞都一概遭了殃。

　　在林彪、"四人帮"为害时期，少数民族连过文化生活的权利都几乎被完全剥夺了，民间文学成为"禁区"，真是百花凋零，万马齐喑。

今天，当我们各族民间歌手、民间诗人的代表欢聚首都时，我们不能不以沉痛的心情怀念起曾经跟我们一起战斗过的但现在已经离开了我们的蒙古族民间艺人琶杰、毛依罕、色拉西，傣族歌手康朗英、波玉温、刀保乾，白族歌手张明德，苗族歌手阿泡，纳西族歌手和顺莲，满族农民诗人霍满生，以及汉族农民诗人王老九等。他们大都是被林彪、"四人帮"迫害致死的，我们想到他们，心情就十分激愤。他们为人民歌唱的功绩是不可磨灭的。我们在这里怀着十分沉痛的心情，向他们以及所有被林彪、"四人帮"迫害致死的民间歌手、民间诗人，表示深切的悼念！

林彪、"四人帮"如此迫害歌手，更加证明他们是人民的死敌，是祸国殃民的窃国大盗。他们用许多棍子、帽子打击和迫害为社会主义歌唱的人，迫害党和人民都欢迎的人民艺术家，党的宣传工作的好助手，这是绝对不能容忍的！为社会主义而歌唱，到底是有功，还是犯罪？当然，为人民歌唱是有功，决不是犯罪！既然有功，那么，在已经打倒了"四人帮"的今天，就应当认真落实政策。同志们！民间歌手、民间诗人在群众中的影响是很大的。试问：如果不给歌手落实政策，他们还是灰溜溜，许多帽子还戴在头上，怎么为"四化"歌唱？给歌手落实政策，他们就能带动周围无数的群众起来，积极参加社会主义现代化的伟大建设；如果一位为人们所尊敬的歌手遭到迫害，而不给他落实政策，将会影响到一大片。我们要抢救各民族民间文学遗产，搜集革命作品，向哪里搜集？谁还敢说敢唱？因此，落实政策，关系到巩固边疆，安定团结，团结各民族人民，共同搞社会主义现代化建设；关系到提高民族信心，保存和发展民族文化；也直接影响到民间文学工作。现在，我们落实政策的工作发展很不平衡，一般是城市做得好些、早些，农村慢些、差些，少数民族偏僻地区更差；另外是对于过去有职称、有级别、拿工资的做得好些，而没职称、没级别、不拿工资与劳动人民朝夕相处、休戚相关的民间歌手、民间诗人，往往排不上号，甚至推来推去，陷于无人过问的状况。有的歌手在一场浩劫中，吃了"二遍苦"，受了"二茬罪"，如果还不给他们平反昭雪，我们的阶级路线跑到哪里去了？这怎么能使他们为"四化"歌唱？因此，落实政策的工作需要在整顿中迅速赶上去，要为蒙受冤、错、假案迫害牵连的民间歌手、民间诗人彻底平反，不留尾巴。

落实政策，除了恢复名誉，还要做好安置和抚恤工作，因为他们受了害，大多数生活是比较困难的。对于被迫害致死的更应平反昭雪，给予抚恤，家属生活困难的要适当照顾。总之，要从党性原则和无产阶级感情出发来做好这项工作。

老一辈的民间歌手、民间诗人，是我们的国宝，要充分肯定他们的作用，表彰他们的功绩。由于林彪、"四人帮"的干扰破坏，如今在年青一代中能够掌握艺术传统、即兴歌唱的歌手太少了，青黄不接、后继乏人的情况，实在令人担心。我们要充分调动老一辈歌手的积极性，让他们为抢救民间文学遗产作出新贡献，要把保存在他们口头上的无数史诗、长篇叙事诗通通记录下来，否则，就有人亡歌息的危险。同时还要请老歌手们培养接班人，要动员老一辈歌手把精湛的传统艺术，丰富的创作经验传授给下一代，培养更多的为人民歌唱，为社会主义和共产主义歌唱的新歌手，让我们的民间歌手、民间诗人的队伍浩浩荡荡，更加壮大起来。

民间歌手、民间诗人的作品，也要平反，我想最好的平反办法，就是编选、出版他们创作和演唱的作品。

　　落实政策的第三个内容，就是尊重少数民族的风俗习惯，冲破禁区、禁令，恢复少数民族的歌唱节日。这也是促进社会主义的新民歌、新文艺蓬勃发展的方法之一。自古以来，我国少数民族人民就有在传统节日歌唱的风俗习惯。对此是保留还是淘汰，当然要尊重人民自己的意见。人民是最有权威的评定者。人民对于为什么要唱歌、唱什么歌、什么时候唱歌，了解得最透彻，掌握得最有分寸。可是直到粉碎"四人帮"之后的今天，还有一些同志要禁歌，认为禁歌是"革命行动"，说唱歌妨碍了生产，这种观点，这种做法怎么能行得通呢？有一位民间文学工作者在一家报刊上发表了《劝君莫作莫老爷》一文，至今还在受指责，使他仍然心有余悸。敬爱的周总理说得好啊："艺术是要人民批准的。只要人民爱好，就有价值。不是反党反社会主义的，就可以存在，没有权利去禁演。"比如说，知识分子可以用书信的方式谈恋爱，而少数民族自古以来就有通过唱山歌来选择朋友的风俗，为什么一定要取缔呢？难道不应有恋爱的自由吗？有的少数民族青年反映：你们在城里有公园、有电影，我们没有星期天，也没有公园，一个山隔着一个山，不唱山歌怎么听得见？怎么交朋友？

　　总之，要动员广大的民间歌手、民间诗人为"四化"歌唱，首先必须落实党的政策。民间歌手要唱出时代的最强音，必须解放思想，冲破禁区。我们要认真贯彻执行"双百"方针，鼓励各种题材、各种形式和各种风格的自由选择。要使我们的作品充分体现出社会主义的时代精神和多民族的艺术特色。

　　歌颂与暴露，民歌自古有之。所谓"美"和"刺"，就是一种理论上的概括。毛泽东同志在《在延安文艺座谈会上的讲话》中说："一切危害人民群众的黑暗势力必须暴露之。"在我们向实现四个现代化的伟大进军中，必然会出现阻碍新长征步伐的一切势力，除了"四人帮"的流毒、阶级敌人的干扰，还有封建思想残余、官僚主义、特权思想等。暴露这些黑暗，正是为了迎接光明，为光明扫清道路；鞭笞这些假、恶、丑，正是为了歌颂真、善、美。毛主席说："一切人民群众的革命斗争必须歌颂之。"当前，在新长征的光明大道上，已经涌现出许多先进人物，并且将要涌现更多的英雄人物。我们要尽情歌唱新长征路上"新的人物、新的世界"。

歌手们，让我们为四个现代化放声歌唱吧！

团结起来，为繁荣和发展
我国的民间文学事业而努力*

我们的这次大会，是在全党工作重点转向社会主义现代化建设的新形势下召开的，具有特别重大的意义。

从1958年中国民间文学工作者第一次代表大会到这次代表大会，已有21年了；从1960年第三次文代会期间召开中国民间文艺研究会扩大理事会，到现在也有19年了。在这期间，我们经历了极不寻常的变化。今天我们能够重新欢聚一堂，共议恢复和重建民间文学工作、为四个现代化宏伟目标服务的大事，是值得庆贺的。在经历了林彪、"四人帮"洗劫民族文化的一场大破坏之后，我们面临的任务是迅速地、不失时机地抢救、搜集和研究各民族民间文学。这是繁荣、发展我国社会主义文艺和科学的百年大计。因此，全国各族人民，广大民间文学工作者和爱好者，对我们这次大会寄予很大的希望。我们的责任是重大的，任务是光荣的。

我们这次大会的目的是总结历史经验，制定工作规划，明确今后任务，团结全国民间文学工作者，同心同德，群策群力，做

---

* 1979年在中国民间文学工作者第二次代表大会上的报告。

好民间文学工作，为完成新时期的总任务而奋斗。我们有必要回顾过去的艰苦曲折的战斗历程，进而讨论我们今后的工作任务。我的这个报告，仅仅是抛砖引玉，希望大家共同讨论，求得正确的结论。

一

30 年来，特别是新中国成立后的头 17 年，民间文学工作取得了很大的成就。

17 年中，我国民间文学工作者，对各民族民间文学，包括历代产生、流传的和新创作的民间文学，进行了大规模的、有计划的普查和采录。我们的搜集工作，无论在数量上、质量上都超过了以往任何时代。

1958 年，在毛泽东同志的倡议下，全国掀起了一个新的采风运动。这次采风运动，不仅搜集了大量的新民歌和旧民歌，而且带动整个民间文学的调查研究工作。同年召开的中国民间文学工作者第一次代表人会，规定了"全面搜集、重点整理、大力推广、加强研究"的民间文学工作方针；《人民日报》发表了《大规模地搜集全国民歌》的社论；《民间文学》发表了郭沫若同志《关于大规模收集民歌问题答〈民间文学〉编辑部问》的文章。在党的领导下，一个群众性的、各民族的民间文学搜集工作蓬蓬勃勃地开展起来。各地搜集出版了大量的各民族民间文学传统作品；搜集出版的新民歌，更是不计其数。

在搜集工作中，我们特别注意发掘了解放前不可能受重视的历代农民起义的作品，如关于陈胜、吴广、黄巢、方腊、李自成、洪秀全以及太平天国、捻军、义和团的传说、故事和歌谣。对中国共产党诞生以来的有关第一次、第二次国内革命战争、抗日战争和解放战争时期的歌谣和革命故事,也广泛地进行了搜集。

我们的伟大祖国是一个多民族的国家,50 多个民族共同创造了中华民族的灿烂文化。蕴藏量尤为丰富的少数民族的民间文学,是祖国文化宝库的一个巨大的组成部分。各族人民中流传的口头文学,记载了从原始社会、奴隶社会、封建社会以至半封建半殖民地社会的各个历史发展阶段的社会生活、风俗习惯、道德信仰等,这些作品实际上是各民族的,尤其是没有文字的民族的百科全书。

解放前,由于反动统治阶级的民族歧视,少数民族民间文学很少有人过问;解放后,在党的民族政策和文艺政策的指引下,我国各民族民间文学五光十色、璀璨夺目的宝库才一座座被打开。我们的采风队深入到民族地区,受到了少数民族人民的热烈欢迎。彝族人民高兴地唱道:"从前,我们在高山上唱歌,歌声被风儿吹走了;我们在河边唱歌,歌声被河水冲走了;今天呵,我们唱的歌,毛主席派人记下来,还要印成书。"少数民族人民是多么欢迎我们民间文学工作者把他们的口头文学搜集起来,印成书流传后世呵!17 年中,我们发掘了大量的少数民族的民间文学作品,仅民间叙事诗就搜集了上百部,《阿诗玛》、《嘎达梅林》、《江格尔》、《召树屯》、《娥并与桑洛》等已为国内外所传颂。特别令人兴奋的是长篇英雄史诗的发掘工作获得了可喜的成果。流传在青海、西藏、甘肃、四川、云南、内蒙古等省区的史诗《格萨尔》,是早已闻名世界的长篇史诗,现已搜集了近两千万字的资料。关于柯尔克孜族的史诗《玛纳斯》,"文化大革命"前曾经收集了大量的资料,现在又把著名歌手居素甫·玛玛依请到北京来录音。

此外,云南、贵州、青海、广西等省区在 17 年中也搜集和编印了大量的少数民族民间文学第一手资料。

随着各民族民间文学的大量搜集和调查，民间文学研究工作也逐步开展起来。尽管理论研究工作在全部工作中还是比较薄弱的环节，但也取得了明显的成绩。首先，我们力求以马列主义、毛泽东思想为指导，坚持历史唯物主义的科学态度，为无产阶级革命事业服务、为最广大的人民服务。这是新中国成立后民间文学工作的一个新起点，也是以往民间文学研究难以具备的优越条件。其次是专业队伍和广大业余爱好者相结合。群众性的搜集和研究，大大改变了从五四到30年代只有少数专家在极端困难的条件下进行搜集研究工作的状况。第三个特点是理论联系实际，研究工作和搜集工作相结合，研究历史和研究现状相结合。新中国成立后，广大民间文学工作者和社会科学研究工作者深入农村、深入边疆少数民族地区进行调查研究，特别是大专院校语言文学系的师生参加普查和搜集，发掘了大量的民间文学作品，写出了一些有学术价值的调查报告和论文。历史学家、语言学家、民族学家，也从不同角度参加了民间文学的采录和研究工作。新中国成立后，我们对民间文学工作的方针、政策、理论，以及对民间文学的社会地位和功能，民间文学的特征及其发展规律等，都进行了一定程度的研究，并就民间文学工作的某些重要的理论和实践问题展开过有益的讨论。在民间文学史的研究方面，也迈出了第一步。现已记录、搜集的有关少数民族民间文学的大量资料，和在此基础上编写的一部分少数民族的文学史和文学概况，为改变过去中国文学史实际上只是汉族文学史的状况、为撰写我国多民族文学史准备了条件。为了开展研究，培养人才，许多大专院校开设了民间文学课。所有这些，都为我们建立我国新的民间文艺学打下了初步的基础。

新中国成立以来，我们逐步地建立起一支民间文学工作者的队伍。

首先要指出的是，在各族人民中间涌现了一大批战斗在生产劳动第一线的优秀的民间诗人、歌手、故事家。他们既是各民族民间文学的创造者，又是民间文学遗产的保存者和传播者，他们在广大人民群众中间享有盛名。如柯尔克孜族歌手朱素普·玛玛依，傣族歌手康朗甩、庄相，苗族歌手唐德海，白族歌手杨汉，壮族歌手陈国贤，傈僳族歌手李四益，土家族歌手田茂忠，以及汉族的盲诗人韩起祥、工人诗人黄声笑、农民歌手姜秀珍、渔民诗人李永鸿等。这些活跃在人民群众中间的民间歌手、民间诗人，不只用歌声揭露旧社会的黑暗，而且以高度的政治激情和精湛的艺术技巧歌颂社会主义的光明和共产主义的美好理想。

新中国成立后还涌现出一大批新时代的民间文学搜集者和研究者。他们当中除了专业力量，还有一支巨大的民间文学业余爱好者队伍。热心于这项工作的有诗人、作家、音乐家，有文学工作者、语言学工作者、历史学工作者，有大专院校的师生，基层的宣传干部和文化馆、站的工作人员，以及广大的业余爱好者。我们这支队伍忠诚于党的文化艺术事业，热爱人民，热爱人民的口头文学创作，勤勤恳恳、踏踏实实地为党和人民工作。有了这么一支经得起严峻考验的队伍，只要组织起来，团结一致，我们就一定能够把我国民间文学工作做好。

当我们回顾既往、展望未来的时候，我们不能不以沉痛的心情怀念曾经战斗在我们行列中间的一些老前辈和民间文学工作者。杰出的无产阶级文艺战士、中国民间文艺研究会的主席郭沫若同志的逝世，对于我国民间文学事业是一个重大的损失。他在中国民间文艺研究会成立大会上的讲话，他对民间文学的论述以及他亲自参加民歌编选工作的热忱，至今还在激励着我们。我们也十分怀念已故的曾经为民间文学事业做出过贡献的郑振铎同志、老舍同志、何其芳同志、阿英同志；著名的民间歌手、民间诗人王老九、琶杰、毛依罕；以及各地被"四人帮"迫害致死的歌手如：傣族的康朗英、波玉温、刀宝乾，白族的张明德，苗族的阿泡，纳西族的和顺莲，满族的霍满生；还有在搜集整理工作中做出显著成绩的张士杰同志及其他许多辛勤的民间文学工作者。他们在民间文学方面的功绩是不可磨灭的。

　　民间文学在劳动人民的生活和斗争的土壤中生根、开花，包含着人民群众的丰富的经验和智慧，在艺术上为群众所喜闻乐见，因而具有很大的认识作用、教育作用、借鉴作用、美的欣赏和娱乐作用。优秀的民间文学作品具有"永久的魅力"。如《阿诗玛》出版后彝族人民把它当做是本民族的骄傲，青年们说："我们个个都是阿黑"，姑娘们说："我们个个都是阿诗玛"。《梅葛》出版后，彝族人民欣喜若狂，奔走相告，像过节一样庆祝了几天几夜。几百年前的包公、海瑞等清官的传说，至今还在人民中间流传，人们今天还可以从中吸取宝贵的教训。每一个儿童，在接触社会之前首先接受的是民间传说、故事、儿歌、谜语的熏陶和教育。民间文学曾经哺育了很多杰出的诗人和作家。从1942年毛泽东同志发表《在延安文艺座谈会上的讲话》到新中国成立以来产生的许多优秀作品，如《白毛女》、《王贵与李香香》、《百鸟衣》、《刘三姐》、《望夫云》等，都是诗人、作家、艺术家向民间文学艺术学习所取得的丰硕成果。

　　民间文学的价值还远远超过了一般文学艺术的范围。举凡历史学、考古学、语言学、民族学、民俗学、伦理学、哲学以及农业、工艺等科学，都曾从民间文学中获得过极其珍贵的资料。马克思、恩格斯在他们的著作中，曾大量引证民间文学的资料。英国科学家李约瑟在他所著的《中国科学技术史》一书中，引用了我国不少民间文学资料，并盛赞"中国学者……在北京编辑出版了一种出色的杂志《民间文学》"。

我国各民族丰富多彩的民间文学，早为世界所瞩目。国外研究中国民间文学的人越来越多了。不少国家翻译出版了我国各民族的民间文学作品。国外的一些民间文学理论著述也经常援引我国的民间文学作品和论著。近年来，在国际文化交流中，我国的民间文学工作越来越多地受到国外学者的广泛注意。

二

我国的民间文艺学是近代才产生的一门年轻学科，它在自己的历史发展中走过了不平凡的道路。

60 年前，在伟大的五四运动中，在科学与民主的旗帜下，我国进步的知识界发起了搜集和研究民间口头文学的学术活动。一部分进步的作家、学者提倡搜集近世歌谣，成立了北大歌谣研究会，出版了《歌谣》周刊。中国最早的马克思主义传播者和中国共产党的创始人之一李大钊和新文化运动的主将鲁迅都曾经参与了这个运动。30 年代，在南方一些省份，民间文学和民俗学研究也曾有较大的开展，发起搜集歌谣以及提倡民俗学研究，是当时新文化运动中提倡平民文学、反对贵族文学的一个重要表现，是我国现代民间文学发展的可贵的开端。老一代的民间文学工作者如刘半农、朱自清、顾颉刚、常惠、钟敬文、容肇祖、杨成志等，对在五四新文化运动中诞生的新的民间文学工作起了开拓的作用。在左翼革命文学运动中，中国文化革命的最英勇的旗手鲁迅在关于文艺大众化问题的文章及其他著述中，对劳动人民的口头创作给予了极高的评价。鲁迅对民间文学的一系列基本问题，包括民间文学的起源、民间文学的意义和价值、民间文学与作家文学的关系，以至搜集工作等问题，都作了精辟的论述。

　　党在领导历次革命战争的过程中，在各革命根据地也曾对民间文学搜集工作给予很大的重视。特别是1942年毛泽东同志的《在延安文艺座谈会上的讲话》，指明了发展革命文艺的正确方向，强调作家要深入生活，并向民间文艺学习，高度评价人民群众文艺创作的意义，从而为我国民间文学工作开辟了马克思列宁主义的道路。

　　新中国成立以后，民间文学工作得到了前所未有的发展。但我们也经历了十分艰难曲折的道路。从新中国成立到1956年社会主义改造基本完成，处在初创时期的新中国民间文学工作，克服了种种困难，开始呈现出"百花齐放，百家争鸣"的繁荣景象。但是，在1957年的以及其他的政治运动中，我们也犯了一些错误。特别是把学术问题当成了政治问题，混淆了人民内部矛盾与敌我矛盾两类不同性质的矛盾，伤害了一些同志，例如对郑振铎、钟敬文等同志的批判都是错误的。1958年，在"鼓足干劲，力争上游，多快好省地建设社会主义"总路线的鼓舞下，广大社员在开山劈岭、战天斗地的集体劳动中，创作了很多新民歌，反映了我国人民要求迅速改变"一穷二白"面貌的壮志豪情。毛泽东同志倡导搜集民歌，掀起全国性的采风运动，大大促进了民间文学的普查、采录和研究，对全面开展民间文学工作产生了重大影响。然而，经济工作中的"瞎指挥"、"浮夸风"和"共产风"的错误，也影响到民歌创作。当时在文化工作中还提出了"人人写诗"、"人人唱歌"的错误口号，命令工农群众停工停产来放"文艺卫星"，大轰大嗡，摊派写诗，弄虚作假，后来又提出了"写中心"、"唱中心"的口号，这些都违背了民间文学的发展规律，严重地影响了民间文学事业的健康发展。1960年以后遭到天灾人祸，三年经济困难，特别是在文艺界过分地强调意识形态领域的阶级斗争，错误地解释"厚今薄古"的口号，甚至提出"大写十三年"的错误口号而简单粗暴地否定其他题材,在这种形势下,民间文学的处境每况愈下。虽然 1962 年,由于制定了《文艺八条》,民间文学工作曾一度有了新的起色,但是 1963 年以后,"左"的干扰日益严重,正常的民间文学工作,步履艰辛,越来越难。从 1966 年到 1976 年的十年间,在林彪、"四人帮"的疯狂破坏下,民间文学成为一个重灾区,我们经历了一场空前的浩劫。林彪委托江青炮制的《部队文艺工作座谈会纪要》颠倒黑白,肆意诽谤党的文艺战线。他们把《纪要》当做"法宝",对文艺界实行了封建法西斯"全面专政"。党的革命文艺路线被诬蔑为"文艺黑线",党对文艺工作的领导被诬蔑为"黑线专政"。革命文艺团体都被诬蔑为"裴多菲俱乐部"。民间文学界也不能幸免。许多优秀的民间文学作品被打成"封、资、修"毒草,许多歌手、艺人、民间文学工作者惨遭迫害,大量的资料遭到焚毁,机构统统被"砸烂",队伍被打散了,整个民间文学工作中断了十年之久。

　　林彪、"四人帮"对民间文学的摧残和破坏,是历史上所罕见的,后果是极为严重的。但是,广大人民群众并没有在林彪、"四人帮"的淫威面前屈服。就在林彪、"四人帮"逞凶的日子里,也产生并流传着许多辛辣地讽刺林彪、"四人帮"的政治笑话;天安门前出现的悼念周总理、痛斥"四人帮"的革命诗歌,表达了民心,极大地鼓舞了人民群众对"四人帮"的斗争。在我们民间文学队伍中也涌现出一些中坚分子,他们不惧怕林彪、"四人帮"的帽子、棍子,从没间断过民间文学的搜集、整理、研究和保护工作。有的同志,在"四人帮"把《格萨尔》打成"大毒草",大肆焚毁《格萨尔》手抄本及民间文学资料的紧急关头,冒着被打成反革命的危险,从火中抢救了近百本手抄本藏入地洞,使这一珍贵资料逃脱了"四人帮"的劫火而得以保存,这种不畏强暴敢担风险的可贵精神，是广大民间文学工作者与"四人帮"顽强斗争的一个范例。

有哪些经验教训值得我们吸取呢？

第一，必须彻底批判林彪、"四人帮"的极"左"路线，肃清极"左"思潮的流毒和影响。

林彪、"四人帮"一伙污蔑和否定民间文学的谬论之所以能够猖獗一时，原因自然是多方面的，其中值得我们引以为戒的，就是他们利用了我们民间文学工作中曾经存在过的某些"左"的错误倾向。过去我们的工作中长期存在着"左"的干扰，诸如，在如何认识民间文学的精华与糟粕问题，如何对待遗产问题，如何对待民间文学的今古问题，如何对待提供文学读物和进行科学研究问题，特别是如何理解文艺与政治的关系，如何正确区分学术问题、思想问题和政治问题的界限等，在这样一些带有根本性的涉及民间文学工作方针、政策的关键问题上，"左"的观点、"左"的作法，都曾经给我们的工作造成不少的困难和危害。这种"左"的观点，用革命的词句装潢起来，有一定的欺骗性。早在1962年周总理就曾批评过"五子登科"的错误，强调实行艺术民主。然而在很长一段时期，"左"的干扰受不到批判，相反却愈演愈烈，以致一些"左"的口号和简单化、公式化的东西到了林彪、"四人帮"的手里，发展到登峰造极的地步，变成这帮反革命分子篡党夺权的武器。我们必须从中记取应有的教训。

今天，应当清醒地看到，经过"四人帮"所造成的长达十年之久的浩劫，思想上、理论上的混乱和人们的心有余悸，至今还在群众中留有极其恶劣的影响和阴影。我们必须继续拨乱反正，正本清源，恢复马克思列宁主义、毛泽东思想的本来面目，恢复革命传统，坚持辩证唯物主义和历史唯物主义，执行党的方针政策。而拨乱反正，首先要为那些惨遭迫害的民间文学工作者、民间歌手、故事家落实政策，一切冤、假、错案都要平反昭雪，不留尾巴。同时，还必须进一步彻底批判林彪、江青合伙炮制的那个臭名昭著的《部队文艺工作座谈会纪要》。这是一个阴谋文件。它是林彪、"四人帮"大兴文字狱、篡党夺权的反革命纲领。只有彻底揭露和批判《纪要》，才能彻底解除"四人帮"及其帮派体系的反动理论武装，才能明辨是非，批倒极"左"路线。我们必须坚持实践是检验真理的唯一标准的马克思主义原则，不断同极"左"路线的奇谈怪论作斗争，肃清极"左"思潮的流毒和影响。

第二，必须正确理解文艺与政治的关系，从民间文学的特点出发，按民间文学发展的规律办事，才能使民间文学真正地为人民、为社会主义服务。

长期以来，在文艺和政治的关系上存在一些片面的、狭隘的、庸俗的和机械的理解。这种错误的"左"的理解，危害极大，在民间文学方面的主要表现是：

1. 只强调民间文学的教育作用，而否定了它在其他多方面的作用，包括它的认识作用、美学作用和娱乐作用。即使谈教育作用也把它理解得很狭隘，认为只有反映社会主义思想的新作品才能为社会主义服务。简单、庸俗地理解民间文学的思想意义和作用（包括为无产阶级政治服务），并据此对它提出种种苛求，就会使它丧失为人民、为社会主义服务的优越条件。

2. 要求民间文学不断地以配合各个时期的中心工作为自己的任务，或者竟以政治运动来代替民间文学工作，这就很难使这门学科根据自己特有的规律和要求，有计划、有步骤地向前发展，以建立我国的无产阶级的民间文艺学。当然，对民间歌手、民间诗人来说，希望他们更多地创作新的作品，宣传党的政策，这是需要的，也是他们的光荣职责。但是，如果把民间文学工作仅仅限制在这个范围里，那就会削弱以至取消民间文学工作。我们的工作既要注意当前的现实斗争需要，也要注意为无产阶级革命的长远利益服务，这两者是一致的。至于不断地搞运动，而且以政治运动来代替民间文学的科学研究工作，这就不仅妨害了以马克思主义的立场、观点和方法建立研究劳动人民的文艺创作的这门新学科，而且也容易混淆政治问题、思想问题与学术问题的界限。不彻底改变过去的不正常的状况，我们就不可能有计划地开展民间文学的专业活动，就不可能充分发挥极其丰富的我国各民族民间文学应有的巨大作用，就不可能建立中国的马克思主义的民间文艺学，就不可能使我们的民间文学工作沿着正确轨道前进。

3. 林彪、"四人帮"出于篡党夺权的政治目的，大搞阴谋文艺，一味地强调"突出政治"、"政治可以冲击一切"，把"政治标准第一"变为"政治标准唯一"，以致把文艺与政治完全等同起来，并且鼓励任意编造所谓民间文学作品，伪造民歌，以便假借民意推行他们的极"左"路线。这在理论上和实践上造成极度的混乱，完全无视民间文学本身的特点，破坏了这一工作的特殊规律。

由此可见，狭隘地、片面地、机械地理解文艺与政治的关系，而不从民间文学的特点和规律出发来办事，其结果恰恰是削弱了以至取消了民间文学的社会效果，妨碍了人民群众的民间文学创作活动正常地健康地向前发展，阻碍和破坏了民间文学的研究工作。

第三，必须发扬艺术民主，解放思想，坚持"双百"方针。

30年来的实践证明，只有发扬民主，才能真正实行毛主席的"百花齐放，百家争鸣"的方针，集思广益、明辨真理，使民间文学工作更好地活跃和开展起来。周总理曾经多次谈到艺术民主问题，他要求党的各级领导要尊重艺术规律，用民主的方法领导文艺，反对瞎指挥，反对对文艺统得过死，干涉过多。

民间文学是人民群众的心声，任何个人都不能根据自己的意愿去人为地灭绝它或者制造它。"四人帮"妄图砍杀民间文学，但砍不完也杀不尽，他们要禁歌却适得其反。他们伪造所谓"反击右倾翻案风民歌"，结果他们自己和这些伪造品一样都成了短命鬼。这种事例除了在政治方面的深刻意义之外，还说明，民间文学有着自己的发展规律，这种规律可以认识，可以利用，但绝不能随个人的意愿而改变，绝不以个人的意志为转移。

民间文艺学在我国因为是一门年轻的科学，很多新情况和理论问题需要研究。我们必须为民间文学研究创造一个良好的民主空气。不因争论问题而影响团结，也不因拘于情面而妨碍对真理的追求。对不同意见，包括错误意见，只能用民主的办法、讨论的办法去解决，绝不能用强制的办法去解决。在这方面我们必须记取深刻的历史教训。

三

民间文学工作由于长期受到"左"的干扰，特别是受到"四人帮"的摧残和破坏，在思想上、理论上所造成的混乱，至今还没有彻底澄清，还严重地影响着民间文学工作的正常开展。我们有很多工作需要恢复和重建，需要从头做起。当前有几个实际工作问题，需要经过大家讨论，取得比较一致的认识。下面我想谈一点个人意见，提供给大家参考。

第一，对待民间文学遗产的态度问题。

如何正确对待民间文学遗产，严格区分民间文学的精华与糟粕，是民间文学工作中的一个重要问题。正如大家所知道的，民间文学既是劳动人民对自己的伟大赞歌，又反映了他们的憧憬和愿望；既是他们斗争的实录，又是生活的教科书，所以我们必须对它采取珍视和尊重的态度。我们不应当隐讳过去反动统治阶级的思想对民间文学所必然产生的某些影响，但因此而夸大民间文学的"糟粕"的一面，显然是极端错误的。生活在一定历史条件下的原始人、奴隶、农民，在自己的艺术创作中，不仅不能超越自己的阶级局限性和历史局限性，而且必然地要反映这种局限性。不加分析地把这种局限性都当做"糟粕"，从而贬低或者否定民间文学的价值和地位，这显然也是错误的。

长期以来，民间文学受到了种种责难，其中比较重要的有这样两点：一是说，很多作品描写和歌颂了"帝王将相"，二是说，宣扬了宗教迷信。这种观点直到现在仍然还有一定的市场，因此必须通过讨论加以澄清。

在阶级社会的民间文学里，国王、官吏常常是被人民群众反对、鞭挞和讽刺的角色。但是一部分民间文学作品确实正面描写了国王、皇帝、驸马、王子、公主等形象。这是否就是替帝王将相张目，为统治阶级进行鼓吹呢？很多神话、史诗、传说、故事等民间文学作品产生于人类历史发展的早期阶段。这些题材所表现的大都是与当时整个部族的历史命运密切相关的重大作品，例如英雄史诗就是这样的作品。这些作品中的英雄人物是与整个社会集体相联系的。至于后来到了奴隶社会和封建社会，这些英雄人物尽管在民间文学的流传和演变过程中增加了一定的阶级色彩，但依然保留了为整个民族集体而战斗的本色，因此受到本族人民群众的传诵。身受封建制度残酷压迫的农民群众，渴望有为民作主的清官，有爱民如子的皇帝，并且把这种幻想的形象在自己的艺术创作中加以描绘和歌颂，这样的民间文学创作反映了封建时代农民阶级的局限性和人民的心理，是不应受到责难的。人民群众把真实存在的历史人物（包括皇帝、官吏在内）在一定的历史条件下为人民做过的一些好事，把他们可以为人民所欢迎的某些特点和侧面，反映在民间文学作品里，同样并不奇怪。这些作品既反映了人民群众局限性的一面，也反映了人民群众革命性的一面，人民群众通过这些形象，说明了自己对现存社会和反动统治者的强烈不满和抗议，表达了人民群众要求正义，要求公正，要求改变现状的愿望。因此，对这些作品必须进行科学的分析，而不应当轻易地加以否定。

对民间文学作品中的宗教和迷信的影响，也必须采取分析的态度，而不能简单地作为否定民间文学的口实。

从根本意义上说，民间文学是人民群众劳动生活的产物。大多数民间文学作品的思想倾向是非宗教或反宗教的。但是也有一部分民间文学体裁和作品内容确实同宗教有着密切的关系。

生活在原始社会的人，受外界力量的支配，不能理解和控制这种力量，因而产生了对这种力量的恐惧。正是这种恐惧产生了神。宗教作为一种意识形态，是在人们日常生活中支配着人们的那种外界力量在人们头脑中的幻想的反映，在这种反映中，人间的力量采取了非人间力量的形式。神话作为一种艺术形式，也产生在对自然崇拜的历史时期，也是对于自然界的幻想的反映。恩格斯曾经指出："整个希腊神话是从它本身所具有的古雅利安人对自然的崇拜发展而来的。"可见，神话同原始宗教的神并非彼此无关的两种事物，而是密切联系在一起的。

在阶级社会里，人为的宗教逐渐成了占统治地位的剥削阶级的意识形态。人民群众的宗教观念也必然地要影响到他们的文学艺术创作活动。要求生活在宗教思想占统治地位的旧社会的劳动人民，在自己的传统作品中丝毫没有宗教迷信的痕迹，那是不可想象的事情。在我国少数民族的民间文学中，有一部分作品受宗教的影响，较多地宣扬听天由命、轮回报应等宗教思想。对于这一类宗教色彩较浓甚至严重影响到主题思想的作品，既要恰如其分地加以批判，同时，也应看到，这类作品反映了一个民族、一个历史时期的思想发展的一定侧面，对于了解人类社会、了解各个民族，对于历史科学研究都有很大的参考价值。

还有很多民间文学作品，虽然渗进了一部分宗教的成分，但它只是利用宗教形象的外壳来反映人民的革命斗争，反映人民的民主性的幻想。这些作品是人民群众的苦难、愿望和斗争的表现。例如在太平天国革命传说、义和团的传说中就有这样的作品，对这样的作品不应该一味地指责和排斥，而必须采取珍惜和分析的态度。

总之，对民间文学遗产必须采取正确的批判继承的态度，在理解民间文学遗产的精华、糟粕问题上，任何简单的、狭隘的、形而上学的态度，对民间文学工作都是很有害的。

在对待民间文学遗产的态度问题上，还有一种错误的认识，这就是狭隘、片面地理解民间文学遗产的"古为今用"与"政治教育作用"的问题。关于这一点，我在前面已经谈过一些了。

马克思曾经把希腊神话中普罗米修斯的形象称为"哲学史上最崇高的圣者和殉道者"。恩格斯曾经高度评价德国人民所创造的浮士德等两部传说，说它们"是属于所有民族的民间诗歌的最深刻的创作"、"是取之不尽的宝藏，每个时代都不改变它们的性质，都可以把它们当成自己的东西"。这两位《共产党宣言》的伟大作者绝没有像我们的某些同志那样要求原始人、奴隶或宗法制农民超越他们的历史条件，达到无产阶级的政治高度，也没有用所谓无产阶级的标准去改造他们或者否定他们。相反地，却对他们所创造的民间文学的宝贵遗产给予了极高的评价，指出这些作品在现实生活当中能够产生巨大的力量。无产阶级革命导师们关于民间文学作品的论述，对于帮助我们正确理解民间文学古为今用和政治教育作用问题，具有重要的指导意义。

我们所谈的民间文学遗产，其实大部分既是过去历代人民的文学遗产，同时也是今天流传在人民中的现实存在的文艺。这些具有长久生命力的传统作品，经过人民不断丰富加工，在今天人民群众的文艺生活中仍然占有一定的地位。民间文学的教育意义是多方面的，民间文学的古为今用的道路也是十分广阔的，不应当把它加以狭隘、片面的理解。过去在民间文学工作中存在着对文艺和政治的关系的简单化和庸俗化的理解，认为只有反映社会主义时期生活和思想的新作品才能教育人民，才能为政治服务。这种狭隘、片面的认识否定了反映人民斗争历史经验的传统民间文学，抹杀了它的历史认识作用、审美作用、教育作用，对民间文学工作产生了十分恶劣的影响。这是产生对待民间文学遗产错误态度的根本原因。

第二，如何认识社会主义时期的民间文学。

新中国的成立标志着我国各民族劳动人民进入世界历史的一个新纪元。劳动人民的社会地位完全改变了。随之而来的是人民群众的文艺创作活动获得了广阔天地。

在这种形势面前，一部分同志认为，民间文学必然要消亡甚至已经消亡了。有一些人还希望人为地加速某些民间文学作品的消亡。

我们认为在目前和可以预见的将来，民间文学作为一种以口头流传为特点的艺术形式是不会消亡的，它不是在某个特定的历史时期短暂存在的艺术形式，同时它也不是一成不变的艺术形式。它是劳动人民利用口头文学形式进行集体创作，伴随着历史而不断发展、不断变化的一种语言艺术。

在历史的长河中，有些民间文学体裁是消亡了。但是，另外一些民间文学体裁，在长期的历史进程中经过不断的发展和变化，如今依然充满着青春的活力。

今天在广大人民群众之中，特别是在少数民族地区，以往时代的民间文学作品还在大量地流传。这些广泛流传的民间口头文学是活的艺术，现实的艺术。过去时代创造的民间文学作品只要是适合于人民群众的思想艺术要求，群众爱讲、爱唱、爱听，它就构成当代民间文学的一个有机的组成部分。

从五四运动算起，我国新民主主义革命和社会主义革命已经经历了半个多世纪的历史，这期间人民群众创作了大量的各个革命时期的新的歌谣、新的民间故事和传说，这些都应该说是民间文学的新发展。无论是为了研究我国无产阶级的革命历史或是为了进行革命传统教育；无论是为了加强民间文艺学的科学研究，或是为了繁荣社会主义新文艺或促进民间口头文学的繁荣和发展，我们都必须采当代之风，努力搜集、推广和大力扶植这些新时代的民间文学。

由于人民群众掌握了文字，这就使一部分新的民间文学在创作和流传过程中出现了新的情况。比方歌手掌握了文字，在创作民歌的过程中，在演唱前后自己用文字把它记下来，由于这种作品是工人、农民所创作的，而且从思想内容到整个艺术方法、艺术手段，都建立在民间创作的基础上，所以最易于在人民群众中广泛传播，并且在传播的过程中不断得到集体的丰富和加工，从而有些作品也成了人民群众集体智慧的结晶。

上面列举的这几种类型的作品，都应当属于现阶段的民间文学的范围。

民间文学作为一种独立的、以说唱为特点的艺术形式，在社会主义时期，依然具有它自己的特点，依然按照它自己的规律向前发展着。人民群众在现实生活中总还是要用口头文学的艺术形式，发挥自己的才能，反映对现实的认识和内心情感。人民群众总是要在各种适当的场合讲故事，说笑话，编顺口溜，传唱本地区流行的民间歌曲……民间文学作品在思想内容上的鲜明的时代性、阶级性和人民性，民间文学在反映社会生活时所特有的美学原则，在创作和流传过程中的口头性、集体性、传统性、变异性等特点，在新的历史条件下发生了一些变化，但这些特点在今天并没有丧失。因而新创作的民间文学也并没有超越原有的范畴成为另一种艺术现象；从另一方面说，其他属于文学范畴的事物也还不能代替民间文学在人民生活中所占有的地位。

每一门学科都有自己的任务和对象。把本来不属民间文学范畴的事物也说成是民间文学，把民间文学的领域无限地扩大，这是不恰当的。同样的，无视人民群众当前的口头创作活动和发展，把我们的全部工作局限在一个狭小的范围里，也是不对的。我们要和其他学科互相配合，分工协作，共同努力，为提高和发展我国的民族文化而奋斗。

第三，民间文学的搜集整理问题。

搜集、出版我国各民族民间文学作品，是时代赋予我们的光荣任务，也是大家十分关心的问题。为了适应新时期民间文学事业发展的要求，我们认为，需要有一个共同遵守的准绳。

搜集民间文学作品必须坚持"忠实记录"的原则，力求使这种记录保持民间文学作品的本来面目。必须特别强调"忠实"二字，因为忠实的记录是民间文学一切工作的基础。

民间文学是人民群众的语言艺术创作，这种口头文学在长期的历史传统基础上集体创作，并在流传中不断加工演变，往往有多种异文，又多与民间音乐、民间表演艺术结合在一起，它在人民群众的思想生活和文化生活中具有重大的教育作用和美学作用。此外，它还不仅仅是一种单纯的文艺创作。它既反映了各民族人民在不同历史时期对现实世界的认识，又记载了各民族的风俗习惯、生活制度并且还是这些风俗习惯和生活制度的一部分。它在人民群众的生产活动和社会生活中具有远远超出一般艺术形式之外的功能和价值。民间文学的功能的多样性，至今还是它的特点之一。民间文学保存和传播了人民群众关于劳动生产、气象、医学、哲学、法律、道德标准等各方面的知识。民间文学有的不仅在艺术上达到了很高的成就，而且对其他艺术创作，对社会科学甚至对自然科学都有着重要的认识价值。

在新中国成立后的一段时间里，我们比较着重地强调了民间文学的文学价值，这当然是对的，但却忽视了搜集和发表同民间文学有关的民俗资料以及其他历史、语言等资料。而脱离开这些重要的社会历史、人民生活的丰富资料，就不可能全面地、深刻地、正确地理解民间文学，就会以一般文学的概念去简单化地认识民间文学。今后我们的采录搜集工作必须同时注意调查、记录同民间文学有关的各种民俗、历史、民族、语言等资料，绝不可以只记录作品而无视其他方面。

民间文学是人民的语言艺术，语言是构成作品的首要因素。民间文学的艺术魅力和独到之处，也是通过它的生动形象的语言表现出来的。因此，对于劳动人民的这种口头语言艺术是不能脱离开它原有的语言而侈谈忠实于它的原貌的。为了使人民群众的创作保持原貌传于后世，在记录时必须以忠实于讲、唱的语言为原则，要求尽可能把歌手、故事家所唱、所讲的一切都按原样记录下来，既不加入自己个人的任何"补充"，也不随意删削其所讲唱的内容。

在记录方法上，最好是采用录音机，在目前还不能普遍采用录音机的情况下，我们比较赞同一些同志提倡的逐字逐句地记录或用国际音标记音的方法。由于各种具体情况和条件的限制，要这样做会碰到不少困难，但是只要我们努力，这些困难是可以克服的。民间文学工作者也像其他专业工作者一样，应当有基本的专门训练。

忠实记录，当然并不是一项单纯的技术性工作，我们首先要树立为人民服务的思想，要尊重劳动人民的艺术创作，要解决立场、观点、美学趣味的问题，要深入群众，和群众打成一片。也只有这样，我们才能提高认识，做好采录工作。

我们民间文学工作者要特别注意把整理、改编和再创作严格地区别开来，分清工作的性质。不要用改编和再创作来代替整理工作。"整理"是有别于一般文学创作的、对口头文学作品从口头到文字的一种特殊的定稿过程。整理应当努力保持作品的本来面目，保持口头创作特有的叙述方式、艺术构思和艺术风格，而不能随意改动原作品的主题、情节和语言，不能加入个人的创作。整理的目的只能是最充分地显示这个民间文学作品本来所具有的最完美的面貌，而不是改变它的本来面貌，进行修饰加工。

任意删改，胡乱编造，把民间原来的作品搞得面目全非，这种错误倾向由来已久，这对民间文学工作是极端有害的。我们必须大声疾呼，坚决反对不忠实记录和乱改乱编的做法，对久经流传的民间文学作品尤其要持慎重态度，下一番工夫研究。对民间创作的艺术手法、语言特点要加以尊重、爱护，不能轻易地"整"掉。我们有些做民间文学工作的同志，还有一些出版机关好心的编辑同志，不顾民间文学的特点和艺术规律，以对待一般文学作品的艺术要求来对待民间文学，而随意进行删改加工，破坏了民间文学的原有风格，糟蹋了民间文学作品。尤为恶劣的是竟还有人伪造历史歌谣和少数民族民歌。许多赝品的出现，歪曲了劳动人民生活历史的真实性，让人真伪莫辨。这种作品当然丧失了民间文学的价值。我们要从人民的根本利益出发，采取严肃认真、实事求是的科学态度，反对乱改和伪造民间文学作品的不良作风。关于这一点，希望引起所有民间文学工作者的严重注意。

由于"四人帮"对我国民间文学的疯狂摧残，由于搜集工作被延误了十年之久，许多口传的作品搜集不到了，今天还健在的熟知本民族民间文学的老歌手、故事家、老艺人已近暮年，尽速抢救各民族民间文学遗产，是摆在我们面前的当务之急。我们必须努力做好这项工作，完成历史交给我们的使命。我们要提倡共产主义协作精神，树立为国家保存文化财富的观念。

四

随着党的工作着重点的转移，摆在我国民间文学工作者面前的任务是十分光荣的，也是十分艰巨的。在"四人帮"被粉碎后的三年当中，全国的民间文学工作者做了大量的工作，中国民间文艺研究会和各地分会陆续恢复和重建，重新开展了各民族民间文学的搜集、出版和研究工作，蒙受迫害的民间文学工作者、民间歌手陆续得到平反昭雪，被打成"毒草"的民间文学作品陆续恢复了名誉。在兰州、昆明、成都先后召开了有关民间文学和少数民族文学的工作会议，前不久召开的全国少数民族民间歌手、民间诗人座谈会，在全国范围内产生了巨大影响。此外在教育部的支持下，部分高校恢复了民间文学课程，并开始招收研究生，培养民间文学工作专门人才。所有这一切，都为进一步开展民间文学工作打下了良好的基础。

但是，必须看到，我们的工作还做得不够，距离我国社会主义现代化建设的需要还相差很远，远远跟不上时代对我们的要求。我们一定要遵照党的十一届三中全会的精神，解放思想，开动机器，调动一切积极因素，为繁荣我国的文学艺术而努力奋斗。

关于今后的任务，我们提出以下五点设想，请代表同志们讨论审议：

第一，制定我国各民族民间文学工作规划。

1958 年第一次全国民间文学工作者代表大会曾经通过"全面搜集、重点整理、大力推广、加强研究"的工作方针，并经中央批准转发全国遵照执行。实践证明这一方针是正确的、必要的。今后我们在工作中还应继续执行这一方针。

制定切实可行的民间文学工作规划，是搞好我国民间文学工作的重要环节。我们要就民间文学的全面普查、全面搜集、调查研究、组织机构、出版发行、人才培养等各项任务做出全面的安排。中国民间文艺研究会和各地分会，以及有关的机构，要分别制定全国和本地区的民间文学工作规划。在制定民间文学工作规划的时候，要根据党和国家的需要，同时要结合民间文学的实际情况，既要解放思想，敢想敢做；又要从实际出发，切实可行。要把无产阶级的革命精神和实事求是的科学态度结合起来。这里我要特别提一下，新中国成立以来我们做了大量的搜集工作，取得了很大的成绩，这项工作是十分必要的，因为它是一切民间文学工作的基础。现在各族的老歌手和群众中熟知故事、叙事诗的人已经为数不多了，如不迅速把保存在他们口中的民间创作，记录下来，很多珍贵的作品即将淹没失传。所以在制定规划的时候，必须强调抢救民间文学遗产，这是摆在我们面前的当务之急。我们草拟了一个全国民间文学工作发展规划（草案），提请代表们讨论、审议、修改、充实，一经确定下来，我们就要努力执行。

第二，大力加强民间文学研究工作，建立中国的马克思主义的民间文艺学，使我们的科学研究为广大人民服务，为四个现代化服务。

我国无比丰富多彩的各民族民间文学，为我国民间文学理论研究和历史研究提供了广阔天地。过去由于"左"的干扰，特别是由于林彪、"四人帮"的破坏，研究工作较为薄弱，甚至中途夭折了。今后我们必须把在群众中蕴藏着的极大的积极性充分调动起来、组织起来，必须培养专业队伍，与群众相结合，把我们的科学研究工作搞上去。在对民间文学的基本特征、一般规律、美学实质的认识方面，在对民间文学在人民生活和文化发展中的地位和作用的评价方面，在对民间文学的历史和现状的研究方面，在民间文学领域方法论的探索方面，有大量的科学研究课题摆在我们面前。我们现在正在进行的搜集、翻译、出版、宣传、推广等一系列实践活动，也要求我们在理论上加以认识和概括，要求有正确的理论作为指南。我们必须以辩证唯物主义和历史唯物主义为指导，深入我国各民族民间文学的实际，创立中国的马克思主义的民间文艺学，为祖国的四个现代化的长远利益和宏伟目标服务。

在科学研究工作中，我们要坚决贯彻"百家争鸣"的方针，坚持实践是检验真理的唯一标准，鼓励民间文学工作者解放思想、发扬民主、突破"禁区"，就学术问题各抒己见，展开自由讨论，提倡和衷共济、团结战斗的空气。

我们将积极创造条件开辟更多的园地，并经常组织学术活动。

第三，迅速恢复和健全民间文学工作机构，不断壮大民间文学工作队伍。

我们希望全国省、市、自治区一级能建立中国民间文艺研究会分会，并做好发展和组织会员活动的工作，团结和组织地方的民间文学工作者，把本地区的民间文学工作搞好，并且在总的规划下联合作战，协同工作，做到全国一盘棋。原来已经建立过分会但还没有恢复的，希望赶快恢复；没有建立的，要积极创造条件，在短期内建立起来。有条件的地专一级（包括个别的县）和高等院校，也可建立专业或业余的民间文学学会或研究会。省一级的民间文学工作机构，一定要配备若干名专职干部，进行日常组织工作。

对一切被林彪、"四人帮"诬陷迫害的民间歌手、民间诗人、故事家、民间文学工作者，一定要迅速给予平反昭雪。被打成"毒草"的民间文学作品，要恢复名誉。对现在生活没有着落的民间艺人、歌手，要给以适当的照顾。被打散了的民间文学专业队伍要尽快恢复。对现在还分散在其他行业中的专业工作者，希望有关领导部门要顾全大局，准予归队。同时要积极提高现有民间文学工作者的专业水平，并从广大业余民间文学工作中发现、选拔人才，不断壮大民间文学工作者专业队伍。还要特别注意培养少数民族干部和翻译人才，建议各地民族学院每年为国家培养和输送一定数量的少数民族文学研究和翻译人才。同时希望有关文艺团体和大专院校也注意这项工作，通过办短训班、带徒弟、组织实地调查采录工作等方式，尽快培养一批民间文学工作者。

为了调动广大民间文学工作者的积极性，表彰民间文学工作者的成绩，中国民间文艺研究会准备今后定期对优秀的民间文学作品、学术论文、调查报告等进行奖励；对成绩卓著的民间歌手、诗人、故事家授予"人民歌手"、"优秀歌手"、"人民故事家"等称号。

第四，建立民间文学资料馆。

民间文学是关于我国民族文化、文学艺术和民族历史的最宝贵的第一手资料。对这些资料必须认真收集、妥善保管和充分利用。为此，中国民间文艺研究会拟建立一个全国性的资料馆。各省、市、自治区有条件的也应建立相应的资料馆或资料室。资料馆的主要任务是把各民族、各地区的民间文学资料，包括作品、史料、录音、图片、实物等，统统收集起来，采用科学的方法加以分类保存，建立各种民间文学资料档案，编辑出版《民间文学资料丛刊》，供民间文学工作者以及文艺界、史学界、民族学界、语言学界和其他科学研究部门、外交部门、国家机关参考使用。资料是进行科学研究的基础，没有资料，就一切都谈不上。只有在充分占有真实的、系统的、丰富的第一手资料的基础上去进行研究，才能对民间文学的规律有所认识；才能得出比较可靠的结论；才能谈得上吸取精华、剔除糟粕、批判继承；才能对发展民族文化、繁荣社会主义文艺创作有所贡献。各民族民间文学资料是国家的文化财富，广大的民间文学工作者要树立为国家搜集和保存文化财富的观点。

第五，加强国际文化交流。

绚丽多彩的我国各民族民间文学是世界文化宝库中极其珍贵的一部分。把这一部分珍宝献给世界各国人民，是我国民间文学工作者的光荣责任，同时也有必要把世界其他民族劳动人民的口头创作介绍给我国人民。民间文学研究工作，是一项国际性很强的研究工作，我们必须批判地吸取外国 19 世纪以及现代的民间文艺学的研究成果，作为我们研究工作的借鉴。我们必须打破闭关锁国的局面，加强国际文化交流。我们要有计划、有重点地翻译出版外国的民间文学作品和科学论著，尤其是以我国民间文学为研究题目的科学论著。同时也要采取适当的方式向国外介绍我国的优秀民间文学作品和科学论著。我们要积极参加国际性的学术活动，加强同世界各国民间文学工作者的学术联系。

同志们，我们正在做着我们前人所没有做过的事业，我们的任务是光荣的，前途是光明的。民间文学的春天正降临祖国大地。回顾过去，展望未来，我们的工作是大有可为、大有作为的。我们一定要在党中央的领导下，在党的十一届三中全会路线方针的指引下，坚持四项原则，坚持"双百"方针，奋发图强，努力攀登民间文学的科学高峰，在四个现代化的社会主义伟大建设中，为繁荣我国社会主义科学文化事业作出贡献。

中国民间文学学科的新发展

　　中国是一个历史悠久的多民族国家，民间文学异常丰富。封建统治在中国达 3000 年之久，到 19 至 20 世纪，沦为半封建半殖民地。各民族的社会历史发展很不平衡。新中国成立时，各民族是从封建地主经济、封建农奴制、奴隶制以至母系社会等几种不同的社会经济形态同时进入社会主义社会的。很多民族没有文字或虽有文字而长期不为劳动人民所掌握。这反倒是形成今天民间口传文学无比丰富、千姿百态的社会和历史的根源。我国 56 个民族迄今流传着反映不同历史阶段的多种形式的口头文学，它们具有不同的地方色彩和民族特点，而且许多民族至今还以口头文艺为其精神文化生活的主要形式。有专门演唱民族史诗或其他说唱文学的民间艺人和歌手。少数民族、汉族的一些地区，至今盛行即兴创作的对歌习俗；有的民族富有诗歌传统或音乐传统，人民大众有自己的诗学，也有故事家和故事家群。因而在我国，民间文学在今天还是一种活的文学。

　　异常丰富和至今活在口头上，是新中国民间文学现状的两大特点。物质文明的现代化建设和精神文明的迅速发展，引起了社会生活方式的急剧变化。在这种新的历史条件下，有如此丰富惊人的民间文学遗产，它恰恰成为我国发展社会主义文化艺术的一个重要的天然基础。发掘这一巨大的文化宝藏，首先是文艺工作者的重要任务，也是一项艰巨浩瀚的文化工程。

中华人民共和国成立后，党和政府根据毛泽东同志的教导，很重视民间文学的发掘、采录工作，并取得了很大成绩。十年浩劫使民间文学遭到了惨重的破坏。但粉碎"四人帮"之后，尤其是近三年来，我们不仅迅速地恢复了工作，而且民间文学的搜集和研究工作在全国范围出现了繁荣发展的局面。目前中国民间文学的这种新发展，有如下几个标志：

（1）《民间文学》月刊，是第一块阵地。以前出过三种民间文学刊物，能长期坚持出版的也只有《民间文学》。现在全国各省、市、自治区大都出版了或正在筹划出版自己的民间文学刊物，截至目前已公开出版了20余种刊物，也有地、县出刊物的。此外还兴起了出版不拘一格的"小报"，如《采风》、《乡土》、《故事报》、《海峡民风》等。各省的民间文学刊物和小报销行数量很大，这说明乡土文学是受群众欢迎的。（2）不断出版各民族的各种民间文学专集、选本、内部资料与地方民间文学丛书；近几年记录、出版最多而且越来越多的是各地的民间故事传说，据不完全统计，1981—1982年就出版了3317种。（3）各省、市、自治区以湖北式的培训班为楷模，先后举办民间文学骨干培训班，这成为开展民间文学普查的一个新的起点，也是最好的方法和捷径。模式是：开办一个地区的基层民间文学工作者、爱好者培训班，学习民间文学的基础知识和工作方法，立即就地进行采录、搜集工作，边干边学；然后将搜集的材料编印成一至数本书。湖北15个地区一个地区一个地区地办培训班，出版了15本资料集；也就是说，将全省各地区进行一遍初步的普查，并在全省各地、县撒遍了搜集和研究民间文学的种子。湖北是如此，其他各省也都各有不同的新的经验。（4）学术研究气氛很活跃。随着实地采录搜集和调查研究，出现了各种的专题研究和讨论。研究领域很广，从民间文学的基础理论到神话、史诗、长篇叙事诗、民歌、传说、民间故事、寓言、笑话、谚语等的专题研究，例如关于神话的产生和范围问题，神话与宗教的关系问题，社会主义时期民间文学的范围问题；地区性和专题性的讨论如关于吴歌的讨论，关于"花儿"的讨论，关于新故事的讨论，新疆关于史诗《江格尔》的讨论等；还召开了一个民族的文学讨论会如内蒙古召开了蒙古族文学讨论会，云南召开了傣族文学讨论会，中国民间文艺研究会和省、市的分会还不断召开全国性的或省、市的专题学术讨论会，也有跨省的学术讨论会，如吴歌就是由江、浙、沪三省、上海一市联合召开的。民研会创刊了《民间文学论坛》。近几年出版的学术专著也日益增多。（5）中国民间文艺研究会是开拓全国民间文学搜集和科学研究的中心。"文化大革命"（1966）以前，全国只有8个分会，现在除台湾省外29个省、市都已成立了分会。有的地区、县、市也成立了民间文学工作机构。

目前中国民间文学搜集和研究工作已发展到这样一个阶段，即全国各省、市正逐步开展民间文学普查，并建立有中国特点的民间文艺学。到今天，中国56个民族，包括少数民族和汉族的许多地区都已发表了自己的口头流行的民间文学作品。粉碎"四人帮"之后，我们在恢复工作中再次提出了"抢救"的口号，这个口号起了很大的广泛的动员作用，地区、县甚至一个村都在"抢救"的口号下成立工作机构，办培训班，抢救、搜集本地的民间文学。各地区、各民族所特有的作品或与邻省、邻国以及不同民族所有的作品，相继发表问世，例如古代楚国都城江陵所在地湖北，发现了楚辞形式的歌谣；我国第一个伟大诗人屈

原的家乡秭归县记录了屈原的传说；江苏镇江记录了金山有关
《白蛇传》的新材料；陕南记录了川陕地区的红色歌谣，等等。
名山大川，一草一木的风物传说，各种历史人物传说，正在大量
记录出版。尤其值得一提的是，许多少数民族的神话、史诗的发
表、出版，使人们大开眼界，否定了过去所谓中国没有史诗、长
篇叙事诗的说法。即使是汉族，现在也发现和记录了不少的长篇
叙事诗。少数民族的韵文体和散文体的神话故事、创世纪神话史
诗，大大弥补了汉文文献遗留下来的简古残缺的书面记载，使中
国神话更丰富起来。产生在英雄时代的藏族、蒙古族的《格萨
尔》、《格斯尔》，柯尔克孜族的《玛纳斯》、新疆卫拉特蒙古族
的《江格尔》，早已闻名于世。今天我们有条件入乡问俗，进行
实地调查记录。《格萨尔》被誉为世界上最长的英雄史诗，西藏
现已记录了包括大宗、中宗和小宗及开篇、结尾以至异文100多
部。《玛纳斯》苏联于1962年出版了三部本，新疆据著名歌手
居素甫·玛玛伊一人的演唱已记录了八部，最近又有新的发现。
产生于新疆天山地区的卫拉特蒙古族的《江格尔》，已进行了三
年的采录工作，搜集了60多个章回。去年我到新疆参加首届
《江格尔》学术讨论会，也访问了几个专门演唱《江格尔》的艺
人"江格尔奇"。这三大英雄史诗所幸的是都有民间艺人演唱，
它们都还活在本民族的日常生活中。它们的调查、记录、翻译和
民族文字与汉译本的出版，在我们还需要较长的时间才能全部实
现。这些英雄史诗，堪与《伊利亚传》或《卡勒瓦拉》相媲美。
　　许多民族都有创世纪史诗，如傣、哈萨克、彝、壮、维吾
尔、侗、土家等，但也几乎都是未开垦的处女地。傣族不仅长篇
叙事诗多，历史上记载有550部（现已搜集到100多部），而且
有诗论。汉族如湖北、江苏、河南、陕西，也都记录、出版了长
篇叙事诗。

　　研究方法上，我们认为唯物辩证法和历史唯物主义是科学的宇宙观和方法论。研究中也因需要不同而可以有不同的具体方法，例如统计法、比较研究方法等。近年来，我国学界很重视和提倡比较研究的方法，我认为对民间文学，对不同民族的文学，更需要比较研究才可以有所鉴别，论证其渊源与异同。中国民间文学界也在进行民间故事的比较研究，例如中国与日本民间故事的比较研究，与印度民间故事的比较研究，与美洲印第安人民间故事的比较研究等。将中国神话中的山魈与巴西的林神作比较研究也是很有意思的。文献记载说明，"山林之神也"、"伐树必害人"的山魈，同巴西印第安人的林神和保护神在外貌、形体、性格上十分相似。他们的相似之处是："形同小儿"，"长三四尺"，"一足"，"反踵"，"喜犯人"，"伐树必害人"。[①] 丁乃通先生曾提到美国考古学家、人类学家已研究出印第安人从亚洲大陆迁居美洲的路线。柯扬同志的论证从比较学提出了有力的佐证，可资参考。早在 60 年代，朱潜之教授已在《人民日报》上著文将我国著名的地理、神话专著《山海经》的记述与墨西哥的地理山川风物作了比较研究，发现有惊人的相同之处，随后我们才知道他的结论与国外学者的结论不谋而合。可见比较研究法对历史事实的发现和真理的认同是甚有裨益的。

　　展望未来，前景是令人鼓舞的。

　　中国民间文艺研究会在最近一次会议上决定编纂中国民间文学三套集成，包括《中国民间故事集成》、《中国歌谣集成》、《中国谚语集成》。它们将在进一步开展全国民间文学普查的基础上来完成。加上史诗和长篇叙事诗、长篇抒情诗的发掘出版和研究，民间小戏及其他各种形式的民间创作和有关民族风俗、历

---

　　① 柯扬：《中国的山魈与巴西的林神》。

史的实地调查，编辑出版和研究，我们可望在十年、八年内基本上完成时代所赋予的发掘中国民间文学宝藏这一巨大而光荣的任务。我们将继续同语言学家、民族学家、人类学家、历史学家、考古学家、宗教学家、气象学家、作家、艺术家合作，多方面、多角度、多层次地进行搜集和研究工作。我们要把曾受到鄙视的中国所有民族从古至今的民间文化遗产全部发掘整理出来，用文字写定，长久加以保存而不再使其惨遭损害以至失传。但是，并不是所有人都能认识到它的重要性的。我们要对那些轻视或漠不关心者说：民间文学这位乡下老太婆是文学的母亲。母亲不给孩子奶吃，孩子就要死的。无论是在文学史或现代文学中，不给这位好不容易挤上车的老太婆让个座位，都是不对的。

我们提倡多角度地研究民间口头文学这部记录了历史和社会的人民生活百科全书，"百花齐放，百家争鸣"，主要任务是认识它的产生、发展的历史和规律性。既要重视研究民族传统文化遗产，也要重视近代至社会主义时期的新作品。人民的诗学也很值得研究。可惜过去史学家、艺术家不曾注意人民大众有自己世代传承而不见经传的诗学。

在我国与世界各国的文化交流中，中国民间文学的重要性是不可忽视的。民间文学不仅是一个国家、一个民族的文化遗产的重要的代表作，也有不少作品是一个地区或邻国之间、民族之间的共同财富。民间口头文学在历史上也是一条沟通两国人民心灵的看不见的纽带。广泛开展国际民间文化交流，对于发展这门国际性的学科，对于加强各国人民之间的友好合作，都会是十分有益的。

1983 年 6 月 27 日

1988 年 4 月 26 日修订

[原载伦敦《国际民俗杂志》（英文），1986 年第 4 期]

附记：1983 年 8 月，在加拿大召开的人类学与民族学第十一届大会，经丁乃通教授提议成立了中国民间文学与北美印第安人民俗关系小组，我被邀请参加，但准备就绪后却因故未能出席。这篇论文是为向大会介绍中国民间文学当时工作的发展状况而写的。1979 年丁乃通先生参加爱丁堡的国际民间叙事研究会第七次大会，他在大会上介绍了中国民间文学现状。到加拿大这次国际学术大会，我国民间文学工作在恢复中有很大发展，所以我又作了一番介绍，当时题为《近几年来的中国民间文学》。但这篇论文大会未能及时收到。丁乃通先生收到后寄给了伦敦《国际民俗杂志》主编奈瓦尔女士（Venetia Newall），遂在该刊 1986 年第 4 期发表。1989 年 6 月，在布达佩斯的国际民间叙事研究会第九次大会上，我才与奈瓦尔教授见面。去年 7 月在奥地利的茵斯布鲁克第十次大会中，我们一起参观、聚谈，已是熟朋友了。可惜丁乃通先生早已谢世。

我们在开拓中前进[*]

一

当读者打开这部介绍中国各民族民间文学的厚书的时候，大概会惊异竟有这么多色彩斑斓的动人作品，很多是我们过去从来没有听说过的，文学史家也不曾将它们写入中国文学史或世界的文学史。我们都会惊异地发现，正是这些长长短短的动人肺腑的口传文学作品，记载着中华各民族的历史踪迹。我们由衷地感到自豪，中国人民为人类的精神文明和语言艺术的发展做出了如此巨大的贡献。今天，这些蕴藏在人民心中、流传久远的民间文化宝藏能够与世人相见，其中包含着一条颠扑不破的真理，就是：没有新中国，就没有人民大众的民间文学的新生。

1949年新中国的诞生，人民的当家作主，使我国各民族的民间文学跃上了文艺宝座。新中国成立后17年发掘、抢救的中国各民族的民间文学，无论是神话、史诗、情歌还是民间传说故

---

* 原为《中国新文艺大系·民间文学集》（1949—1966）的导言。此次收入时删去了原文中介绍作品的章节。

事或其他各种形式的作品，有如奇峰突起，郁郁葱葱，令人眼花
缭乱，应接不暇。它们彻底改变了一些文艺家轻视民间文学的无
知和偏见，它们为新的中国文学史增添了独闪异彩的最有生气的
篇章。

　　今天，我们在少数民族的民歌里尚可看到不少反映远古初民
社会的古歌。没有文字的民族无不有自己的口头文学，有不少民
族的口头文学甚至记载着他们的民族的全部历史，包括民族起
源、民族迁徙、祭祀仪式以及各种生活习俗、道德信仰、处世哲
学，简直就是一个民族的生活百科全书。有的民族口头文学与原
始宗教融为一体，有的在宗教经典里还保存了本民族的民间文
学。例如纳西族的《东巴经》①，傣族的《贝叶经》②，彝族的贝
玛文经书③等无不如此。

　　虽然这些人民大众的口传文学对民族的生存和各民族文学艺
术的发展是如此之重要，然而它历来备受轻视。一部中国文学
史，过去仅只是汉族文学史，许多今天还活在各族人民口头上的
经典作品不能入史，甚至对世界早已注目的史诗都不曾提及。是
谁把中华民族这笔巨大的民族文化财富拒之门外，竟然让它长久

---

　　①　《东巴经》：纳西族东巴教的经书，大都用象形文字写成，内容包括天文、
地理、医药、宗教、哲学、历史、文学、艺术、农牧产品、风土人情等，是古代纳
西族的百科全书，其中保存了很多神话，如《黑白之战》等名篇。

　　②　《贝叶经》：傣族的经典。将贝多罗树的叶子剪裁为宽10厘米，长60厘米压
干后，用铁笔在上面刻文字，涂上植物油，即显出字迹，装订成册，有的还用金漆
涂边，内容为佛教释义、法律、文学作品、自然常识、天文历法、医药、武术等。

　　③　贝玛文经书：贝玛，或称毕摩，彝语译音，为彝族的巫师、经师。贝玛识老
彝文，通晓经书，社会地位很高，主持驱鬼、占卜、禳灾、祈福、安灵、招魂、合
婚以及对窦案进行神明审判等宗教活动。贝玛文经书，多用木炭蘸鸡血或以竹签墨
烟写在木板上，内容多为祭祀经和占卜经，也有医学、律历、神话等。参看《民间
文学》1957年9月号《红河区民间文学调查报告》，其中谈到哈尼族的贝玛一代一
代地传授本民族的诗歌和传说。

地沉睡于地下而不为世人所知呢？旧时代统治阶级的压迫和鄙视，民族语言的隔阂和障碍，造成了文化的封闭状态，许多民族流传的民间文学优秀作品很难披露于世。它们无声无息地产生，无声无息地消逝。尽管如此，民间文学却以它顽强的生命力抗争着、流传着，在文学发展史中成为一股自强不息的文艺源流。民间文学根植于人民群众之中，它层出不穷，永不枯竭。一些经典作品，更是经久不衰，成为全民族的代表作。统治者的压迫和歧视终究扼杀不了它，不管你承认不承认，它始终是文学发展的主流与源头，如同山涧溪流，悄悄地流淌，随着时代的前进而前进。它记载着每一个民族或国家的历史足迹，孕育了人类的智慧之花。

民间文学以口头创作、口头传播为特点，不用出版即可不胫而走，做到家喻户晓。民间艺人、歌手、故事家既是民间文学的传承者，又是创作者。他们在传承中也融入了自己的才智和个性。一部民族史诗，一篇故事，甚至一首民歌，在流传的历史长河中都包含着无数歌者或讲述者的心血和灵感，增添了新的浪花，以至作品不断产生新的变异。民间文学以富有民族性和地方性为特征，它深刻地反映了劳动人民的精神世界，也是一个民族赖以生存的精神支柱。从儿童的启蒙教育开始，它就潜移默化地，不为人们所觉察地起着认识和教育的作用。作家文学不同于民间口头文学，它是个人创作，以反映作者对人生和社会的观察、了解、思索与他的理想和追求为特征，作品只有在用文字发表或出版后才能产生社会影响。也有许多作家包括大作家，取材于民间文学，是在民间创作的基础上提炼和升华，写下了不朽之作。他们代表人民立言，个人的精神与民族精神在这里达到了融合与统一，这也是他们取得成功的诀窍。

新中国成立后的17年，各民族的民间文学的发掘整理、出

版和研究工作，取得了很大的成绩。推翻了过去所谓"中国无
史诗"、"中国无动物故事"一类无稽之谈。人们也意想不到我
们今天会搜集到这么丰富多彩的少数民族的神话。各种题材和形
式的民间文学作品，足以在世界文化宝库中陈列一个长长的中国
民间艺术画廊。我们在这里仅摘取这个画廊中的若干艺术珍品奉
献给读者。

二

历史一再证明，一个民族，一个国家的民间文学的发掘，
往往是同民族解放事业，同民主革命运动密切相连，并互为因
果，中国也不例外。这就是为什么在五四时期作为反帝反封建
斗争先声的新文化运动中，一些有识之士首先提倡搜集近世歌
谣；为什么我们在取得了人民革命胜利之后，才能够有计划、
系统地搜集整理中国各民族的民间文学遗产。中国民间文学宝
藏的发掘与人民共和国的命运是息息相通的。国家兴旺发达，
社会和政治稳定，民间文学事业就繁荣；国家遇到挫折，民间
文学工作就萧条中断。当我们欣赏17年中问世的琳琅满目的民
间文学作品的时候，我们应该了解这些作品是怎样从地下被发
掘出来，拂去尘埃，焕发出新的光辉，还应当了解我们所走过
的道路是怎样的艰辛曲折。这段历史是值得我们回顾和记忆的。
我们要从中寻觅从创业开始的历史足迹，探索建立有中国特色
的民间文学的道路。同时，我们还要记下那些默默无闻、奋力
拼搏的献身者。

从建国到1966年为止，民间文学事业大致经历了三个历史
时期。

1950—1955年为发轫时期。

　　1950 年 3 月 29 日，也就是在全国第一次文代会后仅半年的时间，宣布成立了中国民间文艺研究会（以下简称民研会，近几年改称"中国民间文艺家协会"）；此后直至今天，民研会成为发动搜集和研究中国各民族民间文学的工作中心。

　　民研会的第一任理事长郭沫若在成立大会上，以坦率而风趣的口吻说：

　　　　说实话，我过去是看不起民间文艺的，认为民间文艺是低级的、庸俗的。直到 1943 年读了毛主席在延安文艺座谈会的讲话，这才启了蒙，了解对群众文学、群众艺术采取轻视的态度是错误的。在这以后，渐渐重视和宝贵民间文艺。①

　　他的这番话是很有代表性的。他以自己的亲身经历指出了过去作家、艺术家轻视民间文艺的错误。这次发言中，他讲了我们研究民间文学的五个目的和中国的历史经验：

　　（1）保存珍贵的文学遗产并加以传播。要组织一批捕风的人，把正在刮的风捕起来保存，加以研究和传播，今天我们不能再让它自生自灭；

　　（2）学习民间文艺的优点。民间艺术的立场是人民，对象是人民，态度是为人民服务。我们的作家应当从民间文艺中学习，改正自己创作的立场和态度。在诗歌，要学习它表现人民情感的手法、语言，学习它的韵律、音节，同时还可以借民间的东西来改造自己；

　　（3）从民间文艺里接受民间的批评与自我批评。文艺不仅是现实生活的反映，而且是现实生活的评价与再批判。民间文艺

_____

　　①　郭沫若：《我们研究民间文学的目的》，《民间文艺集刊》第一册，新华书店1950 年版。

中，或明显地，或隐晦地包含着对当时的社会，尤其是政治的批评。所以，我们今天研究民间文艺不单着眼在它的文艺价值，还要注意其中所包含的群众的政治意见，民间文艺是一面镜子，能照出政治的面貌来；

（4）民间文艺给历史学家提供了最正确的社会史料；

（5）发展民间文艺。我们不仅要收集、保存、研究和学习民间文艺，而且应给以改进和加工，使之发展为新民主主义的文艺。今天应该说，是为了发展社会主义的新文艺。

郭老提出的这五点历史经验，今天看来仍然是很有见地的，特别是他指出"毛主席在延安文艺座谈会的讲话启了蒙"这个话，是最重要的启迪。新中国成立以来，我们的民间文学工作正是沿着从解放区开端的革命文艺路线前进的，其根本特点就是"立场是人民，对象是人民，态度是为人民服务"。马克思主义的世界观、文艺观和历史唯物主义照亮了我们前进的道路，从而构成了中国民间文学这一新学科的系列特点。

中国民间文艺研究会成立以后，各地反应热烈，许多专家、学者和民间文艺的热心搜集家、鉴赏家，纷纷应征寄赠各种文艺书刊和原稿。只要看看当时出版的《民间文艺集刊》连续三期在刊末公布的收到寄赠资料目录，便可略知大概，截止到1951年7月寄赠资料目录为858条。其中有程砚秋赠的寒亭年画八张；容肇祖赠的《歌谣》周刊108期、《粤讴》（招子庸著）、《二荷》（广东地方唱本）和他自己著的《传说与迷信》；王骧寄《中华谚海类编》两册；王存义寄《民间文艺集》10册；徐悲鸿寄陈志农剪纸一幅和他为之写的一篇短评等。不少地区还燃起了搜集民间文艺的星星之火。例如贵州军区宣传部向在贵定县下乡参加清匪反霸、减租退押的500多名文工团员发出搜集驻地苗、彝等少数民族民歌的通知，要征集万首民歌。短短的几个月，他们就搜集了3800首民歌，其中以情歌最多，也有不少欢唱解放翻身的新民歌。

在民研会成立后的第四天召开的第一次理事会上，首先决定编辑出版一套《中国民间文学丛书》、一套《中国民间音乐丛书》，并且当场定了一部分选题：如何其芳、张松如编的《陕北民歌选》、光未然搜集的《阿细的先基》、安波、许直的《东蒙民歌选》、严辰的《信天游选》。后来陆续增添了高泽的陕南《茅山歌选》、广西宜山农民报编的《柳州宜山山歌选》、李刚夫采录的藏族民歌《康藏人民的声音》等。第一批入选的还有反映近代蒙古族人民反抗军阀残暴统治的长篇叙事诗《嘎达梅林》。韩燕如的《爬山歌选》则是民研会直接参与编选的第一部汉族民歌集。特别值得一提的是，丛书还收入了边垣在新疆监狱里从一位难友蒙古艺人满金口中记录的蒙古族史诗《江格尔》的重要章节《洪古尔》，这是我国第一次出版世界闻名的蒙古族史诗《江格尔》。

《中国民间音乐丛书》是延安时代就曾组织采风的吕骥同志在天津中央音乐学院主编的，其中有关立人根据延安中国民间音乐研究会和鲁迅艺术文学院音乐系搜集的民歌整理而成的《陕甘宁根据地民间歌曲选》，安波编的《秦腔音乐》，常苏民编的《山西梆子音乐》，中央音乐学院研究部编的《河北民间歌曲选》等共出版八种。1950年冬，民研会刚成立不久，首先创刊了不定期的《民间文艺集刊》，这是一个综合性的民间文艺理论研究刊物，也发表少部分作品。

遗憾的是，尽管初创时期各地反映热烈，但民间文学依然未能完全摆脱受歧视的命运。仅仅过了一年多，到1951年冬天，只出了三期《民间文艺集刊》就停刊了。民研会工作从此陷入停顿达两三年之久。中国民间文学丛书因受到当时新成立的北京大学文学研究所的支持，编辑出版工作才不致中断。党和政府一向是重视民间文艺的，毛泽东同志早就提倡民歌、革命故事，重视劳动人民的创作成为马克思主义文艺观和毛泽东文艺思想的根本标志之一。在解放战争行军途中，毛主席还讲过："以后每个县的宣传部要有一个人专管搜集民间文学。"周总理提倡文艺创作要"革命化、群众化、民族化"，至今还是指导文艺创作的正确方针。在我国第一个五年计划中也明确地规定了发掘整理中国各民族民间文艺丰富蕴藏的任务。但是，蔑视人民大众文艺创作的思想似乎是一个幽灵时隐时现，使民间文艺工作刚刚迈步就受到了冷遇。1954年4月，经过种种努力，民研会终于得以保存下来，以团体会员名义加入了中国文学艺术界联合会，恢复工作，并创办了《民间文学》月刊；《民间文学》在当时以及后来很长的时间里也是中国唯一的一份民间文学刊物。自从《民间文学》创刊，民间文学工作从此有了一个阵地，工作日益开展起来。

1955—1958年，工作发展时期。

民研会刚成立时的工作范围包括民间文学、民间音乐、民间美术、民间戏剧、民间曲艺、民间舞蹈，这时因人力和条件所限，改为主要是从事民间文学的搜集和研究。

《民间文学》的编辑方针是："面向广大读者，为群众提供优秀的民间文学作品，同时作为开展民间文学搜集和研究的阵地，担负着推动全国各民族民间文学工作以及培养专业人才的任务。"直到1966年3月"文化大革命"风雨紧迫时停刊，一共出版了107期。如果您浏览一下自1955年起12个年头的《民间文学》，便可以看到中国这许多民族的口传文学逐渐发掘问世，日益兴旺发达的一个大致轮廓。它使您宛如走进一个文艺的百花园，可以尽情观赏各种不同民族、不同风格的艺术奇葩，它们的名字许多都是过去闻所未闻的。

民间文学工作的历史任务是发掘、保存和继承中国各民族的民间文化遗产，搜集和研究人民的口传文学。这是一个开拓性的工作，只能从深入群众调查采录开始。新中国成立后的采录工作，比起五四时代单靠征集作品，靠从姑姑姨姨那里听到几个故事，追忆祖母讲过的故事，或仅仅着眼于从坊间、书商搜集唱本的情况已大不相同了。新中国成立后，首先风起云涌的是各族人民歌颂毛主席、歌颂共产党、歌颂人民解放军的新民歌。我们最早出版的新故事是《毛泽东的故事和传说》和国内革命战争时期的红军传说。传统民歌中最引人注目的是情歌，它们是诗歌艺术中的上品。1953年，云南文工团圭山工作组在圭山地区的彝族村寨搜集了撒尼人的叙事诗《阿诗玛》。这部长诗描述彝族姑娘阿诗玛因婚姻不自由而遭到的不幸，使她终于变成了崖壁上人们呼唤她的回声。《阿诗玛》的整理出版把少数民族的长篇叙事诗第一次推到了令人瞩目的地位，曾译为几种外文出版。

1956年2月，老舍先生在中国作家协会第二次理事扩大会上作了《关于兄弟民族文学的工作报告》，会前他听取了六个民族地区的代表座谈的意见，报告中强调了搜集整理民族民间文学的重要性，这次报告对后来开展少数民族的民间文学搜集整理起了积极的推动作用。那时，有的地方作家协会也参与了民间文学的搜集工作，如云南搜集民间文学较早，就是由云南作协开始发动的。也是从这一年起，青海在省委宣传部长黄静涛同志的主持下，开展了对藏族史诗《格萨尔王传》的搜集和汉译工作，搜集了大量的手抄本、木刻本，还广泛搜罗了国外有关的专著，从藏文和外文翻译了一共有74部《格萨尔王传》的原作和有关论著，作为内部资料出版；此外，还正式出版了《霍岭大战》上半部的汉译本。

这时，中央提出了"百花齐放，百家争鸣"的文艺方针。为了贯彻这一重要的指导方针，《民间文学》于1956年第8期也发表了题为《民间文学也需要"百花齐放，百家争鸣"》的社论，社论中特别强调了搜集整理民间文学的科学性的要求，并提出"忠实记录，慎重整理"①的原则。社论中还指出民间文学现在从一向被鄙视的地位登上了"大雅之堂"，展示了它的庐山真面目。文中列举了藏族的寓言、民间故事《咕咚》、《葫豆雀和凤凰蛋》、《青蛙骑手》，维吾尔族的《阿娜尔罕的歌声》、《木马》，壮族的《一幅壮锦》，蒙古族的叙事诗《红色勇士谷诺干》，《苗族古歌》、《苗王张志岩》，纳西族的《猎歌》、《人类迁徙记》，傈僳族的长歌《逃婚调》等作品。还提到许多不同形式、不同诗风的民歌，像彝族的"拉夜"，回族的"花儿"，壮族的"欢"，南方的四句头山歌，等等。不少著名的民间艺人、歌手演唱或发表了自己的新作品，如蒙古族毛依罕的《铁牤牛》，山东快书艺人高元钧的《武松传》，都受到广大听众的热烈欢迎。汉族的民间故事传说除了较早引人注意的《牛郎织女》、《梁山伯与祝英台》等著名传说和《地主与长工的故事》以外，像《蛇郎》、《找姑鸟》、《石榴》、《秃尾巴老李》、《望娘滩》、《长白山的故事》等民间童话、幻想故事，也渐渐发表得多了。新中国成立七年的时间，人们已经能够读到22个少数民族和汉族不同省区的作品了。

与此同时，民间文学工作也一直受到政治运动的影响，早在1956年，《民间文学》编辑部接连收到一些读者批评指责的

---

① "忠实记录、慎重整理"，原是晋西北李束为等同志在搜集出版的民间故事《水推长城》一书中提到的一项工作经验，我们在社论中加以推广。

来信，提出有的故事情节"违反总路线的精神"，有的则含有毒素，宣传了因果报应思想等。读者中产生这些怀疑和反感，主要是由于他们把现实与幻想混淆起来，把艺术与科学也混为一谈，一切以今人的观点或政治运动的标准来衡量、来要求过去历史条件下所产生的幻想作品。这种非历史唯物主义的观点正是极"左"思潮的产物。对于这样一些出于政治热情而"简单化"、"公式化"的批评，我们只能采取解释和疏导的方法。编辑部约请毛星同志写了一篇《不要把幻想和现实混淆起来》[①]的评论，回答了这些问题。1955—1957年，从批判胡风集团到反右斗争的严峻的时期，民间文学工作及其队伍也遭受到严重的损害。在"左"倾错误思想的影响下，民间文学界也曾经错误地把学术观点的分歧上升到阶级矛盾，伤害了一些同志，经验教训是异常深刻的。事情虽然已经过去30多年了，影响却至今尚在，现实还在考验着我们每一个人。尽管我们经历了自己也意想不到的种种困难和挫折，但是我们却坚信社会主义方向，坚信马克思列宁主义。在这个大的目标下，我们能不断地改正自己的缺点和错误，团结一致，从无到有，从小到大，一支越来越庞大的民间文学工作队伍，在探索和追求中不断地前进。难怪连有些外国朋友在看到我们发动的遍及全国各民族各地区的如此深入广泛的民间文学采录和取得的显著成就时，都赞美新中国条件的优越性。

　　1958年，毛泽东同志亲自提倡搜集民歌，一场轰轰烈烈的新采风运动席卷全国，民间文学事业被推上繁荣发展的峰巅，进入了一个黄金时代，好像我们前几年的工作是为了迎接这个高潮到来而做的准备似的。5月间《人民日报》发表了《大规

　　① 《民间文学》1956年4月号。

模地搜集民歌》的社论。民研会积极响应毛主席的号召，于7月份召开了全国民间文学工作者第一次代表大会，借以全面地推动民间文学的搜集和研究工作。一再受歧视的民间文学忽然凌云升空，出现了异常受重视和繁荣发展的局面。全国到处在议论采风，许多文化艺术单位都热衷于参与搜集民歌，同时在"左"的思潮下，新民歌也出现了反映"共产风""浮夸风"的作品。文艺界甚至有人提倡"人人作诗"，民间文学界也有人盲目乐观地鼓吹作家文学同民间文学已经"合流"。尽管如此，我们却不可以把当时盛极一时的新民歌同"左"的错误路线完全等同起来，一概加以否定。广大群众迫切要求改变经济落后的良好愿望和在生产建设中发挥出的社会主义积极性，那种意气风发、战天斗地、征服大自然的冲天干劲，那种舍己为人、大公无私的传统美德和共产主义风格，都是异常可贵的；正是由这种精神产生的一部分新民歌，可以永载史册，同时还产生了对"浮夸风"的大胆讽刺和辛辣批评的作品。路线、政策是头等重要的，也是衡量一切工作的准绳。但是，人民的精神却不能仅因路线有错误，而简单轻易地加以否定。对于诗歌创作来说，最可贵的是人的精神与品格，人的思想境界与感情，这正是诗的内涵和精华所在。因此绝不应把大跃进时期的新民歌同"左"的错误路线完全等同起来。马克思主义认为，文艺的某种形式和杰出作品的产生，同社会经济发展阶段还会是不平衡的呢！

这里还应当说明，毛泽东同志1958年提倡搜集民歌，原是为了发展新诗，目的是很明确的，因此并不是只要搜集新民歌，而是明确无误地说："新民歌要，旧民歌也要。"毛泽东同志在成都会议上谈到搜集民歌问题时指出："新诗应当在民歌与古典诗歌的基础上发展。"有人把毛主席提倡搜集民歌误解为仅只搜集新民歌，甚至鼓吹为新民歌创作运动，也有人把"厚今薄古"作为其理论根据。这也只能是一种曲解和一场误会了；也可以说，历史往往会朝着人们意想不到的方向发展。

全国民间文学工作者第一次代表大会为全面开展民间文学工作制定了"全面搜集、重点整理、大力推广、加强研究"的工作方针，还强调了"忠实记录、慎重整理"的原则。十六字方针是经中宣部审定后由文联以红头文件下达全国的，至今起着指导我国民间文学工作的作用，并且不断证明它是正确的。代表大会的报告中阐述十六字方针的要求时，特别强调了"全面搜集"的重要性，强调了要以抢救的精神有计划地发掘我国民间文学宝藏，同时指出了民间文学为人民服务，为社会主义服务的方向和途径。报告中说：

> 民间文学工作应当从两方面为人民服务，为社会主义服务：一方面整理、编选优秀作品，大力推广，使一般群众和作家、科学家都能从这些作品里吸取营养，得到启发和鼓舞，或获得珍贵的资料；另一方面，加强研究工作，以便大力推动搜集整理工作，促进群众创作和整个文学艺术的发展。……还要迅速组织人力，建立和加强民间文学的系统的科学研究，特别是要有计划地从事马克思主义的中国民间文学理论建设和研究各民族的重要的传统名著。在研究工作中必须贯彻"百花齐放，百家争鸣"的方针，探讨真理。为了建立研究工作，还要及时地建立资料档案工作，并汇集资料，出版科学版本。①

1958年的代表大会期间，中国科学院文学研究所计划重写一部包括少数民族文学在内的中国文学史，首先组织全国各有关

---

① 《民间文学》1958年7、8月号合刊。

省、区分工编写出版一套《中国少数民族文学史和文学概况丛书》。7月17日，中宣部为此邀请部分省、区的与会代表座谈了关于编写丛书问题，并按民族进行了分工，会后批转下达了座谈会纪要。一年之后，产生了写史的第一批成果，计有白族、纳西族、藏族、蒙古族、苗族、壮族、彝族、傣族、布依族、哈尼族、土家族、土族、赫哲族共13个民族的文学史或文学概况。虽属初稿，但这一破天荒的创举以及工作的进展迅速令人惊叹，真可谓"一颗星出现，预告满天星斗"。

这次代表大会之前，4月14日，人民日报以《大规模地搜集全国民歌》为题发表了社论。《民间文学》5月号发表了《郭沫若同志关于大规模搜集民歌答本刊编辑部问》。4月14日，编辑部的同志走访理事长郭沫若，向他提出关于民歌——民间文学的价值、作用及搜集整理等问题，郭沫若同志谈了他的看法。他最后说："好事一定要有计划地来做，大规模地来做。我们要做促进派。""谁踌躇不前，那就表明他走的道路有问题。可能他们也有些'道理'，但那是另外一条道路上的'道理'——道其所道，非吾所谓道也。"

大会临结束时，人民日报又发表了第二篇社论，题为《加强民间文艺工作》。一年之后，红旗杂志出版社出版了郭沫若、周扬合编的新民歌的代表作《红旗歌谣》，"编者的话"说：

> 我们的作家和诗人将从这里得到启示，只要我们紧紧和劳动人民在一起，认真努力，就一定能够产生出无愧于我们时代的伟大作品，把我们的文艺引向高峰。

编者这样热切地寄希望于我们时代的诗人、作家，希望他们从这些新时代的民歌里得到启示，这是因为我们时代的民歌无论在反映人民的革命精神或诗的艺术魅力上都值得借鉴。认真搜集新、旧民歌，向劳动人民学习，可以开一代诗风。这一点，也值得今天以及后来的诗作者们思索。郭沫若同志还曾激动地说：
"我为今天的新国风，明天的新楚辞欢呼！"①

　　这次代表大会的召开，对民间文学工作确也起了借东风的
作用，它把全国民间文学的发掘、出版和科学研究大大向前推
进了一步。1958年正大兴调查研究之风，新的采风运动适当其
时。各地在深入群众采风中创造了不少好的经验，例如，和群
众实行"三同"——同吃、同住、同劳动，群众对此反应热
烈。云南楚雄地区一位70多岁的老大妈高兴地唱起来："过去
在山里唱歌被风吹走了，在河里唱歌被水冲走了，今天唱歌，
毛主席派人来收集了！"楚雄歌手申呼颇唱彝族的创世纪史诗
《梅葛》，唱了八天八夜。红河地区金屏县的"贝玛"唱出了
哈尼族古老的《酒歌》。云南在代表会后根据十六字工作方针，
组织了以云南大学和昆明师范学院中文系师生为主的七个调查
工作队，分赴丽江、大理、文山、思茅、楚雄、红河、德宏七
个地区，对纳西、白、彝、哈尼、傣、壮、苗、瑶、傈僳、蒙
古等民族的文学状况进行了历时一年多的调查采录，搜集了大
量资料，编选长诗、民歌、民间故事等500多万字。首先出版
的有叙事诗《娥并与桑洛》（傣）、《苏文纳和他的儿子》
（傣）、创世纪史诗《梅葛》（彝）、《创世纪》（纳西）等。文
学史方面，编写了七个民族的九部文学史概略，印出初稿的有
《白族文学史》和《纳西族文学史》。调查中在楚雄发现了不
少彝族的《贝玛文经书》，其中保存有许多民间文学作品。傣
族《贝叶经》宝库也被打开了。纳西族以其特有的象形文学写
的《东巴经》有3000多卷，丽江地委组织老东巴和纳西族青

_____

　　① 郭沫若：《为今天的新国风、明天的新楚辞欢呼！》，《中国青年报》1958年
4月16日。

年、调查人员共 20 多人，经过半年的时间，全部由东巴诵读核对，并对重点作品进行了汉译工作。①

这里仅仅举了云南一个省的例子。开展民间文学调查采录较早的是西南地区民族较多的云南、贵州、广西三省。贵州的《苗族古歌》也是解放初期就开始问世的。17 年中贵州省内部编印的苗、瑶、布依等民族的民间文学资料计 43 集，现在已出到 72 集。还先后出版了《苗族文学史》、《布依族文学史》及其他民族的文学概况。广西从 1962 年成立民研会分会起对壮、瑶、苗、侗、毛南等民族的民间文学进行了深入普查，共出版内部资料本 35 集，编写了《壮族文学史》、《瑶族文学史》、《毛南族文学史》及其他民族的文学概况。

1958 年，中央民族事务委员会和中国科学院还联合组织了一次为时八个月的少数民族社会调查。民间文艺作为社会问题的一部分，其中有 30 个民族的文艺工作者参加了。事后由民族文化工作指导委员会编印出版的《1958 年少数民族文艺调查资料汇编》② 确是一份少数民族文艺调查的重要文献，共计 29 篇调查报告。

新采风运动不但发掘了各民族的最古老的以及历朝历代的作品，并且重视采当代之风，为以后继续发掘调查创造了良好的条件，同时培养了一大批民间文学专业骨干和新生力量。

1958—1966 年，民间文学事业由发展的峰巅跌入低谷，开始了它的多难时期。

1958 年的民间文学繁荣状况，可谓盛极一时。可惜为时不

---

① 　上述云南调查采录情况是根据刘辉豪《云南民族民间文学回顾》及其他材料写的。

② 　这次调查的时间是 1958 年 10 月 5 日。

久，有如昙花一现。由于大跃进时期的路线和政策一开始就埋藏下"左"的祸根，随着经济路线的错误和接踵而来的三年自然灾害，形势急转直下，民间文学事业由峰巅跌入低谷，甚至陷入长时期的受难。我们进入了非常困难的境地。天空布满阴云，《民间文学》由月刊改成了双月刊。民间文学作品和民间文学工作者连续不断地受到批判，也有不少同志败下阵来。然而应当看到，我们队伍的中坚分子还在坚持，还在默默地前进。深入地调查和研究以及个人搜集采录作品，仍然围绕两条主线进行：一条是以民研会及一些分会为中心，包括大学师生继续下乡调查采录，各地、县基层文化馆，群众艺术馆在本地区坚持搜集；另一条线是以编写中国少数民族文学史和文学概况为中心，带动了各地区的民族民间文学调查采录和研究工作。新采风运动播下的种子，加上少数民族文学史和文学概况编写工作的全面部署，形成了坚守阵地，持续不断地下乡搜集、调查和研究民族民间文学的潜流。

1960 年，在全国第三次文代会期间，民研会扩大理事会上就民间文学的范围界限问题及由此引起的民间文学工作的方针、任务以及科学性的问题进行了讨论，当时发生的民间文学与作家文学是否"合流"的问题，虽然是由于"左"的思潮的影响，但此后这些年来，作为民间文学的基础理论之一的范围界限问题，一直是民间文学界一个争论不休和不断探讨的问题。近几年来，还发生了民间文学与通俗文学界限混淆的新问题，民间文学刊物的通俗文学化似乎成为当今的一种流行病，这又使本来已很复杂的民间文学范围问题增添了新的内容。对民间文学的特征、范围的理解需要我们很好地讨论解决，否则工作就会发生方针上的混乱与失误，对民间文学的科学性，是容不得半点含糊的。

1961 年，中国科学院文学研究所召开了一次少数民族文学史讨论会。① 会议讨论了《蒙古族文学简史》、《白族文学史》、《苗族文学史》三部文学史初稿，并探讨了编写少数民族文学史的几个原则性问题，包括作品评价问题，分期断代问题，今古比例问题，民间文学中有没有两种文化的斗争等问题，会议还制定了今后的工作计划草案。何其芳同志是这次讨论会的主持人，他最后作总结时说：

　　我希望能够贡献出一点可供参考的意见，原因就在于我迫切地期待着我国少数民族的文学史或文学概况的编写工作完成得更早一些，而且完成得好一些。

可是他何曾想到善良美好的愿望并非都容易实现，在他远未看到他的愿望能够实现的时候，他便过早地与世长辞了！这次讨论会从对写史原则的理论探讨到制定具体工作计划，对少数民族文学史工作起到了奠基的作用。岁月飞逝，时间已经过了20多年，直到1983年，才首次出版了一套概况式的三卷本《中国少数民族文学》②。前不久，又由中国社会科学院少数民族文学研究所成立了"中国少数民族文学史丛书评审委员会"，第一次决定首先将《藏族文学史》、《侗族文学史》正式列入丛书出版。相继出版的还有《毛南族文学史》、《侗族文学史》。原定的出版中国少数民族文学史和概况，改为史与概况的分别编写和出版，这也是在具体实践中发生的一个重要变化。出书如此的延缓，丛书编法的改变，这些都是我们当初所不能预料到的。

　　这里我们还应特别提到柯尔克孜族史诗《玛纳斯》的采录成就。1961年，新疆维吾尔自治区文联、新疆社会科学院文学

---

① 少数民族文学史讨论会，1961年3月26日在北京召开。1979年2月在昆明召开了少数民族文学史和文学概况编写工作座谈会，重新分工并恢复工作。

② 毛星主编：《中国少数民族文学》（上、中、下册），湖南出版社1983年版。

研究所、克孜勒苏柯尔克孜自治州党委宣传部就已联合组织过史诗《玛纳斯》工作组，到克孜勒苏柯尔克孜族自治州的阿图什、阿哈台、乌恰、陶克陶四个县进行了调查，访问了30多名歌手，其中有著名歌手居素甫·玛玛伊，他能唱全部《玛纳斯》，这次他唱了五部，第六部只唱了2000行。随后出版了第一部汉文资料本。1962年，又由中国民间文艺研究会、新疆自治区文联、克孜勒苏柯尔克孜自治州三方合作组成领导小组，组织了第二次调查采录。领导小组由贾芝、刘肖芜、塔依尔组成，下设《玛纳斯》工作组，参加工作组调查的有沙坎、买尔山阿里、帕孜力、阿不都卡德尔、陶阳、刘发俊、尚锡静、郎樱、赵潜德等20余人。这次他们又去上述四个县作进一步调查，还跋山涉水，到了帕米尔高原的塔什库尔干自治县的深山里进行采录、访问。这次调查又访问了30多位歌手，前后共访问77名歌手。居素甫·玛玛伊唱完了第六部，共1万多行。除访问不同的歌手记录《玛纳斯》异文外，还记录了柯尔克孜族的其他英雄史诗、爱情叙事诗，调查了部落的历史、民族风俗、信仰、巫术、婚礼、葬礼、节日等活动及社会经济文化史料、动植物资料等。从1965年2月起到1966年6月"文化大革命"的风暴袭来，他们在阿图什州以无私奉献的集体主义精神，把居素甫·玛玛伊唱的六部史诗全部译完。"文化大革命"之后，由于调查档案的失踪①，我们又把居素甫·玛玛伊请到北京，组成《玛纳斯》工作组，重新记录并进行汉译工作，参加的人有沙坎、胡振华、刘发俊、尚锡静等，这次居素甫·玛玛伊因心情愉快，一共唱出了八部。值得注意的是，我国第一次出版了柯尔克孜文字的《玛纳斯》

---

① "文化大革命"后，原调查档案长期不知去向，去年找到一部分，其余的尚在继续查找。值得注意的是，当年的记录与后来的记录颇不相同，这是异常可贵的。

第一部第一册和第二部第一册，在柯尔克孜族中产生了热烈的反响，受到称赞，并将出版汉译本。这里我们不能不特别提到尚锡静同志，一位大学毕业即奔赴边疆的河北姑娘，历尽坎坷、忍受冤屈，为《玛纳斯》的汉译工作付出了自己的全部心血和生命。

三

建国以后的 17 年，是中国民间文学从拓荒到大发展的时期。

1964 年《民间文学》发表的一篇题为《绚丽多彩的百花园》[①] 的文章介绍了新中国成立头 15 年民间文学工作概况，据当时的不完全统计，省、市以上出版社出版的各民族的民歌集有 1700 多种，民间故事集 500 多种。许多民族还是第一次将自己民族长期流传的故事传说和诗歌奉献到全国人民面前。较早引起注目的民间故事，有新疆维吾尔族的《一棵石榴树的国王》、《英雄艾里·库尔班》，四川藏族的《青蛙骑手》、《青稞种子的来历》，壮族的《一幅壮锦》，白族的《望夫云》，侗族的《长发妹》等。比较出色的专集有《蒙古族民间故事集》、《四川彝族民间故事选》、藏族民间故事《泽玛姬》、《黎族民间故事选》、《白族民间故事传说集》、《苗族民间故事选》等。革命传说故事有《大巴山的红军传说》、《太平天国故事歌谣选》、《安徽捻军的传说》等，汉族民间故事出版较早的有《传麦种》、《找姑鸟》、《甘肃民间故事选》、《中国动物故事选》。1958 年以后编选出版的有《吉林民间故事》、《上海民间故事选》、《湖南民间故事选集》、《云南民间故事选》、《四川民间故事选》、《黑龙江民间故事选》等。1958 年，作为向第一次代表大会献礼的《中

---

① 《民间文学》1964 年第 5 期，署名集成，是王一奇同志。

国民间故事选》，就已收入 30 个民族的作品，1962 年出版的第二集则收入了 42 个民族的作品。15 年中记录、翻译、出版的史诗、民间叙事诗和抒情长诗仅在刊物上发表的就有 100 多部，包括 20 多个民族的作品，如汉族的《劳工记》、湖北汉族的《崇阳双合莲》、《钟九闹漕》，贵州苗族的《苗族古歌》，蒙古族的《江格尔》（部分章节），青海回族的《马五哥与尕豆妹》，维吾尔族的《塔依尔与左哈拉》，彝族的《妈妈的女儿》、《我的么表妹》，壮族的《布伯》，瑶族的《创世纪》，哈萨克族的《萨里哈与萨曼》，傣族的《召树屯》、《娥并与桑洛》，傈僳族的《逃婚调》、《重逢调》和《生产调》，土族的《拉仁布与且门索》等。

　　新疆是个长诗之乡，统计在案的哈萨克族史诗、叙事诗就有 207 部。以《克里木的四十勇士》命名的长诗是由 40 个独立成篇的英雄史诗构成；《巴合提亚尔的四十支系》，则是由 40 部长诗构成。其他如维吾尔族、乌孜别克族、柯尔克孜族、卫拉特蒙古族、塔吉克族等民族，都有不少的长篇叙事诗，西南地区像云南也盛传长诗，那里的傣、彝、傈僳、白、纳西、德昂等民族，都各有自己的著名长诗，有创世纪史诗，也有英雄史诗和爱情叙事诗，其中傣族尤以长篇叙事诗著名，据 300 多年前祜巴勐的《论傣族诗歌》记载，傣族有长诗 550 部，建国后云南省见于目录的有 300 多部，搜集的手抄本已有百多部。这些不同民族的长诗译为汉文出版的，还仅只是其中的一小部分。这些史诗、长篇叙事诗或长篇抒情诗还有一个值得注意的特点，就是其中有不少作品是跨国或跨民族流传的。例如，《阔尔库特祖父之歌》、《英雄巴西吐克》，在维吾尔、哈萨克、乌兹别克、柯尔克孜等民族都有流传；《阿尔潘尼斯》、《阔普兰德》，除在以上几个民族流传外，还在苏联的土库曼族中流传。我国著名史诗《格萨尔王传》，流传在青海、西藏、四川、甘肃、云南、新疆、内蒙古七个省、区的藏族与蒙古族中，并各具独创的特色，同时，在土族、裕固族、普米族、纳西族、白族以及国外的不丹、尼泊尔、巴基斯坦等地也部分地流传有不同版本。傣族的《召树屯》，在泰国、缅甸以及东南亚也广为流传。傣族歌手还经常被邀到一河之隔的缅甸去对歌、传歌。1980年我在云南边界的一个小寨的竹楼里就认识了这样一位女歌手小罕。

17年中，我们还注意到搜集和发表民间艺人的说唱文学和地方小戏以及各民族的谚语、谜语、歇后语等不同形式的作品。《民间文学》在17年中曾发表过西河大鼓、相声、山东快书、天津时调、牌子曲、扬州评话、渔鼓、好来宝及其他曲种共200余篇。地方小戏在全国发现了400多剧种，《民间文学》还发表过广西彩调、湖南花鼓戏、江西采茶戏、山东五音戏、陕西神木的二人台等等。

著名的民间艺人、民间诗人、歌手，都有切身的翻身幸福之感，他们饱含激情地创作了反映新时代的诗篇，如内蒙古毛依罕的《铁牤牛》、琶杰的《两只羔羊》，傣族康朗甩的《傣家人之歌》、波玉温的《彩虹》，还有早在延安时代第一个走出来为革命弹唱的盲艺人韩起祥也编唱了新作《翻身记》，陕西农民诗人王老九，湖北码头工人黄声孝，广西壮族歌王黄三弟，青海花儿歌王朱仲禄，都创作了新时代的民间诗歌，安徽女歌手姜秀珍发表了她的长诗《山歌唱到北京城》。

以民间文学为对象进行科学研究，建立有中国特色的民间文艺学，是民间文学学科建设的一项中心任务。作为新中国，我们的理论研究自然也是刚刚迈出新的步伐，它富有开拓性和雄厚的潜力。学习和借鉴西方各种学术流派的经验并开展国际文化交流，无疑是十分重要的。但不应当是简单化地、不加分析地模仿和照搬。建立中国民间文艺学最根本的还是从中国各民族的民间文学的实际出发，组织全国性的搜集和抢救工作，在采录作品的同时调查研究与其有关的民族社会历史、风土习俗、文化艺术、地理环境以及自然条件。总之，发掘是最重要的，自建国 17 年至今，从搜集到理论研究的进程和成就也证明了这一点。中国民间文艺学只能从这个基点上诞生和发展。

从建国到今天，随着各民族民间文学作品的记录、出版，资料的积累，理论研究工作日益发展，开拓了民间文学和民族文学研究的广阔天地。理论研究始终是与发掘、搜集工作同步前进的。那种脱离实际、孤立地呼叫理论研究或主张"全盘西化"，鹦鹉学舌式地搬弄新名词、洋公式，不求甚解，只求皮毛的做法，不免流于空谈。1958 年，北京大学中文系 55 级师生写的《中国文学史》，评述了新发掘的一些民族的民间文学作品，这是它的显著特点之一，他们还集体编著了一部《中国民间文学史》，使中国民间文学系统地进入史册，尽管有失之偏颇的地方，但它无疑是具有开拓性的。民研会也曾建立了一个旨在为发展研究服务的民间文学资料室，搜集了大量的民间文学书刊、珍本、善本以及杨柳青年画等一部分实物资料，并将《民间文学》编余的民间故事、传说原稿分类建档，一共分了 90 多种类型，各立专题卷宗，这对研究是异常珍贵的。各种专题研究，编写中国少数民族文学史和文学概况的工作在 17 年中也都初露端倪。直到近十年，我们才更清楚地看到在研究与搜集同步前进中研究工作日趋繁荣和深入求索所取得的一些可喜的成果。

以上是建国 17 年民间文学发掘和研究的概况。从播种到繁花初绽，它为近十年的大发展奠定了坚实的基础，也使我们感到今天的繁荣发展来之不易。这里，我们应记下为新中国民间文学遗产发掘和研究工作立下功勋的同志们。

　　建国以后，首先涌现的是一批民间文学搜集家。远在 50 年代受到注目的内蒙古民歌搜集家韩燕如，身背小包，踏遍大青山、河套地区，出版了三卷本《爬山歌选》；左联时期的老作家肖崇素较早地搜集了四川藏族的《青蛙骑手》等民间故事传说；广西的肖甘牛搜集和编写了壮族的民间故事《一幅壮锦》、苗族的《灯花》等作品；董均伦、江源搜集出版了来自山东沂蒙山区的《传麦种》、《找姑鸟》等民间故事集；张士杰搜集了河北廊坊一带义和团的故事；孙剑冰搜集了内蒙古地区汉族的《蛇郎》等民间故事；李星华搜集出版了《白族民间故事传说集》；周忠枢搜集、翻译了傈僳族的长诗《重逢调》；徐琳、木玉璋等翻译了傈僳族的《逃婚调》，受到茅盾先生的赞赏；陈玮君搜集了浙江畲族和汉族的民间故事、传说等。我们看到，搜集家们记录整理的民间故事、传说，大都是既注意了忠实于原作，保持了浓重的民间口传故事的语言和韵味，又都带有他们个人的文字风格。由于这些作品中倾注了记录整理者们的心血，使故事更加生动而真实地再现在读者面前。

　　值得我们注意的是：还有全国各地参与和支持我们工作的各级领导和组织者，这是我们事业兴旺发达的保证和起点，也是社会主义制度独具的优越性。50 年代云南省委宣传部部长袁勃，文教厅长、民间文学专家徐嘉瑞，青海省委宣传部部长黄静涛，湖南民委主任谷子元，贵州文化局副局长、文联主席田兵，广西民间文学的杰出的组织者、诗人黄勇刹，河北省文联领导人李盘文，四川彝族民间文学搜集家、现省委副书记冯元蔚，新疆文联领导人刘肖芜以及近几年来热情支持和大力提倡民间文学的河北省委副书记李文珊，吉林省文教厅厅长吴景春，黑龙江省委书记孙维本，黑龙江省民研会主席王士媛等。没有他们的组织和发动，就不易兴起有远见、有计划的搜集和研究。

　　我们在这里介绍的仅只是一小部分为开创民间文学事业付出辛劳的同志，新中国成立 40 年来，我们的队伍日益壮大，涌现出许多成绩卓著的专家、学者和许多勤勤恳恳搜集、调查的基层民间文学工作者，无数的组织者，他们今天在战斗岗位上默默无闻地奉献着。这些同志的功绩永远不会磨灭，历史不会忘记他们，人民会记下他们的努力和无私的奉献。

四

　　十分不幸，1966 年发生了史无前例的"文化大革命"。

　　民间文学是一个重灾区，在极"左"路线的引导下，民族文化遗产，劳动人民的口传文学，一概被打翻在地，视为"大毒草"。从事民间文学搜集、研究和组织领导工作，被斥之为"裴多菲俱乐部"的活动。许多民间文学工作者、民间艺人、歌手受到残酷迫害。《民间文学》于同年 3 月被迫停刊。停刊之前，民研会已是硝烟弥漫，大字报如林。我们还曾怀着为广大农村读者服务的良好愿望出版了农村版《民间文学》（增刊），可惜只出了两期也就夭折了。民研会长期积累的大量专题原稿资料，各地出版的民间文学资料本，珍贵的史诗手抄本、木刻本或被送进造纸厂化为纸浆，或重演焚书故技，毁于一炬，几乎无一幸免。感谢青海《格萨尔》研究家徐国琼同志从烈火中抢救了近百本的《格萨尔》手抄本、木刻本，使之幸存于今。

　　十年"浩劫"的不幸终于过去了。人民和真理粉碎了"四人帮"。我们又意外地恢复了民间文学工作。1979 年春天召开文联全委扩大会，批判了"四人帮"在文艺界的罪行。10 月，文艺界召开了第四次文代会，这期间民研会召开了第二次代表大会，这次大会使我国民间文学工作又开始了一个新的征程。香港

《华侨日报》刊登了一则饶有趣味的补白，其第一段说：

> 文代会期间，文联辖下九个单位（协会、研究会）分别开会。据说"默默无闻，埋头工作"的是民间文艺研究会。

又说：

> "默默无闻，埋头工作"正是民间文艺研究工作者的特色。但是，各协会离不开它，民间文艺成果，往往是各种文学艺术的乳汁。

这则短评是合乎历史事实的、公正的，也是很有见地的。

"浩劫"之后，民间文学的发掘和研究工作进入了第四个时期，也是民间文学工作大发展的时期。如果概括这10多年的工作，也可以说它是史无前例的，它为民间文学事业开辟了一个全新的时代，远远超过了新中国成立后的17年，超过了1958年的大繁荣。它的根本基点在于路线和工作方针的正确，所以始终向前发展，趋向繁荣，永不衰退。从工作发展的规模和深度来看，也是1958年所不能比拟的，可谓青出于蓝而胜于蓝，我们进入了又一个更为繁荣昌盛的黄金时代。

十一届三中全会以来，在改革和对外开放的方针下，由于思想的解放，举国上下的重视，民间文学的搜集和研究都在迅速发展，搜集、发掘工作发展成全国性的民间文学普查。事隔20余年，我们的工作也更带有抢救的迫切性。弘扬民族传统文化对建设社会主义精神文明日益显示出它的重要作用。抢救的口号比以往任何时候都更为响亮，搜集工作发展到每一个县，甚至一个乡或一个村寨。尤其是近十年发起编纂中国民间文学三套集成（《中国民间故事集成》、《中国歌谣集成》、《中国谚语集成》），这一巨大的文化工程，是中国民间文学事业迈上新高峰的一个辉煌标志。1984年由文化部、国家民委、民研会联合下达了关于

编纂三套集成的 808 号文件，并被列入国家科研重点项目。由此
而开展的全国民间文学普查是广泛、深入和扎实的。据 1988 年
上半年的不完全统计，全国共搜集民间故事 180 万余篇，歌谣
300 万余首，谚语 740 万余条。全国所有的县都在普查和编印县
卷资料本，目前已有 2/3 以上的县卷资料本正式出版，省卷
（国家卷）也在开始付印出版。现已发展到省、市、自治区出版
本省、区的民间文学系列丛书，有按民族编的，也有按地、市卷
出版的。全国民间文学刊物也早已由《民间文学》一花独放发
展到 20 多种。民俗刊物的出版也日益增多，1988 年还创刊了深
受海内外读者欢迎的《民俗》（画刊）。民间文学研究近十年也
一直是很活跃的，从最初一年一度召开的民研会年会、少数民族
文学学会年会发展到各种专题的或综合性的学术讨论会，如史诗
讨论会、《格萨尔》艺人演唱会、蒙古族文学讨论会、傣族文学
讨论会、花儿学术讨论会、吴歌学术讨论会、神话学术讨论会、
《白蛇传》学术讨论会、《孟姜女》学术讨论会、新故事学术讨
论会等等。近两年来，新疆还召开了《江格尔》国际学术讨论
会，在四川召开了首届《格萨尔》国际学术讨论会。1986 年中、
芬学者联合在广西三江进行侗族民间文学调查，并在南宁召开了
中、芬民间文学搜集保管学术研讨会。总之，理论研究非常活跃
和频繁，成绩卓著，逐渐形成系统的有中国特色的民间文艺学。
1979 年，中国社会科学院创建了少数民族文学研究所，1980 年
成立了云南分所（后归入云南社会科学院），这期间还成立了中
国少数民族文学学会。少数民族民间文学和作家文学的研究同时
提上了议事日程，开创了民族文学研究新学科。随后相继成立的
还有中国神话学会、中国故事学会、中国歌谣学会、中国谚语学
会、新故事学会等学术团体。大专院校开设了民间文学课。年轻
人对民间文学，对少数民族文学，兴趣越来越浓厚，这也是一种

新现象。河北赵县、内丘县还发起组织师生们参加当地民间文学普查，使教育与民间文学工作相结合，相辅相成，互相促进，主要是鼓励青年向劳动人民学习。这在教学上也是一种创造性的活动。这一切都意味着民间文学的搜集和研究从各个方面有组织地向纵深发展。

这里我们还应当看到，建国至今在搜集、研究的对象与方法上的一些重大变化。其一是我们很重视社会主义时期民间文学的新发展。其二是在现代科学技术发展的条件下，民间文学记录的对象、方法和要求都发生了变化，不仅仅是记录为书面文学，而且要把民间文学作为社会生活和民族风俗的一个有机组成部分，按其原型记录保存下来，使作品富有立体感。

我们始终主张搜集和研究各民族流传的自古至今的民间文学，发掘几千年来的民间文学遗产是民间文学工作者的历史任务，同时我们也强调采当代之风，不让优秀的作品像风一样刮走了。我国社会主义时期民间文学确实有很大的发展，不同地区的各种形式的民间文学都产生了新作品。新民歌和新故事是社会主义时期的姐妹花，时政歌谣也很突出。新故事和故事员的出现，从"文化大革命"前到今天，也有很大变化。尽管有的新故事既有书面流传，又有口头讲述，但是它最主要的特征是以口头讲述取得社会效果，这一点是不容改变的。各地的故事员登台讲新故事，很受听众欢迎，这显然是口头文学在我们时代的一种新气象。沈阳故事家张功升自编自讲，不用笔写一个字，他的故事是纯粹的口头文学。近几年各地发现了许多故事家和故事家群，他们大多是讲传统故事，也有同时创作或改编新故事的，也都是编了就讲。新故事所以能够推广流传，一时间风起云涌，表现出旺盛的生命力，乃在于它是以口头讲述赢得观众，这使它明确地区别于书面文学。新故事是我们时代口头文学的新发展，关于它的范畴、规律、特征等都是值得我们探讨和研究的课题。

近十年，随着现代科学技术的引进，民间文学的记录已不再满足于用文字记录整理成书面文学，而是要通过录音、录像、摄影等科学方法把民间文学活的原型记录和保存下来。民间文学在生活中本来是以说、唱、诵、表演等多种方式流传，有时是诗、歌、舞三位一体。不仅可以在炕头上讲唱，也可在广场、庙会、舞台以及其他特定的场所说唱和表演，因而以现代技术采录，保存完整的音像，再现它的风貌，使人获得身临其境的生动感受，这比仅仅阅读作品就更胜一筹了。这样，搜集和研究也就扩展到民间艺术和民族风俗领域；为了全面地了解和认识民间文学作品，同时要调查记录与作品相关的社会、民族、历史、风俗、自然条件、地理环境等各种背景材料，还应探寻和研究作品同民族文化的关系。也就是说，民间文学在不同民族、不同社会生活中是怎样存在着，就把它照原样采录保存下来，并记下有关的一切史料。这种有声有色的活的记录，不仅让人更加真实而完善地认识和欣赏民间文学，当然也有助于研究人民大众的口头文学产生和流传的过程及其艺术特点与历史价值。这样的科学记录对社会学、民族学、语言学、历史学、人类学、民俗学、宗教学、考古学、心理学、美学甚至自然科学也都可提供珍贵而又生动的第一手材料。我们提倡和欢迎各种边缘学科的专家学者们多角度地研究民间文学，从而大为有益于综合各家之长，认识和解剖民间口传文学。因此也可以说，我们搜集和研究民间文学的方法也随着时代的前进而前进了。

近十年，中国民间文学开始阔步走向世界。1980 年起我们加入了国际民间文学学术团体"国际民间叙事研究会"（The International Society For Folk—Narrative Research），还应邀成为国外学术团体的成员，不断参加国际学术讨论会，并荣获银质和铜质奖章。我们同许多国家进行了文化交流、考察与合作。西方学者也越来越感到中国民间文学的丰富和重要。然而，我们的工作依然处在开拓性的阶段，未来的前景更会是鼓舞人心，令人神往的。今后我们要在世界文化的广阔视野上去认识中国民间文学，发展中国民间文学以至民间文艺的科学研究，为保护民间文化，弘扬民族文化作贡献，创建和完善有中国特色的民间文艺学体系。

回顾以往40年，应该说，新中国在抢救、保护和弘扬民间文化方面是走在世界的前列的，有丰富的经验。历史证明：一、鄙视民间文学的观点是反马克思主义的，也与历史的实际大相径庭。它使人民的事业受到冷遇和迫害，延缓了工作进程。这种人间的幽灵至今还会在不同的场合出现。近几年竟还有人大骂民歌；"全盘西化"的崇拜者肆意攻击民族文化传统，攻击革命文艺路线，把矛头指向毛主席和他在延安文艺座谈会上的讲话，有人指责讲民间文学的文学性是"浮浅的"，他们炫耀追求的是所谓"深层结构"。这个飘荡许多年的幽灵，并未因我们的工作前进而甘心自己的死亡命运，一有机会就阴魂附体。二、民间文艺学是我们时代的一门新学科，是研究劳动人民的、民族的口头文学。它的首要任务是发展民族化、大众化的社会主义文艺，同时在发展社会科学和现代科学技术中发挥其多种功能。这种学术研究只有从发掘各民族的民间文学蕴藏起步；研究工作与搜集作品和调查同步前进，也才能有所发现，有所前进，否则便会落得脱离实际，如同无源之水，无本之木。加强研究工作也必须采取有效措施，例如建立档案馆或中国民间文化博物馆即是根本措施之一。三、科学性应放在工作的首位；缺乏科学的态度和科学的方法，不仅会丧失民间文学作品的科学价值，也首先丧失或损害了民间文学作品本身的美学欣赏价值。四、民间文学与民族风俗的关系至为密切，互相依附，互为佐证。民间文学是一个民族、一个地区的语言艺术，只有了解那个民族、那个地区的民俗，才能了解活的民间文学及其特点，民间文学也是研究民俗学及其他社会历史科学的珍贵资料。因而民间文学应从民族文化、民族风俗或地方风俗中寻根，正确地解决二者之间的关系。五、中国各民族民间文学蕴藏的发掘问世，是对研究世界人类文明发展的重大贡献，中国民间文学也必须走向世界。我们要向世界各国的各种学术流派学习，学习外国的先进经验，对于建立有中国特色的民间文艺学，这种借鉴是极其必要的。民间文学是一门国际性的学问，没有比较，就没有鉴别。夜郎自大是可笑的。如上所述，不难看到中国民间文学工作还有许多的经验和教训值得吸收和记取。新中国的民间文学工作为建设社会主义精神文明和丰富世界文化宝库作出了优异的贡献。而这一切成就，首先是由于我们坚持了以毛泽东同志《讲话》为标志的革命文艺路线，坚持了马克思主义、毛泽东思想的世界观和文艺观的结果。

让人不能忘怀的是，1962年在纪念《讲话》发表20周年之际，郭沫若同志为《民间文学》写下了如下一段意义深长的题词：

> 毛主席延安文艺座谈会的讲话，是马克思列宁主义在文艺理论方面，有系统的阐述，虽然二十年过去了，而光辉日增，真可以放诸四海而皆准，传百世而不悖，研究民间文学的应从此中认识我们的任务，吸取无穷的生命力。

郭沫若　1962. 3. 18

又20多年过去了，半个世纪以来我国各民族的民间文艺巨大宝藏已经发掘和披露于世，延安文艺座谈会上的讲话正是光辉日增。而恰恰是在今天，文化思想界出现对它的攻击和诽谤，难道不是荒谬之极吗？

　　我们的工作贯彻了四项基本原则和"双百"方针，坚持了文艺为人民服务、为社会主义服务的方向，在深入调查采录和编纂中国民间文学集成中充分发挥了社会主义制度的优越性，动员了一支包括各级党、政领导干部挂帅的千军万马的队伍。这是我们的事业一定胜利的法宝，我们应当引以为自豪，并继续沿着这条道路前进。

1990 年 4 月 11 日

［原载《中国新文艺大系·民间文学集》（1949—1966），

中国文联出版公司 1991 年 10 月版］

谈各民族民间文学搜集整理问题[*]

民间文学是劳动人民的语言艺术。我国各民族人民的这宗巨大的文化宝藏，解放以后我们才普遍地开始调查研究。我们不仅发掘了巨量的珍品和资料，而且积累了一些宝贵的工作经验。毛主席一再教导我们调查研究的重要，民间文学工作不能只是坐在书斋里来做，它必须有实地的调查采录。因为一，采录作品这是当前的大事，做这件事就不能不到群众中去；二，研究作品也必须与实地的社会调查相结合，才能真正了解民间的创作这种活生生的文学，仅仅面向书本，面壁苦思，是看不到它的真面目也很难完全了解它的。我国各民族人民的口头创作，过去被记录下来的为数寥寥，绝大部分至今都还流传在人民群众的口头上。时代交给我们的任务，首先就是把这些作品用文字记录下来。把它们留下来，不让它们失传，这就是非常有意义的事情。这同劳动人民的翻身是密切联系在一起的；也是同我们的社会主义革命和社会主义建设事业密切联系在一起

---

　　* 这是 1961 年 4 月 18 日在中国科学院文学研究所召开的少数民族文学史讨论会上的发言。

的；也只有在党和毛主席的领导下人民取得了政权以后，我们才有条件动手有计划地来做这件事情。单说少数民族的口头创作，从1958年秋天起，全国少数民族聚居较多的16个省、区两年多的时间就陆续写出了20多部少数民族文学史和文学概况的初稿；这些著作从无到有，都是在群众性的调查研究的基础上写出来的。比起蕴藏量异常丰富的宝藏来，我们搜集的作品毕竟还有限；有很多地区都还没有来得及去调查，或者虽然调查过了也调查得不够深入。在这种情况下，资料不足，作品的比较研究不够，我们对于作品的分析，对有些问题的探讨，便往往不易得出确切的、有说服力的论断；甚至武断的地方也很不少。我们特别强调应当大力开展民间文学调查研究，还因为那些世代相传的珍品，或产生年代不算久远，人们还能记得的一些作品，大都保留在老年人的头脑里，若不赶快搜集，说不定哪一天会忽然失传。我们曾经听到过不少让人震惊的例子：譬如，鄂伦春族有一位老人，80多岁了，他知道很多的故事。我们有一个同志去访问他时，不巧他骑马到1000多里以外的森林里打猎去了，没有找到他；后来不久，就听说这位老人病故了。这当然是一件使人深感遗憾的事情。新疆柯尔克孜族会唱民间长诗《玛纳斯》的职业艺人（即"玛纳斯奇"），一般都在七八十岁以上。居住在黑龙江省的只有600多人口的赫哲族，现在会唱"伊玛堪"的，据作过调查的同志说，只有三四个人。像这样一些听了不免让人担心的例子，几乎凡是作过实地调查的人都可能碰到过。而且，我们还应当看到，今天在社会大变革的时代，由于许多民族从过去落后的社会制度和经济生活一跃而进入社会主义社会，人们的思想意识、艺术趣味也在跟着改变，年轻的一代人，从生活到思想变化尤其显著；但在新事物面前，旧的一切在消失，那些与旧风俗、旧习惯结合在一起的古老作品，或者因失去了存在的基础而中断演唱了，或者因后继无人，渐渐被人遗忘了，或者被人们误以为过去的作品都是封建迷信的东西，那也是有的。因此，我们既然要保存民间文学这宗民族文化财富，就必须赶快动手抢救。

发掘整理各民族旧时代的民间文学，是清理我国古代文化遗产的一个重要部分。清理这宗民族文化遗产的目的，也正如毛主席在《新民主主义论》中所指出的："中国的长期封建社会中，创造了灿烂的古代文化。清理古代文化的发展过程，剔除其封建性的糟粕，吸收其民主性的精华，是发展民族新文化提高民族自信心的必要条件……"① 全国各地区、各民族的民间文学是不同民族的各种历史阶段的生动的反映，这些作品，便更为珍贵了。我们发掘这宗民族文化遗产，同时注意采录新的民间创作，清理和研究它的发展过程，目的无非是：一为发展民族新文化，二为提高民族自信心。我们发掘各民族人民的优秀作品，最直接的意义，就是吸取前人的斗争经验，学习劳动人民的智慧和优良品质，增加我们对历史的了解，满足人民群众的娱乐的需要，同时为发展社会主义新文艺提供重要的借鉴。此外，各种文化科学工作者也都会从人民口头文学这个语言艺术宝库里各自取得他们所需要的珍贵资料。

我们要宣传这样一种认识：发掘各民族的民间文学宝藏，是我国社会主义革命和社会主义建设的伟大事业的一个不可缺少的方面，所有参与民间文学的搜集整理工作的人，应当树立保存国家文化财富的观念。

---

① 《毛泽东选集》，第 679 页。

一

我们对于已往的搜集整理工作应当作怎样的估计呢？

十多年来，我国各民族的民间文学的搜集整理工作在各个地区逐步展开，各民族的长诗短歌，许多名著，大放异彩。然而我们的工作还仅仅是开端。我们已经搜集的作品，很多是可信的。我们的搜集整理的根本做法是科学的；在具体工作上，科学性的程度逐步在提高。要求把工作做得科学些，更科学些，这一点已越来越受到了广泛的注意。

我们的搜集整理工作，从1942年延安文艺座谈会以后起，比起五四新文化革命运动兴起以后的情况来，已经根本改观。不但各少数民族的口头文学这样地受到重视；我们在对待民间文学工作的立场、态度上，在观点和工作方法上，与从前也已经大不相同。

搜集整理劳动人民的口头创作，这个工作的好坏，绝不单纯是一个技术问题，也不能孤立地提出记录的方法是否科学。搜集整理工作有一个重要的前提，就是对劳动人民的作品采取什么看法和态度。只有站在无产阶级的立场，即站在与劳动人民的利益一致的立场，对待人民的创作有正确的态度和观点，然后才能贯彻运用科学的方法，使科学技术更好地发挥作用，才能谈到真正准确地记录人民的创作，并且加以科学的整理。因此，我们首先需要树立革命的无产阶级的世界观，要树立为人民服务的思想，要解决立场、观点以及美学趣味的问题。此外，就需要扩大我们的科学知识领域，提高一般的文学修养，懂得民间文学专业并掌握进行工作所必需的技术。这些条件对于每一个搜集整理者都是不可或缺的。这样，他对于取舍增删群众的东西，才既有选择的眼光，也有工作能力。

资产阶级学者也讲究材料忠实，他们所记录的东西也为历史科学提供了一部分有益的资料，但是他们是从猎奇的心理去搜集劳动人民的作品的，他们不可能不受到他们的阶级偏见的限制。他们选择作品就要通过他们的眼光；他们有他们的尺度，他们的趣味。过去资产阶级社会学者到少数民族中去作调查，专门寻找落后的风俗，以为落后和野蛮才是少数民族的社会生活的特点，他们却看不见也不愿意去看少数民族劳动人民，在生活困苦的条件下，所作出的种种优美创造，看不见他们的聪明才智和高尚品质。这是什么缘故呢？只能说是囿于偏见罢了。鼓吹资产阶级民俗学的人曾经提倡趣味主义。可是他们的趣味到底是怎样一种趣味呢？例如有人说，他发现了几首猥亵的歌谣，欢喜得就像哥伦布发现了新大陆一样。几首猥亵的歌谣，照我们看那是属于民间文学中的糟粕，这位学者竟把它们比作"新大陆"。我们觉得少数民族的许多民歌无论内容或曲调都极为优美，可是他们又轻蔑地管这些作品叫"野人之诗"，这又是什么缘故呢？这也只能说彼此趣味大不相同罢了。至于说到动手整理劳动人民的作品，那也只能凭他们的理解和意图来取舍增删。

试把我国解放以后发表的民间故事与五四以后发表的民间故事比一比，无论从作品的内容看，无论从作品的语言和风格看，都迥然不同。不能说从前搜集的没有一篇好作品，但是，真正从劳动人民那儿记录的内容动人、语言也富有艺术光彩的，实在少见。当时的热心家们写的故事，往往是小时候从他的祖母或什么人那里听来的，只知道故事的轮廓，他们用自己的语言文字把它们追记出来以后，劳动人民的作品原来特有的那种艺术光彩差不多丧失光了。少数民族的民间创作在那时候当然记得极少。过去曾经长期流传过中国无史诗的说法，这就可见当时对少数民族的文学是多么无知了。

今天，我国各民族劳动人民的许多优美作品才大量地被发掘出来，并且保持着它们原有的艺术光彩，这是深入群众调查研究的结果，是民间文学工作者努力执行党的文艺方针政策和改造自己的世界观的结果。

五四以后介绍西欧民俗学的人，曾经译过英国 E. S. 班恩女士的一篇专门谈搜集经验的论文，题为《民俗的采集和记录》。这篇文章是作者综合了到亚洲、非洲等"落后"民族中进行民俗调查的牧师、学者们所写的亲身体会和经验而成的。从这个经验总结里完全可以看见，有些殖民主义者到亚、非地区所谓"野蛮人"中去搜集民俗是抱着怎样一种态度，采取的是怎样一些方法。据说有一位克洛克先生在北印度土人中搜集民间故事，每夜让"土人"讲故事是像法庭上录状一般记下来的。他和"土人"之间有着多么大的距离呵！他能够真正理解他们的文艺作品吗？班恩女士总结这些搜集者的经验，强调谦虚态度，强调细致入微地调查，这是有益之谈；但我们看到，他们总归摆脱不了一副殖民主义者的眼光。他们搜集了不少东西，可是我不相信从他们的记录里能够听到多少"落后"民族的心声和呼声。我们是为劳动人民服务的。我们强调民族平等。我们对于殖民主义分子的这种目的在于奴役落后民族的调查了解，很有反感；对有些资产阶级民俗学者对待少数民族的类似的态度和腔调，我们也是不赞成的。

我们是不同意这种审判式的搜集方法的。我们同劳动人民只能是真正的交朋友和谈心。实行"三同"：同吃、同住、同劳动，主要是为了同群众打成一片，同工人、农民交朋友，同时改造自己。这对搜集整理者非常重要。"三同"中最重要的是同劳动。同劳动的目的，不仅为了与群众打成一片，为了能使群众瞧得起你（群众往往以劳动态度取人），愿意同你交朋友，谈心里话；不仅为了"见缝插针"，争取时间——这一点也很重要，因为必须不误农时，利用空暇；而且也是为了借此改造自己非无产阶级的思想情感，能够与群众同呼吸，共命运。只有这样，我们才能很好地理解劳动人民和他们的作品，才能懂得口头文学在他们的生活和斗争中占着怎样一种地位。

有一种看法认为，现在我们搜集的作品都是靠不住的，记录都是不忠实的。提出这种批评的同志，由于看到我们有些作品记录整理得不科学，而把一切都看成不科学的，或者认为我们的工作还停留在五四时代。他们持有这种否定态度，除了没有考察一下我们的工作在解放以后的全部进程，还因为他们把记录整理的不忠实只是看成技术方法的问题。如上所述，如果我们解决这个问题不是从改造思想、解决立场和观点的问题开始，我们便不能越过资产阶级的雷池一步。资产阶级的科学研究注意工作的科学性，也有一套比较科学的技术方法，但它们对于完全理解劳动人民的东西是无能为力的。他们出于不同的目的记录了一部分劳动人民的作品，使劳动人民的东西在典籍中能保留一些下来，这是他们的功劳。但他们记录劳动人民的东西，势必经过他们的主观取舍，在作品中往往不免渲染了他们的观点，甚至经他们的手窜改，这正是他们的局限性所在。把能否忠实记录简单地归结为技术方法问题，不仅会对我国民间文学工作的巨大变化认识不足，而且也会伤害群众对这一新的工作的积极性，使工作陷在一部分专业工作者的圈子里，不能运用广大群众的力量。因为按照这种批评，把记录劳动人民口头文学的要求标准提高到只有专家才能达到的科学水平，认为群众中的热心家们所搜集的东西都是不科学的，那就把群众吓住了，把群众的手脚捆了起来。当然，民间文学作为一门科学，从事这个工作的人应当具备一定的专业的和一般文化的知识，也必须提倡学习科学的技术方法；如果以为这个工作任何人都可以做，只要一下命令，群众动手，立刻就可以把民间的东西全部记录下来，那是一种幻想或不切实际的做法。但是，这个工作毕竟要依靠广大群众来做，要依靠群众中的热心家、爱好者。要知道，有时在专家不易了解的事情，对当地的群众说来却是他们日常生活中的最平常的事情。因此，只有发动群众参与这个工作，即有专业工作者做骨干，又有广大群众动脑、动手，只有广大群众动手，我们才能看到民间文学的大致全貌，才能发现很多的线索，才能由不完全的凑成完全的，由不够科学的记录提高到科学的记录；而群众中对民间文学的搜集研究偶尔为之的人，也会渐渐培养出兴趣，变成了专业民间文学工作者。我们必须把大门向广大群众敞开来。

事实上，解放以后参加民间文学搜集整理工作的不仅有广大群众，而且有各方面的专业工作者，例如语言工作者，他们搜集的各民族的民间口头创作最多，又是直接记录原文或用音标记音，他们的记录一般都是忠实可靠的；例如有些音乐工作者，他们记录民歌，也讲究忠实，他们并没有修改原词的必要；文学工作者有些人是喜欢任意修改的，但也有不少人是讲究忠实记录努力保持民间原作的面貌的；此外，还有其他从事社会历史调查、民族学研究等的人，也都参与了民间文学的搜集整理工作。显然，认为我们的搜集整理工作都是不科学的这一说法，是缺乏事实根据的。

我觉得有必要对我们的工作道路作这样一点回顾。但是，我们的搜集整理工作中的确存在着一些问题。

二

有一些什么问题呢？

归纳起来，主要的不外是：一、全面搜集问题；二、忠实记录问题；三、整理方法问题，特别是整理与改编、创作的区别问题。

这三个问题，也就是 1959 年《民间文学》上发动讨论搜集整理问题时争论比较多的问题；对于搜集少数民族的文学作品说来，还有一个翻译问题，这是在这次少数民族文学史讨论会上才特别被提出来的。当时对这三个问题的讨论，都有不同的意见，论争的焦点主要是在"忠实记录，慎重整理"上。有三派意见：一派是不赞成"忠实记录"，也不赞成"慎重整理"，而主张"创作加工"、"自由发挥"的。还有比这更进一步的主张，是号召民间文学工作跃进一步——创作。另一派与此相反，极力主张"忠实记录"，反对把记录民间文学与创作混为一谈，因而又认为民间文学只要有"编辑"工作就行了，根本不应有"整理"一说，意思是生怕为乱改之风留下后门。主张前一种意见的，多半是对创作有兴趣的人，也有一部分热心搜集民间文学的同志；主张后一种意见的，是注重民间文学的科学研究的部分同志。第三派，人数最多，是同意"忠实记录，慎重整理"的原则的。我也是主张这个原则的。

我想，搜集整理工作仍然应当遵循 1958 年全国民间文学工作者大会上所确定的工作方针："全面搜集，重点整理"；搜集整理的方法则是："忠实记录"和"适当加工"，后者也就是"慎重整理"。（当时在整理工作上所以提出"适当加工"是为了既反对一字不动论，又反对乱改的倾向，主要是反对乱改的倾向；强调容许加工，但加工要持慎重的态度，要求"适当"。因此，"适当加工"是"慎重整理"的比较具体的说法，二者的精神是一致的。）

全面搜集的重要性，今天是越来越明显了。我们要写出比较能概括一个民族的文学发展的全貌，能具有较高的科学水平的著作，为什么一定要强调全面地、反复地对这个民族的文学状况进行调查研究呢？这里面的道理，几乎是不言而明的。我们知道，不进行上下古今、四面八方的调查研究，占有大量的全面的系统的有关材料，整理一个民族的作品就没有依据，就不可能发掘很多的作品，也无法尽可能把作品整理得完美一些；也不易对一个民族的文学的成就和特点或对一个具体作品、一个具体问题，得出比较公正的科学论断。我国有不少民族分布在不同的省、区，它们支系不同，语言不同；口头文学一方面因民族、因地区、因民族支系的不同而有着差别，另一方面有不少作品在它们彼此之间又相互流传，相互影响。民间口头文学还因时代的变迁，因讲唱人的不同而变化多端，或者容易散失不全。那么，如果不作全面调查，不加以比较研究，往往一个作品就看不清它的全貌，看不出它的发展变化；根据片面的材料势必得出片面的结论。

比方，苗族分布在贵州、湖南、广西、云南、四川、广东、湖北七省，现在贵州负责编写的《苗族文学史》，还只作了贵州苗族文学的调查和一部分湘西苗族文学的调查，还没来得及进行更广泛的调查，因此苗族文学史中还只能主要是写贵州苗族的文学。我们要看到我国苗族的文学的全貌，便还需要各有关省、区协作作进一步的调查研究。

比方，目前在云南，《白族文学史》基本上写出了白族文学的大致面貌，但滇西白族聚居的地区也还有不曾去调查或调查不深入的地方。剑川县的木匠多，木匠的故事也很多，如果比较深入地全面调查了木匠的故事，在《白族文学史》里就会增加一个很有特色的内容。

比方，云南进行傣族文学的调查时，群众发动得比较好，有的群众说："你们是来采果子的，我们把最好的果子摘给你们。"结果因美不胜收，工作组只能捡"最好的果子"留下，其他较差些的就都没有要了。"最好的果子"当然是必须摘的；但要看到傣族文学发展的全貌，味道不太好的果子也得尝尝，何况在验收的忙碌中，也难说没有疏忽的地方。长诗《千瓣莲花》，起初根据傣族经典中经过佛教流传的一种版本写入傣族文学史，是当做糟粕来批判的；后来在群众中发现了口头流传的《千瓣莲花》确实比较好，这才看到了《千瓣莲花》的真实面貌，并作出比较确切的评价。可见只根据一种材料，不尽可能寻找各种异文，根据的又只是被窜改过的书面材料，而不是将口头的与书面的比较研究鉴别，便会使人对作品作出片面的、相反的评价。

比方，《阿诗玛》的各种记录稿中有不同的结尾：有投降主义的结尾，有反抗到底、最后阿诗玛变为回声的悲剧的结尾；如果不是有20多种说法不同的记录，而只有一种以阿诗玛屈服成婚结尾的记录，整理作品时就没有选择的余地，我们也不会有今天的《阿诗玛》整理本了；如果只有后一种悲剧结尾的记录，我们也不会对《阿诗玛》这篇民间长诗的流传演变情况有全面的了解。可见只根据一种材料，只见精华不见糟粕，或只是糟粕不见精华，都不利于对作品作出正确的判断。

比方，少数民族的口头创作的发展中究竟有没有两种文化的斗争？有的同志在写文学史时碰到了这样的疑问。他们认为，根据列宁的两种文化学说，理论上肯定少数民族的口头创作中也应当是有两种文化的斗争的；但是在目前搜集到的古代作品中找不到反面材料来作具体的阐述；最后，他们终于找到了土司有

"立碑禁歌"这样一条历史记载。这就可见两种文化的斗争是存在的了。有不少人搜集作品时只要好的不要坏的，当记录作品时就剔除了"糟粕"，而到写文学史要谈到两种文化的斗争时便苦于没有留下反面材料。民间文学中是既有精华又有糟粕的，是存在着两种文化的斗争的。认为民间文学都是好的，把它理想化，不容说坏，这是对民间文学的一种片面认识。

仅仅举出上述这几个例子就可以说明："全面搜集"的原则是绝对不可缺少的。离开了这个方针，就会使我们的民族文化遗产蒙受损失，使研究工作遭到困难。

"全面搜集"的"面"，包括：一个民族的、一个地区的作品搜集要全面；同一母题有各种异文的作品搜集要全面；同一作品而散失不全的搜集要全面；口头的要，书面的也要；正面的要，反面的也要；新的要，旧的也要。总之，上下古今，精华、糟粕，一概搜集，全部保存。

全面搜集与注意重点并不矛盾。我们进行调查采录的时候，有闻必录是需要的。挑拣太多，有的记有的不记，偶一不慎，就会把甚至珍贵的材料丢掉。有的人碰到残缺不全的作品不愿意记；但散失不全的作品，要靠许多片断才能凑成功。有的人因嫌故事简单也不屑于记；可是它也许正是一个很有历史价值的作品。民间文学的特点之一，也正是内容简单明了。有的人遇到一个作品，听过的就不想再听了，可是同一个故事由不同的人讲便会各有长短；一个人讲同一作品，每次讲的也都会有些不同处，多听几遍，可以记下不同的情节，不同的语言，这也正是采录民间文学的一个必要的方法。因此，不管是片断的、重复的、简单的、听过的、没有听过的，片言只字都应当不厌其烦地记录下来。不必过早地选择。即使真有浪费时间和精力的地方，也要不吝惜这种浪费。因为"全面"是由"不全面"来的，只有在不断地寻找发掘中才有可能搜集到更多的、更完善的作品，了解更多的情况。但是，这并不妨碍我们进行工作时应当心中有数，应当有计划、有目标、有步骤，应当分出轻重缓急。

什么是重的、急的和轻的、缓的呢？

例如需要"抢救"的作品就应当是属于急的，自然也是重的。这就是一个重点。

例如到一个地区，首先应当发现典型的人才；只要发现一个好歌手、一个名艺人，一个被埋没的天才的故事家，就会比漫无目标地到处记录要有用得多。一般地说，应当注意去找劳动人民，因为真正的民间艺术往往是在他们那里；那些比较有些知识分子气味或到外地跑过的能说会道的人，他们知道的作品也自有特点，同时还能从那里看到更多的口头文学的交流情况，看到书面文学与口头文学的相互影响，但如果不找劳动人民，那是不易看到真正的民间文学的。找天才的讲唱人，从劳动人民中去找，这是重的、急的；找其他阶层的人，可以说是轻的、缓的；但对于研究工作也是必要的，否则，就看不到同一作品在不同阶层的人中间流传变化的情况。毛主席在《"农村调查"的序言和跋》中说他在湖南和井冈山作调查时找的是干部、农民、秀才、狱吏、商人和钱粮师爷，他说这些人都是"我的可敬爱的先生"。[①]虽然调查的对象因调查的内容不同而不都是一样的，民间文学调查与一般社会调查有区别，但注意到从不同阶层的人中去了解这一点都是需要的。作文学调查要善于解剖麻雀，就是说要选取不同的典型细致了解，不能漫无目的也不讲究方法地去盲目调查。那样的有闻必录，便成了心中无数的烦琐的调查。

---

① 《毛泽东选集》，第810页。

三

忠实记录是搜集工作必须遵守的准则。至于如何达到忠实记录，具体做法可以按照个人的条件有所不同，你可以采取你自己认为比较好的可行的方法；但我们也不妨提倡一些比较科学的方法。

没有忠实的记录，也像没有全面搜集一样，立论就没有根据，整理作品也没有依据，甚至使人根本看不到真正的民间作品。记录不忠实，不仅使人得不到真正民间的文学作品，看不到它的艺术风貌，也使民间文学丧失了它的一切文献价值。因此，没有忠实记录，它的后果比搜集不全面还要更坏些。

反对"忠实记录、慎重整理"而主张"创作加工"、"自由发挥"的同志，觉得一要求忠实，二要求慎重，对他们实在是一种约束，是硬派到他们的头上去的。他们以为，忠实记录只是科学研究工作的要求，搜集科学研究资料，那是研究工作者自己的事情，而他们，只要写出供给一般读者阅读的作品就行了。持有这种见解的人，情况也不尽相同。有的人认为，民间创作经过自己的一番加工改造，仍然是民间文学；认为他们作为文艺工作者或作为人民中的一员，都有责任也有权利对民间创作进行"创作加工"，把民间创作加以"丰富"和"提高"；也有一些人把自己学习民间腔调的创作或把民间作品乱改拼凑以后，叫作民间文学，实际上他们是在自造民间文学。

我们还应当看到，这些同志发表的作品，受到社会称赞和能够起较好较多的社会作用的，往往仍然是他们记录得比较忠实或保持民间原作面貌较多的那些作品；相反的，越是任凭他们主观修改、伪造的，往往正是读来乏味不受欢迎的东西，或只能是一时使人受到迷惑的东西。他们逃不了同时代人和后人的指责。他们把民间创作与个人创作混为一谈和窜改民间创作的行径，从人民的长远利益看，是错误的，有害的。

我们是反对古代文人窜改民间文学的，而这些同志的任意修改也只能说是窜改民间文学，这当然是对待民族文化遗产的一种粗暴行为。

有的同志说，民间故事太简单了，不加工拿不出来。也有人认为少数民族的民歌、叙事诗简单粗糙，非要经过加工提高不可。

是的，民间创作，有些是比较简单的。它们是在劳动人民的生活和斗争中产生的"萌芽状态的文艺"，作家完全可以在民间创作的基础上加工提高，但那是另外一回事，那是属于作家的创作活动，与搜集整理民间创作的工作是不相干的。我们还应当考虑这样的问题：第一，原作就是那样简单呢，还是你记得比较简单呢？你认为简单的是否又真的是简单呢？第二，你对民间创作的"丰富"和"提高"，是真正"丰富"了它，"提高"了它呢，还是事实上你是损伤了民间艺术，把它"降低"了呢？

有些同志是抱着创作的目的和急于求成的心理到民间去的，往往是捞到一点故事的影子，片言只语，就凭空创作加工、自由发挥起来。搜集民间创作是一个艰苦的工作，需要有极大的耐心，需要经过不断地探索，反复地记录、比较、研究，才能在大量占有材料中理出一些比较完美的作品。有时碰到会讲故事的人，或好歌手，可以一下就遇到完美的作品，这也是常有的，但并不总是这样，而且更多的情况不是这样。

认为民间作品简单粗糙，或什么少数民族的作品简单粗糙，实际上常常不是因为作品真是如此，而是持有这种观点的人看不起民间的东西，看不起少数民族的东西。他们对于劳动人民的东西并不很理解。他们以为劳动人民的东西太简单，非经过他们的加工创作不可，实则不经过这种加工还可，一经加工，民间作品就被砍伐、被涂改得面目全非，使人看不到真正民间的东西了。

民间作品有的虽然简单，但自有其风格；有的则不是简单，而是达到了艺术上的高度单纯。它们一经用知识分子的腔调加工，复杂固然复杂了，但往往丧失民间作品的味道。艺术上的单纯，并不等于"简单"；"繁杂"也不等于"丰富"。过去引起过争论的《牛郎织女》的故事，还算是写得比较好的，但整理者给牛郎和织女加上了许多细腻的心理描写，把他们描写得好像新小说中的人物一样，就不免使它失掉了民间故事的艺术风格。有的人记录整理的故事，就好像是半磅牛奶加了两磅、三磅的水。主张把200字的记录写成8000字的做法，也不过就是这种牛奶掺水法。结果淡而无味或味不纯正。

写200字就够了的作品，就宁可只用200字，不把它拉长到8000字。这就是我们的主张。不要觉得民间的东西简单。我们要真正了解它的社会内容，了解它的艺术，了解它的产生和价值，往往也很不简单。你轻易动手改它，你就很容易弄出错误。下面我还要谈到这一点。这里只是说，不要指责它简单，不要急于加工，首先照原样把它记录下来就好。我们首先应当力求忠实地记录劳动人民的作品。因为忠实记录是一切工作的基础。

我们不应当把记录民间的东西与个人进行创作混淆起来，也不可把搜集作品与科学研究工作对立起来。

第一，我们知道，民间创作这种文学，不作科学研究，既难整理出完美的作品，甚至也是记录不好的。要认真地整理民间创作，整理得比较完美，必须以忠实可靠的多种异文作基础，而只有不厌其烦地调查研究，才能占有必要的资料，也才能对作品有比较确切充分的理解。只捞到一点影子就生造民间文学，是不可以的。因此，反对忠实记录，把科学研究与搜集整理作品对立起来，是与发掘整理民间作品的愿望相违背的。进行民间文学的科学研究，目的也无非是为了正确评价劳动人民的文学创作，分析它的思想内容和艺术创作规律，以有助于发展社会主义文艺；对于搜集整理作品的人，我们也同样向他们提供出有益的材料。

第二，凡是插手搜集劳动人民的作品的人，参与这个工作的人，对保存国家文化财富都应负有责任。发掘整理民间文学，是社会主义的事业。我们非常需要提倡共产主义协作精神，树立保存国家财产的观念。而且，我们要充分认识民间文学的第一手材料的重要性。希望不作文学研究工作的同志，在记录和保存民间文学的工作上同民间文学工作者通力合作。窜改、伪造民间文学，即使一时对群众性的宣传教育能起些作用，它所造成的困难和损失，却也是难以弥补的。

记录作品应当忠实于什么？这里不能一一陈述，只谈一点语言问题。

语言是构成文学作品的基本材料。特别是诗歌，用字遣词，大有讲究。毛主席说文艺工作者要把自己的思想情感和工农兵大众的思想情感打成一片，要大众化，就应当认真学习群众的语言。"如果连群众的语言都有许多不懂，还讲什么文艺创造呢？"他还指出："许多文艺工作者由于自己脱离群众、生活空虚，当然也就不熟悉人民的语言，因此他们的作品不但显得语言无味，而且里面常常夹着一些生造出来的和人民的语言相对立的不三不四的词句。"① 毛主席在反对党八股时也强调学习语言要下苦工夫，并且提倡第一要向人民群众学习，他赞美"人民的语汇是很丰富的，生动活泼的，表现实际生活的"②。

要讲"文艺创造"，就不能不懂得人民群众的丰富的生动的语言。文艺工作者进行创作尚且如此；那么，记录人民自己的作品，岂可不保留人民群众自己的语言吗？

高尔基在给 M. Γ. 雅尔采娃的一封信里鼓励她在学习语言上多用功夫，并且要她"深切地注意民间语言的美妙之处"。他对于民间文学里的语言也作了高度的赞美。

我们在记录得比较好的作品里看到，确实是往往只要有非常生动的几句话，就把人物的性格、形象栩栩如生地勾画出来，使全篇充满光彩；相反的，如果是没有记下讲述人的生动语言，只记了一个故事梗概，或用记录人自己的知识分子的语言把故事重述了一遍，民间创作的艺术光彩便丧失殆尽，使得一个作品黯然无光。可惜在我们的民间故事记录中这样的作品并不少见。毛主席指出党八股的罪状之一是："语言无味，像个瘪三。"这是很值得用学生腔"翻印"劳动人民的口头创作的人警惕的。在这样的民间创作的记录里，哪里还看得见什么像高尔基所形容的"一股股清新的甘泉"，我们只能说，丰富的形象、精确的比喻、迷人的诱人的质朴等，就像五颜六色的肥皂泡一样，刹那间一切都化为乌有了。这样的经过重写的作品，文艺工作者还能从它学到什么"人民群众的丰富的生动的语言"呢？

不注意记录讲述人的语言，以为只要记下故事的情节就算尽到了记录民间文学的责任；以为换了一副知识分子的"学生

---

① 《毛泽东选集》，第 872、873 页。
② 《毛泽东选集》，第 858 页。

腔"，还是民间故事，不以为失掉了什么，甚至花花草草，追求辞藻华丽，还以为是对民间创作的"加工润色"和"提高"，这些似乎是常见的。有些记录整理者不以为这对记录民间创作是没尽到责任，反倒以为是理所当然，赫然有功，这是尤其奇怪的。记录民歌，叙事诗及其他比较定型的民间创作和记录民间故事情况不同。民歌、叙事诗逐字逐句记录，一般地不发生改换作品语言这样的问题。但改动个别的词句，若不慎重，也同样会把群众的诗歌的深刻内容和生动形象改得大为逊色。

少数民族的民间创作翻译成汉语，语言又怎么办呢？少数民族的口头作品，无论是边口译边用汉语记录，无论是用少数民族自己的语言或国际音标记录了以后再译为汉文，翻译的好坏是能不能让广大读者真正看到各兄弟民族的作品的一个关键问题。而翻译的问题最重要的就是译者掌握和运用语言的能力。当然，既为翻译，要丝毫不差地保持讲述人的原话那是不可能的。但记录时按讲述人的原话记录，翻译则力求忠实于原作的意思和风格，生动传神，这是可能办到的。无论翻译诗歌或翻译故事，既然用的是另外一种语言，要完全保持原作的语言上的许多美妙之处是比较困难的，特别是诗歌的翻译可说是办不到的；但我们力图保持原来语言的丰富的形象性、生动性，既做到"信"、"达"，而又做到"雅"，应当是可能的。译文用一些生造出来的句子，半文半白、不三不四的句子，用与外国文学翻译差不多的欧化句子，总是同人民群众的语言相对立的，不调和的。而这样的语言，在我们目前所发表的少数民族的民间故事、叙事诗里，也是经常可以看到的。如果翻译人民群众的口头作品而不熟悉人民群众的语言词汇，如果翻译不是既努力保持内容的真实，又寻找相应的准确生动的语言来表达，当然译文也就难以传神，难以保持原作的民族风格和艺术光彩。而这些，正是我们对于少数民族作品的翻译工作的正当要求。

记录的方法，也有过争论。哪样方法好呢？当面逐字逐句记录呢？还是事后靠回忆来追记呢？

我也同意记录的方法可以有多种。采取什么方法好，要看具体情况；例如农村夏夜说故事，例如有些地区在节日或歌墟上听对歌，例如在田间与群众同劳动、同说笑、同比歌，在这些场合当面掏出本子记录，显然不易办到。"见缝插针"是个好办法，但无缝可以插针时难道宁可事后也不追记吗？有的人在陌生人的面前腼腆，不愿开口唱歌，也无讲故事的兴致，那么是否追记一个轮廓，一个片断也比根本不记好呢？

上面说过，无论什么样的材料都是有用的，即使一个线索也好；这里还可添一句：无论采取什么方法，有闻必录就好。至于说到什么方法是最好的方法，我是同意当面逐字逐句记的。这个方法对在我们没学过速记的人是有困难的，但这只有经过锻炼，提高作记录的能力。记忆力很好的人，靠回忆追记，也可能基本上做到忠实记录，但逐字逐句当面记录，保留的东西显然会更多，可靠性也更大些。不管采取什么方法，都应以达到"忠实记录"为准。而由于记录口头文学最大的问题是保持民间语言的问题，因此逐字逐句记录，应当是我们努力学习采用的一个比较好的方法。

如果有条件使用录音机，自然先录音最好。我也很赞成傅懋勣同志提倡的语言工作者记录民间创作的方法：用国际音标记录。它的好处是：不仅逐字逐句记下原话，连音调也标出来。

保留民间创作的生动语言，也就是保存劳动人民的口头文学的艺术生命的问题，所以无论采用什么方法记录，都应以忠实于讲述人的语言为准则。只要做到语言忠实，我们就会看到一篇作品的全部忠实记录。

四

跟着记录问题而来的，就是整理问题。整理工作比起记录工作来更要复杂些。我们能否看到真正民间的东西，第一个关键是能不能做到忠实地记录；此后，就要看整理工作了。

整理工作应当在全面搜集和忠实记录的基础上进行。整理作品的方法，可以各人不同；事实上也不会是完全一样的。同一作品，因整理人不同，整理的结果自然也就各不相同。但是，我们必须有一个共同的努力标准，这就是整理民间的创作要采取慎重的态度。不是一字不动，既然"整理"，就要动；但我们坚决反对任凭主观的设想乱改。整理工作同样要求忠实于民间原作。

我们整理民间创作的原则，仍然应当是"慎重整理"，或说"适当加工"。

目前，任意乱改仍然是整理工作方面的主要的危险倾向。把民间的东西改坏的例子是数见不鲜的。

《阿诗玛》的第一次整理本中，把"头发像落日的影子"改成"头发像菜油"，确是把民间的非常富有诗意的句子改坏了。从这样一个简单的例子，我们就可以获得应当如何对待劳动人民的艺术的深刻教训。在藏族的《格萨尔王传》和傣族的《千瓣莲花》里，也有过这样不经心的改动：《格萨尔王传》有一个译本里，译者把虱子改为蝴蝶。据说理由是因为虱子太脏了不如蝴蝶美。《千瓣莲花》也有一个整理本，整理人把冬瓜改成了西瓜，整理者坦率地在注解中说明：人藏在冬瓜里，他觉得冬瓜不美，不如改为西瓜。这些都是我们的一些好心肠的人，由于追求"美"，把民间的东西改坏了。在民间创作里，虱子应不应改，我想可以研究。如果不改会伤害艺术的完美，除了夸张民族的落后没有别的，改一改也未尝不可。我也碰到过类似的情况，有过这样的考虑。但在《格萨尔王传》里，我觉得不应当改。临凡的仙女怯尊益希问格萨尔是从哪里来的，她说，我刚才看到你从山脚底下来时有一百军队围绕着你，怎么等你走到众水旁边，你却成了一个叫花子？你像是大英雄，不像是个穷苦人。格萨尔回答她说：我是沿门讨吃走四方的。我从山脚底下来时哪里有一百军队围绕着我，你是看错了，你看到的那是我头上的虱子。译者却改写为：

> 哪有一百军队围绕我，
>
> 那是蝴蝶儿成群结队飞。

叫花子头上有虱子，是很合乎情理的。改成"成群结队的蝴蝶"，风光似乎是很美的，但实在不如让格萨尔说那是他头上的虱子，同他极力把自己装扮成一个叫花子的情景更相吻合，更能让人看到格萨尔的变幻莫测的本领和风趣。虱子改为蝴蝶，把叫花子周围美化了，加了点浪漫主义色彩，却削弱了现实主义的描写；实际上原来说把虱子看成一百军队也是颇有浪漫主义的调子的。至于让人藏在冬瓜里，我看既富有民间味道，也是既有现实根据，又很富有浪漫主义。因为大冬瓜里有空隙，藏人是一种合理的想象；西瓜里除了瓜瓤就是瓜子，有什么地方可以藏人呢？改成西瓜，显然破坏了民间创作的优美想象。为什么西瓜一定就比冬瓜美呢？

整理民间创作加入个人的创作成分，甚至将完全是个人的创作称为民间文学，这种做法所造成的混乱和困难也许不是整理人或作者能够预想到的。

有的同志整理少数民族的"古歌"，因记录残缺不全，就补入一段自己的创作，使上下文衔接起来。我以为这样做是没有必要的。古代作品有残缺，原因或者由于年久失传，难以弥补；或者由于搜集工作做得不够，没有收全。对于这样的作品，如果属于前一种情况，我想就像对于断碑残迹一样，作为古物应当原样保存，宁缺不补；如果是后一种情况，那就有待于继续搜集，设法搜集完全。今人添补的部分，只能被认为是今人的作品，不好充作古人的作品，特别像史诗这样有文献价值的作品，更改了它的面目，也许艺术上完整了一些，却损伤了它的历史价值，失去了材料的可靠性。有些同志让民间歌手或工农群众集体创作来修补添改民间的长诗，或者自己想好了意思让群众用自己的语言编造一番，这倒也是一个别出心裁的办法。《阿诗玛》最初整理时就用过这样的办法。但添改的部分毕竟也还是今人的创作。虽然加工的结果仍是民间创作，避免了知识分子窜改的嫌疑，但经过这样的添改，我们看到的已不完全是古代民间原来流传的作品了。这样做仍然不能说是保持了作品的本来面目，而是使民间传统作品在新时代有了新的发展。劳动人民自己当然是可以整理民间创作的，他们有更好的条件；他们推陈出新，将民间流传的作品加以发展，也是一件好事情；然而他们进行整理和进行创作加工同样也应当是有区别的。他们对古代作品的创作加工，新添改了哪些部分，最好用注解说清楚。不注意两者的区别，同样使我们混淆古今，弄不清到底是什么时代的作品。

以为整理可以任意加入个人的创作成分，有不少人曾经是这样理解的。为了探讨具体经验，我想还可再举一两个写得比较好的故事为例。

义和团故事和捻军故事，有许多非常好的作品。搜集整理这些反映近百年来中国人民燃起革命斗争烈火的故事，有着重大的意义。我们记录整理这些故事，就必须注意忠实于原作。有些同志没有注意到整理和创作应有区别，他们在有的故事里加入了个人创作的成分，也有过个别的作品是根据史料创作的。义和团故事中的《洪大海》是一篇激动人心的好作品，它的基本轮廓也是民间原有的，但这篇故事的创作成分比较显著。故事里原来并无洪大海这样一个英雄。原来是六个兄弟反对与洋毛子勾结的武举老爷，他们碰到这个二毛子侮辱民女，愤愤不平，一个人打了他一巴掌，整理者为了把人物写得集中一些，就把六个兄弟改写为一个巨人般的英雄，起名"洪大海"，洪大海一巴掌就将武举老爷从马上打出三丈远。洪大海这个经过整理者典型化了的英雄，给人的印象是深刻的，但这是整理者塑造的人物，而不是民间塑造的人物。故事的基本情节没有改，只是换了它的主角。这个新作品作为改编的例子是成功的；作为整理的例子，我们便不能说它是忠实的了。这个故事如果按照原来的六个兄弟对付一个举人老爷的情节整理，我们是看不到洪大海这个大力士的，可是也自有它的民间味道。捻军的故事可以举出《鲁王和他的小黄马》。这也是一篇非常动人的作品。小黄马在它的主人牺牲以后四处嘶鸣，士兵们听到它的叫声以为鲁王还在指挥他们，便继续拼命杀敌；从鲁王手里落下的齐头镳居然自动飞到半空，砍了藏在树上的杀鲁王的叛徒；但是故事的末尾，太平军的一位首领到来，小黄马跪下迎接他，落下泪水，据说这一节是整理者加上去的。从故事的发展来看，虽然加上这个情节表现捻军与太平军有联系，更广阔地反映了捻军斗争的历史背景，也加深小黄马对主人的忠诚，对作品的情节添加了一番曲折，似也未尝不可，但对于整理民间创作说来，像这样原来就比较完整的作品，不再由整理者增添新的情节才是无损于作品的完整性的做法。

只捞一点民间的影子，自由发挥，铺叙成篇，而仍然称为民间文学，离整理工作就更远了。这也可以举出苗族的《蔓萝花》。《蔓萝花》出于苗族民间传说《蔓萝诺萝》。原传说有两种相反的内容情节：一种说法是，一个穷苦少女不爱七个骑马的富人，跳舞时她公然拒绝了他们。后来过河时船翻了，少女跌进河中，七个富人没有救她；女的死后变成了蔓萝诺萝花。另一种说法相反，女的是富人，七个男的是穷人，她看不起穷人，过河时翻了船，七个人都没有救她。整理者——实际上是创作者，对这些传说的基本情节一概没有采用，而创作了一对青年男女为反对封建婚姻而牺牲的爱情悲剧，并用了这样一个由"蔓萝诺萝"压缩了的名字——"蔓萝花"。显然，这已经不能说是蔓萝诺萝花的传说了。剧本写的还不错，它与蔓萝诺萝花的传说相去颇远，可是它仍然是以民间故事的名义出版的，而且后来这个剧本受到观众的赞扬之后，又被改编成电影剧本，改编成小人书等，它们都署明是根据民间故事改编，这就以讹传讹，一误再误了。

上面提到过伪造的话。伪造也有两种：有捕风捉影的伪造，也有全为无中生有的伪造，前者有些是出于善意，无可厚非；后者则完全是一种对人民的事业极不严肃的态度。例如竟有人伪造太平军的歌谣。这虽然是极个别的现象，却是恶劣的。而一般的情况，是把整理同个人创作分不清楚。据凉山彝族一位同志揭发，史诗《阿龙寻父》是一个伪造品。据说阿龙原是彝族史诗《勒乌特依》中的一个射太阳的英雄，"整理者"只借用了这个英雄的名字，而用了同书另一章中的一个寻父的故事，并且加上了他自己的创作。于是《阿龙寻父》这样一篇史诗就产生了。原来传说中的阿龙并没有父亲。史诗中说，阿龙的母亲有一天在织布，一只雕从头上飞过，滴了几滴血落在她的裙子上，她于是怀了孕，随后生了阿龙。根据这个远古的传说，阿龙既然父亲也没有，他寻什么父亲呢？

从上述这些例子看来，对待整理民间创作不采取慎重的态度，无论是不自觉的窜改了民间的作品或蓄意伪造，显然都会造成不良后果。一个后果是让人真伪难辨，看不到民间创作的真面目。面对这样的作品，人们既分不清是民间创作还是个人创作，也分不清是古代的作品还是现代的作品；在分析和评价作品上，不仅不易说明作品的时代背景、思想内容和艺术特点，甚至写文学史的人也因断代困难，不知该把它们摆入何章何节。一连串的问题由此发生。研究我国古典文学的人，深知辨别真伪之苦，为了考证古代民间诗歌或古代作家的创作的真伪，不知花费过多少时间和精力，最后往往也并不能比前人的考证前进一步；我们这些应当有点科学头脑的人，为什么偏要给我们同时代的文学史编者和后人制造考证的麻烦呢？民间创作本来就有不易断代的困难，为什么我们还要再在我们的民族文化遗产的宝库里添加些窜改、伪造的货色，把人们引入迷宫或五里雾中去呢？再一个后果：毁坏了民间作品，使不同民族、不同地区的劳动人民的语言艺术失去了它原有的教育意义和艺术风格。古代的民间创作，在今人看来，缺陷和糟粕，过了时的观念，一定是会有的；但这正因为它们是古代的作品的缘故。古代作品反映远离开我们很多世纪的社会生活和古代的观念，它们不可能不受时代的局限。古人有古人的作品，我们有我们的作品；我们在艺术创作中可以也应当有我们的新的创造，但是，要知道历史，要欣赏古代作品或在创作经验上向古代劳动人民借鉴，我们只有去读古代的作品。我们虽然也可以整理古代人的作品，但目的还是要人更好地欣赏古代的作品，受益更多，而不是别的。人们是不会欢迎掺了假的或冒充的古代作品的，正如谁也不愿意买了一颗假宝石一样。最后，经过窜改的作品或伪造品，自然也就丧失了它的文献价值或根本没有文献价值；而各民族的民间文学具有历史文献的价值，正是它的一个重要的特点。

应当重复地说，对记录整理民间创作态度不严肃的人在我们中间为数极少；他们是资产阶级思想的俘虏。许多不自觉地窜改或乱改了民间创作的人，则大半属于好心肠的人，他们对待社会主义事业热忱高，干劲足，只是面临这个新的工作，由于缺乏经验，或受了一些错误论调的影响，采取了一种错误的、不适当的做法。在我们刚刚开创民间文学这个新的工作领域的时候，这样的缺点是难免的。当然，最重要的是吸取经验教训。我们不赞成任何对待民间创作的粗暴态度。对待古人不能粗暴；就是对待今人，整理劳动人民的新创作，也不应当粗暴。要知道，劳动人民的创作，虽然也难免有糟粕，有粗疏之处，但确实自有特色；历代留下来的作品，确有很多无价之宝。因此，对于民间创作的任何糟蹋或损伤，都是不应当被允许的，都是应当努力避免的。

恩格斯是很珍视民间创作的成就反对乱改的。他在《德国人民的书》一文中对乱改民间作品的现象作了严正的指责。恩格斯很推崇格林兄弟，说他们在正确选择作品上具有充分的批判的敏锐眼光和鉴赏能力，叙述方法上又善于运用旧文体。他同时批评了德国浪漫主义诗人士瓦布、马尔巴哈等对民间创作的窜改和一个出版商的胡乱编纂。恩格斯称赞格林兄弟能正确地选择民间的东西，又有充分的批判的敏锐眼光，这就可见他绝不是一字不动论，而且，在同文中他反对让占梦书、幸福车轮、百年日历那样一类"有害的迷信的愚蠢的产物"在民间传播，并且积极主张从人民的利益出发审查民间的创作，进行加工；但是，他对于浪漫主义诗人们和那位出版商的做法确实是很愤怒的。

德国浪漫主义诗人对发掘民间创作是有功绩的。但恩格斯指出，这些诗人所感兴趣的只是民间创作的诗的内容，而不了解它作为人民的书的意义。他说士瓦布和马尔巴哈的改写本在真正人民的文体面前黯然失色。他又说，在不知道民间故事的人看来，马尔巴哈的故事非常好，可是一加比较，他的全部功绩只是改错字而已。我们上面所举的一些随便乱改的例子，如果把它们同真正民间的作品一加比较，有的不是也会黯然失色吗？可是那些作品初看起来不是也往往颇能迷惑读者于一时，使人们误以为是真正的民间创作吗？

恩格斯批评出版商杂乱无章地拼凑的一本题名《狮子公爵亨利希》的书，也很典型。这本小书里收有布朗士维克的家谱，有亨利希公爵的传记，末篇才是民间传说；除了这些正文而外，还附有一篇故事，一首诗。恩格斯指出：民间传说本身是精彩的，其余的都是没有意思的。他特别不同意在人民的简洁文体之后附上那篇现代的冗长的叙事诗。他说这首叙事诗的"天才的改编者"大概是19世纪的一位"神父"或"小学教师"。在这里，恩格斯既不同意把改编、创作的东西与真正民间创作混杂在一起，又很欣赏民间文学特有的那种"简洁的文体"；他强调保存民间文学的本来面目，强调"保存诗的精神"和民间形式，而不赞成把民间的东西改得毫无民间的味道，把一针见血的民间的"简洁文体"改写为现代的冗长的叙事诗之类。在我们的某些经过窜改伪造、鱼龙混杂的所谓民间作品中，不是也有恩格斯所指责的这样一些现象，并且我们也可以发现有恩格斯所讥讽的18世纪的"神父"和"小学教师"那样一些天才的伪造家吗？

五

整理民间创作对我们是一件新的工作，也是一件复杂细致的工作。

"整理"一词的含义，是随着我们的实际发掘工作的进展而逐渐明确起来的。过去在工作的发展中，我们对于整理、改写、改编、重述、创作这些字眼的含义的概念，各人理解不一致，用法也不相同。有的人把整理一词的含义理解得比较宽广，连改编也放在内；有的作品可以归入整理的，但用的是改写一类字样；有的作品经过了很大的加工改作，却署的是"整理"、甚至"记录"；也有为了既表明忠实于民间原作的内容，又经过搜集者本人的写作过程而并非原始记录，因而使用了"重述"字样的，这种"重述"实际也是"整理"；整理同创作是比较容易区别的，但有的人也把它们混淆起来（韦其麟创作的长诗《百鸟衣》被作为整理民间长诗创作的范例推荐，便是一例）。有的人公开提倡可以用各种形式"整理"民间创作，这种提倡只能制造混乱，助长乱改之风，显然是不适当的。

我们有必要把这些表示不同工作性质的用语，按照它们的实际内容，区别开来。我同意将它们大致分为：整理、改编（或称改写）和创作（或称再创作）三种。整理和改编（改写）虽然距离极近，有时似乎不易区别，但将它们的含义即工作范围区分清楚，并不是不可以的，也是很有需要的。

为了把我国各民族的口头文学这宗文化财富全部保存下来，既有忠实记录的原始资料，作为一切工作的基础，又可以在大量忠实记录的材料的基础上便于许多人利用这些材料整理作品、进行改编和创作以及其他用途，把记录和整理分为两个工作步骤，并分别出版资料汇编和作品，是一个很好的办法。把各种记录稿分类编纂，一字不动，作为研究资料出版，这是第一步。第二步，整理人可以按照自己的理解和能力，根据自己以及别人搜集的各种原始记录整理作品。根据既是可靠的，方法也可因人不同。整理得好坏，可以比赛，也有案可查。这样，既保障了记录的忠实性，也保障了整理工作的严肃性和创造性。

整理的方法，概括地说不外乎两种：

一、选取一种比较完整的记录或版本，加以整理。删节显然有害的内容；艺术上粗糙的地方在无伤原意的情况下作适当的修改；换掉过于偏僻的方言土语；规整词句，删去不必要的重复，使文字准确生动，通俗易懂，并能充分地显示出民间的风格。

二、同一母题的作品，选取比较完善的一种为蓝本，进行综合整理。但这种整理只限于同一民族、同一地区、而且情节大同小异的作品；如果它们之间差别较大，则不必勉强整理成一篇而可整理成若干篇。像《狼外婆》、《巧媳妇》、《龙三公主》这类故事各地都有，民族色彩不同，北方的与南方的也不相同，无须勉强拼凑，以致毁坏民间创作的本来面目，丧失地方生活特色和民族特色。

无论是上述哪一种整理，都应当努力保持作品的本来面目，主题和基本情节不变，保持群众的生动语言，保持民间创作特有的叙述方式（例如重复的叙述、反复重叠的歌唱）、结构和艺术风格。

整理同改编、创作怎样区别呢？

整理是清理民间文学这宗文化财富，特别是它的遗产部分的一个重要方法。劳动人民的口头文学靠口头产生、口头传播，大都没有定型，因时因地而异，许多作品在群众中说法不一；比较定型的作品往往又失散不全；有的真伪交错；有的瑕不掩瑜。我们要把这些飘忽不定的作品，用文字写定，还要把它们送到群众中去推广传播，更好地发挥作用，我们就不能照原样送给群众而不做一番整理工作，也就是说，我们要拂去灰尘，去芜存菁，使劳动人民的优秀创作比较完美地送给读者。经过整理的作品，虽然加上了整理人的心血，仍然还是劳动人民的作品，不过再送到群众中去时作品的内容比较健康，形式也更为完美罢了。整理者的目的，就是把人民群众的好作品发掘出来以后，作些必要的和可能的加工，使它们恢复本来面目，或尽可能地完美一些，以便列入祖国各民族的文艺宝库中，长久地广泛流传。

　　整理和改编的区别就在于：整理人的任务既然是把劳动人民的作品按照它的本来面目力求完美地交给读者；他只能是根据民间原有的东西进行整理加工，去伪存真，去粗取精，不能杜撰情节，加入个人的创作；他的整理加工只能是使作品内容上无毒害，并且深切地体会民间创作的原意，尽可能把它充分地写出来，把原作的艺术形象正确无误和准确生动地表现出来。他可以在内容上小有增删，特别是应当删除显然反动的、有害的部分，但不可任意大砍大改。他没有权力改动作品的主题、人物和基本情节。而且增删改动也应当是有根据的。原作的体裁、形式，他也无权变更，不能把故事改成诗歌，也不能把诗歌原是一节两句的改成四句。有些作品是好的，但其中所反映的旧时代的观念不易改动，也不宜改动；这些地方可能对读者、观众产生副作用，但只要是新时代的群众有能力分辨的，便不需改。至于改编，改编者则可按照自己的意图，改动原作的主题、人物和重要情节，使民间原作的某一方面的意义充分发挥出来，而删除它的不合理、不必要的部分；他也可以采取这样或那样的艺术形式，比如把民间传说改编成电影剧本之类。经过改编的作品，有的仍然保留着民间文学的风貌，但有了新发展，成了新作品；有的甚至根本是新的创作了。

　　以民间创作为素材进行创作，或称再创作，对于民间原作的发展就更大了。作者完全有自由按照自己的意图进行创作，也像其他任何创作一样。作家、艺术家的创作天地是异常广阔自由的。作者可以将民间创作中他认为可取的内容大加发挥，加以发展，写成新作品。我们在这里可以用"丰富和提高"来形容作者的功绩。作者也完全有权利不管原作内容如何，借题发挥；至于采取什么形式，那就更是由他了。中外古今的历代大诗人、大作家，有不少人这样做过的。因此，我们说民间创作是文艺创作取材的一个重要来源。

我们进行整理、改编或利用民间的素材进行创作，都是为了使劳动人民的各种文学创作继续在人民群众中更好地长久流传和发展新的文艺创作，为广大人民服务，为社会主义建设和共产主义理想服务。这三种性质不同的工作对于民间创作都有程度不同的革新以至发展；不过整理是要求把人民的作品按照它的本来面目拿出来；改编是把人民的作品，按照改编者的意图拿出来；创作是利用民间题材作为作者的作品拿出来。三者的加工程度好比一个梯子形。区别它们的关键，就在于是否增加个人的创作和加入了多少创作成分，在于改不改和加不加的问题。改编是要改的，创作更要改；整理虽然容许改，不是一字不动，但如果不是显然应改的地方，一般的不必改。整理工作中的改，必须采取慎重的态度，也必须有根据，要经过调查研究，不能想当然。什么是精华，什么是糟粕，糟粕和时代的局限性的区别和联系在哪里，这些都应研究和区别，然后才能决定应当改或不应当改。如果方便的话，比较重要的增删改动，最好由整理者加以注释说明。总之，不能凭整理人自己的意图想怎么改就怎么改。至于"加"，改编者是有加的自由的，虽然他不能不按照作品本身的需要来考虑；创作是完全有自由任凭作者添加的，当然不在话下；至于整理，"加"的自由就少了，除了接受同一母题的其他作品的部分而外，一般不可以加，总之，一句话，不能加上个人的创作。

我们绝不应当把整理、改编和创作这三件工作混同起来；加工应按照不同工作的要求力求做到恰如其分。如果整理性质的加工是不适当的，超出了它所要求和许可的范围，同改编以至创作混同起来，这就势必产生乱改的倾向。

强调整理应忠实于民间原作，绝不是保守不前。我们发掘民间文学宝藏的重要目的之一，就是清理民间文艺遗产，达到古为今用，其中包括改革旧艺术。谈到利用民间素材进行创作，或将民间的文学艺术加工提高，历代大作家、大艺术家都这样做过，做得很好，我们时代的作家、艺术家也同样应该这样做。民间文学从来都是文艺创作取材的一个取之不尽的源泉；作家、艺术家应当从民间创作中汲取人民的智慧，接受他们在艺术上的创造，使自己插上人民群众的集体智慧的翅膀，更便于起飞，也飞得更高些；文学艺术的不断发展同劳动人民的文艺创作根本是分不开的。恩格斯在上述文章中就称赞过歌德对《浮士德》的新创作，他说《浮士德》和《永久的犹太人》这两个民间传说是取之不尽的宝藏，每个时代都可以把它们当成自己的东西，从中展示出新的方面。他还认为，这些传说在民间流传中曾经不是被看作自由的空想的产物，而是被看作奴隶的迷信的产物；《浮士德》传说降低为庸俗的妖怪故事，《永久的犹太人》要人们保持对基督教的信仰；浮士德被看作一个普通的魔术师，而阿哈斯菲尔（《永久的犹太人》中的主角）被看作是一个最大的恶棍。他愤慨地说："难道不能为德国人民拯救这两个传说，恢复它们的纯洁性，十分鲜明的表现出它们的本质，使教养很低的人也能了解它们的深刻意义吗？"可见恩格斯是主张对民间创作进行创造性的加工的。但是，恩格斯所谈的恢复民间创作的纯洁性的加工，虽然在去伪存真即取其精华、去其糟粕的意义上，含有我们所讲的"整理"的意思，但按照他所举的歌德对《浮士德》传说的改编加工，实际是利用民间的素材进行再创作。为了保存或恢复民间创作的本来面目，并且保持原作的形式和风格，需要把"整理"同"改编"加以区别。重新创作（再创作），更是另外一回事。以革新的精神改编民间创作，或者把它当做素材再创作，剔除其中的糟粕，发扬它的某一方面的意义，特别是发扬它与我们的时代精神相联系的富有教育意义的内容，使劳动人民在旧时代保留在他们的作品里的生活的真理经过改编者、作家的加工在新的时代发挥作用，这对诗人作家们是完全应该的。整理工作也含有某种程度的革新，但整理民间创作是为了有批判地尽可能比较完善、充分地显示它们所原有的丰富内容，显示它们原有的艺术风格，仅仅为了这一点而已。因此，不应当把改编（基本上属于创作性质）、创作（再创作）与以马克思主义的观点、方法整理民间创作混同起来。

整理民间创作，必须忠实于民间创作。

但是，从一个故事、一篇叙事诗那样不定型或不太定型的作品，因讲唱人的不同，搜集人听到的常常人各一样，究竟忠实于谁呢？保持谁的风格呢？经过记录人的文学表达，特别是经过整理人的加工，不可避免地会带上他们本人的文风，那么他们还能够保持民间原作的风格吗？

上述第一种整理方法，无疑地从内容到形式、风格都应当忠实于讲述人；第二种即综合性的整理方法，既然是取各种不同记录、版本的长处，作品内容就不是忠实于哪一个讲述人，而应当是忠实于民间的这一个作品，它应当保持以作为蓝本的作品为主要依据的民间风格。民间故事的讲述人，会讲故事的与不会讲故事的大有区别。有的人很会讲故事，甚至能编故事，也有一些人是平庸的讲述者。记录民间故事应当要求忠实于每个讲述人；根据各种记录整理民间故事，忠实于谁更好，就不能不有所选择。要忠实于最会讲故事的人；他讲的故事一定是别有风格，富有文采的。要保持他的语言和风格，这也不是一字不动，而是力求保存民间的艺术光彩。有人说讲述人都是故事的作者，这话也是不符合事实的。

作品既然是经过整理人花了心思，被他炮制过一回，表现了他的眼光，他的取舍，他的写作能力，当然不可避免地会带有他的主观见解，而且必然"文如其人"。特别是用第二种整理方法，结果会是这样。董均伦有董均伦的风格，张士杰有张士杰的风格。事实就是这样。然而董均伦、张士杰他们也都在自己整理的民间作品里不同程度地传达了劳动人民的艺术风格，这一点在他们是共同的，也是最重要的。劳动人民的艺术风格越是保留的多，便越是整理得好；看不见劳动人民的艺术风格的作品，不能认为是好的整理。"文如其人"中的"人"，这里第一是讲述人，即应当是文如讲述人：第二才是整理人，即不可避免地是文如整理人。整理人不能摆脱自己的文风，因为他参与了创作过程，他实际上也是一个作者。但他需要努力突破自己的风格，更多地体现劳动人民的风格、讲述人的风格，这是整理人需要花工夫的地方。

整理人要达到充分地理解他的工作对象，能够在反复调查研究中掌握人民群众的文学创作的社会内容、思想情感、心理素质、艺术风格，尽可能把它们准确、生动、完美地用文字表现出来，这是需要花大量的劳动而不是草率可成的。

整理民间创作是一种创造性的劳动。整理也像翻译一样，它带有很大的创作的性质，然而我们不能把它与创作混同起来。它比翻译工作还要更复杂一些。文学翻译，尤其是诗歌的翻译，实际上是半创作，与日常交际的翻译很不相同。日常生活交际的翻译，只要把意思准确无误地翻译出来就行了；文学翻译却要求译者经过他的一番心血用另外一种不同的语言，按原作的内容和风格制作一个艺术品，既要忠于原意，又要传达它的神韵。翻译容许小有创造，然而翻译终归是翻译。译者不能超过他应遵守的工作范围；他必须努力保持原作的内容和风格，而不可以自己创作一段加进去。整理与翻译在这一点是相同的：它应忠实于原作。

整理人只有努力体现民间的作品，而不能由自己创作一段加进去。有人说整理是一种特殊的创作过程，这话有道理。但是，整理也终归是整理。整理人加入了自己的心血，才出现了更为完美的作品，但他也没有权利杜撰一个人物，杜撰一个重要情节，放进人民的创作中去。他也不应当超越他的职责范围。

有的人号召民间文学工作跃进一步——创作，这是一种错误的提倡。民间文学工作要不要跃进呢？采风运动是民间文学工作的大跃进。写我国各少数民族的文学史，也是一种大跃进。全面开展调查，记录和整理民间作品，也是一种大跃进。民间文学的整理工作也必须跃进，但不是跃进到谁都来创作民间文学，而应当是深入群众调查研究，不厌其烦地从各种人记录民间的东西，反复比较，认真地花工夫整理民间的优秀作品。把整理工作推向另一个方向——创作，这就只能是鼓励伪造了。

摆在我们面前的我国各民族民间文学的搜集整理工作是一个新的工作。我们还必须在工作过程中不断地总结经验，改进工作方法。只有树立采取实事求是的科学态度、科学的工作方法，我们才能很好地发掘和利用各民族民间文学这个巨大宝藏。

1961 年 5 月 24 日
1961 年 7 月 30 日改

谈解放后采录少数民族
口头文学的工作

一

有计划地采录发掘各少数民族的口头文学，在我们国家是一项新的工作，一个规模宏伟、意义重大的工作。

我国有 50 多个少数民族，他们都有很好的口头文学。但这许多民族的口头文学也如同它们的作者一样，过去是被历代反动统治阶级所瞧不起的，它们的蕴藏情况也长久不为人们所知晓。只有到了全国革命胜利以后，随着各族人民在政治上的翻身，它们才大量地被发掘出来；而一经发掘，它们便花开万朵，赢得了人们的热爱和赞赏。

每个民族都有自己的优美的神话、传说、歌谣、民间故事、寓言、笑话、谚语以及其他形式的作品。过去曾有一些中外学者探讨过为什么中国没有史诗以及长篇叙事诗也很少的问题；现在我们看到少数民族中史诗、长篇叙事诗相当多。很多民族都有自己的说唱艺人和著名歌手，他们不仅是长篇诗歌的保存者和演唱者，而且很多又是即兴歌唱的诗人，他们能够弹唱或讲述很多古老的和新编的作品。尽管各个民族在解放前所处的社会历史发展阶段并不相同，大部分实行封建土地占有制度，有的保持着封建农奴制度，还有一些民族保留了浓厚的原始公社制度的残余。然而他们都各有丰富动人的口头文学，都有自己特有的优秀作品和独特的艺术形式。这些作品忠实地记录了各族人民的历史，成为他们以往的生活和斗争的历史见证；它们表现了各族劳动人民的思想情感，一直起着鼓舞、团结和教育人民的作用。

首先以反映人同自然的斗争，即生产斗争的作品来说吧。许多少数民族都有关于创世纪的神话传说，它们极其生动地反映了古代人为创立人类社会生活而向神秘难解的自然界所进行的伟大斗争。

譬如创世纪的传说中关于定日月、分昼夜一节，各民族就有不同的奇妙的设想，都有它们自己所描绘的造福人类的英雄。传说最初天上有成群的太阳和月亮，那时候月亮和太阳也同样的热，晒得天干地裂，人类无法生存。于是，有一位英雄挺身而出，努力战胜这场旱灾。各民族的英雄们战胜这场灾难的方法也各有不同。阿龙（彝族《勒乌特依》）是站在山顶上的一棵杉树上，搭箭拉弓，把六个太阳、七个月亮一齐射掉了，然后他把它们压在石板底下。可是这样一来，人间又变成一片漆黑，无法进行生产了。最后是请白公鸡喊了三个昼夜，才叫出一个太阳、一个月亮来，世界由此分出了白天和黑夜。苗族的杨亚（《苗族古歌》）是砍桑树制成黑漆大弓，然后跑到天涯海角，站在海边的高岗上，一连射了十四箭，把八个太阳、八个月亮各射掉七个，第十五箭射歪了，横冲过最后的一个太阳、一个月亮，而结果吓得它们都藏起不敢出来了。布朗族的顾米亚（《顾米亚》），他在射掉了八个太阳、九个月亮以后，剩下的一个太阳吓得扭头就跑，月亮却跑得更快。顾米亚这时已累得两臂无力，他勉强射出了第十八支箭，这一箭没射中，从月亮身边擦过去了，吓得月亮出了一身冷汗，从此它便不会发热了。彝族的格兹（《梅葛》）和阿拉（《阿细的先基》）对付一群太阳和月亮的办法，与上述这些英雄们不同，他们一个是钻，一个是捉。史诗中说："格兹天神，左手拿钻，右手拿锤，来钻太阳，来钻月亮。留一个太阳在天上，留一个月亮在天上，太阳落在阿姓西山，月亮落在波罗西山，四季分出来，草皮树根长起来。"这位格兹天神像石匠一般来钻天上的太阳和月亮，这个工程也够壮观的了。捉太阳和月亮的阿拉，没有被说成是神，而是一个普通的人。史诗中说："有一个叫阿拉的人，他看见太阳这样多，便背着篮子，把太阳拿下来，装在篮子里面，可是他装了这个，那个又飞到天上去了；他装了那个，这个又飞上天去了。后来他拿着一个，便把它埋在土里面。"捉到第七个时，他留下这一个不再捉了。你看，人可以任意捉拿太阳，随便处理，古代人创造出这样一个英雄形象，很值得我们思索。这里还应当向读者介绍一下布依族的制服一群太阳的方法。天神翁戛为人类造了十二个太阳一齐挂在天上，要它们各守职责，有的照山川，有的照稻谷，有的照男人打鱼，有的照女人搓麻，等等。可是这群太阳不听话，它们一齐出来，照得大地上像火烤一样。翁戛爬上椿树，一气射落了十个太阳，留下两个，众人不叫他射了，要让它们照庄稼。可是这两个太阳，有一个吓昏了，一跤跌在牛滚凼，它的光不热了，变成了月亮。从此，世界便分出了白天和黑夜。

　　神话中所反映的古代人对于天地日月形成的解释，自然是荒诞无稽的，不科学的，然而在这类富有诗意的描述中，却充分描绘出古代人依靠自己双手和才智来征服自然的力量，以及他们的顽强不屈的战斗精神。这也正是对于人的力量和自信的表述。在这些描写里，人格化了的神实际上是一些最能劳动、最有办法的人，是人按照自己的面貌塑造出来的英雄形象；或者根本就是一个普通人。在创世纪的史诗里，我们看到，从开天辟地，造出日月江河，变出花鸟虫兽，把世界布置得昼夜分明，风景宜人，一直说到盘庄稼、狩猎、畜牧、发明医药以至制作乐器。这里面我们看到古代人力图理解自然现象并战胜自然灾害的各种努力，看到每个民族不忘记追忆本民族的起源，歌颂某一位劳苦功高的祖先披荆斩棘的创业史。这些神话传说无论是怎样幼稚的想象，却都非常真实地反映了原始社会中人同自己所不理解的自然界作斗争的巨大勇气，表明劳动人民是世界历史的创造者，他们敢于设想，也自信有办法来实现他们的理想和愿望的。同时也正是由于他们从人类童年时期起就有自己的理想和愿望，有自己的劳动和斗争的实践，他们才能以如此奇丽的、天真的想象创造出许多美妙的神话。

反映人同自然的伟大斗争的，当然并不止是我们今天所看到的古老的创世纪神话。在描写各族人民的劳动生活和生产活动的大量作品中，不断地表现了人同自然的斗争。由于各少数民族社会历史发展的不平衡，有一些解放前还处在氏族社会末期或保留着浓厚的氏族制度残余的民族，他们的作品，不论是古老的或新产生的，都反映了采集、狩猎、捕鱼、畜牧、农事和工艺等各种生产实践活动；另外一些具有悠久文化历史的民族，至今也还流传着一些很古老的渔猎时代的作品，以及各个历史时期反映他们的劳动生产活动的作品。这些作品，不同民族也都各有自己的特色。例如只有几百人的赫哲族，有反映他们的捕鱼或打猎的惊险的传说；生活在大兴安岭原始森林中的鄂温克族，有在狩猎生活中产生的《鹿仔之歌》那样的抒情诗；怒族有着关于猎神的美丽的传说；纳西族有古老的《猎歌》；以畜牧为生的柯尔克孜族、哈萨克族，也有他们的各种动人的《牧歌》；有许多民族，如苗族、畲族、布依族、瑶族、傈僳族等，干什么有什么歌，有各种表现劳动生产的歌，如《造酒歌》、《插秧歌》、《季节歌》、《纺棉歌》、《伐木歌》，等等。这些不同民族在不同时代和不同社会条件下产生的口头诗歌，极其生动地表现了他们为向大自然索取食物和创造社会物质文化所进行的各种生产斗争，反映了他们的生活状况和理想愿望，并且鲜明地显示出他们在同自然作斗争中的勇敢、乐观，以及在长期的共同劳动斗争中所形成的那种集体主义的、不自私的可爱品质，其中有些作品还深深地打上了阶级反抗的烙印。这些作品都表现了人们企图使自己成为自然的主人的各种辛勤努力；在这种努力下，便不断地产生了各民族的各种绚丽多彩的语言艺术创作。

在我国少数民族中还有世界上比较罕见的史诗巨著，它们是反映部落英雄征战时期的作品。如藏族有《格萨尔》，柯尔克孜族有《玛纳斯》。在这两部史诗中，塑造了像格萨尔、玛纳斯一类南征北战的无敌英雄，他们被本民族看作保卫人民和平利益，反抗外来侵略或黑暗统治的古代英雄，被看作是正义和勇敢的象征。人们至今还喜欢听艺人弹唱这些神奇英雄的事迹。

各少数民族的口头文学中，反映阶级斗争也极其鲜明。我们可以这样说：没有什么作品比劳动人民自己的口头创作更能告诉人们以往时代阶级对立的真实状况和阶级掠夺的残酷性了。

我们从少数民族地区的民主改革中知道，四川大小凉山的彝族人民不久前还生活在等级森严的奴隶制度下面，西藏上层反动集团实行政教合一的封建农奴制度，使藏族人民生活在极其野蛮的血腥统治下面。人们很难设想生活在这样一些社会制度下面的奴隶们、农奴们会没有反抗。我们只要听听他们的民歌或故事传说，就会了解他们的反抗斗争是多么激烈了。他们过去的民歌和故事虽然有很多是悲惨的，可是在这些作品里面却经常响着反抗阶级压迫和阶级剥削的战斗的声音，而且他们总是乐于叙述他们曾经是怎样以胜利者的姿态战胜奴隶主和其他剥削者的。请听藏族人民的两首悲歌：

（一）

奴隶的痛苦无法比，
好比悬崖上的獐子，
悲苦地吃一口草，
伤心地喝一口水。①

（二）

天空的太阳和月亮，
还有在天空转的时间；
我在凯墨当奴隶，
脚跟没有着地的工夫。②

这都是奴隶的悲愤的申诉。歌者以獐子，以太阳和月亮，来与自己的处境相比，把他们的不满心情，表达得多么富有智慧！

在凉山彝族地区，土司贵族把"娃子"（奴隶）看作"会说话的牲口"，娃子们没有人身自由。虽然在现实生活中受害的总是他们，但在故事传说里面，娃子往往是非常聪明，非常有办法的，没有他们就办不成事。他们总是胜利者。一个名叫阿果的娃子，他多次设法挫败主人卖他的阴谋。在他遭到土司的毒害以后，他让家里人按照他的设计，把他的尸体装作像他生前的样子：照常坐在火炉旁边，吹着他的"巨尔"。主人到

---

① 唱这首歌的是藏族一个贫农妇女，52岁。1960年7月5日乔维、卓如在西藏山南拉加里记译。
② 唱这首歌的是藏族一个农奴。1960年6月佟锦华在西藏山南乃东县记译。

他家里一看，以为他没有死，结果中了他的计，主人用害他的毒药毒死了自己全家。阿果死后还吹"巨尔"的故事是很凄惨的；可是他的智慧却是惊人的，他的终必胜利的自信，鼓舞着听者①。

历史上劳动人民反抗剥削阶级的统治的办法，一般说来有两种：一种是以怠工、嘲弄剥削者、乃至动武来个别地进行对抗；一种是聚众起义。个别地进行反抗斗争反映在口头文学中也有两种：一为以斗智取胜，一为以力大服人。土家族的《科斗毛人的故事》中三个兄弟各举一头牛，使官兵望而退却，这样的故事是劳动人民对自己的力量的高度颂扬。至于像藏族的阿古登巴式的机智人物，在蒙古族有巴拉根仓，在维吾尔族有阿凡提，在苗族有幌江山，等等。它们一般地都采取了富有幽默感的笑话的表现形式，这就使得这些作品常常是洋溢着劳动人民的乐观的战斗精神。我们知道，少数民族在历史上多次爆发的农民起义，也留下了许多动人的传说和诗歌。

在大量发掘的少数民族的叙事诗、长篇抒情诗、故事传说中，反对婚姻不自由是一个经常被描写的重要主题，它们往往比较曲折而强烈地反映了阶级斗争。一般地说，少数民族中的封建礼教的统治还没有达到像汉族那样男女授受不亲的严厉程度。很多民族，男女在婚前有社交自由，以对歌为媒介的恋爱习俗就是男女社交自由的一种表现。但是，门第不相当，恋爱要受到父母、兄长的严厉的干预，买卖婚姻在不少民族中也普遍存在。而且，许多少数民族中都有舅权制的风俗，女子到达结婚年龄，舅家的儿子有优先娶她的权利；如不嫁给舅家，就要给舅父出赎身钱。这种古代母系社会残留的遗迹，成为少数民族中一种特有的

---

① 《阿果斗智》，见《四川彝族民间故事选》，四川人民出版社。

束缚男女恋爱自由的枷锁。这种种使男女爱情不自由的残暴束缚，造成了青年男女的许多悲剧。旧时代青年男女们对这些束缚和干预采取了各种方法进行反抗。各民族在描写青年男女为反对爱情不自由而进行的斗争中创造了许多富于幻想的优美离奇的故事，也有许多动人的情歌。

在这些反对婚姻不自由的作品里，斗争和冲突表现得异常尖锐。像侗族著名的《珠郎娘美》（一名《秦娘美》），就极其生动地反映了女主人公娘美在地主恶霸的逼、骗下的悲惨命运，以及她在荒野中用斧头劈死恶霸的勇气。像这样同土豪恶霸面对面的阶级斗争，是任何善良的读者或听者都要为之惊心动魄的。这是一幅无须任何藻饰都会激动人心的封建时代的现实图画。此外，以美丽的幻想作为结尾的悲剧，汉族民间传说中有梁山伯、祝英台式的作品，在少数民族中也相当多。例如藏族的《茶与盐的故事》，土族的《仁布与且门索》，都是这样的作品。前者说，一个穷苦牧民和他的情人殉情后被分葬在河的两岸，河两岸长出两棵树来，枝叶交错；树被砍掉了，二人又化作了金银鸟，终日伴唱；一对鸟又被射死了，他们从此就化作藏民每日离不开的茶与盐。后者说男女死后化为一对播谷鸟，常年在他们生前一块放羊的山冈上双双飞翔。这些美丽动人的传说，是用反抗者的血和泪凝结成的。

最后，我再举一个少数民族反对帝国主义和殖民主义侵略者的例子：1904 年，英帝国主义曾派遣了一支英国远征队从印度入侵西藏，这支远征队进入西藏以后，遭到了藏族人民的节节抵抗。在战斗最激烈的江孜，留下这样一首民歌：

> 米米古宅的房子里，
>
> 住着一群外国坏蛋。
>
> 坏蛋们，你们不要叫嚣；

二十九日①，让他们一起离开人间！

在离江孜不远的却眉，也有一首民歌把这场对付侵略者的斗争描写得很好：

> 鸟朵曲米谷枝②，
>
> 用柔软的羊毛织成；
>
> 在却眉地方扔出的石头，
>
> 击得英国人脸肿鼻青。

从这一个例子，我们就可以看出近百年来少数民族口头文学中所反映的各族人民对待殖民主义侵略者的态度了。

在少数民族口头文学中，有反映各种社会历史阶段的作品，特别还保留了比较多的早期社会历史阶段的作品，是一个明显的特点。同时，它们也记录了各族人民反对各种阶级压迫和剥削的斗争史，它的最后一章，是在中国共产党和各族人民领袖毛主席领导下的民族民主革命。

许多少数民族都有好歌的风俗，不但恋爱要唱歌，婚礼、丧事、节日要唱歌，甚至有的问路、打官司也唱歌。他们把唱歌看作是表达思想情感和社会交际的一种手段，一种温习历史、比赛知识的自我教育的工具。因此，他们的口头文学不仅反映了各族劳动人民的生产斗争和阶级斗争的生动图画，而且广阔地反映了他们的不同的社会生活和历史。各少数民族人民不仅在他们的口头创作中描写了他们的生活状况，他们同大自然作斗争、同剥削

---

① 藏历十二月二十九日是旧俗"赶鬼节"。这首歌见《中国反帝反封建的歌谣》（中华书局出版）。

② 鸟朵曲米谷枝——是最好的掷石器，带形，用九股羊毛线织成。1904 年，英军入侵西藏，却眉地区的群众为了保卫祖国的神圣领土，用刀、枪、矛、鸟朵……打击拥有洋枪洋炮的侵略军，在那里坚持了好多天，使敌人寸步难移。这首歌见中国民间文艺研究会主编出版的《西藏歌谣选》。

阶级、外来侵略者作斗争的种种经历，而且储存了他们的生产斗争和阶级斗争的知识，他们还特别把这些知识用寓言和谚语的形式传授给后人。我们看到，所有少数民族，即使是一些人口很少的民族，也都有他们自己的带有本民族的生活特点的出色的寓言和谚语。

<h1 style="text-align:center">二</h1>

所有少数民族都有好作品，他们的作品都各有自己的民族特色。有的民族长诗多，如彝族、蒙古族、傣族、纳西族、柯尔克孜族；有的民族传说故事很有特色，如白族、傣族、藏族、普米族、达斡尔族等；至于民歌，单是各民族的不同的民歌形式，就可以举出很多种，它们本身就是少数民族在诗歌艺术上的丰富创造。但是，所有各少数民族的这些好作品在解放以前却被无声无息地埋没了许多世纪。

在旧时代，不同阶级的人对待少数民族的口头文学有不同的态度：一种是反动统治者的态度，他们对于人民口头创作深恶痛绝，或者企图加以扼杀，或者加以篡改曲解，使其为反动统治阶级的利益服务。再一种是人民群众自己对待口头文学的态度，他们是热爱自己的口头创作的，他们在没有文字或虽有文字而无权使用的条件下，把口头创作当作表现、娱乐和教育自己的工具。只有在工人阶级的领导下，劳动人民才由自在的阶级变成自为的阶级，也只有这时他们才能真正地了解他们旧时代的口头创作的全部意义，并且能够拂去蒙于其上的封建迷信等反动思想的灰尘。还有第三种态度，就是帝国主义、殖民主义者妄图利用我国少数民族的口头文学为其侵略和奴役我国人民的政治野心服务，或者随意猎奇、盗窃，把所谓"野蛮人"的作品拿给欧洲的

"文明人"去欣赏。这是对我国少数民族的莫大侮辱。

自从 1840 年鸦片战争到 1949 年全国解放，我们的国家在帝国主义列强的侵略下变成了一个半殖民地、半封建的社会。各帝国主义列强梦想瓜分中国，而处在西南、西北和东北边疆一带的少数民族地区，特别成为帝国主义、殖民主义侵略者肆无忌惮地进行分裂蚕食活动和他们彼此相互角逐的场所。帝国主义、殖民主义侵略者在这些地区进行对中国的军事的、政治的、经济的和文化的侵略中，也注意利用了民俗学。他们进入我国少数民族地区，有专探贸易商路的，有从地理、气候到政治、经济、社会历史、民族关系、语言、风俗作全面调查的，有随侵略军搜刮文物的，有长期传教的，有考古的，有探险的，也有作语言调查、历史调查或民俗调查的，等等。所有这些勘察家、军人、传教士或学者，在他们的各种调查活动中都或多或少地接触到民俗学调查，其中包括少数民族的口头文学。殖民主义者是非常懂得利用民俗学调查为其侵略目的服务的；其中有不少人是在他们的侵略性的职业活动中自然而然地变成了所谓"海外民俗学家"。

美国民俗学家理查德·多逊（R. M. Dorson）在《英国民俗学研究》一文中谈到英国的"海外民俗学家"时说："英国人在全世界旅行、教书、传教和管理。一些重要的民间传说和译本，都是一些住在亚洲和非洲的传教士、旅行家和殖民地官员带来的。"又说："政府官员和传教士相信，熟悉当地的民俗对他们的工作（按即指殖民主义侵略和统治——引者注）会有无可限量的帮助。"

关于这一点，英国人班恩女士（C. S. Burne）早在 1913 年在她的《民俗学概论》的导论中就已经讲得很明白了。她说："民俗学对于人类知识的总量上恐不能有太多贡献，但有一个非常实用的效果会从这种研究中产生出来，就是：统治国对隶属民族从此可以得出较好的统治方法。"为什么呢？班恩女士引用了丹波爵士（Sir Richard Temple）和茹侁特夫人（A. R. Wright）的两段话来证实她的论点。丹波说："我们倘不研究隶属民族，那么恐怕我们永远不能正确地理解他们。我们要记住：亲近和正当的理解可以产生同情，同情可以产生良好统治，那么，谁能说'亲近、理解、同情、良好统治'和能够使这些成为现实的科学研究不中用呢？"你看，研究民俗学在西方资产阶级学者看来是一项不可缺少的重要工作，它可以使殖民主义国家获得统治被压迫民族的良好方法。茹侁特夫人说："乡下人内心的情绪，都和他们的传统语言及语调联系在一起，你们只要控制得到他们的语言形式，你们就能把他们的心弦操在你们的手中。"这也是一语道破了殖民主义者为什么爱上了民俗学这门科学的秘密。

理查德·多逊对于民俗学的反人民的作用也是理解的。他在1962年给美国议员韦恩·莫尔斯（W. Morse）写了一封信，向美国政府献策，认为利用被压迫民族和被压迫人民的风土习惯、神话传说，就能很巧妙地操纵他们，而且他认为民俗学是加强帝国主义推翻一切共产党国家的战斗力的手段。美国某些人士不了解民俗学的作用，竟把民俗学与教堂音乐等同看待而主张削弱民俗学和教堂音乐的经费，他批评：这"说明他们不知道民俗学能够深入下层千百万群众的内心深处，若利用风土习惯，传说神话，就能很巧妙地操纵他们"。他认为，如果照那些不懂民俗学研究的妙处的人的主张去做，就会"削弱自由世界企图要推翻一切共产党国家的战斗力的"。多逊提出这种见解和主张，是针对着斯大林时代的苏联以及其他社会主义国家把民俗学作为加强共产主义的意识的手段而发的，其中特别提到中国，并引用了19世纪老殖民主义英国以及纳粹德国也都很重视民俗学的情况作为立论的依据，他说："在19世纪，从英国派往殖民地的官员和传教士们完全体会到，要了解和他们打交道的人们，最有价值的方法就是了解他们的民俗，于是他们就搜集了很多很好的民俗材料。新西兰的总督葛来爵士（Sir G. Gray）是第一个搜集新西兰岛上毛利族的许多传说的人，也是成功地统治他们的人。"①

这番话说得也十分明白，赤裸裸地表明了帝国主义国家的民俗学和它们的殖民主义侵略政策之间的密切关系。多逊还指出，纳粹德国把民俗学当做控制、沟通本国与他国人民的思想的有力媒介，并利用民俗学充实了他们的"民族统治论"。谁都知道，在第二次世界大战以后，美帝国主义代替了法西斯德国的地位，横霸全球，到处伸出魔手，千方百计地镇压亚、非、拉民族解放运动，而在国内则实行对黑人的种族歧视。"民族统治论"依然从纳粹德国那里衣钵相传，成为美帝国主义的侵略和镇压政策的理论根据。多逊的理论比班恩女士之流的见解更激烈得多。新殖民主义者向老殖民主义者学习统治被压迫民族的办法，可谓青出于蓝而胜于蓝了。

在英国政府派遣远征队武装侵略西藏的年代，英国就早已出版了西藏的民间传说。当然，企图通过我们的口头作品及其他调查了解我国各族人民的思想与愿望，为殖民主义侵略开路的，不只是英国的殖民地官员、旅行家和传教士，还有许多不同国籍的这类人物。这些传教士、军官、探险家、殖民地官员、文化间谍等在我国少数民族地区进行各种探测活动中注意民俗调查，是企图了解我们这些民族的生活方式、风土人情、社会历史，了解他

---

① 葛来在他所写的一部《多岛海神话》的序言里曾说他著书的目的并非全为学术，大半是政治上的手段。甚至还举例说他怎样假借神话的历史来欺骗新西兰人。说：譬如要造一条铁路，倘若对他们说这事如何有益，他们决不肯听；我们如果根据神话，说从前某某大仙，曾推着独轮车在虹霓上走，现在要仿它造一条铁路，那便无所不可了。——见《鲁迅全集》第 1 卷第 403 页。

们的思想和愿望，以便寻出进行侵略和统治的手段，掌握他们的命运，用西方民俗学者的说话，就是巧妙地"操纵"他们。美国的传教士们在云南怒江地带曾经为傈僳族、拉祜族编造拉丁文字，译出了傈僳语、拉祜语的《圣经》；此外，他们大概还怕用《圣经》不能俘虏这些民族，据说还伪造了这样一篇神话：上帝有两个儿子，大儿子名孔明，二儿子名耶稣，过去大儿子掌事，所以我们要信奉孔明，现在大儿子孔明退休了，掌事的是二儿子耶稣，所以我们现在不应信奉孔明而应信奉耶稣了[①]。当然，殖民主义者借助于民俗调查的，远不只直接利用民俗材料向群众进行欺骗宣传，他们更大的罪恶目的，是对被压迫民族实行殖民主义侵略和统治。1895 年，英国的戴维斯少校（H. R. Davis）在云南作了包括语言、民俗在内的全面考察，他的考察结果之一，是捏造古代南诏国是由傣族建立的[②]，从而挑拨当地的民族关系，又鼓励泰国的扩张主义。这位军人在他的海外勘测工作中居然变成了一个语言学者，他在语言学中所显示的政治阴谋难道还不够明白吗？法国的传教士保罗·维亚（Paul Vial）从 1899 年起，在《阿诗玛》的故乡云南路南县一带，一边传教一边搜集各种彝族资料，他不仅也把《圣经》译成彝语，在彝族群众中深入地进行奴化宣传，而且还把法国和彝族直接联系起来，编了《彝法辞典》，并写了《保保与苗子》一类著作。这岂不远远超过了一个神职人员的职责范围吗？再看美国的洛克博士（Joseph F. Rock）。洛克博士在云南前后住了 20 年之久，他是解放前夕才离开那里的。他曾经雇用了许多人陪同他考察了纳西族聚居

---

① 江应梁：《西南边疆民族论丛》，第 256 页。
② 戴维斯：《云南——印度与扬子江之间的锁链》，1904 年出版。

区、西藏以及我国西南各省①，他说他为了探测中国"这个神秘的、不可思议的国家"，"从暹罗一直走到蒙古的西南部"②。这位洛克博士自称是一个农艺学家，可是他此刻在研究纳西族的文学，又写了关于纳西族历史和地理的著作《中国西南部的古代纳西王国》，书末还附有他亲自绘制的几张十分精细的地图。洛克博士研究纳西族的"宗教文学"，目的也不过是要了解和掌握中国这个"神秘的国家"的一个民族的社会生活、风俗和思想。这些军人、传教士和博士们从事考察和著述，往往不过是抱着殖民主义侵略的罪恶目的来研究我们这些边陲地区的民族而已。不久前我又看到由一位叫 A. H. 弗兰克（A. H. Franke）的摩拉维亚教传教士所搜集的藏族的《格萨尔》，这个记录本是从 1905年到 1941 年在孟加拉皇家亚洲学会陆续全部出版的，书的前言中，竟公然把西藏和中国说成是两个国家，说什么西藏是一个"佛教国家"。所有这类伪造历史、挑拨离间的行径，目的无非是妄图把我们的一些民族地区从中国的版图上分割出去而已。

　　殖民主义者到我国少数民族地区进行各种勘测、调查活动，除搜罗可供他们利用的民俗学及其他各种资料而外，他们也广泛搜集文学艺术作品以及其他文物，供欧洲的"文明人"欣赏。奴役和掠夺，这正是殖民主义强盗的本色。我国古代记录的民间创作，有的至今还陈列在资本主义国家的博物馆或图书馆里。大家都知道，英国的斯坦因是著名的敦煌文物的最大的盗窃者。在军阀国民党统治的黑暗年代，接踵而来到我国少数民族地区进行勘探和盗窃活动的，还有俄、德、日等国的帝国主义和殖民主义分子。这里我还要特别提到上面所说的美国人洛克，洛克所盗窃

　　①　洛克：《纳西纳加崇拜及有关仪式》，1952 年版序言。
　　②　洛克：《中国西南部的古代纳西王国》，1947 年版前言。

的纳西族的东巴经，大部分是口头文学。斯坦因在我国新疆、甘肃一带到处掘古墓，寻秘洞，任意搜罗我国古代文物如入无人之境。他在《西藏考古记》（1932）中还毫不掩饰地叙述了他在敦煌千佛洞盗窃我国古代文物的全部经过，自供从中国盗走的佛经、文学著作、古画、绣品等，一共装了34口箱子。他说：他把其中大部分好的都运往英国（次好的留给印度，作为英印政府供给他经费的条件），直到"平安地安置于伦敦不列颠博物院以后"，这时他"才真正如释重负"。这是一个强盗的坦率的自白。再看看洛克博士，他在《中国西南部的古代纳西王国》的前言及其他著作中也不止一次地炫耀他自己从中国盗窃《东巴经》及其他名贵文物的经过。他说他搜集了4000份以上的纳西族象形文字的手稿，还有部族首领（按指木家土司——引者注）所珍藏的手稿、家谱以及唐宋时代保存下来的传家宝。他洋洋得意地说："有一些原稿在今天是任何一个东巴或纳西祭司都没有的。"洛克所盗运的两部藏文佛经《丹珠》和《甘珠》的木板，据说一共装了92驮，在1945年送到美国国会图书馆。斯坦因和洛克不但公然大批盗运我国文物，而且还毫不掩饰地炫耀自己的强盗功绩，这正是恬不知耻的殖民主义分子的自画像。洛克及其他深入我国少数民族中的传教士、探险家在民俗调查中也直接记录了一些口头创作，例如上述藏族的民间传说、史诗《格萨尔》等便是。

我们就再看看洛克是怎样在我国果洛藏族地区进行搜集工作的吧。他说："一个外国人，只有在用现代的武器充分武装起来并且组成一大帮人的时候，才能到这里来旅行。可是人越多，他的旅队也就越加笨重不灵。在这个地区旅行的人，必须是灵便的，不能用行动迟缓的牦牛，而只能骑快马，弹药要充足，要有最好的来复枪。"洛克还有一些关于他在阿尼马乡山探险的困难

以及他所采取的对付办法的生动回忆，恕我不再引了。这位探险
"英雄"在我们的民族地区进行武装勘察的狰狞面目，于此可见
一斑。

三

帝国主义和殖民主义者虽然千方百计地利用各种手段，其中
也包括利用民俗学这一手段，以达到他们侵略和征服我国各民族
的目的。但是他们的阴谋和野心在觉醒了的中国人民面前是永远
不能得逞的。在党和毛主席的英明领导下，我国各族人民终于推
翻了反动剥削阶级的统治，赶走了包括所谓"探险家"、"考古
家"在内的一切帝国主义和殖民主义侵略者。

我国各少数民族在全国革命胜利以后，翻身作主，与汉族人
民一道跨进社会主义社会，他们的世代相传和新创作的各种口头
文学，这时也才从反动统治阶级和帝国主义者的摧残下解脱出
来，得到党和国家的重视，并且在社会主义革命和文化建设中发
挥它们的作用。

解放以后，我们首先改变了人们对待少数民族的态度和对于
他们的口头创作的认识，尊重劳动人民，尊重少数民族，也尊重
他们的口头文学创作。我们反对那种瞧不起劳动人民和少数民族
的资产阶级贵族老爷的态度和盲目崇拜西欧资产阶级文化的民族
虚无主义观点，也反对了大汉族主义和地方民族主义。劳动人民
是世界历史的创造者这一马克思主义的基本原理，在少数民族的
口头文学的发掘工作中显示了它的光辉意义。党中央制定的各民
族一律平等的政策，发展社会主义的民族的新文化的政策，文艺
为广大人民服务和百花齐放、百家争鸣、推陈出新的方针，以及
毛主席对民间文学工作的指示，为我们的民间文学工作规定了明

确的方向和道路。我们重视采录整理各少数民族的口头文学（包括遗产和新作两个部分），目的是十分明白的，就是为了进行社会主义的文化革命，创造社会主义的文学艺术，使上层建筑与社会主义所有制的经济基础相适应，从而推进社会主义革命和社会主义建设。美国民俗学家多逊攻击社会主义国家正确利用人民口头创作为革命服务时，首先攻击苏联在斯大林领导的时期把人民口头创作（多逊用的是"民俗学"——引者注）作为加强共产主义意识的手段，其实这样做是十分正确的。在利用口头文学为革命服务上，多逊特别指责了中国。在我国，无论从全民采风运动来说，还是从广泛记录旧时代各族人民的各种口头文学来说，或者是从我们的革命和建设中充分发挥口头文学的作用来说，都出现了不少新的情况。我国民间文学工作在走着一条社会主义的新道路。

各少数民族的口头文学，在我国社会主义革命和建设中是怎样百花齐放，又怎样发挥作用的呢？

第一，充分重视群众口头文艺创作配合革命斗争的教育作用。过去在革命战争的烽火中，全国解放以来，群众口头文学创作都起了配合革命斗争和武装人民思想的重要作用。少数民族在民主改革和跨进社会主义社会的跃进中，都以自己特有的诗歌和其他文艺形式创作了大量歌颂党、歌颂毛主席与反映革命斗争和建设的新作品；久不弹唱的艺人们也重新编唱起来；各民族的民间文艺都有了新的发展。许多的新作品都起了团结、教育人民和反对阶级敌人的战斗作用。而且，记录和出版旧时代人民的优秀作品，也起了提高民族自尊心与团结各族人民的作用。《阿诗玛》的出版就受到了撒尼人的热烈欢迎。彝族人民对采集民歌的同志用歌来表示欢迎说："从前我们在高山上唱歌，歌声被风吹走了；在河边唱歌，歌声被水冲走了；可是今天我们唱的歌，毛主席派人记下来，还要印成书。"美国民俗学家多逊，一方面指责我们正确地运用人民的口头创作为革命服务，另一方面又建议美国政府利用民俗学来操纵被压迫民族的民众心理，建立殖民主义统治即所谓"良好统治"，也正是帝国主义观点的表现。难道人民的诗歌、传说和笑话，应当为反共、反人民的压迫者和侵略者所肆意歪曲和利用，而我们为了进行革命斗争，为了建设社会主义，反而不应当运用人民自己的文艺武器吗？不，毛泽东同志的"从群众中来，到群众中去"的马克思主义原则，应当也成为民间文学工作的第一个指导原则。

第二，革命文艺创作必须解决民族形式问题。我们的革命文艺要为占全人口百分之九十以上的劳苦群众服务，传播社会主义和共产主义的思想，第一要反映社会主义革命和建设的现实斗争，第二就要解决民族形式问题。真正做到民族化、群众化，这就要求作家艺术家向民间学习，继承各民族的口头文艺的优良传统。解放以后，我们的革命文艺有条件广泛地吸收汉族和各少数民族的口头文学的丰富营养，使自己具有多民族的斑斓色彩。现在，在少数民族中，已经出现了一批新的诗人、作家；很多民族都有自己的民间说唱艺人，经过学习改造而变成了社会主义的歌手。有不少民族第一次产生了书面文学。反映社会主义革命和建设以及由民间传说改编的歌舞、长诗、戏剧、电影、小说相继出现。50多个少数民族开始产生了自己的社会主义文学。

第三，研究各族人民的口头文学，是研究我国文学发展历史的一个极为重要的方面，这对我们是一个新课题；同时利用人民口头创作正确地阐述社会发展的历史，也是从马克思、恩格斯就已开始采用的马克思主义科学研究的优良传统，我们非常重视继承这一优良传统。在我国社会科学以至自然科学的研究工作中，特别是历史、语言、民族、农艺、宗教等的研究中，少数民族的口头文学正发挥着重要的作用。口头文学是各民族的文化奠基者——劳动人民的生活和斗争的知识总汇，它们不只是文学，往往也是科学材料；不仅是现实的生动写照，又是对历史的忠实记录；所以从这些作品里面，我们可以看到一个民族的历史，也可以得出很多在科学研究上有益的结论。正因为这样，少数民族的口头文学 15 年来才成为民间文学工作者和历史研究工作者、语言学工作者、民族学工作者、音乐、戏剧、美术、舞蹈等艺术工作者共同调查研究的对象。例如口头文学对我国少数民族社会历史研究工作就极为重要。上面所提到的戴维斯捏造说古代南诏国是由傣族建立的，但我们知道，当地流传至今的南诏时期的口头传说（如白族的《蝴蝶泉》、《火把节》）便是揭穿这种谬论的有力佐证；同时在傣族的口头传说和史籍中，也没有涉及南诏国的记述，这又是有力的反证。这个例子就足以说明口头文学对于历史科学研究的重要作用了。

　　50 多个少数民族的口头文学，在我国第一次进行普查记录，从口头写到书面上。我们把优秀作品列入我们的文艺宝库推广流传，同时又以大量资料提供给科学研究事业。它们是在人民政权下第一次显示自己特有的艺术光彩和科学价值。但是，不论是为了用优秀的作品武装人民的思想，或是为了推陈出新发展民族形式的社会主义新文艺，也不论是为了发展马克思主义的科学研究，都必须以无产阶级的立场和观点进行马克思主义的阶级分析，作历史的研究，批判地继承人民自己的这些文化遗产。毛泽东同志说："清理古代文化的发展过程，剔除其封建性的糟粕，吸收其民主性的精华，是发展民族新文化提高民族自信心的必要条件；但是决不能无批判地兼收并蓄。必须将古代封建统治阶级的一切腐朽的东西和古代优秀的人民文化即多少带有民主性和革命性的东西区别开来。"① 我们要遵循毛主席的这些指示。

一、旧时代的口头文学虽然是劳动人民自己的创作，是被剥削被压迫者的艺术，具有强烈的民主性和革命性，但它所反映的阶级思想是异常复杂的；反动统治阶级的思想影响和他们的篡改、伪造，是大量存在的。

二、在阶级社会产生的各族人民的口头创作，主要是农民、牧民、猎人、渔民和手工业者的创作，小生产者的世界观的局限性不可能不在这些作品中反映出来，而小生产者的世界观与无产阶级的世界观是相对立的；即使是原始社会的古老作品，也不免带有古代社会的落后痕迹。

三、少数民族的口头文学与各民族的民间风俗、宗教信仰往往是结合在一起的，有一些口头文学反映了落后风俗和迷信。

由此可见，继承劳动人民自己的文学遗产，也不能采取兼收并蓄的态度。采录各少数民族的口头文学，重视全面搜集和忠实记录是十分必要的，因为搜集不全面，记录不忠实，就不可能进行历史的研究，得不出合乎实际情况的科学的结论。然而，说到推广，就只能是取其属于精华的东西，而且由于过去的东西往往是糟粕与精华混在一起，还要做一些分析批判的工作。这样，怎样识别精华与糟粕，吸收精华而剔除糟粕，怎样给优秀作品以应有的历史地位，就成为我们研究工作中的一个重要课题。

由于采录、收集各少数民族的口头文学是各族人民翻身作主以后的一件大事，新中国成立15年来，在党和政府的提倡和积极支持下，我们在全国范围内逐步开展了各少数民族的口头文学调查采录工作，至今已收集了大量的作品和有关的资料。特别是1958年，毛主席提倡搜集民歌，把汉族和少数民族的口头文学

---

① 《毛泽东选集》第2卷，第701页。

的采录调查工作推进到了一个新的阶段。许多少数民族聚居的省、区，在采风运动和编写各少数民族的文学史和文学概况的工作中，进行了有计划、有组织的重点调查或普查。有的地区，自治州州长、县长、州委书记、县委书记亲自主持调查采录工作。各地民间文学工作机构、作家协会、大学中文系、艺术院校、群众艺术馆，这样或那样的机构都参与了民间口头文学的调查。首先是从口头上记录作品，同时也搜集了寺院或民间保存的经典、抄本，并组织了翻译工作。贵州、广西、云南、青海等许多省、区都编印了成套的民间文学资料汇编。而且，同一民族、同一作品，各有关省、区分头调查或互相协作，各种异文和不同的抄本相继出现。15 年来，许多优秀作品陆续出版。我们已看到了 50 多个少数民族的口头文学作品。

这种在人民政府的支持下有计划、大规模地调查采录工作，在历史上是少有的。如果回头看看历史上少数民族的口头文学在我国史书中少得如同凤毛麟角，我们就不难懂得人民革命的重要了。我为什么要叙述这些大家都已熟知的情况呢？因为我们有必要把帝国主义分子对我们的诬蔑同我国的民间文学调查采录的实际情况稍加对照。最近我偶然看到美国罗汉·巴龙德斯（R. de Rohan Barondes）在 1960 年出版的一本《中国的风俗、传说与诗歌》中有这样一段话："当前中国的混乱状态已经破坏了所有美学的发展；雕塑艺术已经在它的出生之地濒于灭绝，甚或已经灭绝。审美观念已经无可救药地走向退化，不管用多么精心复杂的艺术设计也无从得到补偿了。人们已经丧失了这方面的兴趣，同时搜集、研究和出版等也都告终了，因为艺术是依赖于中国人对于自然美与自然兴趣的发自内心的情感的。他们的艺术家们现在十有八九都成了在稻田里干活的苦力了。"

这位哀叹我国艺术"灭绝"的先生，造谣的本领实在惊人。

他攻击我国作家、艺术家深入工农群众参加劳动，改造思想，也并不奇怪，我们已经从帝国主义那里听够了这种叫嚣。关于雕塑艺术，因为这里不探讨，不必多说。但略微知道一点我国美术界的情况的人就知道美国的这位哀叹家煞有介事地喊叫"灭绝"多么可笑！真是搜集、研究、出版等在我国"都已告终了"吗？看看我在上面大致描画的少数民族口头文学的搜集、研究、出版的状况，难道还要我们再费什么唇舌来驳斥巴龙德斯的谎言吗？早在十年以前，G. 杜西（Giuseppe Tucci）在为洛克博士的《纳西纳加崇拜及其有关仪式》写的前言中，就叫喊过什么，"最近，事态的发展已经完全打乱了（纳西的）传统，很可能纳西的宗教文学也将要灭绝。这就使得洛克博士的研究工作变得更加重要起来"云云。美国的先生们这样为我们的民族文化传统的命运担心，好像必须由他们来拯救似的；而这种喧嚷，正是美帝国主义敌视我国革命胜利，并为其殖民主义侵略阴谋放的一种烟幕。他们以上帝的仁慈关怀我们，而背后却藏着屠刀。杜西先生叫嚷我们很可能"灭绝"纳西的传统；过了九年，巴龙德斯先生就喊"濒于灭绝"，"甚至已经灭绝"了"所有美学的发展"，真是一个叫的比一个欢。实则我们所有的文学艺术都在发展着，我这里谈的只不过是少数民族口头文学的采录发掘工作而已。至于深入群众，参加劳动，与工农群众打成一片，也是民间文学工作者的一个根本原则。因为不改造非无产阶级的思想情感，就不可能了解表现劳动人民的思想情感的作品。难道像洛克那样带上快枪，骑上快马，由大队人马护送到我们民族地区去，就能够搜集到人民的口头创作吗？洛克在丽江地区长期居住，依靠勾结土司，用钱收买了一些《东巴经》的抄本之类，但是他绝不可能理解我们的少数民族人民的。我们现在无论是从群众的口头上记录作品，还是搜集《东巴经》一类抄本，都比洛克所能看到的不知要多多少倍。遗憾的是，被洛克盗走一些"传家宝"或一部分珍贵的藏经木板，由于失盗，我们确实是没有了。这是令人感到遗憾的。

1964 年 7 月 12 日夜

（选自《新园集》，中国民间文艺出版社 1981 年版）

论民间文学的整理

　　民间文学搜集整理中的"整理"问题，是引起国内外学者注意的一个问题。有的人不赞成有这一道工序，认为应废除"整理"二字；有的对它表示怀疑。

　　在国外，民间文学大都属于民俗学、人类学、民族学的研究范围，因为是科学研究工作，所以他们十分重视材料的科学性，可靠性，这是不难理解的。我也认为，记录民间文学，作为科学研究的对象和依据，是不可以任意修改的。一旦材料失真，研究工作便无法进行，更难得出科学的结论。

　　那么，民间文学工作中，应不应有"整理"呢？整理的内涵是什么？下面我想就这个问题及与此有关的问题谈谈我的看法。

民间文学需不需要有"整理"

　　"整理"所以成为一个问题，似乎它与科学研究是对立存在的，有了它就会导致真伪莫辨。这显然是一种误解。1950年，中国民间文艺研究会成立，会章明确规定会的宗旨是："搜集、整理和研究中国民间的文学、艺术，增进对人民的文学艺术遗产的尊重和了解，并吸取和发扬它的优秀部分，批判和抛弃它的落后部分，使之有助于新民主主义文化的建设。"在主要工作项目中还明确规定要"广泛地搜集我国现在和过去的一切民间文艺资料，运用科学的方法加以整理和研究"，"刊行、展览或表演整理、研究的成绩，以帮助民间文艺的创作、改进与发展"，还要求"进行学术性的座谈会、讲演会，作专题报告以及发起民间文艺的保存、研究活动"。这里，"整理"是被作为一项与研究并列的工作提出的，即搜集了民间文艺资料之后，一要整理作品，加以刊行、展览或表演；二要进行学术研究活动。不言而喻，我们的任务是：刊行或演唱、展览所整理的作品，为广大人民服务，同时把民间文艺作为科学研究对象，要求产生研究成果。

所谓"整理"，要用科学的观点和方法，在我理解就是要用马克思主义的观点和方法，即以辩证唯物主义和历史唯物主义的世界观和方法论为指导，包括应用现代科学研究中不断出现的新的分析方法，来观察和整理民间文学艺术。整理民间文艺的要求，也明确地提出"吸取和发扬它的优秀部分，批判和抛弃它的落后部分"，其目的是出版民间的优秀作品，使之推广流传，为广大人民服务。"批判和抛弃它的落后部分"是整理工作的一个方面，也是一个原则。这种整理工作当然是同研究本身结合在一起的，要坚持历史唯物主义的认识论，同时也应努力为献身四化、振兴中华的社会主义伟大革命事业服务，这样才是取舍恰当的正确的整理。从实践经验看，只有真正坚持历史唯物主义的观点，克服"左"的观点，才不致把时代的局限性与"糟粕"或"毒草"混为一谈，才能正确地区分民间文艺的优秀部分与落后部分。

为人民服务，为建设社会主义和实现共产主义理想服务，是我们发掘各民族民间文学艺术的目的。研究工作也应服从于这个目的。因此，我们并不是以菁芜混杂，仅仅把所搜集的材料作为科学研究材料为满足。为广大人民提供民间的优秀作品与科学研究的需要，有矛盾的一面，但又有一致的一面，不应当把它们对立起来。说它有矛盾的一面，是指向群众推广流传的作品应是经过选择的优秀作品，封建迷信、低级落后的东西不在入选之列，而是属于应当批判和抛弃的部分；作为科学研究材料，范围就更大得多，不应受此限制。向人民推广流传的作品，经过了剔伪存真、去粗取精的整理工作，与原记录稿相比，有所删改，对科学研究者说是不能以此为满足的。他们应当看到全未改动过的原始记录，而且还有鉴别取舍得当与否的责任。但是，就向广大人民推荐的这部分优秀作品而言，应力求以原作相见，经过整理改动的，也该是改动不大的。这部分属于精华的作品，要存真，而不是失真。因此它们的科学性与艺术是统一的。

为人民服务的崇高目的，似乎掩盖了过去强调加工的错误倾向，研究者们对我们的"整理"表示怀疑甚至头疼的态度，也是可以理解的。

国内也有同志主张废除"整理"一说。"整理"果真能够废除吗？我想罪过不在于用了"整理"这两个字，而在于实际工作中有无"整理"的必要，在于怎样理解整理工作。

我先说地下文物的整理工作。

前年我到陕西临潼看半坡村发掘出来的唐代兵马俑，还看到了尚未展出的一具铜马车，刚从地下发掘出来时，全部车、马、人成了5000个碎片，我们参观时考古人员正在进行整理修补和复原工作。一辆古代战车式的铜马车和车前的铜马，已连缀修复陈列在那里了，驭者刚恢复原形，坐在案头，还没有请他坐在车门口，作出挥鞭前进的姿势。这就是文物的整理工作。没有考古人员的这种整理，就不能使珍贵文物恢复原貌。民间文学是活在口头上的语言艺术作品，整理工作当然有与地下文物不同的特点，但同样有需要整理的问题。民间文学靠口头说、唱流传，又因人、因地不同而有各种异文，甚至也有散失不全的情况，这就需要有一番整理工作。不是所有的作品都需要整理。例如一首民歌，词句是一定的，也无异文，或一篇故事中的定型化的词句，这些就不需要整理，只要照原话记录下来便好，手抄本中如有缺字也只能说明残缺，不需添上一个字或一个词。如果一篇作品，无论是民歌、民间故事传说或叙事诗，在一个地区有不同的流传异文，一个人讲故事因前后有不同的环境和不同的情绪，也会讲述不同，这就不能没有整理这一道工序。当然，不同地区、不同民族的色彩显著不同的异文，不能整理为一个作品，这是不消说的。同一地区流传有大同小异的地方，这也是民歌、故事中常见的，何况有的作品还是经过比较，去伪存真，恢复原作或须删去个别有害的成分。一篇故事或一首民歌，经过一番整理，目的是使其更加真实和完美，表达出原有的艺术光彩。在散文作品中，至少有文字规范化的问题。一般地说，从口头到用文字写定的过程本身，就有一个文字整理的过程。"一字不动"的说法，事实上往往是不存在的，也未必是真正的忠实。

因此，整理的工序事实上是存在的，也是不应废除的。

整理应有严格的限度

作品有需要整理的与不需要整理的两种。由于搜集民间文学的第一个目的是直接以作品为人民服务，所以整理就显得更为必要。建国后革命文艺工作者中有的人虽抱有为人民服务的意愿，但他们易于把整理民间文学尤其是整理民间故事这种散文作品看成是自己的写作，把整理人民的作品与自己的写作混淆起来。民间文学搜集者和出版者，同时也出于"为人民服务"的热情而错误地主张不适当的过分加工。这就扩大了整理工作应有的科学界限。甚至也有人把民间文学的整理与改编或以民间文学为素材的再创作混淆起来。这就是造成科研工作者怀疑"整理"或持反对意见的原因。我们赞赏、推崇人民口头文学的艺术成就，并要继承和发扬其成就以至建立中国的民间文艺学，便不能不认识民间文学的特点，不能不重视搜集整理工作的科学要求。因为工作没有科学性，也就损害了艺术性。过去历代记录保存下来的民间文学，往往经过了文人的加工，然而这一点并不可取。例如郭沫若谈到《诗经》时认为，从诗的形式主要是四言、音韵差不多一律来看，证明是经过删改的。因为风雅颂的年代绵延了五六百年，国风采自 15 个国家主要是黄河流域，但也远及长江流域。在这样的年代里，这样宽的地域，诗里面的变异性很小，不是经过一道加工，就不易呈现统一性。音韵的一律就是在今天都很难办到，南北东西有各地的方言，音韵有时相差很远。①郭老的论断是符合实情的。《中国民间歌曲集成·湖北卷》，把《楚风》所在的湖北按方言声调的不同划分为五个地方色彩区，证明单是一个楚国，也因各地区方言、声调的不同，而有不同的音韵。如果诗经不经过一个孔子或几个孔子的删改加工，保存着 15 个国家的风雅颂在形式、音韵上的差异和特色，岂不更好？可见注意工作的科学性，保持作品原貌，是十分必要的。如果以为民间作品不经作家的加工就是粗俗低下的，那是极端错误的。

---

① 郭沫若：《简单地谈谈诗经》，1951 年 1 月《文艺报》第 3 卷第 7 期。

　　我们提倡"忠实记录，慎重整理"。整理是不能废除的，但必须持慎重的态度，也就是说要做到是一种科学的整理，不是随意外加一些东西。要保持民间文学的纯洁性，让人看到它们的原有风貌。

　　建国初期重新修订出版的《陕北民歌选》，编者何其芳同志也做过一点整理工作。例如《打清涧城》一首后写了这样一条注释："此歌根据米脂、延长、葭县三地采录稿对照写定。"这"对照写定"，让不同的流传稿取长补短，就是一种综合整理。没有这种整理，可以有三种大同小异的采录稿，却不会有一个比较完善的作品。又如《打桃镇》，有一条注释说："桃镇，即桃花峁，在米脂境内。"词未记全，采录稿最后尚有两行："镰刀、斧头、老镢头，砍开大路群众走……"这一首注明采录稿中有残缺，还说明了原稿中还有两句未被采用，编者没有添改什么。以这样一种严谨的科学态度整理作品，作注释，自己不任意改动就是"慎重整理"。这是慎重整理民歌的一个范例。

　　对于民间故事、传说来说，整理工作就是要求把一篇故事用准确、朴素而生动的语言富有光彩地表达出来；或者根据同一地区流传的同一故事的异文加以综合整理。口传的民间故事、传说，一般都有生动的语言。语言既是构成作品的素材，又是流传的手段，故事是否生动，语言是个关键。故事因流传地区不同而具有不同的地方色彩，首要原因之一也在语言。因语言的不同而使故事地方化。失去了生动的语言，就使作品丧失了一大半生命。整理者必须保留故事讲述人的生动语言，而不应代之以自己所熟悉的一套来自旧章回小说或什么地方来的书面语言，也不好用这一地区的方言整理那一个地区的民间故事、传说。用非当地人民的语言整理，便易于使故事丧失语言艺术的地方特色，而不免于照猫画虎。

新近出版的《泰山民间故事大观》① 中有一篇《饿狼寺》的传说，书中将同一篇故事的录音稿与加工过大的整理稿作了鲜明的对照。

故事大意说：泰山后有个寺，管理寺院的只有老和尚志清一个人。一名叫李俊的教书先生，因失去工作，走投无路。志清和尚让李俊到他的寺院里住下，并给城里的一位朋友写信托找工作。李俊临走很担心志清和尚一个人受狼的危害，他劝和尚千万小心，不要对狼讲善心，因为狼是要吃人的。

李俊下山去城里教书。两个月后，忽然做了一个梦，梦见志清和尚来找他，满身血淋淋地站在他的面前，说后悔没有听他的话，果然被狼害了，希望把他遇害的事告诉别人，永远不要再对狼发善心。李俊惊愕。第二天请假上山到寺院里去看，敲门无人应，砸开窗户进去，只见地上骸骨狼藉，还有一条死狼躺在那里。原来志清和尚把狼关在屋里，结果狼把他吃了；但狼也走不出去，饿死在屋里了。从此，这个寺就叫饿狼寺。

这是一个东郭先生式的故事。吴绵的录音稿，照讲述人的讲法，故事是这样开头的：

> 泰山后边有个叫三岔的地方有个寺。从前那个寺里有个叫志清的老和尚，在那里管理寺院，因为那地方香火不盛，养不了多少和尚，只有他自己在那里。
>
> 有一天，他正在打扫寺院，突然听见外面有人哭。他急忙出去一看，有个衣衫很破烂的人在树底下哭。他问：
>
> "你为什么哭呀？"

---

① 陶阳、徐纪民、吴绵编：《泰山民间故事大观》，文化艺术出版社1985年版。

故事就这样讲下去了。

在他们用录音记录以前，报纸上已发表过《饿狼寺》的一个整理稿，却是这样开头的：

> 在泰山极顶玉皇顶的后面的山谷中，有个三岔路口。三条崎岖的山路顺着三条山沟向不同的方向伸向山峦深处，人们把这个岔路口取名叫做"三岔"。

整理者是用小说式的描写和欧化的语言描述了"三岔"地方的地理形势和"三岔"一名的来历。接着又作了如下描写：

> 此处松柏苍翠，峰峻石奇，云烟苍茫，地势偏僻。有一座孤零零的小寺院，坐落在半山腰间。俗语说："地偏僧稀"，因为香火不盛，所以只有一个名叫志清的老和尚给看管着寺院。

> 此时，正是春天，桃杏花盛开，杂于苍松翠柏之间，红绿相依，娇艳无比，涧中春水淙淙，枝头翠鸟歌喉婉转，峭壁上迎春花倒悬，"名山佳境更宜春"，泰山春天果然景不凡。

这两段描叙，文字倒也是很美的，但完全是出于整理者的手笔，采用了过去章回小说的写景方法，虽然把寺院的环境、春天的景象描绘得甚是热闹，但不免落入俗套。故事家或一般群众讲民间故事，都是用自己的家乡话及故事在流传中定型化了的语言铺叙描绘，几句就把故事讲得活灵活现。他们的着眼点在于讲故事，而不是堆积辞藻，描绘风光。相比之下，采用文人的笔墨进行整理，花红柳绿铺叙一大片，实在远不如人民群众讲故事，开门见山，有什么说什么。看来整理时加工过多，特别是采用知识分子语言或书本的套语辞藻，把几句话就可以说得一清二楚的故事经过这么一转述，往往将简明动人的情节湮没在一些静止的华丽描写中去了。故事进展太慢，不免使听者心急。民间讲故事，在讲者与听者都着眼于故事讲述的本身，而且用本地的语言讲故事，才能使故事成为富有地方色彩的人民的语言艺术。如果采用现代小说的铺叙方法，甚至使用旧小说的一套华丽辞藻，同民间故事的特有文体也不相符。忠实地记录讲述人的讲法，力求保持其语言、口气、神态，使人民的语言艺术用文字写定，可说是民间语言艺术的再现或精彩的表达。过多的加工，使民间文学变成文人的作品，其结果反而会损伤民间讲述故事的艺术性。

再看：

> 一天早上，寺中的老和尚志清正在寺前扫地，忽然一声长叹之声，从不远处传来。智清长老心想：在这种偏僻地方，为什么有人叹息？不由得向声音传来的地方走去。只见在前面不远的树林中，有一个衣衫单薄，年纪约有40多岁的斯文人在独立长叹。①

试将对志清和尚的这一发现的长篇描绘与上述录音稿的同一情况描写比一比，就知道民间讲故事的叙述方式是如何的简明朴素而富于形象了。

陕西临潼民间故事搜集家农民林宏，以自己搜集整理《桂花醪糟的传说》的亲身经历说明违反"忠实记录"的教训，尤其有说服力②。他坦率的自我批评与剖析，使人们更加深刻地认识到慎重整理民间故事的必要性。他说，他1983年5月在陕西《群众日报》上发表的《桂花醪糟的传说》，因故事不是听讲述人讲时记录下来，而是靠事后回忆，加上自己的描写而整理成篇的，单从语言上看，便失掉了地方的特色；细一推敲，更看出由

---

① 《泰山民间故事大观》，第224—227页。
② 林宏：《漫谈整理地方风物传说的几个问题》。在今年4月末召开的民研会第三届学术讨论会（民间传说讨论会）上，我听到林宏同志的发言。

于编造细节的不合理，闹出许多惹人发笑的矛盾来。这个整理稿在故事的开头说："传说唐太宗开元年间，天下大治，万民欢乐。"这里谈的时间，就同唐玄宗和杨贵妃一起吃醪糟的华清宫建造于"天宝十四年"的时间有误。接着又说："调集天下十万能工巧匠，百万民夫，云集骊山，为他修建富丽堂皇的华清宫。"一句话中就用了"云集骊山"和"富丽堂皇"两个形容词；跟着还有：

"霎时，狂风吹号，乌云翻滚，下起倾盆大雨。"他认为这些形容完全失去了民间的语言味儿。他说："我从来没有听过一个讲述者用满口文气给我讲故事。"这篇整理稿中还写了特定时间是："时令正值炎夏。"可是因为讲的是"桂花醪糟"的传说，又讲到"桂花飘香"。他质问自己："难道桂花是夏天开放吗？"总之，林宏发现了自己这篇用满口文气整理出来的故事，失却了地方特色。他说："任凭想象编故事，更是要不得。"

林宏后来千方百计地找到给他讲《桂花醪糟的传说》的老人，请他又讲了一遍，他发现比他半靠回忆编造的故事生动多了。他发现整理民间传说不可走文人化的邪路，不应任意编造细节。不用地方语言，也就必然失去民间文学的地方特色。他的自我解剖，应当引起民间文学界的重视。

把整理、改编和再创作区分开来

整理民间文学要以民间流传的说法、唱法为准。记录民间故事、传说要忠于故事家的讲述，包括语言、结构、情节和风格；歌谣、史诗、长篇故事诗等韵文作品，则应以歌手或群众的演唱为依据。整理者的职责和功绩，就是把民间流传的作品经过整理（有的不需要整理，只需记下便好）按其原貌发表，而不应按照个人的意愿任意加以修改，因为修改了就没有研究价值了，就失去了民间语言艺术的本色而变成伪造的假古董。如果只记下一个故事的梗概，自添细节，写出一个民间并不存在的半真半假的故事，使人误以为是民间产物，那就糟糕了，因此会引起不少误会和麻烦。如果把根据民间创作改编或再创作的作品署明"整理"，那就走得更远了。

歌谣、民间叙事诗，有固定的词句，一般地说，如实记录便可，因流传中有异文需要整理的只是一部分。民间故事传说变异性大，往往因地而异，因人而异，又因系流传的散文作品，语言、结构定型的程序均较差，除了有的在内容上需要整理外，从口头到用文字写定，文字上的规整在大多数情况下是需要的。上面说记录故事家的讲述，要力求保持讲述者的语言和风格，例如孙剑冰记"秦地女"的故事就使人看到秦地女的语言和风格。即使如此，"文如其人"，故事整理者不免带进了自己的文字风格。比如董均伦、张士杰的故事也都有董均伦的风格、张士杰的风格。孙剑冰记录的故事也不是看不出孙剑冰的风格。"文如其人"，在民间故事说来，首先应是故事讲述人的风格，同时也必然流露出整理者的风格，这几乎是不可避免的。少数民族民间诗歌的翻译，也不免使我们看到译者的文风。这种译文，我以为只要忠于原作的内容，力求保持形式、格律，做到传神，就很好了。整理当然容许删削某些对今天读者有害的内容。现在民间文学整理工作中最主要的问题，也是使学者们担心或有不同意见的问题，是整理者任意加工，使作品掺了假，令人真伪莫辨。

改编是按改编者的意图把民间创作加以改写。改编的作品，该是充分发挥某一民间创作在思想内容上、艺术上的特有成就而舍去改编者认为属于有害的、过时的或多余的东西；或者把它改编成其他的文艺形式，例如把鲁班的故事改为电影，把一篇民间传说写成叙事诗。改编属于创作的范畴。改编者在内容上的取舍或形式上的改变，是自由的，他可以改变原作的人物、主题思想和情节。有人把改编与整理说成是同一回事，这是不妥当的。民间作品一经改编，就必然或多或少地改变了原作的面貌；即使保留着原作的精华部分，流传民间作品的风貌却不存在了，它以另一副面目出现了。

至于再创作，作者的自由就更大。他只是以民间创作为素材写成自己的作品。例如李季的《王贵与李香香》，苏联伊萨柯夫斯基的诗篇，都属于这种情况。古今中外名著中不乏其例。

整理、改编、再创作，三者的区别简言之就是：整理是把民间文学作品按照民间流传的原貌完整地拿出来；改编是根据改编者的意图拿出改变了部分面貌的作品；再创作则是完全按照作者意图，在吸取民间文学素材基础上的新创作。前者因系整理，故不能失真，后二者则属于创作的范畴。

整理、改编、再创作三者都属于社会主义的文艺，我们欢迎改编的作品，也欢迎吸取民间文学素材的新创作，但反对将二者与整理混淆起来。整理出版民间文学作品是根本，是繁荣文艺和科学的基点之一，也是我们民间文学工作者的任务。不保持民间文学的本来面貌，不保持它特有的艺术特色和民族风格，就不仅使它失去了艺术的审美价值，也使它失去了作为历史佐证的研究价值，失去了为马克思主义的社会科学及自然科学研究服务的作用。

毫无疑问，如果民间文学工作者同时是作家，他有志于改编民间作品或在民间素材基础上进行创作，应当受到鼓励。民间文学作为文艺的泉源，给作家、艺术家提供乳汁，促进了文艺创作的民族化。也正因为如此，民间文学向广大人民和作家、艺术家提供的作品不应是假古董，而应是真正的民间艺术精品。

忠实记录与利用现代化的科学技术

"忠实记录"是我们搜集、整理和研究民间文学工作应当遵循的根本原则，按照"忠实记录"的要求把我国各民族无比丰富的民间文学从口头上采录下来，用文字写定，使我国各族人民这一巨大的民族文化财富得以保存下来，长久发挥作用。如果没有这种记录，这一巨大文化遗产就会丧失在我们这一代人手中，这不仅是失职，简直是犯罪。我们要建立有中国特色的民间文艺学，也需要全面搜集与忠实记录，只有这样才能发扬人民大众口传文艺中的优良民族传统，便于人们吸取前人的生产和斗争经验，发展和繁荣富有民族特色的社会主义新文艺创作，并且充分发挥民间文学在社会科学以至自然科学研究中多方面的作用。民间文学的美学价值和科学价值都是不可忽视的，但只有遵循"忠实记录"的准则，不失真，才有这一切！

可惜的是，在民间文学的搜集整理工作中，并不是所有参加者都了解到"忠实记录"的重要性。尊重人民、尊重民族，就应尊重人民的、民族的文化创造，任何轻视民间文学的态度都是错误的。民间文学宝库中储存了人民大众的许多优秀作品，同时也有芜杂的一面，清理和研究这一巨大的民族文化遗产，做一番辨伪存真、去粗取精的工作，正是我们的工作职责。整理民间文学也像考古学家整理地下发掘的文物一样，应剔伪存真，保存或恢复作品的原貌。必须以马克思主义的历史唯物主义为指导思想，择精撷华，发扬民族优良传统。要把时代的局限性与糟粕区分开来，切不可以把过去的东西都视为毒草。

过去不易做到"忠实记录，慎重整理"，其原因一是由于"左"的思想作祟和缺乏知识，思想上认识不清，鉴别不清；二是口述笔录，而要做到忠实记录，有闻必录，确也很不容易。因此，今天利用现代化的科学技术进行这一工作是十分重要的。

用录音机、摄像机一类现代化的设备采录民间文学，记录准确，又可加快抢救的步伐。有了录音再整理，整理既有了可靠的依据，又可借以检查整理的可靠性。

1985 年 7 月 12 日

［原载《民族民间艺术研究》（第二集），

广东人民出版社 1986 年 5 月版］

附记：本文发表时，编者的《内容简介》说："民族民间文学搜集工作中应不应有整理？整理的内涵又是什么？这是引起国内外学者关注的问题。""这篇文章，集中地探讨了这一问题。文章着重从整理的必要性、整理的严格的限度与改编及再创作的区别以及整理与现代科学技术的关系这四个方面的问题，作了具体的剖析。特别是在如何掌握整理的严格的限度方面，就民间故事和民歌等的整理工作，举了一些具体生动的实例，介绍一些可贵的经验和教训，值得很好地进行研究、参考。"有人不作具体分析，不考虑"整理"一词在汉语中的存在和应用，主张废除"整理"二字，意在强调采录的科学性，不过是因噎废食。

谈发掘和保存民间文学国宝[*]

——为中、芬广西三江联合调查而作

简要的历史回顾

中国民间文学的搜集整理工作有悠久的历史传统。远在2500年前编选的我国第一部诗歌总集《诗经》，包括风、雅、颂，而最被称道、最感人的是"风"，即民间歌谣。以后历代都曾有过韵文体或散文体的民间文学搜集工作。一种是由政府搜集。《汉书·艺文志》："古有采诗之官。王者所以观风俗，知得失，自考正也。"《礼记·王制篇》也说："命太师陈诗，以观民风。"那时是怎样采集民间诗歌的呢？《汉书·食货志》中有一段描写："孟春之月，群居者将散①，行人振木铎徇于路，以采诗，献之太师，比其音律，以闻于天子。"太师是掌管音乐的官，也是搜集民歌的参与者。有人提出："……采诗

_____

    * 1986年4月4日在广西南宁"中、芬民间文学搜集保管学术讨论会"上的论文，主要谈中国民间文学的搜集整理问题。

    ① 散：见《汉书·食货志》原注：师古曰：谓各趣农畮也。趣，同趋。畮，即亩。

观风之说，未必可信。但乐工们为职业的缘故，自动或被动地搜集各地的'土乐'（国风）以备应用，却是可能的。"① 古代有采风之举，还是可信的，而且借以了解民情也是很可贵的。《诗经》中留下 15 国国风是我们今天还能读到的。也正是记载古代有采风之说的汉代，设立了专门收集民间歌曲的音乐机构叫做"乐府"。《汉书·艺文志·诗赋略》也记下了一笔："自孝武立乐府而采歌谣，于是有赵代之讴，秦楚之风，皆感于哀乐，缘事而发，亦可以观风俗知厚薄云。""乐府"所搜集的"汉世街谣讴"成为中国文学史中灿烂诗篇，后人就称这些诗篇为"乐府"。另一种是诗人、作家、学者的个人搜集。我国第一个伟大诗人屈原不仅以楚地的民歌形式创作了与《诗经》媲美的名篇《离骚》，在他的《天问》等作品中也记载和运用了大量的神话传说。他还根据民间祭祀乐舞歌辞改写成《九歌》。春秋、战国时期的一些经史典籍，诸子百家的学术著作以及像历代的文人笔记小说、地方志中，都记录保存了一些神话、寓言、谣谚和民间故事。

情况正如著名诗人、剧作家、历史学家郭沫若在中国民间文艺研究会成立大会上所说的："如果回想一下中国文学的历史，就可以发现中国文学遗产中最基本、最生动、最丰富的就是民间文艺或是经过加工的民间文艺作品。"② 他所说的经过加工的民间文艺作品就是指采用民间文艺的形式，吸取民间文艺的养料或完全是在民间流传的口头文学的基础上创作的作品，如：楚辞、元曲、明清小说《水浒》、《西游记》等。而以刻意搜求民间文

---

① 见朱自清《中国歌谣》，作家出版社 1957 年版。
② 郭沫若 1950 年 3 月 29 日在中国民间文艺研究会成立大会上的讲话，题为《我们研究民间文艺的目的》。后发表于《民间文艺集刊》创刊号。

学，并写下了脍炙人口的不朽之作的刘禹锡、冯梦龙、蒲松龄、黄遵宪等人，也将名铸史册。

到了近代，五四时期在反帝反封建的民主革命运动中，北京大学提倡搜集近世歌谣，这时受到了西方近代民俗学、人类学等流派的影响。《歌谣》周刊编者在发刊词中明确地说：搜集歌谣的目的：一是文艺的，即为了发展民族的诗歌；二是学术的，可作为研究民俗学的材料。30 年代，以《民俗》为阵地的民俗学研究活动，继承五四反对封建贵族文学、提倡平民文学的精神，扩大了民间文艺的搜集范围。从抗日时期的解放区到 1949 年全国解放，则以毛泽东同志在延安文艺座谈会上的讲话为划时代的文艺经典，提倡文艺为人民服务，作家、艺术家与工农兵群众相结合，正确地解决了文艺的普及与提高的关系。过去文艺界崇拜西方文艺、鄙薄民间文艺的风气一变而为尊重人民群众的文艺创作，向人民大众学习。这个时期搜集工作的特点，一是为人民服务；二是深入劳动人民进行搜集。这是历史上从来没有过的。这时的搜集整理工作也很注意强调科学性。延安时期，在中国民间音乐研究会和鲁艺音乐系的领导下，陕甘宁边区多次进行了采风活动，共采集民歌近两千首。当时他们用统一格式的记录纸记录下来，由于条件困难，许多是记录在粗糙的马兰纸和废报纸上，但写得很认真，至今已成为一份非常珍贵的原稿档案收藏在文化部文艺研究院的音乐研究所。

新中国成立后的 30 多年，是我国多民族的民间文学在全国范围内进行广泛而深入搜集采录的时期，也是打开各民族文化宝库的时期。我们是沿着解放区革命文艺的方向前进的，同时继承了五四的传统，把民间文艺作为一门新的学科进行研究。

中国民间文学储存、流传和搜集的特点

中国是世界文明古国之一，历史悠久，地大物博。960万平方公里的国土同整个欧洲的面积相差不多。103182万人口①。还是一个拥有56个兄弟民族的多民族的国家。这种自然环境和社会历史条件就决定了中国民间文学必然非常丰富与绚丽多彩。

中国有5000年的文明史，封建制度延续了约3000年之久，发展迟缓的自给自足的自然经济长期占主导地位，农村人口至今还占79.4%，社会经济结构和文化的落后却为民间产生和流传口头文艺保持了良好的土壤和环境条件。全国解放时，许多少数民族是从不同的历史发展阶段进入社会主义社会的，其中大部分是封建社会，也有的是封建农奴制社会、奴隶社会，甚至还有处于原始社会阶段的。大多数少数民族没有文字，有文字的民族只占少数，有的还是象形文字。由于他们处于不同的社会历史阶段，也就保留了不同历史时期的色彩各异的古老的民间文学。

然而，在新中国成立前漫长的历史时期中，民间文学与它的创造者劳动人民和少数民族群众处于受压迫、受鄙视的地位。以往的搜集工作大多数着眼于汉族，限于局部地区，也多半是少数作家、学者的个人活动，因而搜集的成果与实际蕴藏量相比显然是微乎其微的了。大量的民族文化宝藏还不曾发掘，还是一片未开垦的处女地。

建国以后，我国进入社会主义时期。民间文学是文艺工作的一条重要战线。人民在政治上的解放翻身，为广泛地搜集整理各

---

① 据中华人民共和国国家统计局1982年7月1日零点普查结果：全国人口为1,031,822,511人。汉族人口占93%，少数民族人口占6.7%。

族人民的民间文学创造了最好的条件，工作呈现了新的特点。这在全国解放以前是根本不可能办到的。新的条件和特点是：第一，党和政府重视民间文学遗产，并且根据各民族一律平等的政策，尊重、保护和发扬各民族的民间文化遗产；第二，以马克思主义的科学的世界观和方法论为工作的指导思想；第三，成立了由党和政府支持的群众学术团体——中国民间文艺研究会，作为搜集整理出版和研究中国各族人民民间文学的中心。当然，任何事物总是由小到大地发展，并非有了这些优越条件就能做到一呼百应。我们经历了极其曲折复杂的道路。众所周知，十年浩劫中民间文学是个重灾区。但是，总地说来，我们的工作是不断前进的；建国30多年来取得了令人瞩目的成绩，尤其是恢复工作后的七八年中成绩更为显著。我仅将近四年发表的作品、论文和出版书籍的数字做一统计就可以说明问题：1982年在全国性刊物上发表民间文学作品3111篇（其中包括故事1474篇，传说1061篇），论文1140篇（包括民俗636篇），书籍159种（其中作品集143种）；1983年发表民间文学作品3109篇（其中包括故事1709篇，传说1119篇），论文1706篇（包括民俗366篇），书籍114种（包括作品集94种）；1984年发表民间文学作品3081篇（其中包括故事1840篇，传说1096篇），论文994篇（包括民俗378篇），书籍72种（其中作品集64种）；1985年发表民间文学作品2595篇（其中包括故事1578篇，传说815篇），论文674篇（其中包括民俗175篇）。1985年仅中国民间文艺出版社就出书69种（其中作品集55种），全国出书情况尚未统计。以上数字是不完全的，据此每年发表的民间文学作品近3000余篇。从这里可以看到民间文学的搜集、发掘在中国还处于一个风华正茂的兴旺时期，这一工作不仅没有结束，还有必要抓紧和加强。我们不像一些发达国家，民间文学搜集工作已基本上完成了，今天只是把它作为历史遗产来研究。我们的研究工作还必须建立在广泛搜集的基础上，我们同时具有耳闻目睹的优越条件，可以边搜集，边调查研究。任何轻视搜集或忽略搜集与研究的辩证关系的观点都是不正确的。从某种意义上来说，没有搜集就没有研究，这正如沙砾上不能建筑高楼大厦。

前面说过，我国农村人口占全国总人口的 79.4%，这是不容忽视的基本国情。在广大农村、牧区至今还有对歌、演唱史诗、叙事诗和讲故事的习俗，少数民族更是能歌善舞。内蒙古自治区的哲理木盟，就有蒙古族民间艺人近 600 人，其中演唱长诗的艺人 20 人，歌手 125 人；说书艺人 413 人，并且大部分为三代艺人。① 这些民间艺人不仅演唱民间传统作品，还自编自唱，创作新的民间说唱文学。

目前，我国民间文学除了蕴藏丰富之外，一个突出的特点就是还在流传和发展，还具有旺盛的生命力。它是人民生活中不可或缺的文化娱乐手段。这种情况在发达的国家已是罕见了。尽管如此，现代科学技术的发展也正强烈地冲击和改变着民间文学阵地。随着现代化生产的发展，随着人民生活和娱乐方式的改变，随着年岁大的故事家、歌手、民间艺人的相继去世，我国民间文学也面临着衰亡的趋势。这种既丰富而又面临衰亡的特殊情况，就决定了我们必须迅速地搜集和保存民间文学。十年浩劫之后，我们重新提出"抢救"的口号，使大家认识到工作的紧迫性。许多地区都自觉地起来搜集本地区本民族的民间文学。现在我们又发起编纂出版《中国民间故事集成》、《中国歌谣集成》、《中国谚语集成》三套丛书，它要求在全国各省、区进行普查的基

---

① 内蒙古哲理木盟群众艺术馆参布拉敖日布 1983 年 7 月 25 日报道，中国民研会《民间文学研究动态》1983 年第 1 期。

础上来完成，现在各省、区在党和政府的直接领导下，开始进行一次全国性的民间文学普查。

搜集整理的目的和科学性问题

我们搜集整理各民族的民间文学有一个明确的目的，就是为人民服务，为社会主义服务。当前，在举国建设社会主义物质文明和精神文明中，民间文学是一支不可缺少的力量。它联系着千千万万的人民群众，具有巨大的鼓舞和教育作用，对现代科学文化建设也是极为珍贵的资料。

搜集的目的，具体地讲：一、"取之于民，还之于民"，为建设社会主义精神文明服务。民间文学作品熔铸着中华民族的传统美德，凝结着各种经验和知识，又是人民群众喜闻乐见的进行娱乐和启蒙教育的良好方式。搜集整理和出版推广民间文学作品对于培养民族自豪感和自信心，对于增强民族团结和建设精神文明，有着不可低估的潜移默化的作用。二、保护我国多民族的民间传统文化，要尽可能全面地、忠实地记录和保存各民族自古至今的民间文学作品，使其在文化建设中发挥多方面的作用，为社会科学和自然科学的研究提供第一手资料。三、发展和繁荣社会主义文艺创作。民间口头文学从来是文艺之母。只有从民间文学吸取丰富营养，才能使新文艺创作扎根于民族传统，富有民族的特色；也只有这样，才能屹立于世界文化之林。四、建立有中国特色的民间文艺学。一切的研究，一切的理论只能从实际出发。尽可能全面地搜集和占有各民族的民间文学资料，会使我们的民间文艺研究获得长足的进展并独具特色。五、继承我国的优良传统，把民间文学作为一面镜子，吸取人民的批评和意见。

民间文学是人们在社会生活中凭借口头传播的一种活形态的

文学，它具有多方面的功能和作用，更具有它自己多变而独特的表达方式和语言特点，这就要求我们在记录和保存民间文学作品时严格注意科学性的问题，绝对不允许随意乱改。我们在记录作品时，尤其要注意翔实地记录文字以外的东西，包括讲唱环境、讲唱者的表情、手势甚至舞蹈动作以及听众的反映与情绪变化等。同时，还要了解、考察和搜集与作品有关的风土习俗和社会历史等背景材料，了解和记录作品的产生、流传及演变的情况，讲唱者的生活经历和师承关系等。没有这些材料就不可能透彻地了解作品。现代科学技术的发展为我们全面地、忠实地、立体地记录和保存民间文学作品及有关材料提供了便利的条件。将来人们也可以耳闻目睹今日活的民间文学了。

在这里，我还要简单谈一点"整理"问题。在这个问题上长期以来存在着分歧，也引起过一些误解。整理是在搜集了原始资料之后，保存建档或作为书面文学出版前的一道应有的规整文字的工序。

整理大致可分为三种：一种是将采到的录音资料整理成文字资料，核实记录、通顺文字、加标点，去掉因语病和个人讲话习惯引起的重复和错误，包括不必要的语气词的删除。这种整理一般都是需要的。另一种整理是对某些作品，出于向广大读者推广的需要，应经过选择和编辑工作，有的作品在编辑出版时甚至还需要删去无损于作品全貌的某些糟粕成分。当然，这种删削是应慎重的。第三种整理是指有异文流传的作品，根据同一故事在同一地区、同一民族、以同种语言流传的几种或多种异文，进行取长补短的综合性整理。这样才有助于使一部作品以忠于本民族的面貌完善而科学地问世。假设同一地区有100个人讲述100遍同一故事，就有可能产生10000种不完全相同的记录。这样看来，采取综合整理才有益于作品的推广问世，也是口头文学变为书面文学的必要工序，整理的作品不仅应当忠实于个别演唱者，更重要的是要使其最大限度地忠实于作品所隶属的那个民族和人民。当然，对于科学研究说来，必须保存各种异文的原貌。如果一经"综合"，不见原文，也不存原记录，就无从深入研究了。因此，同时注意编印、保存各种异文，是十分重要的。以一个故事记录替代一切异文是科学研究所不欢迎和不允许的。

上面讲的第二、第三种整理只适用于部分出版推广的作品。尽管推广是搜集的首要目的，但它仅只是一个目的而已。而且大部分世代流传的、群众公认的作品并不都需要做这两种整理。原始记录较完整的作品，作为出版物也大都不需有这种整理。

搜集、普查的几种方法

新中国成立后，我们的搜集工作从大多是由兴趣出发，凭听祖母、母亲、亲朋讲故事的记忆整理成故事，发展到有组织、有计划地深入到各族人民群众中直接调查采录。这是进行忠实记录、保证作品科学性的起点。随之而来的变化，就是由少数作家、学者、爱好者的自发搜集进而发展为全国各地基层文化馆、站的工作人员以至农民和作家、学者等多方面人才参加的有组织、有计划的调查采录。这些发展变化，为全国民间文学普查奠定了坚实而广泛的基础。

我们在实践中，总结出七种行之有效的搜集方法：

1. 办民间文学骨干培训班，就地实习搜集民间故事、传说、编印资料。云南的第一个讲习班于 1980 年 8 月在德宏傣族景颇族自治州举办，40 天的时间，记录翻译傣族《阿銮》故事 20 余万字，景颇族民间故事 8 万多字，崩龙族（现改名德昂族）民间故事 4 万多字，并在当地编成资料出版。云南共举办 19 次各有特点的讲习班，培训干部950余人次。以后，各地相继办培训班，都各有经验。特别值得介绍的是湖北的经验，他们在省内每一个地区办一次培训班，办一个培训班，训练一批骨干，出一本资料集。可以说这种办法为民间文学普查找到了一条入门的捷径。

2．大学民间文学教师带领学生下乡搜集。这种方法的特点在于有教师、专家的直接指导，培养年轻学者，以保证工作的科学性。

3．发动各省、市、地、县所属文化馆、站、群众艺术馆的基层文化工作人员，组成一支浩大的民间文学搜集队伍。他们在当地最便于开展民间文学普查，也易于将搜集工作列入计划，易于解决经费和其他问题。同时，他们也熟悉本地区的风土人情，与当地群众有深厚的联系，是我们进行普查必须依靠的实力。最近，各省、市、自治区已在开展民间文学普查，他们把编纂《集成》，看作精神文明建设项目之一摆在日程上来抓，各级有关领导亲自挂帅，组织、动员广大基层力量，工作进展极快。这就充分显示了在社会主义制度下由党和政府直接领导采录民间文学的优越性。

4．从不同的角度抓重点作品的搜集整理。例如史诗《格萨尔王传》（《格斯尔》）被列为国家科研重点项目，并组织了七个省、区联合开展调查搜集工作。《江格尔》、《玛纳斯》在新疆也都作为重点项目进行专题搜集。如《江格尔》已经从100多位歌手搜集到65个章回及其异文。[1] 还有对某一种形式的作品的搜集，如甘肃、青海、宁夏都在注意"花儿"的搜集；上海、江苏、浙江对吴歌的搜集；黑龙江省对赫哲族"伊玛堪"的搜

---

① 《瑰丽多姿的民间文学》，载《民间文学》1985年第9期。

集。对一个民族、一个地区的民间文学的搜集，如云南怒江、保山地区对傈僳族民间文学进行了全面的调查，相继发表傈僳族长篇叙事诗 25 部；民间故事 3 部；还编印了几本内部资料。再如吉林省东丰县开展了全县民间风物传说的普查，他们调查了全县 1175 个地名，108 个山峰，15 条河流，3 座碑，25 座庙宇，一共搜集风物传说 3000 多个，精选 200 篇，编印三集东丰县民间风物传说，其中还包括地方小考和有关的民俗资料，有的地区还将民间文学普查与地名调查或与编纂县志的工作结合起来。这些都是开展民间文学普查的有效办法。

5. 以故事家、歌手为对象进行搜集。故事家、歌手是民间文学传承的代表人物，也是民间集体创作的参与者和民间的作家。如演唱史诗《玛纳斯》的柯尔克孜族著名歌手居素甫·玛玛伊；藏族史诗《格萨尔王传》演唱者扎巴老人和玉梅姑娘；壮族家喻户晓的歌手黄三弟等。近几年又注意到故事家的发现。找到一个故事家也就可以找到大量的故事，像步入一条通向民间故事宝库的小径。如辽宁裴永镇搜集整理朝鲜族故事家金德顺的故事；湖北搜集整理了故事家刘德培老人讲述的故事。

6. 提倡"民间文学民间办"的新经验。湖北大冶县农民自己出资设立"民间文学奖"，还有人自己搜集整理，自己出钱编印各种民间文学集子。例如，狮山陈氏的《钱六姐的故事》、《民间谜语汇编》，殷翠兰的《殷翠兰民间故事集》、柯小杰的《民间故事》等。陕西农民林宏还自己建立了搜集民间故事档案。这些新的风尚不仅标志着农民不满足物质生活，向更高的精神境界迈进和追求的历史性变化，也展示了搜集民间文学工作遍地开花的可能性。我们提倡发动农民、工人、牧民、渔民中的有心人自己起来搜集自己的民间文学。这也为普查开辟了一条新途径。

　　7. 不应当忘记不同专业的学者，如音乐工作者、语言学家、民族学家、人类学家、历史学家、宗教学家、考古学家、气象学家等参与搜集和研究民间文学。五四时代起，他们一直是民间文学的热心搜集者，社会学家费孝通早在 30 年代就携新婚的妻子深入瑶山搜集民歌，妻子被暴涨的洪水吞噬了；黑龙江省有两位考古学者近年来搜集民间传说，并以考古发掘的文物证实赫哲族伊玛堪中英雄莫日根所处的社会历史阶段；语言工作者在记录作品中长期以来保持了比较准确的传统。今后，我们仍需要重视他们从各种不同角度出发的搜集和研究工作，他们是我们的合作者，并促进了工作的科学性。

　　上述几种方法，说明在我国已形成从专家到普通农民的浩浩荡荡的民间文学搜集采录大军，他们从各种不同的角度，从不同的侧面，对民间文学进行认真的、忠实的采录和发掘整理工作。在当前发动的全国民间文学普查中，我们应提倡专家与群众相结合，多种方法交错使用。全面地搜集和保存我国各民族的古老的民间文学遗产，并注意采集当代之风，这是我们的工作任务和目标。

1986 年 1 月 28 日

（原载《中、芬民间文学搜集保管学术研讨会文集》，
中国民间文艺出版社 1988 年版）

深入普查,奠定编纂《集成》的基石[*]

编纂中国民间文学三套《集成》,完成这样一个浩大的工程,现在还是起步,我们要认真地来做好这件事。这次会议开得很好。会上听了各地的经验介绍,听了各省同志提出的许多很好的意见。这些从实际出发提出的意见,对我们编好《集成》的工作是一种鞭策,非常宝贵。

首先说两件事:一、根据同志们的意见,我们要进一步认真地把出版三套《集成》的总方案修改好,提高文件的质量,这不但可以使我们的领导、使各方面的同志都能更好地了解我们编纂三套《集成》工作的重要性,给予我们支持,而且使它成为一个切实可行的有效的文件,这是一件事。二、有的同志特别提出,希望我们总会做工作不要只从北京出发,从自己的头脑出发,而要从各地的实际情况出发。特别提出要做好这样几件事:(1)总会要抓一两个典型,要亲自抓点,以点带面。(2)早点编印工作手册,作为普查民间文学工作的指导。这样就有统一的要求,统一的标准,便于各地开展工作。(3)层层举办培训班,

---

* 1986 年 5 月,在中国民间文学三套《集成》第二次工作会议上的讲话。

首先抓培养人才的问题。这样才能保证各省、区能够做到《方案》中提出的工作方针和要求。当然还有其他一些很好的意见，我就不一一重复了。

编纂出版《中国民间故事集成》、《中国歌谣集成》、《中国谚语集成》，是现阶段民间文学工作的一项重大任务。我们应当把它看成是我国民间文学工作的一个新的出发点和系统地推动工作前进的动力，我认为我们今天计划的这项工作应该起到这样的作用。这确是千秋万代的事情，像林默涵同志刚才所说的，是要把我们中国民族民间文学的宝藏保留下来，将来子孙后代长期使用。我们参加这个工作的人，每人都有一份光荣。当然，我们工作的出发点首先是为建设社会主义精神文明服务，为现实服务，同时也使它对社会历史科学、自然科学等方面起作用，也就是应发挥它的多功能作用。

下面我说几点意见：

一、性质、范围和指导思想。

三套《集成》究竟是一种什么性质的丛书呢？是作为民间文学读物的优秀作品汇编呢，还是提供科学研究资料的科学版本呢？或者是二者兼而有之呢？二者是不是能够完全统一呢？在《中国民间歌曲集成》的编辑工作中也存在同样的问题，有这方面的争论。我也参加了《民间歌曲集成》的工作，在这个问题上我也写了书面意见。《方案》（草稿）中规定了三性："科学性、全面性、代表性"。这三套书看起来都是要求汇编优秀的作品，同时又要求具有较高的科学性，这个规定是比较明白的。就是说，凡是有代表性的好作品都要收进来，集大成同时包含着有选择的意思。我赞成这个基本意图。我认为，作为民间文学读物或作为科学研究资料，有统一的部分，也有不能完全统一的部分。有些作品的科学价值很高，但是作为读物，群众不一定有兴

趣。因此，二者不能完全统一起来。首先是收入优秀作品，同时
也要包括一切有科学价值而不一定能作为读物的作品。它应该是
全面地包罗、反映每一个民族社会生活的各种内容和各种形式的
作品，有一定的资料性。过去我们工作有个缺陷，就是受"左"
的思想干扰，对待作品总是只从反映阶级斗争和社会教育效果来
看，因此只是选了一定范围的作品，好多的作品选不进来。我过
去主持编的一些书，就有这样的问题。编选《中国歌谣选》中
曾经一度有所改正，但也没有做到改得彻底。在 1982 年的中国
民研会理事扩大会上，我提议编辑出版三套《集成》，并通过了
决议。会后，我向乔木同志作了汇报，他表示很赞成，并提了一
些意见，特别提出忠实记录这个问题，说不要搞假古董。他也谈
到只强调阶级斗争、社会意义，就会使民间文学贫乏化。他谈了
一些重要的意见，强调全面搜集记录，过去我们选作品，选得范
围太狭窄。当然，选有教育意义的还是很重要的，但民间文学反
映了全部社会生活，太狭窄了就不能看到民间文学的整体和变
化，看不见历史和社会的全貌，许多有历史价值、有科学价值的
材料，就看不到了。因此，我们这三套《集成》应该是比较广
阔地反映社会生活，反映得尽可能全面一些。这样，也就不能把
它完全作为一般读物。但是，既然要公开出版，就应该是可读
的，并不是所有的作品不管好坏都收在里面。《方案》中规定要
全面搜集，不光搜集正面的，反面的也要，这是对的。但有些属
于糟粕的东西，不应放入，可另编成册，作为内部资料编印保
存，供研究之用。就是说，《集成》比一般读物选的范围要宽。
因为作为读物，就应按今天的宣传教育的要求和标准选好的作品
出版，要求精选。《集成》不担负这一任务，它的范围要宽，面
要广，内容要更丰富。但是，这个《集成》也不完全是资料本，
它具有资料性，这些资料又是可供阅读的。什么样的作品是可以

入选的，什么是不可以入选的，还要注意一个时代的局限性问题，不应把有时代局限性的作品视为糟粕。社会总是向前进的，有些作品，今天看来内容是不适合于社会主义教育，但是它们可供认识历史，甚至具有很重要的历史价值、学术价值。什么样的作品属于糟粕，我认为糟粕应是指不利于民族团结或庸俗、低级趣味的有害作品。陶阳同志所讲的柯尔克孜族史诗《玛纳斯》传说中的祖源问题，确实是个比较典型的例子。关于柯尔克孜民族起源的传说，有好几种，其中最典型的是40个姑娘的传说，"柯尔克孜"这个名字就是40个姑娘的意思。有些同志看法不同，认为说柯尔克孜族的起源是40个姑娘，就是说没有父亲，太不好听了，因而主张把史诗开头的这个族源的传说改掉。在已出版的《中国少数民族文学》一书中，是用另一个传说代替了这个传说。我认为这样做是不妥当的。像这样的问题，在我们今后的工作中还会碰到。对于一些古老的作品还会发生争论。我们在工作中必须坚持以马克思主义、毛泽东思想为指导思想，坚持历史唯物主义的原则，没有这个指导思想，就会有好多过去时代的作品收不进来。恩格斯的《家庭、私有制和国家的起源》中，对如何看待民族的古代作品，作出了光辉典范，大家可以看看。我们还是要照社会历史发展的实际情况来看待和编选作品，不能以今天的标准、要求来衡量古代作品。

二、关于民间文学普查和忠实记录。

三套《集成》的编选出版，按照方案的规定是：要求在开展全国民间文学普查的基础上来完成，而不是把我们建国30年已搜集的东西重新加以编选就可以了。所以我刚才说这是一个新的起点，它应是全面地、系统地推动民间文学普查的动力。从会上大家反映的情况看，尽管我们过去搜集了很多很多的东西，但是因为中国的民间文学太丰富了，很多地方还是空白点，还是未开垦的处女地。我们要完成《集成》的工作不开展普查工作行吗？那怎么能把我国几十个民族的宝贵文化财富保存下来呢？所以我们要有计划地、系统地开展普查。

我们首先要把资料保留下来，抢救仍然是当务之急。

普查要贯彻"全面搜集"和"忠实记录、慎重整理"的方针。关键是忠实记录。忠实记录是保证编好《集成》，使三套丛书具有高度科学水平的根本要求。忠实记录人民口传的作品，目的不是为别的，是为了保持历史的本来面目，为了保存人民在艺术创作上的一种特殊成就和艺术特色。民间文学中反映了各民族人民大众创造人类社会历史的全过程，包含了前人的生产经验和斗争经验，包含了人民的理想和生活的哲学。作家的作品一般地说是比较细致的，人民的艺术作品一般地说比较粗犷，但很率真。所以说，民间文学是一种特殊的文学，它有口头文学自己的表达方式，它在艺术上有自己的特点，有它独特的艺术价值和美学价值。如果我们不是尽可能严格地忠实记录，那么这些价值就会遭到破坏。假古董毕竟不能代替真正的艺术品。

如果我们三套《集成》里混进一些任意改编的东西，就必然损伤民族文化的本来面目，必然丧失它的历史价值，也损害了人民的、民族的口头艺术，失去它作为文学的艺术价值。要防止收入假古董，要注意保持民间创作的纯洁性。必须把民间文学的整理、改编和再创作这三种范畴不同的工作区分开来。它们各有各的特点和作用，不应混淆起来。

现在出现了一股通俗文学热。通俗文学有它的长处，但它与民间文学是两个不同的概念，不应混为一谈。通俗文学是作家为一定的读者层写的容易被广大群众所接受的通俗易懂的文学。民间文学则是人民群众自己的口头创作。民间文学虽然也是通俗易懂的，通俗文学刊物里也常常刊登一些民间文学作品，这也是很好的，但是通俗文学和民间文学毕竟各自有一个独立的范畴，通俗文学不等于民间文学。如果我们把通俗文学拉到民间文学里来，把通俗文学与民间文学的界限混淆起来，再加上本来民间文学的整理与改编就易被混为一谈，这就更易造成使人辨不清什么是民间文学，倒为制造假古董大开了门路。如果我们民间文学工作者在当前通俗文学热流的冲击下，自己把民间文学和通俗文学搅在一起，甚至于认为这两者可以合流，如果我们民间文学工作者也热衷于武侠、侦破、言情这类东西，那民间文学的工作就有被引上邪路的危险，就不能掌握我们的工作方针。我们民间文学刊物、三套《集成》的编纂工作，都应严守阵地，坚持民间文学工作范围与工作方针。我们不追求刺激，也不能为赚钱而改变民间文学的性质和工作任务。我们要提倡人民的、民族的艺术。民间文学中有大量的引人入胜、受群众欢迎的作品。我们的工作要坚持体现忠实记录和慎重整理的方针，把它看成是编好三套《集成》和建立中国民间文艺学的不可动摇的准则。

对于新中国成立 30 年来或五四以来搜集、出版的作品怎么办？应当把它们编到《集成》里来，这当然要经过重新审定，或请当地群众审查一下，忠于原作的就收入《集成》；如果是改编的或是再创作的，一律不收。如果是有小部分改动的，就要具体分析。我们在做这件事情时，要充分肯定新中国成立以来所取得的伟大成绩。已出版和发表的作品，虽然其中有记录不忠实的，但有很多是忠实的。我们同时还要树立一种观念，就是要看到建国 30 多年来民间文学工作的历史发展过程，从没有经验到有经验的认识上的变化。在我们没有多少经验的时候搜集的作品，有一些不完全合乎忠实记录的原则，不能因此而全盘否定，一概推倒重来。我们不要轻易否定前人的劳动成果。对现在的搜集、整理要求严格一点，对以前的不要轻易否定，如果否定了，实则有些作品也不容易再搜集到了。我们不要给人一种印象,把忠实记录当作一把斧头,随便去砍人。这也是"左"的表现。外国也有这样的经验。比如《卡勒瓦拉》在芬兰也引起过争论。埃利亚斯·隆洛德是搜集了若干段叫"鲁诺"的芬兰古歌,他自己把它们连接起来,连缀的部分是由他编唱的,因此有人怀疑作品的真实性。有些学者重新找民间歌手调查了,调查的结果证实《卡勒瓦拉》中的许多"鲁诺"民间都是有的,就是搜集者编了一些连缀的部分。今年2月间我们到芬兰参加"《卡勒瓦拉》与世界史诗国际讨论会"时,会上有个年轻人提出,从民俗学的观点看,它是不真实的。航柯教授回答说:"从哲学和文学的角度看,埃利亚斯·隆洛德是有功绩的。试想,如果没有隆洛德的搜集和连缀成篇,能有今天《卡勒瓦拉》这样一部世界著名的芬兰民族史诗吗?"《卡勒瓦拉》的搜集者埃利亚斯·隆洛德生前也没有料想到在他死后,他所搜集的这部长诗在芬兰起了多大的作用。高尔基、别林斯基都称赞过《卡勒瓦拉》。纪念《卡勒瓦拉》150周年,成为整个芬兰共和国的盛大活动,总统还亲自出席大会讲话。没有隆洛德的搜集工作,就没有史诗《卡勒瓦拉》,因此我们不能求全责备,指责他的连缀,甚至否定史诗的真实性。我国也不乏这样的例子。对这类作品,我们要采取慎重的态度。

三、建议采用现代化的科学技术进行调查采录,同时要建立档案,保存原始资料。

采用现代化的科学技术设备,像拍照、幻灯、录音、录像、电脑等,这些既是保证忠实记录、又是有利于迅速抢救的最好的方法。我们中国民间文学之丰富,确实在世界上是罕见的。外国朋友听到我们介绍中国史诗的情况,感到震惊,中国有这样多的史诗,这种情况是少有的,而且在中国还有民间说唱艺人演唱史诗。史诗在中国还活着，这一点引起国外许多学者的重视。我们到芬兰开会，把去年在拉萨开的格萨尔说唱艺人演唱会的录像带去了，在大会上放映，使与会代表感到振奋。我们中国有这样丰富的各民族的民间文学，现在我们搞普查，又处在一个现代化的时代，有条件利用现代化设备，我们为什么不用呢？当然我们的经费有限，但我们要尽可能地利用现代化设备来搞普查。日本的小泽俊夫第一次到中国来的时候，首先就介绍说，他们自从用了录音机之后，搜集了5万个民间故事，以前多少年来只搜集了1万个民间故事。他讲的是搜集的速度加快了，我觉得更重要的是能做到忠实记录。不管你有多大本事，既是速记，你也不可能把故事从头到尾、逐字逐句全部都记下来。用录音机记录下来再整理，就方便多了，好多生动的、古老的地方语言都能记下来。记录民间故事传说，不保留讲述人的当地语言，生动性就没有了。所以还是用现代化的工具比较好。我也看了芬兰、丹麦、冰岛等几个国家的民间文学档案馆，他们都保存原稿以及图片、录音实物等。丹麦民俗学档案馆，一是保存原稿，二是保存录音。录音资料从最早的卷筒录音保存起。芬兰文学协会的民间文学档案馆还有录像。我们连原稿都还没有建档保存，最多印出资料就算是万事大吉了。但从某种意义上说，建立原稿档案是很重要的。芬兰文学协会的民间文学档案馆里，就保存了埃利亚斯·隆洛德记录史诗《卡勒瓦拉》的原稿，现在看起来是非常宝贵的。我还举一个例子。我们在延安时代，由中国民间音乐研究会搜集的民歌民谣原始记录稿现在还保存着，收藏在民间音乐研究所。当年参加采风的人，许多现在是著名音乐家，他们记录陕北民歌的手稿十分珍贵。我们这次搞民间文学普查，要建立原稿档案，不光要保存记录稿，同时应当有录音资料，将来不仅能看到文字材料，看到原稿，还能听到声音。如果再能有录像，将来的民间文学就是活的东西了。把这些留给子孙后代，他们能够听到歌声，看到演唱，比文字的东西好得多了。当然我不是说把这几样东西全买好，然后我们再开始工作，但是我们应尽可能地争取有录音、录像。假使我们使用现代化的工具，一次调查就全有了，文字记录有了，背景材料记录了，图片也留下了，声音也留下了，甚至有了录像，活动的情况也留下了，建立这样一个档案该多好啊！在日本大阪的民族学博物馆里，你要听哪个地区用方言讲的故事，按照墙上的地图在某一区域按一下电钮，红灯一亮，就听到用那个地区的方言讲故事了；你要听哪一种乐器的声音，一按电钮，侧耳贴近音柱，就听到了；还可以看到各种乐器的演奏录像。还举一个例子。多年来芬兰民间文学共编了 34 卷，最近他们把这个工作停下来了，准备改用计算机继续编纂，他们派人到意大利学习计算机去了，回来后就继续编。上海复旦大学中文系和数学系已经合作利用计算机编《红楼梦》资料了。看来民间文学方面也并不是完全做不到的，所以我们也可以争取使用电子计算机。采用这些现代化技术，我们就可以使抢救速度加快，还能达到忠实记录。用手工业的方式进行工作，怎么搞也达不到科学设施所能收到的效果。

　　还有一个问题，就是普查工作要和研究工作结合起来进行。将来编出的《集成》，不只是作品的编选罗列，还要带有研究性。《中国民间音乐集成》的湖北卷编得很好，我以为是一个可借鉴的范例。它不光是简单的作品分类罗列，而且还带有一些研究性的介绍。比如有湖北民歌情况概述，湖北有哪些歌种，都有简单的介绍，书末还附有湖北民歌歌种分布图。音乐和语言的关系很大。书中还有湖北五个方言地区方言声调的研究及其分布图。因为地方语言的声调不同，构成了音乐旋律的不一样。这种介绍、说明，就可以使人增强对湖北不同地区的民歌特色及其形成的了解。我们三套《集成》的编纂，也要和研究工作结合起来。这样，《集成》丛书出版后，它本身既带有研究性，又提高了编辑水平，同时在普查、编辑的过程中，也把研究队伍建立起来，出一大批研究人才。这样，既出作品，又出人才；既出民间文学搜集家，又出研究家。

最后还有一个问题。从中国民间文学来说，现在除了三个《集成》，还缺史诗、民间叙事诗《集成》，还有民间戏剧、曲艺也应有《集成》。在讨论修改方案的时候，大家也提到了，普查时，史诗、叙事诗也应搜集。事实上，史诗、叙事诗现在已经搜集了很多了，将来必然要编史诗、叙事诗《集成》。民间戏剧，过去戏曲研究院的资料室搜集保存得比较多，他们已经进行过一定程度的普查了，当然一些少数民族地区的民间戏曲也还没有普查，曲艺就更不用说了。所以普查时，这些都应当普查、记录，将来也可以逐步增加些《集成》。那么开头我们为什么只提编三个《集成》呢？因为一下子搞那么多《集成》不容易，所以我主张抓三个《集成》，并不是说这三个《集成》就代表了中国民间文学。因此，我赞成在普查的时候也搜集史诗、叙事诗以及其他形式的作品，到一定的时候，可以增编其他《集成》。路得一步一步地走，可以逐步把它完善起来。

1986 年 5 月

（原载《民间文学论坛》1986 年第 3 期）

论文学的翻译[*]

今天，出席这个翻译讨论会的，有不少是少数民族文学翻译专家。我不懂少数民族语言，也没有翻译过少数民族文学作品，所以我只谈谈对翻译的看法。

无论是中国文学、外国文学，或者少数民族文学的翻译，都有其共同性。我过去学过外文，翻译过几本书，也有一点粗浅的翻译经验，加上一直从事民间文学工作，一再遇到翻译问题，对此也有些实感，但仅此而已。这次会上好些有实践经验的同志讲了许多很好的意见。大家提到，翻译工作直接关系到的民间文学三套《集成》能否很好地完成，能否达到高质量，因此翻译成为集成工作中的一个关键性的问题。如果不解决好翻译问题，就会大大影响到三套《集成》的编辑出版。这是个非常重要的、亟待解决的问题，我也充分地感觉到了。前不久我参加广西壮族自治区歌谣卷编选工作讨论会，听广西的同志们谈到了翻译远未过关的问题。其实这个问题是带有普遍性的。当然有些省区的翻译力量较强，有不少同志具有长期从事翻译

---

* 1988 年 6 月 10 日在中国民间文学集成作品翻译讨论会上的发言。

的经验，可能解决得较好。但就全国各省市而言，翻译问题还是比较突出、普遍的。《集成》的省、自治区、直辖市卷即国家卷，是以县卷为基础，县卷翻译不好甚至翻译不出来就会直接影响到省卷的质量。少数民族文学翻译是长期存在的问题，不是今天才提出来的。早在1980年前后，我在峨嵋山第一次《格萨尔王传》工作会议上就特别谈到了《格萨尔王传》的翻译问题，以后又谈过几次，但是至今未得到解决。这次在集成工作中我更感到了这个问题的普遍性，大家也有同感。翻译一般都具有共同性的问题，任何翻译都无法逃避的问题，因此中外都有人说过：诗歌不能翻译。这是因为翻译有共同的难度，诗歌的翻译更难。民间文学集成，特别是其中的谚语和歌谣的翻译还有特殊的难度。如果我们能争取解决好这个难题，那么以少数民族文学为主的一系列《集成》国家卷就能拿得出来，能充分展示少数民族文学所达到的成就。如果解决不好，不仅会影响集成的质量，而且会损伤民族的尊严，读者都不会满意。再则我们研究各民族的作品、诗学等，如果它的作品没什么光彩，平平淡淡像一杯开水，那还怎么研究啊？

　　翻译，尤其是诗歌的翻译，的确有它的难度。说诗歌不能翻译，这话我认为是有一定道理的。有时候有些诗歌的确很难翻译甚至翻译不出来。但是能不能说就不要翻译了？好的东西译不出来丢掉了，剩下一些渣滓，翻译还有何用？我认为尽管有这些问题，诗歌还是可以翻译的，要有信心解决这些问题，争取译好些，问题在于怎么解决翻译上的难题。一般地说，翻译后的诗歌比起它的原作来总要稍为逊色，因为有些是不可能翻译的，不可能字对字、词对词、句对句、韵对韵、形式对形式地译过来。任何一个民族诗歌的产生、形式、韵律、表达手法等和语言是密切相关的，它们直接产生于民族的语言特点。民歌是能唱的，其曲调的产生也与其语言分不开。如陕北信天游的曲调和当地语言有关，它是那种语言的产物。民歌也是一种语言。为什么有对歌呢？因为民歌就是另一种语言，是诗的语言，对歌就是用诗的语言进行对话。所以诗歌是第二种语言，也是为人民群众特别是少数民族所熟悉的语言。我们看到，无论世界上任何两个民族的两种语言、两种文字，它们所产生的诗歌都有各自不同的形式、韵律等一套格式。有些语言是双关、谐音，不易译好。两种语言能对译得完全一样是不可能的，尤其是诗，它的词句用得妙处是不能翻译的，更无法全部直译，但是偶尔因巧合或是翻译本事高强的人也许能有所超越的。

我认为诗也有能翻译的一面。诗的表达手法，作者要表达他们自己的心境、思想情绪、创造诗的意境，并不是别人都不能理解，而且诗歌能引起共鸣，这些都是翻译的有利方面。我们不能仅仅强调它不相同的一面，还应该看到它共同的一面，即人的心灵是可以相通的。反过来讲，我会做诗，我也可以用我的语言把你的诗境表达出来。因此，可以翻译。举个例子说，歌德的作品《浮士德》被译成法文后，他自己就说过他非常佩服这法文本，当然他懂法语，他说法文本不比他的原作差。会上有的同志说，作者和翻译者，谁是强者？一般地说，作者应是强者。但是也可能翻译者高明，是强者。因为你的作品达到了某一水平，但是我的翻译还可以给你增添光彩，使之更美，却又完全是你的诗的意境。所以要翻译好是可能的，只是有很多困难要克服。

翻译的难度可以分几个层次，一般是诗歌比散文难翻译，不过小说也并不好翻译，有时琢磨一个恰当的词也很难，只是诗的翻译要求更多。第一，要懂诗，会写诗，才能翻译诗，而不是懂得这两种语言文字就能翻译诗。为什么有的同志少数民族语言很在行，能很好地说出意思，却说不出诗？因为他不懂诗，没有诗的实践，他不能描绘出诗的意境。两种民族语言不同、诗律不同，这是语言本身所产生的难度。第二个是，不同的民族、不同的语言，对一些事物的称谓、习俗、礼俗不同，所以翻译者要先了解其习俗而后才能翻译。了解所译的对象，才能译得好。如翻译《嘎达梅林》，若不懂芦苇就会将它译成竹子。有的动物、植物名很不同，甚至另一种语言中无此名称，不了解清楚就凭猜想而译或照字面直译，也会弄错，把银河译成"牛奶路"。当然，我同意有些同志的看法，如果有些事物只有这一地区有，别处没有，就只能音译。有的，没有的，都必须经过深入的调查。

对于诗歌，尤其是民间诗歌，它的翻译又有其特殊的难题。民间文学和作家文学不同，语言也不同。一个地方、一个民族都有很多支系，支系不同，方言土语也不同。如彝族有30多个支系，要翻译就存在着这种语言问题。这样，方言土语很成问题，即使是本民族的同志，也不可能全部翻译。民间诗歌义是和民俗紧密结合的，因地理、历史、宗教、信仰等的不同而具有很特殊的东西，不深入调查弄清楚，是不可能翻译好的。

翻译时形式和内容有时能统一，有时会很矛盾，这好像很难翻译。从一般的文学翻译到诗歌的翻译，口头文学的翻译，口头诗歌的翻译，一层比一层难度大。"信、达、雅"是一般文学翻译的根本原则。我认为严复概括出来的这个原则是抓住了翻译的关键。他对"信、达、雅"的理解，今天我们也不难体会到。"信"即准确、忠实；"达"即通达，指文字表达通畅流利；"雅"即风雅，是风格，也可谓传神。"信、达、雅"即达意、传神。达意并且要传神，才能感人，好的作品应该如此。一般作品的翻译应达到这样的水平，诗歌翻译更要做到。我从前学诗时，曾对照原文读过几种译文，那是法国作家古尔蒙的一首诗，有三种翻译，第一个是卞之琳同志的翻译，很强调原来的形式和韵律，把原来的格律诗也译成格律诗，可以说译得相当好，但是有个缺陷，就是不能不受到韵脚的束缚，使人感到有一点拘束。第二种是黎烈文的译文，译文很忠实，但是诗味不浓，缺乏诗中最能打动人的东西，不够动人，韵也押得差些。第三种是周作人翻译的，他根本就没有用韵，译成散文了，赶不上第一种译文，但是诗的神韵传达得非常充分。通过这一对照，我产生了译文必须忠实，又要传神的看法。我曾经一度认为只要能把意境传达出来，宁肯不管韵脚，即使译成自由诗也成。但是现在不这样看了，因为民间诗歌还要能唱，还要回到群众中去，译成自由诗就失去了它的可唱性。这是个大问题。一首诗能不能做到达意、传神，要看它能否完全地体现出诗的内涵、意境，表达出作者的情绪、感情，这是内在的东西。但是形式并不是无关紧要的，何况民歌有民歌体，它的结构、形式正是有助于使之成为诗歌的。如果去掉这部分，即使它仍能达意传神，也没有民歌风味了，而且不能唱了，这在一定程度上损伤了民歌的味道。因此民歌的形式、押韵方法、句式并不是无关紧要的，只有内容和形式一致，才能达意传神，完全译成自由诗是不妥当的。一般地说，形式是不能随意改变的，除非不得已。应按汉族习惯尽量押韵。刘半农把法国民歌译出了中国民歌味，苏曼殊把拜伦的诗翻译成了中国的五、七言诗，看起来译文诗句很美，但是已没法体会到拜伦的诗味和风格，完全是重新创作的中国旧体诗了。壮族的十二句勒脚歌，若去掉其重复部分变成八句诗，就失去了勒脚歌这种形式的回旋反复、重叠的那种情感和美了。而且如果一个民族有几种形式的歌，形式改变了，就看不到这个民族有这些形式不同的诗歌了。

所以翻译时内容和形式应尽可能统一，不能统一时，稍做变动，尽可能地表达出诗歌的内容、意境、形式、风格和神韵。

诗歌的翻译是一种创造性的劳动，译得好坏，关键在于翻译者的水平。好的翻译者应懂得所涉及的两种语言和这两种语言的诗，能把原作的内容、诗的意境及有关风俗、生活经验重新体验一遍，并且用另一种语言创作出来。虽我之创作，却又非我的，仍然体现出原作的诗的意境，这比创作诗还困难。单纯直译是不行的，凭空创作也不行，有时还需要意译。直译能忠实原文，但是不能完全体现出原作的意境。意译能理顺，但是不能把民族特殊的比喻完全汉化，如"一个石头打两只鸟"不能译成"一箭双雕"，这要特别注意。

不懂得少数民族语言的人是否可参与翻译？可以。目前精通两种语言的人才太少了，很多只精通其中的一种，因而由精通各自语言文字的两个人合作搞翻译，这是目前一种不得已的较好的解决问题的方法。

最后我再说一句，关键在于翻译者。目前翻译人才缺乏，可是《集成》又非搞不可，必须解决翻译问题。我认为可以采取如下渠道：

1．想方设法调用各民族的优秀翻译人员。这种人不是没有，搞普查整理的很多人是民族学院毕业的，但由于岗位分散，不能集中使用。

2．合作翻译。是没有办法的好办法。

3．办培训班。有些同志懂两种语言，但是不懂翻译知识，经培训后可以成为翻译人才。

4．有计划地培养翻译人才，还为时不晚。集成工作不是三两年就能全部完成的，现在培养还来得及，也可为以后的其他工作培养人才。这个问题早在八年前我就提出来了，当时若得到重视现在该有两届大学毕业生了。希望能重视翻译人才的培养，莫再忽视。

1988 年 6 月 8 日

（原载《中国民间文学集成通讯》1988 年第 2 期）

《美丽的仰阿莎》不是毒草

《萌芽》1958年第16期上发表了苗族民间传说《美丽的仰阿莎》以后，有些读者提出责难，认为这个作品是"毒草"。我想这种看法是值得商讨的。我看了《萌芽通讯》上连续发表的几封读者来信，其中有传说的搜集整理者谢馨藻的答复，也看过贵州作协分会编印的《民间文学资料》第一集中刊载的长诗《仰阿莎》的几种原始记录。谢馨藻的答复里对读者的指责微有异议，但他没有充分说明自己的不同看法，也许是还不敢坦然把"毒草"说成"香花"吧。我起初读到谢馨藻的《美丽的仰阿莎》，就感到这个故事不错，有些独特处，赶到再看了长篇叙事诗《仰阿莎》以后，不禁赞美不止，觉得这个民间传说实在是一朵美丽的"香花"。虽然《美丽的仰阿莎》和民间的叙事诗《仰阿莎》内容上还有些差别，但大体上是一致的。但是，为什么有些读者又偏偏把"香花"看做"毒草"了呢？

问题在于我们应当怎样欣赏古老的民间传说，也可以说是如何对待文学作品的问题。

不能接受这个传说的读者提出了这样一些意见：传说的内容是歌颂劳动和爱情，反对懒汉，这一点是无可指责的，可是用太阳比喻一个懒汉，"确乎有些煞风景"，"太阳是人人热爱的正义、光明、和平的象征"，作者却把它说成是又丑又懒的人，还非常野蛮，这是作者整理民间传说时"对革命采取了不负责任的态度"；第二种看法更为激烈："在今天社会，人民把太阳、共产党和毛主席三者紧密地联系在一起，每逢感到太阳温暖的时候，人们就自然而然地联想起我们伟大而光荣的共产党和英明的领袖毛主席"，可是作者把太阳加以丑化，使人民对太阳产生一种反感，"这是什么用意呢"？

　　从这些非难里，我们首先应当看到一种非常珍贵的思想情感，这就是我们的读者对党和人民领袖怀着无比的热爱。任何可能损伤党和领袖的言行都是难以容忍的。这是一种宝贵的阶级情感，也是今天新中国人民普遍都会有的情感。但是，这些读者的动机虽然是很好的，但并不能因而证明他们对这个作品的看法也是正确的。这是因为他们面对的不是别的问题，而是一篇古老的民间传说。不错，在今天，我们很习惯于把太阳看作是"正义、光明、和平的象征"，我们会把太阳与伟大而光荣的共产党和英明的领袖毛主席自然而然地联想在一起；可是古代人并不这样联想，也未必这样打比方。难道民间流传的古代的神话传说也就因而失去了它的价值，甚至由于丑化太阳的缘故而变成"毒草"了吗？这是一。第二，富于幻想是文学作品、特别是民间故事传说的一个特点。在民间故事传说里，自然界的各种事物常常被作者拟人化，虽然这种拟人化一般地说常常以动物、植物或非生物本身的外表特征或性格、功能为依据，但也并非一成不变。更重要的是要看作者怎样幻想，又怎样联想。联想、比喻的产生，与作者对世界事物的看法有关，也和作者的处境、心情息息相关，不仅因人而异，也因时而异，因民族而异。如果硬要把一种联想或比喻固定化，要把艺术幻想和现实生活等同起来，说太阳一定就是共产党和毛主席，此外再也不能有别的联想，那么，这不仅是违反创作规律的，而且不是有很多幻想丰富的作品我们都不能够欣赏了吗？第三，判断一个作品的好坏，应当是从整个作品出发看它的主题思想和个别情节呢？还是只要求挑出它的某一种比喻、某一个情节来孤立地品头评足呢？这些都是在我们评论《美丽的仰阿莎》是"毒草"还是"香花"的时候不能不思索的一些问题。

　　《美丽的仰阿莎》是流传在黔东南苗族地区一带的一个民间传说，传说的结尾归结到太阳为什么用它的光芒刺人眼睛。苗族人民是根据太阳的光芒刺人眼睛这一自然现象，用拟人化的手法编出了一个美丽的故事，反映古代劳动人民热爱劳动、反对剥削者的朴素观念。仰阿莎原意是"清水姑娘"。在叙事诗《仰阿莎》里，故事和人物还更要动人一些。"清水姑娘"在井里生出来，乌云把她介绍给太阳做妻子，而在清水姑娘看来太阳又丑又懒，她不喜欢这个丈夫，趁太阳到东海做生意数载不归的时候，她爱上了忠厚勤恳的年轻雇工"月亮"，他们两人顺着天河逃跑了。后来太阳寻找他的妻子，水锈也寻找他的妹妹，而太阳终于没有找到他的妻子，他于是羞愧难容，便露出万颗银针来刺人的眼睛。在这个美丽的传说里，人物的形成，故事的进展，和自然现象结合得非常巧妙。水、太阳、月亮和一切鸟兽，拟人化以后性格都真实动人。一切都被安排得那样富于诗意，饶有情趣。在这个传说里，太阳是被当作反面角色来描绘的；而水，化作了一位最美丽的姑娘。水和太阳的矛盾，启发了传说作者的艺术构思。水和月亮顺着天河逃跑，情景也很合理有趣。此外，太阳和月亮为什么总是在天上一个追着一个而终年难以相会，为什么每年一到七八月间天气便特别热，太阳又为什么在鸡叫三遍以后才出来，这一切也都被巧妙地编入了故事，虽然所说的都不是事实，可是解释得同样让人觉得合理有趣，好像甜蜜的谎话一样。很显然，这里面几乎任何一种解释都是经不起事实的对证的，也不应该以事实来校正。太阳在故事里取反面角色，也是合情入理的，也像其他各种构成故事的因素都被安排得令人信服一样。

在古代的神话传说里，太阳取的角色并不都是一样的。汉族有"后羿射九日"的神话，在兄弟民族里也流传着很多射太阳的故事，这些神话故事里的太阳都是毒恶可怕的。因为它们竟有十个之多，让人热得没法生活，确实可恶；只有在十个太阳被英雄好汉射掉九个之后，世界上只剩了一个太阳，它才受到人们的赞美，又觉得离开它不成。壮族有一个寻太阳的传说，说有一个叫妈勒的妇女，怀着孕为人们去寻找太阳，她走不动的时候又由她的孩子继续往前走，一共走了100年，母子终于找到了太阳。于是本来是一片黑森森的从来见不到阳光的壮族地区，从此升起了太阳，万物繁荣，狼虫虎豹绝迹（《妈勒带子访太阳》）。在这个传说里，就有把太阳描写为"正义、光明、和平的象征"的意思。在民间传说里，太阳和月亮是男是女，也并无规格，有时太阳被描写为男的，月亮被描写为女的，有时候又正好相反。佤族也有一个解释太阳为什么刺人眼睛的传说，便说太阳因为是女的，她很害羞，所以才用她的银针刺人眼睛，让人不敢看她。古代劳动人民就是这样天真烂漫地用拟人化的方法编造着一些美丽的传说，有时是出于对自然现象不理解，有时是由于见景生情；或者寓有深意，或者仅仅为了当作趣谈。这些神话传说，就是这样富有魔力地表现了古代劳动人民的生活和意识，表现了他们征服自然的斗争和社会斗争。夏商时代最著名的一首民谣是："时日曷丧，予及汝偕亡！"那是当时人民痛恨暴君的话。据说夏桀桀骜不驯，竟以永远在天的太阳自比，人民便指着太阳咒他，盼他快点死亡，他们宁愿与太阳同归于尽。这里所说的当然也是一个毒恶的太阳，但它不过是奴隶主的代名词而已，比起自然灾害中的那十个酷热的太阳来，同样地可恶。但是，今天已经解放了的和一切正在争取自由解放的劳动人民，都把无产阶级的政党——共产党和人民的领袖比作太阳，把太阳看作是"正义、光明、和平的象征。"这是人民群众的时代一个最激动人心的比喻。同是一个太阳，两种比法，说明了相距几千年的两种不同的时代。难道能说只有我们的时代的比喻才是确切的而夏商时代的人民的比喻是不合理的吗？能说他们的比法不符合于太阳是"正义、光明、和平的象征"这个概念吗？显然不能这样要求。把太阳当作"正义、光明、和平的象征"来热烈歌唱，特别是以它来比无产阶级的政党和人民自己的领袖，这是在我们的时代产生的观念。只有今天的劳动人民才有可能把最伟大的政党——共产党和自己的领袖比作抚育万物的太阳。怎么可以以此为准而用它来衡量古代的民间传说呢？

我们不仅不应该把今天的观念强加于古代的劳动人民，也不可以把艺术幻想与现实混淆起来。有的人问：这个传说的结尾，太阳没有得到仰阿莎，怕人看到他的含羞的脸，于是射出了万颗银针来刺人的眼睛，"这是不是合理呢？"跟着又回答说：这是不合理的。因为，"人们不但不怕太阳的光芒，反而往往把它看做正义、光明、和平的象征"。这种自问自答本身就是自相矛盾的，也是很不合理的。因为这正是把古代人的艺术幻想和我们今天的现实生活混为一谈。你看，把太阳看做"正义、光明、和平的象征"是我们的现实生活中产生的一种强烈的信念，把今天人们热爱共产党和毛主席的这种思想感情与古代人民关于太阳刺人眼睛的幻想故事勉强连在一起，并让它们对立起来，这有什么必要呢？又哪里是什么怕不怕太阳的光芒的问题呵！怎么可以把一种美丽的幻想作出那样实际而又实际的解释来呢？何况就自然现象来说，人们确实还是怕用眼睛直接看太阳的。把古代人的艺术幻想与今天人民群众的现实生活混淆起来，从而否定古代人的创作，那就更加荒唐了。

　　艺术作品中在把各种动物、植物或非生物拟人化的时候，一般地固然常常与它们的外表特征有关，与它们的性格、功能有关，但也并不一定是这样。比方，狐狸是狡猾的，在动物故事里常把它描写成狡猾的角色，但也有很多狐鬼故事把狐狸描写成性格善良的美女。蛇是毒恶的，白族的传说里就有些杀蟒英雄为民除害死后被奉为本主神，而汉族的《白蛇传》又把一条白蛇和一条青蛇都写成忠贞可爱的妇女的典型。狼虎也是残暴凶恶的，《狼外婆》里的狼，东郭先生遇到的那条狼（《东郭先生》），都是伪装善良的，或忘恩负义的，可是在动物故事里，狼有时也并不显得凶恶，反而还能做一点有理智的事情。匈牙利的革命诗人裴多菲写过一首《狼之歌》，借狼自比，描写狼群在冬天怎样饥寒交迫又受到追击，他把猎人比作暴君，而歌唱狼"有自由的生命"。这样，狼的形象就高贵多了。老虎在有的民间故事里也是凶恶的，它甚至变作美女诱惑人，最后露出本相，这就更加表明了它的凶残的本性（苗族《阿秀王》），但在白族的《段煜变虎》里，段煜变成的那只虎就很有正义感，也很驯良。是否可把狐狸、蛇、狼、老虎固定化为狡猾、凶残、丑恶的形象，让它们在艺术作品中也永远不改本性呢？在民间故事传说里，在文学作品里，似乎没有这种必要。可是也曾经有些读者对有狐狸、蛇、狼、老虎的民间故事提出过指责。他们认为狐狸既然是狡猾的，狼、老虎既然是凶残的，把它们写得很善良，就是"敌我不分"；蛇既然是毒恶的，民间故事里却又竟然要救一条小蛇，这不仅是"敌我不分"，也是不注意培养儿童爱美性的动物。我们知道，保留着氏族社会残余的民族至今对动物还是崇拜的，古老的民间故事里同样保留着这种痕迹。民间故事里也会有佛教的爱生观念，也会有宿命论的思想。而在寓言性的动物故事里，各种动物又被设想为各种有趣的角色。民间故事传说里在借着关于动物植物或太阳月亮之类的艺术幻想来表现人们的社会生活、斗争和愿望的时候，往往又是和古代人的一些落后的思想意识交织在一起的。情况是相当复杂的。这样，我们在民间故事传说里自然就会发现许多会与我们时代的一些观念不相同的观念，甚至是反动的观点。我以为只要作品的基本内容是对我们有教益的，能够给我们以启发和美感，而且增加我们对古代社会的了解的，就是好作品；至于作品里表现的旧时代的人的思想观念，我们是可以当作当时的思想观念来理解的。无论如何，不应当以"敌我不分"或对儿童应有爱美性动物的教育一类政治概念与现实要求来苛求传统的民间故事，来简单地衡量艺术作品。同样一种动物，在不同的民族，也给人以不同的观感：在民间故事或作家的作品里，它可能受到赞美，也可能受到另外的待遇。比如猫头鹰，在我们古老的习俗中是一种"不祥之物"，而有的民间故事里却称赞它在夜间有能看见事物的本领，或者描写它的眼睛为什么是圆圆的，它的腿为什么是毛茸茸的，似乎对它并无什么恶感。在欧洲，诗人们还歌颂它。苏联的民歌里把列宁、斯大林比作天空里飞翔的雄鹰，那形象是雄伟壮美的，勇敢的，也可以说是自由的象征，但在中国的习惯，对于鹰却很少有这样一些印象。在中国，龙凤的形象是高贵的，民间雕塑绘画中的龙凤的图案是雅丽堂皇的，但在民间传说里，龙有恶龙，也有由人民英雄幻变而成的代表正义的龙。蝙蝠在我们的民族习惯里象征"福"，这大概只不过是因为"蝠"与"福"同音，便借用了它；在"五福临门"一类图案里，常画着几只对称的蝙蝠，我们从这种图案里绝不会想到这些蝙蝠除了象征"福"的意思而外，还会有别的什么含义。可是蝙蝠既归鸟类，又归兽类，在一般人的印象里对它并无好感，被称作"骑墙派"。在民间故事里，它也扮演着这种角色。这些例子都说明因为民族习俗不同，人们对于那些动物的观感也不同，它们出现在民间故事传说和文学作品里，也就会扮演出迥然不同的角色。再以太阳来说吧，如果由它的外表特征、它的性能与人们对它可能产生的艺术幻想的关系来看，太阳有发光发热、哺育万物的一面，也有与水不相容的一面，而且也有鸡叫三遍它才出来的一面，等等，那么，它在故事传说里究竟会扮演什么角色，就要看说故事的人要创作怎样的一个故事了。非生物也好，动物或植物也好，在故事里被赋予什么性格，并没有一个定规非遵守不可，而要看作者怎样理解自然事物，怎样联想和设想。艺术幻想是有广阔的天地可以自由飞翔的。对于自然界的事物，人们有一般的概念，但这些概念绝不能构成"脸谱化"的公式。更不可以把艺术的幻想与现实生活混淆起来。这样强调作品的现实教育意义，实际上就会抹杀了古代的艺术作品。这样性质的批评当然也不能说是有一种真正的政治标准，而不过是一种简单化的粗暴的批评罢了。

这样说，并不是说古老的民间传说里的任何过时的观念我们都应当全盘接受，妄加称赞。不是这样。我们除了按照作品的艺术特点去理解作品，除了按照作品的时代特点去理解作品，还需要以批判的态度来接受作品。民间作品中的不健康的因素，过时的观念，我们是有能力加以区别的，也应该培养和提高我们对艺术作品的鉴赏能力。高尔基说："无产阶级有抗毒的能力。"这话是很对的。《美丽的仰阿莎》这个传说里，关于太阳的描写是并无"毒素"可言的。难道我们的广大读者竟毫无欣赏这个作品的能力而必须把又丑又懒的太阳改为"正义、光明、和平的象征"才成吗？

　　的确，按照有的人的意见，是要求这样一种大胆的删改的。他们要求整理者改掉民间故事中的这些"不纯的成分"，认为把太阳说成又丑又懒，还非常野蛮，是作者"对革命采取了不负责任的态度"，而且又说这种不负责任的态度是由于作者的"马克思主义美学观点和无产阶级立场不明确"。可是，指责者要求搜集整理者这样乱加修改的观点是怎样一种"马克思主义的美学观点"！又是怎样一种"无产阶级立场"啊！难道对革命负责的态度就应当是按照现代人的观念来修改古代人的传说，把它涂改成似是而非的东西吗？难道无产阶级立场可以不要有历史唯物主义的观点吗？太阳在《美丽的仰阿莎》这个传说里被加以丑化，当成反面角色，那是古代苗族劳动人民处理的，搜集整理者不能负责；他也绝没有把反面人物太阳改写成"正义、光明、和平的象征"的权利。如果这样做，他就彻底地毁坏了这个古代的美丽的传说，也违背了马克思主义的美学观点。这当然并不是马克思主义对待民族文化遗产的正确态度。

　　事实上，要把太阳写成"正义、光明、和平的象征"，不但在这个古代民间传说里苗族劳动人民没有这样一种联想，我们不可强求，就是今天的人，也未必都只能这样联想。去年，大跃进中有这样一首曾经引人注目的新民歌：

　　　太阳太阳我问你，
　　　敢不敢来比一比？

　　　我们出工老半天，
　　　你睡懒觉迟迟起。

　　　我们摸黑才回来，
　　　你早收工进地里。

太阳太阳我问你，

敢不敢来比一比？

——福建 杨柳

诗人郭沫若很欣赏这首民歌，还把它加了一番工，有问有答，发表在《人民日报》上。大跃进中像这样和太阳比速度、嫌太阳懒起早睡，几乎成为新民歌中流行的比喻之一。这样把太阳形容为懒汉，难道也有什么"煞风景"之处，或者有损于把太阳作为"正义、光明、和平的象征"吗？显然不能得出这样的结论。诗歌作者要和太阳比赛，仅仅是和太阳比赛而已，绝不能翻译作他们要和党与领袖来比赛。根本就不可能产生这样荒谬的联想。在这首民歌里也好，在民间故事里也好，作者把太阳比作懒汉，嫌它出来得晚，又恨它落得太早，不过是用来描写劳动人民热爱劳动的观念。劳动人民确实常常是起三更搭半夜，两头不见太阳那样地劳动着。可见不同的联想，不同的比喻，在任何时候的艺术作品中都是被允许的。太阳在《美丽的仰阿莎》和在"太阳太阳我问你"一诗里扮演了相类似的角色，而在另外一些新民歌里，它又和党与毛主席紧密地联系在一起，被歌颂为"正义、光明、和平的象征"。这并不矛盾。艺术联想、比喻，不可能也不应该定出一个必须遵循的公式。只要比喻得确切，联想得巧妙，作品就会是新颖的。

简单化的粗暴的批评，是妨碍我们正确地欣赏民间故事传说的阻力之一。要使我们欣赏作品的能力提高一步，能够从劳动人民的创作里获取有益的东西，就必须克服这种简单化的倾向，鉴别一个作品是香花还是毒草，判定它好坏的程度，只能是对作品本身作具体分析，绝不可以从一个现成的概念出发，轻易地加以否定，既不分清古代和今天，也不管是现实还是幻想。这样，就难免作出错误的判断。在欣赏作品上，我觉得也可以借用一句俗话：宰相肚子里能撑船。这就是说，要具有宰相的度量，可以欣赏和鉴别各式各样的艺术作品。而这就要求我们努力学习掌握马克思主义的观点、方法，才能够办到。我们是非常需要取得这把能够打开智慧宝库的钥匙的。

倒是可以说，《美丽的仰阿莎》的整理工作还是有缺点的。在这个故事里，人物的形成、故事的进展与自然现象的巧妙结合，表现的脉络似乎还不够清楚。这也许是它还不能使读者感到满足的一个重要原因。搜集整理者还没有能够把这个民间传说中清新动人的东西完全保留下来，写得像叙事诗《仰阿莎》那样明晰动人。虽然如此，批评者把它指责为"毒草"，显然和"香花"的距离未免太远了。

1959 年 8 月 11 日夜

史诗在中国

　　由于旧中国长期封建统治的闭关自守，我国民族众多而又有语言的隔阂，特别是历史上反动的民族政策以及对民间文学的歧视，再加上我们对自己的民间文学了解和宣传也很不够，致使外国学者没有机会对我国民间文学作更深入的了解。新中国成立以来，我国56个民族的民间文学的大量发掘和采录，不仅说明中国是一个民间文学宝库，而且可以说是一个富有史诗和长篇叙事诗的国度。

　　我今天就是带着这个信息来参加大会的。我想为大家打开中国这个东方的古老的民间艺术宝库的一扇窗户，让大家能够窥见其中的若干珠宝。

　　中国是一个诗歌的海洋。许多民族的日常生活都离不开诗歌。例如，哈萨克族的谚语说："诗歌和骏马是哈萨克人的两只翅膀。"在我国几乎每个民族都有叙述自己民族诞生和发展的史诗。我国的史诗以及一般民间叙事长诗蕴藏相当丰富，迄今尚不能得到一个确切的统计数字。

　　环顾中国，从西南的喜马拉雅山河谷到东北的呼伦贝尔草原，从西北的天山山脉到云贵高原到东南沿海地区，很多少数民族都有自己的民族史诗。近年来还陆续发现汉族也流传有不少反映世俗人情的民间叙事长诗（这部分不包括在我要介绍的内容中）。

目前，我国学者对史诗的概念和范畴存在着不完全一致的看法，但大家认为创世纪史诗和英雄史诗产生在人类社会的早期阶段，前者内容为创世神话；后者产生较晚，反映了与民族和国家的形成有关的重大历史事件，描绘了为人民所崇拜的英雄人物。在有些作品中，两种内容有交叉和融合，不能截然分开。南方少数民族中创世纪史诗居多，北方少数民族则以英雄史诗见长。下面我就这两类史诗的发掘和研究作一些粗浅的介绍：

创世纪史诗

我所看到的创世纪史诗中，有南方的彝、壮、苗、白、傣、瑶、哈尼、土家、布依、布朗、仡佬、纳西、藏、门巴、珞巴、拉祜、佤、侗、傈僳、景颇、德昂、阿昌、怒、黎、普米、畲、基诺、独龙和北方的汉族、土族，一共30个民族，还有苦聪人。《诗经》中的《生民》，应当视为汉族史诗的最古老的记载。

其中又有因地区、民族支系的不同而内容各不相同的创世纪史诗。如：彝族的《查姆》（汉译为"万物的起源"）在云南楚雄州及红河州就有几种异文；用"梅葛"调演唱的创世纪史诗《梅葛》流传在楚雄州姚安、盐斗等县的彝民中；《阿细的先基》则以男女对唱的形式流传在彝族的支系阿细人中；四川大凉山彝族地区比较闭塞，则保留着比较完整的创世纪史诗《勒乌特依》的四种内容不同的手抄本。其他民族也有不止一部史诗的。

中国汉族的远古神话中有一位神叫盘古，他死后尸体化为天地万物，古籍中有这样的记载："首生盘古，垂死化身；气为风

云，声为雷霆，左眼为日，右眼为月，四肢五体为四极五岳；血
液为江河，筋脉为地里，肌肉为田土，发髭为星辰，皮毛为草
木，齿骨为金石，精髓为珠石，汗流为雨泽，身之诸虫，因风所
感，化为黎甿。"[1] 在许多少数民族的创世纪史诗中，也有这种
盘古式的英雄以自己肢体化为天地、日月、山川河流的动人情
节。布依族《开天辟地》中的翁戈，把自己的双眼挖出来钉在
天上，变成了太阳、月亮，用牙齿把天钉牢，变成了星星。拉祜
族《牡帕密帕》中厄莎造天地，用左眼作太阳，右眼作月亮，
拔下头发变银针给月亮，呵气成金针给太阳，手茧变白云，汗珠
变星星。彝族的《查姆》中说，黑埃罗波赛神死后眼睛变日月，
牙齿变星星，乳房变大山、小山，呼气变风雨云雾。瑶族《盘
王歌》中唱："大岭原是盘古骨，小岭原是盘古身，两眼变成日
和月，牙齿变化作金银，头发化为草和木，才有鸟兽出山林，气
化为风汗成雨，血成江河万年春。"在彝族、哈尼族、布朗族、
普米族等民族中还有动物尸体化生说。

　　这种尸体化生为天地万物的神话也产生和流传在世界其他民
族中。如北欧神话中说，大神奥定用冰巨人伊密尔的尸体造天
地，将他的肉造成大地，置于混沌一团的中心；将他的血和汗造
成海，围绕在土地的四周；将他的骨骼造成山，齿造成崖石，头
发造成树木花草。神们又把伊密尔的颅骨造成天，覆盖了地和
海，把他的脑子造为云。[2]

　　世界各民族的初民们对天地万物的形成有着类似的幻想，
足以说明他们在神话时代的心理状态是相同的。这种创造自
然、制造宇宙万物的幻想虽然荒诞离奇，但从中却可以窥见人

---

[1]　（清）马骕：《绎史》引《五运历年记》。
[2]　茅盾：《神话研究》中《北欧神话 ABC》，第 240 页。

的一切为我所造的气魄和创造精神。这种人与自然融为一体并夸大和突出人在宇宙中伟大作用的思想，具有不朽的美学价值。

许多创世纪史诗还包括了洪水的故事，这也是世界各民族中普遍流传的，它反映了认为人类一度经历过被洪水毁灭的世界性的灾难，而后由其子遗再生人类的观念。这类洪水故事在我国南方流传也很广；北方如汉族也有这类故事，但比较少些。我想，它的产生除去地质上变化的原因而外，似乎与我国南方多水多雨，而北方寒冷干旱的地理环境以及心理因素也有关系。在我国广东、广西、云南等省大量出土的各民族的铜鼓，构成了中国的铜鼓文化，这些铜鼓上有几何纹饰、动植物纹饰、道释纹饰、叙事纹饰等近千种纹饰。不少纹饰与该族的古代神话传说密切相关。据专家考证，那些有浓郁的民族色彩和时代特色的新颖别致的水纹、船纹，很可能就是古代洪水故事的印记。①

洪水故事又联系到我国的葫芦文化。我国许多民族如：汉、彝、白、哈尼、纳西、拉祜、苗、基诺、瑶、畲、黎、水、侗、壮、布依、高山、仡佬、德昂、佤等民族的史诗中都有洪水过后人从葫芦出的传说。如：佤族《西岗里》说，天和海相接的地方漂来一只小船，有一葫芦，小米雀啄九年啄开了，走出了阿佤人；彝族说，洪水后幸存的兄妹结婚生一葫芦，天神戳开，从中走出各族先民；壮族《卜伯》说，洪水泛滥时，伏依兄妹躲在葫芦里，洪水后只留下兄妹二人，他们结婚再生人类。尽管说法不同，但都说葫芦是各族人民共同来源的母体。云南汉族中流传着的"人从瓜出"的传说也可归入葫芦崇拜。滇西南哀牢山自

---

① 王辉：《铜鼓》，载于《民间文学论坛》1982 年第 2 期，第 92 页。

称"罗罗"的彝族直到新中国成立前夕仍有把葫芦作为祖先化身来供奉的习俗。[1] 上述创世纪史诗中反映出的原始葫芦文化也是我国学者研究的课题之一。

《卡勒瓦拉》是芬兰民族英雄史诗，却以创世纪开篇，以浪漫主义的笔触勾画出神话仙境般的人类远古世界：大气的女儿降于大海，风和浪使她受孕，成为大水的母亲，并生下了英雄万奈摩宁。一只小凫在她膝上做窝下蛋，蛋碎了，碎片变成大地、天空、太阳、月亮和云彩。[2] 类似这种美丽的富于幻想的描绘，在中国的创世纪史诗中也不少见。例如：傣族《英叭[3]造天地》中说，水和气上升凝成创造天地的大神"英叭"；《苗族古歌》中说，云雾像孵蛋一样孵出科啼和乐啼两种巨鸟，巨鸟孵出了天和地；景颇族《穆脑斋瓦》中说，宇宙间有一团小小云雾旋转，后来越来越大，变成稀泥一样的东西。这时出现了一对代表阴阳的天鬼，天鬼创造天地；彝族《勒乌特依》中说，梧桐树升起三股轻雾，凝成三股红雪，雪化冰消，冰凝成骨头，雪凝成肌肤，风凝成呼吸，雨凝成血液，星星凝成眼珠，终于变成雪族十二支子孙，从此世间有了人类和各种动植物；彝族《查姆》中又说，远古时只有雾露一团团，黑埃罗波赛神生了一个蛋，蛋皮成天，蛋白成日月星辰，蛋黄成地；纳西族的《创世纪》中则说，山上生美妙的声音，山下生美好的白气，声音、白气凝成三滴白露水，三滴白露水变成大海，天

---

① 关于人从瓜出，《诗经》《大雅·绵》有："绵绵瓜瓞，民之初生。"云南哀牢山彝族供奉"祖灵葫芦"均见刘尧汉《彝族社会历史调查研究文集》中《中华民族的原始葫芦文化》一文，原书第219页至228页。

② 《卡勒瓦拉》（Kalevala），著名芬兰史诗，埃里亚斯·隆洛德（Elias Lonnrot）搜集，1835年出第一版。孙用中译本，人民文学出版社1981年版。

③ 英叭：读 yinpa。

生下人类之蛋，大海孵出叫恨矢恨忍的神，神的第九代是人类始祖从忍利恩。

以上这些民族多居住在云烟缭绕、雾气缥缈的山林，他们对自然的描绘有其独特的直观性，当然也有局限性。他们力图从物质本身去寻求万物起源的探索精神是可贵的。他们把宇宙的来源解释成白气、水和单细胞的蛋这些基本元素运动的结果，虽然故事离奇，但却开始摆脱神生万物的唯心主义，透露了科学的曙光。创世纪史诗以人类的朴素思维形式和丰富的想象对客观世界做了不自觉的艺术加工。创世纪史诗使我们看到我们的祖先同大自然斗争的缩影。史诗中对于天地万物来源的富于幻想的艺术描写，质朴自然，出于真诚，长于想象，无拘无束，壮美与朴素融合交织。这些天真无邪的诗句具有永恒的魅力。人民以艰苦卓绝的劳动创造了自己的生存环境，也创造了诗，这就是中华民族古老文化的最初的摇篮。

英雄史诗

上面已经说过了，我国的英雄史诗主要流传在北方的民族中，当然南方的一些民族如：傣、彝、纳西等也有这类作品。这类史诗主要产生在氏族社会解体到进入奴隶社会，有的延续到封建社会，也就是所谓"英雄时代"的作品。

我国著名的英雄史诗《格萨尔王传》、《江格尔》和《玛纳斯》早已为大家所熟知了。建国以后，尤其是近几年来的深入调查，为我们的科研工作提供了不少新的材料。尤为可喜的是：我国还有大量的能够演唱《格萨尔王传》、《江格尔》、《玛纳斯》的民间说唱艺人，他们是史诗的传承者、保存者，甚至是参加集体创作的作者。这些史诗活在他们的口中，活在中国的国土上。他们的口头演唱继续给人以美的享受和精神鼓舞。①

　　藏族《格萨尔王传》广泛流传在西藏、青海、四川、云南、甘肃五省、区，它是藏族人民家喻户晓的被奉为经典的作品。据目前了解，全诗约 60 余部、150 万行，但仍在陆续搜集，到搜集工作结束时才能有最后的确切数字。内蒙古东部、新疆卫拉特蒙古地区流传着内容有较大变异的蒙古族《英雄格斯尔可汗》。

　　西藏松赞干布于公元 7 世纪建立了奴隶制社会，9 世纪奴隶社会崩溃，其后二三百年内部落征战频繁，开始进入封建农奴制社会。《格萨尔王传》一般认为产生在 11 世纪，并经过了长期的流传和演变。最近几年，四川、西藏、云南、青海、甘肃在调查中都发现了一些和史诗有关的征战传说的遗迹，如：青海土族互助县就有霍岭大战的故址霍尔川，四川阿坝藏族自治州松潘的毛尔盖有一个叫"岭"的村寨，附近还有岭国的战壕、坑道、粮食、练兵场等遗迹，有霍尔人卜筮烧香的地方、射箭的靶场等②，还有传说中格萨尔使用过的战刀③、象牙朱红印章，他的将领得玛的盔甲④，以及关于格萨尔的壁画⑤等文物。这些都为《格萨尔王传》的研究提供了新的丰富的资料，为研究工作开拓了新的领域。

　　柯尔克孜族英雄史诗《玛纳斯》在我国新疆和苏联、阿富

---

　　①　发言时曾说，请降边嘉措先生介绍拉萨《格萨尔》说唱艺人演唱会的情况。

　　②　桑梓候·达尔基·屈科口述、谢芝译：《岭·格萨尔的故国》，四川省编《〈格萨尔史诗〉资料小辑》第一辑，1985 年。

　　③　存于甘肃省甘南藏族自治州夏河县拉卜楞寺。

　　④　四川邓柯县格萨尔器重的将领得玛的出生地呷坡村坡寺，1960 年以前曾保存一件传说是得玛的铁甲战衣，后流失在群众中。如今呷坡村的习俗，男子颈上还带有甲片。见《四川民间文学论丛》格萨尔王传资料小辑。

　　⑤　四川甘孜藏族自治州文化馆《记邓柯·吉苏雅的"格萨尔神庙"》，四川《格萨尔史诗资料小辑》第一辑，1985 年。

汗都有流传。《玛纳斯》以第一代英雄玛纳斯命名。苏联早已记录和出版了这部史诗，但是也只出版了三部。苏联和各国学者还有关于它的大量论著。我国在最近十几年来，记录了70个歌手演唱《玛纳斯》的异文。新疆著名歌手居素甫·玛玛依能演唱八部，现已全部录音，记录完毕。这八部是《玛纳斯》、《赛麦台依》、《赛依台克》、《凯乃尼木》、《赛依特》、《阿色勒巴恰与别克巴恰》、《木碧莱克》、《奇格台依》。史诗叙述了玛纳斯八代英雄为统一柯尔克孜各部落和反对卡勒玛克、克塔依①统治的战争故事。

　　蒙古族英雄史诗《江格尔》，近几年在新疆进行了大量的抢救工作，现已搜集到60多个章回。新疆卫拉特蒙古族中土尔扈特部曾于明代末年（公元1629年）迁到伏尔加河下游。1771年，土尔扈特人不堪忍受压迫和歧视，又由渥巴锡汗率部返回祖国。在迁移途中，河水暴涨，一部分人留在原地，因而这部史诗在当地也有流传。《江格尔》描写以部落首领江格尔为首的12名"雄狮"英雄和6000名勇士同侵犯、掠夺其家乡的形形色色的敌人进行斗争的故事，歌颂了蒙古人民理想的王国"宝木巴"，那里没有穷富的差别，每个人都像25岁那样年轻。

　　我们在内蒙古东部和其他地区还记录了蒙古族短篇史诗数十部。如《勇士谷诺干》、《智勇王子希热图》等，反映了部落英雄们与蟒古思（魔鬼）的斗争。这些史诗中既有反映部落战争的，也有反映与自然搏斗的，展现了人类从狩猎经济到畜牧经济的历史发展图景。

　　汉、唐时代著名的"丝绸之路"曾沟通了我国与欧亚各国的贸易往来，同时也沟通了东西方的文化交流。新疆作为必经之

---

　　①　克塔依：经学者考证，即契丹。

路，得天独厚的地理条件使它成为多种文化荟萃的地方。各民族的史诗不仅丰富，而且色彩各异，有许多史诗在中亚一带流传，或带有浓重的中亚、西亚的色彩。哈萨克族现已搜集到民间叙事长诗 200 余部，其中有家喻户晓的英雄史诗《阿勒帕米斯》、《英雄塔尔根》等。维吾尔族著名的英雄史诗《乌古斯传》则以其古朴的内容和所保留的历史事件的记录而引起国内外学者的注目。

北方的其他民族，像中华人民共和国成立时只有 300 人，现在也不过千余人的赫哲族，也有大量独特的英雄史诗。他们把这种民间传唱方式称作"伊玛堪"。《满斗莫日根》就是其代表作之一。诗中描写了血缘婚姻和用战争来达到联姻，其根本目的则在于兼并被征服的部落，将俘虏变成奴隶。"伊玛堪"同邻近的蒙古族史诗的格调相类似。我国和日本的学者都提出，"伊玛堪"与日本爱伊努族的史诗"优卡拉"（Yukar）颇有些相似，认为这可能与赫哲族居住地原为到日本的古通道有关。

南方民族中不仅创世纪史诗居多，英雄史诗也另有一种风格。傣族《相勐》、《兰嘎西贺》、《厘俸》与北方游牧民族的史诗情调迥然不同。傣族史诗中反映了亚热带森林中媚人的南国风光，古代部落战争，以及金殿王朝时期的民族英雄。

北方草原上的英雄慓悍勇猛，粗犷豪迈，降妖伏魔，厮杀撼天震地。森林中的英雄，他们的宝刀和神箭也威力无穷，但他们却离不开清溪的缭绕、喃喃鸟语和郁郁花香。

蒙古族《江格尔》这样描写英雄洪古尔同厚和查干的搏斗：

洪古尔看准时机，
猛然拦腰抱住厚和查干，
举起他抖动了七八下，
用力撒手一摔，

厚和查干摔在地上，

砸得岩石飞滚、高山抖颤。

厚和查干用两只胳膊支撑全身，

面不改色，身不颤抖，

头上没沾着一粒沙土。

就这样支持了四天四夜，

两个英雄不分胜负。①

　　傣族《相勐》则以"茫茫的森林里盛开着一百零一朵花，茫茫的森林里有一百零一个国家"开始，它这样描写召相勐与沙瓦里的厮杀：

刚升起的太阳，

又被云彩遮蔽；

刚起床的百鸟，

全被厮杀的声音吓飞。

每棵树都有刀枪的痕迹，

每片叶子都染着鲜红的血，

河流里泡着刚刚倒下的尸体，

断刀残箭丢满一地。

　　双方激战到天上以后：

召相勐挥舞着宝刀，

要掏出沙瓦里的心；

沙瓦里往上一跃，

---

　　① 色道尔吉译：《江格尔》第十章《黑那斯全军覆灭记》，人民文学出版社1983年版，第337页。

宝刀只划破了一朵白云。

沙瓦里转回头，
想一剑破开相勐的脊背；
相勐摘下一颗星星，
把飞来的宝剑打碎。①

　　战争同样残酷，但《相勐》却不乏诗意的描写，曲调低回委婉，在刀光剑影中仍不失其恬静柔和的性格美。
　　我们还发现了 300 多年前傣族学者祜巴勐写的《论傣族诗歌》②。这部诗论专讲文艺理论，对研究傣族诗歌的产生和流变以及对于研究整个文学的产生和艺术的起源，都具有很高的学术价值。他谈到傣族诗歌的产生和特点时说得好："……因为我们傣族祖先在森林和芭蕉林里诞生，是鸟雀和水送给我们的歌。傣族的歌一出世，花草树木是衣服，星云日月是装饰品，麂子、马鹿和雀鸟是伙伴，所以傣歌永远离不开它们。这并非人为的比喻，这是傣族诗歌历史的一个真实记载。"
　　《兰嘎西贺》是根据载入经典的印度史诗《罗摩衍那》改编而成的，然而并不是简单的模仿或翻版，而是具有浓厚的傣族民族特色，扎根于傣族土壤中的艺术成果。它真实地反映了傣族进入封建领主制以前氏族社会的部落征战和人民生活。这里，我们又接触到另一个重要的研究课题：佛教对我国史诗的影响问题。佛教从西汉时传入中国后，对中国的文学、诗歌、绘画、雕塑、舞蹈、建筑产生了重大影响。傣族笃信佛教，有一些史诗和叙事

---

　　①　《相勐》，岩峰译，王松整理，《山茶》1982 年第 2 期，第 82 页。
　　②　祜巴勐著，岩温扁译：《论傣族诗歌》，云南中国民间文学出版社出版。祜巴勐是佛教等级中由老百姓升的最高级的职称。此书写于公元 1615 年，时为明朝末年。作者隐其名，署名祜巴勐。下面一段话见原书第 70 页。

长诗就是根据经书改写或创作的。佛教对我国史诗的影响也反映在西北各民族中，蒙、藏共有的《格萨尔王传》，就把格萨尔说成是白梵王的三子转世，到人间降伏妖魔。这又涉及中国与印度、与东南亚诸国、与中亚细亚其他国家在历史上的文化交流和相互影响。佛教对民间文学的影响，民间文学通过佛教与其他宗教宣传而流传、演变以及与之相关的各国各民族之间的文化交流，也日益引起我国学者们的兴趣和探索。

四川、贵州、云南等地流传的彝族创世纪史诗《勒乌特依》，又名《英雄支格阿龙》，描写支格阿龙从射日月，降伏猛兽，部落征战，到最后当了国王。因此，也有人称它为英雄史诗。对它的分类，我们暂且不去讨论。在这部史诗中，有支格阿龙以神鹰给他的铜弓铜箭，射碎绿色顽石，用地火炼成铜制工具，从而建立第一个村寨，种植庄稼等情节，诗中着重描绘了支格阿龙与大自然的斗争。这种英雄不同于北方游牧民族的英雄们为统一部族而战，倒有点像那个为芬兰人民培植森林、垦荒播种、制造船只和乐器、为人民的和平与幸福而歌唱的文化英雄万奈摩宁。

以上所讲的创世史诗和英雄史诗都因其民族的不同存在着不同的韵律形式和修辞手段。有的是严格的格律体，注重韵脚的格律美；也有押头韵或押腰韵的；有的不押韵，而有节奏，注重音节起伏的节奏美。各民族不同的生活环境又构成了他们特有的修辞手段，如对比、夸张、比喻等，形式各异，色彩斑斓，构成了每个民族自己的诗学的形象体系。这种涉及诗学领域的研究，也是我国学者关于史诗研究的一个重要方面。

史诗和神话都产生在远古时期，而在后世的流传中又不断地增添了社会发展的新的内容，展示了广阔的历史画卷。由于我国有许多民族直到解放时还停留在不同的社会历史阶段，例如有母系制氏族社会的残余、奴隶社会、封建领主社会等。由于这些民族社会进展迟缓，因而史诗和神话得以比较完整地按其原始面貌保留下来，甚至至今还流传在群众中，并且仍然与本民族的生活习俗密切地联系在一起。创世纪史诗和英雄史诗是各民族的百科全书，许多民族把自己的史诗称作"根谱"，在重大节日和举行庆典时要庄严地演唱，作为向后代传述祖先业绩、传授历史经验的经典。①

史诗和神话近几年来成为我国民间文学研究的热门。《格萨尔王传》的研究已被列为国家重点科研项目，在我国历史上这也是第一次。我国现在的搜集工作仍然在进行，我们在许多方面还处于已知和未知之间，有些史诗的产生和发展情况在我们还是一个未知的王国。众多民族的类型不同的史诗，现在正在普查、发掘和记录中，人们从多种角度对其进行研究和考证。例如：史诗的艺术成就，史诗中所反映的社会经济形态，史诗中反映的我国诸民族的民族关系，原始宗教与佛教对史诗的影响和它们之间的矛盾与消长等。我国学者努力运用辩证唯物主义和历史唯物主义的观点、方法来进行探讨和研究，以期实事求是地探索和认识史诗这种只能在不发达的社会阶段才能产生的艺术形式及其在艺术上的惊人造诣。

有的民族是跨国而居，国境线的两边生活着同一个民族。中国与邻国的文化交流也由来已久，不少的史诗是我国与邻国所共同享有的。要研究史诗，就要与各国学者共同探讨，取长补短。这样，不仅可以获得比较理想的学术研究成果，而且会为各国人

---

① 例如贵州黔东南苗族地区，每十二年、九年或七年举行一次祭祖的"吃牯脏"（或写"吃鼓藏"）节，每年农历十月的第一个卯日或亥日过苗年，这些节日都要唱古歌。传唱古歌被视为进行民族历史传承的大事，古歌被认为是"根谱"、"族谱"。

民之间的友好交往架起一座桥梁。

　　我的介绍与其说是学术论文，不如说是一次巡礼，而不可能
就一个专门问题进行深入的探索。向朋友们做这样一些介绍，是
因为要了解和研究中国的史诗，首先就要熟悉中国史诗的环境和
气氛。

1985 年 1 月 20 日

（原载《中国比较文学》第 4 期）

　　附记：1985 年 2 月 28 日是芬兰史诗《卡勒瓦拉》150 周年
纪念日。我参加了在赫尔辛基的纪念大会和事先在土尔库召开的
《卡勒瓦拉》与世界史诗国际讨论会。《史诗在中国》是我在那
次国际学术讨论会的论文。这篇论文收入由劳里·航柯（Lauri
Honko）主编的《世界史诗中的宗教、美学和民俗》（Beligion，
Myth，and Folkloie in The Wold's Epics），1990 年由 Moutonde
Gruyter 出版社在柏林和纽约同时出版。

"江格尔奇"与史诗《江格尔传》

　　在我国已经进入社会主义现代化建设的时候，不少的民族还有像欧洲古代至中世纪的行吟诗人那样一些专门演唱史诗的民间艺人，以演唱本民族的史诗而著名。这并不使我们感到惊异，倒是一件令人感到庆幸和喜悦的事情，不过让人忧心的是这样的人毕竟不多了，能够演唱多部或全篇史诗的人更是越来越少了。新疆卫拉特蒙古人中，如今还有不少能演唱闻名世界的蒙古史诗《江格尔传》的"江格尔奇"。亲自参加了调查的新疆民研会特·贾木查同志说，他们《江格尔传》工作组于1980年到1981年两年的时间里，在新疆博尔塔拉、巴音郭楞两个自治州和塔城、阿尔泰、哈密等蒙古族聚居的各县的公社、牧场进行调查，走访了90名大小"江格尔奇"。由新疆维吾尔族自治区副主席巴岱同志亲自主持这一工作，三年来在抢救和调查研究史诗《江格尔传》中取得了重要成果。

　　1982年8月16日，我参加了自治区举行的英雄史诗《江格尔传》学术讨论会，这是我国举行的第一次史诗讨论会。在会议期间，还听了几位"江格尔奇"的演唱。遗憾的是我不懂蒙语。虽然由于语言的隔阂，使我被关在这一伟大史诗的门外，不能直接分享蒙古族群众听演唱《江格尔传》的欢乐，但是我从他们极富感情的演唱以及部分汉译作品、论述以及国外有关论著的译文中也了解和体味到这一尚未看到全貌的英雄史诗的一些动人内容，看到了它所描述的古代蒙古族人民所赞美的原始共产主义理想王国和部落征战的历史画幅。史诗中的部落联盟首领江格尔，经过不断的征战讨伐，继承父业，聚众一方，建立了一个有名的"宝木巴"，即神圣不可侵犯的"北方天堂"。

据说那里冬夏如春，人人平等，不分贫富，人们也都活得像 25 岁那样年轻。这样的"天堂"，世界上当然是不会有的，它不过是蒙古族人民从氏族社会解体、进入奴隶社会以后对于原始共产主义的怀念和加以理想化的产物。史诗《江格尔传》所描绘的江格尔和"宝木巴"的众英雄们，不断征服附近部落的侵袭掠夺，把战争中掳掠的人打上"宝木巴"的烙印，巩固和扩大其政权，捍卫所属境内臣民的利益。人们把勇敢捍卫人民群众利益，反对外来侵犯的部落联盟首领看作民族英雄，"宝木巴"也越来越升为崇高的理想王国。这正是古代蒙古族进入奴隶制社会的历史画卷。忠心耿耿，捍卫"宝木巴"，宁死不屈的江格尔和洪古尔及其他众英雄，长年烈马奔腾，所向无敌，他们正是恩格斯所说的英雄时代中的第一批可歌可泣的英雄。他们的部落联盟实行军事民主制，敢于公开批评自己的领袖，又很讲团结，讲求信义，勇于反抗外来侵略和内部的邪恶势力。在强敌面前，只有前进，没有后退，连座下的骏马也没有不能攀登的顶峰。他们既具有英雄时代部落首领的一般特征，也反映了长期在草原上过游牧生活的蒙古族人民的强悍性格。

我读了《江格尔传》第十一章《西拉·胡鲁库败北记》①
深受感动。江格尔独自离开众英雄，不辞而别，以致使他们的
"宝木巴"遭到西拉·胡鲁库的洗劫。忠诚的结拜兄弟洪古尔及
众英雄们与敌人奋战，但是洪古尔也不免陷入地牢，受到千刀万
剐的刑罚。江格尔到辽远的地方与一个可汗的漂亮的女儿结为情
侣，生了一个英雄儿子叫少布西古尔。最后，是这个年幼的少布
西古尔以过人的本领消灭了敌人西拉·胡鲁库。江格尔在地狱中
找到了洪古尔，他们一起回到了一度失去的"宝木巴"。

史诗中描写的抢夺美女，为一个美女而兴起战争，反映了人
类从野蛮时代进入文明时代，对偶婚向个体婚过渡的遗迹，是英
雄史诗的特有内容之一。在江格尔的群英殿堂中显得无比温顺纯
洁的江格尔夫人阿盖，竟像光明本身一样漂亮，而她又擅长音
乐，能弹奏出美妙的动人乐章。

> 永远像十六岁的少女般的阿盖，
> 江格尔的美丽的妇人，
> 她拿出一张古老的金琴。
> 这张金琴有八千根弦和八十二个弦码，
> 阿盖的洁白纤细的十指轻拢琴弦，
> 她在低音的七弦上弹出著名的古老乐章。

> 明山的主人，
> 白发的额尔赫图克的儿子明彦，
> 和着金琴的旋律拉起马头琴，
> 琴音和谐，优美动听。

---

① 《西拉·胡鲁库败北记》，色道尔吉、奥其译自十三章蒙文本，见色道尔吉、
梁一儒、赵永铣《蒙古族历代文学作品选》，内蒙古人民文学出版社。

雄狮洪古尔放声歌唱，歌喉嘹亮。

这是一幅多么动人的群雄宴会上的娱乐图！阿盖的弹奏为"宝木巴"英雄们的欢宴增添不少春色。再看看史诗的歌者对这位由抢婚而来的江格尔夫人阿盖的美貌是怎样精雕细绘：

阿盖有整齐的四十个牙齿，

白皙的十个手指像纤纤柔软的白玉，

她的红嘴唇如同五月的樱桃，

她的头如美丽的孔雀，

她的品德是人间的表率，

她的声音是动人的音乐；

百花为阿盖怒放，

百鸟为阿盖歌唱，

人间只有江格尔才有这样美丽的伴侣。①

阿盖这位雍容华贵的夫人，她不但纤纤十指能弹奏出美妙的乐章，她的高尚品德也堪为人表；她的心灵美使她的容貌更为动人。

史诗中描写英雄们在战争中勇猛砍杀与气盖山河的威武。阿盖及其他妇女的漂亮与高尚品德，都会使诗篇的听众由衷地感到钦佩。这也就是史诗能得以长久流传民间，赢得代代听众的原因了。

只有在氏族社会解体后人类最初出现阶级剥削的奴隶制社会阶段，才会产生记述英雄们征战行为的宏伟诗篇；也只有本民族的人民歌手，才能以集体创作的形式塑造出人民所敬佩的英雄人物，并且创造出这样富有魅力的诗歌艺术。希腊史诗《奥德赛》和《伊利亚特》，因荷马而闻名全世界，中国的这样一些史诗及

---

① 引自《江格尔传》第十一章《西拉·胡鲁库败北记》。

荷马式的人物却因过去缺少了解而被湮没了。蒙古族的《江格尔传》及其歌者就是这样一种情况。虽然有人考证《江格尔传》为各国学者所知也有近 180 年的历史了①，然而今天又有谁能够看到或讲得出像历史上所说的《江格尔传》全诗呢？

我访问过参加讨论会的老艺人普日拜和普日布加尔两位"江格尔奇"。普日拜是和静县巴音布鲁克区五大队的一个牧民，今年 57 岁。在十年内乱中，以演唱《江格尔传》的罪名被人用老虎钳子拔掉了他的两颗牙齿。他是从一位曾给王爷演唱《江格尔传》名字叫做加拉的"江格尔奇"那里学会唱的。王爷把穷苦的加拉请到自己家里三次，共唱了三天。他说加拉能唱四十几个章回，他只学到了六个章回，现在只记得三四个章回了。加拉第一次到王爷家里演唱时，唱了整整一昼夜，唱了三四个章回。王爷给了他一匹马、一块茶砖、一套衣服。第二次给了他一匹马、一套衣服。当时，王爷每年或每两年，都要请"江格尔奇"演唱一次。普日拜请加拉到自己家里演唱，向他学习。还有一个专门为王爷说祝词的人，名叫巴登。他又向巴登学了对蒙古包的赞词，举行婚礼时对新郎、新娘的祝词等一些礼俗祝词。别人知道了普日拜能唱《江格尔传》和赞词时，逢有喜事，就

---

① 从 1804 年德国人 B. 别尔克曼第一次报道在伏尔加河畔卡尔梅克人中流传《江格尔传》的情况算起，至今有近 180 年的历史。1963 年第 4 期《民间文学》中多济著《江格尔传》简介中介绍 B. 别尔克曼记录了两章。最近由中国社会科学院少数民族文学所出版的《民族文学译丛》史诗专辑（一）中苏联 П. С. 布尔奇诺娃著《江格尔在俄罗斯的起源》（陈洪新译）较为详细地介绍了 B. 别尔克曼到卡尔梅克草原旅游时对《江格尔》的报道。没有说他搜集了多少，只说"他是有幸听到卡尔梅克人的江格尔奇的演奏得来的印象记载下来的第一人"。美国阿拉什·伯尔曼什诺夫著《史诗江格尔研究现状》（何凯歌译）中则说，B. 别尔克曼报道了尚不为外人所知的《江格尔》，"作者显然没有得到史诗的卡尔梅克原文，尽管我们可以肯定，有一个姓名不详的江格尔奇曾为他演唱过，并为他用俄语讲述史诗内容。"

请他去唱《江格尔传》或念赞词、祝词。开始请他唱《江格尔传》时仅给他酒喝；以后每逢谁家办喜事时，他就成为不可缺少的"江格尔奇"了。他开头只能唱，由别人弹托托布尔伴唱，后来他也学会了乐器，也能边弹托托布尔边唱了。按当地风俗，婚礼宰羊有一定的规矩。请他去念祝词，然后宰羊，由他按规矩分肉。把好的肉、骨头分给客人吃，把不好的部分留给主人。分了肉以后，他又要到新郎、新娘的屋内念祝词。直到最近，公社书记的孩子结婚，还要到新郎、新娘的屋内念祝词。直到最近，公社书记的孩子结婚，还是请了普日拜去念祝词、宰羊。他唱《江格尔传》，往往是冬天夜里在蒙古包里唱，附近的人都聚来听。但是，被拔掉牙齿的惨痛记忆，使他今天还不免心有余悸。他曾经对搜集《江格尔传》的人说："我已经老了！十万根头发只留下几根了，二十二颗牙齿只剩了三个半，头发也白了，不能唱了！"但他接着又说："要我解除顾虑，我想也对。"于是他又唱起来了。

我问普日拜同志群众听唱《江格尔传》最喜欢听什么内容，他说："人们最喜欢听对江格尔的描写，喜欢听他是什么时候诞生的，他给人们带来多大的幸福。他爱人民，人民也爱他。"又说："听众最欣赏两个英雄打仗后又结交为朋友。"这也有点像梁山泊的英雄好汉们的不打不成交。经过几个回合，然后互表敬佩，结拜为兄弟，一起上山。在讨论会结束前夕的联欢会上，我意外地发现这位留有两撇小胡子的普日拜，也是一位多才多艺的民间舞蹈家。他跳了名叫《沙布尔丁》的蒙古舞，他那无比优美、纯熟的舞姿，深深地激动了我，简直是一种美的享受，令人感到心旷神怡。我从来没有看到过这么动人的舞蹈，一个普通的牧民使我打开了眼界。一位文工团的女舞蹈演员当场向他学习。他跳的是道地的蒙古族民间舞蹈，别人也能跳《沙布尔丁》，但他跳的就是与众不同。随着乐曲的节拍，他使人们看到了真正来自民间而且很有功夫的表演。可惜没有人来给他录像，把这样好的民间舞蹈采录下来。

普日布加布是博尔塔拉州博尔塔拉县雅格红大队第二牧场的牧民，今年60岁了。他是个瘦高个儿，看来远比普日拜长得年轻。他自我介绍说他是一个贫苦人，他曾给当地的一个喇嘛当过奴仆，每日端茶送饭。那时他才18岁。有个叫兵巴的"江格尔奇"，喇嘛常请他来演唱《江格尔传》。有权有势的大喇嘛坐在上座，兵巴坐在一旁弹唱《江格尔传》。兵巴来一次，往往一唱十昼夜，少则五昼夜。他在伺候喇嘛时，进进出出，留神听唱，也学会了五个章回，于是他也开始演唱了。除了《江格尔传》，他还能演唱别的作品。他说，他是公社化以后才加入集体的，他在公社里是喂马的。他又笑着说："我有警惕，我没有被拔掉牙齿。"他这次被邀请当代表出席《江格尔传》学术讨论会，非常振奋。他用他们家乡的一句谚语自比说："人老了心不老，树木老了根不老"；树木虽然老了，根子还会发芽，还要开花。普日布加布在联欢会上也走入人群跳起舞来，跳得也颇与众不同。我们的话题于是又转到了舞蹈。他的父亲原是当官的，每次请客时，他父亲都要跳舞，所以他从小就学会了跳蒙古舞。他说他的动作现在很多人都不会。他很有感慨地说："现在年轻人抱着跳，我们蒙古族人也有抱着跳的，头上顶一碗水，蒙古袍衣襟在地上擦来擦去，头上的水都不倒。我的儿子拉手风琴，他们只会跳抱的舞。我一个人才会跳家乡舞。"他一再感到遗憾地说，可惜他没有把他的托布秀儿带来；如果带来的话，他们家乡的12个民间舞包括《沙布尔丁》他都会跳。他说："可惜没有乐器，不然，我拿起筷子也会跳起舞来的。我经常跳舞，弹起托布秀儿来，乐声一响，美丽的姑娘们就起舞了。"

　　两位能歌善舞的"江格尔奇"的学艺经历和遭遇使我深有所感。英雄史诗《江格尔传》，就是像他们所叙述的那样，由一个"江格尔奇"传授给一个"江格尔奇"，都是有心人在不同机遇中学会了演唱，变成了"江格尔奇"，作品也就一代代流传下来，而且有的"江格尔奇"同时就是作者之一。历史是曲折复杂的。一个普通牧民能够成为"江格尔奇"，机遇也很不相同。王爷、喇嘛的家里是"江格尔奇"的演唱场所。群众中又长久有举行婚礼要请"江格尔奇"演唱《江格尔传》和念祝词、宰羊分肉的民族风俗。在漫长的冬夜里，附近居民聚集到一个蒙古包里整晚地听弹唱《江格尔传》的故事，听演唱古代英雄们与蟒古斯打仗的赫赫战功和对传说人物的一些惊人的艺术描绘，这就是牧民们的娱乐活动。"江格尔奇"在蒙古族人民的社会生活中是不可缺少的歌者、历史演唱家和司仪人。他们的职业是牧民，却又是受群众欢迎的专门演唱《江格尔传》的"江格尔奇"，而且他们往往还是一个出色的民间舞蹈家。他们在人民中享有极高的声誉。

　　史诗《江格尔传》是新疆准噶尔卫拉特蒙古部土尔扈特人的作品，据考证产生于13世纪到15世纪，后来流传在蒙古族人居住的一些地区。1692年，准噶尔部土尔扈特人由于历史的纠葛，和鄂尔勒克王率领本部5万户25万人迁到了伊吉勒河（伏尔加河）的下游玛尼托海游牧，杜尔伯特、辉特和硕特等也有人迁去，他们后来被称为卡尔梅克。清乾隆年间，1771年，以渥巴锡汗为首的土尔扈特人，不堪沙皇的压迫，又率领大部分人返回祖国。因遇上大雨，伏尔加河水暴涨，有些人未能过河留了下来。清皇帝及其官员还在承德的行宫接见并宴请了重返祖国的土尔扈特即卡尔梅克人的首领们。而就在土尔扈特人的这次重返祖国行程中，被带到了伏尔加河畔的史诗《江格尔传》，又被他们带回来了。

苏联卡尔梅克著名《江格尔传》专家科契克夫介绍，首次报道和搜集《江格尔传》的是德国人 B. 别尔克曼，他是 1804 年在伊吉勒河（伏尔加河）畔卡尔梅克人中发现《江格尔传》的，只搜集了两个章回。B. 别尔克曼讲了这样一个情节：1771 年前，在伊吉勒河畔策伯格道尔吉王爷的臣民中，有一个极有才华的"江格尔奇"，他原先是个穷人，靠演唱《江格尔传》糊口。策伯格道尔吉王爷常常带他到渥巴锡汗的宫中演唱，渥巴锡汗的大臣和官员们都把那个"江格尔奇"请到家中演唱，一连演唱几天，唱许多章回。但后来到 1771 年，渥巴锡汗的臣民们（土尔扈特）自伊吉勒河逃往阿尔泰时，官员们将那个"江格尔奇"带走了。据卡尔梅克人说，留下的未走人中，后来也有人说起《江格尔传》来，他们是向那个"江格尔奇"学的。那个"江格尔奇"后来去了阿尔泰，如果安全到达的话，可能到天山南的哈夏克尔定居下来。据说，哈夏克尔即今土尔扈特人居住的巴音郭楞蒙古自治州的焉耆、和静一带①。

据和布克赛尔蒙古自治县文工队加·巴图那生在《〈江格尔传〉在和布克赛尔流传情况调查》中介绍，在他的家乡民间有这样的传说：早先，有些有才气的"江格尔奇"，曾搜集和背诵了许多《江格尔传》的章回。如在土尔扈特部随和鄂尔勒克迁去伏尔加河一带以前，在和鄂尔勒克的家乡有个叫土尔巴雅尔的牧羊老汉，将当地传播的《江格尔传》搜集起来背诵，每背会一章就在怀里放一块石头，最后他的怀里共揣了 70 块不同颜色的石头，说明他已会说 70 章《江格尔传》。当时的王爷听后奖

---

① 关于德国人 B. 别尔克曼所述卡尔梅克人中的穷苦艺人江格尔奇的情况及对哈夏克尔的地址考证，转引自贾木查《试论〈江格尔传〉产生地点和时间问题》。

了他七大块金子，赐给他"七十章回史诗袋子"的称号，并将他的名字在卫拉特四部 49 个旗广为传扬。调查者说，他小时候听过一个叫烟郭勒·普日科的老汉也讲过这个故事，并且说《江格尔传》共有 72 个章回。调查中又说：和布克赛尔县那林和布克牧场的"江格尔奇"朱乃说："土尔扈特部自伏尔加河一带返回的第二年，即乾隆三十七年（1772 年），策伯格道尔吉亲自前往北京谒见清帝商定了地方政权、管辖地区、花翎顶珠、封号印章等事项，还将土尔扈特著名'江格尔奇'土尔巴雅尔的传略及他获得'七十章回史诗袋子'称号之事向乾隆作了禀报。乾隆听后立即正式赐予那个'江格尔奇'六世孙'七十章回史诗袋子'称号，盖上玉玺，向 70 个蒙古部落作了通报。"

朱乃说，这些都是他从和布克赛尔亲王的文书、中旗千户长勃代·乌里吉图保存下来的亲王的府中纪事《史册》这本青布封面本夹板书中看来的。①

从以上所引情节我们可以看到，第一次记录发表史诗《江格尔》的德国人 B. 别尔克曼和新疆"江格尔奇"朱乃所述前后情况是一致的。而加·巴图那生在新疆的调查更为详尽确切。时间过了 170 多年，这中间是从伏尔加河一带逃回阿尔泰的策伯格道尔吉王爷带了极有才华的土尔扈特穷苦艺人"江格尔奇"到渥巴锡汗王宫的，又是他把他带回国的，还向乾隆皇帝禀报了"江格尔奇"土尔巴雅尔的历史情况；曾被王爷和鄂尔勒克授予"七十章回史诗袋子"称号的穷苦老艺人土尔巴雅尔的后代六世孙又被乾隆皇帝赐予"七十章回史诗袋子"的光荣称号，是这位牧羊人的后代及其他"江格尔奇"在新疆卫拉特蒙古人中传

---

① 以上所引见新疆布克赛尔蒙古自治县文工队加·巴图那生《〈江格尔传〉在和布克赛尔流传情况调查》。

播了《江格尔》。加·巴图那生的调查证明《江格尔》曾有70个或72个章回，而且加上史诗中的地名、河流等佐证，也证明了《江格尔》的故乡是在新疆阿尔泰地区一带，并且主要是土尔扈特人的作品。土尔扈特人早先在他们的家乡肯特、杭爱一带，于成吉思汗时期西迁，然后到了阿尔泰山一带居住，因而是土尔扈特人到阿尔泰山以后，在辗转游牧迁徙中完成了《江格尔传》这部英雄史诗的创作的。

今天在新疆还能找到不少的"江格尔奇"，然而遗憾的是，能演唱12个以上章回的人实在太少了，多数人只能唱几个章回。这就可见《江格尔》活在"江格尔奇"的身上，它是同"江格尔奇"共存亡。普日拜曾告诉我他的师傅加拉能唱40多个章回，然而今天又哪里去找加拉？加·巴图那生的调查报告，记录了他的家乡一个蒙古族自治县今天还能调查到的传闻中的和今天还健在的许多"江格尔奇"的情况以及《江格尔传》手抄本不断失传的情况。我认为这是一份很有价值的调查。它提供了生动例证说明能演唱多章回的"江格尔奇"越来越少。这就可见抢救《江格尔》这部英雄史诗的紧迫性了。

新疆现在已经录制了包括异文在内的47个章回，并在出版托忒文本和汉译本，同时广泛地向"江格尔奇"进行了调查采录，又找到了关于史诗《江格尔传》的历史情况的若干线索，这实在是很值得庆贺的。

历史上还从来没有一部比较完整的《江格尔传》出版问世。国内外记录出版的也各不相同。解放初期刚成立民研会时，我就读了边垣在狱中从同狱难友蒙古人金满口译记录、编写的汉文本《洪古尔》，它只是《江格尔传》的一小部分。可惜多年来没有人在新疆卫拉特蒙古人聚居的地区直接、全面地调查、记录《江格尔传》。现在，从《江格尔传》的故乡新疆记录出版和研究《江格尔传》，产生了新成果，可望出版一个更完善的版本，使这部富有蒙古族独特色彩的英雄时代的作品更加闪光发亮，这将是对祖国和世界文化宝库的巨大贡献。

1982 年 10 月 2 日

1983 年 11 月 20 日改定

（原载《民族文学研究》1984 年第 1 期）

祝贺柯尔克孜族英雄史诗《玛纳斯》(汉译本)问世

　　我首先代表中国民间文艺家协会并以我个人的名义热烈祝贺柯尔克孜族民族史诗《玛纳斯》的发掘出版！

　　《玛纳斯》是我国北方草原的三大英雄史诗之一。它的发掘出版是我们弘扬民族文化和建设社会主义精神文明的一件大事，是柯尔克孜族人民的光荣，是新疆维吾尔自治区的光荣，也是新中国的光荣！我特别要感谢著名"玛纳斯奇"居素甫·玛玛伊传承这一伟大史诗的显赫功绩！我们要感谢新疆自治区党委和文联长期以来对发掘民族文化遗产的极大关注和领导！还感谢柯尔克孜族和汉族以及其他民族的民间文学工作者在搜集和翻译史诗工作中的亲密合作，共同努力！

　　《玛纳斯》早已是一个世界性的研究课题。苏联在20世纪60年代已出版了在吉尔吉斯共和国搜集的《玛纳斯》，但只有三部。新疆柯尔克孜族保存、流传和新搜集到的《玛纳斯》数量要大得多。我们曾向70多个"玛纳斯奇"作了调查，尤其是居素甫·玛玛伊能唱八部之多。在伊犁附近的一个自治乡还有玛纳斯第九代以后的新发现。我们的发掘和记录的成就，不仅为世界

文化宝库提供了一部重要的英雄史诗，对文化和历史的研究作出了新贡献，也有益于国际文化交流。

《玛纳斯》的记录工作，经历了30多年的努力才取得了今天的成就，中间经过了"文化大革命"的断裂层和严重破坏，实在也是来之不易！

从民研会方面说，《玛纳斯》的发掘问世，过去也是我会的一项重点工作。大约是1963年，新疆文联党组书记、作家刘肖芜同志到北京来找我，提议民研会参加《玛纳斯》的发掘工作。我们商定由中国民研会、新疆文联和柯尔克孜自治州三方合作成立了由刘肖芜、自治州州长塔依尔和我三人参加的《玛纳斯》领导小组。1964年，由我主持，从中央民族学院借调了沙坎、郎樱、赵潜德同志，会内派了陶阳同志，请他们一起到新疆与新疆文联和自治州的一些同志共同组成《玛纳斯》调查采录组，由陶阳同志任组长，刘发俊同志任副组长。到柯尔克孜自治州进行了为时长达两年的调查采录和翻译注释工作，他们一直坚持到1966年7月"文化大革命"暴风雨的到来。他们为了坚持按计划翻译完预定的部分再走，迟回来一两个月，那种坚持工作的精神是很感动人的。民研会多次发电报催他们回来参加斗争。斗争的对象就是我！《玛纳斯》也忽然一夜之间变成了"大毒草"。搜集、翻译的《玛纳斯》的全部原稿资料也在"文化大革命"中遗失了①。"文化大革命"以后，我们恢复工作，我首先抓的就是《格萨尔》和《玛纳斯》两部史诗的抢救和重新记录，并借以推动整个民间文学工作的恢复和发展。《玛纳斯》领导小组依然是原有的三个人，刘肖芜、塔依尔和我，我是组长；我与刘

---

① 1964—1966年在新疆柯尔克孜自治州搜集和记录翻译的资料，在"文化大革命"中遗失后，近两年偶然发现了一部分，现已收回保存，可惜还未能全部找到。

肖芜同志约定，在北京由我主持，在新疆由他主持。陶阳同志因身体欠佳，不能继续参加，由民研会向民族学院借调了胡振华同志担任工作组组长。由于"文化大革命"的原因，居素甫·玛玛伊不愿意到乌鲁木齐，我们才决定把他借调到北京来。这是1980年的事。以前向居素甫·玛玛伊记录《玛纳斯》，他只唱了六部，这次重新记录，他唱了八部。这次参加工作仍有刘发俊、沙坎、郎樱、尚锡静和新疆来的其他同志。为了照顾到居素甫·玛玛伊不懂汉话，吃饭也最好符合民族习惯，我们把他和工作组安排在中央民族学院内。我委托马学良同志就近照料工作组。全部费用由民研会负担。我们很感谢中央民族学院的领导对《玛纳斯》工作的积极支持和帮助。

居素甫·玛玛伊这次来不仅是作为一个歌手受到欢迎，他还是柯族人民的一个使者，他带来柯族群众为了便于孩子受教育，要求恢复使用柯尔克孜文的一封信。正逢文艺界在人民大会堂召开春节联欢会，我带居素甫·玛玛伊在联欢会上去见文化部黄镇部长，同时又见了朱穆之同志，把柯族群众托带的这封信交给了朱穆之同志。不久，国务院就明令宣布恢复使用柯文。这件事意义自然是非常大的，也为我们首先出版柯尔克孜文的《玛纳斯》创造了条件，柯族群众是热烈欢迎的。

在北京重新记录《玛纳斯》一年之后，1981年终，新疆的同志提出要回新疆过年，我也很同意，他们大都回新疆去了。春节之后，新疆文联提出改在新疆继续工作；既然新疆已有条件工作了，那也很好，我同意了新疆文联的意见，遂改由新疆文联领导他们在乌鲁木齐继续未竟的记录和翻译工作。近几年来，工作又有了新的发展。我去年12月到新疆参加了中国《玛纳斯》学术讨论会，还参加了《玛纳斯》的颁奖仪式并致词祝贺。《玛纳斯》这几年的研究工作是很有成绩的。

我之所以要回忆这段历史，是因为《玛纳斯》工作中有很好的经验值得发扬推广，有许多的动人事迹，应当作为我们时代的历史记录供后人学习和借鉴；例如一些同志过冰山，历险峡，跋山涉水地深入调查，发现艺人；例如有计划地编纂各类有关历史和民族风情的科研资料，以便注释史诗，并供后人研究；例如尚锡静，一个汉族的河北姑娘，献身于柯族《玛纳斯》的翻译事业，她译得最多，却终于献出了生命，等等。当然，工作中也存在着应及时解决的某些问题，如果不总结经验，改进工作，就不能继续前进。对我来说，今天我也应作个交代。

未来的任务还是很重的。我提两点意见：一是要抓好汉译工作，提高译文的质量，因为译诗译得好，要懂诗，更要花工夫。当初之所以让陶阳同志参加，就是因为他是写诗的，希望他能在诗的译文上出些力。二是工作中要发扬集体主义精神与文责自负相结合。论功行赏，功必有赏，不能不记下谁做了什么，吃大锅饭，造成功过不分，张冠李戴。希望有关部门和同志，密切协作，互通信息，团结一切专业力量把《玛纳斯》从完善记录开始，到翻译和开展科研工作，更上一层楼，早日看到它的柯文和汉译文的全部出版、并带着我国的版本和新的研究成果走向世界！

1991 年 4 月 5 日

1993 年 12 月 20 日整理

附记：这是 1991 年 4 月 10 日在民委参加《玛纳斯》座谈会的发言。4 月 6 日，在民委大礼堂参加《玛纳斯》新闻发布会，参加会的有赛福鼎、司马义·艾买提、新疆自治区副主席巴岱、新疆人大常委会副主任、《玛纳斯》工作组组长夏尔西别克等。我也在会上致祝词。4 月 8 日，在民族文化宫举行了《玛纳斯》

搜集、整理成果展览，展厅门口还设有一个柯尔克孜族的毡房。剪彩仪式后，几位柯族彩女到主席台上向每一位领导献了一顶柯族的毡帽，也送给了我一顶。其后随王恩茂及其他领导人到毡房中席地而坐，居素甫·玛玛伊在冬不拉的伴奏下唱了两段《玛纳斯》。4月10日，座谈会后，夏尔西别克又带我参观展览。在展厅中认识了伊犁能讲唱《玛纳斯》前七代的牧民萨特瓦里德，他说他还能唱《玛纳斯》的四部异文。居素甫·玛玛伊走过来，说他也能讲前七部，因为过去说让唱玛纳斯，所以他只从玛纳斯演唱起，而没有唱以前的。这真是一个重要的新发现。4月12日下午，由民委和文化部在民族文化宫举行了《玛纳斯》抢救、搜集表彰会。表彰了几个集体：新疆民协分会、新疆文联、柯尔克孜自治州政府、中国民间文艺家协会、民族学院；表彰了15个个人，其中有刘发俊、陶阳、郎樱等，也有尚锡静。我在表彰大会上也代表民协发言致谢和祝贺。

摘取史诗桂冠的《格萨尔》

——《格萨尔集刊》发刊词

如果在新中国诞生前有人提出要创办一个史诗刊物，那必定是使人连做梦也想不到的一件奇闻，因为早就有人断言"中国无史诗"。难道那时候会有一个反对派跳出来申辩说："不，先生，你说错了！"吗？我想这样的人大概也是不会有的。

历史总是在前进，而不会倒退。后来者必定更聪明，能够超越历史条件的人却是没有的。我们也不必自作聪明，苛求前人。

历史告诉我们：只有在民族独立之后，它的文化才能有被全部认识和获得发展的机会。中国各民族的史诗今天得以显露头角，引人惊异，情况也正是如此。当生息在祖国的土地上的许多民族摆脱了被歧视、被损害的地位而独立于社会主义大家庭之后，人们就看到各民族的史诗及其他文化珍品了。他们拂去历史的灰尘，让人类艰苦创业时期闪烁着理想光芒，融合着奋斗精神的灿烂诗篇呈现在我们面前。这时，人们才看到中国的史诗竟是如此之丰富，才知道几乎每个民族都有自己的史诗。这是在伟大的新中国光荣诞生已有 30 多年后的今天，特别是三中全会后民间文学的发掘和研究出现了无比繁荣昌盛的时候，我们才能得出的新结论、新认识，并逐步为大家所公认。

中国可以说是一个史诗和叙事诗蕴藏丰富的国度。产生在青藏高原的《格萨尔王传》，当推为史诗之冠。斯大林在谈到各民族共同创造人类文化时有一段精辟的话说得好：

"每一个民族，不论其大小，都有它自己的，只属于它而为其他民族所没有的本质上的特点、特殊性。这些特点便是每一个民族在世界文化共同宝库中所增添的贡献，补充了它，丰富了它。"[①]

我们说各民族共同创造了中华民族的灿烂文化，单是神话和史诗就足以说明这是历史事实，每一个民族都作出了自己特有的一份贡献。

虽然 18 世纪青海蒙古族学者松巴堪布·依喜巴拉珠尔已对《格萨尔王传》作了开创性的研究工作，国外研究《格萨尔王传》也已有近 200 年的历史了，但在这部英雄史诗的故乡中国，至今还没有将它全部用文字记载下来，国内外都还不曾看到过它的全貌，而只是或多或少地看到其中的一部分手抄本、木刻本。谁能确切地回答《格萨尔王传》全诗究竟有多少部、多少言呢？没有。现在所知，也只是一个粗略的估计。《格萨尔王传》的产生和流传，显然具有这样两个特点：一是它好像一棵大树，一棵地下盘根错节、地上枝杈繁多的参天大树。十八大宗、十八中宗、十八小宗，加上开篇英雄的诞生、四部降魔史和结尾的地狱救母（一说救妻），共约 60 余部，由一个情节发展为一部，或艺人演唱各有不同异文，或部名不同而实际内容相同的，现在我们只知其概貌而尚不知确切部数。这只有在我们抢救工作的结束阶段才能清楚。这部英雄史诗是经过漫长的历史时期由无数演唱

---

① 《马克思主义与民族、殖民地问题》，第 377 页。

家不断参加集体创作，不断加以发展的结果。

一部史诗，往往在不同地区有不同的流传异文，而像《格萨尔王传》这样庞大，枝叶横生，今天还处于没有全部记录整理成为文学定本的，实在少见。藏族的作品传到蒙古族地区而又演变成具有蒙古族自己风格和内容的《格斯尔故事》、《格斯尔可汗》，因而《格萨尔》成为藏族和蒙古族人民共同创作和享有的伟大诗篇。

今天，在西藏、青海、四川、甘肃、云南等藏族地区、内蒙古和新疆卫拉特蒙古地区，还有不少的《格萨尔》说唱艺人。他们是史诗的保存者、传播者和参加集体创作的作者。他们也像欧洲古代和中世纪的游吟诗人一样，四方流浪，到处演唱，以卖唱或乞讨为生。是他们使《格萨尔王传》至今还活在中国的国土上，使它成为一部为群众喜闻乐见的活的史诗。《格萨尔王传》被藏族牧民奉为神圣的经典，然而这部经典的卓有功勋的传承者，却是过去社会地位极低的民间说唱艺人。我们不能不向他们致敬！

从艺人口中抢救记录史诗，弄清它的全部内容，以历史唯物主义的观点进行整理和研究，是我们这代人不可推卸的光荣任务。

1956年我们开始《格萨尔》的搜集工作。青海广为调查，作了大量的搜集和翻译工作，并且发现和搜集了珍贵的木刻本、手抄本百余种，编印了大量的内部资料，并出版了汉译《霍岭大战》上卷。这就为《格萨尔》的研究奠定了基础。粉碎"四人帮"之后，我们恢复和重建民间文学工作，首先就为《格萨尔王传》及受株连迫害的说唱艺人、民间文学工作者平反。我们在恢复工作中提出了"抢救"的口号，《格萨尔》是我们首先提出的重点抢救的作品之一。1980年4月，我们在峨眉山召开了西藏、青海、四川、甘肃、云南、内蒙古六个有关省、区参加的第一次《格萨尔》工作会议。1981 年 2 月、1982 年 5 月又连续召开了两次《格萨尔》工作会议。这两次会议又增加了新疆，共七个省、区参加。三次会议组织和推动了藏族和蒙古族《格萨尔》的抢救、搜集、出版和翻译工作，制订了全面的工作计划，第一次出版了《格萨尔王传》藏文本，并继续出版分部汉译本。1983 年，在全国文学学科规划会议上，《格萨尔》的搜集整理工作被定为"六五"期间国家的重点科研项目。这在我国民间文学中也是史无前例的。过去由卖艺和乞讨的民间艺人吟唱的一部民间史诗，今天列为国家的重点科研项目，这自然是一个巨大的变化，说明党和政府非常重视少数民族的文化遗产，重视中华民族的宝贵文化财富。1984 年 1 月，我们又召开了第四次工作会议，为完成"六五"计划作了新的部署。中国社会科学院少数民族文学研究所还于 1983 年 8 月在青海主持召开了史诗学术讨论会，《格萨尔》的理论研究工作，这几年也取得了可喜的成果。

这里应该着重提到的是 1984 年 8 月在拉萨，由全国《格萨尔》工作领导小组和西藏自治区党委宣传部联合举行了"七省、区《格萨尔》艺人演唱会"。这次会议云集了七个省、区的 34 名艺人代表。这是《格萨尔》记录和研究工作的一次创举，它将有力地推动《格萨尔》抢救工作的顺利进行。

《格萨尔王传》大型史诗以降妖伏魔、反对侵略和护卫人民利益的传奇故事，赢得了广大听众的赞美，给人以精神鼓舞和美的享受，是民族生活的百科全书，具有重大的美学价值和科学价值。但是对我们来说，整个工作方兴未艾，正应大步前进，去摘取《格萨尔王传》这一史诗的桂冠。

正是在这个时刻，为了进一步组织队伍，加强《格萨尔王传》的普查、整理、翻译、出版和研究工作，有必要建立"格萨尔学"。这就是我们创办《格萨尔研究》集刊的原因和目的。我相信，集刊的出版，对完成史诗的抢救工作和理论研究工作会起到组织和推动作用，是一个良好的开端。

《格萨尔研究》是全国第一个史诗研究的大型理论刊物，它将组织"格萨尔学"的研究队伍，汇集并展示我国《格萨尔》研究的新成果、新水平。

《格萨尔研究》以马克思主义为指导，提倡科学的实事求是的学风，坚持贯彻"百花齐放，百家争鸣"的方针。对学术上的不同见解，提倡各抒己见，不废一家之言。如果开辟这个新的园地，能够促进《格萨尔》的搜集、整理、翻译和出版工作，并且使英雄诗篇推广流传，成为鼓舞人们建设社会主义现代化祖国的精神力量，那对我们和子孙后代将是莫大的欣慰，对于世界文化宝库，也是一个巨大的贡献。

1985 年 1 月 21 日

（原载《格萨尔研究集刊》，中国民间文艺出版社 1985 年版）

中国歌谣的一座丰碑[*]

一

中国是一个历史悠久的世界文明古国,也是一个色彩缤纷奇异的诗歌的海洋。《中国歌谣集成》第一次向世界展示了我国辽阔土地上 31 个省、市、自治区的 56 个民族的民间歌谣选粹。它们是近几年来经过全国民间文学普查,在县卷资料本的基础上编选的。

编纂出版各省、市、自治区各民族的系列歌谣集成,对于繁荣和发展我国社会主义的文学艺术和社会科学研究无疑是非常重要的。它们不仅是上乘的文学艺术精品,是诗人、作家、艺术家的乳汁,也是诗学、人类学、社会学、民俗学、语言学、历史学、民族学、考古学、美学等学科的异常珍贵的资料。历史证明,只有各族人民在政治上粉碎了长时期的封建主义统治和殖民主义侵略并且根绝民族歧视之后,才有可能像今天这样深入发掘中国各民族民间文化的丰富宝藏。我国众多的少数民族的口头诗

---

* 此文是《中国歌谣集成》总序。

歌及多种形式的口传文学，过去几千年来沉睡于地下，少有人问津；今天则如奇峰突起，郁郁葱葱，令人惊叹。就是汉族新发现的长诗短歌，也远非史书的寥寥记载所可相比。《中国歌谣集成》的出版为建设社会主义精神文明奠定了一块光彩闪烁的基石。

新中国成立以来，对传统民间诗歌的搜集抢救，新民歌的产生和发展，都是非常突出的。采风早已成为一项持久性的文艺工作。近十年，随着改革开放和经济的发展，民间文学工作进入了一个新的黄金时代，在全国范围内开展民间文学普查，所取得的成果几十倍地超过了新中国成立后的30年。音乐界早几年便开始编纂《中国民间歌曲集成》，使我深受启发，考虑到有必要另外编纂一套《中国歌谣集成》。《中国民间歌曲集成》编选时，虽然也很注意曲与词并重，但一个地区、一个民族所流传的歌曲，因时代的变迁和群众有即兴歌唱的习俗，不断产生新的歌词；曲调虽也产生变异，但一般地说曲调比较稳定，所以歌词之多，比曲谱不知要超过多少倍，何况除了民歌还有大量的民谣呢！从音乐的角度和从文学的角度取材各有不同，却都是需要的。所以，我们决定从文学的角度编纂一套《中国歌谣集成》，同时还决定编纂《中国民间故事集成》、《中国谚语集成》。1982年中国民间文艺研究会理事（扩大）会作了编纂中国民间文学三套集成的决议。1984年，由文化部、国家民委和民研会联合下达了808号文件，这就是发起编纂中国民间文学三套集成的缘起。经过几年的普查和逐级编选，从1990年起，我们开始分别编纂三套集成各省、市、自治区卷即国家卷。我们很重视首先出版三套集成县卷资料本，在县卷资料本的基础上编纂省、市、自治区卷。同时，不少的省、市、区除了编选省、市、区卷而外，还根据本省、区民间文学特点编辑出版本省区的地、市级系列民

间文学丛书；在民族聚居的省、区，有的还按民族编辑出版系列
丛书。从发掘、采录和出版县卷资料本以及各种系列的选本来
看，就更是洋洋大观了。

二

　　歌谣是劳动人民的心声。《尚书·舜典》说："诗言志，歌
永言。"我国最早的诗歌总集《诗经》，分风、雅、颂三部分，
以"风"著称于世。所谓"风"，即民间歌谣，包括了当时黄河
流域到江汉地区的 15 国的国风。"小雅"中也有一部分歌谣。
汉代人总结诗歌产生的状况说：

> 诗者，志之所之也。在心为志，发言为诗。情动于中而
> 形于言，言之不足，故嗟叹之，嗟叹之不足，故永歌之，永
> 歌之不足，不知手之舞之足之蹈之也。①

　　这就把构成诗歌的主体要素的志与情密切地联系起来，还特
别着重阐明了诗是情感的产物，是人的情感的最生动的表达。在
民间，诗、歌、舞往往融为一体，至今这还是许多民族社会日常
生活中一种娱乐形式。饥者歌其食，劳者歌其事。诗歌起源于劳
动，早就有"邪许歌"的记载。今天还发现了傣族古歌，如：
《虎咬人》、《摘果歌》、《叫人歌》、《关门歌》等，使我们听到
了原始社会中人们采集与狩猎时的歌声。现在如荆楚地区流传的
各种劳动号子，也足以证明歌谣是出于人民生活和劳动的需要。
所谓"在心为志"的"志"，还不仅是个人喜怒哀乐的抒怀而
已，还包含着对社会重大事件的评议和政治抱负。这里抒的志，
同作者的情感难解难分，可谓志中有情，情中有志。这一点是特

---

　　① 《毛诗正义》卷一。

别值得我们注意的。一个国家和民族的兴衰存亡与每个人的命运是息息相关的，没有一位伟大的诗人不关心天下得失与人民的疾苦，没有一位正直的诗人不是勇于为祖国和民族的生存、强盛而献身奋斗的。我国第一位伟大的诗人屈原的名作《离骚》不就是这样产生的吗？民间歌谣就更是社会生活的直接反映。从历代流传至今和史书记载的歌谣中，我们甚至可以觅到一部人民群众反抗压迫、侵略和剥削的斗争史。

情歌是民歌中动人心神的作品，往往是艺术造诣极高的上乘之作，其根本就在于情真意切，兴比多彩，是男女的心灵之花。无论是《诗经》中的恋歌，还是《圣经》中的雅歌，抑或今天我们所看到的各民族的许多情歌，无不以真挚、深沉、热烈的"情"和机智巧妙的表达方法取胜。在长期的封建社会压迫下，首先冲破禁锢和枷锁的，应该说是情歌，它是回击封建压迫的一种最锐利的武器，饱含着其所特有的大胆泼辣的斗争精神。

歌谣在人民群众中产生、传播和应用，也可以说是人们的第二种语言，即升华为诗歌化了的语言。用一种富有形象思维、感情凝重的歌唱说话，旨在打动对方的心，交流情感，或说服对方。这种以民歌对答的人际交往，是一般的口语所不能代替的。例如侗族的"行歌坐月"，后生在外寨姑娘门前唱"走寨歌"，直唱到姑娘答歌开门；又如六甲人青年男女谈情说爱用轻柔纤细的小嗓或假嗓唱"细声歌"；在傈僳族、瑶族中，过去甚至打官司也用歌唱来说理和评判。这些都是生动的例子。喜爱歌唱的习俗今天还保留在许多民族、许多地区的现实生活中。广西壮族有歌仙刘三姐的传说，也有"歌海"之称，歌圩动辄多达万人以上。广西壮族的民歌形式也很多，其中结构独特的"勒脚歌"，重叠反复，缠绵悱恻。"欢"是二声部的对唱，还有多声部的合唱，表现了壮族人民的声乐才能。侗族也是音乐非常发达的民族之一，他们有句俗语："饭养身，歌养心"。每个人从小就受到歌的教育。侗族的琵琶歌边弹边唱，歌手吴仲儒弹唱自己创作的《哭总理》时，声泪俱下，哀动四方。哈萨克族谚语说："歌和骏马是哈萨克人的两只翅膀。"还说他们是从摇篮一直唱到坟墓。在毡房里常常可以听到彻夜不息的冬不拉弹唱或对歌。如果您遇到蒙古族的聚会，他们举杯畅饮时，往往伴有祝酒歌，那众口合唱、热情奔放的祝酒歌，激荡和振奋着人心，反映了蒙古族人民粗犷的性格和可以征服一切的气魄。傣族竹楼上和芭蕉林中男女对唱，也经常令人彻夜不眠，优胜的歌手受人崇敬，有时还会被邀请到国境那边的缅甸去参加对歌。汉族作为开化较早的民族，也依然存在唱民歌以至男女对歌的习俗。历史上早已闻名的江浙吴语地区的吴歌，今天记录的短歌长诗都很多。湖北荆楚地区是楚风的摇篮，民间流传的跳丧歌中还遗留有宋玉的《招魂》，但已非原样了。京山、长阳民歌中还有《关雎》的遗存和运用，古诗句与民歌诗句紧密结合穿插巧妙。湖北也还有形式异常别致的穿号子、薅草锣鼓、孝歌，等等。

　　我国的少数民族不仅有对歌的习俗，而且许多民族都有歌节或以歌唱为中心内容的节日；例如瑶族的"耍歌堂"，苗族的"坡会"，侗族的"赶歌场"，布依族的"歌白节"，白族的"三月街"，傣族的"泼水节"，哈萨克族的"阿肯弹唱会"，维吾尔族的"麦西来甫"，藏族的"雪顿节"等。西北的"花儿会"是甘肃、宁夏、青海三个省、区回、汉、东乡、保安、土、撒拉等几个民族所共有的节日，规模盛大壮观。甘肃康乐县莲花山一年一度的六月六"花儿会"，就有几万人之多，连续三天三夜。男女浪山对歌，三五成群，双方各自在黑伞遮掩下，手摇彩扇即兴对唱。那几天是群众以歌为乐，最自由、最开心的日子。也有在深山僻静处对歌求偶的。有些歌节源于宗教，有的是祭祀祖先的歌唱，还有的是崇拜生育女神、求子的活动，甚至保留有古代对偶婚的遗风。

从原始社会起，歌谣就一直伴随和记载着历史。没有文字的民族尤其如此。民歌、叙事诗简直就成为那个民族诞生、迁徙、劳动、生存等一部口传的历史。任何一个民族或国家的诗歌文学的发展也无不同本民族歌谣有着密切的渊源关系。诗歌的创作及其发展，无不是吸吮了人民的乳汁。当然，书面文学的产生，杰出诗人的出现，是一个民族文学艺术发展的重要标志。然而，它却不能取代民歌，"世间但有假诗文，却没有假山歌"。这是因为民歌是出于人民生活的实际需要，情真意切，丝毫没有矫揉造作的必要。民歌是人民大众的"天籁"之声，心中怎么想就怎么唱，世界万物信手拈来，都可入诗。诗人们也不能不感叹地说："真诗乃在民间!"长期以来，民歌因为是劳动人民的作品，流传于山野和村落中，往往又受到鄙视，这是不公正的。这不过是阶级社会中统治阶级的一种无知和偏见而已。

三

中国远在西周时代就有采诗的优良传统。《汉书·艺文志》载："古有采诗之官。观风俗，知得失，自考证也。"《礼记·王制篇》也说："命太师陈诗，以观民风。"无论怎么说，官府这种旨在了解民间舆论的采风制度，是有其积极意义并值得借鉴的。《左传》襄公二十九年记载季扎到鲁国观乐，从他听了《诗经》合乐演出后的评论①，可以看到他借以观风察俗的政治目的。《诗经》在春秋时代还成为政治家、文人论辩、讽谏和对外

---

① 《春秋左传正义》卷三十九。

交际的论据，发挥着政治和社交的作用。所以孔子说："不学诗，无以言。"① 汉武帝设乐府，采诗夜诵也是历史上的有名之举。《汉书·礼乐志》载："至武帝定郊祀之礼……乃立乐府，采诗夜诵，有越、代、秦、楚之讴，以李延年为协律都尉，多举司马相如等数十人造为诗赋，略论品律，以合八音之调，作十九章之歌。"乐府一方面搜集民歌，同时又由音乐家李延年根据诗人骚客的作品制新声，目的是为了郊祀。《汉书·艺文志》还说："自孝武立乐府而采歌谣，于是有越、代之讴，秦、楚之风，皆感于哀乐，缘事而发，亦可以观风俗，知厚薄云。"虽然乐府的采诗与制新声主要是为了郊祀，或为了皇家娱乐，但观风俗、知厚薄的风尚却流传后世，而且它还为后人保存了古代的民歌，成为历代诗人学诗的范本。

五四时代，由于诗人刘半农的倡议，北京大学发起搜集近世歌谣。《歌谣》周刊发刊词宣布搜集歌谣有两个目的：一是为民俗学提供研究材料，二是促进未来新诗的民族化。到了 1936 年，胡适在《复刊词》中把歌谣对新诗的范本作用，讲得更加坚定和详尽了。他说："我当然不看轻歌谣在民俗学和方言研究上的重要，但我总觉得这个文学的用途是最大的、最根本的。"他认为民歌不但在语言技巧上可以作为文人的范本，就是在感情的真实、思想的大胆两点上，也都可以叫我们低头佩服。他还历数三百篇、楚辞中的九歌、汉魏六朝的乐府，词与曲都是文学史上划时代的范本。这种观点是值得重视的。这自然同五四时代提倡新诗是一致的。

新中国成立 40 年来，歌谣的搜集和发掘继承了五四时代的民主革命传统，但我们并没有停留在五四时代，而是沿着解放区

---

① 《论语·季氏》。

以 1942 年毛泽东同志《在延安文艺座谈会上的讲话》为标志的党的革命文艺路线前进的。毛泽东文艺思想体现和发展了马克思主义的文艺观。其根本指导思想之一，就是人民是历史的创造者，强调向劳动人民学习。从文学的发展规律看，劳动人民的民间文艺创作历来是文艺发展的源流。他指出，作家、艺术家要到群众中去，向劳动人民学习，向群众的文艺创作学习。当时在延安大张旗鼓地兴起下乡和采风的热潮，几乎没有哪个作家、艺术家没有下过乡或者下工厂、下部队。采风的成果也是突出的。在深入生活和采风的基础上创作了《兄妹开荒》、《夫妻识字》等群众喜闻乐见的新秧歌剧，并开展了新秧歌运动，同时又创作了新歌剧《白毛女》、眉户剧《十二把镰刀》等。音乐家们当年在多次采风中搜集到的两千多首民歌的原始记录稿①，今天已成为珍贵文物，保存在中国艺术研究院的音乐研究所。新中国成立后，毛主席亲自倡导发动了 1958 年全国新采风运动，也是世界少见的壮举。在解放战争的行军途中，毛主席还说："以后每个县委宣传部要有一个人专门管搜集民间文学。"他何曾想到 40 多年后的今天已实现了他的夙愿，每个县都在县委宣传部的领导下进行了民间文学普查。编纂中国民间文学三套集成的工作，受到省、市、自治区以及地、市、县各级领导的重视和支持，把它看成是社会主义精神文明建设的一项重要工程。毛泽东同志为发展新诗而提倡搜集民歌的观点也是人所共知的。新诗的民族化、大众化，今天仍然是我们努力追寻的方向。

同时，我们还应该看到古代采诗和中国传统文化中对诗教的重视。孔子说："小子何莫学乎诗？诗可以兴，可以观，可以

---

① 1984 年编《延安文艺丛书·民间文艺卷》时，我曾在吕骥同志家中翻看和借阅了这些原始记录稿。

群，可以怨。迩之事父，远之事君，多识鸟兽草木之名。"① 儒家的诗教是把诗作为施行教化的工具，作为潜移默化的启蒙的修身教材，借以树立封建礼教，达到其以封建伦理道德巩固封建主义统治的政治目的。但是重视诗歌的审美作用和社会教育作用则是不错的。"兴"就是"感兴意志"（《四书集注》）、"托物兴辞"（《诗传纲领》）、"引此连类"（刘宝楠《论语集解》引），使人产生美感和联想；"观"是从诗中可以"观风俗之兴衰"、"考见得失"，还可以观诗人之志和传颂者之志；"群"是"群众相切磋"（《论语集解》引孔安国的解释），使社会中的人可以交流思想；"怨"是"怨刺上政"（《论语集解》引孔安国的解释），人民群众对统治者若有不满，可以进行政治批评②。

纵观历史，歌谣的这种社会政治教育作用和美学价值是客观存在，不可忽视的，不过是儒家作了一个高明的总结罢了。我国社会主义时期产生了大量歌颂党、歌颂各族人民解放翻身，反映人民群众战天斗地的劳动热情和革命精神的新民歌，也有美、刺兼备的时政歌，也足以印证这一点。

40 年来，直到这次全国民间文学普查，我们记录出版了大量的歌谣和各民族的史诗、长篇叙事诗与抒情诗。据 1985 年编纂的《民间文学书目汇要》③ 不完全统计，已正式出版各种歌谣选集 716 种，长诗 127 种。截至目前，普查中搜集的歌谣初步统计为 302 万首，全国近 3000 个县已出版 2/3 以上的三套集成县卷资料本计 4000 种，其中歌谣集成县卷资料本占 1/3，长篇叙事诗已搜集、汇目而尚未出版者数量很大。

---

① 《论语·阳货》。
② 关于"兴、观、群、怨"的解释，摘引张松如主编《中国诗歌史》的集解。
③ 老彭编：《民间文学书目汇要》，重庆出版社 1988 年版。

　　今天的中国民歌、民族史诗与长篇叙事诗或长篇抒情诗，有一个突出的特点就是：它们至今还活在民族习俗和人民群众中间，特别是民间艺人还在演唱史诗，史诗还活着。我们从荷马式的民间艺人扎巴老人、玉梅、居素甫·玛玛伊等歌手那里记下了堪与希腊史诗媲美的篇幅浩瀚的藏族史诗《格萨尔》和蒙古族的《格斯尔》，记录了新疆柯尔克孜族史诗《玛纳斯》和卫拉特蒙古族史诗《江格尔》。我们还记录了热情奔放的爱情叙事诗如《塔依尔和左哈拉》（维吾尔族）、《萨里哈与萨曼》（哈萨克族）、《马五哥与尕豆妹》（回族）等。北方有生活在草原上的牧民们慓悍粗犷、勇猛奔放的三大英雄史诗以至东北渔猎民族的说唱诗篇；在南方记录了众多民族的古老的创世纪神话史诗和亚热带密林中、溪流旁变幻无穷的降妖伏魔的英雄长诗和柔情似水的抒情诗。这些诗集的出版曾获得国内外的赞誉。如撒尼人的《阿诗玛》；傣族的《娥并与桑洛》、《召树屯》；彝族的《我的幺表妹》、《妈妈的女儿》；傈僳族的《重逢调》、《逃婚调》；苗族的《苗族古歌》；瑶族的《密洛陀》等，不胜枚举。在汉族，湖北在新中国成立初期已出版了《崇阳双合莲》、《钟九闹漕》，近几年又发现了大量的叙事诗以及神农架的《黑暗传》。吴语地区也采录出版了长篇吴歌《五姑娘》等十几部叙事长诗，等等。各民族的不同历史时期产生和流传的民歌、民谣，更是数不胜数，据统计，现已正式出版的歌谣选集超出民间长诗的六倍。

　　歌谣是语言的艺术，具有鲜明的地方性和民族性。所有民族的民歌无不与其生活习俗密切相关。民歌是研究民族历史和风俗的珍贵资料；反之，从现存的民族风俗中，我们又可以寻找到古老歌谣的踪迹，了解人民的悲欢喜乐和历史的遭遇。

　　新中国不仅重视发掘各民族的歌谣遗产，还十分重视革命民歌和新民歌的发展。老苏区的红色歌谣，遍布陕北、江西、大巴山、大别山、大冶、洪湖等革命根据地，反映了中国人民反帝反封建的英勇斗争。解放初期，欢乐的翻身之歌，对党、对领袖的颂歌大量涌现：例如民间艺人的新作品有蒙古族琶杰的著名颂歌《万岁毛泽东》，毛依罕的《铁牤牛》，傣族歌手康朗甩的《傣家人之歌》，等等。1958 年的新民歌，虽然由于政治原因也反映了"浮夸风"、"共产风"，但人民群众那种战天斗地的冲天干劲和无私奉献的精神，也产生了属于那个时代特有的优秀作品，它们反映了人民群众的革命英雄主义和乐观主义精神。这些作品的代表作已选入郭沫若、周扬合编的《红旗歌谣》。

还应提一笔的是，我们不仅记录了人民的古今歌谣，而且发现了一些民族的民间艺人和歌手的诗学理论。例如 300 多年前傣族祜巴勐的《论傣族诗歌》，1000 多年前彝族大毕摩举屠哲的《彝族诗文论》，女诗人阿买妮的《彝族诗律论》等，都是用诗的形式写成的诗论，也都已翻译出版。至今还有许多尚有民间演唱并传授民歌理论和创作经验的歌手，一些已故的民间著名歌手，他们的诗学还在口口相传，虽很少见诸文字，也很值得我们发掘和研究。

四

本《集成》在编选中曾遇到如下一些问题，值得加以注意和探索：

1. 歌谣释义

歌谣与民歌两个词习惯上是可以通用的，都可作为民间歌曲的总称，实际上歌与谣从来就是有区别的。虽然从词上说，歌与谣的词都是诗，从"声"上说也都有不同程度的音乐性，但二者的差别是很大的；其不同处也可说是一目了然的。它们在

"声"和词的语言结构、流传方式以及社会功能上，都不相同。民歌是有曲调、能唱的；民谣则是语言有一定的节奏，依靠吟、念、诵而流传。

《毛诗》说："曲合乐曰歌，徒歌曰谣。"

杜文澜《古谣谚》凡例说："歌与谣相对，有独歌、合乐之分，而歌究系总名，凡单言之，则徒歌亦为歌。"

《初学记·采部上》引韩章句云："有章曲曰歌，无章曲曰谣。"朱自清解释说："章，乐章也"，"无章曲，所谓'徒歌'也"。①

综上所述，歌与谣的区别首先在于一个是合乐，一个是不合乐而是一人独自空歌，这中间对歌的解释，也非无疑义。所谓"合乐"一说是演唱时有乐器伴奏。据考证《诗经》都是乐歌，只是乐曲未流传下来，今天只能读到它的辞。汉魏乐府都是伴乐演奏的。但是，民间流传的歌，正如郑振铎先生所说："盖凡民歌，差不多都是'徒歌'的。"② 这就是说，不伴乐器而由歌者独唱，当然是有章曲的。

对谣历来也有不同的解释，其一即它是不合乐的"徒歌"。尔雅释乐旧注："谣，谓无丝竹之类，独歌之。"③ 依此说法，不伴乐器的一人独歌曰谣，实则民间流传的民歌，不伴乐器，独唱也是有章曲的，这仍然是民歌而并非民谣。六朝新乐府《清商曲辞》，所谓"清商"即不伴乐器的"徒歌"。今天民间山野或节日对歌也莫不是一人独歌或多人集体对歌，这里所谓"徒歌"显然不能称之为谣。民谣不仅是不合乐演奏的，也是无章曲而以

① 朱自清：《中国歌谣》中的《歌谣释名》，第1页。
② 郑振铎：《插图本中国文学史》，第198页。
③ 《经籍纂诂》，引自朱自清《中国歌谣》。

吟诵流传的，这才合乎今天"谣"的概念和实际。《诗经·园有桃》："心之爱矣，我歌且谣"，高亨注："唱有曲调为歌，唱无曲调为谣。"① 严格说来，唱无曲调的词不叫"唱"应叫"吟诵"，但有时约定俗成，也有把"诵诗"叫"唱诗"的。因此，这个解释是比较确切，比较科学的。

前人对于歌与谣的解释有所不同，或出于用词的含义不同，或出于理解的角度不同，因而说法不一，以致在歌与谣的界说上混淆不清，然而二者的基本区别，比较正确的解释还是能够看明白的。我们也需要知道历史上的不同说法既清楚而又有含糊或差异之处。

本《集成》从文学角度出发，包括了民歌的词与民谣两类作品。我们还应当注意到民歌的词与曲有着不可分割的关系。"在辞为诗，在乐为歌"，② 歌借"声"而发。"歌永言"，歌者的心情借歌抒发：歌以辞为据，辞借歌声而飞翔。歌声则是词、曲合一的产物。《大子夜歌》说："丝竹发歌唱，假器扬清音，不知歌谣妙，声势出口心。"③ 民间歌谣显示了出自口心的声与义双重美感。文学家与音乐家各从其专业出发，将民歌编为民间歌曲集成与歌谣集成，是各有侧重，各有所长。文学工作者如果忽视了民歌是以演唱的形式流传，忽视曲与词的一致性，就不能全面地欣赏民歌，了解民歌的美学价值。诗本是能唱的，也是中国古有的传统。诗与歌的分家是诗歌发展的结果，然而对了解民歌来说，仍不可忽视它的音乐性。而且在民间表演中，诗、歌、舞往往是三位一体，这也是民间文艺的特点之一。在现代科学技

① 高亨：《诗经今注》，第 144 页。
② 《毛诗指说》（成伯玙）引自《梁文简十五国风义》，见阮元《经籍纂诂》。
③ 转引自郑振铎《插图本中国文学史》，第 198 页。

术发达的条件下，可以采用录音、录像等设备，全面、真实、生动地记下原生状态的民歌，做到音像俱全，这对人们欣赏和理解民歌，保存和再现民歌及民族习俗在社会生活中的原型，具有特殊的价值，并非仅有文字记录所可比拟了。

这里还应说明，歌谣一般是指短小的民歌、民谣，但它们往往也都长短不一，有长有短。一首歌谣，有多段歌词的，长短并没有规定一个极限。例如叙事诗，短的只有几十句，长的则有几百句。普查中不少地方都发现了故事歌，实则也就是叙事诗，习惯上也属歌谣的范围。卷帙浩繁的英雄史诗、长篇的创世纪史诗、爱情叙事诗或长篇抒情诗，就与歌谣的概念有所不同而形成各有特点的独特的民间诗歌形式。史诗、其他叙事或抒情长诗，自然也都是民歌发展的结果。本集作为歌谣集成，不应收入史诗这类民间长诗。但由于我们没有另外单独编一套中国史诗、长篇叙事诗与抒情诗集成，有的民族以富有长诗为特点，如对他们的长诗只字不提，从其民间诗歌传统与民族习俗考虑，显然是一个缺陷。在这种情况下，本《集成》根据杭州会议①的意见，也决定节选一部分有代表性的史诗、长篇叙事诗、抒情诗，如广西瑶族的《密洛陀》的入选即是一例。

2. 社会主义时期的民歌

上面已经提到我们时代的新民歌的繁荣发展。从各族人民歌颂解放翻身的颂歌到1958年群众的自我描述、自我表现的英雄赞歌，确是一些划时代的欢乐和前进的歌声。此外，随着日月的流逝，在我们革命和建设的艰难步伐中，还产生了一些讽刺性的歌谣，这就是时政歌。新民歌中有颂歌，也有讽刺歌，可谓有美

———————

① 1987年9月，在杭州召开的"全国民间文学集成工作会议"上，决定《中国歌谣集成》可节选收入部分有代表性的长诗。

有刺，美中带刺。产生这种群众性政治批评的作品，也并不足怪，这既是中国文化优良的传统之一，也是中国歌谣的一个历史性的发展。中国古代采风主要目的之一是"观风知俗"，了解民间疾苦和群众的政治意见。"盖谣谚之兴，由于舆诵。为政者酌民言而同其好恶，则刍荛葑菲，均可备询①。故昔之观民风者，既陈诗，亦陈谣谚。"② 这是开明的统治者了解自己在政治上得失，而求改进的一种积极做法。封建统治者虽则是为了巩固自己的统治而移风易俗，然而民间歌谣发挥的社会效果却也是显而易见的了。《毛诗大序》说："上以风化下，下以风刺上，主文而谲谏，言之者无罪，闻之者足戒，故曰风。"人民以风刺上，统治者以风化下，都以风为手段；统治者容纳人民的批评，以达到仁政的目的，也算是相当高明的了。所以有的学者阐述中国的传统文化中有民主的传统，这一点在儒家的诗教上也表达得比较明白。

　　把时政歌称为时政谣，应该说更合乎中国传统中所说的民谣的性质和流传方式。因为时政歌主要是民谣，其中以讽刺、评论性的作品居多，也有歌颂的，美刺兼备。但是我们的时代，人民从几千年的封建统治和其他落后社会制度下解放出来，颂歌风起云涌，为举世所罕见，少数民族与汉族相比，唱的就比说的多了，甚至讽刺、批评性的内容也以民歌形式表达，而且歌谣与民歌在总称上又有通用的习惯；因此，我们仍沿用了时政歌的

---

　　① 刍荛葑菲：刍，刈草；荛，砍柴。刍荛即樵夫。《诗》："询于刍荛。"葑，是蔓菁；菲，是芴，也类似蔓菁。《诗》："采葑采菲，无以下体"，意思是葑菲虽然根部不能令人满意，它们的茎部是美的。只要有可取之处便好。"刍荛葑菲，均可备询"，是说为政者应多听群众的意见，善于取其长处。言者无罪，闻者足戒，向樵夫问路，打听，了解葑菲之美，都是有益的。谣谚可供观风察俗。

　　② 杜文澜《古谣谚》刘毓崧序。

名称。

　　时政歌反映了人民群众的政治评论,有褒有贬,实际上属于政治批评的较多。我国古代有"佹诗"[①]一说,也就是"怨诗"。然而我们又应该看到,那是剥削阶级统治时代的产物。采诗察俗,"观风俗,知厚薄",也是中国的优良传统。应当注意的是,社会主义时期的时政歌,虽然也有政治性的批评,有美也有刺,但在人民当家做主的人民政权的领导下,人民群众与党和政府领导的利益是一致的,批评和讽刺也是为了改正前进中的缺点和错误,同旧社会剥削阶级与人民的关系根本不同;今天时政歌中的"刺"也不过是人民群众对于某些不正之风如"浮夸风"之类的批评。毫无疑问,在政府强调廉政建设,提倡社会主义民主和健全法制下,采风观俗,听取人民的政治批评也是明智的。

　　3. 歌谣与民俗

　　入乡问俗,才能进行采风。离开对各民族民间风俗的了解,就不能采集和理解反映各族人民生活的民歌与民谣。歌谣集成不仅是各族人民歌谣作品的集萃,同时也包含了对与歌谣相关联的民俗的调查研究成果,在各种说明、注释和附记中科学地阐述和记载了它们之间的相互依存关系。特别是仪式歌,例如哭嫁歌本身就悲楚动人;也有些作品在文学性上稍逊一筹,然而附上它们在民间流传中的一些生动的民俗和生活历史的介绍,便令人感到饶有情趣,生动难忘,也更能了解其含义了。

1991 年 4 月 29 日

(原载《中国歌谣集成·广西卷》,

中国社会科学出版社 1992 年 7 月版)

---

① 《说文》:"佹,变也。""变诗"即"怨诗"。

马克思主义的基本原理与神话学

关于目前神话研究出现的分歧，我讲一点自己的看法。

目前出现的分歧：

（1）什么是神话？是否还应遵照古典学派的观点，把神话的范围限制在远古时代氏族社会到进入奴隶社会初期初民们的作品，下限应当在什么时候？有人认为，下限应到封建社会，有人主张，下限应到现代时期。有的同志认为神话应分为狭义的神话和广义的神话，也就是从汉族的神话看，有必要扩大范围，把传说、历史（神话化了的历史和历史化了的神话）、仙话、志怪等包括在内，称为广义的神话；

（2）神话和传说怎样区别？

（3）神话与宗教的关系：何者在先，何者在后？还是同时产生？以后又怎么样？神话到底起源于宗教，还是起源于劳动？

（4）今天或将来，是否还会产生新神话？

这些分歧中，我认为提出了一个重要的问题，也是一个核心问题，就是马克思主义关于神话的那段名言是否完全适用于我国的神话？马克思所说的神话是否只是原始社会的神话而不包括阶级社会的神话？从神话的产生和发展看，也有同志认为"人类的童年"根本不能产生神话；因为神话是产生在智人时代；也有的认为，在科学很发达的今天，人类对世界的奥秘的认识是无止境的，因而新神话必然还会产生。这些疑问、批评和主张，说明马克思的那些名言似乎不尽能概括我们所面临的中国神话，或者说它是一种古典学派的说法，不完全能解释中国的或今天的一些神话现象。我认为，这些分歧中也存在着对马克思关于神话的这段名言的理解问题。

虽然产生这些分歧是可以理解的，但是我认为马克思关于神话和史诗的这段名言，今天仍然应当是我们研究神话的指导思想。我不是说马克思的话应被当作万古不变的教条，而是说马克思关于神话的这段话是以马克思主义的基本原理为依据的科学真理，我们要学习马克思主义的立场、观点和方法，用于研究中国神话，解决对神话的认识问题。对于马克思在神话方面的精辟之见，重要的是首先认真体会，不可轻率地加以否定。

我认为，神话是指远古时代初民们（氏族社会解体到进入奴隶社会时期）出于对自然界的现象不理解而以不自觉的艺术方式创作的幻想的、虚妄的故事，把他们认为是超自然的力量人格化为神，将自然力和社会力量形象化。后世也产生了一些神话，这不过仍然是原始思想的非科学的产物而带了阶级社会的一些新烙印。

下面我对马克思的这段名言谈一些个人学习的粗浅体会。

历史唯物主义世界观,是我们观察和理解
神话的不可动摇的坚定基础

只能是从这里出发，并遵循马克思主义的基本原理，才能剖析神话这个复杂的现象。

马克思关于神话和史诗的一段名言，是建立在观念与物质的关系的基础上，是从艺术作为上层建筑之一与经济基础的关系这一马克思主义的基本原理的立场上提出问题和阐明问题的。

马克思关于神话的这段名言是 1857 年在《政治经济学批判》导言中写的，1859 年马克思在《政治经济学批判》序言中说：

> 我在巴黎开始研究政治经济学，后来因基佐先生下令驱逐移居布鲁塞尔，在那里继续进行研究。①

就是在这时候，在这里，马克思宣布了他的一个重大的发现：关于意识和存在的关系即上层建筑与经济基础的关系这一基本原理。马克思指出："物质生活的生产方式制约着整个社会生活、政治生活和经济生活的过程。不是人们的意识决定人们的存在，相反，是人们的社会存在决定人们的意识。②"又说："随着经济基础的变更，全部庞大的上层建筑也或慢或快地发生变革。"

我们都知道，按照马克思的这一唯物主义的历史观，包括艺术在内的那些更高地悬浮于空中的思想领域，也就是离经济基础较远的上层建筑，如宗教、哲学等，最终仍决定于物质生活基础。③ 马克思讲到神话和史诗的一段话，正是在谈关于艺术与一般的社会发展的关系，与物质生活基础的关系时把希腊神话和史诗作为例子举的。有的同志认为是从文艺观点出发谈神话的，不对，马克思不是从文艺观点出发而是从上层建筑与经济基础的关

---

① 马克思：《〈政治经济学批判〉序言》，《马克思恩格斯选集》第 2 卷，人民出版社 1972 年版，第 82 页。

② 同上。

③ 参见《恩格斯致康·施米特（1890 年 10 月 27 日）》，《马克思恩格斯选集》第 4 卷，人民出版社 1972 年版，第 484 页。

系这个根本性的命题讲到了艺术，从艺术产生的根源这一根本问题上考察了神话和史诗。正因为如此，马克思更加深刻地揭示了文艺的发展规律。我认为，只有以马克思主义的这一基本原理为指针，才能在神话学上有所建树，才能认清神话这种艺术形式的产生及其特点。

我国文艺界第一个系统地研究神话的茅盾先生，在他的《中国神话研究初探》序言中谈到他研究神话的经历时说，他过去研究神话是用了19世纪后期欧洲人类学派的观点，当时人类学派的神话观是公认的神话学的权威。他说："当1925年我开始研究中国神话时，使用的观点就是这种观点。直到1928年我编写这本《中国神话研究初探》时仍用了这个观点。当时我确实不知道马克思的《〈政治经济学批判〉导言》中有关于神话何以发生及消失的一段话……当后来知有此一段话时，我取以核查'人类学派神话学'的观点，觉得'人类学派神话学'对神话的发生与消失的解释，尚不算十分背谬。"①

今天看来，茅盾先生的讲法还是值得注意的。人类学派的"取今以证古"的方法，对世界各地的神话的比较研究，是很可取的。人类学派对神话的研究是有巨大的功绩。特别是"取今以证古"的方法，使人们揭开了远古时代的神话之谜。民族学家摩尔根的《古代社会》，也是根据美洲印第安人部落的社会生活调查，"取今以证古"，论述了人类的远祖从野蛮时代到文明时代的历史和经验。马克思正是在《摩尔根〈古代社会〉一书摘要》中肯定了神话产生于"野蛮时期的低级阶段"。尽管"取今以证古"的方法并不能使我们完全如实地看到远古人类从蒙昧期到野蛮期的生活状况，毕竟由此推知了人类进步的艰难历

---

① 茅盾：《茅盾评论文集》（上）序言，人民文学出版社1978年版，第4页。

程和一般的生活状况。人类学派认为神话是原始人的思想和生活的反映，是不错的。当然比之马克思从上层建筑与经济基础的关系，从艺术与一般社会经济发展的不平衡的规律性所揭示的关于神话产生的规律的深刻见解，就是小巫见大巫了。

马克思阐述的关于观念与物质生活关系的历史唯物主义观点，为我们研究和理解神话的产生及其特殊成就奠定了一块起步的基石。我认为只能从这块基石上起步，也就是说按马克思主义的观点，把神话作为一定的历史范畴的产物来看，否则，我们就会陷于迷惘，或者为自己设下一个自己也钻不出来的圈套。

马克思关于神话的产生和消亡学说的科学性

（1）科学与非科学是神话能否产生和是否消亡的一个分水岭。

马克思说："任何神话都是用想象和借助想象以征服自然力，支配自然力，把自然力加以形象化；因而，随着这些自然力之实际上被支配，神话也就消失了。"①

按照马克思给神话下的这个定义，神话和科学相对立，神话是在人类对自然界还完全没有科学的认识的条件下产生的；科学一旦产生就意味着神话的消亡。所以马克思又说：

> 成为希腊人的幻想的基础，从而成为希腊〔神话〕的基础的那种对自然的观点和对社会关系的观点，能够同自动纺机、铁道、机车和电报并存吗？在罗伯茨公司面前，武尔坎又在哪里？在避雷针面前，丘必特又在哪里？在动产信用

---

① 马克思：《〈政治经济学批判〉导言》，《马克思恩格斯选集》第 2 卷，人民出版社 1972 年版，第 113 页。

公司面前，海尔梅斯又在哪里？①

马克思认为，神话产生在人类野蛮期的低级阶段。那时候，生产力十分低下，人们还处在血缘关系结成的母系氏族社会，靠集体渔猎为生，发明了弓箭。原始人在同大自然作斗争中，对于风雨晴晦、电闪雷鸣、日月运行等自然现象不能理解，感到神秘和恐惧，因而产生了自然崇拜和人格化的神的观念。正如马克思在《摩尔根〈古代社会〉一书摘要》中所说：这个时期"在宗教领域发生了自然崇拜和关于人格化的神灵以及关于大主宰的模糊观念；原始的诗歌创作，共同住宅和玉蜀黍、面包——所有这些都是属于这一时期的"。②恩格斯也说："一切宗教都不过是支配着人们日常生活的外部力量在人们头脑中的幻想的反映，在这种反映中，人间的力量采取了超人间的力量的形式。"③然而原始人在艰苦险恶的原始生活条件下要能获得赖以生存的物质财富，不能不依靠集体力量同大自然作斗争，他们不断地探索自然界的奥秘，企图征服自然力。因而人创造了神，同时又创造了神话。正如马克思所说："想象，这一作用于人类发展如此之大的功能，开始于此时产生神话、传奇和传说等未记载的文学，而业已给予人类以强有力的影响。"④不难看到，神的观念孕育了神话的产生；神话是随着宗教观念的产生而产生的，神话与宗教乃是一对双胞胎。所不同的是：神话是人们"用想象和借助想象

①　马克思：《〈政治经济学批判〉导言》，《马克思恩格斯选集》第2卷，人民出版社1972年版，第113页。
②　马克思：《摩尔根〈古代社会〉一书摘要》，人民出版社1965年版，第94页。
③　恩格斯：《反杜林论》，《马克思恩格斯选集》第3卷，人民出版社1972年版，第354页。
④　马克思：《摩尔根〈古代社会〉一书摘要》，人民出版社1965年版，第55页。

征服自然力，支配自然力，把自然力加以形象化"；而宗教则始终是要人们向神顶礼膜拜，向命运屈服。神话和宗教始终难解难分，互相渗透，而又各自作为独立或半独立的意识形态向前发展。当人类进入阶级社会，宗教一旦被奴隶主或封建统治阶级利用为镇压人民的工具时，那就是另一回事了。

我这里不是说神话起源于宗教，从神话的产生和它的内容来看，神话起源于人类向大自然索取衣食的劳动和斗争，这从许多民族的创世纪的神话中完全可以看到。

神话的一个重要特征是，它是原始人对自然力以及社会力量缺乏科学认识的产物，是对自然界的一种虚妄的主观幻想，然而先民们却相信这一切都是真实的，是实有其事，因而马克思说希腊神话是通过人民的幻想，用一种不自觉的艺术方式加工过的自然和社会形式本身。科学的发明，打破了雷神、丘必特一类虚妄的幻想。科学和神话是如此的对立，科学的发达必然导致神话的消亡，即随着自然力的实际被支配，神话就消亡了。

神话与科学的这种相互消长的对立关系，是马克思关于神话的产生和消亡过程的科学性的阐述。

我们在这里要看到，马克思以希腊神话为例来说明有些艺术形式只能产生在不发达的社会阶段。任何意识形态只能产生于适合于它的经济基础。马克思所揭示的这一历史法则是具有普遍性的，不容动摇的。

那么，神话是否仅仅是指马克思所说的产生于原始社会的初民们的这种艺术创作呢？我认为主要是这个范围，也就是从原始社会到进入奴隶社会（野蛮期的高级阶段）产生的神话。世界各民族的文学史，几乎都是从这样的神话和充满神话的史诗开端的。在以后的阶级社会中，比如在封建社会，是否也产生了神话呢？对于汉族的"仙话"、六朝的"鬼神志怪"，又该怎么看呢？

总的说来，后来产生的一些神话乃是神话的余波，有的是神话，有的不过是含有程度不同的神话因素的传说故事。我认为，关键自然在于科学的发达与否。在漫长的封建时代，原始信仰在中国民间根深蒂固，多神教和玉皇大帝并存，佛教引进了观音菩萨及其他尊神，道教又继承了巫术。在封建统治阶级和殖民主义侵略的双重压迫下，生产力极端落后，人们处于愚昧无知，迷信鬼神的状况，这就为产生新神话提供了丰饶的土壤。凡是科学的足迹不到或难到的地方，就会产生新神话。鲁迅说："中国人至今未脱原始思想，的确尚有新神话发生……"① 显然，有原始思想，这就是产生神话的土壤，产生神话的思想基础。然而社会制度变更了，产生神话的经济基础一旦被破坏，终究是不能产生上古时代那种神话了，也只能是神话的余波而已。

道士方家鼓吹服药术求仙，丹鼎符箓之类，或佛教宣传灵魂不灭，因果报应，天堂地狱等，自然也如鲁迅所说是"意在自神其教"宣扬宗教迷信害人，固不足取。茅盾认为方士们迎合君主们的求仙心而编造的谰言不能算是神话是有道理的。但民间基于"原始思想"及某些佛、道的影响而产生的例如：《八仙过海》、《白蛇传》的故事该是属于神话范畴的。《列异传》、《搜神记》、《搜神后记》、《述异记》也都保存了一些神话。鲁迅在论六朝的鬼神志怪书时有一段话也可借以窥见"仙话"、"志怪"的历史渊源：

中国本信巫，秦汉以来，神仙之说盛行，汉末又大畅巫风，而鬼道愈炽；会小乘佛教亦入中土，渐见流传。凡此，皆张皇鬼神，称道灵异，故自晋迄隋，特多鬼神志怪之书。

---

① 鲁迅：《致梁绳祎信》，《鲁迅全集》第11卷，人民出版社1981年版。

其书有出自文人者，有出于教徒者。①

再看出于文人者的情况："文人之作，虽非如释道二家，意在自神其教，然亦非有意为小说，盖当时以为幽明虽殊涂，而人鬼乃皆实有，故其叙述异事，与记载人间常事，自视固无诚妄之别矣。"②

你看，文人们关于鬼神志怪的书，都是从民间记录的，而当时一般人也都认为"人鬼乃皆实有"，叙述异事也像记载人间常事一样，无何分别。秦、汉、魏晋时代的人们有时也如同原始社会的人们一样是以"原始思想"来看天上人间。这怎么能不产生新神话呢？

鲁迅所说的"原始思想"，也就是我们今天所说的"原始思维"。什么是"原始思维"呢？原始人的思维方法，是以感觉为基础的，这种思维方法同对事物进行科学分析和概括的逻辑思维是相对立的，原始人虽然也要探索宇宙的奥秘，有科学思想的萌芽，然而对周围的世界充满神秘感，不能区分做梦、幻想与现实，因而他们对超自然力量的神、魔鬼、精灵都信以为真，完全混同于生活中真实存在的客观事物。我的童年时代是在偏僻的山村度过的。原始思想或原始思维方法在那里普遍存在，我好像生活在一个经常与神鬼打交道的世界。仍然有对动、植物的崇拜，一棵槐树被认定为神树。过年要给许多神烧香叩头；巫师给我的祖母治病，下阴曹地府，同神鬼说话；看见名字被人撕了，就会感到不利于自己的性命。巫师做一纸人，象征某人，扎许多针在纸人上，就会置某人于死地等，这些就是原始思维方法，也就是

①　鲁迅：《致梁绳祎信》，《鲁迅全集》第11卷，人民出版社1981年版。

②　鲁迅：《六朝之鬼神志怪书》（上），《鲁迅全集》第8卷，人民文学出版社1957年版，第31页。

产生神话以及神话色彩很浓的民间故事、传说的思想基础。当科学思想和设备还没有进入这个山村时，原始思维观念笼罩着这个落后的地方，人们怎么能不相信天上打雷，地上发洪水是雷神和龙王爷干的呢？

袁珂同志也认为大量的神话属于道家方士的捏造，少数仙话是有民间传说为依据的，该属于神话。怪异中有一小部分应是神话。这些看法我认为是对的，这些就是原始思维的产物。但是否因此而将仙话、怪异以及传说、神话化了的历史或历史化了的神话都包括在神话的范围内，另列"广义的神话"，还可以讨论。

恩格斯讲的神话指的是"希腊人由野蛮时代带入文明时代的主要遗产"。[1] 他说由于自动纺织机、铁道、机车和电报等科学发明，这些自然力之实际上被支配，神话就消失了，却并无时间的限制，所说现代化的纺织机、铁道、电报等也是蒸汽机发明以后的事。神话因经济基础的改变，科学的昌明而逐步消亡。什么是神话，只能以具体内容而定，似乎不宜仅以时期画线。更何况各国、各民族的社会发展情况很不平衡，在中国广大地区，尤其是少数民族地区，新中国成立前并没有自动纺织机、铁道等现代化设施。何时因科学的发明而神话消亡，下限是不清楚的，或者说是没有的。科学与非科学才是神话能否产生与是否消亡的一个不容动摇的分水岭。

（2）不自觉的艺术加工与自觉的艺术加工。

神话还有另外一个重要特征就是，它是出于原始人对于自然界（包括社会）的不自觉的艺术加工，是初民们把幻想与现实生活混为一谈的产物。初民们认为他们所描述的神话的行事是真

---

① 恩格斯：《家庭、私有制和国家的起源》，《马克思恩格斯选集》第4卷，人民出版社1972年版，第22页。

实的。印度人一年要受到几个月的酷热与干旱，他们以为这是因为旱魃把肥田的水藏到山谷里去了。在世界快要干死时，雷神达拉来了，他挥动雷锤打死了旱魃，放出旱魃藏的水来，枯草复活，五谷丰登，他们相信这都是真的。

按原始人的思维方法，他们为了征服和支配自然力，创作了人格化的神及其行事，他们的神话是以不自觉的艺术方式产生的。

但是后世文人（作家），宗教徒以自觉的艺术方式创作的神魔小说，如《西游记》、《封神演义》及关于宣传天堂地狱，或者为了隐喻现实，发泄自己的不满，或者为了宣传上帝、天国进行宗教迷信活动，虽然一般也都称为神话，但已不是严格意义上的神话，或已不是我们这里所定义的神话。吴承恩的《西游记》是在民间流传的神话传说的基础上创作的。作者创造了孙悟空这么一个善于七十二变的神奇英雄，并让他大闹天宫，寓有反对封建统治的强烈的反抗精神，玉皇大帝对他也无可奈何。第一，《西游记》的作者是以这些民间传说进行创作的，所以有神话的内容；第二，作者是按照自己的意志充分运用了神话的手法，讽喻现实。这类神话可谓"拟神话"，正如乐府诗本是民歌，却也有文人创作的新乐府一样。宗教徒的情况则不尽相同，佛教、基督教都改编或利用过神话，但是也客观地起到了或多或少地保存神话的作用。巫师同时可以是神话的搜集者、创作者、保存者。例如萨满教的跳神，萨满边歌边舞，所唱的诗有原始神话如描述神鹰怎样爱护小鹰充满了母性的爱。唱词靠萨满所保存的手抄本得以保留下来。

是人民的创作还是作家的创作、或者是宗教徒的篡改之作？乃是神话与非神话的又一个分水岭。

（3）新神话的产生问题。

今天和明天，我认为不会再产生新神话。

按照马克思的界说，科学昌盛，由于自然力的实际被支配，神话就消亡了。有的同志说：自然界发展的无限和一定时期人们认识能力和支配自然能力的有限就构成尖锐的矛盾。这种由生产力不发达决定的认识方面的矛盾是一定时期人们必然要产生幻想（神话）的基础。人们不可能因为社会生产力的相对提高就能穷尽自然的奥秘和绝对地支配自然力。也就是说，人们的物质生活的发展总是落后于自然界的发展，不可能超过它。拿今天的生产力为例，比原始时期不知高了多少倍，但终究还有许多东西没有被认识，许多自然力没有被支配，就是说，产生神话的经济基础和条件，从原始社会到今天为止，都还没有消失。……由此看来，神话就不仅产生于原始社会，后代也可以产生。

这段话讲得也是很好的，是根据马克思对神话产生和消亡的学说立论的。既然人们今天还不能穷尽自然的奥秘和绝对地支配自然力，产生神话的经济基础和条件从原始社会到今天都还没有消失，那么就会继续产生新神话。实际上在原始社会以后也产生了神话。但我以为，这段话只说明了问题的一方面，即由于人对自然界的认识是相对的，当自然界还有无穷的奥秘未被认识，自然力还远不能完全被支配的时候，就必然产生幻想，也就有可能产生新神话。在对自然力的认识和支配方面是这样，在对社会力量的认识和支配方面也是这样。恩格斯在谈到资本主义社会宗教还会继续存在的原因也讲了一段很精辟的话：

　　……除自然力量外，不久社会力量也起了作用，这种力量和自然力量本身一样，对人来说是异己的，最初也是不能解释的，它以同样的表面上的自然必然性支配着人。最初仅仅反映自然界的神秘力量的幻象，现在又获得了社会的属性，成为历史力量的代表者。在更进一步发展的阶段上，许

多神的全部自然属性和社会属性都转移到一个万能的神身上，而这个神本身又只是抽象的人的反映。这样就产生了一神教……①

我们知道，我国有很多玉皇大帝的神话。

恩格斯继续说道："……我们已经不止一次地看到，在目前的资产阶级社会中，人们就像受某种异己力量的支配一样，受自己所创造的经济关系、受自己所生产的生产资料的支配。因此，宗教的反映过程的事实基础就继续存在，而且宗教反映本身也同它一起继续存在。即使资产阶级经济学对这种异己支配力量的因果关系有一定的理解，事情并不因此而有丝毫改变。资产阶级经济学既不能制止整个危机，又不能使各个资本家避免损失、负债和破产，或者使各个工人避免失业和贫困。现在还是这样：谋事在人，成事在神（即资本主义生产方式的异己支配力量）。"②

资产阶级经济学，在资本主义生产方式的异己力量这位尊神面前是无能为力的。因此只能是听任这个神的摆布。那么，当人们不能支配自己所创造的这个资本主义生产方式的异己力量而只能屈从于命运哀呼"成事在天"的时候，不是也能产生新的神话吗？

但我认为，尽管今天人们对自然力和社会力量还远不能认识其奥秘，还远不能完全加以支配，社会主义国家宗教信仰也继续存在，朝山拜佛的还大有人在。但是，今天的朝山拜佛已不同于过去。现在人们把那些佛像视为超自然的存在，与生活中感知的

---

① 恩格斯：《反杜林论》，《马克思恩格斯选集》第3卷，人民出版社1972年版，第355页。
② 同上。

事物之间有明确的分界线，而原始人不能分辨这些，在他们看来，任何实在的和任何知觉一样都是神秘的。今天不可能再产生神话了，因为我们今天毕竟已经进入了科学的时代，远非氏族社会的先民们所能望其项背。就在近半个世纪，科学发展惊人的迅速，由电子时代到了原子时代，今天又进入了信息时代。在今天这样一个科学日新月异的时代，是以科学征服自然界和主宰世界的时代，科学也已成为主要的生产力。人们考察世界和宇宙，不仅有以各门学科武装起来的头脑，也有各种新的科学技术和精密的科学仪器。人可以登上月球，可以到星际进行科学试验，人甚至开始用科学的方法制造自己。先民们以自己的模样把自然力幻想为人格化的神，用幻想或借助幻想征服自然力的神话时代永远一去不复返了。科学的世界代替了神话的世界。虽然宇宙间的奥秘还有很多没有被人识破，而且认识也是永无止境的，但人类的处境远非先民们所能想象的。同原始人或原始思想浓厚的地方的人们相比，一个是愚昧落后的产生神话的时代，一个是以科学现实神话中的幻想以征服世界的时代，今天怎么还能产生神话？以感觉和感知为基础的原始思维（原始思想），是形象思维的方法，在没有科学的情况下必然产生神话，今天人们探求自然界的奥秘，进行科学分析、科学测量，产生的是科学成果，就不可能再产生新神话。今天人能借助科学上天入地、入海征服自然界，幻想是必然的，幻想永远给人们以高飞的翅膀，却不能产生神话。

　　例如红军的传说，有的带有神话色彩，或使用了神话的手法，这是由于偏僻山区的人们还以非科学的世界观观察和描述先进事物，他们是以习惯了的思维方法讲述或歌颂解放人民的军队，却不能产生新神话。如1980年《民间文学》第8期发表的《八仙星》，我以为不好称之为新神话，神话还应当是一定的社会历史阶段和条件下的产物，它应当有其特定的内涵和形式，而不可与其他的艺术形式相混同。比如传说中往往有神话，神话中往往有传说，这种现象也是在比较原始的时代发生的，甚至传说和神话很难加以区别，然而传说和神话，一以写人，一以述神，二者还是应加以区别的。又如历史与神话，显然也是两个范畴。虽然也有历史化了的神话和神话化了的历史，需要历史学家们和文艺学家们以历史唯物主义的观点加以澄清或进行艺术分析。从神话乃是一种通过幻想以不自觉的艺术方式进行口头创作的这种特点看来，今天早已是马克思所指出的"排斥一切神话地对待自然的态度和一切把自然神话化的态度"的社会。今天也有我们时代的诗人、作家们，作为灵魂的工程师，以自觉的艺术方式从事文艺创作，用艺术掌握世界；毫无疑问，应当要求文学艺术家们具有一种与神话无关的幻想。从这一点看，劳动人民今天也处在知识化的时代，也不可能再产生新的神话了。科学幻想小说，以科学征服自然界的愿望，属于作家们描绘科学幻想世界，也不好把它称作新神话。神话与非神话，关键在于一个自觉的艺术方式与不自觉的艺术方式。

关于神话的艺术魅力问题

马克思在这段关于神话和史诗的名言中所说的以希腊神话为土壤的希腊艺术和史诗具有艺术魅力的问题，揭示了产生艺术美的一个根本法则。

这就是把产生艺术魅力的根源严格地限定在历史唯物主义的基础上。马克思说："但是，困难不在于理解希腊艺术和史诗同一定社会发展形式结合在一起。困难的是，它们何以仍然能够给我们以艺术享受，而且就某方面说还是一种规范和高不可及的范本。"①

　　为什么人类社会还处在野蛮时代那样的社会生活条件下能够产生给人以艺术享受的文艺作品而且成为高不可及的艺术范本呢？马克思解答这一难题时找到了一个巧妙的比喻，就是把希腊艺术和历史说成是"人类的童年"即儿童时代的产物。人也只有在童年时代才有那种一去不复返的儿童天性的纯真。跟着他就回答说："他们的艺术对我们所产生的魅力，同它在其中生长的那个不发达的社会阶段并不矛盾。它倒是这个社会阶段的结果，并且是同它在其中产生而且只能在其中产生的那些未成熟的社会条件永远不能复返这一点是分不开的。"②

　　马克思解释这种艺术现象，仍然归结到艺术的繁荣同社会发展是不平衡的这一马克思主义文艺观的基本原理。只有人类处在物质生活条件极端困难，而且对大自然界只有感觉和感知而毫无科学认识的情况下，才能产生那样天真无邪的艺术幻想，才能产生那样的神话；反之，在人类进入文明时代以后，在已经发展到科学主宰世界的今天，就不可能再产生那样富有天真素质和艺术魅力的神话和史诗。

　　希腊神话及其艺术魅力，只能产生在未成熟的社会条件下，而且按马克思所说，也是产生在像希腊那样"正常儿童"的条件下，这就是说，只能在希腊的社会历史条件下，才产生了像希腊神话那样优美动人而奇特的神话和史诗，具有其特有的艺术魅力。

　　我国新发掘的、过去几乎很少为世人所知的少数民族的神话

————

　　①　马克思：《〈政治经济学〉导言》，《马克思恩格斯选集》第2卷，人民出版社1972年版，第114页。
　　②　同上。

和史诗非常丰富。几乎每个民族都有自己的创世纪神话和史诗，也有一些闻名于世的英雄史诗。开天辟地、创造万物、人类起源、洪水故事等，这类世界性的神话，我们少数民族都有，而且各有特色。尽管这些作品中所描述的都是先民们处于最艰苦的生活条件下，靠采摘果实或狩猎生活，也没有衣服穿，或者讲的是部落征战，但把开天辟地、创造万物、开始耕作都描写得非常轻松愉快，简直把我们引入童话世界。人们确实是借助想象以征服自然力，支配自然力。

世界上许多民族都有他们的先民们留下的口头文学。马克思说希腊是"正常的儿童"，所以才产生了希腊神话和《伊利亚特》那样动人的史诗。正常的儿童，也未必都能被人及时发现，中国也许可以说是过去未被世人发现的"正常的儿童"。今天我们看到了如此众多的神话和史诗，其丰富甚至是举世少有的。有"正常的儿童"，就有不够"正常的儿童"，每个民族的遭遇不同，有不同的历史，所以在神话和史诗的创作上不可能都产生可以被誉为"规范和高不可及的范本"的作品，然而他们的神话和史诗都各有不同的内容和色彩，生活是千差万别的。文艺是时代的镜子，每一个时代都有它固有的个性和内容，不同的民族有不同的童年时代和不同的艺术。美，产生于事物的特殊性，独特的个性产生独特的美。只有在人类的童年时代，才能产生上述这些优美的神话。马克思不过举了希腊神话的杰出例子。而马克思所揭示的"艺术的魅力"、美感产生于一定的社会历史阶段，却给了我们以科学的美学观。

马克思以希腊神话和史诗为例所讲的艺术美的来源问题，不仅对于美学研究是富有启示的，而且肯定了神话属于人类童年的产物这一马克思主义的原理，同时这里又有力地说明了口头文学在艺术上的惊人成就，即使是野蛮时代的原始人，也能产生只有他们才能创作的富有魅力的神话和史诗。原始人的不自觉的艺术创作，倒为后来者的艺术创作所不及，而且还能成为艺术的"规范或高不可及的范本"。民间文学固不乏粗劣之作，然而真诗乃在民间，就是大诗人也不能不为之折服，并在艺术创作上要向人民大众学习。

1984 年 6 月 30 日

（原载《神话新探》，贵州人民出版社 1986 年 10 月版）

中国民间故事搜集、研究的
历史与现状[*]

　　中国各民族的民间故事传说是非常丰富的，收集和研究民间故事的历史，也是很悠久的。但把民间故事传说作为科学研究的对象来对待，应该说是从五四时代开始的。从五四到今天，大体可以分为三个时期，五四到新中国成立为第一个时期；新中国成立到"文化大革命"前的17年为第二个时期；第三个时期从"文化大革命"到现在。

　　第一个时期，从五四到新中国成立。

　　五四新文学运动中要求解放思想，打倒孔家店，提倡民主与科学，反对封建贵族文学，提倡新文学。一些进步作家、学者提出了"平民文学"的口号，从而兴起搜集和研究民间文学的活动。当时首先由北京大学发起搜集全国近世歌谣，并提倡研究民俗学。随后不久就扩展到民间故事的搜集和研究工作。首先发表

---

　　* 1981 年 5 月，以稻田浩二为团长的日本访华代表团来我国访问。他们编纂出版《昔话通观》，刚出了十九卷。在少数民族文学研究所的座谈会上我向日本朋友介绍了中国民间故事搜集和研究的历史和现状。

在《歌谣》周刊上的就是《孟姜女的故事》。著名史学家、进步学者顾颉刚先生不仅到妙峰山进行了民俗学的实地调查，而且第一次发表了对孟姜女传说的研究成果。《歌谣》周刊印行专号，发表了有关孟姜女研究文章数十篇。

总之，五四时代搜集和研究民间故事是在提倡白话文、提倡"平民文学"和研究民俗学的新形势下发生的。从思想上说，明显地反映了反封建的民主革命要求。当时，搜集歌谣、民间故事这种真正的平民文学，其目的在《歌谣》周刊的发刊词以及后来30年代在《民间文艺》的"告读者"中，讲得很明白的：一、学术的；二、文艺的。在"告读者"中还添了三，教育的。他们第一次把老百姓的口耳相传的文艺创作推到正统文学的地位，登上"大雅之堂"。因而民间故事传说在新文学运动中成为一颗初放光芒的璀璨的明珠。

30年代，在南方广大地区开展的民俗运动，继承五四革命精神，强调提倡平民文学，反对贵族文学，民间故事的搜集工作在这个时期有很大的发展。广州中山大学成立了民俗学会，出版了《民俗》周刊。杭州、南京、宁波、福州等地也纷纷成立分会，并发行刊物近20种。这些刊物中的一个重要特点，就是发表了大量的民间故事。当时还强调不只是搜集汉族的民间故事，还要搜集一切民族的作品，如苗族、瑶族、彝族、疍民……实际上在当时的条件下也只发表过很少的少数民族作品。民俗学者杨成志先生曾深入民族地区进行调查，《民俗》周刊上还刊登了他穿少数民族服装的留影，其深入少数民族的开拓精神是很让人佩服的。

与此同时，全国各地还出版了大量的民间故事小册子。仅上海北新书局出版的林兰编辑的各种民间故事、传说就非常丰富。林兰所"编"的故事丛书是由很多人进行搜集的。他所编辑出版的故事，我们现在看到共有 37 种。这些书包括了南方与北方的广大汉族地区的故事，品种也相当齐全，如：龙三公主的故事、狼外婆的故事、兄弟分家的故事、蛇郎的故事；著名的传说如：《白蛇传》、《孟姜女》、《梁山伯与祝英台》、《牛郎织女》、《天仙配》；还有各种民间神话，风物传说，动、植物故事和历史人物传说等。有很多故事，现在看来也是很好的，很精彩的。如：《梅妻》讲宋朝有个才子林逋，父母双亡，一人住在西湖边，唯一的嗜好就是种梅花。春天，梅花盛开，五颜六色。他高兴极了，终日吟诗作对；花瓣飘落，他把它们埋葬；明月当空，他徘徊于花影之中，不忍离开。这时，突然一绝色美女走来，对他说："主人，请不要惊惶，我是这里的梅神，非常感激你的爱护，可你是个奋发有为的青年，前程无限，切不宜太为我多情，而妨碍前程。"正要追问，人不见了。第二天，满园梅花全部凋谢了。他没办法，离开梅园进京赶考。不到三年中了魁元。荣归那一年，园内梅花开得特别茂盛。他高兴极了，一直欣赏到晚上，月上东山，那美女又来相见，百般妩媚地做了他的妻子。

又如《猫嘴里的夜明珠》：从前一家人得到一颗夜明珠，不料一天晚上被强盗偷去了。他家有一只小猫和一只小狗，它俩商量"主人的夜明珠被人偷去都是我们的过错，我们只好去找"。于是它们动身了。走饿了，小猫跑到人家，人家看它可爱，给它吃的。小狗就躲在僻静的地方，等小猫衔饼来给它吃。天黑后，它们知道夜明珠有光亮，小猫就从这家到那家，穿门入户地找。它们终于在一家找到了，小猫偷偷地把珠子衔了出来，它同小狗高兴得直翘尾巴。它们回来过江，浪头很大，小狗说："珠子给我衔，你身体太小，没力气，恐怕挡不住风浪。你用嘴衔住我的尾巴。过江就不碍事了。"小猫吐出珠子给小狗，咬住小狗的尾巴。刚到江心，一个浪头打在小狗嘴上，小狗嘴一张，珠子落下江去。它俩到对岸哭了三天三夜。龙王被它们感动了，叫夜叉拿"刮海瓢"一瓢刮干江水，小猫慌忙上去把夜明珠衔了起来。小猫衔珠子给主人，没想到主人看见，骂道："我以为我的夜明珠是哪个偷去的，原来就是你偷的！"照准一拳就将小猫打死了。小猫死得真可怜。谁知道它的冤枉呢？只有小狗知道罢了。

这个猫、狗故事在许多民族和地区都有异文流传着，近来我们所见到的记录、出版的已有近20种，其中包括10个民族的作品，比较起来，当时记录的作品都自有其特色和生命力。同时应当指出，当时出版的大量民间故事集并不都是好的，记录忠实的程度也很有差别，其中有相当大的一部分在历史发展过程中正在被淘汰或者已经被淘汰了，然而如上所引一些忠实记录的作品将跨越历史时限而永葆其青春，甚至还可以说时代愈久，它们的科学价值、历史价值、艺术价值愈益珍贵。当时的一些进步民间文学工作者所提出的某些见解和主张，对于我们今天的工作也仍然是可资借鉴的。

当时搜集故事看来有两种方法：一种是从民间流传中记录；一种是根据历史文献编写的，前者占绝大多数。从民间搜集故事，当时就有人大声疾呼，要求注意忠实记录，从五四到30年代民间文学领域中一部分进步的民俗学者和民间文学工作者都严格地要求记录的忠实性。林兰编辑的故事中，曾发表了编者与搜集者的通信。其中就阐述了对忠实记录的看法，例如在一篇《蛇狼精》的编者按中说："记录故事，有两件事很要注意。……在特殊的新奇以外，更要搜集普通的近似以至雷同的故事，以便查考传说分布的广远。二，即如实的抄录，多用科学的而少用文学的方法。大凡这种搜集开始的时候，大家多喜欢加上一点藻饰，以为这样使故事更好些，这是难怪的，但我们不可不注意努力避免。不增减不改变地如实记录，于学术上固然有价值，在文艺上都也未必减色，因为民间文学自有她的风趣……"

五四时代民俗学的提倡者、作家周作人在谈到《菜瓜蛇》故事的搜集时回林兰的信中也明确地提出了忠实记录的问题。他说："记述这类传说故事，最要紧的是忠实……至于润色或改作最为犯忌。《菜瓜蛇》等写法甚适当，可以为法，因原本之文艺的价值即在本身，记述者的职务在努力保存其固有的色彩而已，——若有文人利用这些材料去做诗文，当然无妨自由改变，但那是别一件事，不是我们搜集者的范围内的问题了。"

从上面两段引文看，由于搜集的目的之一是便于进行学术研究，同时也注意民间故事作为人民大众的文艺创作所特有的风趣，所以强调忠实记录。离开忠实记录，科学价值和艺术价值都会受到损失。我认为，当时这种主张是很可贵的。在今天看来也还是完全正确和重要的。我们今天的民间文学工作者有必要思索一下半个世纪以前人们已经讲得很清楚的见解。

由于当时民间故事的搜集工作是在强调忠实记录的指导思想下进行的，很多故事都比较忠实于民间流传的原作，而且这种主张有着深远的影响，直到1936年作家王统照主编的《山东民间故事集》，也还保持了忠实记录的特点。他主编的这本故事，都是学生们利用假期进行搜集的。虽然记录方法、水平不一，但基本保存了民间流传的原貌。编辑时强调了不加任何改动。当然，由于时代的限制，30年代出版的故事也存在着不少记录不忠实的作品，但那是非主流的方面。

30年代以后直到解放战争时期，在国统区，进步的民俗学者进行民间文学的搜集和研究工作遇到层层阻难，没能够继续下来。在解放区，民间文学的搜集是得到重视的。在江西井冈山根据地曾明确提出要提倡劳苦大众的文学，反对贵族文学，这种思想与30年代"左联"左翼文化运动中讨论文艺大众化的思想是一致的。当时，鲁迅先生在《门外文谈》中说："……在不识字的大众里，是一向就有作家的。……""到现在，到处还有民谣、山歌、渔歌等，这就是不识字的诗人的作品；也传述着童话和故事，这就是不识字的小说家的作品，他们，就都是不识字的作家。"毛主席在井冈山也提出到群众中搜集革命故事，作为教育战士的教材。因为历史条件所限，当时正在进行伟大的民族民主革命战争，还没有可能全面搜集和研究传统民间故事。

1942年，毛主席发表了《在延安文艺座谈会上的讲话》。毛主席在《讲话》中阐述了人民在文化创造中的历史地位，并指出文艺应当首先为工农兵服务，从而解决了文艺工作的一系列根本问题；在毛主席解决文艺工作的根本问题中，民间文学被提到了突出的历史地位，民间文学工作获得了正确的方向。毛主席的《讲话》对民间文学工作具有划时代的意义。民歌、民间故事的搜集工作也有了崭新的面貌。许多作家、艺术家在文艺为工农兵服务的方向下积极深入农村、工厂、部队向工农兵学习，向民间文艺学习，从而使新文艺工作者与劳动人民的文艺创作发生接触，他们都注意了对民歌、民间故事的搜集。民间故事方面有：晋西北作家李束为等搜集出版的民间故事《水推长城》；东北出版了著名作家周立波搜集的《长工和地主的故事》；晋察冀出版的邵子南搜集的《赵巧儿送灯台》等。由于战争条件所限，那时搜集的作品并不多。但是，这是第一批地地道道的劳动人民的故事，是作家深入工农群众向民间文学学习的可喜成果。尤其可贵的是《水推长城》的搜集者李束为等同志在当时总结经验时提出了"忠实记录，慎重整理"的原则。我们就是根据晋西北搜集民间故事的经验，结合新中国成立以后民间文学搜集整理工作的实际情况，把"忠实记录，慎重整理"确定为我们进行搜集整理工作的原则。我是在1956年《民间文学》的社论《民间文学也需要百花齐放、百家争鸣》中吸取晋西北的经验，提出了这个原则加以推广的。20多年来，我们一直坚持这个原则。

第二个时期，从新中国成立到"文化大革命"。

新中国成立以来，民间文学工作是在《在延安文艺座谈会上的讲话》所指引的文艺为工农兵服务的方向下进行的，继承了解放区的革命传统。同时，从1950年3月成立中国民间文艺研究会起，把民间文学工作的性质明确地规定为科学研究工作。从此，民间故事的搜集和研究工作在我国进入了一个新的历史阶段。

新中国成立后民间故事搜集工作的一个突出的特点，是直接到劳动人民中进行搜集。这比30年代的搜集工作前进了一大步。30年代虽然搜集、出版了很多作品，并且强调了忠实记录，但是一般来说，往往多半是从亲友那里听来的，或出于自己童年的回忆。这还是间接地记录搜集的，直接到工农群众中去搜集的情况比较少。和30年代以后搜集工作相比，也同样是一个新的起点。因为那时只是在解放区有过深入工农兵的直接搜集，但无论就数量和质量来说，都还是处在萌芽状态。

新中国成立以后，直接深入到工农兵中去搜集的做法不仅扩展到全国所有地区和所有的民族，而且成为民间文学工作者所应遵循的正确道路。在1958年出现的全国采风运动中，不仅搜集民歌，也记录了大量的民间故事，《中国民间故事选》一、二集就是当时采风的丰硕成果。1958年在深入群众进行搜集工作时，还创造和实行了三同（同吃、同住、同劳动）的经验，和群众同甘共苦，做知心朋友。这不仅说明当时搜集工作的深入，也是能够搜集到故事的保证，因为你能和群众做朋友，能与群众打成一片，才能使人乐意讲故事给你听。

另一个特点是，民间故事传说的搜集和研究扩大到了所有少数民族地区。这更是历史上从来没有过的，过去人们甚至都不知道我国有这么多民族，他们又有如此丰富、如此富有色彩的民间故事。解放以前，少数民族地区虽然也有些搜集工作，但微乎其微。例如藏族，据我所知只出版过一本藏族民间故事。中国究竟有多少民族，过去也是不清楚的，更谈不上什么搜集工作了。新中国成立17年来，对我国56个民族逐步开展了全面搜集工作，大部分民族都发表了自己的民间故事。1962年以前编辑出版的《中国民间故事选》一、二集，共收入44个民族的民间故事就说明了这一点。这些少数民族的故事，反映了处于不同历史时期和不同社会形态中的民族特色。

如：鄂伦春的《蒲妹》是猎人的故事，不仅使用桦皮桶，把马作为珍贵的礼物，治服蚊虫，这样一些细节是鄂伦春族游牧生活中的特有情节；更动人的是对蒲妹姑娘这样一个人物的刻画，她那粗犷、刚毅、勇敢、豪爽的性格是北方游牧民族女儿所特有的。她与多愁善感的林黛玉截然不同，与《牛郎织女》、《白蛇传》这些民间传说中的那种温柔、善良、贤淑的姑娘性格也绝不相同，虽然她们也都有不同程度的反抗精神，甚至形成了叛逆的性格。但是，蒲妹这个鄂伦春姑娘性格鲜明，爱得勇敢泼辣、毫不掩饰、强烈得像燃烧的火；又那样忠贞和执拗；顽强地追求着爱情和幸福，使人感受到略有些野性的粗犷、质朴的性格美。

再如彝族故事《阿果斗智》，不仅记叙了彝族奴隶制度下，娃子的悲惨遭遇，而且证明了卑贱者最聪明。娃子阿果反复与主人斗智，取得胜利并戏弄了主人。但是，权力掌握在统治者手中，阿果终于没有逃脱被迫害的命运。主人用剧毒药水浸泡马鞍垫，阿果来不及躲避，中毒而死。临死前，他与主人进行了最后的智斗，终于置主人于死地。阿果死后，妈妈、妹妹根据他的嘱托把他的尸体放在火边，右腿压住左腿，靠柱子坐着，手里拿一管巨尔管孔对着嘴，捉了一只蜜蜂放在管里，使巨尔发出悠悠的声响。主人的女儿来探查情况，回去说："阿果没死。"主人听了很纳闷，奇怪他为什么没有中毒，拿来马鞍垫闻，立即中毒身亡。

第三个特点是故事的语言。随着搜集工作的深入和强调忠实记录，记录很多故事注意保持了群众的生动语言。这一点比起五四到30年代搜集民间故事的初期，更是前进了一大步。那时，虽然提倡平民文学，但大多还是使用知识分子语言，而恰恰没有记录和保持"平民"的活的语言。语言是构成文学作品的基本元素，故事是否生动不仅在于内容，不仅在于故事的传奇性，语言也起着决定性作用。生动的语言才能表现鲜明的主题和感人的情节。群众的语言富于形象思维，是最准确、最生动的。如果舍去群众的语言，而改用知识分子腔，就会使故事大为逊色。17年来深入搜集工作的成果，我们更加认识到保持群众的语言，对于记录民间故事的重要性。所以，我们一再提出记录民间故事要用群众自己的语言，以保持其淳朴自然和特有的民族色彩。

随着搜集工作的开展，民间故事的研究也取得了一定的成果。1958年是民间文学工作发展的黄金时期。那年召开的全国民间文学工作者第一次代表大会上提出了编辑出版全国各地民间故事丛书的计划。北京大学中文系1958年编写的《中国文学史》、中国科学院文学研究所的《中国文学史》、北京师范大学中文系的《中国民间文学史》、中国科学院文学研究所组织全国各地编写的中国各少数民族文学史和文学概况丛书（现由中国社会科学院少数民族文学研究所继续进行）中，都反映了民间故事的研究成果。散见于各种报纸杂志的作品评论与理论文章，包括了神话、传说、民间故事、寓言、笑话、民间童话、近代革命故

事、社会主义时期的新故事等许多方面，关于民间故事的搜集整
理问题，也屡有阐述和讨论。

此外，还有一个显著特点就是民间故事的搜集不限于作家、
艺术家和一般文艺工作者，参加这一工作的还有语言学家、历史
学家和民族工作者。特别是语言学家和民族工作者作了大量的记
录工作，他们记录的民间故事是很忠实的。新中国成立以来，参
加民间故事搜集工作更多和更广泛的是中、小学教员、文工团
员、各县文化馆员、中学生、机关干部以及农民、工人等，他们
形成了民间文学搜集工作的基本队伍。

新中国成立以后，搜集民间故事的目的首先是为人民服务，
为社会主义教育服务，这是实践毛主席文艺方针的一个可贵的传
统。但是，由于"左"的路线的束缚和影响，只注意作品的教
育性，而忽视搜集民间故事的科学目的和搜集整理方法的科学
性，使得民间故事传说的搜集和研究工作在有了新的起点，并取
得显著成就的同时也存在着一些问题。

第三个时期："文化大革命"到现在。

"文化大革命"的十年动乱，使民间故事的搜集与研究遭到
了很大的破坏。不仅中断了十年之久，销毁了大量的宝贵资料，
更重要的是在思想上造成很大的混乱。民间故事被当作"毒
草"、"破四旧"的对象，搜集者受到迫害，群众也不敢再讲故
事了。

粉碎"四人帮"以后，拨乱反正、批判极"左"思潮，整
个民间文学工作迅速得到恢复，在很短的时间内，中国民间文艺
研究会就有28个省、市、自治区恢复和成立分会或筹备组，远
远超过"文化大革命"以前只有8个分会的情况。各分会、各
地区在"抢救第一"的口号下，对各民族的各种形式的民间文
学作品，重新进行搜集，其中民间故事特别受到重视。

全国公开发行的民间文学专业刊物，"文化大革命"前只有过两种，现已增加到 20 余种（不完全统计）。各地文艺刊物上，也大都开辟了民间文学专栏，发表民间故事。省以下的地区也纷纷出版民间文学刊物和选本、小册子，例如：福建一个省就有地区刊物 5 种，漳州地区《水仙花》；福州《榕花》；晋江地区《晋江》；老溪地区《艺山》；建阳地区《武夷山》，这些刊物上都发表了本地区、本民族的民间故事。再如，浙江一个省印行民间故事和选本就有 20 种（其中公开出版者 6 种）。

从出版工作来看，近两年来由出版社出版的全国各地的民间故事集就有 71 种，另外，还有大量内部发行的民间故事选集和资料。比较系统地编辑出版的各民族、各地区的传说和故事比以前多了，类别的广泛也是过去任何时期所没有过的。比如：关于名山大川的风物传说，许多地方都在记录、搜集，正式出版的已有 14 种：《西湖民间故事》、《黄鹤楼的传说》、《杭州的传说》、《浙江的风物传说》、《五大莲池的传说》、《桂林山水传说》、《镜泊湖民间故事集》、《三门峡民间故事集》、《金山民间传说》、《岳阳楼传说》、《苏州的传说》、《连云港的传说故事》、《峨眉山民间故事集》、《三峡传说》。

对于过去不能给予正确评价的文人、名医、画家、科学家等历史人物的传说，打破禁区进行了广泛搜集。如：湖南的屈原传说；山东的王羲之传说；四川的三苏（苏洵、苏轼、苏辙）传说；苏州唐伯虎的传说；湖北的华佗和王昭君的传说；山西的傅青主传说；安徽孙思邈的传说；涿鹿县的张飞及其他三国人物的传说；易水县的荆轲的传说等。并且发表了过去不能发表的包公、海瑞等清官的传说，秦始皇、朱元璋、赵匡胤、刘邦、刘秀、诸葛亮、岳飞、韩信、刘伯温等所谓"帝王将相"的传说。清官和帝王将相，应当根据历史唯物主义的原则予以正确评价。

在民间传说中，人民对他们是有公正的评价和描述的。凡是对人民作出功绩的，人民就会赞扬他们，并世世代代传诵他们的故事。

关于动、植物故事，30 年代虽也注意搜集了，但远不够广泛。现在，不同地区、不同民族、不同行业都对其特有的动物故事、植物故事进行了搜集，编选成册出版并较有特色的有：福建的《海洋动物故事》、浙江的《东海鱼类故事》、广西各民族的《广西民间动物故事》、安徽的《中草药故事》、东北的《长白山人参故事》等。许多人数较少的民族也都有自己精彩的动植物故事，陆续发表在各种刊物与内部资料中。如：云南佤族就有一系列老虎和小动物的故事：《老虎和小兔》、《老虎和蜗牛》、《老虎和螃蟹》、《老虎和地鼠》、《老虎和麂子》、《老虎和穿山甲》、《老虎和扇子鸟》、《一只好胜的老虎》等都很有情趣。如《老虎和蜗牛》说明骄傲者必败的道理。蜗牛走得很慢，骄傲的老虎非常看不起它，要和它赛跑。双方约定，途中老虎喊蜗牛，如果不答应，就说明蜗牛落后了，输了。比赛开始了，老虎一下就跑出好远，它以为蜗牛落后了，就喊了声"蜗牛"，前面立即答应："我在这里！"老虎赶忙往前跑，叫"蜗牛"，前面又答应："我在这里！"老虎更急了，拼命往前跑，再喊"蜗牛"，前面又答应："我在这里！"老虎不顾一切地往前跑，再喊"蜗牛"，前面还是答应："我在这里！"可把老虎吓坏了，认为自己输了，夹着尾巴溜了。原来，蜗牛早已和同伴商量好，在赛跑的路上一段藏一个蜗牛，互相响应。

近年来还出版了各省和各民族故事选 20 余种，其中包括了《台湾民间故事选》和《台湾高山族神话故事》。还按类别编选出版了《少数民族机智人物故事选》、《中国民间爱情故事》、《寓言选》、《童话》，等等。

近两年来，我们注意到与民俗、社会历史的调查联系起来进行搜集，为民间故事的研究开辟了更加广阔的道路。上边提到新中国成立后我们是沿着解放区的革命文艺路线前进的，首先注意到故事的教育作用当然是正确的，但是在"左"的干扰下，孤立地、片面地强调了这个"教育作用"，从而忽视了民间创作的学术价值和美学价值。长期以来，不大注意民俗学和社会学等科学研究的需要，主张作品可以随便修改加工的错误观点也就由此滋生了。他们没有看到民间故事、民间文学的多功能性。这对于民间文学研究工作是很不利的。现在，我们正在清除这种"左"的倾向，提倡科学地对待民间故事的记录和搜集工作，以便发挥其多方面的作用。这也是目前我们搜集民间故事工作的特点之一。

总的来说，"忠实记录，慎重整理"的原则现在已为大家所公认；事实也证明那些好的、精彩的故事，都是因为保留了民间故事的本来面目和风格。但是，这个问题今天还未得到完全解决，还有一些人不赞成忠实记录，而强调改编、加工，他们认为只有经过他们的修改加工，才可以使民间故事在社会主义时期发挥教育作用，并由于他们的加工，使故事更完美、更有艺术性。事实上这是一种误解。30年代进步的民间文学工作者、出版家就曾提到过，故事不要随便改，因为民间故事有其特有的民间风味。民间故事一经修改加工，不仅丧失了科学研究价值，而且首先使它丧失了学术价值和美学价值，使人们看不到真正的民间创作。

近年来，录音机的普遍使用，是进一步保证记录忠实性和语言生动性的良好条件。这不仅是30年代无法相比的，就是"文化大革命"前也是力所不能及的。当然，我们并不否定在录音机使用之前那个很长的时期，直接用文字记录的许多好的故事，也不否定今天仍可使用这种方法进行忠实记录，只是说录音机的出现和使用，更有利于准确、完整地记录下群众用自己的语言传述的民间创作，从而使故事增加光彩，并且也加快了记录的速度，有利于进行抢救。

研究工作必须是搜集先行。所以过去有很长一段时间，我们主要是抓搜集工作。近几年强调和加强了研究工作。1979 年 2 月在昆明召开的少数民族文学史和文学概况编写工作座谈会以后，写史工作促进了各民族的民间故事的研究，同时也带动了搜集工作。不少省、区都在有计划地进行本地区各民族民间故事的记录和研究工作。有些地区随着本地特有的故事、传说的搜集，逐步进入了专题研究；如：云南傣族地区《阿銮故事》的研究；新疆的《阿凡提故事》的研究；镇江金山地区《白蛇传》的研究。

在研究方法上，近年来很多同志谈到比较研究法，如果在历史唯物主义和辩证唯物主义的指导下，力求避免唯心主义和形而上学，通过不同民族、不同时期或不同领域的民间故事作比较研究，探索其源流、演变或传播交流的情况，认识其异同的特点，就可加深对民间故事的本质和规律的理解，那么这种比较研究是可以收到很可喜的效果的。

其实，这也是个老问题了。五四时代歌谣研究就用了比较研究法，不久又扩展到神话的研究，如：吴湘渔的《太阳的故事》，把中国的太阳神话传说和希腊、印度、秘鲁、埃及、美国以及印第安人的神话作了比较研究。这种研究对于太阳神话的产生和人类认识自然的过程都是很有意义的。现在大家认识到这种方法的必要性与科学性，广泛加以采用。如：研究中国文学史的人也注意到神话除了汉族的神话，还应当收入各少数民族神话。在云南，有人进行了云南少数民族神话的比较研究。这种比较研究在民间文学研究工作中显得很有特点，很有生气，不仅丰富了中国神话的研究，而且丰富了文学史。

有些同志把中国民间故事与日本民间故事进行了一些比较研究，从中日两国流传的民间故事中有一些基本情节一致而又各有特色的情况，看到中、日两国两千多年前就有过频繁的文化交流。

就艺术水平来讲，近两年的作品也有很大提高，不断有新的发现。这些故事不仅情节曲折动人，语言清新刚健，那些奇特迷人的浪漫主义色彩也是作家文学不易企及的。有些故事还短小精悍、寓意深刻、给人以深刻的启示。

从五四到新中国成立以后，在半个世纪的短暂时间内，包括民间故事在内的民间文学的搜集和研究取得了巨大的发展。

五四时代兴起民间文学这门新学问，是从搜集和研究老百姓的口头文学创作开始的。当时一些进步的作家、学者刘半农、周作人、沈兼士、顾颉刚、郑振铎等都注重学术研究。他们成立了歌谣研究会，随后又成立了中国民俗学会，研究歌谣的目的，第一个是"学术的"，第二个才是"文艺的"。在马克思主义介绍到中国来的同时，西欧的各种流派纷至沓来，其中民俗学、人类学对民间文学的搜集和研究也有不小的影响，民俗学在中国被认为是很重要的一个学科。周作人在民俗学与民间文学方面都有过一些精辟的论述；郑振铎写了《中国俗文学史》；疑古派的顾颉刚则把神话传说作为史学的课题作了历史的论证；语言学家沈兼士则从语言学的角度论述民间歌谣或加以考订。及至 30 年代，以广州中山大学语言历史研究所为基地的中国民俗学会，则更是从民俗学的角度进行民间文学书刊的出版和研究工作。

新中国成立初期，我们成立了中国民间文艺研究会以后，民间文学是作为一门独立的学科提出来的，是人民政权下产生的一

件新的事情。与此同时，解放区的革命文艺工作传统迅速普及全
国。民间文学工作也是在文艺为人民服务的旗帜下前进的，因此
更多地注意了作品的教育作用。对于与民间文学关系密切的民俗
学研究在开始一段时间重视不够，对民间文学的科学价值及其多
功能性也不够重视。"文化大革命"以后，我们总结经验，重新
认识和肯定了民间文学作为人民的一种特殊的历史记录和民族的
文艺创作，必须既注重其文艺价值，也注重其科学价值，应在我
们的事业中充分发挥它的教育作用、认识作用和美学作用。目前
我们的工作就是这样部署的，对民间故事的记录研究说来，也是
这样的。

目前我国民间故事的搜集和研究工作发展形势很好。民间故
事传说是人民文化宝库中一个最吸引人的部分。我们将坚持这一
工作，以期把我国各族人民的故事遗产全部发掘整理出来，我们
要注意研究各族人民和各地区所特有的动人故事，也要研究在社
会主义时期民间故事的新发展。我们也需要将中国的民间故事与
世界各国的民间故事作比较研究，将中国与东南亚及亚洲各国的
民间故事作比较研究。我们特别欢迎中、日两国的民间文学工作
者共同进行这种比较研究。日本专家们在这方面已经有不少的成
就。希望中、日两国在民间故事的研究方面，交流合作，作出更
大的贡献。

1981 年 4 月 29 日

论孟姜女故事

孟姜女故事是我国著名传说之一。1983 年，河北省民研会和秦皇岛市文联在北戴河联合召开孟姜女故事学术讨论会，这是近几年我国民间文学研究工作活跃发展的又一个新的标志。

孟姜女故事研究发端于 60 年前的历史学家顾颉刚先生，但召开孟姜女故事专题讨论这还是第一次。这次讨论会完全是在新的历史条件下进行的，既有学术问题，也有迫切的现实问题需要研究解决。

比如，粉碎"四人帮"以后姜女庙又开放了，成了一个旅游点，中外游人每年不下几十万以至百万人之多，首先有一个怎样向广大游人介绍孟姜女的问题，对孟姜女故事应该怎样评价？同建设社会主义精神文明能否联系起来？孟姜女是一个传说人物，哭倒长城是故事中的一个最激动人心的情节，可是有人说"长城不能倒"，因为据说"长城是团结御侮的象征"，甚至说对于华侨或外国人，长城还是"中国的象征"，那么，长城是绝对

这是我 1983 年参加北戴河"孟姜女故事讨论会"的论文，曾在《民间文学论坛》发表，删去了一些段落和例子。

倒不得的，让一个孟姜女出来哭倒长城，岂不是公然损害中华人民共和国的伟大形象吗？由于同样理由，以孟姜女为题材创作的戏剧、舞蹈，也都通不过。一提到哭倒长城，就会冒出对秦始皇的评价问题；一写到哭倒长城，又想避开秦始皇，可又避不开。这大概就是写孟姜女题材的剧本所以被"枪毙"的原因吧？姜女庙有这样一副文天祥写的对联：

秦皇安在哉万里长城筑怨
姜女未亡也千秋片石铭贞

今天，你怎样向游人们解释这副对联呢？能够避开对秦始皇的评论吗？万里长城筑怨，"筑"的什么"怨"？谁的怨？怨谁？文天祥能够替人民说话，批判秦始皇的暴虐，难道我们今天反而不如古人吗？"姜女未亡也"，也是真的。因为今天恐怕比过去任何时代到姜女庙去游览的人都多。姜女庙唤起了人们对这位敢于反抗秦暴政的女性的美好回忆。一个民间传说人物，人们却为她立了庙，全国为她立庙的也不只是山海关一处。那么，对孟姜女到底应怎样看待？"片石铭贞"，端在一个"贞"字，姜女庙原称"贞女祠"，又应怎样解释这个"贞"字？这都联系着应当如何正确评价民间传说中的孟姜女。

以上情况表明，在对待孟姜女传说上今天还需要肃清"左"的流毒，还需要解放思想。解放思想不是要偏离马克思主义、毛泽东思想的正确立场，而是要回到这一根本立场上来，站在无产阶级的立场上，用马克思主义的观点分析和介绍民间传说孟姜女，宣传人民的观点，批判封建阶级的观点和各种极"左"观点。这样就可以对人民、对游览姜女庙的人进行历史唯物主义的宣传，进行建设社会主义精神文明的教育。正确评价民间传说，发扬人民的革命精神，批判封建迷信思想与歪曲历史事实的极"左"思潮及简单化的"左"倾观点，提高科学研究水平，是建设社会主义精神文明的重要内容。在孟姜女故事研究中，我认为，如何理解和正确评价孟姜女这样一个民间传说中的典型人物，乃是一个关键性的核心问题。

一　肃清"左"倾流毒问题

第一，孟姜女故事是一个传说，它是人民大众的口头文学创作，不应当把文艺创作同历史混淆起来，不应当机械地要求文艺创作的内容与历史完全一致。比如，赵州桥原是李春修建的，传说却是鲁班修的，而且还说是鲁班和他的妹妹比赛谁修得快，一夜之间修成的。你能以历史事实去核对？北京故宫紫禁城的八角楼也传说是鲁班按照蝈蝈笼子的样子修的呢，你也能够用历史事实去核对吗？一个文艺作品，它是在一定的社会历史条件下产生的。它反映了当时社会生活的某一个侧面，甚至是反映了与人民的命运休戚相关的社会问题。这种反映当然是真实的，而且是更集中的典型的反映。这种真实同历史才是一致的。孟姜女故事，是封建时代人民反对以秦始皇为代表的徭役暴政下产生的一个爱情悲剧，如果没有秦始皇修长城的残酷徭役，就不会产生孟姜女万里寻夫致死的悲剧；它之所以长期引起广大人民的共鸣和同情，就因为人民深感徭役之苦和暴政之残，秦始皇的修长城被人民视为徭役暴政的集中表现，人民把秦始皇看作历史上典型的暴君，这与秦始皇作为一个封建帝王有其残暴的一面是相符合的。秦始皇有其不朽的历史功绩，然而他确是中国历史上有名的暴君。对于他的功过，也应一分为二，而人民所讲的他们深受其害的一方面不仅是真实的，也是值得予以深切同情的。旧时代的历史学家对秦始皇的评价也是比较公正的，说是他第一个建立了封建集权制统一了中国，书同文，车同轨，制定了度量衡等，这都是他的历史功绩。但他为了世袭王位永保江山，怕人民起来反抗，便收天下兵器，铸为金人；害怕知识分子造反，焚书坑儒；还在陕西骊山下建阿房宫，修秦陵，筑长城，不顾人民的死活。他一方面派人到东海求长生不老之药，一方面在秦陵四周的地下埋上成千上万的秦俑即禁卫军。他死后还要四门有驻军保卫呢！临潼展览出土的3000秦俑也还只是从秦陵的一侧挖出来的一部分。不只这些陶制秦俑，我还看到尚未展出的铜铸车马。正是在这广征徭役的过程中，被征去戍边的陈胜、吴广，因怕误期斩头而揭竿起义的，秦朝遂二世而亡。

民间传说的孟姜女故事反映人民反对秦始皇的徭役暴政是完全正确和真实的。这种反抗同陈胜、吴广的起义也是一致的。农民起义使秦王朝遭到覆灭，乃是其残虐暴政发展的必然结果。反对徭役暴政，关系到人民的切身利益，这是人民的观点，是人民反对封建暴君统治的正义行为。怎么能够由于秦始皇有其一定的历史功绩，就把人民的反对封建统治的斗争、反对暴君的斗争，说成是不对的或不好再提了呢？那么，陈胜、吴广的农民起义还能不能提？

第二，不要把古人与今人混淆起来。文学创作中的历史题材的作品，民间创作中反映历史斗争的传说，都是为了让人们认识历史，吸取历史的经验，不一定是借古讽今。文学作品中借古讽今当然也是有的。不能因噎废食，认为历史题材都不能写了，秦始皇也不好写了，甚至长城也不能写了。这不仅是把文学创作与历史混为一谈，也是把古人与今人混为一谈。我们在进行创作的时候要严格遵守历史唯物主义的原则，写秦始皇就是秦始皇；今天的观众和读者，自有鉴赏能力，是不会把历史与现实混淆起来的。

第三，孟姜女传说，也像任何其他文艺创作一样，运用了浪漫主义的表现方法，这种表现方法，从某种意义上说，是现实主义的方法所不能企及的，它能够更高地因而也更加充分地概括和反映现实生活，表达人民的思想感情。哭倒长城，即是一例。孟姜女万里寻夫，好不容易走到长城脚下，却听到万喜良已死且被埋在长城中，她悲痛之极，号哭得天昏地暗，飞沙走石，长城倒塌了八百里。这种奇异现象的出现，不过是民间作者把孟姜女的悲痛描绘到了如此惊天动地的地步，是出于人民的想象和艺术虚构，同时因城崩露出万喜良的尸骨，这是故事创作的惊人之笔。

　　有人说，崩城一节是来自汉代的"天人感应"说。汉代的王充就很讲实际，他是不承认"天人感应"，不承认有哭倒长城一说的。他说"或者城适自崩"，认为"世人务虚，不原其实，故崩城之说至今不灭"（《论衡·感虚篇》）。对故事中出现这种奇异现象，应当允许这样或那样的分析解释，各抒己见。我们当然不相信古人的"天人感应"说。我认为，对于民间传说，应当从文艺创作如何塑造典型人物，如何表达人民的思想情感来剖析作品。谁也知道长城是哭不倒的。如从民间创作中常有的浪漫主义表达方法来看崩城的情节，就很合情理。说"哭倒长城不符合自然规律"，这是缺乏文艺创作的一般常识。孟姜女传说中，还有用棍子顶住三个太阳或把太阳钉在那里不落的情节，也有说是12个太阳轮流晒，而且两天才给民夫吃一顿饭，能说这也都不符合自然规律吗？这些描写不过是一种夸张，也无非是说明秦始皇的暴虐到了何等残酷的程度，让修长城的人日夜干活，不得休息，因而累死、苦死的很多。也有的故事里说，孟姜女中途遇到一个老婆婆，同情她走路艰难，就往地上铺开一块手帕，让她站在上面，手帕就飘起来把孟姜女送到了长城脚下。这些也都是用一种神话式的手法即浪漫主义的表现方法，或描写秦始皇的残暴或叙述人们对孟姜女的同情。民间创作常有的这种神奇的、极度夸张的浪漫主义表现方法，乃是人民智慧的产物。梁祝死后化为一对蝴蝶双双飞走，马文才也变成了一只黑蝴蝶跟在后面飞。另外，白蛇传传说还说蟹壳里坐着一个老法海呢！难道你能指责这些描写都不符合实际情况吗？

二　孟姜女故事的思想内容与社会影响

我看过一些孟姜女故事的异文、民歌及其他形式的作品之后，首先产生一个引人深思的问题，就是孟姜女这样一个传说人物，为什么会如此深入人心，经久流传，遍布全国，家喻户晓，甚至在少数民族中也产生了具有不同民族特点的异文。当然，民间歌曲和戏曲表演是起了很大的宣传作用的，历代诗人、墨客的诗文，地方官吏为孟姜女树碑立传，也都起到了推波助澜的作用。然而，孟姜女故事传播得这样广泛和深入人心，我以为最重要的乃是因为故事本身激动人心，引起人们的同情。孟姜女这样一个在封建暴政统治下的妇女，残酷徭役破坏了她的婚姻，她被逼得走投无路，千里寻夫，从而变成了一个很有代表性的刚强不屈的女性。孟姜女故事深刻地反映了封建统治时代广大人民反对徭役暴政的一种强烈的思想感情。孟姜女是民间创造的一个很有教育意义的典型人物。

不少的学者对孟姜女故事进行历史的考证，探求传说的发展演变，这种学术探讨对于了解孟姜女故事的产生和变异，是有益的，也是必要的。但是，谈到对这一民间传说的评价，谈到为什么民间创造出孟姜女这样一个典型人物；那么，从文学的角度阐明产生这个作品的社会历史根源及其丰富的教育意义，我以为仍然是最根本的。

这就不能不谈到孟姜女故事反映的是什么主题？是反徭役

呢，还是歌颂爱情的忠贞？或者像有的同志所说的，反徭役是主要的，不应强调爱情的主题。可是搞创作的同志都考虑应以写爱情为主题，而削弱哭倒长城的内容，更不用说反秦王朝的徭役暴政了。段宝林同志的论文有很好的见解，但关于孟姜女故事的主题思想，他的提法我认为不甚妥帖。他说：孟姜女故事"它不是一个婚姻悲剧，而是一个具有更广泛意义的社会悲剧"。此话后半句不错，前半句值得商榷。孟姜女故事中的徭役暴政，是通过爱情、婚姻的被破坏而反映出来的。它是在特定的历史环境下产生的爱情悲剧。特定环境，就是秦始皇修长城实行残酷的徭役政策，使得民不聊生；而通过孟姜女和万喜良的爱情悲剧又反映了人民痛恨秦王朝的徭役。反对徭役这条线同孟姜女新婚夫妇的爱情悲剧这条线是紧紧纽结在一起的，或者更确切地说，孟姜女故事是在封建残酷徭役下产生的一个爱情悲剧。而通过孟姜女的爱情悲剧尖锐地表现了广大人民反对徭役的普遍的、涉及千家万户的社会问题，这也就是孟姜女的悲剧所以能够长久引起人们的共鸣而广为流传的原因了。

只强调反徭役而认为爱情悲剧是次要的说法，也是与故事的实际内容不符的，这样就抽掉了悲剧的核心———一个爱情的悲剧，一个秦始皇暴政下产生的家庭悲剧；这样，也就无从看到徭役之苦了。徭役之苦，就苦在它破坏了一对青年男女的新婚，造成永远无法弥补的悲剧。以孟姜女为题材，作家、艺术家完全有自由可以从不同的角度写，但如果抽掉秦始皇的暴虐，孟姜女与万喜良的爱情悲剧就必然流于软弱无力或一般化，它也就难以引起人们广泛深切的同情。

孟姜女故事不可磨灭的社会意义，就在于它是一个封建时代的社会悲剧，这个悲剧通过孟姜女与万喜良的不幸的爱情遭遇，表现了反对封建暴君的坚贞不屈的革命精神。

其次，孟姜女这个典型人物，她是一个反对封建礼教的典型呢，还是一个"孝感动天"维护封建礼教的贞妇烈女的典型呢？的确，不同阶级立场的人，存在着截然相反的两种看法。封建卫道士们当然把她看作是甘于为维护封建礼教牺牲的贞妇烈女。那个时代的妇女也不可能没有从一而终的贞节观念，然而在深受封建压迫的广大人民看来，孟姜女是敢于走出家门寻夫、反抗封建暴君的佼佼者，她是一个反抗封建暴政而最后只能以殉情告终的勇敢妇女。在封建制度和封建礼教的残酷统治下，孟姜女故事出色地反映了广大人民反剥削、反压迫的斗争。她这样一个"鞋弓袜小，步履艰难"不顾千山万水去万里寻夫的孱弱妇女，最后竟敢同秦始皇交锋，以死相拼，反抗到底，不能不令人折服敬佩。所以李白的诗中歌颂她是"东海一勇妇"。

孟姜女这个典型人物，从寻夫到逼婚不就，是否前后性格上有不统一的问题呢？有人有这样的考虑，说她是一贤淑女子，后来竟敢与秦始皇面对面地斗争，似乎不甚合理，显示了性格上的不一致。我以为从孟姜女寻夫的始末看来，在性格上前后是一致的；强烈反抗的性格，是在暴君面前表现出来的。品性贤淑的女子，未必没有强烈的性格。孟姜女如无坚强的个性，根本就不会走出封建家庭，万里迢迢地寻夫。在她遇到秦始皇逼婚的时候，她敢同皇帝面对面地斗争，是她痛恨徭役破坏了她的婚姻而仇恨之极的总爆发。这里她的不屈从同她的忠于爱情和反抗暴君的迫害是完全一致的。她的行为使英雄为之折服，不只在于哭倒长城，而尤在于她挫败了秦始皇。当然，这是人民的创作。有人认为秦始皇逼婚与孟姜女的面对面反抗和斗智是后加的，那么，这也应该看作是民间创作的发展和变异。口头创作的这种发展恰恰说明了人民反对封建暴君统治的普遍心理。

长城的修建并非是自秦朝开始。而秦始皇却是西起临洮东至临榆的大规模的长城修建者，徭役之苦确是遍及全国。虽然历代都修过长城，齐和隋修长城徭役尤重，因而对孟姜女故事的流传也起了作用；但秦始皇给予人民的徭役之苦绝不因此而有所减轻，少招怨恨。相反的，他的专制暴虐最有代表性，人民直接指斥他是不错的。这是形成广大人民普遍同情孟姜女，以至把她塑造成一个历史上罕见的敢于同封建暴君作斗争的惊天地、泣鬼神的坚强女性的根本原因。孟姜女故事中最激动人心的情节，是历尽艰险、万里寻夫、雪里送寒衣，而终于未能见到丈夫，哭倒了长城；再就是最后秦始皇要纳她为妃，她提出条件智斗秦始皇，以自尽反抗到底，或者像传说异文中所说的，她负骨而归，途中力竭而死。总之，她最后以一死了之。"天堂有路偏不去，地狱无门闯进来。"她是以这种彻底的反抗精神来对付她面前的横祸的。所以说，孟姜女故事是人民反对封建徭役制度下产生的一个爱情悲剧。

　　"任何一个时代的统治思想始终都不过是统治阶级的思想。"① 在封建礼教的长久约束与熏陶下自然会有封建伦理道德观念。然而男女双方产生了真挚爱情，妇女对爱情的忠贞，毕竟会成为支配她的行动的主导思想。封建礼教制度与当时的社会舆论，使妇女没有自由择婿的余地，而只能是认定与她哪怕是仪式上结婚的丈夫，这也正是封建制度的法律或不成文的法律约束力量造成的。但是，封建制度的压迫，从来也没有能够使受剥削受压迫的人民完全屈服。妇女是受压迫最重的，她们也从未俯首屈服。男女恋爱也从来是存在的。故事中说万喜良逃到孟家的后花园，孟姜女遇到陌生的逃难者，他们之间产生了爱情。虽然还要遵从父母之命，或存在着只有嫁给第一个看见自己身体的男人的

_____

　　① 《共产党宣言》，人民出版社1971年版，第43页。

古老观念起作用，但男女相悦的故事本身就表现了反礼教的行为。至于有的故事如湖南孟姜女故事、广西毛南族的孟姜女故事，干脆就说他们是自由恋爱结婚的，这同当地的风俗有关，就更不消说是完全不受封建礼教的约束了。孟姜女对爱情的忠贞，由于其具有反徭役、反暴政的政治性质，反映了涉及很广的社会问题，使这位勇敢的妇女的倔强性格更加赢得了千千万万人的同情。甚至人们把民间塑造的孟姜女这么一个反对封建暴政的典型人物，弄到了以假乱真使传说与历史难以分清的程度。

这里，再举一二例子，说明孟姜女故事在民间流传中很易产生把文学的典型创造与历史人物等同起来的现象，孟姜女故事的广为流传，深入人心，达到了什么程度。

湖北的风俗歌中有一种哭丧歌，当地叫"待尸歌"、"孝歌"。这种哭丧歌，就有不少唱到孟姜女的。《待尸歌》内容广泛，到后半夜唱成本大套，取材于话本、说唱、戏曲、小说等。均县有一首长歌《孟姜女哭长城》。短歌中唱到孟姜女的更多，而且把孟姜女与历史人物并列；如十堰市的《报花名·古人》，就是把孟姜女与桃园三结义的刘关张、走南阳的刘秀、把守三关的杨六郎排在一起。七月是唱孟姜女送寒衣哭倒长城。郧西县《孝歌》中有一首《珍珠倒卷帘》，从正月唱到十三月①，又从十三月唱到正月，其中的七月也唱的是孟姜女，另外还有张生戏莺莺，有包公坐南衙，也有刘秀走南阳。把传说人物与历史人物并列，也是把孟姜女当作历史人物来歌唱的。竹山县的《夜锣鼓》、《烧更纸》（即五更烧纸，准备起灵的仪式歌），唱历史从盘古分天地起，其中也唱到孟姜女。这些民歌表明民间缅怀孟姜女在秦始皇修长城的徭役中同丈夫的生离死别，也是把她作为历

---

① 歌中唱了闰年月，故唱到十三月。

史传说来唱的。人们在丧事歌、劳动歌中都唱到孟姜女，这就可见孟姜女的流传多么深入人心了。虽然歌中也有颂扬其贤孝之意。但主要是反映了人民对孟姜女在秦始皇暴政下万里寻夫送寒衣的深切同情。

三　孟姜女传说所反映的两种文化的斗争

孟姜女故事的悲剧，产生在封建社会人民反对残暴的徭役政策的斗争中，反映了广大人民同封建统治阶级的不可调和的矛盾。孟姜女这个传说中鲜明地表现了两种思想、两种世界观的对立：一种是代表地主阶级维护封建王朝的徭役政策，在孟姜女的婚姻问题上极力宣扬和表彰贞节烈女和吃人的礼教法规；一种是反抗封建暴君的残酷徭役与骄奢淫逸而歌颂男女的婚姻自由与真正的爱情。在那个时代，人民没有民主自由，所以只能以悲剧告终。

我看了两类材料。一类是今天尚在民间流传的有关孟姜女的故事、民歌以及新记录的叙事诗；一类是传奇、子弟书、鼓词、评弹、变文、宝卷、戏曲等民间说唱、戏剧以及变文、地方戏一类历史文献。我深深感到新中国成立后直接从人民口头上搜集的关于孟姜女的民间故事、民歌同书面记载的孟姜女很不相同。我一共看了26篇①民间故事。地区包括湖南、山东、陕西、安徽、湖北、内蒙古、北京、辽宁、江苏、广西等地。这些故事都是来

---

① 大约在1954年，我提议发动搜集四大传说，曾由《民间文学》发了一个征集启事，收到了一部分各地流传的孟姜女故事以及关于孟姜女的碑文记载。后来未能坚持征集，十年动乱中又丧失了大量资料。侥幸我还偶然存有一部分抄稿及《民间文学》上的三篇，共18篇。到北戴河后，又看了秦皇岛市油印材料中的六七篇民间故事。

自劳动人民的口头创作，内容也有两类：一类是孟姜女与万喜良（或范喜郎）都是劳动人民，如万是牧童、石匠、农民；孟姜女也是普通农民姑娘不是小姐，或是小姐却愿嫁给穷苦人；或者是小姐与读书人结婚，那也是人民的口头创作。例如湖南的一篇，说范喜郎是个牧童，常到住在嘉山南麓的孟姜女家周围放羊，偶遇在河边洗衣服的员外的女儿孟姜女，他躲在树上投石头溅湿了孟姜女的衣服，双方对歌相骂以致发生了爱情。范喜郎被秦始皇捉去修长城后，孟姜女每天在山顶一块大石头上远望，因而石头上留下了脚印，至今犹被乡人称为"望夫台"。她给未婚夫做衣鞋怕人看见，到竹林里去做，一时心乱了，一针穿在竹叶上，竹叶上穿了一个小孔，又染上手指上的血，竹叶上小孔的边缘是红的，当地人遂称嘉山的这种竹子为绣竹。孟姜女寻夫到长城找到丈夫的尸骨后，也唱起凄惨的山歌。秦始皇要收她为妃子，她大骂秦始皇，跳入皇宫的大池自尽。①

又如山东的《孟姜女哭长城》②说孟家种的葫芦爬过墙那边姜家的院子里，两家为这棵葫芦应属于谁家发生了争吵。破开葫芦，出来个美女，起名孟姜。后来两家都想让女儿嫁给有钱的人，孟姜却偏愿嫁给一个穷石匠。秦始皇征集民夫修长城，石匠被征去当砌工。秦始皇想霸占孟姜女，心怀诡计，赶修完长城时把所有砌工都封进了长城。孟姜女到长城后知道丈夫已死，哭得百鸟不飞，万兽不行，哭一声，长城倒塌一百里。秦始皇听到后，派人去抓孟姜女，却只听到哭声，不知人在哪里，后来哭声也听不到了，原来孟姜女升了天。长城倒了一大半，秦始皇也气死了。

---

① 记录人：程稼。
② 记录人：郭德修。

　　又如陕西的一篇说，孟姜女家窑壁上的燕子第二年飞回来时，噙一个纸包，里面是两颗瓜子，孟老婆种了一棵南瓜，长过了隔壁姜老婆的墙，姜老婆天天浇水打卡。后来在墙头上结了一个大瓜。两个老婆为争瓜打官司，县太爷亲自用刀给两个老婆分瓜，瓜里却出来一个女孩。于是孟姜两个老婆共养一个女儿。后来孟姜女在河边洗衣服，树上下来一个小伙子，什么也没说就帮她洗衣服。两人洗完衣服，孟姜女见小伙子穿得破破烂烂，顺手给了他一件衣衫。小伙子什么也没说，把自己的一块汗巾给了孟姜女。他们果然在无言中相爱了。秦始皇下令修边墙，千千万万农村青年被吆喝走了，其中也有这个小伙子。后来他连人被筑入长城。孟姜女伤心地哭亲人，一声痛哭，十万里长城齐倒塌。孟姜女辨认不出哪是她丈夫的白骨。口咬中指，点血辨骨。秦始皇骑马冲上来，硬要与孟姜女成亲。孟遂投江自杀。[①]

　　这些故事讲的完全是农村劳动人民的生活，描写了农民的自由恋爱，反对秦始皇的暴力夺妻。他们把孟姜女描写成一个农村少女，或出身地主家庭却甘爱穷人，这也是民间故事中常有的。

　　另一类故事则是人们所熟悉的，说孟姜女是一个员外或官宦人家的小姐，在后花园与一个逃避抓丁的白面书生巧遇结合。这与《同贤记》所记的情节类似，但略有不同，其特点是有一个富于反抗精神的浪漫主义结尾。如安徽的一篇《孟姜女变带鱼》，说孟姜女投河自尽，秦始皇恨之入骨，叫人捞起孟姜女，用铁扫帚扫成细条，丢下河去，从此孟姜女就变成了带鱼。江苏省的一篇有类似的说法，说秦始皇憎恨孟姜女不嫁给他，把孟的尸体用刀割成一丝一丝的，抛入河中，从此孟姜女变成了"面条鱼"。马汉民同志搜集的吴歌长诗《孟姜女》，结尾也与此类

———————

① 记录人：老迈。

似，说昏君秦始皇差人把孟姜女的尸体捞上来后，用铁扫帚撕碎抛入河中，孟姜女的细皮嫩肉在河中变成了银鱼；秦始皇还气不过，又让人把孟的骨头磨碎，骨粉变成了蟥飞子，叮得昏君秦始皇无处可逃。

这一类故事虽然描写的是地主或官宦人家的女儿与书生的结合，但也还是劳动人民的作品。

我之所以要讲这些例子，意在说明在不同地区的作品中，劳动人民都是反对封建礼教，歌颂婚姻自由的。他们强烈反对秦始皇修长城实行残酷徭役政策，破坏了青年男女的婚姻和幸福生活。

两类故事都对秦始皇持坚决反对的态度，极力加以揭露和讽刺，绝不妥协。悲剧的收尾各不相同，大都是孟姜女最后自杀，有的说跳海，有的说投河，有的说碰死在石头上，有的说是投入火中，有的还说龙王接待了她。也有的说孟姜女跳海后，秦始皇为万喜良修的坟自动裂开，飞出一支白鹤，与海中的另一只白鹤双双远飞而去。总之，孟姜女没有向秦始皇屈从，故事中把她描绘为反抗暴君的宁死不屈的人物。

再一大类材料，就是现有文字记载的书面文学和文献，主要是民间说唱文学，从刘半农由巴黎抄回来的敦煌石窟所藏公认为最早的唐写民歌《捣练子》，及各地民歌、民间唱本、文人改作的戏曲以至烈女祠的碑文、地方志等。这些书面文学及文献记载，内容也大体分为两类：一类是民间文学，例如路工编的《孟姜女万里寻夫集》中收录的20首民歌，都是人民同情孟姜女的作品。民间流传的孟姜女唱本与民间故事内容往往相同。鼓词如清代河南刻印的《孟姜女寻夫》，南词如清末四川刻印的《孟姜女寻夫》，还有民国初年上海刻印的《孟姜仙女宝卷》等，都是比较好的。这些唱本说书，反映了民间流传的口头文学与书面文学、戏曲演唱的相互影响；或其本身就是民间文学记录本。而另外一类作品，包括如河北的鼓词《万里长城》、清刻本子弟书《哭城》、清末湖南刻的《孟姜女寻夫》、约于 1920 年上海刻《重编孟姜女哭倒万里长城贞节全传》、清刻《佛说贞烈贤孝孟姜女长城宝卷》① 等，这些作品虽然有的也写了秦始皇的暴虐与孟姜女的悲惨遭遇，然而却篡改和歪曲了民间创作，旨在借孟姜女宣扬贞节贤孝的封建伦理道德、宿命论一类观点，甚至歌颂秦始皇的"皇朝德政"。这些作品，不管是出于文人墨客、宗教信徒的手笔或是民间艺人的说唱，其目的都是为封建统治阶级说教，把孟姜女树立为一个贞妇孝女的楷模，借以向人民群众灌输封建法规或佛教思想。在广西，有"待夫为孝"的风俗，孟姜女被列为"二十四孝"之一。民间艺人唱的鼓词，也反映了两种对立的观点，那是因为封建礼教思想影响之广泛，有的民间艺人是为封建统治阶级唱赞歌的。好些地方有姜女庙、望夫石、姜女坟、姜女山，浙江有苦竹山、陕西潼关有哭泉等传说遗迹。庙宇内也大都有封建时代当地州、县官吏篆刻的碑文。这些庙宇及传说中的孟姜女遗迹，在今天成为吸引游人的名胜古迹，给人们增添了有趣的回忆，孟姜女到底哪里人氏，因为是传说人物，自难定论。这也正是传说的特点之一。但要知道，封建时代立庙树碑的目的大都是为了维护封建礼教，表彰贞妇，提倡贞节，与修贞节牌坊也是异曲同工。

我们看到，对待孟姜女的传说贯串着相反的两条线，即力图宣扬、提倡封建礼教与反对封建礼教，二者截然相反，针锋相对。只要看到民间广为流传，为广大人民所传诵歌唱的孟姜女送寒衣、哭倒长城的故事这条反对封建斗争的线，那条封建统治阶

---

① 上述作品见路工《孟姜女万里寻夫集》，上海出版公司 1955 年版。

级极力维护忠义贞烈一类封建礼教的线就更加明白了。在孟姜女传说流传中的宣扬封建礼教与反对封建礼教的斗争，体现了两种文化的斗争。

四　关于研究方法的几点意见

顾颉刚先生是五四时代著名的疑古派历史学家、民俗学家、民间文艺学家。在民间文学方面，他第一个搜集了吴歌，也是第一个研究孟姜女故事的。他对孟姜女的研究是开创性的，很有成绩的。他对孟姜女进行了历史系统的考察，又进行了地理系统的考察。他所留下的三册《孟姜女研究》和所搜集的大量书面材料，是研究孟姜女的宝贵财富。他曾几次提出要我找人同他合作，以完成他未了的心愿；我也看过他初步汇编的资料，准备由民研会出版，可惜后来未能完成就搁下了。顾先生所理出的孟姜女故事演变的历史线索和他的结论，成为后来者进一步探索、研究孟姜女故事的依据。我以为尤其可贵的是，在他发表了第一篇孟姜女研究论文之后，引起许多人和他通信①，源源不绝地向他提供了各地有关孟姜女的资料，使他"发现了一个新的世界"，这样才使他有条件面向全国对孟姜女作了地理系统的考察。这也给后人的继续研究提供了更多的线索。但我以为，我们不能停留在顾先生的结论上，这不是他的初衷，更不是他后来的意愿。他在第三集的小序中说：

　　我真感幸！我得着这几位同志，他们响应着，引导着，引我到了一个意想不到的世界。

----

①　《孟姜女故事研究》第三集，专门收印38封来信，顾颉刚先生写了不少的按语。

他又说了这样耐人思索的话：

书本虽博涉，总是士大夫们的孟姜女。孟姜女的故事，本不是士大夫们造成的，乃是民众们一层一层地造成之后而给士大夫们借去的。幸赖诸同志的提示，使我得见各地方的民众传说的本来面目。

他还警告式地说：

必须多看民众传说的本来面目，才说得上研究故事！

顾颉刚先生讲的是他的切身体会。当他从博览群书走向要看民众，要看民间传说的本来面目，他看到了一些众说纷纭的材料。他还认识到士大夫们的孟姜女与民众的孟姜女有所不同，要后来者多看民众的传说的本来面目，不可只看传来的东西。这就是顾颉刚先生的结论，是他所看到的民间文学历史发展规律。他给后来者留下了一个很好的忠告。

我的粗浅体会首先是，如先生所述，在看了新中国成立后从各地群众中搜集的民间故事后，感到它们同文人墨客笔下的孟姜女有很大不同。虽然民间说唱或碑志记载也存在一致之处，存在相互影响、相互渗透的情况，但士大夫们在改作他们从民间借来的故事时，确有篡改现象，甚至加以严重的歪曲。

今天我们研究民间文学有一把金钥匙，这就是马克思主义。我们大家都在努力学习运用马克思主义的立场、观点和方法来进行研究工作，可是只有在实践中才能学好使用这把金钥匙。

关于方法问题，我提出几点意见：

（一）在孟姜女研究上，进行历史的考察、考证，还是需要的。科学的考证是很有价值的。但是研究孟姜女故事要取得有科学价值的学术成果，首先就有必要多看流传在人民群众中的孟姜女故事及有关材料，而不可囿于书本的历史资料。因为没有对照比较，不看群众中流传的孟姜女，只看士大夫们从民间借来的、改变了的东西，就不能鉴别真伪，就会不识庐山真面目。使用历史资料也应力求遵循历史唯物主义原则，切忌唯心主义和形而上学。

关于孟姜女的演变，虽然做文章的人不少，到现在似乎还是一个没有完全解决的问题。反抗秦始皇的残酷徭役的孟姜女，与《左传》所载拒绝"郊吊"的杞梁之妻究竟有无演变的历史关系？有人明确否定把二者混为一谈，认为一个是齐侯伐莒，死了一个将军，其妻拒绝"郊吊"；一个是孟姜女反对封建暴君秦始皇修长城施行残酷徭役，二者风马牛不相及。主张演变说的人则认为，从《左传》记载谈起，可以看到孟姜女的演变。谁也承认《同贤记》是一个重要文献，可是现在还无材料说明它所记载的是孟姜女故事的起源。其实这个分歧，五四时期就有一位郑孝观向顾颉刚先生提出过，顾先生写了一个按语给以回答。他说：

> 传说与历史打混，是最讨厌的事，从前有的人因为没有分别传说与历史的观念，所以永远缠绕不清，不是硬拼（杞梁妻与孟姜女为一），便是硬分（杞梁妻与孟姜女为二）。现在我们的眼光变了，要用历史的眼光看历史（杞梁妻的确实的事实），要用传说的眼光去看传说（杞梁妻的变为孟姜），那么它们就可以"并行而不悖"，用不着我们的委曲迁就，也用不着我们的强为安排了。

顾先生的话有一定的道理。的确，不用历史眼光去看历史，就不能认清历史；不以传说的眼光即根据传说的特点去看传说，也不能认清传说。但我想还应当添一句才好，要用历史的眼光去看传说，也就是要用历史唯物主义的观点看传说；否则，也就认不清传说。无论哪个民族的历史，由于文字是后来才有的，远古历史，往往只有神话、传说。汉族的远古历史，也有女娲造人、炼石补天、大禹治水一类的神话传说。陕西黄陵的墓碑上还记载轩辕黄帝化龙升天，也有民间传说讲他是骑龙升天的，这都是把神话传说当作历史刻碑或传诵。有的民族的史诗，也是口传的历史，往往也以神话传说开端，或始终把传说与历史扭在一起。历史与传说缠绕不清，乃是历史的正常现象，问题是后人怎样从远古的传说分析、认识本民族的或人类的历史。口头流传的古代神话、传说，倒可成为研究历史的珍贵材料，因为古代传说中留下了可贵的、蒙着神话迷雾的初民的真实历史。因此只有用历史的眼光去看传说，才能分清传说与历史，在传说中看到历史。用传说的眼光去看传说，除了以传说的特点去看传说才能认识传说这一点而外，也未必能认清传说，因为杞梁之妻可以演变为孟姜女，也可以不变为孟姜女而始终是互不相干的两件事，一个是历史事实，一个是民间传说，"硬分"者固有其人，而且早就有，今天仍然有；如果分得对，就不能说错，本属内容、性质都不相同的两件事，不能说他们是"硬分"。那么，是否还有"硬拼"的现象呢？如果没有有力的论证作依据，那么在论述孟姜女的演变上，就难免存在顾先生所说的"硬拼"的现象。顾先生是很有功绩的，他为我们研究孟姜女走出最初的路子，但由于时代所限，不可能解决他所提出来的一切问题，他的立论也还存在一些需要后人补充和完善的问题。科学的考证对学术研究的成败是极端重要的。只要找到一条有力的证据，就可以成为论断历史或孟姜女传说的有重要学术价值的佐证，打破历史留给后人的一团迷雾。如果搞得烦琐而又得不出任何新结论的考证，或者猜想一番，把最后的论点建立在一种假想的论据上，恐怕是徒劳无益的，也只能引人陷入烦琐哲学与唯心主义。比如《诗经》里有"美孟姜"一个名字，是否就能证明找到了孟姜女故事的更早的起源呢？显然这是靠不住的。同名的人有时是会相混，却不能因为相混就联想到他们可能是一个人或前后两个人。倒不如从传说产生的历史条件来探索它的起源，可能使人增加认识，既能认识历史，也能认识传说。孟姜女故事究竟起源于什么时代？比如是秦时？还是以后北齐或什么时候？汉刘向《列女传》中的《齐杞梁妻》的后半篇是否民间传说？孟姜女是秦地即陕西人氏，还是齐国所在地的山东？对诸如此类的问题，现在都尚无定论，尤其是对齐杞梁妻的故事演变为孟姜女故事的说法，很多人都停留在顾先生的这一结论上，仍不免有"硬拼"之嫌。希望熟悉古书的同志多做一些确切的考证，能找到几条、哪怕是只有一条确凿有力的论据来说明孟姜女故事的起源问题，这就是对科学研究的新贡献。

（二）我们要更好地认识孟姜女传说，了解产生它的社会历史根源、思想意义与社会影响及艺术上的成就，还需要做更多的实地调查采录工作。河北省民研会和秦皇岛市联合举办的孟姜女讨论会，是孟姜女研究的一个新的开端。从全国范围看，孟姜女的故事、歌谣及有关历史遗迹、文献还远远没有搜集完全。我看到的孟姜女长诗，有湖北的一篇阴歌，江苏的一篇吴歌，有杜成娴同志抄的通化市夹皮沟的一首长歌，其他地方有无孟姜女长诗还不知道。关于孟姜女的民歌、民间故事、民间说唱，还有待继续搜集。广西的过伟同志调查了壮族、毛南族、侗族、仫佬族四个民族中不同形式的孟姜女传说。其他民族中流传情况，我们还了解甚少。我建议再发动一次全国性的孟姜女搜集、调查工作。我们要学习顾颉刚先生注重多看民众传说的本来面目的精神，我们今天的条件比顾颉刚先生当年单人独马闯江山的条件好多了。苏联学者李福清写了一本《孟姜女与万里长城》，他曾向中国一些省、区发信，搜集到不少材料。毫无疑问，我们今天有条件搜集大量的材料。我们应当作更深入而广泛的全面调查，编辑出版一卷或几卷新中国成立后搜集的孟姜女材料，包括一些重点地区的调查报告，这就可以使孟姜女研究再打开一个更广阔的世界，获得更多的研究成果。

1983 年 8 月 17 日

（原载《民间文学论坛》，1984 年 2 月）

从《白蛇传》的演变看民间文学的整理和改编问题*

一

神话故事《白蛇传》是一个内容奇特也很有意义的著名传说。它就产生在杭州、苏州和镇江一带。今天在雷峰塔的故址西湖畔由浙江、江苏、上海两省一市联合召开《白蛇传》学术讨论会，是很有意思的。

这次会议开得很成功，在对《白蛇传》的探讨上取得了丰富的成果，也有一些值得注意的经验，比如：

一、收集了大量的新材料，特别是镇江、苏州、杭州都记录了本地区流传的关于《白蛇传》故事传说，这就使我们能够把今天在群众中流传的故事和历史文献记载对照研究，互为印证。劳动人民传说的白蛇故事同封建时代文人笔下的《白蛇传》传奇尽管有相互影响的关系，也有因时代的推移而产生的

---

* 本文为 1984 年 4 月在西湖"《白蛇传》讨论会"上的发言。

差异，二者毕竟有所不同，存在着两种立场、两种世界观的对立。明末冯梦龙改编加工的宋人话本小说《白娘子永镇雷峰塔》被公认为是现存《白蛇传》故事最早也最完整的本子。从冯梦龙的改编本到清初方成培的《雷峰塔传奇》，都把法海写成神佛的权威代表，而民间流传的故事中对法海却是持贬低蔑视的态度，说法海镇压白娘子不过是为了报私仇，因为白娘子发现了他调戏烧香的妇女；或者说白娘子吃了他的仙丹；他的三件法宝也不是如来佛交给他并委以重任要他去收白蛇妖孽，而是他在如来佛睡着时偷来的。这都证明老百姓的观点同鼓吹佛法无边的说法很有不同之处。如果说在宋人话本之前没有留下当时民间流传的白蛇故事的历史记录，使我们无法探知民间传说的原貌，那么今天从民间搜集的故事，对于我们研究《白蛇传》故事的历史演变便具有重要意义。这就使我们对《白蛇传》的研究可以迈出文人加工、改编的话本、剧本以及民间唱本的范围，有新的发现。当然，在民间艺人的说唱中也存在着截然不同的两种观点和唱法。

至于手抄本、刻印本以至某些珍本的新发现，对学术研究自然也是很重要的贡献。

在这次讨论会之前，浙江民研会还向全国各省征集了大量有关的戏曲资料，并做了索引，这也是为这次讨论会和今后《白蛇传》的科学研究有计划地做了材料准备工作。

这叫作"兵马未到，粮草先行"。

二、参加这次讨论会的人，不限于民间文学专业工作者，还有古典文学、戏剧、民俗学、美学、教育、出版、旅游等各方面的专家和热爱民间文学的朋友。这种综合性的、多角度的探讨交流，使我开阔了眼界，使我们可以从多方面和更加深入地认识《白蛇传》这样一个内容复杂而为人们所广泛喜爱的作品；对于研究《白蛇传》的历史演变和它在今天现实生活中的意义很有好处，同时也取得了各方面的合作和支持。

三、尤为重要的是，与会同志都干劲十足，对《白蛇传》作了长时期的认真钻研和探索，而且会上思想活跃，各抒己见，因而这次讨论会是卓有成效的，提高了我们的文艺科学研究的水平。

召开《白蛇传》讨论会在新中国成立后这还是第一次。解放初期，报刊上曾进行过一次对《白蛇传》的讨论，那是从戏剧《白蛇传》的改编问题和演出引起的。那次的讨论也涉及了民间文学。这次的讨论会则是由民间文学界召开的，从中也可以看到民间文学工作的蓬勃发展状况。我们这次讨论不但增添了许多来自民间的新材料，而且有条件对《白蛇传》这样一个著名传说进行多角度的、全面的研究和探讨，从而使我们可以更好地评价这个神话故事，并且使它在社会主义现代化建设中发挥作用。

这次讨论会可说为《白蛇传》的科学研究树立了一块新的里程碑。对今后说来，又是一个新的良好开端。《白蛇传》这样一个反映封建时代的中国妇女为追求爱情婚姻自由而敢于同封建势力直接作战的神话传说故事，我们除了要继续在学术上进行历史的考证和研究而外，同时也应充分地注意它的现实意义。比如我们还需要讨论这样一些问题：

（1）神话剧和历史剧的改编、创作，在社会主义文艺创作中是一种很有教育意义与审美价值的题材，那么像《白蛇传》，应当怎样改编？这是新中国成立初期就讨论过的至今也还没有完全解决的问题。民间文学工作者也应当参加这个讨论。

（2）《白蛇传》就其所包含的深刻的反封建的意义来说，它对今天的观众和读者还有无教育意义？雷峰塔早已倒了。今天在人们的思想意识上，雷峰塔究竟倒了没有？在我看，法海所看守的雷峰塔还没有倒，或者说还没有全倒。因而《白蛇传》对我们不仅有对历史的认识作用，也仍然很有现实意义。

（3）从旅游事业上说，《白蛇传》和西湖的雷峰塔，也是很有价值的。每年都有成千上万的中外旅游者来到西湖游览，他们的心目中很难不想到雷峰塔。雷峰塔因白娘子的爱情悲剧而著名，并为西湖的名胜古迹增辉。它不仅使游人兴趣倍增，我们也能借雷峰塔向广大游客宣传反封建的历史故事。因为封建主义对我们的社会主义建设事业至今还危害极大。

那么从旅游方面说讨论雷峰塔应不应当重建的问题，自然也是一个耐人寻味的问题。

我参加这次讨论会的另一点感受是：跨省的专题研究和学术讨论，很有必要提倡。

近几年，民间文学研究非常活跃，这是我们所期待的民间文学发掘记录工作发展的必然结果之一。专题讨论，现在越来越多。跨省区的合作，也应运而生。比如两省一市不久前还在吴语地区进行了吴歌的讨论。这次《白蛇传》的讨论会，也是两省一市密切合作，开得很成功，别的省、区也有类似的情况。这种一个作品或一种形式的作品由有关的省、市、区共同组织讨论，甚至共同配合调查采录，十分需要。这种协同工作的方式，对于进一步发掘作品，对于研究作品所产生的历史、地理环境、风土人情、名胜古迹以及它的各种异文，对于增加研究者的感性知识，都大有好处，而且收效较快，又节省时间和人力。试想，如没有镇江一源说的发现，或没有杭州的牵头，怎能设想《白蛇传》会有今天的研究成果？因此，两省一市这种协同工作的方式，值得提倡推广。不容讳言，在我们的队伍中还存在着一种与社会主义精神大相径庭的门户之见或企图将人民的创造据为己有的错误思想，这类现象对于社会主义现代化建设极端不利，应当加以克服。

二

参加这次学术讨论，我想谈一个问题：从《白蛇传》剧本的演变看民间文学的整理、改编问题。

《白蛇传》故事在全国的广泛流传，戏剧演出和民间说唱使它插翅而飞，起了很大的推广传播作用。据我查到的资料记载，就有 30 个剧种有《白蛇传》这个剧目，几乎遍及全国，可见其流行之广和深入人心。我知道白娘子与许仙的爱情故事，就是由于小时候在农村庙会上看了蒲剧《断桥》、《盗仙草》、《水漫金山寺》等折子戏的缘故。每逢庙会唱戏，都少不了演这些节目。这与《牛郎织女》和《梁山伯与祝英台的故事》大都是夏天在院子里乘凉听大人讲故事听来的很不相同。大概在《白蛇传》的故乡杭州、苏州和镇江一带情况不大一样，这些地方民间流传的故事传说更多。别的地方当然也有白蛇故事在群众中流传，如《民间文学》也发表过扬州流传的《借伞》①，就是一例。

各种《白蛇传》戏剧，无疑都溯源于民间传说；民间艺人的说唱文学如鼓词、子弟书、宋人的话本等属于民间文学范畴，也都是由民间传说改编而成的，到了《白蛇传》搬上舞台，完全以戏剧表演的形式出现，就已是剧作家的作品了。我们从古代文人对《白蛇传》剧本的创作或改编可以看到一些历史经验，

____

① 《借伞》，袁飞记录，扬州邗江太安人民公社拦江大队朱元才讲述。1964 年《民间文学》第 1 期。

这些经验在今天也仍然有着可供借鉴的价值。

从民间流传的白蛇的故事到民间艺人编为口头说唱、尤其是把它改编为戏曲搬上舞台，可说在艺术创作上经历了一个飞跃。民间流传的白蛇的故事，也如一般民间故事传说一样，尽管有不少是经过长时期的流传加工以至成为定型化了的完美之作，例如新从金山搜集的《法海洞》，写小青为给白娘子报仇率众进洞攻法海，把法海追得最后变成了虾子逃入螃蟹的肚脐，就是一篇优美的民间童话。但把民间传说由艺人编成话本及其他民间曲艺形式，如鼓词、子弟书、评弹等，无疑在艺术上进行了再创作。话本小说《白娘子永镇雷峰塔》或清康熙年间墨浪子写的《雷峰怪迹》，对白娘子与许宣的一段爱情波折，同法海的战斗以至最后以合钵悲剧而告终，那已是一篇描绘细微、结构完整的小说了。民间艺人的说唱，搬上舞台的戏曲表演，不仅对白娘子的爱情遭遇与反封建势力的斗争全本大套、分回分出地表演，对人物的塑造和心理、感情的刻画也更加深刻感人。

例如子弟书《合钵》，描写许宣听信法海的话，竟亲自用金钵收压白娘子，小青见他跪在床前行凶，怒持宝剑奔去要斩他。这时，白娘子却还原谅许宣，摆手阻拦，说不干官人的事，那都是法海撺他，他才这样做的。在这种生离死别的情景下，她面对许宣，泪如泉涌，还说不埋怨他而自认是劫数难逃。她自诉：

> 我虽是山中生长林中怪，也亏我炼性修养几百年，变化通灵到人世，方才与你结良缘。

好不容易！又说：

> 我从来不起伤你的念，恶心肠半点全无可对天！

这也正如白娘子曾对许宣说过的："你说我是妖，我何曾加害于你?!"

虽然白娘子自述她是山林中的妖怪，可她竟是一个如此钟情的女性，哪里有半点妖气！她特别放不下心的是她的孩子。她嘱咐许宣在她死后好好照管孩子，说：

> 愿与你生生死死为夫妇，且看咱那鸳鸯冢上并蒂莲。说夫哇伤心的话儿全说尽，也并非是妻儿嫉妒我也不得不言。回身又把娇儿唤，我和你死别生离在顷刻间，百忙里也没给孩儿留遗念，就是自穿的兜肚是母缝连，有几双千针万线的鞋和袜，留着与孩儿到周岁穿。他日见衣如见母，休得要痛断肝肠把肺腑煎，我算孩儿命里当富贵，只恐你做得官来我的骨肉残。有朝一日登金榜来祭母，知道娘的灵魂在那边？空对着荡荡西湖一片水，浓浓烟付万重山。母思儿怨气沉沉埋九地，儿思母血泪涟涟叫九天。娘的那音容面貌无从记，画像传真只怕追忆难！

这把白娘子临危前对许宣和孩子难割难舍、又怨又恨、千叮咛万嘱咐的心理刻画得多么细致入微！作者把白娘子的一片心意在听众面前作了极为动人的剖析。

明万历年间，第一次把《白蛇传》搬上舞台的是陈文龙，剧名《雷峰塔传奇》，没有留传下来。现存清代《白蛇传》戏曲，有乾隆三年（1738）刻印的黄图珌《雷峰塔》二卷；乾隆初年，舞台上实演的梨园抄本，相传是当时著名的戏曲演员陈嘉言父女合编的；过了30多年，乾隆三十六年（1771），方成培根据梨园本改编为《雷峰塔传奇》，公认为是比较完善的本子①。

有人说，方的改本"实际上不是他的创造，只是作了一些

---

① 据傅西华《白蛇传集》（《民间文学资料丛书》）考证。1955年上海出版公司出版。

整理工作，比较完整的保持原来的面目而已"。① 原因是认为这个作品出于老百姓的创作，并且久已搬上舞台，深入人心。这个意见是值得商榷的。这里提出了一个整理和改编的区别问题，方成培的剧本是整理的呢，还是改编的？同时也有如何评价方氏改本的问题：方本究竟为《白蛇传》增添了什么，还是并未增添什么？

方本是根据民间演唱的梨园抄本改编的。作者在《自叙》里讲了他改写的经过，开头就说："《雷峰塔传奇》从来已久，不知何人所撰。"又说其中所写的事散见于吴从先的《小窗自纪》、《西湖志》等书，好事者拾掇成篇，"下里巴人，无足道者"。由于朝廷逢璇闱大庆，要为皇帝演出这个戏，他才改写的。我们看不到当年方成培所依据的本子，据他在《自叙》中说，他发现原作"辞鄙调伪"，错误很多。于是他"重新改定"，遣词命意，很费了一番工夫，内容务使有益于世道。这个改写本与原作相比，他改到了什么程度呢？且听他的自白：

> 较原本曲改十之九，旁白改十之七。《求草》、《炼塔》、
> 《祭塔》等折，皆点窜终篇，仅存其目。中间芟去八出。
> 《夜话》及首尾两折，与集唐下场诗，悉余所增入者。

方成培改动、增删了什么，他交代得一清二楚。在他看来，原作是"下里巴人"的东西，词句粗俗，调子错处也不少，他作了很大的删改加工，可说是大删大改，用他的话说，他做了"重为更定"的工作。"重为更定"，就是把民间演唱的本子重新更改写定。那么，这仅仅是整理工作呢，还是改编工作？如果说，方在内容上对老百姓的创造"比较完整的保持了原来面目"，那么这一点是非常可贵的。

---

① 《中国民间文学史》，人民文学出版社1958年版，第455页。

　　方成培自署是"改本"。改动的确也很大，从内容到形式都作了很大的改变。据我的理解，这是"改编"，而不是仅仅作了整理工作。改编者当然有按照自己的意图改写的自由，但尽管如此，他也理应保留原作的长处，如果不注意保留原作的成功之处，那就不能再叫作"改本"而纯属自己的创作了。"曲"（即唱词）改了十之九，旁白改了十之七，而且删去八出戏，又增加了首、尾《开家》和《佛园》与《夜话》三出，还用集唐人诗句的办法增添了下场戏，看来简直把原作改得面目全非，保持原有的内容而使作品有了一个新面目。然而他是比较完整地保持了原剧的主要内容，因而被公认为比较完美的本子。署名方氏"改本"，当之无愧。

　　方氏的改本，不是把民间故事改为戏剧形式，而是改写了民间演出的在他认为过于粗俗的剧本，就从文字的改写上说，也完全是创作性的"改编"。剧中人物的塑造与心理描写，诗词的创作，都在艺术上取得了较高的成就。试将他所依据的原剧抛开，而同今天还在民间流传的白蛇故事的朴素叙述相比，经过剧作家的重新创作，作品的艺术性显然是提高了。方氏"重为更定"之后，观众和读者都得到了一个新的《白蛇传》戏曲文学作品。这样的改编，是应该受欢迎的。

　　那么，什么样的改编是不受欢迎的，又该怎样对待改编这个工作呢？

　　新中国成立初期，在戏曲会演中，越剧和京剧《白蛇传》的改编演出曾经引起了一场讨论。这场讨论中也谈到了改编神话传说是否应忠于原来的民间传说这样一个根本性的问题。张庚同志提出：在神话故事（如《白蛇传》）的改编上，是忠于原有的神话，还是必须发展呢？如果仅仅做到忠于原来的传说，岂不是不能赋予它以新的思想意义？但如果大胆加以发展，是不是又意味着以粗暴的态度对待神话呢？①

　　我们知道，在这次讨论之前，还发生过《牛郎织女》和《梁山伯与祝英台》在戏曲改编中的简单化的、反历史主义的错误。那种改编是不受群众欢迎的。我很同意张庚同志的意见："如果不是花工夫研究一个传说自身的历史，分析其特点和个性，而任意给它加上一些思想内容，修改它的人物个性，甚至另外创作一些情节去表现作者的思想，那就必然会粗暴地毁掉了神话传说。""难道我们不能对神话进行一些创作吗？当然可以。但这种创作不等于生造故事，歪曲原来人物的性格，借以从中装进一些'思想'去说明一些什么问题，而是在对神话传说进行了辛勤的搜集、耐心的整理和深入的研究之后，持忠于民间传说的态度，这个创作主要地应当是对神话中人物性格的深刻化，让原来是朦胧的突现出来，模棱的尖锐起来，使得故事原来包含的丰富内容像花似的开放出来。"这个意见很好，应当受到从事神话故事及其他民间传说的改编者的注意。如果对它持否定的态度，他就难免犯粗暴的、"左"的、反历史主义的错误，这种错误过去是屡见不鲜的。作为经验教训，要特别重视克服公式化、概念化的倾向。

　　方成培对《白蛇传》的改编，是忠于民间传说的，他在艺术创作上有很大的功绩。当然他也受到他的唯心主义世界观的限制。如果说他做到了"保持老百姓的创造的原来面目"，那么他在人物塑造与心理刻画上，可以说在一定程度上做到了使人物的性格深刻化，使原来朦胧的突现出来，使原来包含的内容像花似的开放出来，包括他创作了很美的诗词，对于剧情、人物的心理

_____

　　① 1952年，《文艺报》第23期发表了一组讨论《白蛇传》改编问题的文章，其中张庚同志的文章题为《关于〈白蛇传〉故事的改编》。

刻画几乎都是用诗词表达的，每出戏的末尾又以唐诗集句写了下场诗。他的全部改编工作的结果，使后来的读者和观众看到了一个诗剧。不足的是，由于作者的世界观的限制，尽管他的创作产生了一个流传很久的优美的剧目，他主观上也要使其内容有益于世道，他的改本中却仍然不能不保留了把白蛇目为"妖孽"和宣扬神佛功绩的思想，甚至奉劝世人莫被"情丝牵挽"。现在这种观点就只能被扬弃了。

改编是一种创作性的劳动。方成培的改本不但与梨园本相比提高了质量，与黄图珌的看山阁本相比，也高出一筹。黄氏更多的是站在法海一边说话，而方氏则更多地塑造了白娘子的动人形象。他的创造性的劳动既然把《白蛇传》从民间传说改变成了一个诗剧，把他的创作说成是"整理"，便是与实际不相符的了。

整理与改编是性质不同、要求不同的两个概念。整理不过是做一番清理工作，把民间创作力求保持其全部原貌地奉送给读者；改编虽然也要求忠于民间传说，却是一种重新加以写作的创作活动。虽然整理与改编都以民间原作为蓝本，而且都要求忠于原作的基本内容，要求存真而不能失真，因而易于把二者混淆起来，但我们应当把它们区别开来，而不应加以继续混淆。方成培的改编工作，为我们区别整理与改编提供了一个例子。今天还有人认为整理与改编是一回事，把二者混为一谈，这是不妥当的。

从民间流传的白蛇故事到产生《白蛇传》剧本，这种从一种艺术形式到另一种艺术形式的变化以及后来的演变和移植，都必须强调严格区分整理与改编的不同概念，何况我们今天对待民间文学作品呢？如果我们的搜集和采录不忠于原作，而首先使之失真，以致把整理与改编混淆起来，那么戏剧或其他形式的文学创作、科学研究，岂不是都失去可靠的依据了吗？

我想，当我们探讨《白蛇传》的产生和历史演变的时候，吸取古人的经验，正确对待民间文学的整理和改编问题，这也是十分重要的。

1984 年 4 月

10 月 2 日改

（原载《烟台大学学报》1988 年第 1 期）

故事讲述在现代中国的地位和演变

故事家的发现与故事讲述

近几年来，为了抢救和保护民间文化、我们对全国 2000 余县进行了民间文学普查①，随着普查的深入，各地都发现了不少故事讲述家，俗称"故事篓子"。这些故事家的发现，使我们看到民间故事讲述活动在中国今天的地位和它的发展演变。民间故事至今还活在人民的口头上，是深受群众欢迎的一种自娱自教的文艺形式。民间文学的普查更加激发了故事家讲故事的积极性。民间故事的搜集采录也成为目前民间文学工作的一个"热点"。

故事家有男有女，有老有少，但年纪大的占多数。山区有、平川有、像沈阳那样繁华的现代工业城市也发现了故事家群。普查结果，全国每个地区，每个民族几乎都有自己的故事家。据不完全统计，截止到去年上半年已发现著名故事家、歌手 6000 余

---

① 民间文学普查：1984 年由文化部、国家民族事务委员会、中国民间文艺研究会联合发出《关于编辑出版〈中国民间故事集成〉、〈中国歌谣集成〉、〈中国谚语集成〉的通知》，全国各省、市、自治区、由此发起编纂中国民间文学三套集成，并为此开展了全国民间文学普查。

人。下面列举一部分有特色的故事家加以介绍。新疆维吾尔族艾沙木·库尔班①，可以随口编讲笑话，人称活着的阿凡提；四川康定藏族七尖初②老人（女）有讲有唱，讲中夹唱，故事讲得像抒情诗一样优美；辽宁朝鲜族金德顺③是最早引人注意的女性故事家，从 50 岁左右开始，走东家串西家，长年累月地给妇女、儿童讲故事，故事越讲越多，讲得活灵活现；湖北刘德培④经历曲折、见多识广，能讲各种不同行业的故事和笑话，富有人生的哲理和道德教训，而且每每讲一种人物的故事，像葡萄一样，一串串的；江苏省陆瑞英⑤（女）是著名民歌手，因受传统山歌的熏陶，讲故事时善于用音调语气变化表达喜怒哀乐之情，刻画人物；沈阳的薛天智⑥历尽磨难，能讲故事 1080 则，并具有汉、满两个民族特色；大洋岛出生的渔民故事家贺阿昌⑦也是渔歌手，善讲海洋神话、鱼类和船具的故事，讲唱结合，别有特色；温州黄银洪⑧曾以讲故事谋生，取材广泛，他的故事是旧时代平民生活的百态图，故事中夹用韵语、数板、顿挫分明，节奏感强，故事常有出人意料的变化；无锡青年工人陈理言（女）⑨，二十几岁，故事世家出身，利用业余时间讲故事，决心当好故事

---

①　赵世杰：《当代的阿凡提》，载《新疆民间文学研究通讯》1982 年第 2 期。

②　程圣民：《七尖初老人和她的故事》，载《民间文学》1986 年 8 月号。

③　裴永镇：《金德顺和她所讲的故事》，载《金德顺故事集》，上海文艺出版社 1983 年版。

④　李慧芳：《湖北民间故事讲述家刘德培故事集》序言。

⑤　周正良：《听陆瑞英讲故事》，载《民间文学》1987 年 4 月号。

⑥　刘敏：《薛天智和他的故事》，载《民间文学》1987 年 4 月号。

⑦　金涛：《渔民故事家贺阿昌的故事特色》，中国故事学会第二届学术讨论会论文。

⑧　邱国鹰：《"笑话银洪"和他讲的故事》，载《民间文学》1987 年 6 月号。

⑨　朱海容：《根深叶茂——记青年故事家陈理言》，载《民间文学》1985 年 6 月号。

世家女儿。其他像黑龙江的傅英仁（满族）① 善讲长篇故事和萨满故事，马亚川（满族）② 善讲女真的历史传说故事，河南邱海观 ③善讲鲁班故事，辽宁张功升④善编讲新故事。还有山东临沂的故事四老人⑤：胡怀梅（女）、尹保兰（女）、王玉兰（女）、刘文发；辽宁岫岩县有满族三老人 ⑥：李成明（女）、李马氏（女）、佟凤乙；河北辛集市有四故事篓子 ⑦：纪文道、王玉卿（女）、王保志、郭从美（女）。他们都分别出版了故事集。

每一个故事家像一棵大树覆盖面很大。他们都是普通的劳动人民。他们不仅是故事的传承人，而且是创作家。在他们身上保存和传承着古老的民族文化。他们往往还借古喻今，编讲新故事，是当代社会的评论家和群众的代言人，因而有一定威望。

这些故事家大多经历坎坷、见多识广、乐观豁达，以讲故事作为自己表达感情的方式和精神上的追求与寄托。他们从小就喜欢听祖父母和其他亲人讲故事，是听故事把他们引入了艺术创作世界。除了血缘传承，还有社会传承。他们都有非凡的记忆力，并且善于表述，有的还具有改编和创作故事的能力。一般地说，民间文学是集体创作，在这些故事家身上我们则看到了民间故事作者的影子，看到了他们在故事讲述中的艺术创作活动。

故事讲述作为群众生活中的必要内容，无论忙闲几乎无处不

---

① 金辉：《他所走过的路——访满族故事家傅英仁》，载《民间文学》1985 年 6 月号。
② 石文展：《马亚川和他讲的故事》，载《民间文学》1986 年 11 月号。
③ 罗川：《邱海观和他讲述的故事》，载《民间文学》1987 年 1 月号。
④ 崔爱贞：《故事大王——张功升》，载《民间文学》1985 年 3 月号。
⑤ 《四老人故事集》，中国民间文艺研究会山东分会 1986 年编。
⑥ 《满族三老人故事集》，春风文艺出版社 1984 年版。
⑦ 《四故事篓子汇编》，1986 年。

有。河北省耿村的故事家靳言根说："人们闲来无事就瞎讲。店里、铺里、家里、地里讲什么都无拘无束。"该村故事家王仁礼说，锄地、拔草时，他站在中间，两边的人雁翅排开，他边干边讲笑话；女故事家孙胜台也说，下地摘棉花时，大伙围一圈，边摘边听她讲故事。冬天农闲时节，更以听故事消磨时光。正如故事家张才长所说："有讲不完的冬仨月。"

　　新中国成立后，在我国还出现了一个令人欣喜的现象，就是讲新故事。同时还产生了一大批专门编讲新故事的"故事员"。新故事最初是从上海茶馆里的艺人说评书改造为讲革命故事开始的。不久，他们就注意到继承民间故事的讲述方式，根据现实题材编讲各种新故事。秦皇岛市、陕西、四川、内蒙古等地，都兴起过编讲故事活动。现在，新故事已经发展演变成为一种新的文艺形式。不少新故事以书面形式出现，发展成为可读性的书面文学而非口传文学，但是仍然可以由故事员登台讲述，有的故事也能口头流传。这是新故事区别于小说创作的主要艺术特点之一。最突出的是著名新故事讲述家张功升，他一共讲过 3000 多个故事，有几十万人次的听众，讲过几千场，他说，他的故事没有一篇是他用笔写出来的，他也从没有一个字的故事稿。每一个故事都是由他用口头编讲的方法创作的，然后再由搜集者记录成书。陕西新故事讲述家周竟，原是一位儿童文学作家，他改途易辙，主动到学校去为青少年讲故事。他采取的是炕头拉故事的方式，只记故事的主要情节，临时编讲，语言不固定，这正是民间故事的讲述方式。

　　我国现在发现的故事家基本上可以概括为以下五种类型。

　　一、乡土故事家：多分布于生活条件较落后闭塞的地区，以农民和家庭妇女居多，一般文化水平不高，有的人一生没有离开过本乡本土。生活境遇通常不大好，经历坎坷，生活曲折，对人、对事和对生活中的哲理感受较深，讲故事多半以生活故事、幻想故事和各种神怪故事见长。他们的故事乡土气息浓，语言淳朴，有较强的教育和认识作用。故事的来源以血缘传承为主。

二、流浪谋生的故事家：他们几乎都经历过颠沛流离的生活，许多人是生活在社会的底层，受尽压迫，为谋生从事过多种不同的职业，因而阅历深，见识广，性格豪爽，爱打抱不平。故事幻想性强，语言夸张，内容丰富，天文、地理、历史、风俗无所不包，也爱讲笑话和荤故事。男性故事家居多，他们以社会传承为主。

三、艺人故事家：说过书、卖过艺或演过戏，有一定的舞台经验和表演能力，粗通文墨，但讲故事仍以能运用群众语言和讲究口语见长，有时边讲边唱，边表演，生动活泼，很能吸引听众。

四、文人故事家：有一定的文化修养，从小喜欢读小说，听书看戏，接触知识广泛，轶闻趣事记得比较多。好讲人物、风物等各类传说故事。语言文雅，常引用诗词联句。

五、新故事讲述家：专门编讲反映现实生活题材的新故事，他们大多登台讲述，以出语惊人取胜，却绝不同于舞台表演或背诵书面作品。

故事讲述依附于故事家而存在，当我们分析了几种不同类型的故事讲述家之后，我们就更可以看清民间故事这种口头文学艺术是怎样形成的，有什么特殊的结构和技巧；可以看到民间故事作为一种语言艺术怎样地受到群众欢迎，以怎样的艺术手段拥有听众。这样，我们就看清楚了讲故事作为一种文化现象在当前我国社会生活中的地位和作用，以及它的发展与演变。

一个故事村的剖析

耿村①被誉为"故事村",是河北省南部平原上的一个小村庄。元末明初（1364）建村，至今已约有 600 年历史。因朱元璋的义父耿再辰战中自刎于此，后由靳姓兄弟守坟，又修一座耿王庙，因此得名"耿村"。全村 281 户，1130 余人，耕地面积 1300 余亩，果园 40 亩。过去它是一个大集市，早年间来往客商很多，店铺也多。康熙年间"夜夜不断马铃声"，有"北有京津，南有耿村"之说。现在，全村劳动力 483 人，其中经商者 310 人，占 63%。村中生活水平中等，有收音机的人很多，电视超过 100 台。

一般地说，偏远闭塞的山区是产生和流传民间文学的热土。随着商业的发展而流传故事则是另一种类型。耿村属于后者，集市和庙会使四方的高人和卖艺人为它带来了口传文学。经商与讲故事（及念唱歌谣）素为耿村的古风。河北省井陉县有一位女搜集家王密荣，将自开的饭铺作为民间故事搜集站，款待过往行人，以烧饼换故事，也是依附于商业而传播故事的一例。耿村除讲故事外，还流行小曲、长短歌谣、谚语、谜语，特别还有一种"对坎儿"的形式，即两个人围绕一个题目对讲歇后语，舌战对方，中间不准停顿，对不上者为输，实则是双方比赛聪明才智和运用语言的能力，他们往往就一个题目能讲出几十条歇后语，从此也可看到耿村盛行口头文学的风气了。

耿村被发现为故事村是在 1987 年的事。经过六次普查，现已搜集到故事传说 1962 篇（荤故事未计算在内），计 236 万字，

① 耿村：河北省石家庄附近藁城市的一个村庄。

已出版了三集《耿村民间故事集》，150 余万字，目前还在编印第四集。此外，还记录了歌谣 102 首；谚语、歇后语 1600 条；有关民俗、村史、故事家生平及其他有关调查资料约 20 万字。

在耿村，讲故事蔚然成风，能讲 50 则以上的 14 人，讲 100 则以上的 10 人，共 24 人；目前参加讲述活动的已有 97 人，占总人口的 11.6％，人数还在扩大。其中有 93 人的作品被选入已出版的故事集中。耿村被定名为故事村，不只是因为有这样多的故事家，还在于他们结成了一个故事家群体。他们在家族关系上、艺术上彼此有着密切的联系和交流，宗族血缘关系和亲戚关系在这里起了关键性的作用。王玉田和他的两个儿子王仁礼、王国礼，两个儿媳张瑞彩、武春鸾，全家有七人是故事家，被誉为故事家庭。张才才、张才长是兄弟故事家。张才才和侯果果又是夫妻故事家。王连锁和他母亲张淑娥是母子故事家。追根溯源，耿村有已故的故事家 24 人，其中有耿村最大的故事家靳正新的祖母，有张才才和张才长的父亲张老连，据说张老连能讲 600 多个一笑而止的短小笑话，这些已故故事家所讲述的故事，今天还在流传。另外还有靳正新、孙胜台、靳满良、梁银兰、董彦娥等是属于同一个宗族；徐大汉与青年故事家徐全振、徐丑货是同一宗族；张、王两家联姻就有 10 个故事讲述者，6 个故事家。这些故事家群体中存在着艺术上的交流和创新。张才才和他的妻子侯果果与他的弟弟张才长及王仁礼四人曾根据戏剧《梁山伯与祝英台》集体创作了梁祝的故事。耿村的故事家基本属于以下四种情况：

一、乡土故事家在耿村居多数。如孙胜台（女）、侯果果（女）、梁银兰（女）、张才才等，女故事家基本全属于这一类型。他们是不识字或识字很少的农民，没直接受过书面文学的影响，仅靠口耳相传，讲述土生土长的民间故事。语言生动朴实，贴近生活。侯果果讲《后娘枣树亲娘柳树》①时，说："……一开春，柳树揉揉眼皮，伸伸胳膊，蹬蹬腿，从娘的被窝里爬出来，一会儿就出绿芽芽。"一句话勾画出了受娘宠爱的小娇儿。受后娘虐待的枣树则被后娘找人用竹竿梆得扑腾腾掉下红红的大泪珠子。故事家用柳树发芽和秋天打枣两种极普通的自然景象贴切地比喻了不同境遇中的两个孩子。孙胜台的《虱子告状》②，通过顶旋山（头顶）和脚州府（脚心）的两个虱子，经过密松林（头发）、耳灵县（耳朵）、沙河滩（脊梁）、肚村（肚子）等州城府县互相寻找及打官司，描绘出人体各部位的特点。这类故事家基本是血缘宗族的传承。

二、艺人故事家以靳景祥、徐大汉为代表。靳景祥少年时曾跟伯父说书卖艺，后又在秧歌剧团粉墨登场，还做过厨师。我不只一次听他讲故事，他讲故事爱用评书套话，时而高亢，时而低沉。他还善于用手势、眼神和表情调动听众的情绪。他有初中以上文化，但讲故事基本上是群众的语言，有的故事纯以对话刻画人物，他的新故事《唾沫姻缘》③便是一例。徐大汉爱说爱唱，生、旦、净、丑行行通，他能讲几十个行业来历的故事，会讲名人的传说，还能唱几十首歌谣，我曾听到他以顺口溜形式表演长篇叙事诗，真是绘声绘色，惟妙惟肖。

三、王玉田代表了文人型的故事家。他高小毕业，当兵出身，在旧军队中任过职，粗通文墨，到过许多省份，回乡后当过小学教师，生活也很坎坷。我曾到他家走访，他自小喜爱听故事，善于讲人物传说、地方传说和有诗有文的文人生活故事。他

---

① 《耿村民间故事集》第三集，1988 年 10 月编印。
② 《耿村民间故事集》第一集，1987 年 9 月编印。
③ 《耿村民间故事集》第二集，1988 年 4 月编印。

讲故事很注意给人以思想教育，他的代表作《三代人比美》① 就是他根据接触到的感人的现实和民间故事的特点编讲的。这类故事家在耿村只是少数。

四、年轻的故事家。他们是在耿村讲故事的环境中成长起来的年青一代，以徐全振、徐丑货为代表。他们既不完全同于传统故事家，也不是我们前面所分析的新故事家。他们既讲传统故事，也讲新故事，老一代故事家常常把戏剧改编为故事讲述，他们则从书报杂志中选取故事题材或把电影改为故事讲给大家听。他们年轻，记忆力好，听了就能照讲，口齿伶俐，知识面广，故事范围也大。徐丑货仅有 21 岁，能讲故事百则以上。

故事家群的发现是故事讲述活动在中国普遍存在的一个明证，是中国古老民间文化遗存的动人现象。随着普查的深入，不少地方都发现了故事家群。例如，北方工业城市沈阳市所属九区二县发现 100 多个故事家，50 则级的 69 名，100 则级的 23 名，200 则级的 5 名，400 则级的 2 名，1000 则级的 2 名。四川省巴县走马乡 21 个村也发现了故事家群，其中能讲 50 则以上故事的讲述家和能唱百首民歌的歌手共 50 人，包括能讲 100 则以上的 6 人，200 则以上的 4 人，300 则以上的 1 人，500 则以上的 1 人。南方与北方，农村与城市，不同的地理环境、历史条件和现代化的发展孕育了不同内容、各具特色的故事和故事家。耿村自有其特殊的历史和地理条件，难得的是一个小小的村庄居然可以出版四大本民间故事。耿村故事家群体的考察，对于研究和探索中国的故事讲述和民间文化遗产及其发展是一个很好的例证。

---

① 《耿村民间故事集》第二集，1988 年 4 月编印。

故事讲述的演变

不可否认，世代传承的故事，已经无法完全满足今天的时代需要了，那么故事讲述将向何处发展？它将怎样适应新时代的要求呢？前面谈到的新故事便是应运而生的产物。新故事是由传统民间故事发展而来的，是我国新时期口头文学的一个突破性的变化。故事的讲述者、讲述内容、目的、环境、场所和方式都发生了重大变化。新故事虽然仍有浓厚的口头文学特点，但向书面文学发展倾向也很明显，从作品的风貌和流传方式来看，它已经不完全属于民间文学的范畴，而形成了一个新的文艺品种，只是其中的一部分作品以口头讲述方式流传于民间。新故事最初是以有组织地编讲新人新事开始的，并且出现了专门讲新故事的"故事员"。他们讲述的方法是登台讲述，影响所及，不久就在群众中发展成自发和自觉地编讲新故事活动。特别值得重视的是，各行各业的群众根据自己的生活经验选择题材编讲故事。例如，秦皇岛市钉马掌的工人编讲了钉马掌的故事；还有一个城市的商店售货员编讲了如何对待顾客的动人故事。这样，故事讲述就成为一种群众性的自我教育和自我娱乐的创作活动。

新故事产生于口头文学，并仍然具有口头讲述的特点，然而由于作者受到书面文学的影响以及今天群众文化水平的提高，它却同时向非民间文学即书面文学发展。不少的故事员也是以背诵故事的形式讲述，同朗诵小说无大差别，当然是不够味的，没有长久的生命力。新故事因此而处于从口头文学向书面文学过渡的十字路口，甚至发生危机感。学者们的意见是，新故事应当在民间文学的基础上发展，而不应沿着说评书的路子向表演发展，或过多地接受现代小说创作技巧的影响。令人鼓舞的是，新中国成立以来，沿着口头文学道路发展的新故事始终活跃在人民群众中。故事大王张功升的作品和他的讲述是一个很有代表性的例子。他的故事完全是靠口头创作，而不是先用文字写好故事而后上台讲述，语言也很不固定，有时是现讲现编。

无论怎样有组织地编讲故事，都无法代替或影响民间那种由群众自发地编讲故事的传统的创作活动。群众讲传统故事和自发地编讲新故事的活动从来不曾间断。耿村故事家群就是很好的例子，他们既讲传统故事，也改编和创作反映新时代、新问题的新故事。生活在群众中的众多的故事家，他们是口头文学的天然的、忠诚的传承者。当然，我们绝不因此而漠视有组织地编讲活动。我认为，这种有组织的活动是民间文学在今天的一种创新，一种新的发展和演化，也是值得我们民间文学工作者注意和扶持的。我热烈赞扬张功升式的以口头讲述为特点的新故事创作。我们欢迎新故事讲述家和民间传统故事讲述家在艺术创作上的交流和合作，共同发展当代的口头文学。

故事讲述的命运

故事讲述今天在中国为什么如此繁荣发达？以后它的命运又将如何？这是与整个民间文学命运攸关的大问题。

不能不看到，在现代文明的冲击下，民间文学正面临着衰亡的趋势。早在60年前，我国刚刚提倡搜集近世歌谣不久，《歌谣》周刊的编者常惠先生就说："文化愈进步，歌谣愈退化，这是最容易明了的。"（《歌谣》周刊第3号）没有想到今天这个预言成为我们面临的一个现实问题。

现代化对民间口头文学无疑是一个巨大的威胁，它冲破了自然经济条件下纯朴闭塞的田园式的生活；特别是科学技术的高度发达和人民文化水平的普遍提高，迅速改变着人们的生活方式。一般说来，书面文学一旦产生就意味着口头文学的逐渐被取代。今天，生活和工作的节奏加快了，人们的艺术欣赏习惯、审美趣味和要求，以及文化娱乐方式，都发生了很大变化。现代音像艺术很快充塞了几乎每一个家庭，成为人们生活的必需品。口头文学显然处于逐渐隐退的地位，它将渐渐成为对遥远的古老遗风的回忆和追念。西方发达国家已有这样的经验，在那里早已找不到游吟诗人，老太太要给孩子讲故事还得到图书馆找资料。一位芬兰诗人告诉我，他小的时候也听过母亲讲故事，但现在这样的习俗在他们那里已经没有了。发达国家早在资产阶级民主革命时期就已完成了搜集民间故事的历史使命。

在中国，直到新中国成立以后，我们才有条件全面地发掘民间文学遗产。虽然起步较晚，我们却处在得天独厚的幸运中：一方面，我们有几千年来积淀下来的众多民族的极其丰富的民间文学宝藏，尤其突出的是，史诗演唱、民歌对唱、故事讲述都还活在民间，我们可以应用今天的音像设备进行采录。另一方面我们有统一的组织，全国各省、市、各民族都建立了民间文学组织。仅最近的全国性普查就动员了基层文化工作者和专家近两万人。特别值得一提的还有，我们可以说是处在一个歌唱的时代，人民解放和建设新生活的高涨情绪，使各种民间口头文艺出现了史无前例的繁荣盛况。

那么，口头文学在我国还会不会走向衰亡呢？我认为从长远看，它也很难逃脱衰亡的命运。当然，这绝不是一朝一夕的事情。今天的改革和开放使我们的生活改变得很快，但是经济发展却从来是很不平衡的，偏远山区还很落后，文化水平很低。传统的力量是顽固的，各民族和地方的习俗也不是那么轻易地会改变。尤其是那些有艺术生命的东西将长久地植根于人民生活的沃土之中。民间文学和各种民间艺术表演，仍然会以它们所特有的艺术魅力赢得人们的喜爱，即使在影视发展的时代，也还会以其独特的审美形式存在下去。它们有很强的参与意识，听者和讲者共同创造着艺术享受的环境，给人以现代艺术所不能给予的愉悦之感。古老的民间艺术呼唤着人们的童贞，使人返璞归真。我亲眼目睹，云南边疆的芒市同时演出傣戏和电影，而看电影的观众纷纷被吸引过去看傣戏，竟深夜不归。耿村也是一个例子，这个小村庄有电视100台，却没有削弱人们听、讲故事的兴趣。

上面讲的是一个方面，另一个方面从长远来说，口头文学又不可能不为其他现代艺术形式所取代，而成为历史的遗存。新故事向书面文学发展的趋向就清楚地向我们传递了一个信息。普查中发现的一些地方由于生活的现代化，已经搜集不到民间文学了，这又给了我们一个信息。这些信息向我们宣告着口头文学正不可避免地走向衰亡。昔日梦魇般迷人的民间艺术，并不能永远拽住年轻人的心。这也就是我们今天为什么一再强调及时搜集和抢救民间文化遗产的原因所在。我们今天正处在研究中国民间故事及其讲述（也包括其他各种民间文学作品）的最好时代。

1989 年 4 月 19 日晚

（原载《中国耿村国际学术讨论会论文集》，

中国民间文艺出版社 1991 年 12 月版）

附记：这是 1989 年 6 月我在匈牙利布达佩斯召开的国际民间叙事研究会第九次大会的论文。因当时特别向大会介绍了耿村的调查，1991 年 5 月我将这篇论文作为一个汇报提交耿村国际学术讨论会。

中国民间文学要走向世界

今天，我想就自己感受比较深的一些情况讲这么一个题目：谈中国民间文学走向世界。这个问题很值得引起大家注意。同学们最近参加了鄂西土家族文学的调查。大家对民间文学、民族文学都很有兴趣。各位同学又都是不同民族的青年，讲这个题目也许会对大家有一些启发。

最近人们都在谈文学走向世界。我国有这么多的民族，民族文学要不要或能不能走向世界？我觉得这在目前是一个很值得注意的问题。邓小平同志提出：要"面向现代化，面向世界，面向未来"。我以为我们中国的民间文学工作当前一个很重要的问题就是面向世界的问题。古人说："他山之石，可以攻玉。"所以我们要向外国学习。同时，将我国极其丰富的民间文学遗产向世界展示出来，使它以我国各民族特有的光彩闪烁于世界文化之林，这该是我们首要的光荣职责。在座的同学，如果将来从事文学或民族文学工作的话，肩上都有这个责任。

钱钟书先生在为《走向世界丛书》写的一篇序中有几句话说得很好。他说："中国走向世界，也可以说是世界走向中国。"他还说："咱们开门走出去，正是因为外面有人推门、敲门，甚至于破门跳窗进来。"看来我们今天要出门，走向世界，似乎有些被动，甚至于很被动，因为我们没有主动出门。人家敲了门了，甚至于破门跳窗进来了，我们还迟迟缓缓地考虑出门的问题。钱先生说的情况符合我们的处境。我们只有主动地走向世界，才对我们的国家、对我们的学科建设以及其他许多方面有利。今天我讲这个题目的主导思想也就是：我们应当主动地走向世界。

　　民间文学反映了各族人民的文化艺术创造心理和历史前进的脉络。民间文学方面，和世界各民族之间的共同语言更多一些。因此我们研究民间文学，就需要了解世界其他国家的民间文学，更需要共同探索它们的异同和原因。如果不走出门去，不认识世界，那也就不能认识自己，不知道自己究竟有多高、多低，就不能够认识民间文学的基本规律和它的千差万别的民族特点。如果把我们的民间文学与世界其他国家的民间文学作一番比较，那么，就会知道民间文学的共同规律是什么，不同的民族的文学特点是什么。如果我们不这样做，要建立具有中国特色的民间文学就不免流为一句空话。

　　凡是到过国外的人，都会惊异地发现国外对中国的民间文学知道得很少，甚至是无知的。国外对中国当代文学也不是很了解的。对中国古典文学，经过汉学家的介绍，知道得多一些。比如现在法国的著名学者李治华先生，也是我年轻时代的一位诗友，他花了30年的努力，把《红楼梦》译成法文，轰动了欧洲。这样动人的例子也是有的。但整个说起来，国外对于中国文学特别是中国各民族的民间文学了解得很少。比较起来，日本的学者对中国了解多一些。新中国成立以后，我们出版的民间文学书刊日本几乎都有。我到日本时，看了京都大学的中国民间文学资料室，应有尽有，他们对我们的了解和研究，几乎和我们同步。甚至有的材料我们找起来还比较困难，他们也能找到。欧美的学者，对我们的民间文学就很不了解了。

我为了筹建一个中国民间文学资料馆，曾有计划地去过几个国家。前年我去过芬兰，今年2月又去了一趟，还去了丹麦、冰岛。今年2月在芬兰召开的《卡勒瓦拉》与世界史诗讨论会上，见到20多个国家的学者。他们对于中国民间文学很少了解。有的人知道或也在研究我们的个别作品，如藏族的史诗《格萨尔》，蒙古族的史诗等。这种情况主要是由于中国有50多个民族，特别是许多少数民族的作品，还像是埋在地下的宝藏，没有发掘出来，过去搜集、翻译、出版的也很少。尤其是旧中国历代统治者对劳动人民、对民间文学、对少数民族文学都长期采取鄙视的态度和无知。再加上语言的隔阂，一个民族的作品在本民族奉为至宝、家喻户晓，但在另一个民族中就一无所知。除非是相邻的民族，互相还有作品流传。

中国民间文学中，今天看起来最突出的还是少数民族的民间文学，这是事实，恰恰是过去中国文学史所没有反映过的。过去我们一些古典文学家、历史学家曾断言说中国没有史诗。为什么这样说呢？其原因就因为他们不了解我国少数民族的文学。我国藏族的史诗《格萨尔王传》、新疆蒙古族的史诗《江格尔》、柯尔克孜族的史诗《玛纳斯》，这些北方草原的英雄史诗在国外都早已有专家研究，像《格萨尔王传》的搜集、研究已有近200年的历史，《江格尔》从1804年一个德国人在俄国伏尔加河下游第一次搜集，到现在也有180多年了。有些作品是跨国度的。柯尔克孜族的《玛纳斯》，在苏联的吉尔吉斯加盟共和国也有。《江格尔》在苏联伏尔加河下游叫卡尔梅克的蒙古人中也有。这部分蒙古人原是从新疆迁移去的，清乾隆年间，回来一部分，当时伏尔加河解冻，河水暴涨，有一部分人过不了河，没有回来。

因此，在那里留下了这部史诗的种子，这是很有趣的。西德波恩大学"东方研究所"有人研究《格萨尔王传》，他们在中印交界的拉达克、在巴基斯坦的藏族人中做过搜集调查工作。法国的斯泰安解放前曾到过青海，但是作为一个研究《格萨尔王传》的专家，他也仅仅只能看到一部分手抄本。外国都有专家研究了，我们中国的学者过去还全然无知，这是一种奇怪的历史现象。总的说来，国外对中国的民间文学知道得太少，就说"三大史诗"，他们所知道的也很少，因为这些史诗的故乡是中国。虽有跨国现象，但在故乡中国蕴藏和流传的作品更为丰富。像《江格尔》，我们今天在新疆所能搜集到的，在国外是搜集不到的。这是我们完全可以引以骄傲的。《格萨尔王传》究竟有多少部，现在我们只能知其大概，卷帙浩繁，要等将来完全调查完了才能说清楚。这个作品在中国，我们能够拿得出丰富的材料来，完全有条件作出更全面更深入的研究、达到新的水平。

新中国成立以来，在党的领导下，各族人民翻了身，我们才能做这项工作。如果不是各族人民在政治上、经济上翻了身，就没有条件做这项工作。特别是粉碎"四人帮"以后，民间文学工作发展很快，出版的和没出版的东西很多，还没有调查的东西也很多。现在有不少国家的学者愿意到我国访问，建立学术关系。我们也出国进行文化交流。因此，民间文学走向世界，与国外交流的桥梁已经搭建起来了。有一个国际民间叙事研究会（International Socicty of Folk‐Narrative Research），我加入了，段宝林、乌丙安同志也加入了。将来我们还可以推荐更多的人参加这个国际学术组织。

今年2月我到芬兰参加芬兰民族史诗《卡勒瓦拉》出版150周年的纪念大会，同时参加了他们召开的《卡勒瓦拉》与世界史诗国际讨论会。在讨论会上，我以《史诗在中国》为题，介绍了中国的史诗。一块儿去的藏族降边嘉措同志的题目是《论〈格萨尔王传〉的说唱艺人》。我们还放映了1984年在西藏拉萨拍摄的藏族、蒙古族民间艺人演唱《格萨尔王传》的录像，在会上轰动一时。1983年我去芬兰时就向他们介绍了中国的史诗还有艺人演唱，曾引起芬兰学者很大兴趣，说史诗在中国还活着。在他们国家早已没有艺人演唱史诗了。现在还能演唱《卡勒瓦拉》的人住在苏联的卡累利阿加盟共和国。他们对史诗在中国还活着，还有艺人演唱，很感兴趣。

今年我到丹麦时，参观丹麦民俗学档案馆，他们在搜集世界民歌，民间谚语，其中关于中国的只有几张中国民间戏曲歌曲的唱片，对于中国，他们了解得太少了。但他们非常有兴趣同我们交往。国外对我们很感兴趣，我们也需要了解国外，发展这种学术交流，会使中国民间文学走向世界的条件越来越好。

当然我们还听到另外一种意见，在丹麦，一个刚从非洲回来的年轻学者对我们有一些批评。他说：我在非洲看见你们中国人援助非洲的那种埋头苦干的精神非常钦佩。但是，你们太不注意文化宣传，美国的宣传比你们厉害得多，可惜你们宣传得太少了。我们是应该注意对世界的文化宣传，民间文学走向世界，也会起到这样的作用，而且还会是一种有力的宣传，因为有民族特点的东西最易动人，最能赢得人们的一致的欣赏和趣味。我们每个少数民族都有好作品，就是缺乏向国外宣传，甚至在国内宣传也很少。因此，民间文学走向世界，宣传社会主义的中国、宣传中国许多少数民族世代流传和不断产生的作品，对认识中华民族的世代文明和新中国的现代化建设都是有积极意义的；在学术上，我们也会对丰富世界文化宝库作出贡献。

民间文学走向世界，宣传我国各族人民的文化创造，要这样做，我们自己首先要有一个观念，就是要充分重视我们的民间文学，要充分认识这些民间文学的科学价值和现实作用。为什么有些人不重视？因为他们不了解，甚至根本不知道民间文学是什么。这里，我想还举芬兰的例子，看看北欧那些国家是怎么重视他们的民间文学的。北欧各国差不多都很重视民间文学，芬兰尤为著名。芬兰把民间文学看成是他们的"国学"。这次纪念《卡勒瓦拉》是全国性活动，采取了各种宣传方式。为什么他们如此重视《卡勒瓦拉》呢？因为《卡勒瓦拉》在150年以前的搜集出版，对于芬兰民族意识的觉醒，对于提高民族自尊心和自信心，对于芬兰语言、文学的形成以至国家的独立，都曾起过重要作用。芬兰从12世纪起，很长时间都受瑞典统治，1804年，俄瑞战争后又变成俄国的一个大公国，直到1917年十月革命后才宣布独立。在芬兰，很长时期瑞典语是合法的语言，芬兰语是不合法的。因此，《卡勒瓦拉》的搜集对于芬兰语言文学的形成和发展起了很大的作用。现在，芬兰还通行两种语言。土尔库大学分设芬兰与瑞典语两个学院。有两个文学协会，一个是芬兰文学协会，一个是瑞典语文学协会。这次国际学术讨论会是芬兰文学协会主席航柯教授主持的。开幕那天晚上，航柯先生还在电视广播中用瑞典语讲了这次国际学术讨论会的意义。由于《卡勒瓦拉》在芬兰历史上起到了很大作用，纪念《卡勒瓦拉》的搜集出版成为全国性的活动，如同节日一般。史诗讨论会期间，土尔库银行老板也举行了一次招待会，招待与会代表。航柯先生在致词中幽默地说："银行家最知道什么是价值。"他们认为纪念《卡勒瓦拉》是全民族的大事，并非与己无关。报刊上连续刊登了纪念《卡勒瓦拉》的宣传。北欧民俗学会的《通讯》（Newsletter）连续几期刊登了有关报道。不少国家举行了纪念会，北京也开了纪念会。今年10月15日，芬兰驻华大使馆举行了一个授奖仪式，分别授予我和刘魁立同志银质和铜质的《卡勒瓦拉》

150 周年奖章和证书。在芬兰，群众性的活动也很多，诸如召开地方性的纪念会，表演民族歌舞，等等。在首都赫尔辛基召开的《卡勒瓦拉》150 周年纪念大会上，由总统出席讲话，并表演了大型的音乐、戏剧节目。一部《卡勒瓦拉》就这么举国隆重庆祝，可见他们对自己的民族史诗，对民间文学是多么重视了。

我国有许多的史诗，有些人却充耳不闻，视而不见，不感到是我们民族的瑰宝。首先我们从事民族文化艺术工作的，要充分重视各民族的民间文学，没有这个起点，就没有一切。民间文学很有价值，可以从很多方面看到它的价值和作用；比方好多民族在节日唱本民族的史诗，实际上就是要把本民族的历史代代传授下去，特别是没有文字的民族，像苗族的《苗族古歌》，从开天辟地唱起，就要让大家不要忘记本民族的根，他们称之为"族谱"、"根谱"。又比方说很多人小时候受母亲讲故事、背诵歌谣的启蒙教育。鲁迅、高尔基都有过这类回忆。我小时候也受过祖母、母亲的启蒙教育。不知大家受过没有？一位丹麦学者说，这种童年教育现在在丹麦没有了，这个问题很值得注意。一位芬兰诗人、瑞典文学协会主席也对我讲过他小时候也听母亲讲故事，但现在他们也没有这样的习俗了。在发达国家都发生了类似的变化，我们中国也正在出现这种变化；今天，由于科学技术的发达，影视艺术如电影、电视的出现，甚至电视进入每个家庭，很多古老的习俗逐渐在消失，人们的兴趣在发生转移。生活现代化，生活习俗、青少年的审美兴趣都在发生变化，这是很自然的。但是，民间文学今天在我国许多民族的习俗中还存在，还在起实际作用，比如"对歌"的风俗，在南方、北方都有，而且成为青年男女恋爱、结婚的一种手段。

民间歌手对诗歌创作有很多好的经验。广西最近出版了一本《歌王传》，是介绍壮族歌手黄三弟的。广西已故歌手圈郎桥谈他的创作经验说：作诗"不要见事不见人，不要见人不见情，不要见情不见理"。这话说得太好了，这是真正的内行话。我们有的诗人未必有这么生动明确的创作经验。"文学就是人学"，写诗就是写人，就是作者自我抒怀嘛！所以不要写事不见人。没有情感，能成其为诗吗？但你仅有情感而没有一个能够启发人的道理，那也打动不了人。不但要有情感，而且要有启迪人的思想，有"理"。你的观察越深刻，思想性越强，诗就越能动人肺腑。圈郎桥把作诗的道理说绝了，讲透了。我们要搜集和总结民间的创作经验，过去还不曾有人这样做过。

有些文艺形式和宗教结合在一起，例如萨满教的跳神，就包含着原始艺术，要研究原始艺术，便需要从那里研究起。

民间谚语，仅仅是简单的一句话，但它如同一个人生经验的海洋，包含着有关天文、气象、生产、音乐等多方面的知识，是前人的生活经验的深刻总结，是劳动人民的生活、生产的知识和哲学。

从前没有文字，或有文字而不为广大人民所掌握，许多经验和知识是靠口头文学的形式来传授的。因此，各种形式和内容的民间文学加起来，确实是一部人民生活的百科全书。《诗经》在历史上也曾是人们生活中离不了的，不但所有文人、知识分子念书要从《诗经》开始，人民的日常生活如结婚，写对联还要摘用《诗经》的名句。民间文学是人民生活中离不了的，也是生活中许多方面的知识的总汇，似乎是个取之不尽的宝藏，可见其重要的历史和社会价值了。

所有民族的文学的发展都是从民间口头文学开始的。《文学报》最近讨论文学的"根"在哪里，我认为"根"就在民间文学。民间文学不仅是文学的"根"，也可说是一个民族文化的"根"，是文学艺术发展的不竭的源泉。这一点还不是所有的人都承认的。试问，哪一个民族的文学不是从口头文学开始的？至于它的其他用处还很多，研究历史的、研究宗教的、研究儿童教育的、研究社会学、哲学的，都能从那里找到"根"。当然它首要的还是文学发展的"根"。

五四时代兴起新文学运动，现在的新诗、话剧、小说在那时是学习西方的文艺形式，现在它们都已民族化了。但五四新文学运动也有一个很大的缺陷，就是在打倒孔家店的反封建风云中，对继承民族传统强调不够，继承少数民族传统文化就更谈不上了。有人说没有重视很好地继承民族传统，这是一个"断裂层"。我认为这个说法很好，我们不能割断历史。中国的新文学应该充分地全面地继承和发展中国各民族的文学传统，它们主要蕴藏在人民中。今天我们还可明白无误地看到这样一种情况：你写你的新诗，那些民间歌手如内蒙古的芭杰、毛依罕，他演唱他的数来宝；你沿着你的新诗传统创作，他沿着他的民间诗歌传统创作，各走一路。你的创作再好，可是工农群众不太接受；他们的作品，群众欢迎，人民大众有自己的审美观点和习惯。有一次我在云南德宏自治州看电影，恰逢是傣族的一个节日，在演傣戏。看电影的人越来越少，都到傣戏台下去了，我也跟着过去了。群众对他们的傣戏非常感兴趣，每每看得哄堂大笑；而且台下没座位，都是站着看，一直到半夜三点多钟还不散场。电影也是不错的，可他们就是对自己民族的东西更感兴趣。这就可见民族传统文化的力量。我们要充分重视继承和发展民族传统的问题，绝不可忽视。但民族化问题恰恰是我们新文学运动至今还没有完全解决的问题。

今天是一个国际性的大时代，我们的生活越来越现代化。在国外，有些国家农村和城市已没有什么区别。我从芬兰到冰岛、丹麦，看到绘画、雕塑的现代派的影响很重。有些画，没法看懂它画的是什么。我也参观了一些美术馆，比如在冰岛曾看过一位著名雕塑家的作品展览馆，带我去的也是一位著名雕塑家，馆内陈列的是他的已故老师的作品。我问他，你老师的作品你懂吗？他说有的作品他也看不懂。在丹麦一个印刷厂老板的家里，墙上挂着一幅花150万克朗买的一位现代名画家的作品。我问他看不看得懂？他说他看不懂。

我并不排斥现代派的东西。现代派的作品也有可取之处，例如某些建筑，某些装饰性的雕塑，有的设计也挺美的，不能完全拒绝合理的富有美感的作品，包括现代派的文学创作。但观众不能懂，自然也就难以发生美感作用，这样的作品，总是不易令人说好的。我们应当吸收外国文学艺术的长处，这很必要，但不要囫囵吞枣，不要忘记自己民族的东西。

在冰岛我还遇到一个年轻的剧作家，他说，他的剧作由他自己表演，只能有一个观众。当时我和刘魁立两个人，我请他给我们两个人表演，他不同意，说他只能给一个观众表演。他的剧作和表演我们没有能够欣赏到，不知道他的长处究竟何在。也许他对一个观众表演，可以与对方沟通心灵，但我以为戏剧应有广大的观众。只能有一个观众，这对戏剧的发展说来也可能别有创造，但失去广大观众，则是可悲的。这同我们为人民服务的思想，更是距离太远了。一个作者兼演员自我表现，自我欣赏，这一个观众能否被打动，与之进行情感的交流，恐怕还值得怀疑。冰岛有个教育家说，冰岛发生了两代人的问题。青年一代在西方思潮的影响下，不了解他们的民族传统了。为了抵制西方思潮的影响，继承自己的优良传统，教育部决定从中学起要教民歌，列为必修课程。这是为了使青年人懂得和继承自己的民族传统。连冰岛这样一个直接在西方影响下的资本主义国家，都要抵制西方现代思潮中的不良影响。我们现在也有"代沟"问题了。在现代生活中，青年人的审美趣味有所变化，这是不可避免的，因为生活总是走向现代化，总是要不断吸收新的东西并有所创新，不能一成不变，固守陈规。社会要发展，生活要前进，但是不可因此而忘记民族的优良传统。

我报告大家一个信息：联合国教科文组织今年1月在巴黎召开了一个政府专家委员会，讨论如何保护民间文化问题。这个问题是南美洲玻利维亚政府提出来的，这是第二次会议，有41个国家参加了会议。会议认为各民族人民的文化传统和文化交流中有一个不可缺少的部分，强调保护民间文化的价值和重要意义，还谈到现在民间传统正在濒于消亡，特别是随着国际文化交流的频繁，随着现代通讯技术的发展，外国的文化逐渐取代了地方文化传统。鉴于国家间的地方文化的差别，从长远考虑，有必要对作为民族文化的一部分和促进文化交流的媒介的民间文化作出保护的规定。会议还强调保护民间文化的重要性，提出对民间文化的成果和文献进行登记、编目存档，并且要编制类型索引。要求制定管理和利用的规则，反对对民间文化的不正当的宣传。会议提出几条保护民间文化措施，其中最突出的两点是：（1）建立一个民间文化财产的登记目录。（2）在专家委员会的协助下，建立一个世界范围的民间文化和文化财产的标准类型学科。他们所说的"民间文化"的定义是什么呢？他们认为民间文化包括语言、民间故事、民间舞蹈、音乐等。Folklore，过去我国译为"民俗学"或"民间文学"，显然是不很确切的。联合国教科文组的专家委员会译为"民间文化"。我把这事跟丁乃通先生说了，征求他的意见，他也认为Folklore译为"民俗学"不太妥当，说译成"民间文化"较妥当。这个名词怎么翻译牵涉到整个学科的范围。

我们将来也许会参加联合国教科文组织的这个活动。不管参加与否，保护民间文化也正是我们要做的事，而且我们正在抢救和普查，要保存中国各民族的民间文学、民间音乐、民间舞蹈等，使之不至失传。我们的民间文学不能不加入国际活动，不能不走向世界。依上面所说的，人家都破门而入了，我们还没有走出门的计划，这不是小问题。我们完全有条件参加国际活动，我们也应该作出范例。我们对各民族的民间文学正进行抢救、搜集、整理，建立资料馆保存并很好地加以研究。拿出作品和研究成果，这对世界也是宣传。我们也可以和外国学者合作。1986年4月，我们将和芬兰学者进行一次联合调查，准备到广西三江侗族地区作调查，两国学者联合考察，培养年轻学者。这是第一次，我们一定要做好这件事。

在研究方法上，我认为比较研究法对民间文学研究是一个很重要的研究方法。比较研究法，在民间文学领域，用武之地很大。民间文学离开比较就无从做深入细致的研究，甚至不能鉴别作品。日本学者说，不研究中国的民间故事就不能认识日本的民间故事；反之，我们不研究日本的民间故事，不研究其他国家、其他民族、其他地区的民间故事，也不能完全认识中国既有国际性的，又有各民族、各地区特色的民间故事，也不能认识它们是怎样产生和流传的，能够产生怎样的认识和教育作用。因此我主张我们也要研究日本的和其他国家的民间故事。日本有很多民间故事是由中国流传去的，也因地而异，产生了异文。刘守华同志在这方面作了些比较研究。日本著名学者关敬吾先生也作了中、日民间故事的比较研究，他说几乎有一半日本故事和中国的一样。日本冲绳岛的一位教授说，冲绳岛的民间故事更像中国故事。他估计有些中国民间故事就是经过冲绳岛这条路线传到日本去的。当然还有别的渠道。

新疆的好多民族，如维吾尔族、哈萨克族、柯尔克孜族、乌孜别克族的民间故事，与中亚、西亚的关系很深。新疆古称西域，有著名的"丝绸之路"，是东西方文化交流荟萃之地。我国古代和波斯的关系密切；有的考古材料说，西周时就有中国姑娘嫁给波斯王子。陕西乾陵唐高宗陵有 41 尊石像，其中有一尊就是波斯的王子毕路斯。前些时，在新疆召开少数民族文学学会年会上有一位乌兹别克作家也讲到，要研究乌兹别克的民间故事就不能不了解波斯。阿拉伯的《一千零一夜》，在新疆的民间故事、叙事诗中都有反映，在青海回族的民间故事中也有反映。大家都知道阿凡提，阿凡提的故事在新疆各民族中流传，在苏联所属中亚的加盟共和国、西亚的一些国家也有流传，土耳其还有传说中的阿凡提的坟墓。不研究阿凡提在别的国家是怎样流传的，只说阿凡提的故事是中国的民间故事而不作广泛的比较研究，这是坐井观天。

我们怎样走向世界，应注意一些方法；如与世界各国建立广泛的联系、交流，召开国际学术讨论会，了解外国的学术流派、动态，等等。重要的是我们坚持发掘，拿出更多的作品和研究成果。丁乃通先生提出一个很好的建议，我也很赞成，就是创办一个英文的民间文学杂志，发表我们的研究成果。我们的民间文学作品，在出版方面，装帧、设计、插图都应考究一些，出豪华本。

对年青同志，我有个建议。如果你们有志于做民间文学工作，最好学一种外文，这对你们进行研究，放眼世界，是大有帮助的。

1985 年 11 月 11 日

武昌

（原载《中南民族学院学报》1986 年第 2 期）

一架沟通中国与世界的桥梁*

  中国是一个民间故事宝库，然而比起西欧资本主义国家来，中国民间文学的搜集和研究工作起步较晚。从五四新文化运动开始，陆续出版了一些民间故事集，给人留下了一些点滴然而却是深刻的印象，比如孟姜女的故事、徐文长的故事、傻女婿的笑话等。那时，少数热心提倡民间文学或民俗学的人，也并无中国民间故事多到可说是一个宝库的概念。了解和认识到中国是世界民间故事的一个宝库，这是今天的事，是在新中国成立后广泛搜集56个民族的民间故事过程中的新发现。对于这样一个收藏着人民的闪光的智慧和艺术结晶的巨大故事宝库进行有计划的发掘和采录工作，也是在新中国建立以后才起步的。

  从新中国成立到"文化大革命"的17年中，我们已经搜集、出版了大量的民间故事和传说，其中少数民族的作品占了很突出的地位，那是过去所从来没有过的；就是汉族故事、传说的搜集和发表，也使人们耳目一新。为什么竟能做出前人做梦也想不到的事，找到和开发了民间故事的大宝库？其根本原因就是我

---

  * 原系《中国民间故事类型索引》序言。

们有很好的条件深入群众进行搜集工作。从解放初期起，新文艺工作者继承了与工农兵相结合的优良传统，首先深入农村搜集民间故事，如董均伦、孙剑冰、肖崇素等同志参加搜集工作都属于这种情况。还有随军到边疆地区的同志，他们有机会搜集了少数民族的民歌、民间故事。再就是从事民族语言调查、民族调查的学者，他们都根据不同的需要，从不同角度忠实地采录了少数民族和汉族的口传作品。解放不久，以中国民间文艺研究会为中心，提倡和发动全国各地搜集民间故事及各种形式的民间文学。截止到 1962 年，我与孙剑冰编的《中国民间故事选》一、二集，就已经收入了 43 个民族的民间故事、传说。近几年来民间文学的广泛搜集和研究出现了历史上从未有过的高潮，我把它称为第二个"黄金时代"①。民间故事、传说的搜集和出版几乎成为这一阶段工作的引人注意的中心，也是这个阶段的基本特点之一。在"抢救"的口号下，各地区、各民族都在搜集和出版当地的民间故事、传说，培训民间文学骨干的工作也多采用现场学习记录民间故事的方式，参加这一工作的主要是广大基层文化工作者，普查正在逐步展开。今天，人们才越来越认识到中国是个民间故事的宝库，简直可以说，无处不有故事和传说。淳朴、善良、勤劳、勇敢的美德孕育了故事；山水树木，花鸟虫鱼，都伴有美丽的传说。现在我们已搜集到的也还仅仅是一部分。

　　把新中国成立以来搜集出版的民间故事与解放前出版的民间故事作个比较，就会看到我们对人民的这一文化宝库从不认识到认识的过程。这个过程至今尚未完结，我们还不断地有所发现，

———————————

　　①　第一个黄金时代，是 1958 年毛主席亲自倡导全国采风运动的时期。那个时期的特点是搜集民歌，从采风发展为民间文学的全面调查和研究，为中国民间文学工作奠定了广泛的基础。

有所前进。我们正在逐步认识自己。国外学者对中国民间故事宝藏之丰富了解甚少，甚至还存在着与实际相差极远的错误观念，比如有人说中国没有动物故事。事实上，中国各少数民族都有许多妙趣横生的动物故事，就是在汉族中也有很生动的动物故事流传。这些故事闪烁着智慧光芒，给人以启迪。对于这一点，过去不仅国外学者几乎一无所知，就是我国学者也是知之甚少。

今天，当我们在进行民间故事普查并逐步建立科学研究的时候，丁乃通先生的《中国民间故事类型索引》对我们的搜集家和研究家应该说是一件珍贵的礼物。它的中译本的出版是很合时宜的。

丁乃通先生是世界民间故事研究家，他酷爱祖国。他将中国的民间故事与同中国相邻国家及其他国家的民间故事就其分布、流传与内容的变异作了一次有益的鸟瞰。他根据阿尔奈和汤普森分类制（简称 AT 分类法）编纂了《中国民间故事类型索引》。丁先生在他的书中，以统计数字对中国民间故事的国际性做出了有力的说明。书中共列入 843 个类型和次类型，仅有 268 个是中国特有的，其他 575 个均为国际性的故事，就连中国特有的这一部分中也有少数同西方同类故事差距不大或在邻国有流传的。丁先生的这部书对于研究中国民间故事，对于沟通中、西文化交流都是一大贡献。它为人们打开了眼界，便于将中国民间故事与世界各国民间故事进行比较研究，从而认识中国民间故事的产生流传及其在口头文学上的独特造诣，认识和探索民间创作的共同规律。同时，这本书也可以使国外学者了解中国民间故事宝藏和中国各族人民的艺术创作才能，展示出中华民族的文明，让世人灵犀相通。

三年前，我到日本访问，日本学者建议我们编一本《中国民间故事类型索引》，说他们研究中国的民间故事至今还以 1937

年艾卜哈尔德（Wolfram Eberhard）的《中国民间故事类型》为依据。这话不免使我感到有些吃惊。而这时，丁乃通先生新编的《中国民间故事类型索引》已在芬兰赫尔辛基出版了。

我们不会忘记在建立中国民间文学学科上任何一位学者所付出的辛劳。艾卜哈尔德先生对研究中国民间故事类型作了一次可贵的尝试。遗憾的是，在旧中国那个时代，他所能看到的中国民间故事资料使他受到了限制。他的资料主要来源于 20 年代到 30年代出版的一些民间故事书刊和一部分中国古籍文献，那时候，中国民间故事的搜集可说是刚刚开始，艾卜哈尔德先生则是站在中国民间故事宝库的门外来编纂这部《中国民间故事类型》的。他那时仅依靠一个中国知识分子助手搜求已有的出版物，钩沉古籍，很难对中国各民族的民间故事做出系统的研究、分类以至正确的判断。他的叙述和论断，往往使我们有隔靴搔痒之感。艾卜哈尔德先生在他的书中说，他的书首先为我们的研究家"提供比较全面的、经过整理的中国民间故事"，这不过是一个根本达不到的，被夸大了的良好愿望而已。

艾卜哈尔德先生将搜罗到的古今神话、传说、民间故事，未加区分地收入书中，他却忽视了中国除汉族以外还有众多少数民族的大量民间故事尚未搜集。他的书中对民间流传的民间故事与古代文献中的简略记载也未能区别开来。艾卜哈尔德先生的《类型》一书是以德文出版的，它可以使外国学者寻到一些中国民间文学的闪光的珠贝，也可以使研究者从他集中的若干中国民间故事类型中看到通往中国民间故事宝库的荒径小道，这对后来研究者的探索是有益的。然而，尽管如此，它也只能说是一个残缺不全、瑕瑜斑驳的混杂体。在今天看来，显然是过时了。令人遗憾的是，在新中国成立以后，艾卜哈尔德先生没有纠正他书中的谬误，也没有根据新材料把它修改、补充成一部完善的书，反而对中国的民间文学工作采取了否定和不友好的态度。他竟然说："中国的少数民族与汉人从远古以来便没有关系，中国学者不应该研究少数民族的故事。"① 这真是骇人听闻的无稽之谈！中华民族的文化是中国各族人民所共同创造的。新中国成立后，少数民族的民间故事、传说、神话、史诗、长篇叙事诗以及谚语、谜语等的不断被发掘出版，成为中国民间文学宝藏中最引人注目的绚丽多彩的部分，这正是当代中国民间文学工作的重大成就和鲜明特点之一。艾卜哈尔德先生的这种言论如果不是出于某种政治目的，也只能说明是他的无知和偏见。

丁乃通先生对自 50 年代起就被那些敌视新中国分子操纵的美国汉学界和深受其影响的民俗学界曾感到绝望，但他总相信真理会获得胜利。1960 年前后，他写文章批驳了个别民俗学者对中国民间文学的诋毁和蓄意攻击，因而，发生了一场小小的风波。当时，艾卜哈尔德先生和年轻的华裔学者晏先生为了适应某种政治需要，在一位美国民俗学权威的参与下，宣扬说："中国在解放前搜集的民间故事是可靠的，解放后搜集的民间故事是不可靠的。"并说我们造假的目的就是为了进行政治宣传，晏某甚至把我们重视搜集和研究我国少数民族的民间文学也说成是什么"为了侵略别的国家，拿民间文学来作武器"。这简直和某些企图挑拨民族情绪、分裂中国的反动论调如出一辙。他们还在义和团故事中找出"洋人盗宝"的话，加以攻击。他们说应为"胡人盗宝"，硬说我们是为了政治宣传而编造了"洋人盗宝"，甚至把故事中洋人杀小孩的情节也歪曲为我们编造故事的证据。这几位先生难道不知道在中国近代历史上一再发生帝国主义列强掠夺中国的可悲可耻的历史吗？八国联军火烧圆明园又岂止杀一个

---

　　①　见丁乃通《中国民间故事类型索引》中译本自序。

孩子？这确是严峻的事实。义和团故事中不过仅仅留下一点儿历史的影子，如果对这一点都不敢予以正视，还谈什么民间文学研究的科学性呢？

艾卜哈尔德先生编了一部《世界民间故事》，书中选用了三四篇新中国成立后搜集的民间故事。他在注释中说，这些故事都是"乱改的"、"编造"出来的。他的证据之一是傣族民间故事《双头凤》。他说，那是为了宣传团结的重要而发表的。《双头凤》是我早已选入《中国民间故事选》的作品。当时，我也并不曾想到选它是为了宣传团结，只是因为它是一篇优美的故事，它告诉人们不可轻信，不要受挑拨，这也没有什么不好吧？大凡优秀的民间故事都含有一定寓意，在美的享受中，人们默默地接受它的启示和熏陶，这也是世界民间故事所共有的特点吧！

丁乃通先生是研究世界民间故事的，他发现新中国成立后搜集的民间故事，特别是少数民族的民间故事中有很多故事在中国邻国或其他国家也有流传。《双头凤》的疑案也被戳穿了，他指出邻国也流传着同样内容的故事。他指出，艾卜哈尔德等少数人对中国的攻击是站不住脚的。

我是 1978 年认识丁乃通先生的。那年 7 月 23 日，丁教授第一次回国访问，我见到了他。我们初次见面，他就对我讲起在美国发生的这场风波。丁乃通先生从研究世界各国民间故事的广阔视野发现了当时敌视中国的几位民俗学家对中国民间故事的无理攻击，特别使他不能容忍的是借民间故事记录整理中个别不够科学的地方，从政治上大肆攻击新中国。丁先生奋起回击了这股小小的逆流。丁乃通先生的这种爱国主义精神和勇气，他的科学态度，像事实本身一样袒露在人们面前。

我们从来也不隐瞒这样的事实，就是我们的民间文学工作中还存在着缺点和不足。有的搜集者由于缺乏经验或受"左"的思想影响，不重视民间文学记录的忠实性，甚至以适应广大读者的需要为理由，随意修改。这样"整理"出来的民间故事只能是假古董。我们反对这种主张，并已在纠正这种做法。《泰山民间故事大观》就是通过实地调查以实例说明我们所坚持的"忠实记录、慎重整理"的科学态度。搜集整理和推广民间故事为人民服务，无疑是我国民间文学工作的一种最可贵的指导思想。记录、整理民间文学的科学性与为人民服务是一致的，并不矛盾。人民并不需要你乱改的作品；那种作品既失去了真实性，也就失去了艺术性。有一些同志对民间文学工作的性质和作用不够了解，因而在工作中产生一种幼稚的错误主张和做法，这也并不足怪，其他国家也有类似的现象和历史经验。

从我第一次见到丁乃通先生以后，在我的印象中，丁先生始终是我们的一位真挚的朋友，是中国民间文学的热情赞美者。丁先生曾多次在国际学术会议上宣传中国民间文学，要各国学者注意这一巨大的文化宝库。他还为促进中国民间文学界与国外进行学术交流做了许多努力。1983年8月，他在加拿大召开的人类学与民族学国际学会第十一届大会上倡议成立了中国民间文学与北美印第安人民俗关系小组。1979年，在英国爱丁堡召开的国际民间叙事文学研究会第七次大会和去年6月在卑尔根召开的学会的第八次大会，他都为我们做了许多工作，使国外学者更多地了解中国，建立学术交流。我们与国外民间文学专家、学者的交往日渐频繁，中国民间文学越来越受到各国学者的注目和赞赏，其中，我们不应当忘记丁乃通先生的一份劳绩。

尤为值得注意的是，丁乃通先生研究中国民间故事是卓有成就的。他的重要的贡献之一，就是这本《中国民间故事类型索引》的问世。他的这本书是1978年在芬兰民间文学工作者协会出版的《民间文学工作者通讯》第223期上发表的。丁先生的这本《中国民间故事类型索引》，恰好填补了我国民间故事科学研究中的一项空白。他主要是根据中华人民共和国成立以后我国出版的 50 多个民族的大量的民间故事分类编纂成书的。他以严谨的治学态度做了细致的研究、比较和选择，完成了这本引人入门、也引人入胜的工具书。对于我国研究者，这本书是引向与世界民间故事进行比较研究的桥梁；对于国外学者，这本书则将他们领入中国民间故事宝库的大门。

近几年，即在粉碎"四人帮"之后，我们的民间故事宝库才真正被打开，这也是出乎丁乃通先生的意料之外的。不断发掘采录的新的材料将会为这部《中国民间故事类型索引》增补许多新内容，丁先生也正在计划撰写新的篇章，使他的著作日臻完善。

祝愿丁乃通先生和我国民间文学搜集家、研究家一道，在中国民间故事、传说的发掘和研究工作中留下开拓者的脚印！

1985 年 9 月 21 日

（原载《中国民间故事类型索引》，中国民间

文艺出版社 1986 年 7 月版）

作者主要著作目录

著　作

《民间文学论集》　作家出版社 1963 年版

《新园集》　中国民间文艺出版社 1981 年版

《播谷集》　人民文学出版社 1994 年版

《水磨集》　北平泉社 1935 年版

《贾芝诗选》　大众文艺出版社 1996 年版

编　著

《中国民间故事选》（一、二、三）　人民文学出版社 1958、1962、1988 年版

《李大钊诗文选集》　人民文学出版社 1959 年版

《延安文艺丛书·民间文艺卷》湖南文艺出版社 1988 年版

《中国新文艺大系·民间文学》

（1949—1966）　中国文联出版公司 1991 年版

《延河儿女》（当年延安的中学生们）　中国青年出版社 1992 年版

《延河儿女》（延安青年的成才之路）　人民出版社 1999 年版

《中国歌谣集成》（30 个省、

市、自治区）　中国 ISBN 中心
1992 年陆续出版

《中国解放区文学书系·民间
文学编》　重庆出版社 1992 年版

《中国解放区文学书系·说唱

文学编》　重庆出版社 1992 年版

《炎黄汇典·民间传说卷》
吉林文史出版社 2002 年版

《新中国民间文学五十年》
大众文艺出版社 2004 年版

译　　著

《磨坊书简》（法国）　上海
文化工作社 1950 年版

《米特里亚·珂珂尔》（罗马

尼亚）　作家出版社 1955 年版

《深夜》　作家出版社 1963
年版

作者年表

1913 年 12 月 12 日生于山西省汾城（今襄汾）县

1929—1932 年 太原成成中学读书，接受革命启蒙教育，参加示威游行。

1932—1937 年 北京中法大学经济系学习，创作并发表新诗数十首，参加学生爱国运动，1936 年加入中华民族解放先锋队。

1937—1938 年 借读并毕业于西北联合大学，继续民先队活动。

1938—1949 年 延安鲁迅艺术文学院从事翻译、创作与研究；1943 年后任教于延安中学、延安大学文艺系；1939 年加入中国共产党。

1949—1953 年 文化部艺术局编审组副组长，编审处改为人民文学出版社，任支部书记、编辑室主任。1951 年 12 月—1952 年 6 月到广西土改，荣立三等功。

1950 年 3 月创建中国民间文艺研究会（现中国民间文艺家协会）并主持日常工作，任秘书组长、秘书长、党组书记、副主席、名誉主席；兼任中国文学艺术界联合会党组成员，现为荣誉委员。11 月创办《民间文艺集刊》（仅出版三期）。

1953—1980 年 北京大学文学研究所（后改为中国科学院文学研究所，现为中国社会科学院文学研究所）任支部书记，民间文学组组长、室主任。1956 年评为三级研究员。

1955—1985 年 创刊《民间文

学》任常务编委、执行副主编、执行主编、主编。

1958 年　7 月在全国民间文学工作者大会上作《采风掘宝、繁荣社会主义民族新文化》报告，提出制定了"全面搜集、重点整理、大力推广、加强研究"的工作方针。

1959 年　2 月在中国民研会、中国作家协会召开的民族民间文学座谈会上作了关于"三选一史"（歌谣选、故事选、谚语选，文学史）的发言。12 月在《格萨尔》工作座谈会上就《格萨尔》的抢救和搜集工作进行部署。

1960 年　7 月在中国民研会理事会上作《社会主义建设时期民间文学范围界限和工作任务问题》报告。

1961 年　3 月在文学研究所与何其芳共同主持编写少数民族文学史工作座谈会，作《谈各民族民间文学搜集整理问题》讲话。

1962 年　12 月主持召开《歌谣》周刊创刊 40 周年纪念座谈会。

1963 年　2 月邀请安排河北乐亭皮影戏进京演出并与专家座谈。

1964 年　1 月任《玛纳斯》工作领导小组成员。

1965 年　12 月赴内蒙古参加故事讲演活动和自治区成立 20 周年纪念活动。

1978 年　4 月任中国民研会恢复筹备领导小组组长；5 月在中国文联全委会扩大会上作《大力开展民间文学工作是时代赋予我们的光荣职责》发言。6 月主持中国民研会常务扩大会，通过《中国民间文艺研究会恢复方案》和《〈民间文学〉复刊方案》。

1978 年　6 月会见国际叙事文学研究会副主席、日本民间文学专家小泽俊夫。

1979 年　5 月主持召开在京专家纪念"五四"运动 60 周年座谈会。6 月任中国少数民族文学学会理事长。9 月主持召开全国民间诗人、歌手座谈会（45 个民族、123 名代表），作《歌手们，为"四化"放声歌唱吧！》报告。11 月主持召开中国民间文学工作者第三次代表大会，作《团结起来，为繁荣和发展我国民间文学事业而努力》报告，当选为副主席，兼任常组书记驻会主持工作。

1980—1982 年　参与创办少数民族文学研究所（现民族文学研究所），任所长。

1980 年　3 月创办中国民间文

学出版社,兼任社长。4 月主持召开五省市(区)藏族《格萨尔》工作会议。9 月率团到广西参加"中秋山歌会",并到广西、云南十余个县(市)考察、讲学。

1981 年 2 月主持召开中国少数民族文学学会学术年会。5 月主持召开中国民研会首届年会,作《开拓民间文学研究的广阔领域》讲话。7 月赴内蒙古参加中国蒙古文学学会首届年会并讲话,会后考察那达慕大会。12 月主持召开中国民研会常务理事扩大会,提出并通过编选出版《中国民间故事集成》、《中国歌谣集成》、《中国谚语大观》(后改为《中国谚语集成》)的计划。

1982 年 3 月率团访问日本,作了关于中国民间文学的演讲。5 月创办《民间文学论坛》兼任主编。7 月主持召开中国民研会全国培训民间文学骨干经验交流会。8 月赴新疆出席《江格尔》学术研讨会,会后到伊犁地区考察。年底离休。

1983 年 3 月出席天津民研会成立大会。7 月率部分省区民间文学工作者赴青海、甘肃采风。8 月到秦皇岛参加"孟姜女故事学术研讨会"并宣读论文《论孟姜女故事》。9 月赴芬兰、冰岛考察北欧民俗博物馆。

1984 年 4 月赴杭州参加《白蛇传》故事学术研讨会,发表论文《从〈白蛇传〉的演变看民间文学的整理和改编问题》。7 月赴贵州出席全国民族音乐第三届年会和中国少数民族文学学会的神话学术讨论会,发表论文《论曲与词及其他》和《马克思主义基本原理与神话学》。10 月赴延安采风,主编《延安文艺丛书·民间文艺卷》。11 月赴石家庄出席中国民研会第四届代表大会,当选为副主席。

1985 年 2 月率团赴芬兰参加《卡勒瓦拉》出版 150 周年纪念活动,宣读论文《史诗在中国》,受到芬兰总统毛诺·科伊维斯托的接见。会后顺访丹麦、挪威。8 月赴新疆参加中国少数民族文学学会第三届年会。10 月出席芬兰驻华使馆晚宴,获《卡勒瓦拉》银质奖章。

1986 年 4 月赴广西三江县参加中芬联合考察项目,发表论文《谈发掘和保存民间文学国宝》。5 月获中国社科院、文化部、国家民委、中国民协授予的《格萨尔》发掘工作优异成绩奖。8 月受中央统战部委托，以个人名义邀请接待台湾学者金荣华教授回大陆交流。

1987年 2月在全国政协文化组关于筹建中国民间文化博物馆座谈会上作《弘扬民族文化优良传统》的发言。9月赴杭州参加中国民间文学集成编选工作会议。

1988年 4月陪同金荣华教授赴河北耿村考察民间故事村。6月参加中国民间文学集成作品翻译讨论会，作《论文学的翻译》讲话。10月出席中国文联第五次代表大会。12月获中国社科院"老有所为奖"。

1989年 1月获中国民研会从事民间文艺事业30周年荣誉证书。6月率团赴布达佩斯出席国际民间叙事研究会第九次代表大会。

1990年 6月率团赴华盛顿参加"1990美国生活节"。12月赴新疆出席"中国《玛纳斯》学术讨论会"。

1991年 1月在新疆出席"中国《江格尔》研究会成立暨首届学术年会"。

1991—1998年 兼任中国通俗文艺研究会会长。

1991年 6月为首届中国民间文化艺术展览剪彩。9月到山西参加第二届中国民间艺术节。11月出席中国民协第五次代表大会，被推举为首席顾问。

1992年 7月率团到奥地利出席国际民间叙事研究会第十次代表大会，就在中国召开学术研讨会一事达成协议。11月应加拿大文明博物馆邀请出访加拿大，考察华人社会。

1993年 4月赴南戴河主持召开20多个省、市、自治区举办的中国民间艺术大展的筹备会。9月赴芬兰与国际民间叙事研究会主席雷蒙德先生商谈在北京举办国际研讨会具体事宜。

1994年 5月贾芝从事革命文艺工作60周年庆祝活动，李鹏总理为其题词："默默耕耘，无私奉献。"11月应台湾"中国文化大学"和汉学研究中心邀请赴台进行学术交流。

1995年 1月赴印度出席国际民间叙事研究会第十一次代表大会，被授予资深荣誉委员称号，会后讲学。7月担任联合国教科文组织与中国民协共同组成的中国民间艺术家评委会主任委员，评选中国民间艺术大师。

1996年 4月主持召开国际民

间叙事研究会北京研讨会，36个国家的学者提交论文，26个国家的学者出席会议。5月赴台湾高雄进行学术交流与考察。12月出席中国文学艺术界第六届代表大会。

1997年　3月赴石家庄参加中国民协常务理事会。4月接待挪威学者。5月到常州考察。6月出席《格萨尔》工作总结颁奖大会，为民间艺人颁奖。8月到乐亭出席李大钊纪念馆开馆仪式。11月出席全国文艺集成志书工作暨成果表彰会，获文化部文艺集成志书编审工作特殊荣誉奖。

1998年　7月率团赴德国哥廷根出席国际民间叙事研究会第十二次代表大会，顺访法国。12月出席联合国教科文组织、中国民协召开的保护中国民间文学遗产项目成果汇报暨民间故事家命名大会。

1999年　5月陪同加拿大博物馆何万成博士赴河南考察。7月赴保定出席海峡两岸民间文艺研究与发展学术研讨会。9月赴江苏参加扬州中国民间艺术表演周和无锡第四届中国民间艺术节活动。10月赴甘肃泾川县出席"99泾川海内外西王母民俗文化（神话）学术研讨会"，考察相关民俗。

2000年　1月被中国文学艺术界联合会聘任为荣誉委员。9月赴台湾进行学术交流。

2001年　2月出席文化部召开的关于立法保护民间文艺的专家座谈会。3月出席中国民协第五次代表大会，被聘任为荣誉主席。7月赴承德出席海峡两岸民间文学学术研讨会，并作《海峡两岸民间文学学术交流与发展前景》的发言。8月赴山西霍山出席霍山文化研讨会，会后考察丁村民俗文化。9月获首届中国民间文艺山花奖·学术著作最高荣誉奖（《播谷集》）。10月赴天津出席"首届中华（天津）民间艺术精品博览会"。

2002年　1月到广西宜州采风参加民歌节活动。3月赴上海参加学术研讨会和姜彬同志80寿辰活动。4月到沙滩红楼参加"新文化运动纪念馆"开幕典礼。5月参加纪念《在延安文艺座谈会上的讲话》座谈会，并作《永恒的灯塔》的发言。7月出席全国《格萨（斯）尔》千年纪念大会。12月出席文化部"中国民族民间文化保护工程"专家委员会会议。

2003年　2月出席中国民间文化遗产抢救工程启动新闻发布会；

出席"中国民族民间文化保护工程国家中心"成立座谈会。4月出席全国政协《炎黄汇典》出版座谈会，时任民间传说卷主编。9月为《一个口传文学家族》作序。

2004年　2月赴石家庄出席"河北民俗文化协会"成立大会，会后到赵县考察"二月二"龙牌会民俗活动。

2005年　3月审读《中国歌谣集成·安徽卷》。4月审读《中国歌谣集成·天津卷》。5月审读《中国歌谣集成·青海卷》；出席纪念《在延安文艺座谈会上的讲话》座谈会，并作《〈在延安文艺座谈会上的讲话〉与我的民间文学情结》的发言。6月接待台湾学者金荣华先生。7月出席《中国艺术报》创刊十周年座谈会。8月出席中国社会科学院纪念抗日战争胜利60周年座谈会，书面发言《重温抗日战争胜利的喜悦》。10月为《大西北之魂——中国花儿》作序。11月审读《中国歌谣集成·

黑龙江卷》。12月为金煦题写书名《煦风絮语》。

2006年　2月参加中国民间文艺家协会理事扩大会，题词：抢救大旗不倒，奉献精神不止，默默耕耘依旧，新人新事唱响。3月为《涵化与归化》作序；出席中国民间文艺家协会纪念《在延安文艺座谈会上的讲话》发表64周年暨民间文化发展与社会主义新农村建设座谈会并讲话；为满族说部题词：满族说部是北方民族的百科全书。4月出席中国民间文艺家协会第七次代表大会，继任名誉主席；审读《中国歌谣集成·新疆卷》。被评为中国社会科学院荣誉学部委员。11月出席中国文学艺术界第八届代表大会，继任荣誉委员。

2007年　1月出席中国文学艺术界联合会春节联欢会。4月出席李大钊故居开放仪式，题词：高山仰止。12月接受《人民日报·海外版》采访，2008年1月4日刊文《贾芝的书房》。

注：本年表采取远粗近细的编法，因作者年事已高，后期的工作对他很有价值。

后　记

接受了中国社会科学院学者文选《贾芝集》的编选任务，我自认为不是什么难事。自 1980 年任贾芝的助手至今已 28 年，我几乎参加了他所有学术活动，对他的学术思想，我以为很了解。谁知真正编起书来，我却犯了愁，我有太多的不求甚解。于是我重读他的论文，论文大都是针对工作方针和解决具体问题的通俗易懂的文章，虽然也不乏洋洋数万言者，但绝少涉猎深奥的纯理论性探讨，几乎没有所谓严格意义上的纯粹学术著作。他没有追求过什么"家"，只是一个"草根学者"而已。

20 世纪 30 年代，贾芝继承五四新文化运动的传统，投入新诗创作，成为一位小有名气的诗人；40 年代，他又秉承了《在延安文艺座谈会上的讲话》精神，钟情于民间文艺。两种传统在他身上融合，成为新一代革命知识分子的特色。新中国成立后，他便全身心地投入到党的民间文艺事业中，从搜集抢救民间文化遗产入手，呼吁动员社会各界，自中央领导到各省、市、自治区的文化工作者，再到农民、牧民，组织起几十万甚至几百万的铁杆民间文艺大军。面对繁杂的组织工作，面对不同地区、不同民族的种种学术问题的困扰，他不厌其烦地回答，事无巨细地一桩桩去解决。在实践中他的工作方针、主张和看法逐渐升华为理论，并借以推动着事业的发展。论文就这样脱颖而出，自然得像行云流水，平易得像家长里短。

贾芝论文数百万字，散见于书刊杂志，尚欠集中整理，更未及出版计划。他涉猎范围较为广泛，有诗学研究、外国文学研究、近现代史研究等，当然最主要还是民间文学与民族文学研究。本书只收入后一部分论著，从中依稀可见他辛勤耕耘的身影，听到民间文学事业迅猛发展的风声。

本书受字数限制，只能选取作者在不同时期的代表作，对少数行文中重复的文字进行了简化；坚持实事求是的原则，对文章的论点不做任何删改。对于五六十年代的作品，亦不进行修饰，以保持那个时代作品的原貌。那个时代有些特殊的偏激或偏颇的论点也是难免的。即便是错误也暂且留在那里，何况后期文章对前者已做了批评与修正。如果肆意改动，反有文过饰非之嫌。但是，文中凡伤害到别人的段落一律删除。学术上的争论，则保留问题隐去姓名。文章本意就是辩明问题，并不涉及任何人事关系。让我们牢记历史的教训，严格区分学术问题、思想问题和政治问题，在和谐友善中发展民间文艺事业！

编选本书曾得到杨亮才老师、关艳如老师的真诚帮助，在此一并致谢！

金茂年

2007 年 12 月 22 日